레이먼드 카버의 말

레이먼드 카버의 말

황무지에서 대성당까지, 절망에서 피어난 기묘한 희망

레이먼드 카버
마셜 브루스 젠트리·윌리엄 L. 스털
고영범 옮김

마음산책

옮긴이 고영범

번역가로 일하며 소설과 희곡을 쓴다.
캐롤 스클레니카의 『레이먼드 카버: 어느 작가의 생』을 번역한 뒤로 비평적 전기 『레이먼드 카버: 삶의 세밀화를 그린 아메리칸 체호프』를 썼고, 카버의 시집 『우리 모두』를 번역했다.

레이먼드 카버의 말
황무지에서 대성당까지, 절망에서 피어난 기묘한 희망

1판 1쇄 인쇄 2024년 5월 20일
1판 1쇄 발행 2024년 5월 25일

지은이 | 레이먼드 카버
엮은이 | 마셜 브루스 젠트리 · 윌리엄 L. 스털
옮긴이 | 고영범
펴낸이 | 정은숙
펴낸곳 | 마음산책

담당 편집 | 나한비
담당 디자인 | 한우리
담당 마케팅 | 권혁준 · 김은비
경영지원 | 박지혜

등록 | 2000년 7월 28일(제2000-000237호)
주소 | (우 04043) 서울시 마포구 잔다리로3안길 20
전화 | 대표 362-1452 편집 362-1451   팩스 | 362-1455
홈페이지 | www.maumsan.com
블로그 | blog.naver.com/maumsanchaek
트위터 | twitter.com/maumsanchaek
페이스북 | facebook.com/maumsan
인스타그램 | instagram.com/maumsanchaek
전자우편 | maum@maumsan.com

ISBN 978-89-6090-885-7 03840

* 책값은 뒤표지에 있습니다.

* 사전에 저작권자와 연락이 닿지 않은 인터뷰 및 사진은 연락이 닿는 대로
  사용 허가 절차를 밟겠습니다.

좋은 소설이 하는 일 중 하나는
한 세계의 소식을 다른 세계로 전해주는 거예요.

1983년 봄, 일본인 인터뷰어 미야모토 미치코宮本美智子는 젊은 작가 제이 매키너니Jay McInerney에게 시러큐스대학교에서 그의 선생이었던 유명 작가 레이먼드 카버를 소개해달라고 부탁했다. 매키너니는 머뭇거렸다. "그게, 그분이 인터뷰를 별로 안 좋아하거든요." 당시 카버는 그가 주요 출판사에서 세 번째로 펴낸 단편집 『대성당』으로 퓰리처상 후보에 올라 있었고, 누구나 탐을 내는 미국예술문학아카데미의 밀드레드 앤드 해럴드 스트라우스 생활 기금의 첫 번째 수혜자 중 한 사람으로 선정되어, 그로부터 5년 동안 소득세가 면제되는 생활비 지원을 받게 되어 있었다. 이런 영예를 누리고 있었음에도, 카버는 여전히 겸손한 태도를 잃지 않고 있었다. 그가 인터뷰를 꺼리는 이유를 이해하지 못하는 미야모토를 위해, 매키너니가 간단하게 정리해줬다. "그분은 자기가 인터뷰를 당할 만큼 유명하다는 사실을 몰라요."

결국에 가서 미야모토는 이미 50명가량과 그랬던 것처럼, 이 '전설적인' 인물 카버와도 인터뷰할 기회를 얻었는데, 몇 분 지나지 않아 매키너니의 말이 맞다는 걸 확인할 수 있었다. 뉴욕 시내에 있는 칼라일 호텔에서 그에게 방문을 열어준 "우뚝 솟은 높이의"(카버는 키가 188센티미터였다) 덩치 큰 사내는 어깨를 잔뜩 웅크린 채 어기적거리고 있었다. 카버의 눈은 찌르는 듯한 푸른색이었지만, 짙은 눈썹이 그 위에 그림자를 드리우고 있었다. 그는 회색 스웨터에 누리끼리한 면바지를 입고 발목까지 올라오는 스웨이드 처커부츠를 신은 채 그리 튼튼해 보이지 않는 팔걸이 의자에 몸을 묻었다. 인터뷰에 들어가기 전에, 카버는 자기가 얼굴을 "망쳤"다고 미야모토에게 미리 경고했다. 그러면서, 손가락으로 턱을 가리키며 "민노를 하다가 베였"다고 설명했다.

레이먼드 카버를 인터뷰해본 이들은 데이비드 애플필드David Applefield가 "단순해 보이는 그의 모습과 잘 다듬어져 있고 독특한 스타일을 갖춘 작품 사이에서 드러나는 모순"이라고 말한, 카버를 유명하게 만든 특성 때문에 충격을 받게 된다. 그리고 카버의 커다란 덩치와 들릴락 말락한 목소리는 이러한 극단적인 양분을 상징한다. 낸시 코너스Nancy Connors는 1986년에 이렇게 썼다. "레이먼드 카버는 커다랗고, 풍파를 많이 겪은 사내다. 하지만 그의 목소리는 너무나 부드러워서 거의 말하는 것 자체를 부끄러워하는 것처럼 보일 정도다."◆ 쉰 목소리로 속삭이는 것 같은 카버의 말투는 줄담배에서 비롯된 면이 있는데, 그는 결국 그로 인해 1988년, 쉰 살의 나이에 폐암으로 세상을 떠났다. 하지만 그의 웅얼거리는 듯한 말투는 체질적인 것이기도 했다. 카버는 오리건주와 워싱턴주의 제재소에서 톱날을 가는 노동자의 아들로 태어났고, 깊은 감정조차도 몇 마디 안 되는 말로 덮어버리고 마는 남자들과 여자들 사이에서 자랐다.

◆ 낸시 코너스, 「단편소설이라는 형식의 대가의 새로운 작업Form's Master Sees a Revival」, 〈플레인 딜러The Plain Dealer〉(1986년 11월 30일), 1H.

카버의 목소리가 너무 작다 보니 그와 인터뷰를 하는 이들은 몸을 가까이 기울이고 들어야 했다. 카버의 말은 "맹렬하게 쏟아져 나오다가, 때로는 멈칫거리면서" 나온다. 록샌 롤러Roxanne Lawler는 이렇게 관찰했다. "마치 글을 쓸 때처럼, 아주 조심스럽게 말을 고르는 것처럼 보였다." 윌리엄 스태퍼드William Stafford가 기억하는 바에 의하면, 심지어 〈뉴욕 타임스 매거진The New York Times Magazine〉과 〈피플People〉 〈배니티 페어 Vanity Fair〉 같은 잡지들에 그를 유명 인사로 다루는 사진과 기사 들이 나온 뒤에도 인터뷰어들에 대한 카버의 태도는 여전히 "그들에게 깊은 흥미를 가진 친구"◆ 그대로 남아 있었다. 카버가 이런 개방적이고 젠체하지 않는 태도를 취하다 보니 낯선 사람이라도 곧 그에게 마음을 열었고, 공식적인 만남은 두 사람의 대화로 바뀌었다. 상대를 존중하는 카버의 이런 스타일에는, 그러나, 그에 따르는 문제도 있었다. 무엇보다 카버의 쉭쉭거리는 듯한 목소리는 녹음과는 천적이어서, 나중에 확인한 녹음테이프에 잡음 비슷한 소리만 들어 있는 걸 확인한 기자가 한둘이 아니었다. 또 한 가지 문제는, 카버가 워낙 대화를 나누고 있는 상대방의 관점에 깊은 관심을 가지고 있어서(혹은 유도 질문을 잘 견뎌내지 못하는 성격이어서) 많은 인터뷰어가 자기들 이야기만 하다 말기도 했다는 것이다.

카버는 캐시어 보디Kasia Boddy에게 이렇게 말했다. "이게 좋은 건지 나쁜 건지 모르겠지만, 저는 어떤 기획을 가지고 작업에 들어가거나 특정한 주제에 맞는 이야기를 찾아 나서기보다는 본능에 의존하는 작가예요." 카버는 분류나 추상적인 관념 같은 것에 대해 회의적이었고, 분

◆   윌리엄 스태퍼드, 「그의 눈에 갑자기 모든 것이 선명해졌다Suddenly Everything Became Clear to Him」, 〈워싱턴Washington〉(1988년 11월), 104쪽.

석에 대해서도 거의 관심이 없었다. 그는 꼭 해야 할 것 같을 때만 시나 소설에 대해 설명했고, 대학에서 가르친 여러 해는 그가 이론에 강한 거부감을 가지고 있다는 사실을 확인시켜줬을 뿐이다. 존 올턴John Alton이 1986년에 "해체주의자들에 대해서는 많이 알고 있나요?"라고 물었을 때, 카버는 "그 사람들이 제정신이 아니라는 것 정도는 압니다"라고 대답했다. 그는 15년의 세월을 쏟아부은 뒤에야 첫 번째 단편집 『제발 조용히 좀 해요』(1976)를 냈다. 쉽지 않은 길을 걸어온 것이다. 그래서일 텐데, 아무리 이리 쑤시고 저리 쑤셔봐도 그의 입에서, 산 사람이든 죽은 사람이든, 동료 작가에 대한 험담을 끄집어내는 건 가능하지 않았다. 현대 고전 중에서 그가 좋아한 작가들은 헤밍웨이와 플로베르, 그리고 체호프다. 동시대 작가들에 대해 평을 해달라고 하는 질문에 대해서는 A. R. 애먼스A. R. Ammons부터 시작해서 토바이어스 울프에 이르기까지 모든 이에 대해 좋은 말만 늘어놓았다. 자신의 시에 "내 보트에는 / 이 모든 사람을 위한 자리가 있어"라고 쓴 것 그대로다. 카버는 스승들과 편집자들, 그리고 친구들로부터 도움을 받은 사실을 충분히 인정했고, 자신의 실수에 대해 관대했던 시절에 관해서도 마찬가지였다.

"글쓰기란 무언가를 발견하는 행위예요." 카버는 1987년에 프란체스코 두란테Francesco Durante와 한 인터뷰에서 이렇게 말했다. 잘 진행되었을 때에는 인터뷰 또한 그에게는 새로운 발견의 행위가 되었다. 이 대화들을 통해 카버는 자신이 가지고 있는 신념을 검증해보고, 자신에 대한 비평에 대답하고, 나중에 쓰게 될 에세이와 비평 들에서 발전시킬 생각을 시험해보았다. 그는 인터뷰를 당한 경험에 근거해서 시를 쓰기도 했다(「인터뷰」와 「발사체」 두 편의 시에서 인터뷰가 시로 이어지는 과정이 보인다). 카버는 무언가를 한번 말하고 나면 대개는 그 주제를 반복했는데,

반복할 때마다 조금씩 확신을 더해갔다. 깊이 파고들어간 몇몇 주요 인터뷰들의 경우에는—예를 들어 모너 심프슨Mona Simpson, 데이비드 애플필드, 마이클 슈마허Michael Schumacher와 한—활자화되기 전에 자신이 말한 내용을 옮겨놓은 걸 받아 보기까지 했다. 그는 이 인터뷰 '초안'을 편집하고 보완하고 매끄럽게 다듬어서 거의 문학의 경지에 올려놓았다.

〈파리 리뷰The Paris Review〉와의 인터뷰에서 카버는 만약 자기가 별자리를 믿는다면, 자신의 별자리는 거북이일 거라고 말했다. "쓰다가 한참 중단했다가 다시 쓰다가, 쓰는 습관이 아주 불규칙해요." 이건 그가 문학에 대해서 이야기할 때에도 똑같이 적용된다. 카버의 생각은 처음의 것에서 몇 달, 몇 년을 지나는 동안 무언가를 발견하고, 그걸 재평가하고, 거기에서 다시 진도를 나가는 일종의 순환적 나선형의 패턴을 그린다. 그는 속도도 느리고 때로는 불안정하기까지 한 경로를 추구해가는 동안 새로운 영역을 개척하고, 그 안에서 자신의 위치를 단단하게 굳히고, 그 과정에서 대개는 새로운 방향을 찾아 앞으로 나아간다. 예를 들어, 그가 줄곧 유지하게 되는 '강박'(그는 '주제'라는 단어를 싫어했다)들 중 전부는 아니더라도 그중 많은 부분이 그의 첫 번째 인터뷰에서 상당히 드러났다. 기능과 선명함에 대한 집념, 자신을 가르친 존 가드너와 리처드 C. 데이Richard C. Day♦에게 감사한 마음, 비밀과 생존에 대한 매혹 같은 것들이 그런 것들이다. 동시에, 그의 삶과 예술에 또 다른 축이었던 요소들은 아직 공개되지 않고 남아 있었다. 그중에서도 가장 중요한 요소였던, 치명적인 알코올의존증은 1983년 이전까지는 공개적으로 언급한

♦　　　미국의 작가. 아이오와대학교에서 박사학위를 받은 뒤 험볼트주립대학교 영문학과에 재직했다.

적이 없었다. 1987년에 캐시어 보디와 한 인터뷰에서, 카버는 자신의 작업에 늘 등장하는 주제들을 나열한다. "남자와 여자 사이의 관계, 우리는 왜 우리가 가장 중요하게 생각하는 것들을 그렇게 자주 잃어버리게 되는 건지, 우리가 우리 내면에 가지고 있는 자산을 얼마나 잘못 관리하고 있는지, 하는 것들이죠. 그리고, 사람들이 바닥까지 내려갔을 때 스스로를 끌어 올리기 위해 무얼 할 수 있는지 같은, 생존에 관한 것에도 관심이 있어요." 영혼을 갉아먹는 "하찮은 식업"들로 이어진 기간과 두 번의 파산을 견디고 살아남은 카버는 자연스럽게 스스로를 늘 일을 하지만 가난한 계급의 '정규 멤버'로 인식했다. "그 사람들이 내 사람들이에요." 카버는 스튜어트 켈러먼Stewart Kellerman에게 그렇게 말했다. "그 사람들을 무시하는 글은 내게는 가능하지 않아요."◆

이 책에서는 카버의 인터뷰들을 연대순으로 배열했는데, 인터뷰들은 대략 다섯 단계로 스스로 그룹화된다. 각각 두드러진 특징을 가지고 있지만 때때로 겹치기도 하는 이 단계들은 카버의 삶과 일에 있었던 전환점에 따라 구성된다. 1978년 봄에 있었던 인터뷰를 살펴보면, 카버가 생활과 예술에서 중요한 위기 상황에 봉착해 있었다는 걸 알 수 있다. '끝도 없는 낭비'로 특징지어지는 전 생애는 이제 지나갔지만, 앞날은 불투명한 상태다. 『제발 조용히 좀 해요』와 『분노의 계절과 다른 단편들Furious Seasons and Other Stories』(1977)을 엮으면서, 그동안 쌓아놓은 단편들은 모두 소진되었다. (카버는 나중에 "내 선반이 텅 비었더랬어요"라고 말했다.) 이제, 데이비드 코엔David Koehne과 한 인터뷰에서, 카버는 확신에 찬

◆   스튜어트 켈러먼, 「은혜가 제 삶에 들어왔어요Grace Has Come into My Life」, 〈뉴욕 타임스 북리뷰The New York Times Book Review〉(1988년 5월 15일), 40쪽.

건 아니지만 아무튼 새롭고 전과 다른 경로를 설정한다. 그를 이끌고 있는 것은 에즈라 파운드의 이런 주술적인 문장이다. "진술의 근본적인 정확성이야말로 글쓰기가 요구하는 단 하나의 윤리다." 이런 엄격한 미학은 카버가 이후 3년에 걸쳐 여러 편의 단편소설을 쓴 뒤 다듬고 또 다듬어서 『사랑을 말할 때 우리가 이야기하는 것』(1981)에 들어갈 '미니멀리스트' 걸작들을 만들어내는 원칙이 된다. 실제로, 카버는 파운드의 이 격언을 『사랑을 말할 때 우리가 이야기하는 것』이 출간되기 얼마 전에 발표한 「한 이야기꾼의 글쓰기 이야기A Storyteller's Shoptalk」◆ 라는 중요한 에세이에서 다시 한번 반복한다.

1979년과 1982년 사이에는 중요한 인터뷰가 없다. 『사랑을 말할 때 우리가 이야기하는 것』이 〈뉴욕 타임스 북 리뷰〉의 첫 페이지에 소개될 정도로 주목을 받았는데도 그렇다.◆◆ 아직 카버에게 큰 관심을 기울이지 않은 것은 단편소설을 비평적으로 경시해온 오랜 전통과 부분적으로 관련이 있을 것이다. 침묵이 그렇게 길어진 두 번째 요인은 카버가 그 책에 지나친 노력을 쏟아부었기 때문이다. 2년 뒤 모너 심프슨에게 설명했듯이, 『사랑을 말할 때 우리가 이야기하는 것』은 그가 여태 썼던 것들 중 가장 "나 자신을 훨씬 더 의식한" 책이었다. 카버는 "그 전에는 어떤 작품을 가지고도 그렇게 한 적이 없을 정도로 한 편 한 편을 늘이고 줄이

◆ 　이 에세이는 1981년 2월 15일 자 〈뉴욕 타임스 북 리뷰〉에 게재되었으며, 이후 「글쓰기에 대해」라는 이름으로 『불』(1983)에 수록되었다.

◆◆ 　마이클 우드, 「날카로움과 침묵으로 가득찬 단편들Stories Full of Edges and Silences」, 〈뉴욕 타임스 북 리뷰〉(1981년 4월 26일), 1, 34쪽. 이 시기에 행해진 짧은 인터뷰로는 다음을 참조. 스티븐 위글러, 「범상한 사람들을 들여다보는 범상하지 않은 통찰력Extraordinary Insights into Ordinary People」, 〈선데이 데모크라트 앤드 크로니클Sunday Democrat and Chronicle〉(1981년 6월 21일), 1~2C.

고 들여다보는 과정을 거친 뒤에야 수록을 결정했어요"라고 말했다. 실제로 그 선집에 수록된 작품들 중 몇 편은 전에 발표되었던 것들이고, 그중에는 세 가지 판본이 있는 것도 있는데, 각각의 작품들은 그 전의 판본에 비해 훨씬 더 압축되었고 덜 설명적이다. 카버는 헤밍웨이가 말한 생략의 이론을 진지하게 받아들여(그리고 그의 오랜 편집자 고든 리시의 권유에 힘입어)『사랑을 말할 때 우리가 이야기하는 것』의 작품들을 단순히 뼈가 아니라 골수에 이르도록 잘라냈다. 도널드 뉴러브Donald Newlove는 그 결과물을 "무희망촌에서 벌어지는 결혼과 음주의 파탄에 관해, 다섯 잔째의 냉동 보드카처럼 간략하고 가감 없이 써 내려간 열일곱 편의 이야기"◆라고 요약했다.

　『사랑을 말할 때 우리가 이야기하는 것』을 읽은 프랭크 커모드Frank Kermode를 비롯한 다른 작가들은 카버에게 단편소설이라는 예술 형식의 '성숙한 대가'라는 찬사를 바쳤다. 그에 더해, 이야기의 뼈대만 남겨놓은 그 선집은 1980년대에 등장하는 단편소설의 젊은 작가 세대에게 무척 중요한 영향을 미쳤다. 이를테면 제인 앤 필립스Jane Anne Phillips는 그 책이 "이 시대의 우화집"◆◆이라고 선언했다. 하지만 이런 극단적인 접근법은 카버의 글쓰기에 부정적인 영향을 미쳤다.『사랑을 말할 때 우리가 이야기하는 것』이 출간되고 나서, 그는 반년 동안 아무것도 쓰지 못했다. 게다가 카버는 그 작품들을 돌이켜보면서 미학적으로 불만족스러워했고, 특히 그 작품집을 비평하는 이들이 자신을 문학에서의 '미니멀리

◆　　　도널드 뉴러브, 〈새터데이 리뷰Saturday Review〉(1981년 4월), 77쪽.

◆◆　　제인 앤 필립스, 「마음속 비밀스러운 곳들The Secret Places of the Heart」, 〈뉴욕New York〉
　　　　(1981년 4월 20일), 77쪽.

스트'라고 부르기 시작하면서 더욱 그러했다. 카버는 그 표현이 함축하고 있는 내용을 불편해했다. 그는 모너 심프슨과의 인터뷰에서 그 말에 대해 "세계를 좁게 보고 좁게 수용하는 사람이라는 느낌이 들어 있어요. 이런 건 제가 좋아하는 게 아닙니다"라고 말했다. 그런데 고약하게도, 그 손쉬운 별명은 그에게 달라붙어버렸다. 인터뷰어들과 비평가들은 그 손쉬운 표현의 유혹을 잘 이겨내지 못했고, 카버는 『사랑을 말할 때 우리가 이야기하는 것』의 그 '미니멀'한 스타일을 탈피하고 나서 한참 뒤에야 그 말의 굴레에서 벗어날 수 있었다. (1988년에 카버의 신작과 그 전의 작품들을 모은 『내가 전화를 거는 곳Where I'm Calling From』이 출간되자, 〈뉴욕 타임스 북 리뷰〉의 편집자들은 "카버는 미니멀리스트가 아니다"라고 선언했다.◆)

　　카버는 다시 한번 위기에 봉착했다. 그가 심프슨에게 "그런데 그 방향으로 좀 더 가면 막다른 골목에 도달하게 될 거라는 사실을 알게 됐어요"라고 설명한 그대로였다. 그 막다른 골목에서 벗어나기 위해 카버는 그 후로 2년에 걸쳐 스타일상의 대전환을 시도했다. 1981년에서 1983년에 걸쳐 카버는 그가 『사랑을 말할 때 우리가 이야기하는 것』에 수록하면서 축소시켰던 작품들을 원 상태로 복구하거나 더 확대시켰다(이런 수정 작업의 결실은 『불』과 『그리고 싶으시다면If It Please You』(1984)이라는 두 작품집에 드러나 있다). 게다가, 카버는 같은 기간에 훨씬 더 풍성하고, 충만하고, 보다 희망적인 분위기로 채워진 작품을 열 편 넘게 썼다. 카버는 1982년 봄에 애크런대학교의 학생과 한 인터뷰에서 자신의 작품이 5년 전에 비해 훨씬 더 긍정적이라고 말했다. 이 시기는 애덤 마이어Adam Meyer가 '모래시계 패턴'이라고 적절히 명명한, 카버의 발전 과정에서 폭

◆　　「그리고 염두에 둘 것들And Bear in Mind」, 〈뉴욕 타임스 북 리뷰〉(1988년 5월 22일), 36쪽.

이 넓어지는 단계고, 이 무렵에 두 번째 그룹의 인터뷰가 진행된다.◆

 이 두 번째 단계에서 이뤄진 대화들 중 가장 높은 수준에 도달한 것은 〈파리 리뷰〉의 1983년 여름 호에 수록된, 모너 심프슨, 루이스 버즈비Lewis Buzbee와 한 세련된 인터뷰다. 이 인터뷰, 그리고 이와 거의 비슷하게 광범위한 주제를 다룬 케이 보네티Kay Bonetti의 인터뷰에서 카버는 자신의 동물적인 본능을 따라 "미니멀"한 스타일을 버리고 "보다 너그러운" 소설을 쓰려고 한다는 결심을 이야기한다. 카버는 심프슨과의 대화에서 그가 그동안은 "너무 따분"해서 하지 않았던 이야기, 즉 그의 소설의 배경을 형성하는 현실 속의 알코올의존자와 결혼 생활의 파탄에 대한 이야기를 처음으로 꺼낸다. 이 단계에서 이루어진 인터뷰들에서 카버는 자신이 새로 얻게 된 자신감에 대해 반복해서 이야기한다. 이 자신감은 미국예술문학아카데미에서 매년 3만 5천 달러씩 5년 동안 면세 혜택과 함께 지급하는 밀드레드 앤드 해럴드 스트라우스 생활 기금을 받게 되면서 더욱 강화되었다. 그와 더불어, 『대성당』으로 1983년과 1984년에 각각 전미도서비평가협회상과 퓰리처상의 후보에 오르게 되면서 레이먼드 카버는 절정기를 맞이했다. 그 시기는 또한 1984년에서 1986년 중반에 걸친 세 번째 단계의 인터뷰들에서 드러나듯이, 격변의 시기였다.

 1984년에 카버는 이미 유명 인사였다. 그의 신상과 관련된 기사들은 〈뉴욕 타임스 매거진〉뿐만 아니라 런던의 〈선데이 타임스The Sunday Times〉, 그리고 암스테르담의 〈하흐서 포스트Haagse Post〉에도 등장했다.

◆　애덤 마이어, 「이제 그가 보인다, 보이지 않는다, 다시 보인다: 레이먼드 카버의 미니멀리즘의 진화Now You See Him, Now You Don't, Now You Do Agian: The Evolution of Raymond Carver's Minimalism」, 〈크리티크Critique〉 30호(1989년 여름), 239~251쪽.

생활 기금의 수령 조건에는 교수직을 사퇴하는 게 포함되어 있었지만, 카버는 그의 동반자 테스 갤러거Tess Gallagher가 교수직을 유지하고 있는 시러큐스에 한동안 더 머물렀다. 하지만 카버는 동부의 '왁자지껄한' 홍보의 세계 속에서 각광을 받으면서 지내는 게 글쓰기에 방해가 된다는 사실을 깨달았다. "편지에 답장이라도 제대로 하면 그날은 잘 보낸 거였어요." 카버는 래리 매카프리Larry McCaffery와 신다 그레고리Sinda Gregory와의 인터뷰에서 이렇게 말했다.

1984년 1월에, 카버는 서부로 도망쳤다. 카버와 갤러거는 1982년부터 갤러거의 고향인 포트 앤젤레스에서 여름을 보내왔다. 워싱턴주 올림픽반도 북쪽 해안에 있는 평범한 제재소 타운이자 어업을 생업으로 삼는 곳이었다. 환드퓨카 해협을 내려다보는 위치에 갤러거가 새로 지은 '스카이 하우스'가 빈 채로 있었다. 카버는 평화와 고요를 찾아 그 집으로 혼자 들어갔다. 그는 그곳에서 단편소설들을 쓸 생각이었고, 심지어 오랫동안 미뤄뒀던 첫 장편소설을 쓸 생각도 있었다. 하지만 그 대신에 카버는 창문으로 깊고 푸른 물을 내다보면서 시를 썼다. 나중에 그는 윌리엄 L. 스털William L. Stull에게 이렇게 말했다. "저만큼 놀란 사람도 없었을 거예요. 지난 2년 동안은 시를 전혀 쓰지 않았거든요. 그런데 이 집에서는 매일 시를 써서 그날의 저를 비워냈고, 그래서 밤이 되면 아무것도 남지 않았어요. 그릇이 비워진 거죠. 그 상태로 잠자리에 드는 건데, 다음 날 아침이 되면 그 안에 무언가가 들어 있었어요."

다시 한번, 카버의 생활과 예술에 변화가 일어났다. 이 세 번째 시기에 그와 인터뷰를 진행한 이들은 처음에는 그가 하는 말을 믿기 어려워했다. 1980년대 단편소설의 선두 주자가 시를 쓰기 위해 소설을 버린 것이다. (이 변화에 처음 주목한 브루스 웨버Bruce Weber는 이 시 쓰기가 자기만족을 위한 것이고, 곧 지나갈 것이라고 이해했다.) 하지만 카버는 그 후로 2년 동안 소설을 전혀 쓰지 않았다. 그 대신에 카버가 내놓은 것은 『물이 다른 물과 합쳐지는 곳』(1985)과 『울트라마린』(1986), 두 권의 시집이었다. 카버는 소설, 특히 『사랑을 말할 때 우리가 이야기하는 것』에 수록된 지극히 건조하고 단순화된 텍스트들을 가지고 노동자계급의 절망을 가감 없이 기록해낸 작가로 명성을 얻었다. 하지만 매카프리와 그레고리가 1984년 여름에 쏘트 앤젤레스에서 인터뷰하면서 만난 카버는 행복한 사내였다. 카버는 "요즘은 지난 몇 년 동안은 못 느끼고 있던 방식으로 주변 환경과 직접 접촉하고 있다는 느낌을 받아요"라고 말했다.

시는 그에게 전혀 예상하지 못했던 "엄청난 선물"로 다가왔고, 마찬가지로 느닷없이 떠난 듯하다. 카버는 『울트라마린』이 나오고 나서 얼마 지나지 않은 1986년 11월에 이렇게 말했다. "지금은 앉아서 시를 한 편 쓰라고 해도 쉽게 나오지 않을 거예요." 하지만 그의 그릇이 빈 채로 남아 있는 건 아니었다. 1985년 말에, 카버는 다시 소설을 쓰기 시작했다. 그가 그 후로 18개월에 걸쳐 써낸 일곱 편의 신작들 중 첫 번째 작품인 「상자들」이 1986년 2월 24일 자 〈뉴요커The New Yorker〉에 발표되었다. 그 전에 있던 전환점들에서와 마찬가지로, 장르의 변화는 카버의 문학적인 대화의 변화로 이어졌다. 인터뷰의 네 번째 그룹은 1986년 가을부터 1987년 가을에 걸쳐 확연하게 구분되어 나타난다.

나선형으로 반복되는 카버의 사고 패턴은 1980년대 중반에 그가 쓴 글들에서 분명하게 드러난다. 예를 들자면, 시 「1954년 울워스 상점」(〈파리 리뷰〉, 1984년 가을 호)과 단편소설 「친밀」(〈에스콰이어Esquire〉, 1986년 8월 호)에서 저자 자신에 가까운 화자는 자신의 과거 속으로 물러나 현재에서 자신의 위치를 새롭게 찾고, 알 수 없는 앞날을 향해 머뭇거리면서 나아간다. 이 시기에 쓰인 많은 자전적인 글에서 카버는 이와 유사하게 스스로를 재구성하는 과정을 이어간다. (아마도 이 과정을 가장 잘 드러내는 건 데이비드 카펜터David Carpenter의 글 「카버를 말할 때 우리가 이야기하는 것들What We Talk About When We Talk About Carver」[◆]일 것이다.) 인터뷰어들도 카버의 뒤로 갔다 앞으로 가는 이 패턴에 주목했다. 마이클 슈마허는 "카버는 자신의 과거와 현재가 두 개의 서로 다른 삶이라는 사실을 인정한다"고 썼다. "그는 자신이 살아 있는 것 자체가 행운이라고 말하면서, 자신의 소설과 시는 자신의 과거와, 불행하게도, 너무 많은 사람의 현재에 대한 '증언'이라고 덧붙인다."

　이 시기에 카버는 미국의 젊은 신사실주의 작가들의 '대부'로 늘 호명되었는데, 이 역할은 그가 자처한 것도, 원한 것도 아니었다. (이탈리아의 인디뷰이 실비아 델 포초Silvia Del Pozzo가 그에게 데이비드 리비트David Leavitt, 브렛 이스턴 엘리스Bret Easton Ellis, 그리고 제이 매키너니 같은 이들의 '아버지' 역할을 했는가라고 묻자, 카버는 "저는 제 아이들한테만 아버지입니다"라고 대답했다.[◆◆]) 언론의 과장을 감안하더라도, 1980년대 말에 이르면 카버가 단편소설에 관한 한 자신의 세대에서 가장 두드러진 작가였다는 사실에 의심의 여지가 없다. 다소 겸손한 태도를 취하긴 했지만, 카버 역시 스스로 '두 번째 삶'이라고 부르던 당시의 생활에 안정감을 느끼고 있는 걸 볼 수 있다. 카버는 니컬러스 오코넬Nicholas O'Connell을 비롯한 이들에게 "저는 제가 알고 있는 것들에 대해 증언하고 있을 뿐입니다"라고 말했다.

[◆]　데이비드 카펜터, 「카버를 말할 때 우리가 이야기하는 것들」, 〈데스캔트Descant〉 56/57호 (1987년 봄/여름), 20~43쪽.

[◆◆]　「나는 거의 그들의 아빠다Sono quasi il loro papà」, 〈파노라마Panorama〉(1986년 3월 23일), 95쪽.

카버가 자신에 대해 가지고 있는 이미지가 바뀌면서 그의 문학도 바뀌었다. 1980년대 초반 그의 문학적인 특징이었던 수정과 재출간에 대한 강박이 사라졌다. 카버는 1986년에 스털과 이야기하면서 "한때 모든 작품을 다시 쓰던 시기가 있었습니다. 하지만 지난 몇 년 동안은 그런 작업을 하지 않았습니다"라고 말했다. 게다가, 전에는 이야기를 최소한으로 줄였다면, 이제는 오히려 이야기들을 확장시킬 정도로 자신감이 붙었다. 신작 일곱 편은 "더 길고, 더 상세하고, 좀 더 긍정적"이라고 카버는 데이비드 애플필드에게 말했다. 그리고 스타일상의 이런 변화와 더불어서 주제 면에서도 변화가 찾아왔다. 그는 이렇게 덧붙인다. "이제는 가정 안에서 남편과 아내의 이야기를 다룰 뿐 아니라, 좀 더 확장해서 아들과 어머니, 아니면 아버지와 자식들 같은 다른 가족 구성원들의 관계도 다룹니다." 아마도 가장 놀라운 건, 카버가 시와 단편소설을 동시에 쓰게 되었다는 건데, 이건 그가 전에 한 번도 해본 적이 없는 방식이었다. 이런 변화가 누적되면서 여러 가지 가능성에 대한 압박감이 생겼다. 카버는 마이클 슈마허에게 이렇게 말했다. "요즘은 할 일이 너무 많은데 시간은 얼마 없는 것 같아요."

다섯 번째 인터뷰 그룹에서는 레이먼드 카버에게 남은 시간이 비극적으로 짧다는 사실이 드러난다. 1987년 9월에 카버에게 호흡기 출혈이 있었다. 진단명은 암이었고, 10월에 의사들이 왼쪽 폐의 3분의 2가량을 잘라냈다. 잠깐 차도가 있는 듯하더니, 1988년 3월에는 뇌에서 암이 재발했고, 7주에 걸친 방사선치료가 이어졌다. 그의 신작들과 기존 작품들에서 고른 단편들을 모은 작품집 『내가 전화를 거는 곳』의 5월 출간이 예정되어 있었다. 이 책의 출간과 더불어 5월 25일 카버의 쉰 번째 생일을 기념하는 여러 가지 영예로운 행사가 열렸고, 이를 계기로 마지막 인터뷰들이 진행되었다. 마지막으로 발표한 단편 「심부름」(〈뉴요커〉, 1987년 6월 1일 자)에서 카버는 평생 그에게 영감을 준 안톤 체호프의 마지막 며칠을 다뤘다. 이제 스스로도 죽음을 앞두고 있는 상황에서 카버는 체호프적인 대담함을 지닌 채 말하고 행동했다. 그는 한편으로는 인터뷰어들에게 자신의 묘비에 어떤 글이 새겨져야 할지 말했다. "작가라는 것 말고 달리 뭐라 불려야 할지 생각하지 못하겠어요. 시인이라고 할 수도 있겠네요." 다른 한편으로는 아직 자신의 최고의 작품은 쓰이지 않았다고 주장했다. 그는 켈러먼에게 이렇게 말했다. "회복할 거예요. 잡아야 할 물고기가 있고, 써야 할 소설과 시들이 있어요."♦

그러나 카버가 그 소설들을 쓰기 전에 시간이 다했다. 하지만 6월 17일에 테스 갤러거와 결혼을 하고 나서 몇 주 만에, 카버와 그의 아내는 그의 마지막 시집인 『폭포로 가는 새로운 길』(1989)를 묶었다. 7월에 두 사람은 알래스카로 낚시 여행을 떠났다. 레이먼드 카버는 8월 2일 이른 아침에 포트 앤젤레스의 집에서 사망했다. 카버는 켈러먼에게 이렇게 말했다. "마지막 몇 년 동안 빛과 광채와, 이런 표현을 쓰자면, 은혜가 제 삶에 들어왔어요."♦♦ 카버가 마지막으로 남긴 대화들은 이런 축복들을 증언하고 있고, 그는 마지막 책에 마지막 시로 남긴 「말엽의 단편」에도 그렇게 썼다.

♦   스튜어트 켈러먼, 「레이먼드 카버를 위하여, 글쓰기로 보낸 한 평생For Raymond Carver, A Lifetime of Storytelling」, 〈뉴욕 타임스The New York Times〉(1988년 5월 31일), C 섹션, 17쪽.

♦♦ 스튜어트 켈러먼, 「은혜가 제 삶에 들어왔어요」, 〈뉴욕 타임스 북 리뷰〉(1988년 5월 15일), 40쪽.

어쨌거나, 이번 생에서 원하던 걸
얻긴 했나?
그랬지.
그게 뭐였지?
스스로를 사랑받은 자라고 일컫는 것, 내가
이 지상에서 사랑받았다고 느끼는 것.

1990년 3월
마셜 브루스 젠트리,
윌리엄 L. 스털

레이먼드 카버의 마지막 책인 시집 『폭포로 가는 새로운 길』(1989).

차례

저는 누가 머리를 깎아주는 일이나
슬리퍼나 재떨이나 옥수수죽 같은 것들에 대해
글을 쓴다는 생각을 두고 부끄러워하는 사람들이 부끄럽습니다.

뉴욕주 시러큐스에 있는 자택의 서재에서의 레이먼드 카버, 1984.
(ⓒ Bob Adelman)

우리 자신의 삶의 메아리

작가는 자신의 등장인물이 아니에요.
하지만 등장인물들은 작가 자신이죠.

토요일 늦은 오후, 우리는 내 아파트에서 함께 커피를 마시고 있다. 거실 창밖에서는 이웃 아이들이 말다툼을 하고 있다. 스테이션 왜건 한 대가 앞길을 천천히 지나간다. 그의 단편소설의 도입부로 쓸 만한 장면이다. 전혀 특별해 보이지 않기 때문이다. 레이먼드 카버는 담배에 불을 붙이고 성냥을 슬쩍 흔드는 제스처를 취하면서 몸을 앞으로 숙인다.

"작가는 자신의 등장인물이 아니에요. 하지만 등장인물들은 작가 자신이죠." 그가 말한다.

카버가 살아오면서 담당했던 여러 가지 역할들을 고려해본다면, 흥미로운 관찰이다. 그는 청소부였고, 제재소 일꾼이었고, 배달부였고, 소매점 점원이었고, 출판사의 편집자였다. 1973년부터 1974년까지 아이오와 문예창작 워크숍을 비롯한 여러 대학교에서 소설 창작을 가르쳤다.

데이비드 코엔, 〈데일리 아이오완Daily Iowan〉(1978년 4월 18일), 2쪽.

하지만 앞으로 몇 달 동안, 카버는 아이오와시티에 살면서 글쓰기 작업을 이어가는 단순한 생활을 유지하다가 중서부를 떠나 버몬트주에 있는 고더드대학교의 교수진에 합류할 계획이다.

"지금은 제 인생에서 새로운 시기예요. 아이들은 둘 다 컸고, 저는 얼마 전에 구겐하임 지원금을 받았어요. 뭔가를 해볼 수 있는 시간이 커다란 덩어리로 앞에 놓여 있어요." 그가 말한다.

"장편소설 작업을 하고 있는 중입니다. 이미 출판사에서 선금을 받았는데, 하지만 출판사에서는 그 작품 대신 이번 가을에 단편들을 여러 편 받아주기로 했어요."

카버는 이미 두 권의 단편집을 낸 바 있다. 1977년에 전미도서상 후보에 오른 『제발 조용히 좀 해요』와 푸시카트상* 수상작인 「너무나 많은 물이 집 가까이에」를 포함하고 있는 『분노의 계절과 다른 단편들』이 그것이다.

카버는 자신이 무엇보다 소설가라고 생각하지만, 여태 세 권의 뛰어난 시집을 냈고, 지금 네 번째를 준비하고 있는 중이다.

"1년 전만 해도 다시는 시를 쓰지 않을 거라고 생각했어요. 어떻게 된 건지는 모르겠지만, 아이오와시티에 있는 동안 시집 한 권 분량을 썼어요. 지난 몇 주 동안 아주 좋았습니다."

우리는 한 작가가 쓴 시와 산문에서 그 차이가 어쩔 수 없이 두드러져 보이는 경우들에 대해 한동안 이야기를 나눈다. 나는 그의 시들이 그

---

*　미국의 문학 생태계의 기저를 형성하는, 대학과 독립 출판사 등에서 발행하는 이른바 '작은 잡지little magazine'들에 수록된 단편소설들만을 심사해서 선정하는 상. 미국 문단에서 중요하게 여기는 상들 중 하나. 1976년에 창설된 이래 약 2천 명의 작가와 600여 종의 매체가 선정되었다.

의 소설들과 닮은 경우가 자주 있다고 말한다. 그는 담배를 또 하나 피워 문다.

"저는 플롯 라인이라는 게 무척 중요하다고 믿어요. 시를 쓰건 산문을 쓰건 늘 이야기를 풀어내려고 노력해요. 한동안은 단편소설을 쓸 시간이 없어서 시를 썼어요. 시를 쓰면 좋은 게 바로 만족감을 얻을 수 있다는 거예요. 뭔가 문제가 생기면, 그것도 그 자리에서 보이죠. 장편소설을 하나 쓰려고 몇 달을 공을 들였는데 그 결과물이 나쁘면 견디기 어렵잖아요. 장편을 쓰는 건 저로서는 엄청난 투자고, 게다가 저는 그렇게 오랫동안 집중을 유지하는 걸 잘 못해요."

카버의 시들이 그의 단편소설들을 닮았다고 말하는 게 납득할 만하다면, 그의 단편소설들에 시적인 밀도가 있다고 하는 것 역시 맞는 말일 것이다. 그가 사용하는 언어는 매우 선명하고 홀릴 정도로 단순하다. 소설 속의 그 또는 그녀가 결론에 도달할 때까지, 독자들은 사건이 어디로 향하는지 전혀 알지 못한다.

레이먼드 카버는 대사를 쓰는 일에 엄청난 기술을 가지고 있고, 그 결과 그의 인물들은 어떤 괴이한 상황에 처해 있어도 매우 선명한 현실감을 가지고 있다.

단편 「알래스카에 뭐가 있지?」에서 메리와 칼은 잭이 생일 선물로 받은 물 파이프를 시험해보면서 잭과 헬렌과 함께 저녁 시간을 보낸다. 카버는 대마초에 취한 성인 네 명의 대화를 놀라울 정도로 정확하게 구현해낼 뿐만 아니라, 독자들에게 일종의 잠재적 긴장감을 불러일으키는 일련의 갈등을 은근히 암시해내는 데 성공한다. 그리고 그 긴장감은 이 작품의 마지막 문장에서 절정에 도달한다.

독자에게 감정이입에 가까운 반응을 유도하는 건 카버의 소설에서 상당히 자주 보이는 특징이다. 늘 일어나는 일들, 아주 사소한 것들, 우리가 각자 살아온 과정에서만 있었던 일이라고 생각하는 작은 것들을 예민하게 포착하기 때문이다. 그 결과 우리는 종종 우리가 소설을 읽고 있다는 사실을 잊어버리고, 우리가 우리 입으로 했던 말들, 우리가 살았던 우리 자신의 삶이 메아리처럼 되돌아오고 있다는 느낌을 받게 된다.

전 소설에서는
경제성이 무척 중요하다고 믿어요.

우리는 각자 커피를 좀 더 따르고, 나는 그에게 작업 과정, 그의 이야기들의 원천에 대해 묻는다. 그는 잠시 침묵을 지킨다.

"많은 게 경험에서 오죠. 어떤 건 들은 이야기, 어디서 들은 한 문장에서 오기도 해요."

나는 그의 소설 제목이 작품의 문장에서 오는 경우가 자주 있다는 점을 언급한다. 그는 몸을 앞으로 숙인다.

"일단 쓰기 시작하죠. 무슨 말을 하고 싶어서 그 이야기를 쓰고 있는지 모르는 경우도 있어요. 어떤 문장을 끝어내기 전까지는 그렇다는 거죠. 그리고 그 순간, 갑자기 이 이야기가 어디로 가고 있는 건지가 분명해져요. 그러니까, 쓰는 과정에서 그걸 발견해야 돼요. 그렇게 해서 초고를 얻으면, 다시 처음으로 돌아가는 거죠.

한 편의 이야기 안에서는 모든 게 다 중요해요. 단어 하나하나, 문장부호 하나하나가요. 전 소설에서는 경제성이 무척 중요하다고 믿어요.「이웃 사람들」 같은 경우에는 초고가 완성작보다 세 배나 길었어요. 저는 퇴고 과정을 정말 좋아해요.

시작이 정말 중요해요. 단편은 첫 문장에서 축복이냐 저주냐 그 운명이 결정 나요. 편집자들은 엄청나게 많은 원고를 읽어야 하는데, 특별히 아는 작가의 것이 아니라면 처음의 한두 문단만 읽어요."

알고 보면 카버는 자기가 하고 있는 일을 잘 꿰고 있는 사람이다. 그가 쓴 단편소설들은 이 나라에서 경쟁이 가장 치열한 『미국 베스트 단편소설The Best American Short Stories』과 O. 헨리 상 수상 작품집 같은 선집들에 늘 선정되어왔다.

우리의 대화 중에 침묵이 가장 길었던 건 내가 "아이오와대학교의 창작 프로그램 같은 문예창작 프로그램들에 대해서 어떻게 생각하나요? 몇 해 전에 여기 학생이었던 걸로 알고 있는데요"라고 물었을 때다.

"창작 프로그램이 좋은 역할을 해줄 수도 있어요. 기술을 배우는 거니까요. 물론, 학교에 다니는 동안 아주 활발했던 사람들이 졸업 후에는 전혀 소식을 알 수 없다는 건 문제죠. 학교를 떠나는 순간 글쓰기도 멈추는 거예요. 제 경우는 아이오와에서 지내는 동안 별로 생산적이지 못했어요. 작품을 많이 못 내놨죠. 두 학기를 다녔고, MFA 학위를 얻기 전에 떠났어요.

중요한 건, 같이 작업할 수 있는 사람을 만나는 거예요. 제 경우에는 존 가드너가 그런 사람이었어요. 제가 작가로서 성장하는 과정에서 무척 중요한 시기에 마침 그 자리에 있었죠."

카버는 오늘 저녁 8시 영문과 라운지에서 낭독회를 가질 예정이다. 아마도 새로 나올 단편집 『춤 좀 추지 그래?Why Don't You Dance?』(이 책은 다른 제목으로 출간되었다)의 표제작을 읽게 될 것이다.

"다른 작품도 읽을지도 몰라요." 그가 말한다. "「내 입장이 돼보시오」일 듯한데, 화요일에 결정하겠습니다."

카버는 자리에서 일어나 컵을 손에 든 채 나를 쳐다본다. 그가 묻는다. "커피 좀 더 있나요?"

최선의 예술

레이먼드 카버는 1982년 봄에 애크런대학교를 방문했다. 아래의 내용은 미국 단편소설 수업 시간에 이뤄진 질의응답 중에서 추린 것이다. 리사 매켈리니가 받아 적은 뒤 편집했고, 우리는 질문들과 카버의 발언 중 끼어든 불필요한 이야기들을 들어냈다.

지난 몇 년 동안 주요 출판사들은 단편소설을 미국 문학에 있어서 양아버지의 사생아 정도로 취급해왔습니다. 단편소설 작가들은, 대체로, 이런저런 이상한 이유로 그다지 진지한 작가 대접을 받지 못했습니다. 이미 자리를 잡은 작가의 것이 아닌 한, 출판사들은 단편집에 별 관심이 없습니다. 심지어 요즘도, 잘 알려진 출판사에서 나온 단편집들조차 1,500 내지 2,000부 이상은 팔리지 않습니다. 그런 면에서 보자면 단편소설 작가들은 시인들보다도 형편이 안 좋습니다. 그런데 이런 상황이 바뀌고 있고, 지난 몇 년 동안 바뀌어왔다는 점을 이야기할 수 있

로버트 포프Robert Pope, 리사 매켈리니Lisa McElhinny, 〈애크로스 리뷰The Akros Review〉 (1984년 봄 호), 103〜114쪽. 인터뷰는 1982년 봄에 이루어졌다.

게 돼서 다행입니다. 단편소설을 쓰는 작가들—레너드 마이클스Leonard Michaels, 앤 비티Ann Beattie, 배리 해나Barry Hannah, 그리고 저 같은 사람들—의 선집들이 예전보다 좀 더 비평적인 관심을 얻고 있고, 진정한 의미에서 단편소설의 르네상스가 진행되고 있는 듯합니다.

저는 제가 어떤 전통 속에 들어가 있다고 느낍니다. 저는 단편소설을 쓰는 일을 아주 편안하게 받아들입니다. 이야깃거리가 쌓여 있는 것 같고, 쓰고 싶다는 생각이 강하게 듭니다. 이번 여름에는 쓸 여유가 생기길 바라고, 꼭 써야 합니다. 올 가을에는 단편집을 묶을 원고를 보내주기로 계약이 돼 있거든요. 그 일을 마무리 지은 뒤에는 장편소설을 쓰게 될 수도 있고 그렇지 않을 수도 있습니다. 장편소설을 쓰라고 돈을 받은 적이 있는데, 쓰지 않았습니다. 대신 단편들을 썼죠. 아마 2주 정도 장편 작업을 하다가 중단하고는 단편을 쓰는 일로 돌아갔던 것 같습니다.

몇 년 동안 암묵적으로, 혹은 덜 암묵적으로 그 장편소설을 쓰라는 일종의 압력을 받아왔던 것 같습니다. 제 아내부터 시작해서 출판사에 이르기까지 모두들 "장편소설을 써야 한다"고 말했죠. 하지만 저는 단편소설과 시만 계속해서 썼습니다. 그러나 장편을 쓰게 될지도 모르겠습니다. 내년에는 쓰게 될지도 몰라요. 잘 모르겠습니다. 지금 하고 있는 일들을 하는 게 좋아요. 더 이상 장편을 써야 한다는 압박감을 느끼거나 하지는 않습니다.

문학 전체를 놓고 보자면, 장편소설을 한 편도 쓰지 않은 좋은 작가들이 꽤 됩니다. 예를 들어 체호프의 경우 꽤 긴 단편, 경장편을 몇 편 썼고, 장편을 쓰려고 시도를 했지만 해내지 못했습니다. 자신은 장편을 써낼 만큼 오래가는 집중력이 없다고 말했죠. 체호프는 쉽게 지루해하는 편이었습니다. 글의 시작 부분과 끝부분을 좋아했고요. 제 경우도 꼭 그런 것 같습니다. 장편을 하나 쓰기 위해서 3년의 세월을 보냈는데 결과물이 좋지 않다, 이런 건 상상도 하기 어려워요. 대부분의 작가들이 첫 번째 장편소설을 출간하지 못하는 경우가 많습니다. 대개 첫 작품은 별로 좋지 않거든요. 예외도 있죠. 이를테면 토마스 만이 그렇습니다. 단편소설을 쓰는 일이 장편을 쓰기 위한 준비 단계가 될 필요는 없다고 봅니다만, 말을 사용하는 법을 배운다는 면에서 나쁜 방법은 아닌 듯합니다.

제 생각에는 대어를 낚아보겠다는 마음으로 글을 쓰는 경우들이 너무 많은 것 같아요. 장편소설을 쓰면 유명해지고, 부자가 될 거라고 생각하는 거죠. 대개의 현역 소설가들은 돈을 전혀 못 벌어요. 제 친구 하나는 장편소설을 세 권 냈는데, 모두 평은 좋았어요. 그 친구가 번 걸 다 합하면 8천 달러예요. 그 작품들을 쓰느라 8년을 보냈는데 말이죠. 따져보면 그다지 바람직한 보수라고 보기는 어렵죠. 그래서 대부분의 진지한 작가들이 생계를 꾸리기 위해서 다른 일을 해야 합니다. 가르치는 일을 하기도 하고, 보험회사 부사장이 되기도 하고, 1년 중에 여섯 달은 벌목장에 들어가서 일하고 나머지 절반은 글을 쓰면서 보내기도 하죠.

저는 가르치는 일에서 별다른 영감을 느끼지 못합니다. 가르치는 일 자체에서든 학생들로부터든 아무런 아이디어도 얻지 못해요. 하지만 집세를 낼 수 있고, 괜찮은 수준의 생활을 영위할 수 있죠. 너무나 오랜 세월 다음 달 집세는 어떻게 마련할지, 애들이 아프면 어떻게 해야 할지 걱정하면서 살아왔어요. 치과 보험이나 건강보험을 가졌던 적이 없어요. 아이들에게는 자전거도 필요하죠. 9월 새 학기가 되면 학교에 입고 갈 옷도 필요하고요. 그런 식으로 당장 눈앞의 필요를 채우는 일에 급급

해가면서 살다 보면 사람이 진이 빠져요. 그건 한마디로 사람이 살 수 있는 삶이 아니에요. 이제 저는 월세 걱정을 안 해도 되고, 글도 더 많이 씁니다. 여름에는 쉬고요. 크리스마스가 끼어 있는 달에도 쉬죠. 보수를 상당히 잘 받는 편이에요. 하는 일에 대한 시간당 임금이 여태 다른 어떤 일을 했을 때보다 높아요. 저는 웬만한 거친 일은 다 해봤습니다. 고무공장이나 제재소, 아니면 어디에서든 1년에 50주, 하루에 열 시간씩 일하면서 1년에 2주 휴가를 얻어서 수립공원에나 가는 생활에 고상한 구석이라고는 전혀 없어요. 아침 여덟 시부터 저녁 다섯 시까지, 아니면 밤 열한 시에서 아침 일곱 시까지 일을 하고 집에 오면 완전히 탈진해서 다른 일은 할 수가 없어요. 저는 다른 어느 때보다 요즘 글을 더 많이 써내고 있어요. 여기가 아주 이상적인, 평화로운 세계라면, 작가들은 일을 하지 않아도 될 거예요. 그냥 매달 우편으로 수표를 받아서 사는 거죠. 하지만 우리는 지금 그런 세계에 사는 게 아니니까, 별 불만은 없어요. 돈 문제는 지금보다 더 안 좋을 수 있어요. 실제로 그래왔고요. 그러니 지금 이 정도 할 수 있는 것만으로도 행복해요.

출판사들에서 책이며, 가제본이며, 출간 직전 단계에 있는 것들을 자주 보내옵니다. 책을 검토해보고 몇 줄 써줬으면 하는 거죠. 불과 몇 달 안에 서점에 깔릴 장편소설을 받는 경우도 자주 있어요. 700~800페이지 정도 분량에 15, 16달러 정도의 가격이 붙을 것들이죠. 그것들을 집어 들 때마다 주눅이 들어요. 무게만 해도 3, 4파운드는 나가죠. 이게—물론 내 문제죠. 읽을 수 있었을 때 『전쟁과 평화』를 읽어서 정말 다행이에요. 어쨌거나 그걸—두 번—읽었고, 죽기 전에 두 번은 더 읽었으면 좋겠어요. 위대한 작품이라고 생각해요. 위대한 작품이죠. 그러니까, 짧아야 좋다는 이야기가 전혀 아니에요. 존 치버의 신작 장편은 상당히 짧은 편인데도 아주 안 좋아요.

전 단편소설을 쓰는 것과 시를 쓰는 일 사이의 유사성이 단편소설을 쓰는 것과 장편소설을 쓰는 것 사이의 유사성보다 확실히 더 크다고 생각합니다.

시를 읽고 쓰는 게, 어쩌면 젊은 작가들이 취할 수 있는 가장 좋은 훈련이라고 생각해요. 에드거 앨런 포는 그걸 '단일 효과single effect'라고 불렀어요.

저는 단편소설과 시를 같은 시기에 쓰기 시작했습니다. 같은 날, 두 개의 다른 잡지사로부터 각각 제 시와 단편소설을 게재하겠다는 연락을 받았어요. 아주 기분 좋은 날이었죠. 정말로 특별한 날이었어요. 제게 있었던 어떤 좋은 일 못지않게 좋은 일이었어요. 시 원고료로 1달러를 받았고, 소설에 대해서는 잡지가 나오면 저자 몫으로 몇 권 보내준다는 약속을 받았죠. 이렇게 일확천금을 얻는 겁니다.

제 작품들에서는 모든 게 다 바뀔 수 있어요.
저는 퇴고의 힘을 절대적으로 믿는 사람입니다.

제 생각에는 소설을 위한 아이디어라는 게 찾아 나선다고 해서 찾아지는 건 아닌 듯합니다. 그보다는 그 아이디어가 어떤 식으로든 작가를 장악해야 하는 듯합니다. 하지만 제 작품들에서는 모든 게 다 바뀔 수 있어요. 저는 퇴고의 힘을 절대적으로 믿는 사람입니다. 고쳐 쓰는 걸 좋아해요. 제가 만난 대부분의 작가들, 제가 조금이라도 아는 작가들의 대부분은 죄다 고쳐쓰기의 대가들이에요. 위대한 작가들의 작품의 초기 판본들을 보는 게 우리처럼 글을 쓰고 싶어 하는 이들에게는 실질적으로, 또 심정적으로 큰 도움이 됩니다. 톨스토이, 도스토옙스키, 그리고 헤밍웨이 같은 이들 모두 고쳐쓰기의 대가들이었다고 봐요.

헤밍웨이에 대해서는 과장된 말들이 많이 돌아다니지만, 그 자신이 그렇게 말했어요. 『무기여 잘 있거라』의 결말 부분, 그 작품의 후반부는 마흔 번을 고쳐 썼다고요. 그것의 반만 한다고 해도 엄청나게 많이 고쳐 쓰는 겁니다.

톨스토이의 『전쟁과 평화』 교정쇄의 사진을 본 적이 있어요. 톨스토이는 그 책을 처음부터 끝까지, 펜과 잉크로, 다섯 번을 다시 썼고, 출간되기 직전까지 교정쇄에 수정 사항을 적어 넣었어요. 그리고 그 수정 사항들이 너무나 많아서 결국 활판을 다시 짜야 했습니다. 새로 삽입하는 구절과 바꿔야 할 것들이 너무 많아서 식자공이 아예 판을 다시 만들어야 했던 겁니다.

아마도 금세기의 가장 뛰어난 단편소설 작가라고 할 수 있을 아일랜드 작가 프랭크 오코너Frank O'Connor는 자신의 작품을 스무 번, 서른 번, 마흔 번 고쳐 쓴다고 했습니다. 단편으로는 꽤 긴 편인 그 놀라운 작품들을 말입니다. 그러고는 그 작품들이 출판된 뒤에도 고쳐 쓰는 경우가 자주 있었어요. 오코너는 이렇게 말했어요. 초고는 그냥 속에 들어 있던 쓰레기를 백지에 쏟아부어 검은색으로 채우고 또 채우면서 안에 들어 있는 것들을, 뭐가 됐든 모조리 쏟아내는 거라고요.

헤밍웨이는 손가락으로 글을 쓴다고 말했던 걸로 기억합니다. 그래서 몬태나에서 차가 완전히 부서지는 사고가 나서 오른팔을 잘라야 한다는 이야기를 들었을 때, 그 양반은 이제 글을 못 쓰게 되는 건가 싶었다더군요.

아직 학생이거나 제대로 자리를 잡지 못한 젊은 작가들은 단편소설을 시작했다가 두세 페이지 만에 그 자리에서 옴짝달싹 못 하는 경우가 자주 있습니다. 뚫고 나갈 길을 찾지 못하니까 멈춰 서버리는 거죠. 머리가 이야기를 막아서는 겁니다. 그러고는 이런저런 헛수고를 계속하다가 이야기를 중단시켜버리고 말죠. 그냥 서둘러 그 지점을 통과해서 빠져나와야 돼요. 그러고 나면 그 작품이 뭐에 대한 건지 눈에 들어오게 됩니다. 자기가 말한 걸 자기 눈으로 보기 전까지는 무슨 말을 하고 싶은지 모르는 경우가 종종 있어요.

플래너리 오코너의 『미스터리와 태도들Mystery and Manners』이라는 책이 있습니다. 그가 남긴 조각 글들을 모아서 사후에 발간한 건데, 지금도 잘 팔리고 있고, 꼭 권하고 싶은 책입니다. 오코너는 처음에 글을 쓰기 시작할 때부터 그 이야기가 어떻게 될지 알고 있는 경우는 손에 꼽을 정도라고 했습니다. 처음에는 머릿속에서 하나의 아이디어나 이미지, 몇 줄의 문장으로 시작하는데, 이게 발전해서 무언가가 되고, 그게 다시 다른 무언가가 된다는 것이었습니다. 우리 모두가 알고 있는 위대한 이야기 「좋은 시골 사람들」 역시, 시작할 때만 해도 그는 그 이야기 안에 박사학위를 가지고 있고 한쪽 다리는 의족인 여자가 등장하게 될 줄 몰랐다고 했습니다. 성경책 외판원이 전화를 거는 장면이 들어가게 될 거라는 것도 몰랐고요. 마지막 여덟 문장을 쓰기 전까지는 그 이야기의 끝이 어떻게 될지도 몰랐습니다. 그 문장들은 오코너에게 들리면서, 그렇게 왔습니다. 그리고 저 역시 이런 식으로 쓰는 경우가 자주 있습니다.

제 경우에는 이야기가 어디로 가는지 대충 알고 시작합니다. 그러고는 초고나 아주 거친 원고를 아주 빨리 써냅니다. 중간에 멈추거나 세부 사항을 그리거나 하지 않아요. 어떤 장면들은 다시 돌아와서 손을 봐야 할 거라는 걸 알면서 그냥 놔둡니다. 마음속으로 표시를 해두고 그냥 넘어가서 빠르게 밀고 나가는 겁니다. 나중에 다시 돌아와서 타자를 치고, 진짜 작업은 그때 시작될 거라는 걸 아는 상태에서 대략 35~40페이지 정도를 손으로 써 갈깁니다. 그러고 난 뒤 그 원고를 가지고 열 번, 열다섯 번, 스무 번까지 고쳐 쓰는 건 결코 드문 일이 아닙니다. 어떤 때는, 이미 잡지에 발표하고 난 뒤에노 다시 손을 봅니다. 책으로 묶여 나오기 전에 다시 한번 수정 작업을 할 수도 있고요. 제가 알기로는 대개들 그렇게 합니다. 우리 시대를 대표하는 저명한 시인들 중에서 제가 아는 몇 명―로버트 블라이Robert Bly, 골웨이 키넬Galway Kinnell, 도널드 홀 같은 이들―이 이렇게 작업합니다.

도널드 홀은 어떤 시를 3년 동안 여든 번, 여든 번에서 백 번 사이로 고쳐 썼다고 저한테 말한 적이 있습니다. 그동안 다른 일도 하죠. 하지만 수시로 그 시를 꺼내서 들여다보고, 타자기에 끼워 여기저기 손을 본 뒤에 다시 서랍에 넣어두고는 다른 일로 넘어가는 겁니다. 여든 번에서 백 번을 고쳐 써서 끝을 냈을 때, 그 시는 겨우 열여섯 행이었어요. 제가 알고 있는 시인들은 모두 진지한 사람들입니다. 제가 아는 시인들은 모두들 쓰고 고쳐 쓰고 또 고쳐 씁니다.

존 가드너 또한 엄청나게 고쳐 쓰는 작가였습니다. 가드너는 장편소설 한 작품에 20년을 쏟아부었습니다. 한쪽에서는 다른 장편을 쓰고 있었죠. 그러면서 이 작품을 꺼내서는 고쳐 쓰고, 서랍에 넣어두는 겁니다. 그러고는 다른 작품을 쓰다가 다시 이 작품을 꺼내서 들여다보고 고치는 겁니다. 석연치 않은 데가 있으면 다시 서랍에 넣어두고 다른 작품으로 돌아가 그 일을 하고, 또 다른 볼일을 봅니다. 그렇게 이 작품 저

작품을 하다 보면 마침내 끝이 보이는 것들이 나오게 됩니다. 가드너가 처음 출판한 소설은 그가 처음 쓴 작품이 아니었어요.

전 속임수를 좋아하지 않습니다.

저는 체호프의 단편소설들을 무척 좋아하기 때문에, 패러디가 될 위험을 무릅쓰고 체호프로부터 빌려 오겠습니다. 그가 말한 것 그대로 빌려 오겠습니다. 체호프는 문학을 두 그룹으로 나눕니다. 하나는 그가 좋아하는 것들이고, 다른 하나는 좋아하지 않는 것들입니다. 저는 글을 쓰는 일에 대해 정말로 아무런 이론도 가지고 있지 않습니다. 전 제가 뭘 좋아하는지 압니다. 제가 뭘 좋아하지 않는지 압니다. 저는 글쓰기에서 정직하지 않은 태도를 좋아하지 않습니다. 전 속임수를 좋아하지 않습니다. 전 정직한 이야기가 잘 서술된 걸 좋아합니다. 그 이야기 안에 로맨스가 있든 없든, 그런 건 관계없습니다.

단편소설—특히 학생의 작품이든 잡지의 편집자가 보내온 것이든 원고 상태인 것들—을 많이 읽다 보면 그 작품이 쓸 만한 건지 아닌지 첫 두세 문장만 읽어보면 알게 되는 경우가 종종 있습니다. 단어들이 연결되면서 작동하는 방식, 보이는 모습, 느낌만으로 전달되는 뭔가가 있습니다.

저 스스로도 세 종류의 문학잡지를 편집했고, 또한 〈에스콰이어〉에서 8년 동안 소설 편집자로 일한 사람을 알고 있습니다. 그 친구는 에이전시들에서 온 원고들 아니면 봉투에 수신자가 자기로 적시된 원고들만 받아 읽습니다. 그래도 아마 하루에 서른 편 내지 마흔 편 정도를 읽을 겁니다. 그러니, 하루만 읽지 않고 지나가도 그다음 날에는 예순 편은 읽어야 하는 거죠. 하지만 그 원고들을 다 읽지는 않습니다. 첫 몇 문장, 첫 문단만 읽고, 어떤 때는 첫 페이지까지는 읽기도 합니다. 그러다가 어떤 이야기에 이끌려 들어가면, 충분히 유혹적이라고 느끼게 되면, 계속 읽는 겁니다. 그러니 만약 여러분이 작가라면, 제일 좋은 걸 마지막까지 아껴두지 말기를 권합니다.

그리고 매년 3월에는 미국 단편소설을 추려서 내는 O. 헨리 상 작품집이 나옵니다. 이 나라에서는 매년 대략 3천 편 정도의 단편이 발표됩니다. 〈애크로스 리뷰〉에서부터 〈뉴요커〉에 이르기까지, 다양한 잡지들에 발표되는 단편소설들이 이 선집에 포함될 자격이 있습니다. 선집의 편집자인 윌리엄 에이브러햄스William Abrahams는 작품들의 일부를 걸러내는 일을 하는 보조 편집자들을 두고 있습니다. 에이브러햄스 손에 들어가는 건 아마 150편 정도일 겁니다. 그리고 그 사람에게는 150편 모두를 읽을 시간이 없습니다. 못 합니다. 이미 매체에 실린 단편들을 말하는 겁니다. 예를 들어, 1년치 〈레드북Redbook〉* 열두 권에 실린 것들을 생각해봅시다. 첫 문단, 어쩌면 두 번째 문단까지 읽어보고 뭔가 눈길을 끄는 게 없으면 그냥 지나쳐버리게 될 겁니다. 요즘에는 우리의 주의를 끌려고 소리를 높이고 있는 다른 것들이 너무 많습니다. 소설 역시 어느 정도는 그 위에, 그 앞에 있어야 해요. 여러분이 좋아하는 단편소설 아무거나 그 시작 부분을 한번 들여다보세요. 체호프 소설의 첫 한두 문장을 들여다보세요. 그걸 읽는 즉시 우리는 이야기가 일어나고 있는 그 방안에 있게 됩니다. 거부할 도리가 없습니다. 아니면 헤밍웨이나 프랭크

* 매 호 한 편의 단편소설을 수록하던 종합 여성지로, 잭 런던, 이디스 워튼, F. 스콧 피츠제럴드 등의 작품이 실리기도 했다.

오코너, 플래너리 오코너를 보세요. 그 사람들 작품의 첫 몇 문장을 들여다보세요. 그러고 나면 멈출 도리가 없습니다.

헤밍웨이에게로 돌아가봅시다. 저는 헤밍웨이의 작품들에 아주 감탄합니다. 전 요즘도 그의 작품들로 돌아가 다시 즐겁게 읽곤 합니다. 여러분도 아마 헤밍웨이가 문학작품을 빙산에 비유한 이야기를 알고 있을 겁니다. 빙산의 90퍼센트는 물속에 잠겨 있다는 이야기 말입니다. 작가는 자기가 쓰지 않고 남겨놓은 이야기가 어떤 것들인지만 알고 있으면 됩니다. 만약 쓰는 데만 집중하고, 중요한 것들을 쓰지 않고 남겨놓았다는 사실을 모른다면, 그건 문제가 좀 있습니다. 헤밍웨이의 단편들을 읽어보면, 딱 충분한 만큼만, 넘치지 않게 얻게 됩니다.

제가 좋아하는 헤밍웨이의 단편소설 중에 「빗속의 고양이」라는 작품이 있습니다. 별다른 사건이 일어나거나 하지 않지만, 남편과 아내 사이의 관계에 문제가 생기고 있다는 걸 알게 됩니다. 아내는 호텔방 창문에서 보이던 고양이를 찾으러 나갑니다. 우기이고, 이야기의 배경은 아마도 스페인이었던 것 같습니다. 남편은 지금 벌어지고 있는 일에 별 관심이 없습니다. 그리고 그 장면에 대한 묘사가 제 머릿속에 지워지지 않고 남아 있습니다. 남편은 침대에 누워서 책을 읽고 있는데, 발치에 머리를 두고 있습니다. 발은 침대 헤드에 닿아 있고요. 아주 멋진 작품입니다. 아주 단순하게 서술된 단편이에요. 아주 근사합니다.

저는 좋아하지 않는 사람들 건 대개 안 읽습니다. 존 치버의 신작 장편 『이 얼마나 천국 같은가』를 별로 안 좋아한다고 한마디 했지만, 치버는 위대한 작가입니다. 놀라운 사람이죠. 몇 해 전에 단편집을 냈는데,

그 책은 아마 앞으로 50년이 지난 뒤에도 읽힐 겁니다. 전 치버가 위대한 작가라고 생각해요.

픽션 컬렉티브Fiction Collective*와 많은 작업을 함께하는 작가들 그룹이 있습니다. 거기에 실리는 작품들은 제리 범퍼스Jerry Bumpus**처럼 주목할 만한 작품을 내놓는 작가들 것들도 있죠. 하지만 거기에서 내놓는 것들의 상당수는 제정신이 아닌 것 같고, 장난스럽고, 사소합니다. 실험적이라는 밀이 보여줄 수 있는 최악의 경우예요. 눈속임밖에는 없고, 무엇보다 엄청나게 지루해요. 한마디로 장난인 거죠. 장난이란 건 처음 몇 분이 지나면 별로 재미가 없잖아요. 그리고 전 소설을 읽을 때에는 농담이나 속임수를 싫어합니다.

제가 아는 한,
최선의 예술은 실제의 삶에 근거해요.

도널드 바셀미의 작품들 중에는 제가 별로 안 좋아하는 단편들도 있지만, 한편으로 생각해보면, 바셀미는 아주 훌륭한 단편들도 썼습니다. 단편소설이라는 형식에 크게 기여를 한 면이 있어요. 바셀미는 아주 독자적인 사람이에요. 그 사람을 흉내 내는 이들이 꽤 있었지만, 똑같이 해내는 이는 하나도 없었어요. 저에게 아주 거슬리는 건 바셀미처럼 쓰려고 하지만, 그 사람만의 특별한 재능과 유머 감각을 가지지 못한 사람

---

*   아방가르드, 실험소설의 기치를 내걸고 1974년에 만들어진 비영리 출판 단체. 유타대학교를 비롯한 몇몇 대학과 민간 단체, 개인의 지원으로 운영되기 시작해서 지금도 'FC2'라는 이름으로 활동하고 있다.

**   미국의 소설가. 『미국 베스트 단편소설』의 1974년과 1975년 판에 작품이 수록되었다.

들이에요. 바셀미를 잘못 흉내 내는 사람들이 꽤 많습니다. 작가가 아무 것도 진지하게 생각하지 않은 상태에서 만들어낸 인물들이 많아요. 어 떤 아버지가 아기를 돌보는 상황에 대해서도, 아버지가 TV를 보고 있는 데 아기가 너무 울어서 방해가 되니까 일어나서 아기를 난로에 처넣는 식으로 써버리는 따위의 실험적인 작가들이 있고 그런 게 읽혀요. 이게 도대체 뭡니까? 이런 걸 왜 읽어야 하죠? 그러고 나서 그 아버지란 자는 다시 보던 걸 보면서 햄샌드위치를 만드는 것 같은 짓을 해요. 이런 건 너무 차가워요. 최대한 욕을 자제하자면요. 그런데 이런 이야기를 쓰는 사람들이 있고, 이런 게 출판되는 경우도 종종 있어요. 구체적인 이름을 대고 싶진 않지만 이런 식으로 쓰는 그룹, 장르가 있습니다. 세상과 연 결된 끈을 잃어버린 것 같은 사람들이죠. 그런 사람들은 예술이 됐든 삶 이 됐든, 어떤 지향, 윤리적인 지향이라는 게 없어요. 모르겠어요.

제가 아는 한, 최선의 예술은 실제의 삶에 근거해요. 도널드 바셀미 조차도, 그의 최고의 작품은 현실과 연결되는 지점들을 가지고 있어요.

예술이 예술 자체를 위해 존재할 수 있다는 건 물론 어떻게 보든 전 혀 새로운 생각은 아니죠. 이런 생각은 사람들이 실험적인 작품을 쓰기 시작한 19세기까지 거슬러 올라갈 수 있어요. 어쩌면 제가 쉽게 지겨워 하는 건지도 모르겠습니다. 저는 글쓰기에 대해 쓰는 작가들이 재미가 없어요. 등장인물이 "이런 식으로 얼마나 더 버틸 수 있을까?"라고 말하 게 하는 작가 말이죠. 저도 궁금합니다. 이런 게 얼마나 더 버틸 수 있을 까요? 정말 아무런 재미가 없단 말이죠.

안티-소설 선집이라고 나와 있는 것들이 있습니다. 여기에 실린 소 설들에 등장하는 인물들에게는 아무 일도 벌어지지 않는다고 아예 편집 자가 서두에서 못을 박고 시작하죠. 이 사람들은 살아 있는 사람들이 아닙니다. 이 이야기들에서는 아무 일도 벌어지지 않습니다. 아무런 변화도 일어나지 않습니다. 편집자들도, 작가들도 이야기에 아무 관심이 없어요. 아무 맥락도 없는 사건들이 벌어지고, 이야기는 아무렇게나 흘러갑니다. 그래도 읽겠다면 말리지는 않겠습니다. 정말 모르겠어요.

저는 1970년인가 1971년에 「이웃 사람들」을 썼습니다. 1968년에 이런저런 사정이 겹치면서 아내와 아이들과 함께 이스라엘의 텔아비브에 가서 지내게 된 적이 있습니다. 거기에서 만난 이웃이 한 주 동안 집을 비우게 됐습니다. 우리한테 자기네 아파트와 고양이를 좀 돌봐줄 수 있냐고 하더군요. 물론 그럴 수 있다고 대답한 걸로 기억합니다. 그 사람들 아파트로 들어가 등 뒤로 문을 닫던 것도 기억합니다. 그 아파트 안에는 화분 같은 게 많았고, 어딘가 으스스한 느낌이 들었습니다. 왜냐하면, 문을 닫는 순간 내가 그 안에서 무슨 짓이든 다 할 수 있겠다는 생각이 들었거든요.

그 이야기는 꽤 오랫동안 안 쓰고 있었습니다. 근근이 먹고사는 것만으로도 정신이 없었어요. 그 후에 캘리포니아로 돌아갔고, 출판사에서 일을 했습니다. 그리고 나서 무언가를 쓸 수 있는 여유가 좀 생겼을 때, 방에 들어가 내 등 뒤로 문을 닫던 일, 무슨 짓이든지 할 수 있겠다고 느꼈던 그 경험을 잊어버린 적이 없다는 사실을 깨닫게 됐죠. 그래서 그걸 둘러싼 이야기를 만들어냈습니다. 이런 식으로 이야기를 써내는 경우가 종종 있습니다. 무언가 반짝하는 경험이 있고 나서 한참 뒤에, 어떤 이야기를 점화시키는 역할을 했을 수도 있는 사건이 일어나고 나서 아주 한참 지난 뒤에 쓰는 거죠.

터널 끝에 보이는 빛이라고는
마주 오고 있는 열차의 불빛밖에 없었습니다.

  작가에게는 어떤 식으로든 격려가 필요합니다. 바깥 세상으로부터 네가 거기 살아서 존재하고 있다는 걸 알고 있다, 우리가 네게 개입하고자 한다, 라는 신호를 받는 게 필요합니다. 저는 그렇게 해서―이따금 잡지들에서 시를 받아주고, 또 다른 잡지들에서 소설을 받아주고 해서 1960년대를 버티고 살아남을 수 있었습니다. 큰 잡지들도 아니고 〈애크로스 리뷰〉, 〈웨스턴 휴머니티스 리뷰Western Humanities Review〉, 그리고 〈캐롤라이나 쿼털리Carolina Quarterly〉 같은 작은 잡지들이었습니다. 그 잡지들 덕에 계속 살아갈 수 있었습니다.

  언젠가 도저히 더 이상 무언가를 쓸 수 있는 시간도 마음의 여유도 없어진 때가 있었습니다. 터널 끝에 보이는 빛이라고는 마주 오고 있는 열차의 불빛밖에 없었습니다. 늘 새로 시작해야 했습니다. 그리고 몇 번이고 그렇게 했습니다. 지금은 그때보다 훈련이 잘 돼 있는 편입니다. 아니 훈련이 잘 돼 있다기보다는, 지금은 일할 시간이 더 많습니다. 이제는 글을 쓰는 게 제가 사는 방식이 됐는데, 그때만 해도 그렇지 못했습니다. 아마도 나이가 들어가는 것과 관련이 있는 듯합니다. 글 쓰는 일을 좀 더 잘하게 된 것과도 관련이 있는 것 같고요. 결과가 눈에 들어오기 시작했어요. 이런저런 일들, 많은 일이 있었고, 좋은 교훈을 많이 얻었습니다. 전 운이 좋았던 편입니다. 일을 열심히 하기도 했고요. 당연한 전제 조건이죠.

  어떤 작가가 정말 열심히, 강박적이라고 할 정도로 글쓰기에 몰두하는데 아무 일도 일어나지 않는 걸 지켜보는 건 참 마음 아픈 일입니다. 그런데 이게 수없이 많은 작가가 겪는 일입니다. 이렇게 한동안 지내고 나면 포기하게 되죠. 단편이든 장편이든 투고하던 걸 멈추게 되고, 아니면 계속 투고해도 출판은 되지 않습니다. 출판이 된다 해도 베스트셀러 목록에 올라가지 못해서 씁쓸해하기도 합니다. 그리고 편집자들이 자기의 가치를 몰라봐준다고 생각합니다. 그러면서 아주 쉽게 사람들을 욕하기 시작하게 됩니다. 이런 일은 자주 벌어집니다. 그리고 시인이나 소설가가 그렇게 속이 꼬이고 옹졸해지는 것처럼 끔찍한 일은 없습니다. 소설을 썼는데 출판이 되지 않는 것보다 나쁜 일은 얼마든지 일어날 수 있습니다. 소설을 써서 출판했는데 세상이 나를 몰라준다고 생각해서 속이 꼬이고 뒤틀리는 겁니다. 좋은 질문입니다만, 전 잘 모르겠어요. 끝도 없이 이야기할 수 있는 주제예요. 어려운 문제예요.

제 단편집이 나온 건 편집자가 그 작품들을 위해서 기꺼이 싸울 의지가 있었던 덕분입니다. 그 편집자는 잡지에 실린 단편들과 원고를 보고 나더니 "이건 출판해야 해"라고 했습니다. 그리고 책은 윗사람들의 심각한 반대를 뚫고 결국 나왔습니다. 그 사람들도 결국엔 물러섰죠. 그 선집이 돈을 벌어들이기 시작하면서 저는 그들에게 특별 대우를 받는 입장이 됐습니다. 그 책과 편집자에 대해 극찬을 늘어놓기 시작했어요. 처음에는 무슨 병균 취급을 받았는데 말입니다. 저 바깥 세상은 추잡해지기 시작하면 한도 끝도 없어요. 정말이에요.

좋은 일이 생기면 그때마다 빨리 내 작업으로 돌아가야겠다는 생각이 더 강해집니다. 더 많이, 더 몰두해서 쓰게 돼요. 이번에 낸 책이 많이 팔리고, 비평적으로도 인정을 받고, 수입이 생기고, 이런 식으로 성공을 거둘수록, 쓰고 싶다는 생각이 더 강해집니다. 마감은 저에게 아무 방해가 안 돼요. 마감은 어떤 면에서는 안전 장구를 갖추고 일하는 거나 마찬가지고, 따라서 좋은 거예요. 하지만, 마감 날짜가 있든 없든 관계없이, 그보다는 자신의 규율이 중요합니다. 마감은 연장할 수도 있어요. 이를테면, 11월 말이었던 마감 날짜를 3월 초로 옮길 수 있습니다. 하지만 그건 생각할 거리도 안 돼요. 전 쓰는 걸 좋아합니다.

또 한 가지, 요즘 제 작품들이 변하고 있다는 점을 언급할 필요가 있습니다. 더 낫게든 아니든, 여태 써온 것 같은 작품들은 더 이상 쓸 수가 없어요. 이건 자연스러운 일인 것 같아요. 평생 같은 소설을 쓰고, 같은 그림을 그리고, 같은 노래를 작곡할 수는 없는 겁니다. 덧붙이자면, 요즘 제 작품들에 일어나고 있는 변화는 어느 날 아침에 일어나 앉아서 그렇게 바꿔보자고 결정해서 일어나고 있는 일이 아니에요. "자, 이제 글 쓰는 방식을 좀 바꿔보자. 이제부터 내 작품들은 5년 전에 썼던 것들보다는 더 긍정적인 게 돼야 해." 이런 식으로 의식적으로 생각한 게 아니라는 겁니다. 그건 그냥 일어나고 있는 일이에요.

저는 다른 사람 건 어떤 작품도, 학생의 것이든 작가 친구의 것이든, 연필을 손에 들지 않고는 읽지 못합니다. 누가 "이것 좀 읽어봐" 하면서 작품을 건넬 때 그게 원고의 형태라면, 저는 그 사람이 제게 가능하다면 그 작품을 좀 더 낫게 만들어달라고, 어떤 제안이라도 해달라는 뜻으로 받아들입니다. 저는 캘리포니아주 팰로앨토에 있는 교과서 출판사에서 여러 해 동안 편집자로 일하면서 생계를 꾸렸습니다. 그래서 원고를 읽을 때에는 연필을 손에 들고 읽습니다. 그리고 제 학생들에게는 그들이 활용할 수 있는 조언만 받아들이라고 말합니다. 맞는 말인 것 같으면 받아들이라는 거죠. 이런저런 제안들 중 열에 아홉은 받아들일 만한 가치가 있는 것들입니다. 그렇지 않은 경우라면, 별로 마땅치 않으면

밀어놓으면 되는 거죠. 받아들이지 말아야 합니다. 그리고 자신에게 있는 것에 집중하는 거죠.

하퍼 앤드 로우 출판사에서 내년 11월이나 12월에 낼 예정인 '영향들Influences'이라는 책에 에세이를 한 편 싣기로 했는데, 그 책의 편집자인 테드 솔로타로프Ted Solotaroff가 제 에세이가 무척 마음에 든다고 하면서 복사본을 보내왔습니다. 거기에 적어 넣은 수정 제안들을 제가 받아들일 수 있으면 그렇게 고쳐서 내겠다는 것이었습니다. 여기저기 몇 군데 손을 봤는데, 아주 정확했습니다. 그 사람의 지적이 완전히 옳았어요. 정말로요. 그래서, "내가 쓴 건 고칠 수 없어요"라는 말은 당연히 하지 않았습니다. 그런다면 멍청한 짓이죠. 그가 한 거라고는 몇 가지 제안을 한 것뿐이고, 그 제안은 완전히 정확한 것이었습니다. 그래서 당연히 그대로 고쳤죠. 솔로타로프가 옳았어요. 그런 게 편집자, 훌륭한 편집자의 역할입니다. 그리고 훌륭한 편집자는 무척 드물어요.

출판사에서 일하고 있는 편집자들 중에 그 일을 해서는 안 될 사람들이 있습니다. 문법도 제대로 몰라요. 구문론도 모르고요. 눈앞에 두고 보면서도 어떤 게 좋은 단어 선택인지 몰라요. 작가와 일하려면 어떻게 해야 하는지 기본도 몰라요.

그런가 하면 헤밍웨이의 편집자였고, 토머스 울프의 편집자였고, 제임스 존스의 편집자였던 맥스웰 퍼킨스Maxwell Perkins 같은 편집자들도 있습니다. 그 사람은 천재였어요. 울프를 폄하하려는 사람들이 말하는 것처럼 울프 대신 써주거나 하지는 않았지만, 울프가 스스로 많은 부분을 덜어내고 손을 보도록 많은 조언을 했습니다. 울프는 가방 한 가득—5천 페이지, 1만 6천 페이지, 그런 식이었죠—원고들을 가지고 오곤 했어요. 퍼킨스는 아주 참을성이 많은 사람이었습니다. '여기에 뭐가 있군'

이라고 파악할 수 있을 정도까지 읽었어요. 그러고는 일관성을 갖춘 형식을 찾아내는 게 필요하다는 결론을 내렸죠. 울프와 마주 앉아서 어떤 것들을 들어내야 할지 조언하기 시작했어요. "이걸 들어내요. 여기에 이런 장황한 이야기가 있을 필요가 없어요. 잘라내요."

F. 스콧 피츠제럴드가 헤밍웨이의 『태양은 다시 떠오른다』를 두고 같은 작업을 했어요. 그 작품은 지금 출판되어 있는 책이 시작되기 전에 서른 페이지가 더 있었어요. 피츠제럴드가 헤밍웨이를 위해 잘라낸 그 서른 페이지가 2, 3년 전에 〈안타에우스Antaeus〉에 게재된 적이 있어요. 『태양은 다시 떠오른다』의 첫 챕터, 사라진 챕터인 거죠. 피츠제럴드는 그 작품을 원고로 보고 나서 이렇게 말했습니다. "흠, 이거 잘못됐어. 여기서 시작해선 안 돼. 이 이야기는 권투 챔피언 콘 이야기로 시작해야 해. 프린스턴이 아니라." 피츠제럴드가 이걸 잘라낸 건 정말 잘한 일이었어요.

에즈라 파운드는 T. S. 엘리엇의 『황무지』로 똑같은 작업을 했습니다. 지금 우리가 보고 있는 건 길이 면에서 파운드가 연필을 대기 전 원고의 절반도 안 돼요. 파운드는 타고난 편집자였습니다. 파운드는 유럽에서 일할 때 상당히 자유로운 편집권을 행사했는데, 그는 시카고에서 시작된 〈포에트리Poetry〉 잡지의 유럽 특파원 편집자였습니다. 그는 유럽 시인들의 시, 예를 들어 상징주의자들의 시를 찾아서 보내왔는데, 그 시들에 자기가 이해하지 못하는—자기 눈에 선명하지 않거나, 자기 마음에 들지 않는—행이나 연이 있으면 들어냈어요. 어떤 경우에는 한 부분을 통째로 다시 써서 더 낫게 만들기도 했습니다. 누구도 파운드에 대해서 불평하는 건 들어본 적이 없는 것 같아요. 파운드는 W. B. 예이츠에게도 시작詩作에 도움을 줬어요. 예이츠와 마주 앉아서 연필을 들고는

"윌리엄, 여기를 바로잡아야 해요" 하는 식으로 이야기한 거죠.

편집자들은 큰 도움을 줄 수 있습니다. 훌륭한 글쓰기 선생이나 훌륭한 편집자가 있으면 글쓰기가 훨씬 수월해집니다. 그 사람들은 대개 쓰지는 못해요. 그중 몇몇은 쓰기도 하죠. 하지만 모두 보는 눈이 뛰어납니다.

저 역시 도움이 되는 제안을 꽤 받았습니다. 하지만 그렇게 많은 건 아니었어요. 왜냐하면 원고를 내보낼 때쯤이면 너무 지겨워져서 그 작품을 다시 들여다볼 엄두도 안 나는 경우가 대부분이었거든요. 쉼표를 뺐다가 다시 넣었다가 하는 수준까지 간 다음이니까요. 하지만 누군가가 제 작품을 더 낫게 만들 만한 생각을 가지고 온다면, 그때는 물론 기꺼이 다시 생각해볼 수 있죠.

지난봄에 플로베르의 편지들을 읽을 기회가 있었습니다. 플로베르가 파리 교외에 시골집을 하나 가지고 있어서 거기에서 글을 쓰던 시절인데, 가까운 친구 하나가 한 주에 한 번씩 찾아오곤 했어요. 파리에 사는 사람들은 다들 플로베르한테 일들이 벌어지는 곳에 와서 살아야 하지 않느냐고 목청을 높였습니다. 하지만 플로베르는 "나는 일이 벌어지는 곳에서 살고 싶지 않아. 그런 데서는 일을 할 수가 없어"라고 말했죠. 그래서 그는 이 시골집에서 모친과 함께 살면서 『보바리 부인』을 썼습니다. 1년이면 쓸 수 있을 줄 알았지만 실제로는 5년이 걸렸죠. 하지만 플로베르는 매주 그 주에 쓸 만큼 썼습니다. 어떤 때는 하루 종일 일했지만 한 문단밖에 못 쓰기도 했죠. 그런가 하면 진도가 잘 나가는 주도 있어서 한 주에 스무 페이지를 쓰기도 했습니다. 그리고 그 친구가 찾아오면 그동안 쓴 걸 읽어주었습니다. 그 친구는 편집자의 역할을 했습니다. "이건 들어내는 게 좋겠네. 이건 다시 쓰고, 이건 고쳐야 하고" 하는 식의 이야기를 해줬죠. 심지어 『보바리 부인』이 출간되기 직전에도, 플로베르의 그 친구는 "이 책의 마지막 서른 페이지는 들어내야 해"라고 말했습니다. 플로베르는 작품을 다시 들여다본 뒤에 그 말에 동의했고, 그 서른 페이지를 들어냈습니다.

우리는 이 성당들을 누가 만들었는지 잘 모르지만,
그것들은 그 자리에 있습니다.

그러니, 신뢰하는 사람으로부터 오는 충고라면 들을 수 있을 만큼 들으세요. 실제로 활용하세요. 약간 과도한 비유이긴 하지만, 이건 어떤 면에서는 거대한 성당을 짓는 일과 같습니다. 중요한 건 다 함께 예술 작품을 만들어내는 겁니다. 우리는 이 성당들을 누가 만들었는지 잘 모르지만, 그것들은 그 자리에 있습니다.

에즈라 파운드는 이렇게 말했습니다. "위대한 시들이 쓰이는 건 중요한 일이다. 그걸 누가 쓰는가 하는 건 중요하지 않다."

그겁니다. 정확히 그거예요.

3×5인치 격언들

미국 단편소설 작가들의 제왕 레이먼드 카버는 자신의 책상 옆 벽에 3×5인치 크기의 색인 카드를 여러 장 붙여두고 있다. 그 카드들에는 다른 작가들이 말한, 그가 지금 수행해야 하는 작업의 성격을 일깨워주는 격언들이 적혀 있다. 그중 한 장에는 카버의 첫 번째 계명이 된 에즈라 파운드의 글귀가 적혀 있다. "진술의 근본적인 정확성이야말로 글쓰기가 요구하는 단 하나의 윤리다." 다른 카드에는 안톤 체호프 문장의 끄트머리가 적혀 있는데, 체호프가 상당한 노력을 기울여 문학적인 분투를 벌인 끝에 마침내 얻어낸 것처럼 보이는 문장이다. "……그리고 갑자기 모든 것이 그에게 선명해졌다."

그러나 착각하지 말자. 이번 주 목요일에 올드도미니언대학교의 제5회 연례 문학 페스티벌에서 강연할 예정인 카버는 자신의 주제에 대해 아주 선명한 이해를 갖춘 상태에서 글을 쓰는 사람이 아니다. 자신의 이야기 속에서 엄청난 생각을 드러내거나 어떤 선언을 내놓는 사람도 아니다. 그는 구체적인 예를 가지고 가르치는 선생이다. 자기 자신을 예로

짐 스펜서Jim Spencer, 〈버지니안-파일럿The Virginian-Pilot〉(1982년 10월 1일), B 섹션 1, 9쪽.

삼는 게 아니라 그가 10년 넘게 쓰면서 만들어낸 인물들로 그렇게 한다. 이 인물들은 어떤 사건이 벌어질 때 가장 강하게 노출되면서, 현대 생활의 긴장과, 그 안에서 수시로 벌어지는 구성원들 사이의 사회적 쟁투를 몸으로 뚫고 나간다. 그런 식으로 5천 단어쯤 모습을 드러낸 뒤, 다시 다른 인물로 대체된다.

그 인물들이 문제를 해결하지 않고 그대로 내버려둔다고 말하는 건 뻔한 소리를 되풀이하는 것일 뿐이다. 그리고, 카버 같은 단편소설 작가들이 보여주는 특별한 재능과 그들이 하는 작업의 핵심을 놓치는 일이기도 하다. 올해 마흔네 살인 카버는 앨런 긴즈버그나 켄 키지—그들 역시 이번 페스티벌에 초청되었는데—처럼 누구나 아는 이름은 아니고, 그렇게 될 가능성도 그리 크지 않다. 그런 명성은 혁명적인 시인이나 흥행 영화가 될 가능성이 있는 장편소설을 쓰는 소설가들에게로 간다. 단편소설 작가들은 학구적인 세계 한쪽 구석에 작은 공간을 차지할 뿐이다. 카버는 아이오와대학교, 캘리포니아대학교, 그리고 최근 3년 동안은 시러큐스대학교에서 가르쳤다.

"처음 시작했을 때는 거의 아무것도 기대하지 않았어요." 수요일에 있었던 전화 인터뷰에서 카버는 쉽게 인정했다. "이 나라에서 단편소설 작가나 시인이 된다는 건 무명으로 사는 걸 받아들이는 거예요."

그런 기준으로 보자면, 그의 경력은 놀라울 정도로 성공적이다. 그의 단편집 『제발 조용히 좀 해요』는 1977년 전미도서상 소설 부문 후보로 올랐다. 단편소설 작가에게는 좀처럼 주어지지 않는 영예였다. 그의 단편들은 이런저런 선집들과 잡지들에 수시로 게재되었다. 그는 '미국 최우수 단편소설상'을 받았고, 단편소설 중 한 편은 O. 헨리 상 수상 작품집인 『1970년대 수상 작품집Prize Stories of the Seventies』에 이름을 올렸다.

그런데도, 그의 이름을 언급하면 대부분은 이렇게 반응한다. "레이먼드 누구요?"

예술작품은 힘들이지 않은 것처럼 보이게 만들어지지만,
그렇게 하려면 노력을 쏟아부어야 합니다.

카비는 남자 혹은 여자로, 때로는 1인칭으로("나는 버드의 아내를 한 번도 만난 적이 없지만, 수화기 너머에서 목소리를 들은 적은 한 번 있다"), 때로는 제3자의 관점에서("그는 옆구리에 느닷없는 통증을 느꼈고, 자신의 심장을 떠올렸고, 자신의 다리가 맥없이 접히는 걸 상상했고, 커다란 소리를 내면서 계단 아래로 굴러떨어지는 걸 상상했다") 쓴다. 더 적절한 표현을 찾기가 어려운데, 그의 스타일은 친숙하다. 문장들은 간결하고, 단어들은 문학작품이 아니라 일상에서 쓰이는 방식으로 반복된다. "전 입말로 쓰려고 노력합니다." 그는 말했다. "사람이 실제로 말할 때 쓰는 언어죠. 전 한 작품을 열다섯 번 내지 스무 번 정도 고쳐 씁니다. 초고가 40페이지 분량이었다면, 완성된 단편은 대략 20페이지 정도 됩니다. 예술작품은 힘들이지 않은 것처럼 보이게 만들어지지만, 그렇게 하려면 노력을 쏟아부어야 합니다."

장면이 묘사되기보다는 이야기가 진행되면서 펼쳐지는 편인 카버의 글에서는 대사들이 핵심적인 역할을 한다. 그에게 영향을 미친 이들 중에는 〈에스콰이어〉의 소설 부문 편집자였던 고든 리시와, 카버가 캘리포니아주의 치코주립대학교에 다닐 때 그를 가르쳤던 소설가 존 가드너가 있다. 가드너는 최근에 오토바이 사고로 사망했는데, 카버는 추모 예배에서 그를 기리는 연설을 했다.

카버는 자녀를 둘 두고 있는데, 모두 성장했다. 그는 이혼했고, 시러큐스대학교에서 그리 멀지 않은 조용한 주택가에서 살고 있다. 은둔형은 아니지만, 그렇다고 해서 전적으로 자신의 경험에 기반한 글을 쓰지도 않는다. "강의실에서 벌어지는 일을 바탕으로 하는 작품은 한 번도 쓴 적이 없는 것 같아요." 그가 말했다.

그 대신, 그는 그의 작품들의 다양성 덕에 더욱 주목받는 창작 방식을 사용한다. 그가 작품의 영감을 얻는 건 어떤 문장 하나에 불과한 경우가 허다하다.

"이야기가 아무 데서나 나오는 건 아닙니다." 그는 이렇게 말했다. "그것들은 우연히 얻어들은 어떤 대화들처럼 현실 생활의 어느 지점엔가 젖줄을 대고 있습니다. 이를테면, 저는 누군가가 (누군가에게) '이번이 당신이 망쳐놓는 마지막 크리스마스가 될 거야!'라고 말하는 걸 들은 적이 있습니다. 그 한 줄의 대사가 한동안 제 머릿속에서 돌아다녔어요."

카버는 어느 순간엔가, 그 대사를 둘러싸고 단편소설을 한 편 만들어냈다.

또 한 번은 '전화벨이 울렸을 때 사내는 진공청소기를 돌리고 있었다'라는 문장이 카버의 머릿속에서 사라지지 않았다. 카버는 여러 날 동안 그 문장에 대해 생각하면서 돌아다녔다. 마침내 그는 그 문장을 종이에 썼다. 그러고는 또 한 문장을 썼다. 그러고는 또 한 문장, 그리고 한 문장 더. 그러다 보니 결국엔 단편소설의 초고가 하나 나왔다. 그는 이렇게 말했다. "그건 꼭 시를 쓰는 것 같았어요."

이런 종류의 즉흥성이 카버를 염려스럽게 만든 적이 살면서 한 번 있었다. 거기에서는 그가 위대한 예술과 연결해서 생각하기 어려운 어떤 혼란의 냄새가 났다. 그 문제는 카버가 플래너리 오코너의 에세이

「단편소설 쓰기Writing Short Stories」에서 비슷한 현상에 대한 이야기를 읽고 자신만 그런 게 아니라는 걸 알게 되면서 잦아들었다.

저는 누구에게, 혹은 누군가를 위해
설교를 하고 싶은 생각은 전혀 없어요.

오코너는 글쓰기는 곧 발견이라고 했는데, 카버가 오로지 그것만 한다면 그는 끊임없이 무언가를 발견하고 있는 셈이었다. 하지만 그가 드러내 보여주는 것은 오직 그가 만들어낸 인물들과 관련해서 놀랍도록 선명하다. 어느 사내가 몇 년 전에 한 친구와 함께했던 아주 즐거운 저녁 식사 자리가 바로 자신의 결혼을 깨뜨린 주범이었다는 사실을 깨닫는다든가, 처음에는 별로 내키지 않는 가운데 아내의 시각장애인 친구를 맞이한 남편이 눈을 감은 채 그와 함께 그림을 그리면서 그를 이해하기 시작한다든가 하는 식의 이야기들.

거기에는 약간의 교훈은 있지만, 군림해서 가르치려는 자세는 보이지 않는다.

"저는 누구에게, 혹은 누군가를 위해 설교를 하고 싶은 생각은 전혀 없어요." 카버는 말했다. "위대한 사상이라는 게 있을 수도 있겠지만, 저는 제가 쓸 수 있을 만큼 쓰는 것, 그리고 그걸 할 수 있는 한 정확하게 하는 것 말고는 아는 게 없어요."

최근 들어 카버는 다른 어느 때보다 더 높은 생산성을 보여주고 있다. 〈뉴요커〉나 〈애틀랜틱The Atlantic〉, 아니면 〈하퍼스 매거진Harper's Magazine〉 같은 잡지의 목차를 훑어보면 최소한 그것들 중 하나에는 틀림없이 레이먼드 카버의 단편이 있을 것이다. 그는 1981년에 두 번째 단편집 『사랑을 말할 때 우리가 이야기하는 것』을 냈다. 세 번째 선집은 1983년에 나올 예정이다.

"요즘은 이야기들이 전보다 빨리 나와요." 그가 말했다. "전보다 훨씬 더 자신감과 확신을 가지고 써요. 아마 나이가 들어서 그런 건지도 모르겠어요."

아니면 그가 자신에 대해 좀 더 잘 알게 됐기 때문일 수도 있겠다. 몇 해 전에 카버는 한 출판사로부터 장편소설에 대한 선금을 받았다. 그리고 그 소설을 쓰기 시작했다. 카버는 2주 만에 그 소설을 그만뒀다. "그냥 흥미를 잃었어요." 그가 말했다. "언젠가는 장편소설을 쓰게 될지도 모르겠지만, 그것 때문에 압박감을 느끼지는 않아요. 단편소설 작가로도 상당히 성공적이니까요."

아마도 장편소설을 쓸 때가 되면 카버는 책상 옆에 자신이 한 이 보석 같은 말을 또 다른 3×5인치 격언으로 붙여놔야 할 것이다. 레이먼드 카버는 이렇게 말했다. "좋은 단편소설 한 편은 나쁜 장편소설 열 편의 가치가 있어요."

생각에 잠겨 있는 동안,
그의 위상은 더 높아진다

레이먼드 카버가 어린 소년이었을 때, 같이 학교로 걸어가던 친구가 차에 치였다. 그 친구는 다치지 않았지만, 몇 년 뒤에 카버는 '만약에?'라는 생각을 품게 됐다.

몇 해 전, 심야에 카버의 집 전화벨이 울렸다. 그가 수화기를 들자 상대방은 전화를 끊었다. 카버는 그 전화로 인해 크게 방해를 받은 건 아니었지만, 만약에 자기가 어떤 일 때문에 화가 나 있을 때 걸려 왔더라면 어땠을까 하는 생각을 했다.

이런 생각들은 재작년에 '목욕'이라는 제목의 단편소설로 결실을 맺었다. 이 작품은 『사랑을 말할 때 우리가 이야기하는 것』이라는 선집에 수록되었고, 그 책은 비평적인 찬사를 받으며 〈뉴욕 타임스 북 리뷰〉의 첫 페이지에 소개되었다.

그런데도 카버는 그 작품에 대해 생각할 때면, 그걸 만약 다르게 썼다면 어땠을까 생각하곤 한다.

크리스마스 휴가 기간이던 작년 1월 초, 카버는 그 질문에 대답하

짐 너턴Jim Naughton, 〈포스트-스탠더드Post-Standard〉(1982년 11월 23일), A 섹션 1~4쪽.

려는 시도를 했다. 그렇게 해서 새로운 버전을 마무리 지었을 때, 무언가가 솟구쳐 오르는 것 같은 느낌을 받았죠. 무언가 특별한 걸 써냈다는 걸 알았기 때문이었다.

그렇게 해서 나온 「별것 아닌 것 같지만, 도움이 되는」이라는 단편은 『수상작 1983: O. 헨리 상Prize Stories 1983: The O. Henry Awards』의 편집자에게서 1등 상을 받았다. 책은 4월에 더블데이 출판사에서 나올 예정이다. 이 상의 수상작은 일반적으로 지난해에 이 나라에서 간행된 것들 중 최고의 단편소설로 인정받는다.

문학잡지 〈플러셰어스Ploughshares〉를 통해 1982년 여름에 발표한 「별것 아닌 것 같지만, 도움이 되는」은 차에 치이고 나서 나중에 알 수 없는 이유로 사망하게 되는 아이의 부모의 비통함을 다룬다.

그 이야기가 "제대로 마무리되지 않은 작업"이었기에 카버는 이후 그 이야기로 되돌아갔다.

"이야기를 썼지만 충분히 깊이 들어가지 않았어요." 지난 월요일에 시러큐스대학교에 있는 그의 연구실에서 만난 카버가 말했다.

"멈출 만한 자리를 봤고 그래서 멈췄죠…… 하지만 그 이후로 어떤 일이 더 일어날 수 있었다는 생각이 내내 저를 떠나지 않았어요."

O. 헨리 상 작품집을 편집하고 그 작품을 1등으로 고른 윌리엄 에이브러햄스는 그 소설이 카버의 작품에 새로운 방향을 제시하고 있다고 느꼈다.

"아주 훌륭한, 깊이 감동적인 이야기라고 생각했어요. 카버가 여태 쓴 것들 가운데 가장 인상적인 작품들 중 하나라고 봅니다. 길이가 최소한 두 배는 되는 이 새로운 버전에서, 카버는 사람을 사람으로 충분히 발전시킬 수 있었어요. 이 과정에서 아주 놀라운 밀도가 생겼어요."

카버 또한 자신의 글쓰기가 새로운 방향을 찾았다고 느끼고 있다.

"그 작품이 (선로가 바뀌는) 그 지점이에요." 그가 말했다. "지난겨울에 쓴 작품들은 다 전의 것과 달라요.

아주 분명하게 제 글쓰기에 변화가 일어나고 있고, 반갑게 맞아들이고 있어요. 그 변화는 「대성당」을 썼을 때 일어났어요. 그 이야기를 쓰던 날을 기점으로 보고 있습니다."

「대성당」 역시 두드러진 작품으로 인정받았다. 카버의 친구이자 고인이 된 존 가드너가 편집한 『1982년 미국 베스트 단편소설』 선집에 첫번째 작품으로 수록되었다.

"이 작품들은 더 풍성하고, 어떤 식으로든 조금 더 너그러워요." 카버는 자신의 최근작들에 대해 이렇게 말했다. "다른 가치들 중 어떤 것도 잃지 않으면서 일어나는 일이면 좋겠는데 말이죠."

그는 변화가 일어난 이유를 이렇게 설명했다. "이야기를 뼈대만 남긴 최소한도로 원하는 만큼 축소시킬 데까지 축소시켜본 것 같아요."

이야기를 뼈대만 남긴 최소한으로 축소시킨 건 카버가 단편소설 작가로 명성을 얻은 이유였다. 그의 단편집 『제발 조용히 좀 해요』는 1977년에 전미도서상 후보에 올랐다.

"그 덕분에 일반 대중들의 관심 선상에 오르게 됐죠." 카버와 함께 시러큐스대학교의 문예창작 프로그램에서 일하고 있는 토바이어스 울프는 그렇게 말했다. 울프 역시 지난 O. 헨리 상 작품집들에 두 작품이 선정된 경력이 있다.

"단편소설의 동향에 대해 관심을 기울이고 있는 사람이라면 누구나 카버를 최소한 지난 10여 년 동안 활동해온 최고의 작가들 중 하나로 생각할 거예요." 그는 말했다.

카버가 이런 명성을 쉽게 얻게 된 건 아니었다. 그는 워싱턴주 야키마의 노동계급 가정에서 성장했고, 어렸을 때 결혼해서 육체노동자로 살았다. 카버는 열아홉 살 때 당시 캘리포니아주 치코주립대학교에서 가르치던 가드너를 만났다. 그는 아직 책을 낸 적이 없는 작가였다. 카버가 어린 아내와 두 아이를 먹여 살리는 한편으로 글을 쓰기 위해 청소부로 일하던 시절이었다. 가드너는 1960년대 초반이던 그 시절, 카버를 격려하면서 글을 쓸 장소가 없는 그에게 자기 연구실 열쇠를 내어주었다.

카버는 가족을 부양하기 위해 분투하는 한편, 1968년과 1970년에 각각 한 권씩 두 권의 시집을 펴냈다. 그의 결혼 생활은 1970년대 초에 중동 여행을 다녀온 뒤 깨졌지만, 그 무렵부터 카버의 단편소설들은 주목을 받기 시작했다 〈에스콰이어〉는 '이웃 사람들'이라는 제목의 단편을 비롯해 여러 편을 사들였다. 카버는 1976년에 또 한 권의 시집과 비평적으로 찬사를 받은 단편집 『제발 조용히 좀 해요』를 발표했다. 그 후로 6년에 걸치는 기간 동안 그의 명성은 극적으로 높아졌다.

카버를 유명하게 만든 스타일은 그의 작품 「목욕」에서 그가 사용한 몇 마디로 가장 잘 표현될 수 있다. "농담도 없고, 몇 마디의 꼭 필요한 정보뿐, 쓸데없는 말도 없었다."

좀체 감정을 드러내지 않는 이 스타일은 글을 쓰는 이들 사이에서 너무나 잘 알려져서, 에이브러햄스는 레이먼드 카버 흉내를 내려 한 이들의 글을 매년 열 편에서 열다섯 편 정도는 읽는다고 말한다.

어떤 비평가들은 카버의 작품들이 너무 걸친 게 없고 미니멀하다고 공격한다. 울프는 거기에 동의하지 않는다. "그의 작품은 엄청나게 풍부하고, 음악성이 있습니다. 카버의 작품에는 헤밍웨이의 작품들에 있었던 종류의 음악이 있어요."

카버의 초기 작품들이 "의도적으로 밋밋하다"고 느꼈던 에이브러햄스는 카버의 최근 작품들이 "그를 더 높은 예술적 차원으로 이끌고 갔다"고 말했다.

그런 그의 노력 덕에, 카버는 1등 상 수상자로서 헤밍웨이, 피츠제럴드, 윌리엄 포크너, 셔우드 앤더슨, 링 라드너, 캐서린 앤 포터, 플래너리 오코너, 아이삭 바셰비스 싱어, 그리고 조이스 캐롤 오츠와 같은 대열에 서게 되었다.

에이브러햄스는 심지어 더 강력한 비교를 내세운다. "더 정확히 말하자면, 카버의 최근 작품들은 체호프를 연상시켜요."

성공은 레이먼드 카버의 인생을 바꿨지만, 근본적인 것을 바꾼 건 아니다. 그는 여전히 메릴랜드 애비뉴에서 조용하게 살고 있고, 대학에서 창작 수업을 가르치고 있다. 여행은 조금 더 자주 다닌다.

"모든 차원에서 조금 더 바빠졌어요." 그는 이렇게 말했다. "하지만 그렇다고 해서 나 자신이나 내 가족, 혹은 내가 사랑하는 사람들에 대해 생각하는 방식이 바뀌지는 않았어요."

"전 지금의 인생이 편안합니다. 그렇다고 해서 뚱뚱하고 게으른 고양이처럼 편안하다는 게 아니라, 그냥 편안하다는 거죠. 나 스스로를 편안하게 느끼는 편안함이에요."

아무리 희미하더라도 끈질기게

레이먼드 카버는 뉴욕주 시러큐스의 한 조용한 거리에 있는 커다란 2층
짜리, 나무 너와 외장재를 두른 집에 산다. 앞마당은 인도를 향해 경사
져 있다. 진입로에는 신형 벤츠가 세워져 있고, 또 다른 차인 오래된 폴
크스바겐은 거리에 주차되어 있다.

집으로 들어가려면 방충망을 두른 커다란 포치를 통과해야 한다. 실내
에는 개성이라고는 거의 찾아볼 수 없는 가구들이 갖춰져 있다. 모두
다―크림색 소파들, 유리 커피 테이블―한 세트다. 카버와 함께 살고
있는 작가 테스 갤러거가 수집한 공작 깃털을 꽂은 화병들이 집 여기저
기에 놓여 있는데, 실내장식을 시도한 것으로는 그것들이 가장 눈에 띈
다. 우리의 의구심은 곧 확인되었다. 카버는 그 모든 가구를 같은 날 사
서 배달해 왔다고 했다.

갤러거는 나무판자에 페인트로 '방문 사절'이라고 쓴 뒤 그 주위를 노

『작업 중인 작가들: 파리 리뷰 인터뷰Writers at Work: The Paris Review Interviews』 7권, 조지 플
림프턴 편집, 바이킹 프레스, 1986, 299〜327쪽. 이 인터뷰는 다음의 인터뷰를 개고, 보완
한 것이다. 모너 심프슨, 루이스 버즈비, 「소설이라는 예술 76회The Art of Fiction LXXVI」, 〈파
리 리뷰〉 88호(1983년 여름), 192〜221쪽.

란색과 오렌지색 눈썹 모양으로 장식해서 방충용 문에 걸어놓았다. 전화선을 뽑고 그 팻말을 며칠 동안 걸어놓는 일이 이따금씩 있다.

카버는 꼭대기 층의 큰 방에서 일한다. 참나무로 만든 커다란 책상의 표면은 깨끗하다. 그의 타자기는 L 자 모양으로 펼쳐진 옆 테이블에 놓여 있다. 카버의 책상에는 사소한 장식품이나 예쁜 물건, 장난감 같은 것들이 하나도 없다. 그는 무얼 모으는 데 관심이 없고, 과거의 기억이나 향수에 잘 빠지는 종류의 사람이 아니다. 그 참나무 책상에는 그때그때 수정 작업을 진행하고 있는 단편을 넣어둔 마닐라 폴더가 하나 올려져 있다. 그의 파일들은 아주 잘 정리돼 있다. 말이 떨어지는 즉시 한 작품의 완성본과 작업 과정에서 만들어진 여러 판본들을 꺼내서 보여줄 수 있다. 서재의 벽은 집 안 다른 곳과 마찬가지로 흰색으로 칠해져 있고, 집 안의 다른 벽들과 마찬가지로, 대부분이 비어 있다. 카버의 책상 위 높은 직사각형 창문을 통해 들어온 빛이 지붕의 경사를 따라 늘어선 보들에 비쳐, 마치 교회의 높은 창 안으로 들어온 빛 같은 느낌을 준다.

카버는 플란넬 셔츠에 카키색 바지 혹은 청바지, 하는 식으로 단순하게 입는 덩치 큰 사내다. 자신의 이야기들에 나오는 인물들처럼 살고, 입는 것처럼 보인다. 그는 덩치에 비해 두드러지게 낮고, 튀지 않는 목소리를 가지고 있다. 우리는 그의 말을 제대로 알아듣기 위해 몇 분마다 한 번씩 몸을 앞으로 숙이면서 "뭐라고요, 뭐라고요?"라고 물어야 했다.

인터뷰의 일부는 1981년에서 1982년에 걸쳐 우편으로 진행되었다. 우리가 카버를 만났을 때에는 '방문 사절' 표지판이 붙어 있지 않았고, 인터뷰가 진행되고 있는 동안 졸업반인 카버의 아들을 비롯해 학생들 여럿이 들렀다. 카버는 자신이 워싱턴주의 연안에서 잡은 연어로 샌드위치를 만들어 우리에게 점심을 대접했다. 카버와 갤러거는 둘 다 워싱턴 주 출신이고, 우리가 인터뷰를 하던 당시에 두 사람은 포트 앤젤레스에 집을 짓고 있었다. 두 사람은 매년 일정 기간을 그 집에서 보낼 계획을 가지고 있었다. 우리는 카버에게 그 집이 좀 더 편안할 것 같냐고 물었다. 그는 "아뇨, 어디 있든 관계없어요. 이 집도 좋아요"라고 대답했다.

인터뷰어 어렸을 때는 어땠습니까, 어떤 이유로 글을 쓰게 되었나요?

카버 저는 워싱턴주 동부의 야키마라는 작은 타운에서 컸습니다. 아버지가 거기에 있는 제재소에서 일했고요. 목재를 자르고 깎는 톱의 날을 관리하는 일을 했죠. 어머니는 소매점에서 일하거나 웨이트리스로 일하거나 아니면 집에 있었어요. 어떤 직장에 나가든 한 곳에서 오래 일하진 않았어요. 어머니의 신경증에 대해 이야기가 오가던 게 기억나요. 어머니는 부엌 싱크대 아래 캐비닛에 약국에서 처방이 없어도 살 수 있는 신경증 약을 보관해두고 있었어요. 그걸 아침마다 두어 숟가락씩 드셨죠. 아버지에게는 위스키가 신경증 약이었어요. 대개는 같은 캐비닛에 위스키 병을 보관했고, 거기 아니면 바깥 창고에 놔뒀어요. 한번은 몰래 맛을 봤던 기억이 나요. 정말 맛이 없어서 사람들이 도대체 이런 걸 어떻게 마시나 했죠. 우리 집은 침실 두 개짜리 작은 집이었어요. 어렸을 때는 이사를 자주 다녔는데, 늘 또 다른 침실 두 개짜리 작은 집으로 옮기는 거였어요. 기억나는 첫 번째 집은 야키마 장터 근처에 있었는데, 그 집은 화장실이 바깥에 있었어요. 1940년대 말이었

부모님과 함께 있는 어린 시절의 레이먼드 카버, 1938년경.
(Courtesy University of California Santa Cruz Special Collections)

죠. 여덟 살이나 열 살쯤 됐을 때였어요. 아버지가 퇴근하시 길 기다리면서 버스 정류장에 나가서 기다리곤 했죠. 대개는 시계처럼 정확한 시각에 돌아오셨어요. 하지만 두어 주에 한 번은 그 버스로 오지 않으셨어요. 그러면 그 자리에서 다음 버스가 올 때까지 또 기다리곤 했죠. 하지만 아버지가 그다음 버스로도 오지 않으실 거라는 걸 이미 알고 있었어요. 그런 날은 제재소 친구들하고 술을 마시러 가신 거였어요. 엄마하 고 동생하고 셋이서만 앉아서 저녁을 먹던 식탁에 드리워져 있던, 그 불행하고 절망적인 분위기가 아직도 기억나요.

인터뷰어   그런데 글을 쓰고 싶다고 생각하게 된 계기는 뭐였나요?

카버   떠오르는 건 딱 하난데, 아버지가 당신이 어릴 때와 당신의 아버지, 할아버지에 대한 이야기를 많이 해줬어요. 아버지 의 할아버지는 남북전쟁에 참전하셨어요. 양쪽 편 모두를 위 해 싸우셨어요! 남부가 패색이 짙어지니까, 북쪽으로 넘어가 서 연합군으로 싸우기 시작했어요. 이 이야기를 해주면서 아 버지는 웃으셨어요. 아버지는 증조할아버지의 행적에 아무런 문제를 못 느꼈고, 저도 그랬던 것 같아요. 아무튼, 아버지는 숲속을 돌아다니는 거나 철도 감시원들 몰래 기차를 훔쳐 타 는 것 같은, 이런저런 일화에 불과한 아무런 교훈도 없는 이 야기들을 해주곤 했어요. 저는 아버지와 시간을 같이 보내면 서 그런 이야기들을 듣는 걸 좋아했죠. 아버지는 이따금 당 신이 읽은 것들을 제게 읽어주기도 했어요. 제인 그레이Zane

Grey*의 서부소설 같은 거였죠. 교과서나 성경 말고는 제가 처음 접한 두꺼운 장정의 책들이었어요. 그렇게 자주 있는 일은 아니었지만, 아버지는 저녁 시간에 가끔씩 침대에 누워서 제인 그레이를 읽곤 했어요. 우리 집은 사적인 영역을 전혀 존중하지 않는 분위기였는데, 아버지가 책을 읽는 건 아주 사적인 행위처럼 보였어요. 이런 건 제가 전혀 이해도 못 하고 알지도 못 하던 어떤 것이었는데, 아버지가 이따금 책을 읽는 행위를 통해서 겉으로 드러났고, 그래서 아버지한테 아버지만의 지극히 개인적인 면이 있다는 걸 깨닫게 된 거죠. 저는 아버지의 그런 면에 대해 관심을 가지게 됐고, 또 읽는다는 행위 자체에 대해서도 관심을 가지게 됐어요. 아버지에게 아버지가 읽고 있는 걸 저한테도 읽어달라고 했고, 그러면 아버지는 그때 읽고 있던 페이지를 제게 읽어주곤 했어요. 조금 읽어주다가는 "주니어, 가서 다른 걸 하렴," 그렇게 말씀하시곤 했죠. 뭐 다른 할 일이야 많았죠. 그 시절에는 집에서 그리 멀지 않은 데에 냇물이 있어서 낚시를 하러 다니곤 했어요. 좀 더 크면서는 오리나 기러기 사냥을 시작했고 고원지대 사냥도 다녔죠. 그 시절에는 그 두 가지가 제일 신났어요. 낚시와 사냥. 그 두 가지가 저에게 정서적으로 어떤 흔적을 남겼고, 그것들에 대해 쓰고 싶었어요. 또 그 시절에는 역사소설이나 미키 스필레인의 미스터리를 이따금 읽었고, 나머지

---

*   미국의 작가이자 치과의사. 서부 개척기를 바탕으로 하는 모험소설을 많이 썼다. 그의 작품들은 100편이 넘는 영화와 TV 시리즈로 각색되었다.

시간에는 〈스포츠 어필드Sports Afield〉 〈아웃도어 라이프Outdoor Life〉 〈필드 앤드 스트림Field & Stream〉 같은 잡지들을 끼고 살았어요. 내가 놓친 고기나 잡은 고기, 이 둘 중 하나에 대한 이야기를 꽤 길게 써서는 어머니에게 타자로 쳐줄 수 있냐고 묻곤 했죠. 어머니는 타자를 칠 줄 몰랐지만 타자기를 빌려다 줬어요. 그러고는 우리 둘이서 괴발개발 타자를 쳐서는 투고를 하곤 했어요. 제 기억으로는 야외 활동에 관한 잡지 1면에 주소가 두 개 있었는데, 그 주소들 중에서 우리 집에서 가까운 콜로라도주 볼더로 보냈죠. 구독 담당 부서였어요. 다시 돌아왔는데, 그래도 괜찮았어요. 그래도 바깥 세상에 나가본 거였으니까요. 어머니 말고 누군가가 또 읽어봤으니까요. 최소한 그랬을 거라고 희망을 품은 거죠. 그러다가 〈라이터스 다이제스트Writer's Digest〉에 실린 광고를 봤어요. 어떤 사람의 사진이었는데, 물론 성공한 작가였죠. 그 사람이 '파머 작가 학교Palmer Institute of Authorship'라는 것에 대해 설명하는 내용이 었어요. 저한테 딱 맞는 것 같았어요. 매달 얼마씩 내면 되는 거였죠. 처음에 20달러를 내고 나서 그 후로 3년이 됐든 30년이 됐든 매달 10달러나 15달러씩 내는, 그런 거 있잖아요. 매주 숙제를 제출하면 개별적으로 코멘트를 달아서 보내주는 식이었죠. 몇 달 정도 했어요. 그러고 나서는 아마도 지겨워졌던 걸 텐데, 숙제하는 걸 그만뒀어요. 부모님은 돈 보내는 걸 멈췄고요. 얼마 안 있다가 파머 작가 학교에서 편지가 왔어요. 남은 돈을 한꺼번에 내기만 하면 수료증을 받을 수 있다는 거였어요. 그럴듯하게 들렸죠. 그래서 어찌어찌 부모님을 설득해서 남은 돈을 기한 내에 보냈고, 수료증을 받아서 침실에 걸어놨어요. 하지만 고등학교에 다니는 동안 내내, 졸업을 하고 나면 제재소에 가서 일할 거라고 생각했어요. 아주 오랫동안, 아버지가 하는 일을 하고 싶어 했거든요. 아버지는 제가 졸업하고 나면 소장한테 이야기해서 절 제재소에 넣어줄 생각이었어요. 결국 그렇게 해서 여섯 달 정도 제재소에서 일했죠. 근데 첫날부터 그 일이 너무 싫었어요. 남은 인생 동안 그 일을 하면서 살고 싶지 않았어요. 차를 사고 옷을 몇 벌 살 정도의 돈을 모을 때까지만 일한 다음에 제재소를 떠나서 결혼을 했습니다.

인터뷰어　어찌어찌해서, 어떤 이유에선가, 대학에 가셨죠. 아내분이 작가님이 대학에 가길 원한 건가요? 그렇게 권한 건가요? 아내분 스스로도 대학에 진학하는 걸 원했고, 작가님도 그렇게 하도록 한 건가요? 당시에 몇 살이었나요? 아내분도 어렸을 것 같은데요.

카버　전 열아홉 살이었어요. 아내는 열여섯 살이었고, 임신을 했고, 워싱턴주 왈라왈라에 있는 성공회에서 운영하는 사립여고를 막 졸업한 참이었어요. 그 학교에서 찻잔을 제대로 잡는 법도 배웠죠. 그리고 종교교육이며 체육수업 같은 걸 받았는데, 물리학, 문학, 외국어 같은 것도 배웠어요. 아내가 라틴어를 알고 있어서 아주 감탄했어요. 라틴어라니! 처음에는 대학에 가려고 애를 많이 썼어요. 그런데 너무 어려웠죠. 가난한 처지에 아이들을 키우면서 대학을 가는 건 불가능한 일이었어요. 정말 가난했거든요. 아내의 가족도 가난했어요. 그래서 장학금을 받아서 학교에 다녔어요. 장모님은 절 미워했고, 지금도 여전히 그래요. 아내는 고등학교를 졸업한 뒤 워싱턴주립대학교에 가서 장학금을 받아 법학 공부를 하려는 계획이 있었어요. 대신에 저 때문에 임신을 했고, 그래서 결혼해 같이 살기 시작하게 된 거죠. 첫애가 태어났을 때 아내는 열일곱 살이었고, 둘째가 태어났을 때는 열여덟이었어요. 지금 생각해보면 어처구니가 없죠. 우리한테는 젊음이라는 게 없었어요. 정신을 차리고 보니까 할 줄 모르는 역할 앞에 던져져 있었어요. 하지만 최선을 다하긴 했어요. 그보다 더 잘했다고 생각하고 싶어요. 결국에 가선 아내도 대학을 졸업하긴 했어요. 우리가 결혼하고 나서 12년인가 14년 만에 산호세주립대학교에서 학사학위를 받았어요.

인터뷰어   그렇게 어렵던 그 시절에도 글을 쓰고 있었나요?

카버   그때는 밤에 일을 하고 낮에는 학교에 갔어요. 늘 일을 했죠. 아내는 일을 하면서 아이들을 키우고 살림을 했죠. 아내는 전화회사에 다녔어요. 아이들은 낮 시간에는 베이비시터가 돌봤죠. 마침내 제가 험볼트주립대학교를 졸업하고 나서는 살림을 몽땅 차에 싣고, 차 위에 얹는 상자에도 넣고 해서 아이오와시티로 갔습니다. 험볼트주립대학교에 있던 리처드 C. 데이라는 교수가 아이오와 창작 워크숍에 대해 알려줬거든요. 데이는 아이오와대학교에 있는 도널드 저스티스Donald Justice라는 이한테 제 단편소설 한 편과 시 서너 편을 보내서 장학금 500달러를 받을 수 있게 해줬어요.

인터뷰어   500달러요?

카버   그거밖에 없다고 했어요. 낭시에는 꽤 큰 돈인 것처럼 느껴졌어요. 하지만 아이오와에서 졸업을 하지는 못했어요. 2년째 될 때 학교에서 돈을 좀 더 주겠다고 했는데도, 더 이상 할 수가 없었어요. 저는 당시에 도서관에서 시간당 1~2달러를 받으면서 일하고 있었고, 아내는 웨이트리스로 일했어요. 석사학위를 받으려면 1년은 더 다녀야 했는데, 정말 더 이상 버틸 수가 없었어요. 그래서 다시 캘리포니아주로 돌아왔죠. 이번에는 새크라멘토였어요. 머시 병원에서 야간 청소부 일을 찾았어요. 그 일을 3년 동안 했어요. 아주 괜찮은 자리였어요. 밤에 두세 시간만 일을 했는데도 보수는 여덟 시간치를 받았거든요. 매일 해내야 하는 일의 분량이 있었는데, 그것만 해치우고 나면 끝이었어요. 집에 가든 뭘 하든 상관없었어요. 처음 한두 해는 매일 밤 집에 돌아가서 적당한 시간에 잠자리에 들었다가 다음 날 아침에 일어나서 글을 쓸 수 있었어요. 아이들은 베이비시터에게 맡기고, 아내는 방문판매원 일을 하러 나갔죠. 하루 종일 제 시간이 있었어요. 한동안은 잘 지냈죠. 그러다가 제가 밤에 일을 마치고 난 뒤에 집에 오는 대신 술집으로 향하기 시작했어요. 1967년, 1968년 무렵이었죠.

인터뷰어   글이 처음 지면에 나온 게 언제였죠?

카버   캘리포니아주 아카타에 있는 험볼트주립대학교 학부에 다닐
        때였죠. 같은 날 단편소설 한 편과 시 한 편이 각각 다른 잡지
        에 실렸어요. 아주 기가 막힌 날이었죠! 살면서 가장 즐거웠
        던 날 중 하루일 거예요. 아내와 같이 차를 타고 시내를 돌아
        다니면서 제 작품을 게재하겠다고 적혀 있는 그 두 통의 편지
        를 친구들한테 보여줬습니다. 우리가 사는 방식에 대한 확인
        이 꼭 필요하던 시기였는데, 그 편지들이 그 역할을 해줬죠.

인터뷰어   처음으로 활자화된 단편이 뭐였나요? 시는요?

카버   「전원Pastoral」*이라는 단편이었고, 〈웨스턴 휴머니티스 리뷰〉
        라는 잡지에 게재됐죠. 좋은 문학잡지예요. 아직도 여전히 유
        타대학교에서 나오고 있습니다. 원고료 같은 건 없었지만 그
        건 전혀 관계 없었어요. 시는 「놋쇠반지」라는 작품이었는데,
        애리조나에서 나오다가 지금은 폐간된 〈타깃Targets〉이라는 잡
        지에 실렸죠. 같은 호에 찰스 부코스키의 시도 한 편 실렸는
        데, 그 사실이 반가웠어요. 당시만 해도 부코스키는 저에게
        영웅과도 같은 존재였습니다.

인터뷰어   작가님 친구분에게서 들은 이야기인데, 작가님이 작품들이

---

*   이후 '오두막The Cabin'이라는 이름으로 「불」에 수록되었다.

처음으로 게재된 잡지들을 품에 안은 채 잠을 잤다는 게 사실인가요?

카버   부분적으로는 사실이에요. 사실은 잡지가 아니라 매년 간행되는 『미국 베스트 단편소설』이라는 단행본이었죠. 「제발 조용히 좀 해요」라는 제 단편이 그 선집에 수록됐습니다. 1960닌내 말의 일인데, 당시 그 책은 매년 마사 폴리Martha Foley*가 편집해서, 사람들은 그저 '폴리 선집'이라고 불렀죠. 원래 그 작품은 시카고에서 간행되던 〈디셈버December〉라는, 잘 알려지지 않은 작은 잡지에 수록된 것이었어요. 그 선집이 우편함에 도착한 날, 저는 그 책을 침대로 가지고 가서 읽고, 이리저리 들여다보고, 부둥켜 안고 했어요. 읽는 시간보다는 들여다보고 껴안고 있는 시간이 더 길었죠. 그러다 잠이 들었는데, 다음 날 아침에 일어나 보니까 그 책이 아내와 함께 침대 위에 있었어요.

내년이나 내후년이 아니라
어떤 식으로든 바로 보상을 얻을 수 있는 걸 써야 했어요.

인터뷰어   〈뉴욕 타임스 북 리뷰〉에 쓰신 글을 보면, 장편소설 대신 단

---

*   남편 휘트 버넷과 함께 1931년 단편소설에만 집중하는 문학잡지 〈스토리Story〉를 창간해 찰스 부코스키, 존 치버, J. D. 샐린저 등을 처음으로 소개했고, 1941년부터는 에드워드 오브라이언에 이어 『미국 베스트 단편소설』의 두 번째 편집자가 되어 사망할 때까지 자리를 지켰다.

편을 쓰기로 결정한 것에 대해 "이 자리에서 입 밖에 내기에는 너무 따분한 이야기"라고 하셨어요. 지금 그 이야기를 해줄 수 있나요?

제가 그때 "입 밖에 내기에는 너무 따분한 이야기"라고 한 그 이야기는 별로 말하고 싶지 않은 몇 가지 일들하고 관련이 있어요. 그중 몇 가지에 대해서는 〈안타에우스〉에 발표한 「불 Fires」이라는 산문에 결국 썼죠. 전 그 글에서, 결국 작가란 자기가 쓴 글에 의해서 평가받는 사람이고, 그게 맞는 거라고 썼어요. 주변 환경은 그와는 별개의 문제, 문학 외적인 문제라는 거죠. 저더러 작가가 되라고 요구한 사람은 아무도 없어요. 하지만 스스로를 작가라고 여기면서 글 쓰는 법을 배우는 동시에 각종 청구서를 제때 처리하고 끼니를 거르지 않고 살아남는 건 쉽지 않은 일이었어요. 몇 년 동안 닥치는 대로 무슨 일이든 하고 두 아이를 키우면서 무언가를 쓰려고 애를 쓰다 보니까, 짧은 시간 안에 쓰고 마무리까지 지을 수 있는 형식을 취해야 한다는 걸 깨닫게 됐어요. 한번 시작하면 2~3년은 매달려야 하는 장편소설을 붙든다는 건 제게는 말이 안 되는 일이었어요. 내년이나 내후년이 아니라 어떤 식으로든 바로 보상을 얻을 수 있는 걸 써야 했어요. 그러니 시하고 단편소설밖에 없죠. 그 무렵에 저는 제 인생이, 말하자면 그 전부터 꿈꿔오던 것과는 다를 거라는 사실을 깨닫기 시작했어요. 무언가를 쓰고 싶지만 그럴 수 있는 시간과 장소가 주어지지 않을 거라는 불안감을 늘 안고 살아야 했습니다. 차에 나가 앉아 무릎에 노트를 얹어놓고 무언가를 써보려 하곤 했죠. 아이들이 십대였던 시절 얘기예요. 그때 전 이십대 후반, 삼십대 초반이었죠. 우리 가족은 여전히 극빈층에 속해 있었고, 이미 한 번 파산을 경험한 뒤였고, 몇 년 동안 열심히 일을 했지만 낡은 차와 세 들어 사는 집, 그리고 뒷덜미에 매달려 있는 새로운 빚쟁이들 말고는 가진 게 아무것도 없었어요. 우울하고, 정신적으로 파산 상태였어요. 술노 문제가 됐죠. 삶을 거의 포기하고, 수건을 던지고, 가진 시간의 거의 전부를 술을 마시는 데 바쳤어요. 이런 게 제가 "입 밖에 내기에는 너무 따분한 이야기"라고 했을 때 염두에 두고 있던 것들의 한 부분이에요.

인터뷰어   술에 대한 이야기를 조금 더 해줄 수 있나요? 상당히 많은 작가가, 알코올의존증까지는 아니라 하더라도, 술을 엄청나게 마시는데요.

카버   아마 다른 직업군들에 비해 두드러지게 많이 마시는 건 아닐 거예요. 의외라고 생각하시겠지만요. 물론 술과 관계된 신화들이 많이 있는데, 그걸 믿은 적은 없어요. 그냥 저 혼자 술독에 빠진 겁니다. 아마도 내 글과 내 삶, 그리고 아내와 아이들의 삶이 꿈꾸던 것과 다르리라는 걸 깨닫게 된 뒤부터 많이 마시기 시작한 것 같아요. 이상한 일이죠. 누구도 파산을 하겠다거나 알코올의존자가 되겠다거나, 사기꾼, 도둑놈, 아니면 거짓말쟁이가 되겠다는 생각으로 인생을 시작하진 않잖아요.

인터뷰어   그런데 그 모든 게 된 건가요?

카버   그랬죠. 이제는 아니지만요. 아, 이따금 조금씩 거짓말을 하긴 하죠. 누구나 그러는 것처럼요.

인터뷰어   언제부터 금주를 한 거죠?

카버   1977년 6월 2일부터입니다. 솔직히 말해, 술을 끊었다는 그 사실이 제가 인생에서 이룬 다른 어떤 것보다 자랑스럽습니다. 저는 회복 중인 알코올의존증 환자예요. 제가 알코올의존증 환자라는 점에는 앞으로도 변화가 없겠지만, 더 이상 술을 마시는 알코올의존증 환자는 아니에요.

인터뷰어   술 문제가 어느 정도로 악화됐었나요?

카버   그 시절에 있었던 어떤 사건들을 떠올리는 건 아주 고통스러운 일이에요. 손을 대는 모든 걸 황무지로 만들어버렸어요. 그렇게 술을 마시던 시절의 마지막 무렵에 가서는 남아 있는 게 별로 없었다는 사실도 덧붙일 수 있겠네요. 구체적인 사례요? 몇몇 경우에는 경찰이 개입했고, 응급실과 재판정에도 가야 했다는 정도만 얘기해두죠.

어떻게 술을 끊었나요? 끊는 데 무슨 계기가 있었나요?

카버 술을 마시던 시절의 마지막 해인 1977년에, 저는 회복센터에 두 번 들어갔었고, 병원에도 한 번 입원했습니다. 그리고 캘리포니아주 새너제이 인근에 있는 드위트DeWitt라는 곳에 며칠 들어가 있었어요. 드위트는, 우연찮게도, 원래 정신질환이 있는 범죄자들을 수용하는 병원이었어요. 저는 그 시절의 막바지에 이르러서는 완전히 통제 불능이었고, 아주 위험한 상태였어요. 의식 상실을 비롯한 이런저런 증세들이 있었어요. 특정한 기간 동안 제가 했던 행동이나 말을 전혀 기억하지 못하는 상태까지 갔습니다. 운전도 하고, 낭독회도 열고, 강의도 하고, 부러진 다리를 치료하고, 누군가와 함께 잠자리에 들고, 할 걸 다 하지만 나중에 하나도 기억을 못 하는 겁니다. 일종의 자동 운행 상태에 들어가 있는 거죠. 제 머릿속에는 알코올성 발작으로 쓰러지면서 다친 머리에 붕대를 감은 채 거실에서 한 손에 위스키 잔을 들고 앉아 있는 제 모습이 선명하게 남아 있어요. 미쳤죠! 그로부터 2주 뒤에 다시 회복센터에 들어갔는데, 이번에 들어간 곳은 와이너리들이 모여 있는 캘리포니아주 캘리스토가의 더피스Duffy's라는 곳이었어요. 열두 달 동안 더피스에 두 번 들어갔고, 새너제이에 있는 드위트, 그리고 샌프란시스코에 있는 병원에도 들어갔어요. 고약하죠. 과장이 아니라, 간단히 말해, 전 알코올의존증으로 죽어가고 있었어요.

인터뷰어   그랬는데 어떤 계기로 술을 완전히 끊게 된 건가요?

카버   1977년 5월 말이었어요. 당시에 전 캘리포니아주 북부에 있
는 작은 타운에서 3주 정도 술을 끊은 상태로 혼자 살고 있
었어요. 차를 몰고 샌프란시스코에서 열리고 있는 출판인 대
회에 참석했죠. 당시 맥그로-힐의 편집장이었던 프레드 힐스
Fred Hills가 점심을 사주면서 계약금과 함께 장편소설을 제안
했어요. 그런데, 그 점심 식사가 있기 2~3일 전 밤에, 제 친구
가 파티를 열었어요. 파티 중간쯤에 와인을 한 잔 마셨는데,
그게 그날의 마지막 기억이에요. 또다시 의식이 사라진 거죠.
다음 날 아침, 가게들이 문을 여는 시간에, 제가 술을 사려고
그 앞에서 기다리고 있었어요. 그날 밤의 저녁 식사는 엉망진
창이었어요. 사람들이 싸우고, 테이블에서 일어나 나가버리
고, 아무튼 끔찍했죠. 그리고 그다음 날 아침에 자리에서 일
어나 프레드 힐스와 점심 식사를 같이 하러 나간 거예요. 숙
취가 너무 심해서 머리를 들고 있기도 힘들었어요. 잠깐이라
도 정신을 차리기 위해 보드카를 반 파인트 들이붓고 나서 힐
스를 데리러 갔어요. 그런데 힐스는 소살리토까지 가서 점심
을 먹고 싶어 했어요! 엄청난 교통체증을 뚫고 한 시간 정도
운전해야 했는데, 당연한 일이지만, 숙취와 취기에 동시에 시
달렸어요. 어쨌거나, 힐스는 제가 장편소설 작업에 착수할 수
있도록 선금을 건넸어요.

인터뷰어   그래서 장편소설을 썼나요?

카버 아직요! 아무튼 그날 어찌어찌 샌프란시스코를 빠져나와 당시에 제가 살고 있던 곳으로 돌아갔어요. 취한 상태로 2~3일을 더 보냈죠. 그러고 나서 술이 깼고, 엄청나게 괴로웠지만 그래도 아무것도 마시지 않고 그날 아침을 버텼어요. 알코올이 들어간 건 안 마셨단 말이에요. 몸은 정말 괴로웠지만—정신적으로도 물론 마찬가지였고요—그래도 아무것도 안 마셨어요. 사흘 동안 그렇게 버텼고, 사흘이 지나니까 조금 괜찮아지는 것 같았어요. 그 후로는 계속 안 마시고 버텼어요. 그런 식으로 서서히 술과 거리를 두기 시작했어요. 한 주, 두 주, 어느덧 한 달이 되더군요. 한 달 동안 맨정신을 유지하면서 살았고, 그때부터 서서히 회복되기 시작했어요.

인터뷰어 AA*가 도움이 됐나요?

카버 큰 도움이 됐죠. 금주 첫 달 동안에는 하루에 적어도 한 번, 어떤 때는 두 번씩 모임에 갔어요.

인터뷰어 혹시 술이 어떤 식으로든 영감을 준다는 느낌을 받아본 적은 없나요? 〈에스콰이어〉에 게재된 「건배」라는 시를 염두에 두고 질문하는 겁니다.

---

* Alcoholics Anonymous. 1935년 미국에서 시작된 알코올의존증 회복 프로그램으로, 익명성에 기반을 두고 열두 단계에 걸쳐 회복 프로그램을 진행하고 있다.

카버   아이고, 전혀요! 이 문제에 대해 제 태도가 아주 분명했기를 바랍니다. 존 치버는 어느 작가의 작품에서든 "술기운이 있는 문장"은 어김없이 알아볼 수 있다고 했어요. 치버가 어떤 의도로 이 말을 했는지 정확히는 모르겠지만, 대충 알 것 같긴 해요. 치버와 저는 1973년 가을 학기에 아이오와 창작 워크숍에서 가르치면서 아무것도 안 하고 술만 마셨어요. 수업에 들어가기는 했죠. 하지만 거기에 있는 동안―우리는 캠퍼스 안에 있는 아이오와 하우스라는 호텔에서 살았는데―우리 둘 중 누구도 타자기 덮개를 벗겨보지도 않았어요. 그리고 제 차를 타고 일주일에 두 번 술 가게에 가곤 했어요.

인터뷰어   술을 깨어놓기 위해서요?

카버   예, 미리 사다 놓는 거죠. 그 가게는 오전 10시나 돼야 문을 열었어요. 한번은 문을 여는 시각에 맞춰서 가려고 호텔 로비에서 만나기로 했어요. 담배를 사려고 좀 일찍 내려갔는데, 그 양반이 벌써 나와서 서성거리고 있더군요. 로퍼를 신고 있었는데, 그 안에는 맨발이었어요. 아무튼, 우린 좀 일찍 나섰어요. 술 가게에 가니까 점원이 문을 열고 있더군요. 그날 아침, 존은 제가 차를 제대로 세우기도 전에 문을 열고 내렸어요. 제가 가게 안에 들어가니까 이미 반 갤런짜리 위스키를 들고 계산대 앞에 서 있더군요. 그 호텔에서 치버는 4층에 살았고, 저는 2층에 살았어요. 우리 두 사람이 살고 있는 방은 벽에 걸려 있는 그림까지 같은, 똑같이 생긴 방이었어요. 그런데도 우리가 같이 마실 때는 늘 치버의 방에서 마셨어요. 술을 마시러 2층에 내려오는 게 무섭다고 했어요. 복도에서 강도를 당할지도 모른다는 거였어요! 하지만 다행히도 치버는 아이오와시티를 떠난 뒤 얼마 지나지 않아서 요양센터에 들어갔고, 거기에서 술을 끊은 뒤로는 죽을 때까지 마시지 않았어요.

인터뷰어   AA 모임에서 입 밖에 내어 고백을 하는 게* 글쓰기에 영향을 미쳤다고 보나요?

카버   AA 모임에는 몇 가지 형식이 있어요. 그중에 연사 모임은 연사 한 사람이 나와서 50여 분 동안 과거에는 어땠는데 지금은 어떻다, 하는 식으로 이야기를 해요. 그리고 모임에 참석한 사람들이 모두 돌아가면서 이야기할 기회를 얻는 종류의 것도 있죠. 하지만, 솔직히 말해서 그런 모임들에서 들은 이야기를 의식적으로든 아니든 제 작품에 엮어 넣은 적은 없습니다.

우리가 쓰는 모든 글은,
어떤 면에서는 자전적이에요.

인터뷰어   그럼 작가님의 이야기는 어디에서 나오나요? 특히 술과 관련

*   AA의 금주 방법인 열두 단계 프로그램 중 5단계는 자신이 중독 상태라는 걸 밝히면서, 그 중독 상태가 자신과 주변 사람들에게 어떤 해를 끼쳤는지를 공개적으로 고백함으로써 중독과 싸우는 걸 목표로 한다.

된 작품들을 염두에 두고 드리는 질문입니다.

카버   제가 가장 흥미로워하는 허구는 현실 세계에 연결되어 있습니다. 물론 제가 쓰는 이야기들은 실제로 있었던 사건을 담고 있지 않습니다. 하지만 이야기를 시작하게 되는 어떤 대상, 어떤 요소, 제게 말을 걸거나 제가 목격한 어떤 것들이 늘 있습니다. 예를 하나 들어보죠. "이번이 당신이 망쳐놓는 마지막 크리스마스가 될 거야!" 이 말을 들었을 때 저는 취해 있었지만, 기억해두었습니다. 그리고 나중에, 아주 나중에 제가 술을 끊었을 때, 이 한 문장과 제가 상상해낸 다른 것들을 이용해서 실제로 일어났을 법한 사건을 아주 세밀하게 상상해냈고, 「심각한 이야기」라는 단편을 만들었습니다. 하지만 제가 가장 흥미를 느끼는 소설은, 그게 톨스토이의 것이든 체호프, 배리 해나, 리처드 포드, 헤밍웨이, 이사크 바벨, 앤 비티, 아니면 앤 타일러의 것이든, 어느 정도 자전적인 요소를 지니고 있는 것들입니다. 최소한 자전적인 요소를 연상시키기라도 하는 것들이죠. 장편이 됐든 단편이 됐든, 아무런 근거 없이 만들어지는 이야기는 없습니다. 존 치버와 나눴던 대화가 떠오릅니다. 아이오와시티에서 여러 사람이 둘러앉아 있었는데, 치버가 집에서 식구들 사이에 다툼이 있었던 어느 날 밤에 대한 이야기를 꺼냈습니다. 다음 날 아침에 일어나 화장실에 갔는데 자기 딸이 거울에 립스틱으로 이렇게 써놨더랍니다. "사랑하는 아빠, 우릴 떠나지 말아요." 그 자리에 있던 누군가가 말했습니다. "선생님의 어떤 작품에서 그 얘길 봤던 것 같아요." 치버가 이렇게 대답했습니다. "아마도 그럴 거요. 내가 쓰는 이야기들은 전부 자전적이에요." 물론 문자 그대로 그렇지는 않죠. 하지만 우리가 쓰는 모든 글은, 어떤 면에서는 자전적이에요. '자전적' 소설이라는 말은 전혀 거슬리지 않아요. 오히려 그 반대죠. 『길 위에서』*, 루이-페르디낭 셀린, 필립 로스의 작품들, '알렉산드리아 사중주'에서의 로렌스 더럴 등이 그래요. 『닉 애덤스 단편집The Nick Adams Stories』**에는 헤밍웨이의 모습이 무척 많이 들어 있죠. 존 업다이크도 틀림없이 그렇고요. 짐 매컨키Jim McConkey도요. 우리 시대 작가인 클라크 블레이즈Clark Blaise의 소설들은 아예 자서전이라고 봐도 돼요. 물론 자신이 살아온 이야기를 소설로 쓸 때에는 자신이 하고 있는 작업에 대한 확신이 있어야 해요. 엄청나게 과감해야 하고, 상당한 기교를 갖춰야 하고, 상상력이 풍부해야 하고, 자기 자신에 대해 모든 걸 말하겠다는 능동적인 자세를 지니고 있어야 합니다. 젊은 시절에는 자신이 잘 알고 있는 것에 대해 써야 한다는 조언을 자주 듣는데, 스스로의 비밀보다 더 잘 알고 있는 게 뭐가 있겠어요? 하지만 아주 특별한 작가가 아닌 한, 그리고 뛰어난 재능을 가지고 있는 게 아닌 한, '내 인생의 이야기'를 끝도 없이 써내려 하고, 실제로 그렇게 하는 건 위험한 일일 수 있어요. 소설을 쓸 때 자전적인 요소를 많이 활용하려 하는 건 많은 작가에게 큰 위험

---

*   잭 케루악의 자전적 소설.

**   헤밍웨이가 쓴 단편들 중 닉 애덤스라는 인물이 등장하는 스물네 편을 모아놓은 선집.

요소가 됩니다. 최소한 커다란 유혹이죠. 약간의 자전적 요소를 곁들인 풍부한 상상이 최선책입니다.

이런 인생들이 써야 할 가치가 있는 인생들이죠.
성공하지 못하는 사람들의 인생이요.

인터뷰어   작가님 작품 속 인물들은 중요한 일을 하려고 노력하는 편인 가요?

커버   노력을 하긴 하는 것 같아요. 하지만 노력과 성공은 다른 문제죠. 어떤 인생들에서는 사람들이 늘 성공을 거두죠. 그리고 그렇게 되는 건 정말 근사한 일이에요. 다른 인생들에서는 사람들이 삶을 이어나가기 위해 필요한 크고 작은 것들을 아무리 원하고, 그걸 이루기 위해 애를 써도 성공을 거두지 못해요. 그리고 물론, 이런 인생들이 써야 할 가치가 있는 인생들이죠. 성공하지 못하는 사람들의 인생이요. 제가 해온 대부분의 경험은, 직접적으로든 간접적으로든, 이 성공하지 못하는 인생과 관련 있어요. 제 생각에, 제가 만든 인물들 대부분은 자신들이 하는 행동이 어떤 식으로든 결실을 맺기를 바랄 것 같아요. 하지만 동시에, 그 인물들은—많은 사람이 그렇듯—그게 그렇게 되지 않으리라는 걸 아는 지점에 도달해 있어요. 더 이상 그런 일은 벌어지지 않는 거죠. 예전에 중요하다고 생각했던 일, 심지어 그걸 위해서는 목숨을 걸 수도 있다고 생각했던 일들이 이제는 서푼의 값어치도 없어요. 그 인물들의 삶은 그들에게 쾌적하지 못한 것이 되었고, 그들의 목전에서 부서지고 있어요. 그 인물들은 상황을 바로잡아보고 싶어 하지만, 그럴 능력이 없어요. 그리고, 문제를 해결하기 위해서 할 수 있는 만큼 해본 뒤에는, 자신들도 그 사실을 알게 되는 거죠.

인터뷰어 제가 아끼는 작품들 중 하나가 작가님 최근 선집에 들어 있는데, 그 작품에 대해 좀 이야기해줄 수 있을까요? 「춤 좀 추지 그래?」라는 작품은 어디에서 아이디어를 얻은 건가요?

카버 1970년대 중반에 미줄라에 사는 작가 친구들을 찾아간 적이 있어요. 둘러앉아서 술을 마시다가 린다라는 술집 종업원에 대한 이야기가 나왔어요. 어느 날 밤 남자친구하고 술을 마시다가 취해서 침실 가구들을 몽땅 뒷마당에 내놓겠다고 결정했다는 거예요. 그리고 실제로 카펫, 전등, 침대, 협탁까지 싹 다 내다 놨대요. 그 방에는 작가들이 네 명인가 다섯 명 앉아 있었는데, 이야기가 끝나고 나서 누군가가 말했어요. "그래서, 이 얘기 누가 쓸 거야?" 다른 사람 누가 또 썼는지는 모르겠지만, 아무튼 저는 썼어요. 그 직후는 아니고, 한참 뒤에요. 아마 4~5년이 지난 뒤였을 거예요. 물론 이것저것 바꿀 것 바꾸고 더할 것 더하고 그랬죠. 그러고 보니까 그게 제가 술을 끊고 나서 쓴 첫 번째 단편이네요.

단편 하나를 가지고 스무 가지 내지
서른 가지 정도의 판본을 만들어내기도 해요.

인터뷰어 글을 쓸 때 습관 같은 게 있나요? 언제나 단편소설 한 작품씩
붙들고 작업하나요?

카버 쓰고 있는 시기에는, 매일 씁니다. 그러기 시작하면 무척 즐
겁죠. 하루가 그다음 날로 맞물려서 이어집니다. 어떤 때는
그날이 무슨 요일인지 잊고 일을 하기도 해요. 존 애시버리
John Ashbery는 그런 걸 두고 "물레방아처럼 돌아가는 나날들"
이라고 했죠. 최근 한동안 그랬던 것처럼, 학교 강의 같은 일
들 때문에 쓰는 일을 멈추게 되면, 한 줄도 써본 적이 없거나
그럴 욕망이 전혀 없는 사람처럼 지내요. 금세 나쁜 버릇에
빠지게 되죠. 밤늦게까지 깨어 있고 아침에는 늦잠을 자고 하
는 식으로요. 하지만 괜찮아요. 참을성을 가지고 적절한 때를
기다리는 법을 배웠거든요. 그건 이미 오래전에 익숙해져야
하는 부분이었어요. 참을성이요. 별자리가 정말 의미가 있는
거라면, 제 별자리는 거북이일 겁니다. 쓰다가 한참 중단했
다가 다시 쓰다가, 쓰는 습관이 아주 불규칙해요. 하지만 일
단 쓰게 되면 한 번에 열 시간, 열두 시간, 열다섯 시간 정도
씩 아주 오래 책상에 붙어 있고, 이걸 며칠이고 계속해요. 이
게 가능해지면 정말 신나죠. 이 작업 시간의 대부분은, 뭐냐
면, 고쳐 쓰거나 새로 쓰는 일에 할애돼요. 집 안에 한동안 보
관하고 있던 단편을 꺼내서 수정 작업을 하는 것보다 더 즐거

운 일은 거의 없어요. 그건 시 작업에서도 마찬가지예요. 저는 무언가를 쓰고 난 뒤에 바로 내보내려고 서두르지 않아요. 대개는 집 안에 몇 달이고 놔둔 채 이걸 들어내고 저걸 집어넣고 하는 식으로 이것저것 해보죠. 단편소설의 초고를 쓰는 건 그리 오래 걸리지 않아요. 대개는 앉은 자리에서 써내죠. 하지만 그 작품을 여러 가지 판본으로 만들어보는 데에는 시간이 꽤 걸려요. 단편 하나를 가지고 스무 가지 내지 서른 가지 정도의 판본을 만들어내기도 해요. 열 가지나 열두 가지 이하로 만들어본 적은 한 번도 없어요. 위대한 작가들의 초기 판본을 보면 배울 것도 많고 힘이 나기도 해요. 톨스토이가 가지고 있던 교정쇄를 사진으로 찍어놓은 걸 떠올리는 중이에요. 톨스토이도 수정 작업을 하는 걸 좋아했죠. 사실 톨스토이가 수정 작업을 좋아했는지 여부는 알 수 없지만, 엄청나게 많이 고친 건 사실이에요. 조판용 교정쇄가 나오는 마지막 순간까지 끊임없이 고쳤으니까요. 톨스토이는 『전쟁과 평화』를 모두 여덟 번 다시 쓰고 나서도 교정쇄에 수정 사항을 적어 넣고 있었어요. 이런 걸 보면서 저처럼 엉망진창으로 초고를 쓰는 작가들은 기운을 얻게 되는 거죠.

인터뷰어   단편소설을 쓰는 과정을 묘사해주세요.

카버   방금 말했듯이, 저는 초고를 빨리 써요. 대개 손으로 휘갈겨 쓰죠. 할 수 있는 한 재빨리 지면을 채우는 거예요. 어떤 경우에는 나중에 손을 볼 때를 대비해서 짧은 메모를 남겨놓기도 해요. 어떤 장면들은 마무리를 짓지 않은 채, 제대로 쓰지 않고 남겨둬요. 나중에 정밀하게 그려내야 하는 장면들을 특히 그렇게 하죠. 사실 모든 장면이 마찬가지죠. 그런데 특히 어떤 장면들은 두 번째, 세 번째 원고를 쓸 때까지 그대로 둬요. 그 장면을 건드려서 제대로 쓰려고 들면 초고를 쓰는 데 너무 오래 걸릴 테니까요. 초고는 윤곽을 잡는 게 핵심이에요. 이야기의 골조를 세우는 거죠. 그러고 나서 여러 차례 수정 작업을 하는 동안 나머지 사항들을 살핍니다. 손으로 초고 작업을 끝내고 나면 그걸 타자로 쳐서 옮기고, 거기에서 본격적인 작업이 시작됩니다. 어떤 이야기든 타자로 쳐놓고 나면 늘 달라 보여요. 물론, 더 나아 보여요. 초고를 타자로 치는 동안 조금씩 삭제하거나 덧붙이는 식으로 수정 작업을 시작해요. 진짜 작업은 나중에, 세 번째, 네 번째 원고를 만들어낸 뒤에 시작됩니다. 그건 시도 마찬가지예요. 다만 시는 40번 내지 50번을 고쳐 쓴다는 차이가 있을 뿐이에요. 도널드 홀은 제게 시를 100번 정도 고쳐 쓴다고 하더군요. 상상이 갑니까?

'미니멀리스트'라는 말에는 세계를 좁게 보고
좁게 수용하는 사람이라는 느낌이 들어 있어요.
이런 건 제가 좋아하는 게 아닙니다.

인터뷰어   작업 방식에 변화가 있었나요?

카버   『사랑을 말할 때 우리가 이야기하는 것』에 수록된 작품들은 좀 다릅니다. 한 가지만 예로 들자면, 매 부분 분명한 목적을 지니고 있고, 정확한 계산을 거쳤다는 면에서 그 전에 비해 나 자신을 훨씬 더 의식한 책이라고 할 수 있을 것 같아요. 그 전에는 어떤 작품을 가지고도 그렇게 한 적이 없을 정도로 한 편 한 편을 늘이고 줄이고 들여다보는 과정을 거친 뒤에야 수록을 결정했어요. 그 책에 들어갈 원고들을 모두 취합해서 출판사에 보내고 나서, 반년 정도는 아무것도 안 썼어요. 그 뒤에 처음으로 쓴 게 「대성당」인데, 이건 아이디어나 실행 과정에서나 이전에 썼던 어떤 작품하고도 완전히 다르다는 느낌이 들었어요. 그 작품에는 제가 글을 쓰는 방식뿐만 아니라, 제 삶의 변화도 반영되어 있는 것 같아요. 「대성당」을 쓰는 동안 무언가 마구 솟구쳐 오르는 것 같았어요. '바로 이거야, 이런 느낌 때문에 글을 쓰는 거지' 하는 느낌을 받았습니다. 이전에 작품들이 올 때와는 달랐어요. 그걸 쓰면서 무언가 새로운 차원이 열렸어요. 이전까지 해오던 길로도 얼마든지 더 갈수 있었겠죠. 모든 대상의 뼈를 발라낼 뿐만 아니라 그걸 으깨고 골수까지 끄집어내면서요. 그런데 그 방향으로 좀 더 가면 막다른 골목에 도달하게 될 거라는 사실을 알게 됐어요. 저로서는 읽고 싶지도 않을 것들을 쓰고 출판하는 데까지 가는 거죠. 어떤 이는 지난번 선집을 비평하면서 저를 "미니멀리스트" 작가라고 불렀습니다. 그 비평가는 그 말을 칭찬으로 사용했어요. 하지만 저는 그 말이 마음에 들지 않았습니다. '미니멀리스트'라는 말에는 세계를 좁게 보고 좁게 수용하는 사람이라는 느낌이 들어 있어요. 이런 건 제가 좋아하는 게 아닙니다. 아무튼 지난 1년 반 동안 써서 '대성당'이라고 이름 붙인 새 책에 묶은 작품들은 전부 다 이전 것들과는 달라요.

인터뷰어　독자에 대한 특별한 생각이 있나요? 업다이크는 중서부의 작은 타운에 살면서 도서관 서가에서 자신의 책을 골라내는 어느 어린 소년을 자신의 이상적인 독자로 꼽았습니다.

카버　업다이크가 이상적으로 꼽은 독자를 상상해보니 즐겁네요. 하지만 초기작을 빼고는 업다이크를 읽는 독자가 중서부의 작은 타운에 사는 어린 소년일 것 같지는 않아요. 그 어린 소년이 『켄타우로스The Centaur』『부부들Couples』『돌아온 토끼 Rabbit Redux』『쿠데타The Coup』 같은 작품들을 어떻게 이해하겠어요? 업다이크는 존 치버가 대상으로 삼는다고 했던 "지적인 성인 남녀"를 대상으로 쓴다고 생각합니다. 사는 곳과 관계없어요. 읽을 만한 가치가 있는 작가라면 누구나 가능한 한 넓고, 수용 능력이 큰 독자군을 위해 자신이 할 수 있는 최선을 다해, 진실하게 씁니다. 그러니까, 좋은 독자가 있기를 기대하면서 최선을 다해 쓰는 거죠. 하지만 동시에 다른 작가들—자신이 감탄하면서 읽은 작품을 쓴, 이미 사망한 작가들을 비롯해 읽고 싶은 작품을 쓰는 현존 작가들—또한 염두에 두고 쓴다고 생각해요. 만약 다른 작가들이 좋아하면, '지적인 성인 남녀'들 또한 좋아할 가능성이 커요. 하지만 제가 글을 쓰고 있을 때에는 언급하신 그 소년 같은 존재, 그런 특정한 존재를 염두에 두고 있진 않아요.

인터뷰어　쓴 것들 중 결국 폐기 처분하게 되는 분량이 얼마나 되나요?

카버　많습니다. 초고가 40페이지 분량이었다면, 퇴고를 마쳤을 때는 대개 그 절반 정도밖에 안 됩니다. 그리고 그건 단순히 어떤 걸 들어내거나 줄이는 문제가 아니에요. 많이 들어내지만 그 뒤에 몇 가지를 더하기도 하고, 그 후에 다시 몇 부분을 더하고, 몇 부분을 또 들어냅니다. 그게 제가 좋아하는 작업이에요. 말들을 더하고, 들어내고 하는 작업이요.

인터뷰어　이 수정 과정이 이제는 단편을 좀 더 길고, 좀 더 너그러운 것으로 두도록 바뀌었다는 건가요?

카버　너그럽다, 맞습니다, 딱 적당한 표현입니다. 맞아요. 그 이유를 말씀드리죠. 제 학교에서 일하는 타이피스트는 우주 시대의 타자기인 워드프로세서를 가지고 있는데, 단편소설을 하나 타이핑해달라고 주면 아주 깨끗하게 정리해서 돌려보내 줍니다. 그럼 저는 거기에 제가 하고 싶은 만큼 고친 수정 사항을 적어서 다시 보냅니다. 그리고 바로 다음 날이면 완전히 깨끗하게 정리된 판본으로, 제 단편이 다시 돌아옵니다. 그러면 그 깨끗한 종이 위에 제가 원하는 만큼 수정 사항을 다시 적어 넣고, 다음 날이면 다시 한번 깨끗하게 정서된 판본을 받아보게 됩니다. 너무 좋아요. 사소한 일처럼 보이겠죠. 하지만 그 여자분과 그가 사용하는 워드프로세서가 제 인생을 바꿨어요.

인터뷰어   생활비를 버는 일을 쉬어본 적이 있나요?

카버   1년 동안 쉰 적이 한 번 있어요. 저에게는 아주 중요한 해였
습니다. 그해에 『제발 조용히 좀 해요』에 들어갈 단편들 대부
분을 썼어요. 1970년 아니면 1971년이었죠. 팰로앨토에 있는
교과서 출판사에서 일하고 있을 때였어요. 새크라멘토에 있
는 한 병원에서 청소부로 일하던 시기 바로 뒤에 얻은, 제 생
애 첫 사무직이었어요. SRA라는 이름의 그 회사에서 편집자
로 조용히 일하고 있었는데, 어느 날 회사가 전면적인 조직
개편을 하기로 결정했어요. 회사를 그만두기로 마음먹고 사
표를 쓰고 있었는데, 그때 갑자기 해고 통보를 받았어요. 완
전히 저하위복이었어요. 그 주말에 친구들을 초대해서 해고
파티를 열었어요! 1년 동안 일을 하지 않아도 되게 된 거예
요. 위로금으로 받은 것에다 실업급여를 합쳐서 생활을 해나
갈 수 있었어요. 그리고 그때 제 아내가 학사학위를 받을 수
있었어요. 그 무렵, 그때가 바로 전환점이었어요. 좋은 시절
이었죠.

인터뷰어   신앙이 있나요?

카버   아뇨. 하지만 저는 기적과 부활의 가능성을 믿어야만 하는 입
장이에요. 거기에 대해서는 의문의 여지가 없어요. 매일 아침
에 눈을 뜨고 일어날 때마다, 제가 일어날 수 있어서 너무 기
뻐요. 그래서 아침에 일찍 일어나는 걸 좋아해요. 술을 마시

던 시절에는 정오 무렵이나 돼야 눈을 떴는데, 대개는 오한을 느끼면서 일어나곤 했어요.

과거는 이미 낯선 나라가 되었고,
그 나라에서 벌어지는 일들은 여기와는 너무 달라요.

인터뷰어   그 시설에는 전반적으로 상황이 좋지 않았을 텐데, 그때 있었던 일들에 대해 후회하나요?

카버   지금의 제가 그 시절을 바꿀 수는 없어요. 후회조차 허용되지 않는 거죠. 그때의 삶은 다 지나가버렸고, 지나가버린 걸 후회할 수는 없어요. 저로서는 현재를 살아야 해요. 그 시절의 삶은 확실히 지나갔고, 그건 19세기 소설에서 읽었던 누군가에게 벌어진 일처럼 이미 아주 멀리 떨어져 있는 일들이에요. 그 시절로 돌아가서 머무는 시간이 한 달에 5분도 되지 않아요. 과거는 이미 낯선 나라가 되었고, 그 나라에서 벌어지는 일들은 여기와는 너무 달라요. 세월은 흐르고, 뭐 어쩌겠습니까. 저는 정말 두 번의 다른 인생을 사는 것 같아요.

인터뷰어   작가님이 받은 문학적인 영향이나, 작가님이 가장 존경하는 작가들에 대해 좀 이야기해주시겠어요?

카버   어니스트 헤밍웨이를 우선 꼽아야 하겠죠. 초기 단편들이요. 「심장이 두 개인 큰 강」「빗속의 고양이」「사흘 동안의 폭풍」

「병사의 집」, 그 외에도 아주 많이 있죠. 그리고 체호프. 제가 가장 좋아하는 작품들을 쓴 작가로 체호프를 꼽아야 할 것 같아요. 하지만 체호프를 좋아하지 않는 사람이 어디 있겠어요? 희곡이 아니라 단편소설들을 말하는 거예요. 체호프의 희곡들은 제 취향에는 너무 느려요. 톨스토이. 단편소설 전부하고 경장편, 그리고 『안나 카레니나』. 『전쟁과 평화』는 말고요. 너무 느려요. 하지만 『이반 일리치의 죽음』 『주인과 하인』, 그리고 「사람에겐 얼마만큼의 땅이 필요한가」 같은 작품들. 이 작품들에서 톨스토이는 단연 최고죠. 이사크 바벨, 플래너리 오코너, 프랭크 오코너. 제임스 조이스의 『더블린 사람들』, 존 치버. 『보바리 부인』. 작년에 플로베르가 이 작품을 직조해가는 동안—달리 표현할 방법이 없습니다—썼던 편지들의 새로운 번역본을 같이 읽으면서 책을 다시 읽었습니다. 조지프 콘래드, 업다이크의 단편집 『너무 먼 곳Too Far to Go』, 그리고 토바이어스 울프처럼, 지난 한두 해 동안 만나게 된 놀라운 작가들이 있습니다. 『북미 순교자들의 정원에서In the Garden of the North American Martyrs』에 수록되어 있는 울프의 단편들은 너무나 훌륭해요. 맥스 숏Max Schott. 바비 앤 메이슨Bobbie Ann Mason, 이 작가를 언급했던가요? 아주 훌륭한, 두 번 언급할 만한 가치가 있는 작가입니다. 해럴드 핀터Harold Pinter, V. S. 프리칫V. S. Pritchett. 오래전에 체호프가 쓴 편지에서 아주 인상적인 구절을 읽었습니다. 그와 편지를 주고받던 많은 이들 중 한 사람에게 보낸 충고였는데, 이런 내용이었습니다. 이봐, 꼭 놀라운 성취를 거두고 기억할 만한 업적을 이룬 뛰어난 사람들에 대해서만 써야 하는 건 아니라네. (이 시절 저는 대학생이었고, 왕국의 왕자들과 공작들, 반역자들에 대한 희곡들을 읽으면서 지내고 있었다는 사실을 감안해주기를 바랍니다. 영웅들을 그들이 있어야 할 곳에 자리 잡게 하기 위한 거대한 기획과 추구 따위가 중요한 세계죠. 소설 역시 보통 인간을 넘어선 영웅들을 다루고요.) 그 편지, 그리고 다른 편지들에서 체호프가 말한 것들, 그리고 그의 단편들을 읽으면서 그 전과 다른 방식으로 생각하게 됐어요. 그러고 나서 얼마 지나지 않아 막심 고리키의 희곡과 단편소설 들을 읽었는데, 그 작품들에서 체호프가 말한 것들을 보다 확실하게 이해할 수 있었습니다. 리처드 포드도 훌륭한 작가죠. 주로 장편소설을 쓰지만, 단편과 에세이도 씁니다. 저와는 친구예요. 전 좋은 친구가 많은데, 그들 중에는 훌륭한 작가들도 여럿 있습니다. 몇몇은 그렇지 못하고요.

인터뷰어 그럴 땐 어떻게 하나요? 그러니까, 친구들 중 한 사람이 책을 냈는데 작가님 마음에 별로 안 들면, 그럴 때 어떻게 하나요?

카버 그 친구가 묻기 전까지는 아무 말도 하지 않습니다. 아무것도 묻지 말아주기를 바라면서요. 하지만 기어코 물을 경우에는, 우정이 상하지 않을 방식으로 대답을 해야죠. 제가 원하는 건 친구들이 잘 지내고, 능력껏 잘 쓰는 겁니다. 하지만 친구들의 작업이 실망스러운 경우가 있죠. 친구들이 하는 일이 모든 면에서 잘되기를 바라지만, 이런 불미스러운 일이라는 게 생길 수도 있는 일이고, 거기에 대해서는 사실 제가 할 수 있는 게 별로 없어요.

인터뷰어 윤리적 소설이라는 것에 대해서는 어떻게 생각합니까? 아마
도 이 주제를 이야기하려면 존 가드너와 그가 작가님에게 미
친 영향에 대해서 이야기해야 할 텐데요. 제가 알기로 작가님
은 오래전에 치코주립대학교에서 가드너의 학생이었죠.

카버 맞습니다. 우리 두 사람의 관계에 대해서는 〈안타에우스〉에
먼저 썼고, 가드너의 사후에 출간된 『장편소설가 되기』라는
책에 서문을 쓰면서 그 글을 좀 더 다듬었죠. 『윤리적 소설에
대하여On Moral Fiction』는 놀라울 정도로 명석한 책이라고 생각
합니다. 어떤 관점에서 접근하든 그 책의 내용에 전부 동의하
기는 어렵지만, 전반적으로는 그가 옳다고 생각해요. 가드너
가 그 책을 통해 이루고자 하고 열망하는 것들이 있는데, 그
과정에서 살아 있는 작가들에 대한 평가는 그리 큰 비중을 차
지하지 않습니다. 이 책은 삶을 무시하고 비난하기보다는 긍
정하는 데에 중점을 두고 있습니다. 가드너가 말하는 윤리성
이란 곧 삶을 긍정하는 일입니다. 그리고 그 맥락에서 가드너
는 좋은 소설이란 곧 윤리적인 소설이라고 믿는 겁니다. 원
한다면 논쟁거리가 얼마든지 있는 책이죠. 어떻게 보든, 아주
뛰어납니다. 이 책도 좋지만, 저는 가드너가 『장편소설가 되
기』에서 자기 입장을 훨씬 더 잘 웅변하고 있다고 봅니다. 이
책에서는 다른 소설가들에 대해 『윤리적 소설에 대하여』에서
했던 것보다도 신경을 덜 써요. 가드너가 『윤리적 소설에 대

하여』를 펴냈을 때는 이미 서로 연락을 주고받지 않은 지 꽤 오래됐을 무렵이에요. 하지만 그가 제게 끼친 영향, 제가 학생이었을 때 저를 위해 해줬던 것들에 대한 기억이 여전히 너무나 강렬해서 꽤 오랫동안 저는 그 책을 읽고 싶지 않았어요. 제가 그 오랜 기간 써온 것들이 비윤리적인 것이라는 사실을 깨닫게 될까 봐 무서웠던 거예요! 우리 두 사람이 거의 20년 동안이나 서로를 보지 않고 지내다가 제가 시러큐스로 오고 가드너가 여기에서 123킬로미터 정도 떨어진 빙엄턴으로 가고 나서야 다시 이어졌다는 사실을 염두에 두셔야 돼요. 그 책이 나왔을 때 많은 사람이 가드너에게 분노했어요. 사람들의 신경을 건드린 거죠. 저는 상당한 수작秀作이라고 생각했지만요.

인터뷰어   그러면 그 책을 읽고 난 뒤, 작가님 자신의 작품들에 대해서는 어떻게 생각했나요? 작가님의 작품들은 '윤리적'인가요, 아니면 '비윤리적'인가요?

카버   그걸 아직도 잘 모르겠어요! 하지만 다른 사람들에게서 들은 것도 있고, 그리고 가드너가 저에게 직접 말했는데, 제 작품들이 마음에 든다고 했어요. 특히 신작들이요. 그 말을 듣고 무척 기뻤어요. 『장편소설가 되기』를 읽어보세요.

인터뷰어   여전히 시를 쓰나요?

카버   조금씩 쓰긴 하는데, 만족할 만큼은 아니에요. 좀 더 많이 쓰
       고 싶어요. 시를 쓰지 않는 상태로 반년이나, 아무튼 너무 오
       랜 시간이 지나가면 마음이 불안해져요. 이제는 더 이상 시인
       이 아닌 건지, 아니면 아예 시를 쓸 능력이 사라진 건지, 싶은
       우려가 드는 거죠. 대개는 이런 생각이 들 때 자리를 잡고 앉
       아서 시를 써보려고 하게 되죠. 봄에 나올 『불』에 제가 남겨
       두고 싶은 시들을 전부 모았어요.

인터뷰어   그 두 가지는 어떤 방식으로 서로에게 영향을 미치나요? 소
       설을 쓰는 것과 시를 쓰는 일 말이에요.

카버   더 이상은 서로 영향을 미치지 않아요. 꽤 오랫동안 저는 시
       를 쓰는 것과 소설을 쓰는 일에 비슷한 정도의 관심을 기울
       였어요. 잡지를 받으면 소설을 읽기 전에 늘 시들을 먼저 들
       춰 봤죠. 마침내 선택을 해야 하는 시점이 왔고, 저는 소설 쪽
       으로 기울었어요. 저로서는 그게 적절한 선택이었어요. 저는
       '타고난' 시인이 아니에요. 사실 백인 미국 남성이라는 사실
       말고는 제가 뭘 타고났는지도 잘 모르겠어요. 어쩌면 이따금
       만 시인이 될 수 있을 거예요. 그렇다면 그렇게 적응해야죠.
       그렇게라도 되는 게 아예 시인이 되지 않는 것보다는 나으니
       까요.

인터뷰어   명성을 얻고 나서 바뀐 게 있나요?

카버   저는 그 단어가 불편해요. 전 애당초 기대를 거의 하지 않고 시작했어요. 그렇잖아요, 우리가 사는 이 세계에서 단편소설을 써서 도대체 얼마나 멀리까지 가보겠어요? 게다가 술 때문에 자존감도 많이 떨어져 있었고요. 그래서 이렇게 주목을 받는 게 저로서는 늘 놀라운 일이에요. 하지만, 『사랑을 말할 때 우리가 이야기하는 것』이 받아들여지는 걸 본 뒤로, 그 전에는 한 번도 느껴보지 못한 자신감이 생겼다는 건 말씀드릴 수 있습니다. 그 이후로 벌어진 일들은 하나같이 제게 더 많이, 더 좋은 글을 쓰고 싶도록 자극하는 역할을 했어요. 아주 훌륭한 원동력이 된 거죠. 그리고 이 모든 게 제가 살면서 가장 원기 왕성해져 있는 시기에 물밀듯이 쏟아져 들어오고 있어요. 무슨 뜻인지 아시겠어요? 저는 지금 과거 어느 때보다 더 강하고, 제가 가고자 하는 방향에 대해서 확신을 가지고 있어요. 그래서 '명성'—새롭게 다가오고 있는 주목과 관심이라고 해둡시다—은 저한테 도움이 돼요. 제 자신감을 북돋아주는 게 필요한 시점에 정확히 그 역할을 해줬어요.

인터뷰어   작가님 작품을 제일 먼저 읽는 건 누군가요?

카버   테스 갤러거요. 아시다시피 갤러거 자신이 시인이자 단편소설 작가예요. 저는 갤러거에게 제가 쓰는 편지 말고는 모든 걸 다 보여줍니다. 편지도 어떤 것들은 보여주고요. 갤러거는 보는 눈이 아주 좋고, 제가 쓰는 것들을 바라보는 자신만의 어떤 방식이 있어요. 하지만 제가 할 수 있는 만큼 손을 보고, 완전히 마무리한 뒤에야 보여줍니다. 그건 대개는 네 번째, 혹은 다섯 번째 판본인데, 갤러거는 그걸 읽고 난 뒤에 그 전의 판본들을 읽어봅니다. 여태까지 모두 세 권의 책을 그에게 헌정했는데, 이 헌정은 단순히 사랑과 애정의 표현만이 아니라, 제가 그에 대해 품고 있는 높은 존경심과 그가 제게 영감을 주었다는 사실을 드러내기 위한 것이기도 합니다.

인터뷰어 여기에 고든 리시의 자리는 어디 있는 건가요? 크노프 출판사 시절 작가님의 편집자였던 걸로 알고 있는데요.

카버 1970년대 초반에 〈에스콰이어〉에서 제 단편들을 내기 시작했던 편집자의 자리에 그대로 있죠. 우리 두 사람은 이미 1967년인가 1968년에 팰로앨토에서 만나 친분을 이어왔어요. 리시가 일하던 교과서 출판사가 제가 근무하던 회사 바로 맞은편에 있었죠. 절 해고한 그 회사요. 리시는 정해진 근무시간이 없었어요. 회사 일의 대부분을 집에서 처리했죠. 최소한 한 주에 한 번은 자기 집으로 점심을 먹으러 오라고 하곤 했어요. 음식을 만들어서 내놓고는 자신은 음식에 손도 대지 않은 채 제가 먹는 걸 보면서 식탁 주변을 서성거리곤 했죠. 상상이 가시겠지만, 그리 편하진 않았어요. 그래서 늘 음식을 남겼고, 리시는 언제나 그걸 먹어 치웠어요. 어릴 때 받은 교육 탓이라고 하면서요. 한두 번 있었던 일이 아니에요. 리시는 아직도 똑같은 행동을 합니다. 점심을 같이하자고 저를 데리고 나가서는 자신은 음료만 주문하고 앉아 있다가 제가 남긴 걸 먹어 치우는 거예요! 한번은 러시안 티룸*에서 그러는 걸 본 적이 있어요. 네 사람이 함께 저녁을 먹으러 갔는데, 음식이 나오자 리시는 우리가 먹는 걸 지켜보기만 했어요. 우리가 음식을 남길 것 같으니까, 싹싹 다 먹어 치우더군요. 이런 괴이한 버릇들 말고는, 그런 버릇조차도 그저 재미있는 정도지만, 리시는 놀라울 정도로 똑똑하고 원고가 필요로 하는 걸 아주 예민하게 파악하는 사람입니다. 훌륭한 편집자죠. 어쩌면 위대한 편집자일 거예요. 확실한 건 그가 제 편집자이자 친구고, 그 두 가지 모두가 기껍다는 사실입니다.

인터뷰어   영화 대본 일을 좀 더 할 생각인가요?

카버   얼마 전에 마이클 치미노와 함께 도스토옙스키의 생애에 대해 쓴 것 같은 재미있는 이야깃거리가 있다면, 물론 할 겁니다. 그런 게 아니라면 하지 않을 거고요. 하지만 도스토옙스키라뇨! 당연히 하죠.

인터뷰어   그리고 보수도 꽤 되죠.

카버   예.

* 1927년 러시아 황실 발레단에서 만든 레스토랑으로, 이후 연극계와 영화계, 출판과 언론 관계자들의 모임이 이루어지는 장소가 되기도 했다.

인터뷰어 그걸로 벤츠가 설명이 되는군요.*

카버 바로 그거죠.

인터뷰어 〈뉴요커〉에 관해서 말인데요. 처음 시작할 때 〈뉴요커〉에 단편을 보낸 적이 있나요?

카버 아뇨. 〈뉴요커〉를 읽지도 않았어요. 작은 잡지들에 시와 소설을 보냈고, 이따금 받아들여지면 그게 그렇게 좋을 수가 없었습니다. 한 번도 만나본 적은 없지만, 제 얘기를 들어주는 사람들이 있긴 있었던 거니까요.

인터뷰어 작가님의 작품을 읽은 사람들이 편지를 보내오나요?

카버 편지, 테이프, 어떤 때는 사진도요. 얼마 전에는 누군가가 제 단편들에 영감을 받아서 만든 노래들을 카세트테이프에 담아 보내왔어요.

인터뷰어 워싱턴주의 서부 해안 지역과 여기 동부 지역 중에 어디에서 더 글이 잘 써지나요? 작가님 작업에 장소성이라는 게 얼마나 중요한 역할을 하는지 궁금합니다.

---

* 카버가 이 무렵에 슬리퍼를 신고 가서 현금을 주고 벤츠를 샀다는 일화는 지인들 사이에 유명했다.

저 자신을 어떤 특정한 장소와 연결되어 있는 작가로 인식하는 게 중요하던 시절이 한때 있었습니다. 서부 출신의 작가라는 게 저한테는 중요했던 거죠. 하지만, 좋은 건지 나쁜 건지 모르겠지만, 이제는 더 이상 별 의미 없습니다. 이사를 너무 많이 다니며 여러 군데에서 살아와서, 이제 와서 '장소'에 대해 어떤 견고하게 뿌리박힌 감각을 가지기에는 너무 탈지역화된 것 같아요. 만약에 제가 어떤 특정한 지역과 시대에 의식적으로 이야기를 위치시키고 싶어 하게 된다면, 그리고 보니까 특히 첫 번째 책에서는 그렇게 했던 것 같은데, 그 장소는 아마도 북서부의 태평양 연안이 되지 않을까 싶네요. 저는 제임스 웰치James Welch, 월리스 스테그너Wallace Stegner, 존 키블 John Keeble, 윌리엄 이스트레이크William Eastlake, 그리고 윌리엄 키트리지William Kittredge 같은 작가들이 가지고 있는 장소 감각에 대해 무척 경탄합니다. 말씀하시는 장소 감각을 가지고 있는 훌륭한 작가들이 많죠. 하지만 제 단편들의 대부분은 어떤 특정한 장소를 배경으로 하지는 않아요. 대도시 인근의 어디에서나 일어날 수 있는 이야기들이죠. 여기 시러큐스를 배경으로 할 수도 있지만, 동시에 투손, 새크라멘토, 새너제이, 샌프란시스코, 시애틀, 아니면 워싱턴주의 포트 앤젤레스가 될 수도 있어요. 그리고 어디가 됐든, 제 이야기들은 대개 실내에서 벌어져요!

글을 쓸 때 집 안의 특정한 장소에서 하나요?

카버 예, 2층의 제 서재에서요. 저만의 장소를 가지고 있는 게 저한테는 무척 중요해요. 전화선을 뽑아놓고, 문에 '방문 사절' 표지판을 걸어놓는 날들이 많아요. 오랜 세월 부엌 식탁이나 도서관의 개인 열람실을 이용했고, 그것도 아니면 차에 나가 앉아서 썼어요. 지금 제가 가지고 있는 이 방은 사치이자 필수 사항이에요.

인터뷰어 여전히 사냥을 하고 낚시를 하러 다니나요?

카버 이제는 그렇게 자주는 못 합니다. 낚시는 여전히 조금씩 하죠. 여름에 워싱턴주에 가 있게 되면 연어 낚시를 해요. 하지만 유감스럽게도 사냥은 안 합니다. 어딜 가야 사냥을 할 수 있는지도 몰라요! 데리고 가줄 수 있는 사람을 찾을 수는 있겠지만, 아직 그렇게 하지도 못하고 있어요. 하지만 제 친구 리처드 포드는 사냥꾼이에요. 1981년 봄에 작품 낭독을 하러 여기에 왔었는데, 그때 받은 사례비로 저에게 엽총을 사줬어요. 놀랍지 않아요! 그리고 그 총에 이렇게 글귀를 새겼어요. "레이먼드를 위해 리처드가, 1981년 4월." 말했다시피 리처드는 사냥꾼이에요. 아마 저도 사냥을 다니게 하려고 그런 거였겠죠.

좋은 소설이 하는 일 중 하나는
한 세계의 소식을 다른 세계로 전해주는 거예요.

친구이자 동료 작가 리처드 포드와 카버, 워싱턴주 포트 앤젤레스에서.
(© Bob Adelman)

인터뷰어   작가님의 단편들이 사람들에게 어떻게 다가가면 좋겠다고 생각하나요? 작가님의 글이 누군가를 변화시킬 수 있을 거라고 생각하나요?

카버   그건 정말 모르겠어요. 그럴 것 같지 않아요. 어떤 식이든 근본적인 변화를 일으킬 것 같진 않아요. 어쩌면 아무런 변화도 일으키지 않을 거예요. 무엇보다, 예술은 오락의 한 형태잖아요, 안 그래요? 생산자와 소비자 모두에게요. 어떤 면에서는 당구를 치는 거나 카드놀이를 하는 것, 아니면 볼링을 치는 거랑 마찬가지란 말이죠. 다만 그저 다를 뿐인 거죠. 좀 더 고급스러운 형태의 오락이라고 얘기할 수는 있겠네요. 그렇다고 해서 거기에 정신을 풍요롭게 해주는 요소가 없다는 이야기는 아니에요. 물론 그런 요소가 있죠. 베토벤의 콘체르토를 듣거나 반 고흐의 그림 앞에서 시간을 보내거나 블레이크의 시를 읽는 건 브리지 게임을 하거나 볼링에서 220점을 치는 것 같은 일에서는 절대로 얻을 수 없는 심오한 경험일 수 있단 말이죠. 예술은 예술이 되어야 할 그 모든 것이에요. 하지만 동시에 예술은 차원이 높은 오락 수단이기도 하죠. 내 생각이 틀린 건가요? 잘 모르겠어요. 이십대 때 아우구스트 스트린드베리의 희곡을 읽고, 막스 프리슈의 소설과 릴케의 시를 읽고, 버르토크 벨러의 음악을 밤새 듣고 TV에서 해주는 시스티나성당과 미켈란젤로에 대한 특별 프로그램을 보면서, 이런 경험들로 인해 내 삶이 바뀔 수밖에 없다고 생각했어요. 이런 경험들에서 영향을 받았기에 바뀌지 않을 도리가 없다고 생각한 거죠. 다른 사람이 되지 않을 도리가 없었어요. 하지만 얼마 지나지 않아 내 삶에는 아무런 변화가 없으리라는 사실을 깨닫게 됐어요. 최소한 제 눈에 들어오는 방식, 어떤 식으로든 느껴지는 것이든 아니든, 변화는 없으리라는 걸 알게 된 거죠. 그때 예술이란 게 제가 그럴 만한 시간이 있을 때, 그렇게 할 만한 여유가 있을 때 추구할 수 있는 거라는 사실을 이해하게 됐습니다. 그리고 그게 다였어요. 예술은 사치고 나 자신이나 내 생활을 변화시키지 않을 거라는 사실을 알게 된 거죠. 예술로는 아무것도 할 수 없다는 사실을 인정사정없이 깨닫게 된 것 같아요. 바로 그겁니다. 저는 시인들이 이 세계의 "공인되지 않은 입법자"라는, 퍼시 비시 셸리의 말을 추종하는 자들의 터무니없는 망상 같은 건 단 한 순간도 믿지 않습니다. 터무니없는 수작이에요! 이자크 디네센은 희망도 절망도 없이, 그저 매일 조금씩 썼다고 말했어요. 전 그 말을 좋아합니다. 한 편의 소설이나 희곡, 한 권의 시집으로 자신들이 살고 있는 이 세계에 대한 생각이나 심지어 자기 자신을 바꾸던 시절이 우리에게 언젠가 있었다 하더라도, 그런 시절은 이미 지나갔어요. 어쩌면 특정한 종류의 삶을 사는 특정한 그룹의 사람들에 대한 소설이 삶의 어떤 영역에서 그 전에 그 사람들이 이해되던 것보다 조금 더 잘 이해될 수 있도록 해주는 역할을 할 수는 있을 거예요. 하지만, 제가 생각하기에는 그게 전부일 것 같아요. 시에서는 어쩌면 좀 다를지도 모르죠. 테스는 절벽에서 뛰어내리거나 물에 빠져 죽으려다가 그의 시를 읽고 나서 마음을 바꿨다고 하는 사람들이 보내온 편지들을 보관하고 있어요. 하지만 그건 좀 다른 얘기죠. 좋은 소설이 하는 일 중 하나는 한 세계의 소식을 다른 세계로 전해주는 거예요. 그 결말은 그것만으로도 훌륭하다고 생각해요. 하지만 소설을 통해 무언가를 바꾸는 것, 누군가의 정치적인 입장이나 정치 시스템 자체를 바꾸는 것, 아니면 고래나 메타세쿼이아를 구하는 것 같은 일은 가능하지 않아요. 이런 게 사람들이 말하는 변화라면, 그건 아니라는 거죠. 그리고 저 개인적으로도 소설이 이런 일들을 해야 한다고는 생각하지 않아요. 소설은 아무것도 할 필요가 없어요. 우리가 그것을 쓰는 동안 치열한 즐거움을 느낄 수 있게 해주고, 그자체로 아름다우면서, 세상을 견디고 오래 살아남을 수 있도록 만들어진 어떤 것을 읽는 데서 오는 또 다른 종류의 즐거움 또한 느낄 수 있도록, 그저 그 자리에 있으면 됩니다. 아무리 희미하더라도 끈질기게 지속적으로 빛을 발하는 불꽃을 던져주는 어떤 것으로서요.

한 번에 하나씩

레이먼드 카버는 『제발 조용히 좀 해요』와 『사랑을 말할 때 우리가 이야기하는 것』 두 권의 단편집으로 큰 규모의 독자층과 남다른 평가를 얻었다. 이번 가을에 나오는 세 번째 선집 『대성당』에는 1983년 O. 헨리 상 수상 작품집에서 1등 상을 받은 「별것 아닌 것 같지만, 도움이 되는」이 수록되어 있다. 카버는 또한 여러 권의 시집을 냈다.

카버의 단편소설들은 북서부 태평양 연안 지역의 작은 타운, 제재소 노동자 가정에서의 성장 과정을 반영하고 있다. 이 작품들에는 육체노동을 하는 가족들, 인디언, 실업 상태의(그리고 알코올의존증인) 항공 엔지니어 등, 대체로 자신들이 처한 곤경을 표현할 수 있는 정신적, 정서적, 혹은 지적인 도구를 가지고 있지 않은 인물들이 등장한다. 카버의 첫 두 선집이 감정을 노골적으로 드러내지 않는 데에 그 힘이 있다면, 『대성당』에 수록된 작품들은 훨씬 풍성하고 더 반성적이다.

케이 보네티, 〈새터데이 리뷰〉 9호(1983년 9/10월 호), 21~23쪽. 이 인터뷰는 1983년 5월에 진행된 60분 분량의 인터뷰 녹취록 「레이먼드 카버Raymond Carver」(아메리칸 오디오 프로즈 라이브러리, LC 83-740106 (CV Ⅲ 1083))를 편집, 보완한 것으로, 모든 자료의 저작권 및 기타 권한은 아메리칸 오디오 프로즈 라이브러리에 있다.

아래의 인터뷰는 뉴욕에서 열린 미국예술문학아카데미의 연례 회의 기간에 이루어졌다. 카버는 아카데미에서 밀드레드 앤드 해럴드 스트라우스 생활 기금를 받았다. 이 기금은 카버에게 5년에 걸쳐 상당한 액수의 비과세 수입을 제공한다.

보네티   올해는 작가님에게 상당한 성과가 있는 한 해가 되었네요, 그렇지 않은가요?

카버   정말 그렇습니다. 많은 일—좋은 일과 나쁜 일 모두—이 있었는데, 헤아리기 어려울 정도로 많은 좋은 일이 있었습니다. 일일이 다 마음속에 새기고 있습니다. 특히 제 최근 작업에 쏟아지고 있는 관심에 대해 말씀하시는 거라면 더욱 그렇고요. 가장 최근에 받은 상은 정말 의미 깊습니다. 신시아 오지크Cynthia Ozick*와 제가 첫 수혜자예요. 여기에 가장 근접할 만한 걸 꼽자면 맥아더 재단 펠로우십이 있겠죠. 그렇지만 5년 뒤에 갱신이 가능하다는 점에서 이 상이 더 좋다고 말할 수 있겠네요. 두말할 것 없이 너무나 좋은, 훌륭한 기회예요. 1950년대에 〈백만장자The Millionaire〉라고 제가 제일 좋아하던 TV 프로그램이 있었는데, 일주일에 한 번 누군가가 수표를 가져다주는 내용이었어요. 지금 저에게 이와 비슷한 일이 벌어진 겁니다. 이 상을 받아서 너무 기쁘고, 여기에 따르는 책임감을 마음속에 깊이 새기고 있습니다.

---

*   미국의 소설가. 유대계 미국인들의 삶에 대한 소설과 에세이를 주로 썼다.

보네티   이 상의 수상 조건은 무엇인가요?

카버   조건이 딱 하나 있는데, 어떤 형식으로든 직업을 가지면 안
된다는 겁니다. 이를테면 교수직 같은 거요. 이 상의 수상자
로 결정됐다는 소식을 들은 날, 저는 시러큐스대학교를 휴직
한 상태였습니다. 바로 학장에게 전화를 걸었습니다. 아주 친
절하고, 점잖고, 시석이고, 사려 깊은 분이죠. 전화를 해서 학
기말 이후에도 돌아가지 않을 거라고 이야기했습니다. 물론
모두들 저를 위해서 기뻐해주었습니다. 한편, 문예창작 프로
그램이 이제 막 자리를 잡아가는 터라서 제가 떠나는 걸 아쉬
워하기도 했고요.

보네티   지난해에 아주 슬픈 일이 있었다고 언급했는데요. 조금 이야
기해줄 수 있나요?

카버   제 친구인 존 가드너를 떠나보냈습니다. 또 다른 친구 리처드
휴고Richard Hugo*도 10월에 세상을 떠났고요. 그리고 뉴욕으로
떠나오기 직전 시러큐스에 있을 때, 친구이자 동료 한 사람이
심하게 아프고 오래가지 못할 것 같다는 소식을 들었습니다.
지난가을에는 제 딸이 아기와 함께 차를 타고 가다가 사고를
당했어요. 다행히도 지금은 둘 다 괜찮지만, 한동안은 쉽지
않은 상황이었습니다. 그러니 지난 12개월에서 15개월 정도

---

*   미국의 시인. 카버가 태어나고 성장한 북서부 출신으로, 1982년 백혈병으로 생을 마감했다.

는 이상한 시기였어요.

보네티   작가님이 사십대가 된 것과 무슨 관계가 있다고 생각하나요?

카버   아뇨, 그렇게 생각하진 않아요. (웃음) 저는 삼십대가 어려운 시기였어요. 삼십대에 거의 죽다 살아났기 때문에 마흔 살 생일을 축하할 수 있어서 무척 기뻤어요. 아무튼, 사십대에 접어들고 나선 친구들 중 누군가를 묻게 될 거라는 생각을 하게 되죠. 그 일에 대한 대안은 물론 한 가지밖에 없어요. 친구들이 우릴 묻는 것이죠.

보네티   작가님은 마침내 여태까지의 힘든 일들에 대한 보상을 거둬들이고 있는 중인데요.

카버   아, 그렇게 보일 수도 있겠네요. 사실 솔직히 말하자면, 전 글쓰기를 직업으로 추구해본 적이 없어요. 그냥 이야기와 시를 쓰게 된 거죠. 전 제가 해야 하는 일이 뭐가 됐든 지금이 그 일을 하기에 이전보다 훨씬 더 잘 준비돼 있고, 건강하고, 체력도 좋은 상태인 것 같아요. 이 모든 것은 제가 서른아홉이 될 때까지, 삼십대의 대부분을 술독에 빠져서 지냈고, 그러느라 엄청난 시간과 에너지를 빼앗겼다는 사실과 확실히 관련이 있습니다. 그 기간 동안 좋은 것들을 많이 흘려버렸어요. 6년 전에 술을 끊은 뒤로 상황이 이루 말할 수 없이 좋아졌어요. 두말할 필요도 없어요.

글쓰기와 술을 같이 엮는 신화가 있죠.
하지만 술은 예술적인 생산 작업과 전혀,
아무런 관계가 없습니다.

보네티   작가와 술이라는 주제를 다룬 책들이 늘 있었죠. 작가님의 작
         업과 작가님이 술을 많이 마셨다는 사실 사이에 어떤 식으로
         든 관계가 있나고 생각하나요?

카버   아뇨. 제 생각에 알코올의존증은 작가나 예술가들한테만 특
         히 높은 비율로 나타나는 건 아닌 것 같아요. 변호사나 의사
         같은 다른 직업군의 사람들도 마찬가지라는 거죠. 글쓰기와
         술을 같이 엮는 신화가 있죠. 하지만 술은 예술적인 생산 작
         업과 전혀, 아무런 관계가 없습니다. 정반대로, 재앙이자 최
         악의 훼방꾼이라고 생각해요. 작가들이 다른 직군의 사람들
         보다 눈에 잘 띌 뿐이고, 그게 다예요. 존 베리먼John Berryman
         이 술로 인해 겪은 문제라든가 F. 스콧 피츠제럴드, 윌리엄 포
         크너, 어니스트 헤밍웨이, 맬컴 라우리 같은 이들에 대한 이
         야기를 늘 듣죠. 하지만, 어떤 직군의 사람들 중에서도 술로
         인한 문제는 얼마든지 찾을 수 있어요.

보네티   금주를 결심하게 된 특별한 이유라도 있습니까?

카버   글쎄요, 어찌 보면 그런 이유가 제게 주어졌죠. 제가 마지막
         으로 마셨던 1976년에, 제 책이 두 권 간행됐습니다. 『제발

조용히 좀 해요』와, 『밤에 연어가 움직인다At Night the Salmon Move』라는 시집이 나왔죠. 그런데도 제 삶은 저로부터 완전히 멀어져버린 것처럼 보였어요. 전혀 통제가 되지 않았고, 그 무렵에 1년 남짓한 기간 동안 두 번이나 병원에 입원해야 했어요. 그 정도로 알코올 문제가 심각해졌던 거죠. 그런 식으로 네 번째 병원 신세를 지고 나서야 마침내, 제가 더 이상 남들처럼 적당히 마시는 게 불가능할 것 같다는 생각이 들었어요. 그래서 끊었죠. 어느 날 아침 그냥 술을 마시지 않았어요. 다음 날 아침에도, 그다음 날 아침에도요. 다행히도 한 주 동안 금주 상태를 유지할 수 있었고, 두 번째 주에도 그랬어요. 그러더니 어, 이것 봐라, 한 달이 되더란 말이죠. 그런 식으로 아주 조심스럽게 접근했어요. AA에서 말하는 것처럼, "한 번에 하루씩"이요.

이 이야기들은 좀 더 너그러워요.

보네티   『대성당』에 대해 이야기해주시죠.

카버   이 책에는 다른 어떤 책에서도 없었던, 열어놓는 느낌이 있어요. 몇 달 동안 아무것도 쓰지 않고 지낸 기간이 있었습니다. 그러다가 처음으로 쓴 게 「대성당」이었는데, 이 작품은 제가 전에 썼던 어떤 것들하고도 달라요. 이 책에 수록된 단편들은, 어쩌다 그렇게 됐는지는 모르겠지만, 좀 더 풍성하고 좀 더 흥미로워요. 이 이야기들은 좀 더 너그러워요. 전처럼

심하게 다이어트를 하지 않았어요. 그 방향으로는 가고 싶은 만큼 가봤어요. 시러큐스에서 워드프로세서를 가지고 일하는 한 여성에게 제 작품을 보내기 시작하면서 제 삶이 상당히 달라졌습니다. 그 여자분이 제 작품을 깨끗하게 정서해서 보내주면, 저는 그 위에 마음껏 고쳐 써서 다시 그에게 보내요. 그러고 나서 몇 시간 뒤면 다시 깨끗하게 정리한 원고를 받아볼 수 있게 돼요. 전에는 이런 식으로 일해본 적이 없는데, 이렇게 하면서 전에 비해 상당히 짧은 기간 안에 많은 이야기를 작업할 수 있게 된 것 같아요. 아무튼 초고를 다시 쓰고, 고쳐 쓰고 하는 작업은 제가 가장 좋아하는 일이고, 제가 아는 많은 작가에게도 마찬가지로 가장 중요한 일입니다. 위대한 작가들의 초기 판본들을 보는 건 아주 감동적이고 또 배우는 게 많은 일이에요. 엄청나게 많은 수정 사항이 적혀 있거든요. 톨스토이는 교정쇄에 수정 사항을 너무 많이 적어 넣어서, 쇄를 다시 짜야 하는 일이 종종 있었다고 해요. 인쇄기를 돌리기 직전까지 끊임없이 고쳤다고 하니까요. 존 가드너도 마찬가지였어요. 다른 작가들도 그렇고요. 저 역시 어떤 작품을 완전히 끝냈다고 생각한 적은 한 번도 없었어요.

보네티　작가님 작품들 대부분이 어떤 정확한 계기를 가지고 시작되나요?

카버　대부분은 누군가의 말에서 시작됩니다. 아직 소설로 쓰지는 않았지만, 얼마 전에 누군가가 "그 사람은 죽기 전에 정말 많이 아팠어"라고 하는 걸 들었어요. 그 한마디가 제 안에서 어떤 마술적인 느낌을 불러일으켰어요. 왜냐하면 그 문장이 딱 맞아떨어지는 사람들을 알고 있었거든요. 아직 그 이야기를 쓰지는 않았지만, 쓸 거예요. 그리고 「심각한 이야기」라는 단편이 있어요. 이 이야기도 한 줄짜리 대사에서 태어났어요. "이번이 당신이 망쳐놓는 마지막 크리스마스가 될 거야." 이 대사는 작품 속 어딘가에 그대로 들어 있습니다. 가족 간의 언쟁이나 다툼 때문에 이런저런 방식으로 명절을 망치는 건 누구나 다 해봤거나 목격해본 일이죠. 한번은 비행기를 타고 있었는데, 착륙할 때가 되어가자 제 옆자리에 앉아 있던 사내가 손가락에서 결혼반지를 빼더니 주머니에 넣는 거였어요. 그런 상황에서 제가 할 수 있는 거라곤 그 자리에서 무슨 일이 벌어지고 있는 건지, 그 사내의 마음속에서 어떤 일이 일어나고 있는지, 아니면 그 사내가 이제부터 무슨 짓을 하려고 하는 건지, 이야깃거리를 얻기 위해 상상하는 것밖에는 없어요. 머릿속에 늘 이야깃거리를 넣고 다니진 않아요. 하지만 일을 하기 위해 자리를 잡고 앉을 때에는 마음속에 무언가가 들어 있고, 저는 시간 낭비를 별로 하지 않는 편입니다. 바로 덤벼들어요. 무언가를 붙들고 일을 할 때에는 모종의 흥분에 사로잡히게 되고, 계속 붙들고 있어야 할 만한 걸 들고 있다는 사실을 알게 되죠. 이런 건 무언가 다른, 무언가 특별한 느낌이에요. 지난여름에 〈뉴요커〉에 게재된 「내가 전화를 거는 곳」을 쓸 때 그런 느낌을 받았어요. 그 작품이 올가을에 나올 『1983년 미국 베스트 단편소설』에 수록될 거라는 소식을 들었어요. 그 작품을 쓰고 있던 과정의 중간쯤에, 다섯 번째인가 여섯 번째 원고를 쓰고 있을 때였는데, 똑같이 무언가 치밀어 오르는 느낌, 똑같은 흥분을 느꼈어요. 이건 다르다, 이건 좋은 거다, 이게 바로 몇 번이고 작품으로 되돌아가게 만드는 어떤 것이죠.

보네티　형식과 내용이 함께 오는 건가요?

카버　그런 것 같아요. 형식과 내용이 함께 오고, 모든 게 같이 와요. 지금 제게 창작 과정에서 느끼는 감각을 묘사하라고 요구하시는 건데, 제가 그럴 능력이 있는지는 잘 모르겠어요. 제가 말할 수 있는 건 이건 '모든 것이 전부 여기에 있다'는, 미학적으로 지적으로 정서적으로 모든 게 딱 맞아떨어지는 느낌이라는 거예요. 아마 음악을 하는 사람들이 작곡을 하거나 공연을 할 때 받는 느낌이 딱 이럴 거예요. 작가들도 이런 걸 느껴야 하는 건 분명하지만, 항상 그러지는 못하죠. 이런 일이 늘 벌어졌으면 좋겠지만, 사실은 다시 작품을 쓰고 싶어지게 할 정도로만 오는 것 같아요.

보네티　작가님은 작가는 재능 말고도 필요한 게 많다고 했죠. 작가는 세계를 자신에게 맞게 바꿀 수 있어야 한다고 했고요. 치버, 업다이크, 샐린저, 싱어, 스탠리 엘킨Stanley Elkin*, 비티, 오지크,

---

*　미국의 소설가. 미국의 대중문화를 다크코미디풍으로 다루는 장편소설들을 주로 썼다.

바셀미 같은 이들을 언급했어요.

카버   예, 그리고 그 외에도 많이 있죠. 그 사람들의 단편소설들은
       누가 봐도 그 사람들 거예요. 작품마다 서명이 돼 있는 거나
       마찬가지예요. 저는 존 치버나 스탠리 엘킨, 아니면 메리 로
       비슨Mary Robison의 단편은 언제든 짚어낼 수 있어요. 그리고
       전에 읽어보지 않은 것들도 누가 쓴 건지 알 수 있을 거예요.
       그건 마치 세잔이나 르누아르의 풍경화를 보는 거나 마찬가
       지예요. 전에 본 적이 없는 그림이더라도 한 번 보면 누구 작
       품인지 알잖아요. 전 그런 게 마음에 들어요.

보네티   재능이란 무엇인가요?

카버   글쎄요. 재능이란 건 어느 작가나 가지고 있는 어떤 거죠. 모
       든 열정적인 작가, 음악가, 화가, 이런 사람들은 거의 모두가
       재능을 가지고 있다고 봐요. 하지만 재능만으로는 충분치 않
       은 거죠.

보네티   작가들 중에, 안전하게 이미 돌아가신 분들 중에서, 재능은
       있었지만 뛰어난 작가의 지점에는 도달하지 못한 분들에 대
       해 떠오르는 이름이 있나요?

카버   아뇨. 지금은 없어요. 세상을 떠난 작가들 대부분은 성취를
       이룬 분들이죠. 그렇지 않으면 우리가 지금 그들에 대해 이야

기를 할 이유가 없죠.『더블린 사람들』을 쓴 조이스나 프랭크 오코너, 플래너리 오코너, 이사크 바벨, 그리고 물론 체호프 같은 사람들 말이에요. 체호프가 제일 먼저 떠오르네요. 저는 체호프를 사랑하지 않는 작가는 만난 적이 없어요.

보네티 작가님 작품들에서 드러나는 유머에 대해서는 아무런 언급이 없습니다.

카버 그 사실을 언급해줘서 고맙습니다. 왜냐하면 저는 제 작품들에 유머가 아주 많이 들어 있다고 느끼거든요.『제발 조용히 좀 해요』가 처음 나왔을 때 〈뉴스위크Newsweek〉에 장문의 서평이 실렸어요. 그때 그 서평가가 수록 작품들에 들어 있는 유머에 대해 이야기해줘서 무척 반가웠어요. 저는 그 작품들에, 약간의 블랙 유머 정도일지도 모르지만, 아무튼 유머가 들어 있다고 생각하거든요.

보네티 작업할 때 특별한 방식이라든가, 따르는 루틴 같은 게 있나요?

카버 한 작품을 붙들고 일할 때에는 밤낮없이 일합니다. 어떤 때는 그날이 무슨 요일인지 잊을 때도 있어요. 그리고 일을 하지 않을 때에는 나쁜 습관에 빠져서 지내죠. 늦게까지 안 자고, TV를 보고, 늦잠을 자고요. 되는 대로 일한다고 봐야죠.

보네티 작가님이 생각하는 작가님 시와 단편소설 사이의 관계는 어떻습니까?

카버   아주 좋은 질문입니다. 그러나 제가 그 질문에 대해 적절한 대답을 가지고 있는지는 잘 모르겠습니다. 저는 제 시들에 애착을 가지고 있습니다. 누가 저에게 와서 제 시를 읽었고, 좋았다고 얘기해주면 언제나 기쁩니다. 하지만 저는 몇 년 전에 앞으로는 소설에 힘을 쏟겠노라고 의식적인 결정을 내렸고, 그렇게 해왔습니다.

보네티   작가님은 시에서 작가님이 알고 지낸 사람들과 자신의 경험에 대해 쓰는 경향이 있는 듯합니다. 시들의 화자가 작가님처럼 보입니다.

카버   예, 그런 것 같아요. 그런 면에서 보자면 시는 소설에 비해 훨씬 더 사적인 것 같습니다.

보네티   원래 학교에서 글쓰기를 배울 계획이었습니까?

카버   예, 그럼요. 열아홉인가 스무 살 때 치코주립대학교에서 존 가드너를 만났고, 그를 무척 존경했습니다. 가드너는 아이오와 작가 워크숍의 졸업생이었어요. 치코주립대학교를 떠나 북부 캘리포니아에 있는 험볼트주립대학교로 옮겨 갔는데, 거기에서 또한 아이오와 작가 워크숍을 나온 리처드 C. 데이를 만났어요. 데이는 "작가가 되고 싶으면 다른 작가들하고 함께 어울리고, 쓰는 법을 배워라. 아이오와로 가라"고 말했죠. 제가 아이오와로 가는 데 중요한 도움을 줬어요.

보네티   작가님의 진정한 첫 번째 '돌파구'는 무엇이었나요?

카버   아마 제 인생의 진정한 전환점은 1967년에 이름 없는 문학잡지에 실렸던 세 단편 하나가 마사 폴리가 편집한 그해의 『미국 베스트 단편소설』에 수록된 일일 겁니다.

보네티   그 작품이 무엇인가요?

카버   그게 「제발 조용히 좀 해요」였죠. 첫 단편집의 표제작이었어요. 그게 그때까지 제게 일어났던 문학적인 사건들 중에서 가장 중요한 사건이었어요.

보네티   단편소설로는 상업적으로 성공하기가 무척 어려운데 그걸 해내셨습니다. 단편집 두 권으로 엄청난 평가를 받았고요. 사람들은 레이먼드 카버를 말할 때 거의 언제나 『제발 조용히 좀 해요』와 『사랑을 말할 때 우리가 이야기하는 것』을 언급합니다. 이게 아주 운이 좋은 경우라는 사실을 의식하나요?

카버   이런 건 장편소설을 두 권 쓴 그 어떤 작가에게도 자주 일어나는 일이 아니죠. 단편집을 두 권 낸 경우라면 말할 것도 없고요. 그 사실에 대해 잘 알고 있습니다. 이런 일이 벌어졌다는 사실이 즐겁죠. 물론입니다.

보네티   이런 일을 해낸 에이전트나 출판인하고 특별한 관계였던 건가요?

카버   아까 1967년이 전환점이었다고 말했지만, 1970년대 초반에 또 다른 전환점이 있었습니다. 그때부터 〈에스콰이어〉의 편집자가 제 단편들을 그 잡지에 게재하기 시작했죠. 제 단편들이 주목을 끌기 시작한 게 그때부터였습니다.

보네티   고든 리시요?

카버   예. 그 사람이 제 인생에서 중요한 역할을 했다는 데는 의문의 여지가 없죠. 고든은 지금도 크노프 출판사에서 제 편집자로 있고, 그래서 좋습니다. 그리고 제게는 아주 만족스러운, 아주 훌륭한 에이전트도 있습니다. 제가 아주 가깝게 여기고, 생각도 비슷한 사람입니다. 제 인생의 딱 적절한 시점에 모든 것이 다 잘 맞아떨어지고 있다는 것 말고는 달리 무슨 말을 해야 할지 모르겠습니다. 아마 6~7년 전까지만 해도 이런 것들이 다 별무소용이었겠지만, 지금은 모든 게 적절합니다. 운이 좋다는 것에 감사할 따름이에요.

제가 무언가에 다가섰다는 느낌을 받았어요.
그리고 그 무엇이 무엇인지도 알았고요.

보네티   「아무도 아무 말도 하지 않았다」를 어떤 계기로 쓰게 됐는지 기억하나요?

카버   예. 그 작품에 대해서는 몇 가지 이야기할 게 있습니다. 그 작품은 자전적인 이야기가 아니에요. 제 단편들 중 어느 것도 실제로 일어난 사건을 담고 있지 않습니다. 하지만, 아무것도 없는 데서 이야기가 시작되지는 않죠. 어디엔가 근거를 두고 있고, 최소한 제가 좋아하는 사람들에게서 들은 이야기이기라도 합니다. 실제 세계의 어느 지점엔가는 젖줄을 대고 있는 거죠. 그 작품도 마찬가지입니다. 어릴 때 낚시를 갔다가 송어를 한 마리 잡았는데, 그놈이 녹색이었어요. 저는 그런 송어를 처음 봤는데, 몸길이가 20에서 25센티미터 정도 됐어요. 그다음에 낚시를 갔을 때에는 우리가 '여름 무지개송어'라고 부르던 놈을 봤어요. 바다로 나갔다가 민물로 돌아와서는 작은 시냇물로 들어갔다가 거기에 갇힌 거였어요. 또 다른 어떤 날에는 다른 친구하고 같이 물고기를 두 토막을 냈어요. 그건 무지개송어는 아니었어요. 철갑상어였어요. 무게가 4.5킬로그램 정도 나가는 철갑상어였는데, 이유는 모르겠지만 그놈 역시 시냇물까지 올라와 있었어요. 우린 그놈을 끌어 올려서는 두 토막을 냈어요. 나머지 이야기는 보통 이야기를 쓸 때처럼, 언덕에서 눈덩이를 굴리듯이, 살을 붙였죠. 굴러가는 과정에서 이것저것 달라붙잖아요. 제가 어렸을 때 벌어진 일인데, 왜인지는 모르겠지만 그 안에 잊히지 않고 오래 남아 있게 되는 무언가가 뿌리를 깊이 박고 있었던 거죠. 그 시절의 분위기가 제가 삼십대 초반이었을 때 제 신경을 온통 장악하고 있었어요. 그 이야기를 썼을 때, 제가 무언가 아주 특별한 걸 썼다는 사실을 바로 알았어요. 그런 건 작품을 쓸 때마다 일어나는 일은 아니에요. 하지만 그 특정한 이야기를 쓴 뒤에, 저는 제가 무언가에 다가섰다는 느낌을 받았어요. 그리고 그 무엇이 무엇인지도 알았고요.

보네티   「내 입장이 돼보시오」도 궁금한데요.

카버   그 작품에 대해서도 조금은 이야기할 수 있겠네요. 제 전처와 제가 유럽으로 떠난 어떤 사람들한테서 집을 빌렸어요. 그 사람들을 직접 만난 적은 없어요. 대개 그렇듯이, 중개인을 통해서 빌렸거든요. 하지만 그 작품에서 일어난 일, 이야기 속의 이야기는 실제로 있었던 일이 아니에요. 그 작품을 쓰던 때가 기억나는데, 크리스마스 직전이었고, 밖에 사람들이 와서 크리스마스 캐럴을 불렀어요. 그리고 다른 어떤 일이 일어났는데, 그게 작품에 포함됐죠. 1960년대 후반에 외국에 나가서 살 때, 어떤 이상한 상황이 연이어 벌어지면서 우리 집에 와서 살게 된 어떤 여자가 있었어요. 그 집에서 그가 병이 들었고, 우린 2~3일 동안 그 여자의 수발을 들어야 했어요. 수프를 끓여주면서요. 그런데 그 사람이 수프가 너무 식었다느니 하면서 우리를 마음대로 부리기 시작했어요. 그러니까 그것만 해도 이상한 일이었고, 충분히 다른 작품이 하나 더 나올 수 있는 계기였죠. 그 일이 제 머릿속에 박혔어요. 만약 이 여자가 우리 집에서 죽었다면 무슨 일이 벌어졌을까, 같은 거였죠. 나이가 꽤 든 여자였어요. 그러면서 그 모든 것이 이야기 속에 녹아 들어갔죠. 그 작품 속의 남자 인물이 작가가 될 줄은 몰랐어요. 그 작품은 머릿속에 '전화벨이 울렸을 때 사내는 진공청소기를 돌리고 있었다' 이거 딱 한 줄을 가지고 시작했거든요. 작가에 대한 이야기를 쓰지 말라는 경고는 모든 젊은 작가가 다 들어봤을 거예요. 나와 다른 대상, 다른 사람들에 대해 쓰라는 이야기를 듣죠. 작가에 대한 이야기를 쓰고 싶어지면 그 인물을 화가 같은 대상으로 만드는 게 나아요. 하지만 누가 이런 말을 하거나 말거나 모든 작가가 최소한 한 작품은 작가에 대한 이야기를 쓰는데, 작가에 대한 제 이야기는 그거예요. 그 사내는 집에 있죠. 사내의 아내인지 여자친구인지는 출근했고요. 사내는 글을 써보려고 집에 있지만, 쓰고 있진 않아요. 이 작품의 마무리 즈음에 가서야 사내는 쓸 준비가 돼요. 온갖 종류의 이야기를 들었고, 이제 쓸 이야기가 생겼기 때문이죠.

전 늘 글을 쓰고 싶어 했어요

"뭐라고요? 레이먼드 카버를 만날 거라고요? 잘됐네요! 요즘은 그 사람처럼 괜찮은 사람 만나보기도 어려워요. 알코올의존증일 때도 있었지만, 지금은 건강하고 엄청나게 일을 많이 해요."로버트 워드Robert Ward*는 이렇게 말했다. 로버트는 기타를 치면서 남부 사투리가 섞인 콧소리로 컨트리음악을 부르고 있었다. 나는 그가 컨트리음악 가수였다는 사실을 기억해냈다.

새로 나온 그의 책『레드 베이커Red Baker』에 대해 열정적으로 이야기한 뒤, 로버트는 다시 기타를 집어 들고 연주를 하면서 휴식이 좀 필요하다고 말했다. 그러고는 자기 책을 읽어줄 사람을 한 사람 고른다면, 그건 노먼 메일러일 거라고 했다.

메일러는 그의 작품보다는 생김새와 행실로 더 유명하고, 많은 사

* 미국의 소설가, 언론인, 시나리오작가.

미야모토 미치코, 『나의 뉴욕 친구들マイ・ニューヨーク・フレンズ』, 타카오 나오코 옮김, 슈에이샤, 1987, 218~231쪽. 인터뷰는 1983년 5월 20일에 진행되었다.

람, 특히 페미니스트들로부터 미움을 받는 사람이다. 나로 말하자면 그의 책들만큼이나 그의 성격을 늘 존중해온 편이고, 사람들이 그에 대해 가지고 있는 편견을 비판하고 싶은 생각도 종종 있었다. 그래서 로버트가 메일러에 대해 그런 생각을 가지고 있다는 게 반가웠다.

그의 지나치게 전위적인 방향으로 기운 문장 스타일이나 강렬한 성격적인 특성을 감안할 때 메일러에게 적이 많은 건 이해할 만한 일이다. 단편소설 작가인 레이먼드 카버는 메일러와 스타일은 완전히 다르지만, 그의 책이 일반 독자들보다는 전문가들로부터 더 높은 평가를 받는다는 점에서 메일러와 유사한 데가 있다. 내 친구인 제이 매키너니가 전에 카버 밑에서 함께 공부했기 때문에 나는 당시 시러큐스대학교에서 카버와 같이 근무하던 제이를 통해 여러 번 카버와 접촉하려는 시도를 했다. 하지만 내가 들은 대답은 늘 약간 불분명한 것이었다.

"글쎄…… 시도는 했는데," 제이는 그렇게 말했다. "그게, 그분이 인터뷰를 별로 안 좋아하거든요." 나는 카버와 만날 수 있도록 온갖 방법을 다 동원해서 제이를 설득했다. 하지만, 제이가 내 성의와 진정성에 완전히 설득당했음이 분명함에도 불구하고, 그의 대답은 늘 같았다. "그게 문제가 뭐냐면, 부끄럽다는 거예요. 그분은 자기가 인터뷰를 당할 만큼 유명하다는 사실을 몰라요." 한참 시간이 흐른 뒤, 제이는 전화 인터뷰를 제안했다. 카버의 아이디어라고 했다. 하지만 이번에는 내가 거절했다. 나는 잘 모르는 사람과 전화 통화를 하는 게 불편하기 때문이다. 카버에게 편지를 두 번 보냈지만, 아무런 답신이 없었다.

이쯤 되자 나만의 '레이먼드 카버 신화'를 만들어내고 싶은 욕망에 저항하는 게 불가능해졌다. 내가 보기에 카버는 홍보 활동을 거절할 정도로 유명한 인사는 아니었다. 그러니 그는 사람을 만나는 걸 정말로 싫어하는 사람일 수도 있겠다 싶었다.

"혹시 성격이 괴팍하거나 고약한 사람인가요?" 내가 물었다.

"전혀요!" 제이가 말했다. "아주 친절한 사람이에요."

카버를 개인적으로 아는 사람들은 누구나 그의 성격을 높이 평가한다. 그리고 스스로를 작가라고 칭하는 이라면 누구나 카버의 책들에 경의를 표한다. 하지만 이 '친절한 사내'에 대해 들으면 들을수록, 괴팍한 사람이라는 이미지가 내 안에서 점점 굳어져갔다. 인터뷰 요청을 무뚝뚝하게 거절하는 이들에 대해서 대체로 그러는데, 이런 나쁜 인상을 받음에도 불구하고, 그 인터뷰 대상은 점점 매력적인 대상이 되어간다. 그리고 나는 대상이 다루기 어려우면 어려울수록 오히려 더 매력을 느끼는 경향이 있다. 친구들로부터 카버의 '전설'에 대한 이런저런 이야기들을 듣고 그의 책들을 전부 읽으면서, 나는 단순히 나 스스로 진실을 확인하고 싶어 하는 차원을 넘어서게 되었다. 그와 동시에, 나는 이 큰 나라의 다른 주 출신인 사람을 만나는 게 얼마나 어려운 일인지를 잘 알고 있었다.

나는 카버의 책들을 관리하고 있는 뉴욕의 편집자에게 전화를 거는 것으로 시작했다. 카버가 뉴욕에 오게 되면 연락을 해달라고 부탁했다.

어느 날, 〈뉴욕 타임스〉에 실린 짧은 칼럼이 내 눈을 사로잡았다. 미국예술문학아카데미라는 기관에서 카버를 그곳에서 수여하는 문학상 수상자 중 하나로 선정했다는 소식이었다. 나는 즉각 랜덤 하우스의 편집자인 게리 피스케천Gary Fisketjon에게 전화를 걸었다. 예상했던 대로 카버가 그다음 주에 상을 받기 위해 워싱턴을 떠나 뉴욕으로 올 예정이라고 했다. "여기 도착하면 인터뷰에 대해 이야기해볼게요." 게리가 말했다.

게리의 이야기를 듣고 나서, 마침내 카버가 내게 전화를 걸어왔다.

"레이입니다……." 그가 무뚝뚝하게 자기소개를 하고 나서 내가 그의 책들에 대해 이야기하자 카버는 빠르거나 더듬는 말투로 똑같은 단어들을 반복해서 주워섬겼다. 놀라울 정도로 단순한 화술이었다. 그리고 그는 뉴요커라면 절대로 쓰지 않을 말을 건넸다. "관심을 가져주어 무척 고맙습니다……."

뉴요키들과 인터뷰 약속을 잡는 게 매끄럽지 않을 경우에는 '유명인사 콤플렉스'가 원인일 때가 대부분이다. 하지만 카버의 경우에는 달라 보였다. 제이의 말이 맞았던 것 같다. 이 사람은 정말 낯을 가리는 쪽이었다. 카버는 '인터뷰'라는 전제를 달고 있을 때조차 사람을 만나는 걸 무척 수줍어했다. 시골 사람이기 때문이었다.

"그럼 제가 내일 오후 네 시에 작가님 있는 호텔로 찾아갈게요." 내가 말했다. "괜찮다면 두 시간 정도 시간을 내줄 수 있을까요? 그리고…… 사진을 찍을 사람을 데리고 가도 될까요?"

"예, 그럼요, 예, 예……" 그가 말했다. "기다리고 있겠습니다."

통화를 마치고 나자 키들거리는 웃음이 새어 나오는 걸 막을 수 없었다. 카버와 마침내 얼굴을 맞대고 이야기를 나눌 수 있게 되어 즐거웠다. 하지만 그 사실 자체보다도, 내가 만들어낸 고집 센 '카버 이미지'가 무너지는 걸 지켜보는 게 신선한 경험이었다.

그 자리에 앉아서 키들대고 있는데 전화가 다시 울렸다. 카버였다.

"어…… 사진 말인데요……. 제가 방금 막 제 얼굴을 망쳤어요…… 그래서……"

"오, 괜찮습니다. 사진을 꼭 찍어야 하는 건 아니에요. 스케치는 어떨까요?"

"예. 괜찮습니다. 스케치 좋아요. 사진이 필요하면 나중에 제 에이전트를 통해서 보내겠습니다."

카버는 자기가 다친 걸 이야기하면서 '망쳤다ruined'는 표현을 썼다. 그 이야기를 듣는 순간, 여러 장의 서로 다른 그의 얼굴 이미지가 내 마음을 스쳐 갔다. 그중 하나는 얼굴의 절반에 방사선으로 인한 화상 같은 깊고 짙은 붉은색의 자국이 남아 있는 모습이었다……. 그와 동시에, 나는 내가 좋아하는 카버의 단편들 중 하나인 「대성당」(무라카미 하루키의 번역으로 1983년에 추오코론샤에서 출간된 『내가 전화를 거는 곳ぼくが電話をかけている場所』에 수록되어 있다)을 떠올렸다. 그 이야기에 나오는 인물들 중 하나는 시각장애인이다. 어떤 이유에선가, 나는 카버가 사용한, 얼굴을 '망쳤다'는 말을 시각상실이나 그에 준하는 장애와 연결시켰다. (레이먼드 카버의 얼굴에 영구적인 흉터가 남게 될까?) 그러고 나자 최근에 출간된 그의 책 『불』의 뒤표지에 실린 그의 얼굴 사진 한쪽 면에 그림자가 져 있었다는 사실이 떠올랐다. 하지만 잠깐, 카버는 "방금"이라고 했다. 그건 전부터 영구적으로 있어온 건 아니라는 뜻일 테다……. 이런 생각들을 하면서 나는 다음 날 그를 만날 기대로 들떠 있었다.

카버는 매디슨가에 있는 칼라일이라는 품위 있는 호텔에 묵고 있었다. 위치가 좋아서 유럽의 미술품 중개상들이나 수집가들이 그곳에 많이 머문다. 금색과 하얀색으로 칠해진 그의 방문을 노크하자 우뚝 솟은 높이의 사람이 거의 흐느적거리는 걸음으로 모습을 드러냈다.

"안녕하세요, 제가 레이입니다. 들어와요, 들어와요, 들어와요……."

6년 전부터 카버는 시인 테스 갤러거와 같이 살고 있다. 그는 카버와 함께 우리를 따뜻하게 환영한 뒤, "이야기하게 내버려둬줄게요"라고 하고는 외출했다.

회색 스웨터에 누리끼리한 면바지를 입고 스웨이드 처커부츠를 신은 카버는 짧은 반백의 머리에 깊숙이 자리 잡은 눈을 가진 중년의 사내였다. 어깨가 넓어서 자세가 약간 구부정해 보였다.

"면도를 하다가 베었어요……." 오른쪽 아랫입술에 난 작은 상처를 만지면서 그가 말했다. 카버는 방 한쪽 구석에 놓인 오래된 프랑스식 의자에 앉아 나를 마주 봤다. 그가 '망쳤다'고 한 것은 면도날에 베인 걸 말하는 것이었다. 그가 전화로 변명했던 걸 떠올리면서 나는 '이런 과장이라니! 남의 시선을 엄청나게 의식하는 사람이군'이라고 생각했다. 하지만 얼마 지나지 않아, 나는 그런 고약한 이미지가 내 무지막지한 상상의 결과일 뿐이라는 걸 깨달았다.

카버는 오리건주에서 태어나 워싱턴주에서 성장했다. 열아홉 살 때 열여섯 살 난 여자애와 결혼해서 곧이어 두 아이의 아버지가 된 소년이었던 그에게 삶이란 끊임없는 투쟁의 연속이었다. 그가 자신의 첫 번째 스승으로서 존경했던 존 가드너의 『장편소설가 되기』에 쓴 서문에서 카버는 가족을 데리고 워싱턴주를 떠나 캘리포니아주의 자그마한 타운으로 옮겨 간 1958년의 일에 대해 이야기한다. 카버는 대학에 들어가기 위해 한 달에 25달러를 주고 낡은 집을 한 채 빌렸다. 워싱턴주를 떠날 때 카버의 수중에 들어 있었던 건 그가 파트타임으로 일하던 약국 주인한테서 빌린 125달러가 전부였다. 아직 십대일 때 두 아이의 엄마가 된 그의 아내는 웨이트리스로 일하면서 가족을 부양했다. 카버 역시 제재소일꾼, 트럭 운전사, 배달부, 아파트 관리인, 청소부, 그리고 심지어 튤립 농부로 일했다. 카버와 그의 아내는 가난한 가정에서 성장했고, 그들을 도와줄 친척은 아무도 없었다.

"하지만…… 전 늘 글을 쓰고 싶어 했어요." 카버가 말했다. 카버의 부모는 교육을 거의 받지 못했지만, 카버는 그의 아버지가 해주는 이야기들에 매료되었다. 그리고 머지않아 그 역시 이야기꾼이 되겠다는 꿈을 꾸기 시작했다.

대학에 다니는 동안 아이들을 키우는 한편, 글을 쓰기 위해 분투한 카버의 이야기는 그의 새 책 『불』에 묘사되어 있다. 오늘 카버는 그 이야기를 다시 반복했다. "저에게 가장 큰 영향을 미친 건 제 두 아이였어요. 부엌 식탁에 앉아 글을 쓰면서 동시에 아이들에게 무언가를 먹여야 했어요. 그리고 아이들 옷을 세탁해야 했고요……. 무언가 본격적인 걸 쓸 시간이 없었어요."

카버에게 전환점은 1971년 〈에스콰이어〉에 단편 「이웃 사람들」이 실리면서 찾아왔다. 당시 그 잡지의 소설 부문 편집자였던 고든 리시는 카버가 보낸 첫 번째 단편을 반송하면서 이렇게 적었다. "이 작품에는 별 관심이 없지만, 다른 걸 좀 더 보내주시오." 리시는 카버가 보낸 다음 작품도 거절했지만, 세 번째 건 잡지에 실었다. 그 후로 카버는 주요 잡지들과 선집들에 매년 단편을 발표했다.

내가 카버를 만나기 얼마 전, 고든 리시는 『디어 미스터 카포티Dear Mr. Capote』라는 장편소설을 출간했다. 카버는 충정을 무척 중시하는 사람이어서, 기회가 있을 때마다 자신이 진심으로 리시에게 감사해한다고 하면서 그의 이름을 언급했다. 내가 리시의 이름을 기억하게 되는 데에는 그리 오랜 시간이 걸리지 않았다.

재능은 누구나 다 가지고 있지만,
열정이 있는 사람들만 계속해서 씁니다.

이런 충정은 부분적으로는 카버의 겸손하고 사려 깊은 성품에서 나오는 것이지만, 그가 '정통' 작가의 특성을 가지고 있기 때문이기도 하다. 이를테면, 그가 작품을 여러 번에 걸쳐 수정할 때 보여주는 끈기와 노력은 특별히 언급할 만한 특성이다. 카버는 여러 대학에서 글쓰기를 가르쳤는데, 그는 아마도 무척 훌륭한 선생일 것이다. "글쓰기를 가르치는 게 가능한 일인가요?"라고 물었을 때, 카버는 내가 예상했던 대로 "물론이죠"라고 확신을 가지고 대답했다. "재능은 누구나 다 가지고 있어요. 시러큐스에서 내가 가르치는 학생들 모두 재능이 있어요."

"하지만 열정은요?" 내가 물었다.

"그렇죠." 그가 말했다. "누구나 다 열정을 가지고 있진 않죠. 재능이 있지만 열정이 없는 사람은 이 세계에서 그리 멀리 가지 못합니다. 재능은 누구나 다 가지고 있지만, 열정이 있는 사람들만 계속해서 씁니다. 그래서 선생의 역할이란 각각의 학생이 가지고 있는 최선을 끄집어내주는 거예요. 하지만 그 학생이 천재라 하더라도 열정이 없으면 선생이 해줄 수 있는 게 아무것도 없어요."

카버는 1971년부터 여러 지역의 대학들에서 가르치느라 집시처럼 전국을 돌아다녔다. 이번 가을에 그는 처음으로 전업 작가가 되기로 결심했다. "마침내, 더 이상 가르치는 일을 하지 않아도 되게 됐어요." 카버가 미소를 지으면서 말했다. 카버는 미국예술문학아카데미에서 주최하는 시상식에서 상을 받게 되어 있었다. "보이죠, 여기 내 이름이 있잖아요." 그가 말했다. "저한테 한 해에 3만 5천 달러를 준대요. 세금도 안 내도 되는 돈이에요! 너무 좋지 않아요?"

나는 일본 작가 무라카미 하루키에 대한 이야기를 꺼냈다. 그의 『내가 전화를 거는 곳』 번역이 아주 훌륭하다고 생각했기 때문이다. 카버는 작가가 번역을 했다는 게 자신에게는 영광스러운 일이라고 몇 번이고 반복해서 말했다. 무라카미는 카버에 대해 이렇게 말했다. "카버의 책을 읽고 나서 그의 사람됨을 상상하는 건 오류의 가능성이 커요." 나는 그 말에 동의하면서 카버에게 이렇게 말했다. "작가님은 글 속에서 자신을 잘 드러내지 않는 편이죠, 그렇지 않나요? 무라카미도 같은 이야기를 했어요."

"좋네요, 좋아요, 좋아요……." 카버가 말했다. 그는 짧은 단어를 몇 번 반복하는 버릇이 있다. 어떤 말에 동의를 하거나 감탄할 때 특히 그렇다. "아주 좋은 평가네요. 제가 듣기에는 말이죠……. 칭찬으로 받아들이겠습니다."

"소설에서 자기 자신에 대해 쓰는 건 위험한 일인가요?" 내가 물었다

"예, 예, 예, 정말 그래요. 플로베르는 그걸 이런 식으로 말했어요. '작가는 어디에나 있어야 하지만 어디에서도 모습을 드러내면 안 된다'."

우리는 한동안 카버가 알코올의존증이었던 시절에 대해 이야기를 나눴다. 그의 아이들은 이제 이십대 중반이고, 카버는 아이들과 좋은 관계를 유지하고 있다. 하지만, 술 때문에 모든 걸 거의 완전히 망쳤던 시절이 있었다. 그 시절에 대해 이야기하는 동안 카버의 얼굴은 어두워졌다. "술 마시는 것과 글 쓰는 건 같이 가기 어려운 것 같아요."

"그렇죠." 내가 말했다. "쓰는 것보다는 마시는 게 쉽죠."

카버는 그 말을 듣고 웃음을 터뜨렸다. 그게 어떤 느낌인지 잘 알고 있음에 틀림없었다.

황무지에서 들려오는 어떤 목소리

기온이 영하 10도다. 하지만 뉴욕주 시러큐스의 동네 식당에는 에어컨이 돌고 있고, 식기는 얼음장처럼 차다. 레이먼드 카버는 몸을 부르르 떨고는 웨이트리스에게 커피를 좀 데워달라고 부탁한다. 웨이트리스는 "그럼요, 허니"라고 대답하고는 컵에 남아 있던 커피를 반쯤 먹은 요리에 쏟아붓는다. 카버는 자신이 먹다 놔둔 파스트라미 샌드위치를 내려다본다. 샌드위치는 블랙커피에 푹 젖어 있다. "으아, 이렇게 하는 건 또 처음 보네요." 그가 말한다.

레이먼드 카버는 본 게 많은 사람이다. 이제 마흔다섯 살이 된 카버는 그의 책들에 등장하는 목적 없는 떠돌이들처럼, 수없이 많은 곳에서 살았고 헤아릴 수 없이 많은 하찮은 직업을 거쳐왔다. 그는 날짜들이나 이런저런 일들의 자세한 내용을 기억하지 못한다. 그가 과거에 대해 이야기할 때는 사건들이 일정한 질서가 없이 해체돼 있는 것처럼 보이는 경향이 있다. "제가 아이오와시티의 어느 빨래방에 있을 때…… 캘리스

퍼트리샤 모리스로Patricia Morrisroe, 〈선데이 타임스 매거진The Sunday Times Magazine〉(1984년 1월 29일), 53~54쪽. 인터뷰는 1983~1984년 겨울에 진행되었다.

토가의 병원에 있을 때…… 어떤 친구들을 만나러 미줄라에 갔을 때."

　카버의 문장이 세부적인 사항들에 주의를 기울이는 특징을 가지고 있는 반면, 그는 자기 자신이 살아온 과정에 대해서는 분명한 게 거의 없다. 이 문제의 원인의 상당 부분은 그가 10년 동안 술과 싸워왔다는 사실에 돌릴 수 있을 것이다. 카버는 삼십대 초반부터 과도하게 알코올을 섭취해왔고, 그로 인해 주기적으로 의식 상실을 겪었다. "제 인생은 황무지였어요." 그는 말한다. "저는 제가 손대는 모든 걸 파괴했어요……. 기억하고 싶지 않은 어떤 것들이 있어요."

　다행히도, 그런 날들은 지나갔다. 1976년에 첫 단편집이 출간된 뒤로, 카버는 미국의 단편소설계에서 가장 뛰어난 작가 중 한 사람이라는 평가를 받아왔다. 작년은 특히 좋은 해였다. 미국예술문학아카데미에서 그에게 앞으로 5년 동안 매해 3만 5천 달러를 제공하는 상을 수여했다. 카버는 생애 처음으로 아무 일도 하지 않고 오로지 글만 쓸 수 있는 시간과 돈을 갖게 됐다. 카버는 대학교수직을 그만두고 두 편의 영화 시나리오를 완성했다. 집을 짓고, 신형 벤츠를 샀다. 그리고 지난가을에는 근래에 쓴 단편소설들을 모은 선집(영국에서는 내일 출간된다)인 『대성당』이 출간되어 만장일치에 가까운 찬사를 받았다.

　"무척 기쁩니다." 카버는 그의 낮고 머뭇거리는 듯한 목소리로 이렇게 말한다. 잠깐 미소를 지을 때면 두 눈이 반짝거린다. 그러나 이내 눈썹이 짙고 아래턱이 발달한 이 덩치 큰 사내의 얼굴에 부드럽고, 좀체 기억에서 지워질 것 같지 않은 슬픔이 떠오른다. "하지만 그 상이 저에게 어떤 식으로든 그리 큰 영향을 미치지는 않았어요. 제 인생은 1977년에 거의 막바지에 도달해 있었어요. 술이 저를 구석까지 몰아붙였죠. 저는 완전히 통제 불능 상태에 빠져 있었고, 거의 죽은 거나 마찬가지였어요. 그해 6월에 술 마시는 걸 그만뒀는데, 그게 제가 이룬 가장 큰 성취라고 생각해요."

카버가 미국을 바라보는 스산한 시선에 대해서는 많은 이가 썼다. 그의 단편들에는 일상생활을 제대로 감당하기 어려운 보통 사람들—웨이트리스, 미용사, 공장노동자—이 많이 등장한다. 이들은 친구나 가족에게서 위안을 얻는 대신 알코올이나 TV로 향한다. 이들은 꿈을 가지고 있긴 하지만 그걸 표현해낼 언어나 상상력은 가지고 있지 않다. 왜 이런 인물들에 대해 쓰냐는 질문에 대해 카버는 그들에 대해 아주 잘 알기 때문이라고 대답한다. "저는 그런 사람들이 사는 곳에서 자랐어요."

카버는 워싱턴주의 작은 임업 지역에서 태어났다. 그 또한 알코올 의존증이었던 카버의 아버지는 제재소에서 일했다. 카버는 어린 시절부터 제인 그레이의 서부소설을 읽고, 아버지가 해주는 이야기를 듣는 걸 좋아했다. "아버지가 남북전쟁에 참전했던 증조할아버지 이야기를 해주시던 게 기억나요." 카버가 말했다. "남부가 수세에 몰리자 증조할아버지는 북군에 입대했어요. 그렇게 옷을 바꿔 입었는데, 전 그게 그렇게 재미있었어요."

카버는 자신이 왜 작가가 되기로 결심했는지 잘 모르겠다고 말한다. "어쩌면 아버지가 해준 이야기들 때문인지도 모르겠어요. 하지만 제가 기억하는 제일 어릴 때부터 저는 글을 쓰고 싶어 했어요." 카버는 고등학교를 졸업한 뒤 아버지를 따라 제재소에 취직했다. 스무 살이 되었을 때 그는 별다른 기술이 없는, 두 아이의 아버지였다. 가족을 데리고 캘리포니아주의 치코로 이사한 뒤 카버는 그곳의 주립대학에 들어갔고, 아무 일이나 하면서 학비를 벌었다. 그는 치코를 떠나 아이오와로 가서 작가 워크숍 프로그램에 들어갔지만 재정적인 문제로 중간에 자퇴했다.

캘리포니아로 돌아온 뒤에는 한 병원의 야간 청소부 일자리를 잡았다. 그 후로 10여 년을 그런 식으로 살았다.

그러면서도 카버는 쓰기를 멈추지 않았다. 초기에는 주로 시를 썼다. 길이가 짧아서 앉은 자리에서 끝낼 수 있다는 단순한 이유 때문이었다. 풀타임으로 일하면서 두 아이를 키워야 하는 형편이라 남는 시간이 많지 않았다. 재정적인 압박에 시달리는 데다, 자기 삶을 원하는 대로 이끌고 나가지 못하는 것에 대한 불만이 점점 커지면서 카버는 알코올에 의존하기 시작했다. 고통스러운 시기였다. 카버는 그 시절에 대해 이야기할 때면 아직도 인상을 찌푸린다.

카버가 "이스라엘으로의 황당한 여행"이라고 묘사한 일과 더불어 그런 생활마저도 파탄을 맞이했다. 1968년의 일이었다. 당시 대학생이던 카버의 아내가 약간의 장학금을 얻었다. "그 사람들은 지중해 연안에 있는 빌라를 약속했어요." 카버는 말한다. "바다를 내다보는 아름다운 전망이 있는 곳에 타자기를 놓고 앉아 있는 제 모습이 눈에 보였어요. 그런데 실제로 주어진 집은 끔찍했고, 아이들도 너무나 불행해했고, 곧 돈도 다 떨어졌어요. 몇 달 지내다가 짐을 싸서 할리우드로 돌아왔어요. 저는 영화관에서 프로그램을 파는 일자리를 얻었어요. 하지만 제 안에서는 '다 끝났어' 하는 소리가 들렸어요. 지중해 해변의 빌라를 평생 바라왔는데, 절대로 그런 걸 얻을 수 없으리라는 걸 그때 깨달았어요. 글쓰기에서도 얻을 수 있는 건 슬픔뿐이었어요. 아내와 갈라섰어요……." 카버의 목소리는 혼자 중얼거리는 소리로 점점 해체되고, 그는 담배를 또 한 개비 찾아 문다.

이제 카버는 자기만의 '지중해안 저택'을 가졌다. 시러큐스에 있는, 바깥에 '방문 사절'이라는 팻말이 붙어 있는 2층짜리 단독주택이다. 카버는 그 집에서 시인이자 단편소설 작가인 테스 갤러거와 같이 산다. 그의 이름을 입에 올릴 때면, 카버의 목소리는 따뜻한 부엌과 방금 구운 빵을 연상시키는 부드럽고 따뜻한 것이 된다. 카버가 그와 같은 느낌을 『대성당』에 실린 몇몇 작품들에 그대로 옮겨놓고 있는 게 그리 놀랄 일은 아닐 것이다. 많은 작품이 여전히 암울하고 절망적인 분위기를 가지고 있지만, 몇몇 작품에는 보다 희망적인 기운과 동정심이 깃들어 있다. 한 부부를 찾아온 어떤 시각장애인을 다룬 이야기는 카버가 스스로 "새롭게 마음을 열어놓고 있는" 이야기라고 말한 것들을 보여주는 완벽한 증거물이다. 처음에는 이 앞을 못 보는 사내에게 냉담한 태도를 취하던 남편은 TV를 켜고 대성당에 대한 프로그램을 본다. 이 남편은 무얼 보고 있느냐는 질문에 대답할 적절한 말을 찾지 못한다. 그는 대답하는 대신 종이봉투와 연필을 자기 앞으로 가져온 뒤 그 눈먼 사내의 손을 잡고 눈을 감은 채 같이 그 대성당을 그려나간다.

"이 책은 좀 달라요." 카버는 말한다. "여기 실린 작품들은 더 풍성하고, 더 흥미로워요. 「대성당」이 제일 처음 쓴 것인데, 절반쯤 써 내려가고 있을 때 엄청난 흥분을 느꼈어요. 내가 무언가 제대로 해나가고 있다는 강력한 느낌을 받아서 황홀했어요."

얼마 전에 카버는 마이클 치미노 감독 겸 작가와 더불어 두 번째 시나리오를 끝냈다. 독특한 협력관계다. 〈천국의 문〉을 만든 치미노는 비평가들로부터 영화의 길이에서부터 시작해서 천문학적인 예산에 이르기까지 모든 것이 과했다고, 사실상 배제당하다시피 한 감독이다. 반면에 카버는 단순하고 미니멀리스트적인 문장 스타일로 높은 평가를 얻은 작가다. 이런 두 사람이 어떻게 같이 어울릴 수 있을까? "전 〈천국의 문〉은 안 봤어요." 카버는 말한다. "치미노는 친절한 사람이에요. 지난봄에 제게 도스토옙스키에 대한 시나리오를 써달라고 맡겼죠. 카를로 폰티도 개입하고 있는 것 같은데, 그 후로는 별다른 소식을 들은 게 없어요." 어쩔 수 없는 일이라는 듯이 어깨를 으쓱한다.

웨이트리스가 우리의 대화를 끊는다. "실례합니다." 그가 말한다. "죄송하지만 곧 휴식 시간이라서요. 지금 먼저 계산을 해주시겠어요?" 커피 얼룩은 사라졌고, 웨이트리스의 푸른색이 섞인 검은 머리는 스프레이를 뿌려 1950년대식 부풀어 오른 스타일로 고정되어 있다. "어머, 고마워요." 오렌지색으로 칠한 기다란 손톱으로 팁을 집어 올리면서 그가 말한다. "자, 새해 복 많이들 받으세요, 알았죠?"

카버는 잠시 동작을 멈추고 있다가 미소를 짓는다. "그래요," 그가 말한다. "새해 복 많이 받으세요."

제대로 된 작가는 자신의 상상력을 이용해
독자들을 확신시킵니다

사시인 눈을 가진 택시 기사가 차를 세우고는 내게 고개를 돌려 앞마당에 세워놓은 커다란 나무 팻말을 가리킨다. '방문 사절'. 의사나 배달부처럼 합당한 볼일이 있어서 오는 사람까지 쫓아버리지는 않으려는 건지, 검은 글자 아랫부분을 밝은 노란색과 오렌지색 페인트로 대충 칠해놓았다. 외국인 기자도 이 범주에 해당하는 걸까?

나는 운전기사에게 억지 미소를 지으면서 공항에서 이 조용한 거리까지 30분 남짓 타고 온 대가인 어마어마한 요금을 지불한다. 이 거리는 뉴욕주 북부, 캐나다와의 국경에서 가까운 별다른 특징 없는 대학 타운인 시러큐스에 자리 잡고 있다.

택시에서 내린 뒤 나는 펜스의 문을 조심스럽게 연다. 잘 훈련된 개 두 마리가 뛰어나와 순식간에 방문객을 갈가리 찢어버릴 것만 같다. 그러나 아무 일도 벌어지지 않는다.

한스마르턴 트롬프Hansmaarten Tromp, 〈하흐서 포스트〉(1984년 8월 4일), 스티븐 T. 모스키 옮김, 40~43쪽. 인터뷰는 1984년 1월 31일에 진행되었으며, 글 끝에 덧붙여진 대화는 인터뷰를 기록한 오디오테이프에서 발췌, 편집한 것이다.

택시는 천천히 그 자리를 떠난다. 이 이층집 주변에는 살아 있는 생명의 흔적이 전혀 보이지 않는다. 집 옆 차고 앞에는 낡은 폴크스바겐이 한 대 주차되어 있다. 택시가 떠나고 나자 이 동네에서 살아 있는 존재는 나 혼자뿐인 것 같다.

현관문으로 다가가 초인종을 몇 번 누른다. 아무런 대답이 없다. 집 주변을 돌면서 창문마다 몇 번씩 가볍게 두드린다. 집을 한 바퀴 완전히 돌아 폴크스바겐에 다가가서 보니 한쪽 차창이 열려 있는 게 보인다. 손을 넣어 경적을 울린다.

머리 위에서 창문이 열리더니 부은 얼굴을 한 사내가 고개를 내밀고는 지금 뭐하는 짓이냐고 묻는다.

잠시 후, 우리 두 사람은 크림색 소파에 앉아 서로를 마주 보고 있다. 우리 앞에 놓여 있는 유리 커피 테이블 위에는 공작 깃털이 잔뜩 꽂혀 있는 화병—이 방 안에 있는 유일한 장식적 요소다—과 더불어 책들이 쌓여 있다. 집주인은 타르 함량이 적은 담배에 불을 붙여 물고는 자신이 귀가 어둡다고 사과한다. 서재에 있을 때는 아무것도 못 듣는다고 말한다. 집중을 깨뜨리고 싶지 않아서 아무것도 듣고 싶어 하지 않는 탓도 있다고. 그래서 앞뜰에 그런 팻말을 세워놓는 것이고, 그래서 초인종을 다 끊어놓은 것이고, 내가 차의 경적을 울렸을 때 그가 그런 반응을 보인 것도 그래서라고 설명한다. 대개는 그의 동거인이 집에 돌아왔다는 표시로 경적을 울린다고 한다.

아무튼 그래서 지금 레이먼드 카버와 나는 거대한 소파에, 둘 사이에 한 학급 아이들을 모두 앉힐 만한 공간을 남겨놓은 채, 나란히 앉아 있다.

카버는 최근에 들어서야 글쓰기에 몰두할 만한 환경을 가지게 되었기 때문에, 마침내 생각하고, 쓰고, 요즘 들어 국내외에서 점점 더 주목을 받고 있는 작품들을 끝도 없이 수정하는 작업에 모든 시간을 쓸 수 있게 되었다.

카버는 요즘 시도 쓰고 있고, 첫 번째 장편을 쓰기 위한 시도를 하고 있는 중인데, 그러나 그에게 가장 중요한 일은 쓸 수 있는 시간을 최대한 확보하는 일 그 자체인 듯하다. 지금 그에게는 자기 시간의 주인이 되어, 과거에 온갖 종류의 파트타임 직업들 사이사이에 글 쓰는 시간을 확보해서 부엌 식탁이나 난방이 되지 않는 차고에 앉아 그 소중한 몇 시간을 최대한 잘 활용해보려 하던 옛날 방식을 떠올리지 않아도 되는 상황을 유지하는 게 최우선인 것처럼 보인다. 그래서, 카버는 지금 그가 얻은 자유를 글쓰기 외의 다른 어떤 일에 낭비하는 건 감히 생각하지도 못한다. "전 지금의 이 모든 상황이 너무나 행복해요." 그는 말한다. "그냥, 어…… 그냥 행복해요."

내가 폴크스바겐의 경적을 울렸던 그 무렵, 카버는 이미 다섯 시간째 앉아 작업을 하고 있었고, 수도 없이 많은 담배를 피우고 카페인을 뺀 콜라를 마셔대고 있던 참이었다. 그는 더 이상 하찮은 직업을 전전하지 않아도 된다. 작년에 그는 매년 3만 5천 달러씩 5년 동안 지급하는 밀드레드 앤드 해럴드 스트라우스 생활 기금을 받아 온전히 쓰는 일에만 시간을 보낼 수 있게 되었다. 이 기금을 받게 되면서 카버는 작년에 창작 워크숍을 지도했던 시러큐스대학교의 교수직을 그만둘 수 있었다.

카버는 지난 몇 시간 동안 시 한 편을 놓고 씨름하고 있었는데, 이는 얼핏 보면 단편소설 작가로 명성을 얻은 이로서는 이상한 일처럼 보인다. 하지만 카버는 이미 『겨울 불면증Winter Insomnia』과 『밤에 연어가 움직인다』, 이렇게 두 권의 시집을 펴냈다. 다만 그가 미국에서 책을 내자마자 얻은 명성은 전적으로 그의 단편소설들에 기반하는 것이고, 지금은 많은 신인 작가가 그의 스타일을 흉내 내는 지경에 이르렀다. 〈에스콰이어〉의 문학 편집자 톰 젠크스Tom Jenks는 최근에 〈뉴욕 타임스〉에 쓴 글에서 이렇게 지적한다. "내가 요즘 받는 젊은 작가들의 원고는 짧고, 바로 본론으로 치고 들어가는 문장들이 특징인 스타일을 가지고 있다. 레이먼드 카버 스타일이다. 심지어 이런 원고들 중 많은 것이 주제조차 카버가 다뤘던, 내가 보기에는 네오리얼리즘적 경향을 거르지 않고 드러내는 주제들을 반영하고 있다."

카버가 처음에 낸 두 권의 단편집과 1983년에 낸 『대성당』은 모두 미국 언론으로부터 지대한 관심을 끌었다. 어빙 하우Irving Howe는 『대성당』에 대해 〈뉴욕 타임스〉에 쓴 서평에서 카버의 단편소설들 중 몇몇은 "이제 미국 문학의 고전들의 일부로 간주될 수 있다"고 말했다. 『대성당』은 〈뉴욕 타임스〉의 1983년 베스트 목록 열세 권 중 하나로 뽑혔고, 가장 뛰어난 미국 산문들이 선정되는 전미도서비평가협회상 후보에 오르기도 했다.

카버의 단편들은 동시대 미국 사회의 인간 조건을 반영하고 있으며, 사회보장으로 유지되는, 사회의 언저리에서 삶을 낭비하며 살아가는 사람들을 주로 등장시킨다. 그들은 대개 망가진 냉장고라든가 낡아 빠진 거실 가구, 고물 차 같은 수명이 다한 소비재들에 둘러싸여 있고, 튀지 않게, 주변 환경에 적응해가면서 살아야 한다는 태도를 가지고 있다.

"카버의 작품들은 이름 없는 장소에서 이름 없는 일을 하면서 사는 이름 없는 사람들에 대한 이야기다." 얀 동커르스Jan Donkers는 2주 전에 〈하흐서 포스트〉(29호)에 이렇게 썼다. "억눌린 비참함, 망가진 결혼 생활과 관계, 술, 엄청난 양의 술, 그리고 무엇보다 삶이 실망스러운 것이 될 거라는 사실을 깨닫게 될 때의 충격과 체념, 이런 데서 오는 실망을 피할 방법은 없다." 카버의 작품에 등장하는 인물들 중 하나는 이렇게 말한다. "어떻게 우리한테 이런 일들이 벌어졌지? 우린 선량한 사람들로 시작했는데."

1977년 봄 카버가 술을 끊겠다고 결심했던 그날, 도대체 그에게 무슨 일이 빌어졌던 걸까? 가버는 내게 커피를 한 잔 부어주고 딸기파이 한 조각을 권하고는 그동안 수도 없이 피워온 담배를 또 한 개비 피워 물었다. "저는 그 전해의 대부분을 완전히 활력을 잃은 상태로 지냈어요. 제 몸에 대한 통제력을 완전히 잃는 상태에까지 도달했어요. 수시로 의식을 잃었죠. 이런 식이에요. 차를 몰고 학교까지 가서 교실에 들어가 강의를 하고, 파티에 가서 누군가를 만나 결국 그 누군가의 침대에 들고, 그런데 다음 날 아침에는 그 어떤 것도 기억을 못 하는 거예요. 자동 운전 기능으로 살아가는 거죠. 저는 그 끄트머리에 도달해 있었어요. 그때부터 술을 안 마시는 기간을 조금씩 늘려나갔어요.

별거 중이었던 아내와 아이들로부터 멀리 떠나, 캘리포니아주의 한 지역에서 혼자 살면서 3주 동안 술을 안 마셨어요. 마침 샌프란시스코에서 출판인들의 회의가 열렸는데, 제 첫 단편집을 낸 출판사의 편집자들 중 한 사람이 절 점심 식사에 초대했어요. 저에게 장편소설에 착수하기 위한 선금을 주려는 계획이었죠. 불행하게도, 그 점심 약속이 있던 전날 밤에 제 친구 하나가 소규모 파티를 열었어요. 3주 동안 술을 마시지 않고 있던 상황에서, 파티가 중간쯤 진행되었을 때 와인을 한 잔 마셨어요. 그게 제가 기억하는 마지막이에요. 그때까지 이미 여러 번 그래왔던 것처럼, 또다시 의식을 잃은 거죠. 다음 날 아침, 저는 일찍 일어나 주류

상점 앞에 가서 그 가게가 문을 열기를 기다렸다가 보드카를 한 병 샀어요. 그거 한 병을 다 마시고 나서야 점심 약속에 갈 수 있었어요. 그 뒤로 집에 돌아가서는 또다시 사흘 동안 미친듯이 마시면서 지냈어요.

그리고 어느 날 아침, 이루 말할 수 없는 고통을 느끼면서 일어났어요. '카버, 이 짓을 멈춰야 돼.' 스스로에게 그렇게 소리를 질렀어요. 술을 마시지 않으면 더 고통스럽겠지만, 그래도 마시지 않기로 결심했어요. 그랬는데 견딜 만했어요. 한 주를 버티고, 한 주를 더 버텼어요. 그러더니 어느덧 한 달이 됐어요. 금주자 모임이 도움이 됐죠.

1977년 6월 2일 이후로 마시지 않았습니다. 그 사실이 제가 살면서 성취한 어떤 것보다 더 자랑스럽습니다. 저는 회복 중인 알코올의존증 환자예요. 앞으로도 계속 알코올의존증 환자겠지만, 술을 마시는 알코올의존증 환자는 절대 아닐 겁니다. 저는 알코올이 한 방울이라도 들어간 건 건드리지 않습니다. 콜라하고 페리에만 마셔요."

1982년에 오토바이 사고로 사망한 작가 존 가드너는 카버의 글쓰기에 가장 큰 영향을 미쳤다. 카버는 1960년대 초반에 치코주립대학교에 들어가 당시에는 아직 아무것도 출판하지 않았던 가드너 밑에서 글쓰기를 배웠다. "저는 진짜 작가 밑에서 배우게 될 수도 있다는 가능성에 강하게 끌렸어요. 그러면서도, 가드너가 아직 아무것도 출판하지 않은 작가라는 사실에 실망했어요. 사람들 말로는 출판사들이 가드너의 단편과 장편 모두 어렵다고 생각한다고 했어요. 그래서 가드너는 상자 여러 개에 든 원고들을 가는 데마다 끌고 다녔어요.

가드너는 제가 가족도 있고 하니까 글을 쓸 만한 조용한 장소가 없을 거라는 사실을 짐작했어요. 어느 날 자기 사무실 열쇠를 제게 주더군요. 이 호의 어린 제스처가 제 인생에는 전환점이었어요. 가드너는 그냥 저한테 열쇠를 내어줬어요. 그 열쇠를 계속 가지고 있으려면 열심히 쓰라는 뜻이라고 받아들였어요. 그래서 그렇게 했어요.

가드너의 연구실에 주말마다 가서 앉아 있었어요. 주변에는 그의 원고 더미가 상자째로 쌓여 있었죠. 그중 한 상자의 제일 위에 『니켈 마운틴Nickel Mountain』이 놓여 있었어요. 한참 뒤에 출판된 걸로 기억합니다. 그런 원고들이 쌓여 있던 그 방에서, 저는 작가가 되려는 첫 번째 진지한 시도를 하게 됐습니다.

가드너는 아주 비타협적인 사람이었는데, FBI 요원 아니면 장로교 목사 같은 모습을 하고 다녔어요. 늘 검은 양복에 하얀 셔츠를 입고 넥타이를 매고 있었죠. 게다가 골초여서 강의실에서도 연이어 피워댔죠. 강단 옆에 놓인 철제 쓰레기통에 꽁초를 비벼서 끄곤 했어요. 그때도 강의실에서 담배를 피우는 건 엄격하게 금지되어 있었고, 재떨이도 당연히 없었어요. 강의 첫날 행정직원이 지나가다가 가드너가 담배를 피우는 걸 보고는 강의실에서는 금연이라고 지적했어요. 가드너는 창가로 가서 창문을 열고 담배를 집어 던지고는 융통성 없는 사람들에 대해 뭐라 뭐라 하더군요. 그러고는 새 담배에 불을 붙여 물었어요.

가드너가 생각하는 좋은 소설이란 처음, 중간, 결말이 있는 이야기였어요. 그는 이따금 칠판에 자기가 생각하는 구조를 그림으로 그리곤 했어요. 이야기의 전개 방식을 보여주기 위해 언덕과 계곡, 그리고 평지를 그렸죠. 저는 가드너가 이야기하는 것의 상당 부분을 이해하지 못했어요. 하지만, 가드너는 수업 시간에 우리에게 우리가 쓴 작품을 소리 내서 읽게 하고는 그것들에 대해 말로 평가를 하곤 했는데, 거기에서 많이 배웠어요. 가드너는 큰 소리로 질문을 던졌어요. 왜 이 작가는, 이를테면, 인물의 장애를 제일 마지막 문장에 가서야 드러내려고 하는 걸까,

하는 식으로 묻는 거죠. '그러니까, 너는 네 이야기의 주인공이 다리가 없다는 사실을 독자들에게 알리는 걸 소설의 마지막까지 미뤄두는 게 좋은 아이디어라고 생각하는 거야?' 그 작품을 쓴 아이에게 그런 식으로, 약간 비아냥조로 묻는 거예요. 중요한 정보를 가지고 있는 소설적인 장치를 독자에게 바로 드러내지 않고 숨겨두는 건, 가드너가 보기에는, 사기였어요. 작품 속에서는 가능한 한 정직해야 한다는 거였어요.

정직하게 써야 한다는 건 저에게 아직 남아 있는 것들 중 하나예요. 제가 글쓰기 워크숍을 지도할 때에도 그 문제를 항상 강조했어요. 초보 작가들이 범하는 가장 흔한 잘못들 중 하나가 바로 정직성의 결핍이에요. 경험이 많지 않은 작가들은 자신의 의도를 정확하게 표현해내지 못하거나 틀린 감정을 담고 있지만 '멋있어 보이는' 단어들을 여기저기서 끌고 와서 쓰고 싶은 유혹에 빠지기 쉬워요.

예를 들어, 굶어 죽어가고 있지만 그러거나 말거나 나로서는 그다지 신경이 쓰이지 않는 옆집 여인에 대한 이야기를 쓰고 싶다면, 독자는 첫 페이지에서부터 나의 무관심을 알아차릴 수 있어야 해요. 내 느낌과 내 무관심이 내가 선택한 단어들에 의해 표현되는 거죠.

제대로 된 작가는 자신의 상상력을 이용해
독자들을 확신시킵니다.

제 단편 「별것 아닌 것 같지만, 도움이 되는」에서는 한 소년이 죽습니다. 그 아이의 부모는 아이를 위해서 동네 제과점에 커다란 생일 케이크를 주문해둔 상태였죠. 저는 아들을 잃은 적이 없지만, 제 아이들 중 하나를 잃을지도 모른다는 두려움을 느꼈던 상황에 빠졌던 적은 있습니다. 그때, 아이들이 죽을 수도 있는 끔찍한 상태를 상상했더랬어요. 실제로 그런 일이 벌어지지는 않았지만, 그런 상상이 저를 그 이야기를 쓸 수 있는 지점까지 몰고 갔어요. 그리고, 제가 상상한 바를 가능한 한 정확하게 표현함으로써, 그 이야기를 신뢰 가능한 것으로 만들 수 있었어요. 왜냐하면 전 제 상상에 대해 확신을 가지고 썼거든요. 제대로 된 작가는 자신의 상상력을 이용해 독자들을 확신시킵니다."

이제 마흔여섯 살인 카버는 어린 시절부터 그의 주변을 둘러싸고 있던, 그의 표현에 따르자면 "죽을 것처럼 지루한" 현실을 바꾸기 위해 자신이 가지고 있던 꿈꾸는 힘을 이용했다. 카버는 워싱턴주의 목수들과 제재소 일꾼들로 이루어진 작은 타운에서, 집 안에 있는 책이라고는 알코올의존증 환자 아버지가 가지고 있던 성경책이 전부였던 집에서 성장했다. "아버지는 남북전쟁에 참전했던 증조할아버지에 대한 이야기들을 해주곤 했어요." 카버는 말한다. "하지만 그것 말고는, 제 상상력에 의지해야 했어요. 좀 크고 나서는 제가 찾아서 읽었죠. 주로 제인 그레이의 서부소설이었어요. 아버지가 들려줬던 신나는 얘기들이 어쩌면 제가 글을 쓰기 시작한 계기가 되었을 수도 있겠네요. 그리고 제 인생이 정말 아무 의미 없고 공허하다는 사실을 깨닫게 된 사실 자체도 도움이 됐을 거고요. 읽는 것마다 제 인생보다는 훨씬 더 재미있어 보였거든요! 저는 몽상가고, 언제나 제가 꿈꾸는 대로 살아왔어요. 그게 제가 글을 쓰기 시작한 이유고요. 왜냐하면 글쓰기 말고 다른 건 죄다 너무나 끔찍할 정도로 지루했거든요.

소설은 부분적으로는 사실이고
부분적으로는 상상인,
제가 상상하는 세계와 저 사이를 잇는
연결 고리를 만드는 일이에요.

저는 자전적인 이야기는 전혀 쓰지 않지만, 동시에 대부분 저 자신에 대해 씁니다. 하지만 저는 나르시시스트는 아니에요. 최소한 다른 작가들 이상으로 그렇지는 않아요. 작가는 자기가 아는 것에 대해 쓰기 마련이고, 대개의 경우 그 대상은 자기 자신이에요. 제가 쓰는 이야기들이 제가 아는 세계, 제가 지금 살고 있거나 전에 살았던 세계에 대한 것들인 이유가 그래서예요. 소설은 부분적으로는 사실이고 부분적으로는 상상인, 제가 상상하는 세계와 저 사이를 잇는 연결 고리를 만드는 일이에요.

어떤 평자들은 제 인물들이 너무나 무력하고 그들이 살아오는 과정에서 마주쳤던 불운이나 불행을 너무나 쉽게 받아들이는 것 같다고 하면서 저를 비판했습니다. 특히 「보존」이라는 작품에서 등장인물들이 기술자를 불러서 고장 난 냉장고를 고치는 대신에 불평만 하고 앉아 있다고 많은 비판을 받았어요. '저 사람들은 왜 저걸 안 고치는 거지?' 한 서평가는 그렇게 물었습니다. '그러면 더 이상 그걸 견뎌내야 할 이유가 없어질 텐데.'

하지만 물론 그건 버스비나 주유비 정도만 간신히 가지고 있는 사람들이 사는 방식이 아니에요. 돈에 관한 한 여유라고는 일전 한 푼 없는 거죠. 만약 뭔가가 고장 나면, 그걸 고치거나 새로 살 돈 같은 건 없어요. 그런 게 제가 묘사하는 삶이에요. 하지만 그 서평이 그 문제를 지적하기 전까지는, 저는 제 인물들이 그렇게 안 좋은 상황에 있다는 생각을 못 했어요. 무슨 얘긴지 아시겠어요? 이 나라는 웨이트리스와 택시 운전사와 주유소 주유원들과 호텔 접수원들로 넘쳐나고 있어요. 하지만 이 사람들이 소위 '성공'한 사람들에 비해서 덜 행복할까요? 아뇨. 이 사람들은 그저 주어진 상황에서 가장 좋은 걸 얻기를 바랄 뿐이에요. 제가 정말 하찮은 일자리를 잡았을 때에도 거기에서 얻을 수 있는 최선을 얻어내려고 했던 것처럼요. 오로지 살아남기 위해서 잡아야만 했던 일자리 때문에 절망하게 될 수도 있다는 사실을 부인하는 건 아니에요. 하지만, 제 경험으로 보자면, 사람은 거기에서도 무엇이 최선인지를 찾아내려 한다는 거예요. 이런 상황 속에서 사는 사람이 구원을 얻으려는 희망, 어떤 통찰의 순간, 인생에 새로운 방향을 제시해주는 계시 같은 걸 구하지 않는다는 얘기가 아니에요.

어떤 시기에는 인생이 통째로 바뀌어요. 저한테는 그런 순간이 두 번 있었어요. 한 번은 제가 술을 마시기 시작했을 때고, 한 번은 술을 끊기로 했을 때였어요.

제 작품에 등장하는 인물들 대부분은 그런 타협, 혹은 포기의 지점이 자신들의 삶에서 중심 역할을 한다는 사실을 깨닫게 되는 지점에 도달하게 돼요. 그러고는 어떤 한 순간의 계시가 그들의 반복되는 일상생활의 패턴을 깨뜨리죠. 그런 순간은 그야말로 순식간에 지나가는데, 하지만 그 짧은 순간에, 더 이상 타협하고 싶지 않다고 생각하게 돼요. 그러나 또한 그 순간이 지나고 나면, 그들은 사실상 아무것도 변하지 않는다는 사실을 깨닫게 돼요."

카버의 인물들은 카버에 비해 자신들의 동기나 생각에 대해서 알고 있는 게 훨씬 적다. 그들은 심리상담을 받지도 않고, 신의 존재에 대해 생각하지도 않는다. 그들은 행동하되 그 결과에 대해 진지하게 생각하지 않는다. 작가와 독자 모두 이 사실을 확실히 알고 있고, 그 사실은 장식적인 서술이나 세부 사항에 대한 과도한 진술을 배제하는, 극도로 압축된 문장 스타일에 그대로 반영된다.

카버는 이런 스타일로 인해 미국의 문학계 일각에서 '미니멀리스트'라는, 그가 그다지 좋아하지 않는 평판을 얻었다. "그 말은 좁은 시야와 제한된 능력 같은 요소들과 연결되어 있습니다." 그가 말한다. "제가 제 작품들에서 불필요한 세부 사항들은 죄다 제거하고 꼭 필요한 단어들만 남기려 하는 건 사실이에요. 하지만 그렇다고 해서 제가 미니멀리스트라는 뜻은 아닙니다. 제가 만약 미니멀리스트라면 이야기에 정말 뼈대만 남겨두겠죠. 하지만 저는 그렇게 하지 않아요. 저는 뼈대 위에 살점을 좀 남겨둡니다.

저는 이야기의 초고는 앉은 그 자리에서, 가능한 한 빨리 끝냅니다. 그리고 나서는 손을 보고, 또 보고 하죠.

그러니, 많은 걸 내다 버리는 편입니다. 초고가 40페이지라면, 제가 그 이야기에 만족스러운 상태가 될 때쯤이면 10페이지 정도만 남는 식으로요. 하지만 이런 식으로 단어들을 덜어내기만 하는 건 아닙니다. 많은 걸 더하기도 해요. 제가 정말 좋아하는 작업은 말을 가지고 노는 거예요.

제 생각에 잘 쓰인 단편소설 한 편은 웬만한 장편소설들 여러 편만 한 가치가 있어요. 그리고 그저 그런 장편소설들이 끝도 없이 쏟아져 나오죠. 장편소설을 쓰는 작업은 단편소설을 구상하고 써내는 작업과는 많이 달라요. 저도 이제 막 장편 작업을 시작했는데, 저한테는 완전히 다른 종류의 일이에요. 장편소설을 쓰는 데서 오는 스트레스는 단편 작업을 할 때와는 완전히 다른 면이 있어요. 그래서 단편을 쓰는 것 같은 방식으로 접근하는 중입니다. 경로를 제대로 잡고 있다는 건 알겠는데, 도착지가 어디가 될지는 모르겠네요. 그리고 제 동반자인 테스 갤러거와 함께 〈디어 헌터〉를 연출한 마이클 치미노를 위한 시나리오를 막 끝냈어요. 작년에 도스토옙스키의 일생에 대한 시나리오의 개작 작업을 마쳤을 때, 치미노가 저에게 이제 막 소년원 생활을 끝내고 사회로 복귀한 비행 청소년에 대한 시나리오를 써달라고 했어요.

받고 있는 기금 덕에 일자리를 구해야 한다는 걱정 없이 글쓰기에만 몰두할 수 있다는 게 얼마나 어마어마한 해방감을 주는지 몰라요. 제 천성에 딱 맞아요. 그런데 말이죠, 재능만으로는 부족해요. 재능은 누구나 다 있어요. 예를 들어, 어떤 작가들은 단편소설 한 편을 앉은 자리에서 써낼 수 있는 재능을 가지고 있어요. 저는 그런 재능을 타고나지는 못했어요. 제가 글쓰기에 그토록 성실하게 달라붙는 게 그래서예요. 제가 가지고 태어나지 못한 재능을 열심히 일해서 보완하는 거죠. 그리고 그 과정에서 저 자신에 대해 많이 배웠어요."

그날 낮에 내게 전화번호를 주었던 그 사시의 택시 기사는 저녁에 예정보다 늦게 와서 나를 공항까지 데려다주었다. 가는 길에 그는 천천히 자기 가족에 대한 이야기를 늘어놓는다. 그는 자신의 열여덟 살짜리 딸이 교통사고가 나서 한쪽 다리를 절단하기 전의 사진을 보여준다. 그는 그 사고가 있은 뒤 자신과 아내가 집에 설치한 온갖 편의시설에 대해 이야기한다. 사고가 난 뒤 한참 동안 그의 딸은 휠체어를 이용해야만 했다. "선생님, 전 무척 행복한 사람입니다." 차량들 사이로 택시를 조심스럽게 몰고 나가면서 그가 말한다. "하지만, 제가 도대체 무슨 나쁜 짓을 했길래 내 딸이 저런 사고를 당했나 생각하곤 합니다. 도대체 왜 저런 사고가 일어났을까요?"

그는 나를 터미널에 내려주고는 경쾌하게 경적을 울리고 떠난다. 나는 그에게 작별 인사로 손을 흔들어준다. 우리는 선량한 사람들로 시작했다.

*

트롬프　　　장편소설을 쓰고 있나요?

카버　　　　첫 단편집을 내고 나서, 모두들 이제는 장편소설을 써야 한다고 했습니다. 출판사에서도 그랬고, 아내도 그랬고, 그리고 다른 사람들 여럿이 그렇게 말했습니다. 관심은 있었지만, 당시에는 그럴 여력이 없었어요. 저는 장편소설 작가처럼 사고하지 않았어요. 3~4년 전만 해도 그런 집중력조차 없었고요. 아이들을 키워야 했던 것이며 당시의 제 생활하고 관련된 구체적인 이유들이 있었어요. 어쨌거나 저는 단편소설들을 계속 썼고, 두 번째 선집이 출간되고 나서는 출판사에서도 제가 단편을 계속 써온 것에 만족해했어요. 그러니 첫 선집을 낸 다음 말고는 장편을 쓰라는 압박을 전혀 받지 않았던 거죠. 하지만 지금은 장편소설을 쓰는 것에 대해 다른 어떤 일보다 더 관심이 있어요. 몇 주 전에는 장편소설을 쓰려고 앉았다가 〈에스콰이어〉에 보낼 제 아버지에 대한 에세이를 썼어요. 지금은 단편소설을 하나 쓰기 시작했는데, 아직 끝은 안 보여요. 그러니 좋은 신호인 거예요. 이를테면 지금 운전을 하고 있는데 어느 길을 가고 있는지는 모르겠는 상황인 거죠. 약간 당황스럽기도 하지만, 동시에 흥분되기도 해요.

트롬프   출판사들에서 단편소설 선집에 대한 태도를 바꿨나요?

카버   그 태도란 게 생각해보면 새미있는 건데, 왜냐하면 다들 단편소설이 이 나라에서 태어난 형식이라고 하거든요. 하지만 10년 전까지만 해도 단편소설은 이 나라에서 그다지 진지하게 받아들여지지 않았어요. 단편집은 장편소설에 비해 열등한 것 취급을 받았단 말이죠. 서평도 받기 어려웠고, 많이 팔리지도 않았어요. 물론 피츠제럴드, 카슨 매컬러스, 플래너리 오코너 같은 몇몇 예외적인 작가들은 있었죠. 하지만 이 작가들은 장편소설 작가로도 이미 입지를 다진 상태였어요. 최근에야 단편소설의 르네상스라고 할 만한 상황이 벌어지고 있어요. 좀 더 많은 잡지가 단편소설을 게재하고, 단편 작가들이 좀 더 진지하게 받아들여지고 있어요. 〈뉴욕 타임스 북 리뷰〉의 표지에서도 진지하게 다뤄지고요. 전에는 전혀 없던 일이죠.

트롬프   특히 젊은 작가들이 단편소설이라는 형식에 이끌리는 듯합니다. 왜 이런 일이 벌어지고 있다고 생각하나요?

카버   수많은 좋은 작가가 대학에서 가르치고 있는 것과 관련이 있

다고 봅니다. 도널드 바셀미, 스탠리 엘킨, 윌리엄 H. 개스
William H. Gass* 같은 이들이 모두 가르치고 있어요. 존 가드너
도 과거에 가르쳤죠. 좋은 일인지 나쁜 일인지를 떠나서, 좋
은 작가들 중에 대학에서 가르치고 있지 않은 사람이 없어요.
조이스 캐롤 오츠는 프린스턴대학교에서 가르치고 있고, 엘
리자베스 하드윅은 컬럼비아대학교에서 가르치고 있어요. 그
리고 물론, 이탈로 칼비노처럼 대학에 초빙교수로 가 있는 작
가들도 꽤 되고요. 저도 가르쳤습니다. 첫 강의를 시작할 때
단편을 쓰고 있는 학생들과 장편을 쓰고 있는 학생들을 확인
해봤어요. 단편을 쓰고 있는 학생들이 장편을 쓰고 있는 학생
들보다 훨씬 더 많았습니다.

트롬프　단편소설 작법을 어떻게 가르치나요?

카버　부분적으로는 제 작품을 예로 이용해서 가르칩니다. 제 방법
이 단편소설을 쓰는 유일한 방법은 아니지만, 저는 젊은 학생
들이 저와 제 작품들을 통해 어떤 것들을 배울 수 있다고 생
각합니다. 언어를 경제적으로 사용하는 방법을 예로 들 수 있
겠네요. 작가로서 하지 말아야 할 종류의 실수들에 대해서도
배울 수 있습니다. 처음 시작하는 대부분의 작가들이 저지르
는 큰 실수 하나는 말을 사용하는 데 있어서 충분히 정직하지

---

* 미국의 소설가, 비평가이자 철학 교수. 에세이로 전미도서비평가협회상을 세 번 받았고, 장
편소설로 전미도서상을 받았다.

않다는 것입니다. 들어서 알고는 있는, 하지만 자신들의 이야기 재료에 맞지 않는 말들을 사용하는 거죠. 저는 제가 배웠던 방식 그대로 가르칩니다. 존 가드너가 제 스승이었는데, 가드너는 저와 함께 앉아서 제가 쓴 글을 처음부터 짚어나가는 방식으로 가르쳤습니다.

트롬프   시나리오도 썼죠. 희곡을 쓰려고 시도한 적도 있나요?

카버   오래전에 희곡을 몇 편 썼고, 그중 한 편은 대학에서 공연으로 올리기도 했습니다. 반응이 워낙 끔찍했기 때문에 희곡을 또 써보겠다는 생각은 전혀 안 들었어요. 공연이 끝나고 난 뒤에 관객과의 대화 시간이 있었는데, 거의 공개 처형에 가까웠어요. 관객들이 절 공격했고, 도망갈 길은 없었습니다. 아주 끔찍한 경험이었어요. 그런데 지금 희곡으로 쓰고 싶은 아이디어가 하나 있어요. 그리고 전 희곡을 읽는 걸 좋아합니다. 에드워드 올비의 몇몇 작품과 체호프의 희곡들을 좋아해요. 제가 쓴 문장들을 읽을 때 저는 눈은 물론 귀로도 읽습니다. 저는 대사의 소리만큼이나 해설 문장의 소리에 대해서도 예민한 내적인 귀를 가지고 있어요. 그 내적 귀에 대해 이야기하니까 이것도 생각나는군요. 이십대 때 헤밍웨이의 어떤 초기 단편을 읽었는데, 그 문장들이 저를 때렸어요. 그 문장들을 읽고 또 읽었는데, 그때마다 육체적인 흥분을 느꼈어요. 헤밍웨이가 거기서 사용한 단어들, 그 소리들이 저를 흥분시킨 거였어요.

노동계급의 절망의 기록자

레이먼드 카버는 마침내 그에게 뒤늦게서야 주어진 시간들을 마음껏, 다른 것들에는 거의 쓰지 않고, 글을 쓰는 일에 쏟아붓고 있다. 요즘은 그를 유명하게 만든 단편소설들 대신 또 다른 몰입 대상인 시를 쓰는 일에 빠져 있는데, 어쨌거나 여기에서 중요한 건 쓸 수 있는 시간이 많이 주어져 있다는 사실이다. 카버는 마치 상황이 다시 바뀌어서 여기서 한 시간, 저기서 한 시간씩 쪼개어 자동차 안이나 차고에서 노트를 붙들고 작업해야 하거나, 아니면 아예 전혀 쓸 수 없게 되는 걸 두려워하기라도 하는 듯 글을 쓸 시간을 모아두고 있다. 그는 자신의 삶에서 항상 가장 찾기 어려웠던 요소인 이 자유, 평온하고 경제적으로 안정되고 생산적인 삶에 마침내 익숙해져가고 있는 참이다. "주변 상황 모두 느낌이 좋아요." 그는 조심스럽게 단어를 선택해가면서 이렇게 말한다. 그에게서는 어떤 활발한 충동 같은 게 느껴지지만, 그것조차 더듬거리면서 새어 나온다. "제 느낌은, 제 느낌은, 어…… 행복해요."

브루스 웨버, 〈뉴욕 타임스 매거진〉(1984년 6월 24일), 36〜38, 42〜46, 48〜50쪽.

글을 쓰는 건 언제나 저에게는 사치였어요.
이젠 포기하고 싶지 않은 사치가 됐어요.

오늘 카버는 동이 트기 직전부터 책상에 앉아 있었다. 마흔여섯 살인 카버는 이제 세어가는 머리에 둥그스름한 얼굴, 늘어지기 시작하는 턱을 가진 큰 몸집의 사내다. 그는 유행이 지나도 한참 지난 커다란 칼라가 딜린, 패턴이 그려신 폴리에스터 셔츠에 청바지를 입고, 형체가 거의 무너진 슬리퍼를 신고 있다. 그러나 이 모든 것보다 눈에 들어오는 건, 그가 친절해 보이는 사람이라는 사실이다.

이른 오후인 지금, 이미 일고여덟 시간을 일하고 나서 일찍 퇴근한 카버는 워싱턴주 올림픽반도 북쪽의 툭 튀어나온 곳에 위치한 어업과 임업 타운인 포트 앤젤레스의 외곽 지역에 새로 마련한 집 소파에 앉아—사실은 그가 늘 취하는 자세 그대로, 웅크리고—있다. 카버는 지난 몇 주 동안 이 집에서 대개는 전화 코드도 뽑아놓고 외부와의 관계를 거의 단절한 채 지냈다. 어차피 이곳에는 아는 이도 몇 없다. 세계에서 가장 뛰어난 연어 낚시 명소로 꼽히는 곳들이 집에서 걸어갈 수 있는 거리에 있고 카버는 평생 낚시를 해온 사람이지만, 그의 말에 따르자면, 카버는 이곳에 도착한 뒤로 낚시용 장화를 딱 한 번 꺼내 신었다. 청명한 이른 봄이고, 짙은 색의 언덕과 골짜기로 이루어진 풍경이 창밖에서 손짓을 해대는데도, 카버는 좀체 밖으로 나가려 하지 않는다. 그의 마음은 아직도 그날 아침에 하던 작업에 붙들려 있다.

"두 편을 오늘 은행에 넣어뒀어요." 카버는 오늘 수정 작업을 하고 있던 시 두 편을 가리켜 이렇게 말한다. 그는 줄담배를 피우고 카페인이 없는 콜라를 연달아서 마시고 있다.

카버는 작년에 미국예술문학아카데미에서 수여하는 밀드레드 앤드 헤럴드 스트라우스 생활 기금의 수혜자로 선정되어 매년 3만 5천 달러씩 5년간 받게 되면서, 창작 워크숍을 지도하던 시러큐스대학교의 교수직에서 해방되었다. "글을 쓰는 건 언제나 저에게는 사치였어요." 그는 말한다. 그러고는 방어적으로 덧붙인다. "이젠 포기하고 싶지 않은 사치가 됐어요."

지금 이 순간 카버가 시 쓰는 일에 매달려 있는 건 좀 이상하게 여겨질지도 모르겠다. 『겨울 불면증』과 『밤에 연어가 움직인다』라는 두 권의 얇은 시집을 내긴 했지만, 여태까지 시인으로서의 그의 경력은 그리 대단한 게 아니었기 때문이다. 반면에 세 권의 단편소설 선집은, 감히 말하건대, 갑자기, 그를 이 장르에서 가장 저명한 작가로 만들었다.

카버의 세련되고 조용한 목소리는 아직 책을 내지 않은 젊은 작가 세대에게 큰 영향을 끼치고 있다. 〈에스콰이어〉의 소설 편집자인 톰 젠크스는 이렇게 말한다. "젊은 작가들이 가장 많이 시도하는 스타일은 레이 카버가 구사하는 것과 같은 짧고 거친 문장이고, 주제 면에서도 카버가 다룬 종류의 것들―내가 네오리얼리즘의 부정적인 면의 대변자라고 부르는―을 모방하는 경향이 있다."

카버의 최근 두 권의 선집, 1981년에 출간된 『사랑을 말할 때 우리가 이야기하는 것』과 지난가을에 나온 『대성당』은 모두 〈뉴욕 타임스 북 리뷰〉의 표지를 차지하는 주목을 받았고, 『대성당』의 경우 평론가 어빙 하우가 서평에서 "카버의 단편소설들 중 몇 편은 (…) 이미 미국 소설의 걸작들 리스트에 포함될 만하다"라고 선언했다. 『사랑을 말할 때 우리가 이야기하는 것』에 대한 견해는 일반적으로 영국의 저명한 평론가 프랭크 커모드가 "완전히 성숙한 대가의 작업"이라고 평가한 것과 다르지 않다. 『대성당』은 〈뉴욕 타임스〉에서 선정한 1983년의 베스트 도서 열세 권 중 하나였고, 전미도서비평가협회의 소설 부문 후보였다.

　이런 평가들은 전체적으로 보자면 장편을 쓰지 않는 소설가로서는 이례적인데, 이는 단편소설이 출판계에 파문을 일으키던 시기와 겹쳐 있다. 많은 출판인과 평론가가 1979년부터 시작해서 레이먼드 카버가 성공을 거두는 동안과 실질적으로 같은 기간에, 단편소설의 르네상스가 일어나고 있는 걸 목격했다. 근년 들어 메리 로비슨, 마크 헬프린, 토바이어스 울프, 베트 페세츠키Bette Pesetsky, 고인이 된 브리스 디제이 팬케이크, 제인 앤 필립스, 재닛 코프먼Janet Kauffman, 그리고 바비 앤 메이슨 같은 이들의 단편집이 출판되고 비평가들의 호평을 받았다.

　이미 인정받은 대가들의 단편소설에 반응하는 시장은 늘 있었다. 예를 들어 1978년에 출간된 『존 치버 단편집The Stories of John Cheever』의 경우 하드커버가 20만 부, 페이퍼백은 50만 부가 팔려서, 역대 〈뉴욕 타임스〉 베스트셀러에 포함된 몇 안 되는 단편집 중 하나가 되었다. 하지만 지금은 알려져 있지 않은 작가들의 선집의 경우에도, 큰 이윤을 남기지는 못하더라도 최소한 위험을 감수해볼 만한 분위기라는 게 출판사들이 하는 말이다. 카버의 책을 낸 앨프리드 A. 크노프 출판사의 편집자 로버트 고틀립Robert Gottlieb은 이렇게 말했다. "얼마 전까지만 해도 재능 있는 작가의 단편집을 내면 잘해봐야 2천 부 정도 팔리는 게 보통이었다. 망할 가능성이야 물론 여전히 남아 있지만, 그래도 요즘은 같은 작가들이 5천 부나 그 이상을 팔고, 많은 주목을 끌 수 있다."

　하지만 비관적인 견해도 여전히 남아 있다. 지금은 더 이상 간행되지 않는 〈뉴 아메리칸 리뷰New American Review〉의 창간인이자 현재 하퍼 앤드 로우 출판사의 편집인인 테드 솔로타로프는 이렇게 말한다. "르네상스 같은 건 없다. 레이 카버와 제인 앤 필립스, 그리고 바비 앤 메이슨이 있을 뿐이다. 한두 권의 선집이 성공하면서 단편소설은 안 팔린다는 상식을 뒤집은 짧은 기간이 있었다. 그 결과 작가들은 단편소설을 쓰면서 약간 더 많은 선금을 받았고, 출판사들은 단편집을 내는 일에 조금 덜 냉소적인 태도를 보였을 뿐이다." 스스로도 단편집을 마무리하고 있는 중인, 국립예술기금의 문학 부문 총괄자인 프랭크 콘로이Frank Conroy는 이렇게 덧붙인다. "'르네상스'라는 용어는 조심해서 사용해야 한다. 요즘 들어 작품을 써내는 능숙한 작가들의 수가 몇 년 전에 비해 더 늘었다. 그 작품들이 과거의 것들에 비해 더 뛰어날까. 아마도 아닐 것이다."

단편소설 붐의 정확한 규모가 어떻게 되든, 레이먼드 카버가 그것의 중심에 있다는 데에는 논란의 여지가 없다. 『대성당』은 하드커버만 거의 2만 부 가까이 팔렸는데, 이는 명성을 얻은 지 얼마 되지 않은 작가의 진지한 단편들을 모은 책으로는 예외적인 판매실적이다. 그리고 이번 봄, 빈티지 북스는 단편소설 몇 편과 시, 에세이, 그리고 원래 〈파리 리뷰〉에 실렸던 꽤 긴 인터뷰를 수록한 『불』의 재간행 한정판의 페이퍼백을 출판했다. 레이먼드 카버 맛보기라고 할 만한 책인데, 이건 카버처럼 제한된 작업만 하는 작가가 일으킨 전례 없는 파문에 대해 출판 산업이 지대한 관심을 가지고 있다는 사실을 증명하는 사건이다.

카버의 단편들은 소비재와 인습으로 둘러싸인 미국의 조잡한 환경 속에서 살고 있는 인물들—퀵-마트에서 쇼핑을 하고 상자 같은 집이나 대충 빠르게 지어 올린 아파트 단지에서 살아가는 사람들—로 가득 차 있다. 그들이 그리 많은 걸 바라는 것 같지는 않다. 집과 일터가 따로 있고, 식탁에는 음식이 있고, 필요할 때에는 사랑과 위로를 얻을 수 있는 정도가 전부다. 그들은 성취보다는 평안을 추구한다.

하지만 그들은 엄청난 불행에 빠져 있다. 그들은 그들이 원하는 작은 것들조차 얻지 못한다. 카버의 인물들은 결국에 가선 흔한 만족으로부터도 외면당한다. 그의 단편들은 멀쩡한 남녀들이 이 풍요로운 세계 안에서 너절한 것들하고나 상대하고, 이기심과의 내적인 싸움에서 추잡스러운 모습을 보여주는 이유를 설명하는 윤리적인 우화들이다. 누구나 이해하기 쉬운 말로 쓰여 있고, 인물들이 사는 세계 고유의 방식으로 암호화되어 있는 울화와 심술, 그들 사이에서 시끄럽게 울려 퍼지는 침묵을 담은 이 이야기들은 일상의 심오함을 그대로 전달한다.

앨프리드 A. 크노프에서 낸 카버의 책 두 권을 모두 편집한 고든 리시는 이렇게 말한다. "어떤 기준을 들이대고 봐도 카버는 중요한 작가예요. 카버가 이야기를 설정하는 방식, 주제를 드러내는 방식, 제 생각에는 이런 것들이 모두 독창적이에요. 카버의 문장도 독창적이죠. 하지만 카버의 가치 중에서 저를 가장 강력하게 설득한 요소는 카버만의 어떤 음침한 감수성이에요." 이 말은 카버를 셔우드 앤더슨과 카슨 매컬러스로 이어지는 독특한 음침함의 전통에 적절하게 위치시킨다. 리시는 이렇게 말을 잇는다. "카버의 인물이 가난하다는 게 중요한 게 아니에요. 그 사람들의 영혼이 가난하다는 게 중요한 거죠. 그 인물들은 딱히 교육을 못 받은 것도 아니에요. 어떤 인물들은 교육을 잘 받았어요. 그 인물들은 뭐랄까 추잡스러워 보여요. 그들이 보여주는 인간적인 활동의 모든 국면에서 다 추잡스러워 보이는 거죠. 아주 막돼먹은 촌놈들 같은데, 쇼핑몰에 들어와 있는 촌놈들이에요. 그리고 카버는 그런 누추함을 찬양하고, 그걸 드러내고, 심지어 그런 누추함을 어느 누구도 시도해본 적 없는 방식으로 시적인 것으로 만들어내요."

1960년대와 1970년대 초반의 가장 천재적인 작가들 중 몇몇 사람—

도널드 바셀미와 존 바스, 스탠리 엘킨, 토머스 핀천, 조지프 헬러, 그리고 존 호크스John Hawkes—은 서사 형식을 교묘하게 활용하고, 언행에 제약이 없는 사회에서 어떻게든 자기 뜻을 이루려 하는 인물들의 우스꽝스러운 본질을 통해 우리 삶의 변덕스럽고 모순투성이인 모습을 보여주면서 그 시대의 소란스러운 풍경을 통제 불능인 허구의 세계로 번역해냈다. 누가 이 세계를 이해할 수 있겠는가, 하고 그들은 물었다. 삶이란 일종의 정신병이다.

레이먼드 카버의 단편들은 우리가 더 이상 그런 식으로 살지 않는다고 말해준다. 만약에 카버의 작품에 대한 긍정적인 비평적 평가와 독자들의 관심이 증명하는 무언가가 있다면, 그건 우리가 그의 비전을 신뢰한다는 사실이다. 사적인 인생들의 작은 싸움들 속에서, 카버는 거대한 인간의 문제를 건드린다. 희망이 흩어지고 견고한 무력감이 엄습할 때, 다시 우리를 끌어 올려줄 동력은 어디에서 얻을 수 있을까? 우리는 이제 무얼 해야 하나? 카버가 그리는 미국에서의 삶이 이해 불가능한 것은 아니다. 심지어 그다지 심하게 어려운 것도 아니고, 훌륭한 작가들 누구나가 주장하는 것과는 달리, 그의 영역은 특정한 성격의 지역들에 국한되어 있지 않다. "카버는 대개의 재능 있는 작가들이 실패한 것을 해내고 있다." 평론가 마이클 우드Michael Wood는 〈뉴욕 타임스 북 리뷰〉에 이렇게 썼다. "카버는 자신만의 나라를 발명해냈다." 카버의 나라는 우리가 모두 알고 있는 곳이다. 그곳은 카버의 출신지인, 삶이 고달픈 나라다.

7년 전, 레이먼드 카버는 바닥을 쳤다. 지난 20여 년에 걸쳐 쌓인 가정 문제와 재정적인 문제들에 무릎을 꿇은 것이었다. 그리고 그 위에 아주 오랜 기간 끌어온 알코올의존증이 거의 죽음에 이르도록 그를 마셔버렸다. 지금 카버는 말한다. "제 인생은 어딘지 알 수 없는 곳까지 추락했어요. 저는 곧 갈 운명이었어요."

1977년 봄, 카버는 그가 열아홉 살일 때부터 아내였던 여자를 마지막으로 떠났다. 그는 아내에게서 빌린 돈으로 집을 얻어, 캘리포니아주 매킨리빌에서 혼자 살았다. 그는 두 아이로부터도 멀어졌다. 파산 상태였고, 직업도 없었디. 그 전해에 출긴된 첫 번째 단편집『세발 조용히 좀 해요』가 전미도서상 후보에 올랐지만, 판매실적에는 큰 변화가 없었고 인세는 미미했다. 무엇보다, 카버는 그 책 이후로 단 한 줄도 쓰고 있지 않았다.

"술을 끊기 전 마지막 열다섯 달 동안, 병원에 한 번 입원했고 중독재활센터, 금주클리닉에 세 번 들어갔어요. 아주 상태가 안 좋았죠. 핵심적으로, 저는 작가로서도 성인 남성으로서의 생존 가능성과 기능 면에서도 끝난 상태였어요. 끝났다고 받아들였어요. 제가 두 개의 인생, 그 인생과 지금의 인생을 구분해서 이야기할 수 있는 게 그래서예요."

카버의 소설들 중 상당수가 그 첫 번째 인생, 카버가 더 이상 살고 있지 않은 인생처럼 들린다. 그의 인물들은, 많은 경우 그들의 삶에 별다른 행운이 찾아오지 않는다는 면에서, 불운하다. 그들은 결혼을 했든 하지 않았든, 직장이 있든 없든, 술꾼이든 아니든, 경제적인 능력이 있든 없든—어떤 상황이든, 제대로 된 게 없는 상태에 살고 있다. 카버가 자신의 첫 번째 인생의 종말에 대해 이야기하는 걸 듣고 있노라면, 그의 단편소설들이 어디에서 오는지를 알게 된다. 그가 말하는 음성이 갑자기 그의 문장의 목소리처럼 들리면서, 감정의 변화가 사라지고, 갈라지고, 설명이 짧아지는 대신 체념은 길어진다.

카버는 1977년 6월 2일부터 금주에 들어갔다. 그는 그날이 자기 삶의 "경계선"이었다고 부른다. 카버는 그날 이전의 여섯 달에 이르는 기간을 되돌아보면서 솔직담백한 태도를 취하긴 하지만, 그의 기억은 깊은 한숨들 사이사이에서 부드럽고 천천히 흘러나온다.

"술을 마시지 않으려고 마지막으로 시도했던 건 1976년 크리스마스하고 세밑 사이의 기간이었어요. 그 며칠이 지나고 나서 다시 마시기 시작했죠. 그러고 나서 멀리 떠나 혼자 살기 위해 북부 캘리포니아로 갔어요. 1977년 2월이었어요. 안 마시려고 했죠. 한동안, 한 3주 정도, 제정신으로 지냈어요. 그리고 나서 다시 취했고, 다시 3주 정도 안 마시고 지냈죠. 그러고서 '이제 샌프란시스코로 가도 될 것 같은데' 하고 생각했어요. 5월 말이었어요. 맥그로-힐 출판사의 프레드 힐스를 만나 그가 청탁을 하고 싶어 하는 장편소설 이야기를 할 계획이었어요. 그리고 카프라 출판사의 노엘 영Noel Young도요. 일 문제로 이야기할 게 좀 있었거든요. 그래서 샌프란시스코로 내려갔고 3주 동안은 안 마시고 잘 지냈고, 프레드와 하루를 같이 보냈어요. 둘이 노스 비치 지역에 있는 바들을 몇 군데 돌아다녔는데, 프레드가 술을 마시는 동안 저는 콜라를 마셨어요.

그날 밤에 파티가 있었어요. 작가들하고 편집자들이 모였죠. 와인이 제공되었고요. 파티 시작 무렵에 와인 잔을 집어 든 게 기억나요. 그걸 마셨고, 그걸로 끝이었어요. 다른 기억도 하나 떠오르는 게 있어요. 그 파티에서 와인이 들어 있는 잔을 찾으러 여기저기 돌아다니던 것. 근데 기억나는 건 그게 전부예요.

다음 날 아침에 일어났을 때 숙취가 끔찍했어요. 그래서 보드카를 반 병 정도 마셨고, 그날 하루 종일 마셨어요. 그 주말 내내 마셨고, 아마 화요일에 다시 북쪽으로 돌아갔을 거예요. 그 화요일 아침에, 어찌저찌

해서 아카타로 돌아가는 비행기를 탔어요. 공항으로 가는 길에 택시 기사한테 술 가게에 잠깐 세워달라고 부탁했어요. 집에 돌아갔고, 그때는 이미 취해 있었어요. 그리고는 나흘 동안을 앓았어요. 나흘째 되는 날 상태가 조금 나아졌어요. 그러고는 마시지 않았어요. 마시지 않았고, 마시지 않았어요. 무슨 장기적인 계획 같은 건 없었어요. 그냥 한 번에 하루씩이었어요."

카버가 "마지막 왈츠"라고 부르는 그 사건은 심지어 그 자신에게도 분명하게 남아 있지 않다. 그가 의식을 잃은 건 그 와인 파티에서 처음 있었던 일이 아니었고, 그 주말이 카버가 술을 먹고 벌인 일들의 최악인 것도 아니었다. 〈파리 리뷰〉 인터뷰에서 최악의 사건에 대해 물었을 때, 카버는 이렇게 대답했다. "그냥 이렇게만 얘기해두죠. 어떤 경우에는 경찰과 응급실, 재판정이 개입했어요." 그의 궁극적인 결단의 원천에 대해 그는 이렇게 말한다. "제게 보통 사람들이 마시듯이 마실 수 있는 능력이 없다는 사실을 마침내 받아들이게 됐어요. 아마 살고 싶었던 모양이에요."

카버는 1938년, 오리건주의 클래츠카니에서 태어났다. 성장한 곳은 워싱턴주의 가운데쯤에 위치한 임업 타운인 야키마였다. 그의 아버지는 제재소에서 톱날을 관리하는 일을 했고, 어머니는 상점 계산원, 웨이트리스 등 이런저런 일을 했다. 고등학교를 졸업한 뒤, 카버는 제재소에서 반년 동안 일했다. 중고차와 옷 몇 벌을 살 수 있었다. 그러고 나서 카버는 부모의 집에서 나와 메리앤 버크Maryann Bark와 결혼했다. 버크는 임신한 상태였다. 카버가 십대를 벗어나기 전에 아이가 둘 태어났다.

카버는 이렇게 썼다. "내가 결혼을 하고 두 아이를 가지게 된 스무 살 전까지는 내 인생에서 아무 일도 일어나지 않았던 것처럼 느껴진다."

워싱턴주 야키마에 있는 집 앞 포치에서 담배를 피우고 있는 모습, 1954년경.
(University of Washington Libraries, Special Collections, UW41512)

그의 작품들 중 여러 편이 야키마에서의 기억과 북서부의 고립되어 있는 노동계급의 환경에 바탕을 두고 있긴 하지만, 그의 소설의 정신은 그 뒤로 이어진 시절, 그와 그의 아내가 아이들을 이끌고 남쪽으로 내려가 캘리포니아의 작은 타운인 패러다이스에 자리를 잡은 뒤의 생활에서 비롯되었다.

1958년 가을에 카버는 치코주립대학교에 파트타임 학생으로 등록했다. 그는 작가가 되고 싶었다. 어린 시절 낚시와 사냥에 대한 잡지들과 대중소설들을 읽을 때부터 싹트기 시작한 욕망이었다. 카버는 치코주립대학교에서 그런 불꽃에 바람을 불어주는 부채를 만났다. 그의 첫 번째 선생이자 지금은 고인이 된, 당시에는 아직 출판한 게 없던 소설가 존 가드너. 카버는 가드너가 그의 작가 인생에 중요한 영향을 끼친 존재라고 하면서 자신에게 소설의 온전함과 정직성에 대해, 모든 것을 쉼표에 이르기까지 정확하게 정리해야 해야 하는 것에 대해, 그리고 그렇게 하는 일의 고통과 어려움에 대해, "작가가 지녀야 할 가치들과 기능"에 대해 가르쳐준 사람으로 가드너를 꼽는다.

한편으로는 가드너의 영감 어린 지도를 받았지만, 그럼에도 불구하고 카버에게 1960년대는 낯선 타운의 아파트에 세를 들어 살면서 파트타임으로 학교를 다니고 아무런 의미도 부여할 수 없는 일을 풀타임으로 해야 하는 고난과 탈진의 10년이었다. 팰로앨토에 있는 어느 교과서 회사의 편집자로 첫 번째 사무직을 얻기 전까지 카버는 튤립을 수확하고, 주유소에서 기름을 넣고, 병원 복도를 쓸고, 화장실을 닦고, 아파트 단지를 관리하는 일을 했다. 그의 아내는 전화회사에서 일했고, 웨이트리스로 일했고, 집집마다 돌아다니면서 요약본 도서 전집을 팔았다. 아이들을 키우는 것 역시 인정사정없이 시간과 품이 드는 일이었다. 두 사람은 파산도 겪었다. 카버는 베이비시터들과 빨래방과 고장 난 가전제품들과 줄지어 있던 빚쟁이들, 그 어렵던 시절을 잊지 못한다.

그는 이렇게 말한다. "저는 오래전, 아이들이 어리고 돈은 한 푼도 없던 시절, 아내와 제가 있는 힘을 다해 일했지만 아무것도 이뤄지지 않던 시절, 시나 소설을 쓰는 것보다 더 중요한 일들이 있다는 걸 배웠습니다. 이걸 받아들이는 건 저로서는 정말 쉽지 않은 일이었어요. 그러나 눈앞에 닥친 일이었고, 저는 그 사실을 받아들여야 했습니다. 아니면 죽는 수밖에 없었습니다. 식탁에 우유와 음식을 올려놓아야만 했고, 집세를 내야만 했어요. 선택을 해야 할 경우, 저로서는 글쓰기를 미룰 수밖에 없었습니다."

패러다이스 이후에 그들은 여러 곳에서 살았다. 샌프란시스코 만 지역, 그리고 아카타, 유레카, 서니베일, 쿠퍼티노, 산타크루즈, 벤 로몬드, 새크라멘토 같은 캘리포니아주의 타운들. 카버가 아이오와대학교의 창작 워크숍 과정에 다녔던 1963년에서 1964년에 걸친 짧은 기간에는 아이오와주의 아이오와시티에서도 살았다. 그리고 1960년대 후반에는 이스라엘에서 지낸 적도 있다. 메리앤 카버가 외국에 학생들을 보내주는 국가 지원 프로그램에 들어간 것인데, 원래는 체류 기간이 1년이지만, 돈이 떨어져서 몇 달 만에 되돌아왔다. 카버는 이 여행을 최저점, 결정타로 기억한다. 그리고 이 여행에서 돌아오고 나서 얼마 지나지 않아 그는 심각하게 퍼마시기 시작했다. 카버는 가족과 함께 떠나기 위해 편집자라는 직업을 버렸는데, 그 여행에 대해 품고 있던 그의 희망은 처참하게 부서졌고(여러 가지 실망 중에는 지중해 연안의 빌라를 주거지로 주겠다는 약속이 지켜지지 않은 것도 있었다. 카버는 이곳을 이상적인 글쓰기 장소로 꿈꾸고 있었는데, 그들이 실제로 살게 된 곳은 인구밀도가 높은 텔아비브의 교외였다), 이 사실은 그에게 계시적인 의미로 다가왔다.

카버는 말한다. "간단히 정리하자면, 우린 짐을 싸서 집으로 돌아왔어요. 저는 거기에 가 있는 동안 내내 글을 쓰지 않았고, 돌아와서는 할리우드에서 한동안 살았습니다. 결국엔 북쪽으로 다시 올라왔고, 전에 하던 일을 되찾았습니다. 하지만 그때쯤 제 인생은 이미 변해 있었고, 저는 세상이 내 마음대로 되는 게 아니라는 사실을 알게 됐습니다."

그 시절 카비가 경험한 인생의 덧없음은 그의 소설들 속에 녹아 있다. 카버의 인물들은 그리 많이 돌아다니지 않는다. 대개의 경우 그들의 인생은 한자리에 머물러 있다. 그들 주변으로 사건들이 휘몰아쳐서 그들은 맥없이 그 자리에 멈춰서거나 말려들거나 할 뿐이고, 그래서 대책 없이 붙들려 있다고 느끼게 된다. 그들이 인생을 걸고 매달렸던 일들은 아무것도 아닌 것처럼 보이고, 미래는 잔인하게도 그 모습을 잃는다. 카버의 인물들은 자신들의 한계를 알고 있고, 막연하게 방황하는 그들의 마음은 눈앞에 닥친 사소한 걱정거리들과 무엇에 대한 것인지 알 수 없는 갈망 같은 것들의 몫으로 남겨져 있다.

카버의 사람들은 (일을 하고 있는 이들의 경우) 우체부, 청소부, 가정주부, 교사들이고, 그렇지 않은 이들은 무언가를 팔거나 웨이터로 일한다. 사무실에 출근하는 이들도 몇 있다. 그들은 자식들을 먹이고, 친구를 만나고, 술을 마시거나 약을 하고, 낚시를 즐긴다. 그들은 언제나 고치거나 팔려고 하는 물건들을 가지고 있다. 그들은 큰 풍파가 없기를 원하고, 큰 어려움 없이 시간이 흐르기를 바라고 있다. 이들에게 충만한 상태란 그때그때 욕구가 충족되는 경험이 이어지는 걸 말한다. 카버의 이야기들에는 먹는 장면도 많고, 술과 담배가 넘쳐나고, 짧게 끝나는 섹스도 많이 들어 있다. 카버를 읽은 이들은 카버의 인물들이 가난하고, 삶에 시달리고 있다는 식으로 자주 묘사했다. 하지만 그의 인물들은 그런 식으로 비극적이지는 않다. 그들의 인생은 누추하지만 공허하지는 않고, 고통스러울 정도로 평범하다.

카버는 이렇게 말한다. "제 작품에 대한 서평들은 대개 찬양 일색이었는데, 그것들을 읽기 전까지는 제가 이야기 속에서 다루는 인물들이 그렇게 곤란한 상황에 처해 있다고 느껴본 적이 없어요. 무슨 말인지 알겠어요? 웨이트리스, 버스 운전기사, 자동차 정비공, 호텔 관리인. 이 나라는 이런 사람들로 가득 차 있단 말이에요. 이 사람들은 멀쩡한 사람들이에요. 최선을 다해서 할 일을 하는 사람들이고요."

그가 그려내는 모든 인생은 하나같이 새로운 시각을 얻는 결정적인 순간을 경험한다. 그런 순간은 이야기가 진행되는 중간에 올 수도 있고 이야기가 시작되기 전에 이미 왔을 수도 있는데, 제아무리 시시한 것이었더라도 그의 인물들이 익숙하게 살고 있던 삶의 방식을 뒤흔든다. 현실에 대한 안주가 사라지는 순간이다. 카버는 그의 인물들이 세상은 앞으로도 영원히 똑같을 거라는 사실을 깨닫는 순간, 그리고 동시에 그 깨달음이 그들 자신은 앞으로 영영 과거와 같은 존재일 수 없다는 깨달음을 확고하게 만드는 순간에 초점을 맞춘다.

「너무나 많은 물이 집 가까이에」에서는 한 사내가 주말 낚시 여행에서 돌아와 아내와 함께 잠자리에 든다. 다음 날 아침, 사내는 낚시 여행의 첫날 저녁에 자신과 동료들이 텐트를 치고 있는 곳에서 가까운 강물에 젊은 여자의 시체가 떠 있는 걸 봤지만, 예정했던 기간 동안 낚시를 하고 나서야 숲을 나와 신고하기로 결정했다는 사실을 고백한다. 이 이야기의 화자인 아내는 남편이 그런 끔찍한 비밀을 가지고 있는 상태에서 자기와 섹스를 했다는 사실에 크게 마음이 불편해졌고, 그녀의 혐

오감은 깊은 절망감으로 이어진다.

이 이야기의 한 판본에서는(까탈스럽고 못 말리는 교정자인 카버는 이 이야기를 여러 번 고쳐 썼고 두 가지 판본을 출판했다) 그녀가 자신의 비통한 마음을 그대로 드러낸다. "지금 벌어진 일을 보라. 하지만 이 일로 스튜어트와 내 관계가 변하진 않을 것이다. 진짜 변화 말이다. 우리는 둘 다 늙어갈 것이고, 그건 이미 우리 얼굴에서 드러나고 있고, 이를테면 우리 둘이 동시에 목욕탕을 이용하는 아짐에 목욕탕 거울에서 볼 수 있다. 그리고 우리를 둘러싼 어떤 것들이 변할 것이다. 쉬워지든 힘들어지든, 어떤 식으로든. 하지만 아무것도 정말 달라지진 않을 것이다. 나는 이미 알고 있다."

「비타민」에서 병원 청소부는 별다른 사건이 없는 자신의 일상으로부터 벗어날 구실을 찾는다. ("별것 없는 일자리였다. 일을 좀 하고, 카드에는 여덟 시간 일했다고 사인을 하고, 간호사들과 술을 먹으러 갔다.") 그는 자기 아내의 친구와 한때의 추잡한 불륜이 되고 말 게 뻔한 관계를 시도한다. 두 사람의 첫 데이트는 방금 베트남에서 돌아온 제대군인인 덩치 큰 흑인 사내에 의해 터무니없이 방해를 받는다. 그 사내로 인해 밀회를 망치고 난 뒤 두 사람은 쓸쓸하게 자신들을 돌아보게 된다. "어쩌면 포틀랜드로 갈지도 몰라." 여자는 그 자리를 떠나면서 이렇게 말한다. "포틀랜드에 뭔가가 있는 것 같아. 요즘 누구나 다 포틀랜드 생각을 하거든. 포틀랜드가 매력이 있어. 포틀랜드가 어쩌고, 포틀랜드가 저쩌고. 포틀랜드도 다른 데하고 같아. 다 똑같아."

이 이야기는 사내가 집으로 돌아와 그의 아내가 악몽을 꾸면서 집안 여기저기를 쑤시고 다니는 걸 보는 걸로 끝난다. 마지막 문단에서는 조용한, 개인적인 공포의 순간을 드러내는 카버의 특징이 두드러지게 나타난다.

"오늘 밤은 더 이상 아무것도 감당할 수 없었다. '자기야, 다시 자. 난 뭘 좀 찾아야 해.' 내가 말했다. 나는 목욕탕의 약품 선반에서 몇 가지를 떨어뜨렸다. 그것들이 개수대로 굴러갔다. '아스피린이 어디 있지?' 내가 말했다. 나는 몇 가지를 더 떨어뜨렸다. 신경이 쓰이지도 않았다. 이런저런 것들이 계속해서 떨어졌다."

카버의 문장은 특별히 서정적이거나 하지는 않다. 그가 사용하는 전형적인 문장은 투박하고, 복잡하지 않고, 묘사적인 부사로 이뤄진 장식적인 요소들과 삽입구들을 배제한다. 그의 리듬은 마치 새롭게 느낀 것, 처음 느끼는 감정을 표현하는 법을 배우고 있는 사람들이 받는 중압감 같은 걸 보여주려는 것처럼 반복을 자주 하거나 퉁명스럽다. 시간은 단순하고 불안한 제스처들이 반복되면서 만들어내는 정형화된 장면들이 계속해서 이어지는, 고통스러울 정도로 단선적인 방식으로 흐른다. 대화들은 짧게 툭툭 끊어지고, 손에 잡히지 않는, 규정하기 어렵고 중요한 주제들보다는 테이블 위에 놓여 있거나 벽에 매달려 있는, 실체가 있는 사물에 대한 일반적인 관찰로 채워져 있는 경우가 대부분이다. 카버의 두 번째 단편집의 제목 '사랑을 말할 때 우리가 이야기하는 것'은 그가 택하는 주제와 사용하는 기교, 그리고 우리가 우리 삶의 커다란 관심 거리를 에둘러 표현하는 방식에 대한 그의 관심을 모두 보여준다. 「심각한 이야기」의 한 부분을 살펴보자. 이 이야기에는 힘든 관계에 있는 가족과 떨어져 지내다가 크리스마스가 지난 뒤 그들을 방문한 사내가 등장한다. 사내는 자식들에게 선물을 건네고, 그에게 화가 나서 말도 섞고 싶지 않은 아내와 대화를 나눈다.

"베라?"

그녀는 그를 쳐다봤다.

"뭐 마실 거 있어? 오늘 아침에는 뭘 좀 마셨으면 좋겠는데."

"냉동고에 보드카가 있어."

"보드카를 언제부터 냉동고에 넣어두기 시작했어?"

"묻지 마."

"알았어." 그가 말했다. "안 묻지."

사내는 보드카를 꺼내 조리대 위에서 집어 든 컵에 조금 부었다.

"그걸 그냥 그렇게 마실 거야? 컵에다 부어서?" 그녀가 말했다. "버트, 제발 좀. 근데 무슨 얘길 하고 싶은 거야? 나 어디 가야 한다고 말했잖아. 한 시에 플루트 레슨이 있다고."

"아직 플루트 레슨을 받아?"

"방금 그렇게 말했잖아. 왜 그래? 무슨 꿍꿍이인지 말해봐. 나 준비해야 해."

"미안하다고 말하고 싶었어."

"이제 말했네." 그녀가 말했다.

"주스가 있으면 이 보드카에 좀 섞었으면 좋겠는데." 그가 말했다.

그녀는 냉장고 문을 열고는 안에 있는 것들을 이리저리 움직였다.

"크래내플* 주스가 있네." 그녀가 말했다.

"좋지." 그가 말했다.

"난 화장실에 간다." 그녀가 말했다.

---

*   Cranapple. 크랜배리주스와 사과주스를 섞은 것.

카버의 인물들은 작가가 알고 있는 것보다 훨씬 덜 알고 있다. 그들은 작가가 가지고 있는 넓은 관점을 공유하지도 않고, 사태에 대해 분석하거나 철학적인 사고에 빠져드는 경우도 별로 없다. 이 작품들의 지적인 면에 대해서는, 말하자면, 작가와 독자들이 등장인물들의 머리 너머로 직접 소통하고, 바로 이런 면 때문에 몇몇 평론가들은 카버의 몇 작품들에서 우월감이 엿보인다고 관찰했다. 카버는 그의 인물들이 사는 세계를 보강하기 위해 자신의 목소리를 활용한다. 그의 목소리는 거의 신문기자 같은 종류의 정확성을 가지고 있다. 그의 목소리는 경험에서 나오는 목소리다.

"제 단편들은 모두 어떤 면에서는 제가 살아온 것과 연관이 있어요."

카버는 이렇게 말한다. 하지만 그것들이 노골적으로 자전적인 것은 아니라는 데 대해서는 확고한 태도를 견지하고 있다. 한 작품의 핵심은 한 줄의 문장, 백만 가지 가능성을 제공하는 한 줄의 문장이라고 그는 설명한다. "문제는 연결시키는 과정이에요. 여러 가지 요소들이 연결되기 시작하죠. 여기 대사 한 줄, 저기 단어 하나. 내가 열여섯 살 때, 아니면 마흔 살 때 듣거나 보았던 어떤 것. 저로서는 제 이웃집 사내 아트에 관한 이야기를 쓰는 건 아예 불가능해요. 하지만 어느 날 그 친구가 자기 집 포치를 서성거리면서 '봄맞이 청소를 해야겠네' 하고 중얼거리는 장면을 사용한 이야기 같은 걸 쓸 수는 있겠죠.

그 그림이 나중에, 하지만 나이가 그 친구의 절반밖에 안 되는 다른 사람의 모습으로 제 머릿속에 떠오르게 될 수도 있어요. '봄맞이 청소를 해야겠네. 날씨가 정말 좋군.' 이게 이야기 속에 들어올 수 있는 거죠. 그 역할을 서른 살 된 흑인 사내가 할 수도 있어요. 아니면, 얼마 전에 아트의 소변에 피가 섞여 나온다고 들은 이야기를 쓸 수도 있죠. 방광에 무슨 문제가 있다고 했어요. 이런 건 안 잊어버려요. 제 이야기에 등장하는 어떤 캐릭터, 제가 아주 가깝게 여기는 인물 하나가 피오줌을 싸게 될 수도 있는 거죠."

카버가 만든 인물들의 삶과 그가 살아온 삶 사이의 차이는 아주 선명하다. 최근에 카버는 그의 멘토였던 존 가드너가 사망한 후 나온 책 『장편소설가 되기』에 서문을 썼다. 카버는 따뜻한 기억들과 사려 깊은 감시의 말을 써 내려가나가, 작가가 되고 싶었던 자신의 욕망에 대해 이렇게 묘사한다. "글을 쓰고자 하는 욕망이 너무나 강했기 때문에, '제정신'과 '차가운 현실'—내 인생의 '리얼리티'—이 수차례에 걸쳐 내게 일러준 바, 이제 그만둬야 한다, 그만 꿈에서 깨어나, 조용히 다른 일을 찾아봐야 한다는 음성을 듣고 난 한참 뒤에도 나는 대학에서 얻은 격려와 스스로 얻게 된 내적인 성찰에 근거해서, 계속해서 썼다."

우리가 사람이라는 사실을 서로에게 상기시켜주는 건
중요한 일이에요.

오랜 기간 육체노동자로 살아온 경험과 결합된 그 욕망은 카버의 내면에 예술가이자 동시에 보통 인간이 되고자 하는 이중의 충동을 만들어냈다. 그는 독자들이 선택해주는 작품에 대해 스스로 이렇게 평가한다. "제가 어떤 이야기를 썼는데 누군가가 어떤 식으로든 그 작품과 자신의 삶을 연결 짓고, 감동을 느끼고, 자신의 인간성을 되돌아볼 수 있게 된다면, 저로서는 행복할 따름입니다. 더 이상 뭘 바랄 수 있겠어요? 그런 작업을 하는 게 중요해요. 누군가가 해야 하는 일이니까요. 우리가 사람이라는 사실을 서로에게 상기시켜주는 건 중요한 일이에요.

어쩌면 제가 이 일을 통해 너무 많은 소득을 얻는 건지는 모르겠지만, 저는 이 일이 고귀한 일이라고 생각해요. 제가 생각해낼 수 있는 다른 일들보다 훨씬 나아요."

포트 앤젤레스는 워싱턴주의 올림픽반도와 브리티시 컬럼비아를 가르는, 물살이 아주 빠르고 푸른 환드퓨카 해협에 면하고 있다. 육체노동자들이 사는 집들과 잘 정돈된 잔디, 술집과 테이크아웃 식당, 모텔들이 모여 있는 타운이다. 이곳에 사는 사람들은 주로 야외에서, 숲속이나 물 위에서 일한다. 가까이 있는 산에서 낚시를 하거나 하이킹을 하거나 스키를 타러 온 휴가객들이 다녀가는 곳이다. 문화의 중심지나 휴양지는 아니어서, 작가가 자신의 성공을 즐기기 위해 찾기에 적당한 곳은 아니다. 포트 앤젤레스는 레이먼드 카버가 5년째 같이 살고 있는 시인 테스 갤러거의 고향이다.

두 사람은 카버가 술을 끊고 나서 처음 잡은 직장인 엘파소 텍사스대학교에서 가르칠 때 만났는데, 인터뷰를 위해 만났을 때에는 서로 멀리 떨어진 곳에 각자의 집을 유지하며 살고 있었다. 시러큐스에는 두 사람이 전에 매입한 집이 아직 남아 있고, 갤러거는 시러큐스대학교에서 가르치면서 그 집에 살고 있다. 그곳에서의 두 사람의 생활은 최근 들어서 부쩍 경황이 없어졌다. "자동차들, 자동차들, 상업 활동, 이런 것들이요." 카버는 그런 것들이 일에 몰두하기에 방해가 되었다고 말한다. 그래서 포트 앤젤레스에 혼자 와 있게 된 것이다. 테스 갤러거가 설계에 참여한 이 집은 툭 튀어나온 절벽 위에 얹혀 있는데, 오늘 오후 열 개가 넘는 창문으로 쏟아져 들어온 햇빛으로 가득 차 있다. 집은 북쪽을 향하고 있는데, 오늘은 워낙 날씨가 맑아서 해협 건너 약 35킬로미터나 떨어져 있는 빅토리아시가 선명하게 보인다.

카버는 오후 내내 가게에서 사온 군것질거리들—새우 칵테일, 슈퍼마켓에서 파는 케이크, 시리얼, 탄산음료—을 끊임없이 먹고 있다. 부엌 조리대 위에는 더러운 접시들이 쌓여 있고, 방 안에는 종이, 책, 레코드판, 타자기 같은 것들이 아무 데나 빈 공간을 찾아 자리를 잡은 채 놓여 있다. 그런데 사실은 전체적으로 매력 있는 풍경이다. 이 사내는 여태 살아온 것보다 훨씬 나은 조건을 갖춘 이곳에서 스스로를 그대로 드러내는 인생을 만들어가고 있다.

시대는 변하고, 작가들은 계속해서 쓴다. 과거의 삶에 대한 카버의 이야기들은 지나가버린 것이 될지도 모른다. 많은 비평가가 『대성당』에 수록된 작품들이 이전 선집들에 실린 것들에 비해 더 풍성하고, 더 너그럽고, 더 낙관적인 태도를 가지고 있다는 사실에 주목했다. 특히 표제작과 「열」, 이 두 작품은 상당히 희망적인 분위기로 끝난다. 또한 그가 가지고 있던 개인적인 상처들도 대부분 치유되었다. 그는 전처와 아이들과도 다시 원만한 관계를 회복했다. 그리고 그의 최근 작업들은 그가 이전에 가보지 못한 방향으로 그를 이끌고 있다. 그리고, 그가 말하길, "전에 썼던 어떤 시들보다도 좋은 시들"이 무더기로 쏟아져 나오고 있다. 카버는 올해 말에 문학잡지 〈텐드릴Tendril〉의 특별호에 초대 작가로 실릴 것이다. 아직 미완성 상태에서 중단되어 있기는 하지만 장편소설도 쓰고 있다. 그리고 지난가을에는 마이클 치미노 감독과 함께 청소년 중범죄자의 재활 과정에 대한 장편 시나리오도 완성했다. 카버는 이렇게 말한다. "예전에는 한 달에 몇 분 정도만 같이 지냈는데, 이제는 아이들과 늘 관계를 유지하고 있고, 이 새로운 인생이라는 토대 위에서 새롭게 알아가고 있어요. 이런 상태가 너무나 마음에 들어요."

카버가 자리에서 일어나 창밖으로 밝게 빛나는 물을 바라보며 달콤

한 빵을 베어 물고 이렇게 말한다. "니체가 이런 말을 했어요. 아모르파티. 있는 그대로 사랑하라."

보이는 것 이상의 것들

레이먼드 카버의 단편소설 안으로 들어가는 것은 시어스 백화점에 있는 모델 키친 안에 서 있는 것과 약간 비슷한 데가 있다. 사물들이 모두 익숙하고 진짜처럼 보이지만, 자세히 들여다보면 칠면조는 종이 반죽 인형이고, 브로콜리는 고무고, 주름이 많이 잡힌 커튼은 창문이 아니라 텅 빈 벽을 가리고 있는 그런 장소에서 느끼게 되는 이상한 괴리감을 경험하게 되는 것이다. 카버의 소설에 등장하는 사물들은 사실은 보이는 모습과 다른 것들이다. 그보다, 그 사물들은 그것들처럼 보이긴 하지만 그것들 이상의 것들이라고 말하는 게 더 정확하겠다. 고장 난 냉장고, 자동차 한 대, 담배 한 개비, 맥주나 위스키 한 병 같은 일상 속의 사물들이 카버의 손에 들어가면 사실적인 이야기 안의 사실적인 소도구였다가 강력하고, 그것 안팎으로 감정이 잔뜩 실린 기의記意로 변한다. 언어 또한 유사한 변환 과정을 거친다. 이야기들 안에 작가의 존재

래리 매카프리, 신다 그레고리, 『살아 있고 쓰고 있는: 1980년대 미국 작가들과의 인터뷰 Alive and Writing: Interviews with American Authors of the 1980s』, 일리노이대학교 출판부, 1987, 66~82쪽. 이 글은 〈미시시피 리뷰Mississippi Review〉 40/41호(1985년)의 62~82쪽에 수록된 인터뷰를 수정한 것으로, 인터뷰는 1984년 여름에 진행되었다.

가 거의 드러나 있지 않고, 카버의 인물들은 자신들의 삶에 일어난 변화에 대해 종종 어리둥절해하고 제대로 설명하지도 못하기 때문에, 그들이 나누는 평범하기 그지없어 보이는 대화들은 대개 말로 드러나지 않는 격렬함과 의미를 전달하는 용도로 사용된다. 그래서, 카버의 인물들이 서로를 상대하는 걸 지켜보는 건 가까운 친구 두 사람이 크게 싸웠다는 이야기를 들은 직후에 그 자리에 당도해서 저녁 시간을 함께 보내는 일에 비교할 만하다. 늘 주고받는 몸짓과 대거리조차 변화된 의미와 숨겨진 긴장, 감정적인 깊이를 가지고 있다.

카버가 1960년대 후반과 1970년대 초반에 두 권의 시집을 내긴 했지만 (1968년에 『클래머스 근처Near Klamath』를, 1970년에 『겨울 불면증』을 냈다), 그를 독특한 목소리와 스타일을 지닌 작가로 전국적인 명성을 얻게 해준 건 1976년에 출간되어 전미도서상 후보에 오른 단편집 『제발 조용히 좀 해요』다. 생략할 수 있는 건 다 생략한, 삭막하고, 하지만 여전히 밀도 높은 이 단편들은 문학이 아닌 분야에서 성취를 이룬 브루스 스프링스틴의 〈네브래스카Nebraska〉 앨범 같은 작업과 비교해보는 게 어쩌면 가장 적절할지도 모르겠다. 스프링스틴이 그러듯이, 카버는 무엇으로부턴가—일로부터, 사랑으로부터, 관계로부터—소외된 사람들을 다룬다. 이들이 느끼는 혼란, 이들을 둘러싼 소란, 가슴 아픈 상황은 표면적인 세부 사항들 간의 상호작용을 통해 전달된다. 다음 선집 『사랑을 말할 때 우리가 이야기하는 것』에서 카버는 첫 선집에서 보여준, 생략이 심하고 따라서 비워놓은 곳이 많은 스타일을 심지어 더 밀고 나간다. 이 책에 수록된 단편들은 아무런 매개물 없이, 장면을 설정하는 데 필요한 최소한의 묘사와 행동의 동기에 대한 최소한의 해석만 가지고도 '현실성'이 그대로 전달되고 의미가 발생하는, 저자가 없는 이야기라는 환상을 만들어낸다. 보다 더 경제적인 언어를 추구해온 이런 움직임은 『대성당』에서 카버 자신에 의해 폐기된다. 아래에 이어지는 대화에서 드러나듯이, 그의 사생활에서 일어난 변화는 그의 미학에 영향을 미쳤다. 이 선집에 수록된 작품들은 여전히 개성 강한 목소리를 유지하면서도 그 전보다는 덜 억제된 언어들을 사용해 내면의 영역을 좀 더 드러낸다.

이런 변화(가장 최근에 나온 시집 『울트라마린』에도 잘 반영되어 있는)는 스타일뿐만 아니라 주제 면에서도 두드러져서, 『대성당』의 수록작들 중 여러 편이 희망과 정신적인 교감을 다룬다. 우리는 워싱턴주 포트 앤젤레스의 외곽에 있는 카버의 집으로 차를 몰고 가는 동안에도 왜 『대성당』은 그 전의 선집들에 비해 덜 암울하고 덜 억제되어 있는지 밝혀낼 수 있는 질문들을 구성해보려 하고 있었다. 하지만 대답을 얻기 위해 에두르거나 복잡하게 접근할 필요는 없었다. 바람이 거세게 몰아치는 환드 퓨카 해협이 한눈에 보이는 놀라운 전망의 거실에 앉아 있는 카버는 누가 보아도 행복한 사내였다. 테스 갤러거와 함께하고 있는 가정생활, 작업, 알코올의존증을 이겨낸 것, 그리고 그의 문학이 취하고 있는 새로운 방향 등, 모든 면에서 그러했다. 우리의 질문에 대해 부드럽고 낮은 목소리로, 그의 소설들에서 분명히 드러나는 것과 같은 종류의 직설적인 정직성을 가지고 대답하는 카버는 세 권의 단편집과 에세이, 단편소설, 시를 모은 책(『불』), 그리고 세 권의 시집을 펴낸 중견이라기보다는 이제 막 시작하고 있는, 자신의 인생이 어디로 향하고 있는지를 초조하게 지켜보면서 작업에 매달리려고 하는 신인 작가 같았다.

매카프리 「불」이라는 에세이에서 작가님은 이렇게 썼습니다. "장편소설을 쓰려면, 내가 보기에는, 작가는 말이 되는 세계, 작가가 믿고 목적지를 설정하고 정확하게 묘사할 수 있는 세계 안에 살고 있어야 하는 것 같았다. 어쨌거나 한동안에 불과한 거겠지만, 한자리에 고정되어 있는 세계 말이다. 그와 더불어, 그 세계가 핵심적으로 옳다는 사실에 대한 믿음 또한 있어야 한다." 이제 작가님의 세계가 장편소설 길이의 상상의 세계를 감당해낼 수 있을 정도의 '올바름'에 대한 믿음을 유지할 수 있는 곳에 육체적으로, 그리고 심리적으로 도달해 있다고 짐작해도 크게 틀리지 않을까요?

카버   그런 곳에 도달했다고 느낍니다. 지금 제 삶은 전과 많이 다릅니다. 훨씬 더 납득할 만해요. 전에 제가 처해 있던 이해 불가능하고, 절망적이었던 상태에서는 장편소설을 쓰려고 시도하는 걸 상상하는 것조차 거의 불가능했어요. 지금은 희망이라는 게 있지만, 전에는 특히 믿음과 연결되어 있는 의미에서의 '희망'이란 건 저한테 없었어요. 지금은 세계가 오늘 나에게 존재한 것과 같은 방식으로 내일도 존재하리라는 걸 믿어요. 전에는 이런 믿음이 없었죠. 아주 오랫동안 저는 아주 즉흥적으로 살았고, 술 때문에 저 자신과 주변 사람들 모두를 끔찍한 곤경에 몰아넣었어요. 지금의 이 두 번째 삶, 알코올의존증 이후의 인생에서도 여전히 어떤 비관주의를 유지하고 있는 것 같긴 하지만, 이 세계에 속한 것들에 대한 믿음과 사랑 또한 가지고 있어요. 물론 이건 전자레인지나 비행기, 그리고 값비싼 차들에 대한 이야기는 아니에요.

매카프리   그럼 장편소설도 시도해볼 계획이 있다는 뜻인가요?

카버   예. 아마도요. 새 시집 원고들을 끝낸 다음에, 아마도요. 이걸 끝내고 나면 소설로 돌아갈지도 모르죠. 장편소설이나 중편처럼 좀 긴 소설로요. 이제 시 쓰는 건 거의 마무리 지점에 도달하고 있는 것 같아요. 아마 앞으로 한두 달 안에 시를 150에서 180편 정도는 쓸 것 같아요. 그렇게 되면 뽑아낼 수 있는 건 다 뽑아낼 것 같고, 그러고 나면 다시 소설로 돌아갈 수 있겠죠. 새 시집을 묶을 수 있는 원고들을 선반에 쌓아두는 게 저에게는 중요해요. 『대성당』이 나오고 나서 선반이 완전히 비었거든요. 그런 상황이 다시 오는 걸 피하고 싶어요. 최근에 토바이어스 울프가 단편집을 끝내서 호턴 미플린 출판사에 넘겼어요. 책 한 권을 끝낸 뒤에 다음 책을 시작하는 게 어렵지 않느냐고 묻더군요. 지금 다시 글쓰기를 시작하는 게 너무 힘들다면서요. 그래서, 그 문제를 지금 걱정할 필요는 없지만, 책이 출판될 즈음에는 한창 다른 작업을 진행 중이어야 한다고 말해줬어요. 제가 『대성당』을 낸 직후에 그랬던 것처럼 선반이 완전히 비어버리면, 다시 시작하기가 어려울 거라고요.

그레고리   작가님이 새롭게 발견한 "이 세계에 속한 것들에 대한 믿음과 사랑"이 『대성당』에 수록된 몇 작품, 특히 표제작에서 무척 두드러져 보입니다.

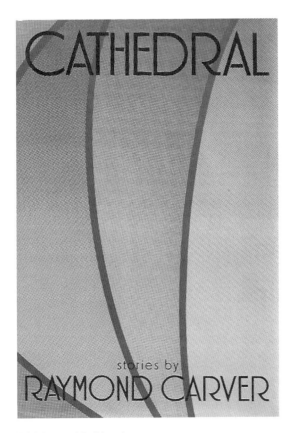

『대성당』(1983)의 초판본 표지.

그 이야기가 제게는 특히 '마음을 열어주는' 과정이었습니다. 모든 면에서 그랬습니다. 「대성당」은 그동안 제가 썼던 어느 것보다 크고 넓은 이야기예요. 그 이야기를 쓰기 시작했을 때, 저 스스로를 개인적으로, 그리고 미학적으로 가둬두었던 무언가를 깨뜨리고 나오는 것 같았어요. 더 이상 『사랑을 말할 때 우리가 이야기하는 것』에서 갔던 방향으로는 조금도 움직일 수 없었어요. 아, 갈 수야 있었겠죠. 하지만, 그러고 싶지 않았어요. 어떤 이야기들은 너무 약해지고 있었어요. 그 책을 내고 나서 대여섯 달 동안 아무것도 쓰지 않았어요. 정말로, 편지 말고는 아무것도 쓰지 않았어요. 그래서 마침내 다시 자리에 앉아 그 이야기, 「대성당」을 쓰기 시작했을 때 특히나 기뻤어요. 어떤 방향으로 저 자신을 풀어놓을 수가 있었고, 전에 쓸 때처럼 스스로에게 제약을 가하지 않아도 되었어요. 그 선집에 들어간 것들 중에 제가 마지막으로 쓴 건 「열」인데, 제가 쓴 단편들 중에 가장 긴 것에 속합니다. 이 작품도 긍정적이고, 낙관적인 전망을 가지고 있죠. 그래서 선집 전체가 다르고, 다음 책은 또 달라질 겁니다!

저 창 너머를 내다보면,
그 절망과 희망 없음의 질감을 정확히 떠올릴 수 있어요.

작가님 같은 작가가 비교적 갑자기, 그토록 다른 마음 상태에서 자신을 찾는다는 건 무슨 의미일까요? 요즘 같은 상태에서는 예전 작품들의 상당 부분을 관통하던 절망이나 감정적인 혼란, 희망 없음 같은 것들을 다루는 게 어려운 일이 되나요?

카버   아뇨. 제가 상상의 문을 열 필요가 있을 때에는 존 키츠가 그의 "마법의 창"에 대해 말했던 것처럼 저 창 너머를 내다보면, 그 절망과 희망 없음의 질감을 정확히 떠올릴 수 있어요. 아직 그대로 맛볼 수 있고, 느낄 수 있습니다. 제 개인적인 삶의 환경은 변했지만, 저한테 정서적으로 의미가 있는 것들은 아직도 그대로 생생하게 살아 있고, 언제고 끄집어낼 수 있어요. 지금 저의 물질적인 환경과 정신상태가 달라졌다고 해서 예전 작품들에서 제가 이야기하던 것들에 대해 더 이상 알지 못하는 건 당연히 아니에요. 그러겠다고 선택하는 순간 그것들을 다시 불러올 수 있겠지만, 이제는 그런 이야기들만 써야겠다는 생각이 강하게 들지는 않습니다. 제가 지금 누리고 있는 이런 근사하고 안락한 삶에 대해 쓰고 싶다는 건 아니지만요. 『대성당』을 주의 깊게 읽어보시면, 그 안에 수록된 작품들 중 상당수가 여전히 제 안에 남아 있는 그 다른 인생에 대한 거라는 걸 아시게 될 거예요. 하지만 모두 다 그렇진 않고, 그래서 이 책이 제게는 좀 다르게 느껴지는 겁니다.

매카프리   「별것 아닌 것 같지만, 도움이 되는」(『대성당』)을 『사랑을 말할 때 우리가 이야기하는 것』에 수록된 그 작품의 예전 판본인 「목욕」과 비교해보면 작가님이 말한 그런 차이가 아주 강렬하게 느껴집니다. 그 두 작품 사이에 근본적인 차이가 있다는 게 명백히 보여요.

카버 　「별것 아닌 것 같지만, 도움이 되는」이 분명히 훨씬 더 낙관적이죠. 제 마음속에서 이 두 이야기는 같은 작품의 두 판본이 아니라, 서로 완전히 다른 작품이에요. 한 가지 소재에서 나온 거라고 보기도 어려울 정도죠. 제가 「목욕」으로 되돌아간 선, 다른 작품들도 그런 것이 여러 편 있지만, 거기에 좀 더 들여다봐야 할 것들이 있다고 느꼈기 때문이에요. 그 작품은 원래의 판본에서는 충분히 이야기가 전개되지 못했어요. 「목욕」에서는 제가 강조하고 싶었던 그 위협이라는 성격을 강조하기 위해 압축하고 농축시키고 그랬죠. 제빵사, 전화, 전화선 저쪽에서 전해오는 위협적인 음성, 목욕 같은 요소들 말이에요. 하지만 아직 마무리되지 않은 이야기가 있다는 생각이 들었고, 그래서 『대성당』에 들어갈 이야기들을 쓰다 말고 다시 「목욕」으로 돌아가서 그 이야기의 어떤 요소들이 좀 더 강조되고, 다시 그려지고, 다시 상상될 필요가 있는지 들여다본 거죠. 「목욕」이 더 좋다고 한 사람들도 많았어요. 그럴 수 있죠. 하지만 저에게는 「별것 아닌 것 같지만, 도움이 되는」이 더 좋은 이야기처럼 보여요.

이 궤도의 다른 쪽에서 한동안 살아볼 필요가 있어요.
그러면 곧바로 위협을 느끼게 될 거예요.

그레고리 　작가님의 작품들 중 많은 것이 평범하지만 작가님이 방금 말한 그런 위협적인 느낌이 살짝 배어 있는 상태에서 시작하거나, 그 방향으로 발전하죠. 이런 경향은 이 세계가 대부분의 사람에게 위협이 된다는 작가님의 확신의 결과물인가요? 아니면 미학적 선택—이런 위협이 스토리텔링에 좀 더 흥미로운 가능성을 제공해준다는—의 요소가 더 큰 건가요?

카버   제 작품들 속에서 세계는 많은 사람에게 위협적인 장소죠. 맞습니다. 제가 이야기의 대상으로 삼겠다고 선택한 사람들은 그 위협을 느껴요. 그리고 많은 사람이, 아마도 대부분일 텐데, 이 세계는 위협적인 장소라고 느낍니다. 아마도 이 인터뷰를 읽는 이들 중에서는 제가 말하는 이런 위협을 느끼는 사람들이 그리 많지 않을 거예요. 저나 선생님의 친구들이나 지인들 중 대다수는 아마 그렇게 느끼지 않을 겁니다. 하지만 이 궤도의 다른 쪽에서 한동안 살아볼 필요가 있어요. 그러면 곧바로 위협을 느끼게 될 거예요. 그것도 아주 뚜렷하게요. 그리고 질문하신 부분의 두 번째 부분 말이에요, 그것도 사실이에요. 위협은, 최소한 제게는, 들여다볼수록 더 흥미로운 것들이 나올 가능성을 가지고 있어요.

그레고리   작가님이 쓴 작품들을 돌이켜볼 때, 대부분의 작품에서 '충분히 펼치지 못했다'는 느낌을 받나요?

카버   아마도 제가 새로이 얻게 된 자신감과 관계가 있을 텐데, 『대성당』에 수록한 작품들은 전에 썼던 단편들에서는 거의 느껴보지 못했던 방식으로 끝맺었다고 느낍니다. 사실은 교정쇄로 받아본 뒤로는 그 책을 읽어보지도 않았어요. 전 그저 그 작품들에 대해 행복하기만 할 뿐 전혀 염려하지 않아요. 그 작품들에 관한 한 무엇을 할 필요도 없고, 새롭게 심판을 내릴 필요도 없어요. 이렇게 판단하게 된 큰 이유는 제 인생에 주어진 새로운 조건과 관련해서 뒤바뀐 이 모든 것, 제 인생과 작업에 대해 갖게 된 자신감과 크게 연관이 있어요. 제가 알코올의존증 상태에 있었던 그 긴 세월 동안, 저는 한 사람으로서 그리고 작가로서 자신감이라고는 전혀 없었고 자존감도 완전히 바닥을 치고 있었기 때문에 제가 내리는 어떤 판단에 대해서도 늘 의문을 가지고 있었어요. 지난 몇 년 동안 저에게 일어났던 많은 좋은 일은 더 많은 일을 더 잘하라는 격려가 됐습니다. 최근 들어 이 많은 시를 쓰는 동안 그걸 느꼈는데, 이건 소설을 쓰는 일에도 영향을 미치고 있어요. 저는 이제 제 목소리에 대해 좀 더 확신을 가지고 있고, 다른 것들에 대해서도 마찬가집니다. 이 시들을 쓰기 시작할 때 망설임이 좀 있었어요. 시를 워낙 오랜만에 써서 그랬던 것도 좀 있는 것 같은데, 하지만 곧 어떤 목소리를 찾았고, 그 목소리가 제게 자신감을 주었어요. 이제는 무언가를 쓰기 시작할 때면, 제가 말하는 '이제'는 최근 몇 년을 말하는 건데, 그냥 이렇게 또는 저렇게 해본다든가, 망설인다든가, 뭘 할지 모르겠다거나, 연필만 열심히 깎는다거나 하는 일이 없습니다. 이제는 책상에 가서 펜을 집어 들면, 뭘 해야 할지 정말 잘 알고 있어요. 이건 완전히 다른 느낌이에요.

그레고리   한동안 소설에만 집중하다가 시로 돌아오게 된 구체적인 계기가 있나요?

카버   여기 포트 앤젤레스로 올 때의 계획은 시러큐스에 있을 때 시작한 장편소설을 끝내자는 것이었습니다. 하지만 막상 여기에 와서는 닷새 넘게 그저 평화와 고요를 즐기면서(전 TV나 라디오가 없습니다) 앉아 있었어요. 시러큐스에서 늘 경험하던 방해 요소들로부터 해방된 즐거운 변화였죠. 그런 식으로 닷새 정도를 지내고 나서는 시를 읽었어요. 그러다가 어느 날 밤 앉아서 시를 한 편 썼습니다. 시라고는 지난 2~3년 동안 한 번도 써본 적이 없는데, 제 무의식 한편에서는 제가 시를 검처 쓰지 않고 있었다는 사실—그게 아니면 아주 오랫동안 시를 써보자는 생각조차 진지하게 해보지 않았던 사실을 슬퍼하고 있었던 모양이에요. 사실, 『대성당』에 들어갈 단편들을 쓰고 있던 기간에는 누가 시를 쓰라고 제 머리에 총을 갖다 대도 쓸 수 없을 것 같았거든요. 심지어, 테스가 쓴 걸 제외하고는 다른 시들을 읽지도 않았어요. 어쨌거나 그날 밤에 첫 번째 시를 썼고, 다음 날 아침에 일어나서는 다른 걸 또 한 편 썼어요. 그다음 날 또 한 편을 썼고요. 10주 동안 하루도 거르지 않고 이런 식이었어요. 어떤 놀라운 에너지의 흐름과 더불어 시가 흘러나오는 것 같았어요. 밤이 되면 완전히 텅 빈 것 같았고 완전히 기진맥진한 상태가 되면서 다음 날 아침을 위한 기운이 하나도 남아 있지 않은 것 같았는데, 다음 날이 되면 다시 무언가가 있었어요. 우물이 아직 마르지 않았던 거죠. 그래서 매일 아침 일어나고, 커피를 마시고, 책상에 가서 시를 또 한 편 쓰는 겁니다. 그런 나날이 계속 이어지던 동안에는 누가 갑자기 저를 붙들고 세차게 흔들어서 주머니에 들어 있던 열쇠들이 쏟아져 나온 것 같은 느낌이었어요. 이렇게 보낸 지난 두 달처럼 글을 쓰는 일이 그토록 즐거웠던 적은 없었습니다.

매카프리 이제는 사는 장소가 글쓰기에 영향을 미치지 않는다고 말했죠. 여전히 그렇게 느끼나요?

카버 요즘 같아선 그 말은 분명히 철회해야 할 것 같네요. 포트 앤젤레스의 이 집이 제게 무척 중요한 역할을 했거든요. 이 집에 온 게 시 쓰기에 큰 도움이 됐다는 건 의심의 여지가 없습니다. 저에게 시를 쓰고 싶게 만드는 무언가가 있었는데, 여기 오기 전까지 야외 활동이나 자연과의 접촉으로부터 멀어지면서 그 무언가를 잃고 지냈어요. 1982년 여름에 이곳에 (이 집은 아니지만 여기서 몇 킬로미터 떨어진 곳에 있는 작은 오두막) 온 뒤로 꽤 짧은 기간에 단편소설을 네 편 썼어요. 그 네 편 모두 특별히 이 지역과 관련이 있는 건 아니고 실내에서 벌어진 이야기였지만요. 그런데 저한테 시가 돌아온 건 의문의 여지없이 이 장소와 밀접한 관계가 있어요. 시러큐스에서는 점점 더 일하기가 어려워지고 있었고, 그래서 이리로 온 거였거든요. 시러큐스에서는 상황이 너무나 번잡해지기 시작했어요. 특히 『대성당』이 나온 뒤로는 그 책과 관련해서 너무 많은 일이 오고 갔어요. 집에 끊임없이 사람들이 들락거렸고, 다른 일들도 끝이 없이 이어졌어요. 전화벨은 늘 울리고 있고, 테스는 계속 수업이 있고, 대외적으로 감당해야만 하는 일들도 꽤 있었고요. 언제 봐도 반가운 친구들과 이따금 함께 하는 식사 자리에 불과할 수도 있지만, 아무튼 이 모든 게 저를 일로부터 떼어내고 있었어요. 그러다 보니까 청소를 해주러 오시는 분이 침대를 정리하고 진공청소기를 돌리고 설거지를 하는 소리조차도 방해가 되는 지경에 이르렀어요. 그래서 이리로 왔고, 9월 1일에 테스가 시러큐스로 돌아간 뒤에도 혼자 한 달 동안 남아서 글을 쓰고 낚시를 했어요. 그 몇 주 동안 일을 많이 했고, 그래서 시러큐스로 돌아간 뒤에도 이 리듬을 계속 유지해보자고 생각했습니다. 며칠 동안은 그게 가능했는데, 그 뒤로는 새로 뭘 쓰지는 못하고 여기서 써간 것들을 편집하는 정도를 넘어서지 못했어요. 결국 마지막 몇 주 동안은 매일매일 근근이 넘기는 게 전부였어요. 편지에 답장이라도 제대로 하면 그날은 잘 보낸 거였어요. 작가로서 살아가기에는 최악의 상황이죠. 시러큐스에 가까운 친구들이 여럿 있었지만, 그래도 떠나는 게 전혀 유감스럽지 않았어요.

그레고리　작가님은 〈에스콰이어〉에 부친에 대해 쓴 글에서 작가님의 시 「내 아버지의 스물두 살 적 사진」에 대해 언급하면서 "그 시는 아버지와 연결되려는 어떤 시도"였다고 썼습니다. 시가 작가님이 작가님의 과거와 연결될 수 있는 좀 더 직접적인 방편을 제공하는 건가요?

카버   그렇다고 말할 수 있을 것 같아요. 좀 더 즉각적으로 연결될 수 있는 방편이고, 더 빠른 수단이죠. 이 시들을 쓰면서 매일—어떤 때는 하루에 두세 번, 심지어 네댓 번—무언가를 쓰고 싶은, 말하고 싶은 욕망을 충족시키는 겁니다. 하지만 이 시들이 저를 과거의 저와 연결시키는 면에 대해 말하자면, 그것들이(소설들도 마찬가지인데) 제가 했던 실제 경험에 어느 정도 기반하는 것처럼 보이더라도, 동시에 상상의 결과물이라는 점이 반드시 언급되어야 합니다. 그것들은 완전히 지어낸 이야기들이에요. 대부분은요.

매카프리   그럼 작가님의 시들에 등장하는 화자들조차도 작가님과 완전히 일치하는 경우는 전혀 없다는 건가요?

카버   예. 제 소설들도 마찬가지예요. 1인칭으로 서술된 것들 말이에요. 그 '나'라는 화자들은 제가 아닙니다.

모든 시는 사랑의 행동이고,
믿음의 행동입니다.

그레고리   작가님의 시 「무인정신武人精神을 갖춘 셈라를 위해」에서 화자는 여자에게 "모든 시는 다 연애시야"라고 말하죠. 이건 작가님의 시들에서도 어떤 면에서는 진실인가요?

카버   모든 시는 사랑의 행동이고, 믿음의 행동입니다. 시를 쓰는 일에는 금전적인 것이든 명성과 영광에 관련된 것이든 아주 적은 보상만이 주어집니다. 그러니 시를 쓰는 행위란 스스로를 정당화하는 행위라는 것 말고는 달리 설명할 방법이 없습니다. 시를 쓰고자 하는 욕망을 가지려면 시를 쓰는 행위를 사랑하는 것 말고는 방법이 없습니다. 그런 면에서 보자면 모든 시는 사랑에 대한 시, '연애시'인 거죠.

매카프리   서로 다른 장르들 사이를 오가는 데 어려움이 있진 않나요? 구성 과정이 서로 다르거나 하진 않나요?

카버   두 가지를 동시에 굴리는 게 문제가 됐던 적은 없는 것 같아요. 오히려 제가 하는 정도로 서로 다른 장르 사이를 왔다 갔다 하지 않은 작가가 드물지 않을까 싶네요. 사실 저는 효과라든가 구성 방식이라든가 하는 면에서 시와 단편소설의 관계가 단편소설이 장편소설과 맺고 있는 관계보다 더 가깝다는 생각을 늘 가지고 있습니다. 단편소설과 시는 언어와 감정의 압축이라든가, 글의 효과를 얻기 위해 무엇에 신경을 써야 하고 무엇을 조절해야 하는지 고려하는 측면에서 훨씬 더 큰 공통분모를 가지고 있습니다. 저에게는 단편소설이나 시를 쓰는 과정이 크게 다르게 느껴진 적이 한 번도 없습니다. 제가 쓰는 모든 글은, 그게 단편소설이든 에세이든 시든 아니면 시나리오가 됐든, 같은 샘물, 같은 원천에서 옵니다. 앉아서 글을 쓰기 시작할 때, 저는 문자 그대로 문장 한 개, 아니면 대사 한 줄에서 시작합니다. 시가 됐든 단편소설이 됐든, 일단 머릿속에 그 핵심 문장이 있어야 합니다. 나중에 가면 다른 모든 게 다 수정 대상이 되지만, 그 핵심 문장이 바뀌는 경우는 거의 없습니다. 핵심 문장 하나가 어떤 식으로든 저를 두 번째 문장으로 밀고 가고, 그러고 나면 그 과정에서 동력이 발생하면서 방향을 찾게 됩니다. 제가 쓰는 거의 모든 것이 많은 수정 과정을 통과하고, 저는 처음으로 돌아가고 다시 앞으로 나아가는 과정을 수도 없이 되풀이합니다. 저는 수정 작업을 거추장스럽게 여기지 않고, 사실은 정말 즐기기까지 합니다. 도널드 홀은 그의 새 책으로 묶일 시들을 쓰고 다듬는 데 7년을 썼습니다. 그중 어떤 작품들은 150번가량 고쳐 썼다고 해요. 그 정도로 강박적으로 매달리지는 않지만, 저 역시 상당히 여러 번 수정 작업을 거칩니다. 제 친구들은 제 시들이 어떤 모습으로 나오게 될지 약간 미심쩍은 시선으로 지켜보고 있어요. 그 친구들은 시라는 게 제가 쓰는 것처럼 그렇게 빨리 쓸 수 있는 게 아니고, 또 그렇게 쓰면 안 된다고 생각하거든요. 보여주는 수밖에 없죠.

매카프리   작가님 시와 단편소설이 공유하는 것 중 한 가지를 찾아보자면, 작가님의 단편소설들이 공작새, 담배 한 개비, 자동차 같은 한 가지 이미지를 가운데 놓을 때 발생하는 효과와 관련이 있는 것 같아요. 이 이미지들이 시적인 이미지와 비슷한 방식으로 기능하는 면이 있는 것 같거든요. 이 이미지들은 이야기를 조직하고, 우리의 반응을 이끌어내서 복잡한 일련의 연상으로 연결시킨단 말이죠. 얼마나 의식적으로 이런 종류의 지배적인 이미지를 만들어내는 건가요?

카버 저는 하나의 이미지, 혹은 일련의 이미지들이 시를 지배하는 것과 유사한 방식으로 그 이미지가 소설을 지배하도록 제 소설의 중심 이미지를 의식적으로 만들어내지는 않습니다. 제 머릿속에 하나의 이미지가 들어 있긴 하지만, 그건 유기적이고 자연스러운 방식으로 이야기를 뚫고 나오게 되는 듯합니다. 예를 들어, 저는 「깃털들」에서 공작의 이미지가 그렇게 지배적인 것이 될 거라는 사실을 미리 알지는 못했습니다. 시골의 작은 농장에서 사는 가족에게는 집 안을 휘젓고 다니는 공작 같은 게 있을 것 같았어요. 어떤 상징으로 작동시키기 위해서 그 자리에 집어넣은 게 아니었던 겁니다. 저는 글을 쓸 때는 상징을 발전시킨다든가, 한 이미지가 어떤 역할을 할지를 궁리한다든가 하는 식으로 생각하지 않습니다. 제대로 작동할 것 같고, 상징해야 할 것을 제대로 상징할 수 있는 이미지(그게 다른 여러 가지를 상징할 수도 있을 텐데)가 떠오르게 되면, 그건 더할 나위 없죠. 하지만 그걸 의식적으로 고안해내지는 않습니다. 그것들은 스스로 진화하고 발생하는 듯합니다. 그런 의미에서는 제가 진정으로 그것들을 발명해내는 거죠. 그러고 나면, 사건이 일어나는 과정에서 그것들 주위로 어떤 것들이 모여들고, 기억과 상상이 그것들에 색채를 입히는 등등의 일들이 벌어지게 되는 겁니다.

그레고리 『불』에 수록된 한 에세이에서 이렇게 쓰신 적이 있습니다. 제가 평소에 작가님 소설의 가장 두드러진 특성 중 하나라고 생각하고 있던 건데, 그걸 이렇게 완벽하게 묘사하시더군요. "어떤 시나 단편소설에서 일상적인 사물들—의자, 창문의 커튼, 포크, 돌멩이, 귀걸이 한 짝—에 대해 일상적인 언어로 기술하면서 그것들에 놀라운, 심지어 깜짝 놀랄 만한 힘을 부여하는 게 가능하다." 이런 측면에서는 모든 소설이 다 다른데, 일상적인 사물들에 그런 힘을 부여하고 강조하는 건 어떻게 할 수 있는 건가요?

카버 저는 사는 방식에서도 그래왔고, 생각을 하거나 글을 쓸 때에도 수사적이거나 추상적인 것에 경도된 적이 없습니다. 그래서 사람들에 대해 쓸 때에는, 그 사람들을 제가 그려낼 수 있는 한 제일 구체적인 환경 속에 배치하고 싶어 합니다. 이 환경에는 TV라든가 탁자, 책상 위에 놓여 있는 사인펜 같은 사물들이 포함될 수 있는데, 일단 이런 것들을 장면 안에 집어넣기로 했다면, 이것들에는 반드시 어떤 힘이 주어져야 합니다. 이 사물들이 각자의 생명력을 가져야 한다는 이야기는 물론 전혀 아니고, 다만 그것들이 그 자리에 있다는 사실이 어떤 식으로든 느껴져야 한다는 겁니다. 숟가락이나 의자나 TV를 묘사할 생각이라면, 그것들을 단순히 장면 안에 배치한 뒤 그대로 흘러가게 두지는 말아야 합니다. 조금 더 무게를 부여하고, 주변의 존재들과 연결되도록 해줘야 합니다. 저는 이런 사물들이 소설 안에서 인물들처럼 어떤 역할을 해야 한다고 생각하지는 않지만, 이것들이 그 자리에 존재하고, 그리고 독

…이 그것들이 그 자리에 있다는 사실을 인지하도록 해야 한다는 거죠. 재떨이가 여기에 있고, TV는 저기에 있고(켜져 있을 수도 있고, 아니면 꺼져 있을 수도 있고), 벽난로 안에는 오래된 탄산수 캔들이 들어 있고 하는 식으로 말입니다.

제 인생이라는 게 아주 취약한 것 같았기 때문에
무언가 끝까지 가볼 수 있을 만한 걸 시작해보고 싶었어요.

그레고리   장편소설보다 단편소설이나 시처럼 짧은 형식에 이끌리는 이유가 뭔가요?

카버   우선 형식에 관한 한, 저는 문예지를 집어 들 때마다 제일 먼저 읽는 게 시고 그다음이 단편소설이에요. 에세이나 비평 같은 것들도 있을 텐데, 그것들을 읽는 경우는 거의 없습니다. 그런 걸 보면 저는 형식 자체에 이끌리는 듯합니다. 시와 단편소설 모두의 특질인 간결성에 처음부터 끌렸던 거죠. 그리고, 시와 단편소설은 웬만한 시간이면 끝낼 수 있을 것처럼 보였던 탓도 있고요. 처음 작가가 되었을 때 저는 이사도 자주 다녔고 제게는 이상한 직업, 감당해야 하는 집안일 같은 일상적인 방해 요소들이 있었어요. 제 인생이라는 게 아주 취약한 것 같았기 때문에 무언가 끝까지 가볼 수 있을 만한 걸 시작해보고 싶었어요. 서둘러서, 오래 걸리지 않고 끝낼 수 있는 일이 필요했던 거죠. 방금 말한 것처럼, 시와 단편소설은 형식과 의도 면에서 서로에게 매우 가깝고, 제가 하고

자 하는 것에도 무척 가깝고 해서 글을 쓰던 초기부터 그 두 형식 사이를 오가는 것에는 아무 문제가 없었습니다.

매카프리　작가님이 시의 기법에 대한 생각을 발전시키던 시기에 읽고 좋아했거나, 어쩌면 영향을 받기까지 했던 시인은 누가 있습니까? 야외를 자주 배경으로 활용한다는 면에서는 제임스 디키James Dickey를 생각해볼 수 있을 것 같고, 제가 보기에는 아마도 윌리엄 카를로스 윌리엄스의 영향을 많이 받았을 것 같은데요.

카버　윌리엄스는 정말 큰 영향을 주었죠. 윌리엄스는 저의 가장 위대한 영웅이었습니다. 처음 시를 쓰던 무렵에 그의 시들을 읽었어요. 한번은 제가 치코주립대학교에서 시작한 〈셀렉션 Selection〉이라는 작은 잡지에 수록할 시를 달라는 무모한 편지를 보낸 적도 있습니다. 제 기억으로는 그 잡지가 3호까지 나왔는데, 그중에 첫 번째 걸 제가 편집했습니다. 그런데 윌리엄스가 실제로 시를 한 편 보내줬어요. 시 아래에 적혀 있는 그의 서명을 보고 신나고 깜짝 놀랐어요. 점잖게 말하자면 그랬다는 겁니다. 디키의 시에 대해서는 그다지 큰 관심이 없었어요. 제가 처음 글을 쓰기 시작하던 1960년대 초반이 디키에게는 전성기였는데도요. 저는 로버트 크릴리Robert Creeley의 시를 좋아했고, 나중에는 로버트 블라이, 도널드 홀, 골웨이 키넬, 제임스 라이트James Wright, 리처드 휴고, 게리 스나이더, A. R. 애먼스, W. S. 머윈W. S. Merwin, 테드 휴스를 좋아했습니다. 처음 시작할 땐 정말 아는 게 없었고 그냥 사람들이 주는 걸 읽었지만, 형이상학적 시라든가 하는 고도로 지적인 시들에는 끌려본 적이 없어요.

매카프리　관념적이라거나 이지주의적인 요소들을 접하면 그 작업에서 관심을 잃게 되는 건가요?

카버　만약 제게 반지성주의적인 경향이 있는 거냐고 물으시는 거라면, 그렇지는 않다고 대답하겠습니다. 그냥 제가 반응을 하거나 연결되어 있다는 느낌을 받지 못하는 차원의 작품들이 있는 거죠. 예를 들어 소위 '웰메이드 시'라고 불리는 것들에 대해서는 전혀 관심이 가질 않아요. 그런 시들을 보면 "오, 저건 그냥 시네"라고 반응하고 말게 되는 겁니다. 저는 그런 것 말고 다른 어떤 걸, 그냥 좋은 시에 그치고 마는 게 아닌 무언가를 찾는 겁니다. 사실 창작 프로그램에 다니는 성실한 대학원생 누구라도 좋은 시는 쓸 수 있어요. 저는 그 지점을 넘어서는 무언가를 찾는 겁니다. 아마도 그보다 거친 어떤 걸 원하는 것 같아요.

그레고리　독자들은 작가님 작품들의 '축약된' 스타일, 특히 『대성당』 이전의 작품들에 즉각적으로 매력을 느낍니다. 이 스타일은 서서히 진화해온 것인가요, 아니면 작가님이 글을 쓰기 시작하던 무렵부터 지니고 있던 것인가요?

저는 처음 글을 쓰기 시작하던 때부터 초고를 쓰는 것만큼이나 수정 과정을 좋아했습니다. 문장들을 골라내서 가지고 놀고, 다시 쓰고, 단단해 보일 때까지 불필요한 요소들을 제거하는 과정을 늘 좋아했어요. 이런 건 아마 제가 존 가드너에게서 배웠기 때문일 수도 있습니다. 가드너는 어떤 걸 쓸 때 스무 단어나 서른 단어로 쓰는 대신 열다섯 단어로 말할 수 있다면 열다섯 단어로 말하라고 했는데, 저는 그걸 즉각 받아들였어요. 그 말은 계시처럼 저를 덮쳤습니다. 저는 당시 저만의 길을 찾으려고 더듬거리고 있던 차였어요. 그런데 어쩌다 보니 누군가가, 제가 이미 하고 싶어 하던 것과 똑같은 이야기를 저한테 해주는 것이었습니다. 종이 위에 이미 써놓은 글로 돌아가 그걸 다듬고, 불필요한 걸 지우고, 군더더기를 제거하는 건 저에게는 이 세상에서 가장 자연스러운 일이었습니다. 지난 며칠 동안 플로베르가 쓴 편지들을 읽었는데, 거기에 제 미학에 깃들어 있는 것 믿은 이야기들이 읽혀녀요. 플로베르가 『보바리 부인』을 쓰고 있던 어느 날의 일인데, 자정인가 새벽 한 시인가 하는 시간에 하던 일을 멈추고 정부인 루이즈 콜레Louise Colet에게 편지를 씁니다. 책을 쓰는 일과 미학에 대한 자신의 전반적인 생각을 적은 거였어요. 그중에서 한 문장이 제게 정말 충격으로 다가왔습니다. "자기 작품을 만들고 있는 예술가는 자신의 창작물 안에서 신과 같아야만 한다—보이지는 않되 모든 힘을 가지고 있어야 한다는 점에서 그렇다. 그는 모든 곳에서 그 존재가 느껴져야 하지만, 그 어느 곳에서도 모습을 드러내선 안 된다." 저는 그 문장의 마지막 부분이 특히 마음에 듭니다. 『보바리 부인』을 분재한 잡지의 편집자에게 쓴 글에도 재미있는 부분이 있습니다. 잡지사에서는 이 연재를 준비하는 과정에서 상당 부분을 들어낼 계획이었습니다. 플로베르가 쓴 그대로를 실었다가는 정부에서 잡지를 폐간시켜버릴 수도 있다는 우려가 있었거든요. 플로베르는 만약에 글에 손을 대면 출판을 허용하지 않겠지만, 그렇다고 해서 그들 사이의 우정이 망가지지는 않을 거라고 말합니다. 이 편지의 마지막 줄은 이렇습니다. "나는 문학과 문학 사업을 구분할 줄 압니다." 이게 제가 감탄하는 또 다른 통찰력입니다. 이런 편지글들에서조차 플로베르의 문장은 정말 놀랍습니다. "문장은 한쪽 끝에서 반대편 끝에 이르기까지, 꼭대기에서 바닥까지 장식물이 늘어뜨려질 수 있는 벽처럼, 똑바로 서 있어야 한다." "문장은 건축이다." "모든 것은 차갑게, 침착하게 완결되어야 한다." "지난주에 나는 한 페이지를 쓰느라 닷새를 보냈다." 플로베르의 책에서 제일 재미있는 요소들 중 하나는 그가 얼마나 특별하고 유별나게 자신의 문장을 대하는지를 의식적으로 과시한다는 점입니다. 플로베르는 산문을 예술 형식으로 만들기 위해 의식적으로 노력했습니다. 『보바리 부인』이 출간된 1856년에 유럽에서 출판된 다른 것들을 살펴보면 그 책이 얼마나 큰 성취였는지를 깨닫게 될 것입니다.

매카프리   존 가드너 외에, 초기에 작가님의 소설적인 감수성에 영향을 끼친 작가는 또 누가 있나요? 우선은 헤밍웨이가 떠오릅니다.

카버   분명히 헤밍웨이로부터 영향을 받았죠. 대학에 들어가서야 처음으로 헤밍웨이를 읽었습니다만, 그때는 엉뚱한 작품(『강을 건너 숲속으로Across the River and into the Trees』)을 읽어서 별로 좋아하지 않았어요. 하지만 얼마 뒤 수업 시간에 『우리들의 시대에』를 읽었고, 헤밍웨이가 뛰어난 작가라는 생각을 하게 됐죠. 바로 이거야, 이런 문장을 쓸 수 있다면 이미 무언가를 성취한 거야, 라고 생각했던 게 기억납니다.

글쓰기, 혹은 모든 형식의 예술적인 시도는
단순한 표현이 아니라 의사소통입니다.

매카프리   문학적인 속임수나 잔머리에 반대한다는 이야기를 에세이들에 쓰셨습니다. 그런데 작가님 작품들도 헤밍웨이의 소설들이 그랬던 것과 같은 의미에서 상당히 실험적인 면이 있습니다. 작가님에게 용납되는 문학적인 실험주의와 용납하기 어려운 것들 사이에는 어떤 차이가 있나요?

카버   그저 이야기를 재치 있게 에둘러 하기 위해 문장 자체에 관심을 집중시키는 종류의 속임수에는 반대합니다. 오늘 아침 〈퍼블리셔스 위클리Publishers Weekly〉에서 내년 봄에 나올 소설에 대한 서평을 읽었어요. 너무나 산만하고 삶 자체 혹은 내가 아는 문학과는 아무 관계 없는 것들로 채워진 것처럼 보이는 책이었어요. 이런 건 저로서는 읽으라고 고문을 당하는 상황이 아니라면 절대 읽을 것 같지 않아요. 작가는 절대로 이야기를 놓쳐선 안 됩니다. 저는 피와 살은 없고 질감만 남아 있는 작품에는 아무 관심이 안 생겨요. 제가 너무 구식인지는 모르겠지만, 어떤 식으로든 독자가 인간적인 차원에서 작품에 개입해야 한다고 봅니다. 그리고 작가와 독자 사이에는 여전히 계약이 존재하고 있고, 또 있어야 한다는 입장입니다. 글쓰기, 혹은 모든 형식의 예술적인 시도는 단순한 표현이 아니라 의사소통입니다. 어떤 작가가 무언가를 두고 의사소통을 제대로 해보고자 하는 관심을 버리고 그저 무언가를 표현하겠다는 데에만 목표를 둔다면, 그리고 그조차 제대로 하지 못한다면, 그 작가는 길거리에 나가 소리를 지르면서 자기표현을 하는 게 나을 겁니다. 단편소설이나 장편소설, 혹은 시는 얼마간의 정서적인 충격을 가할 수 있어야 합니다. 그 충격이 얼마나 강한지, 얼마나 자주 주어졌는지를 가지고 그 작품을 평가할 수 있습니다. 만약에 머리만 굴리고 게임만 하는 이야기라면 저는 관심 없습니다. 그런 작품은 껍데기에 불과해요. 바람이 한 번만 제대로 불면 다 날아가버릴 겁니다.

매카프리 철두철미한 실험주의자들 중에 작가님이 존경하는 작가들이 있나요? 이를테면 도널드 바셀미의 작품들에 대해 어떻게 생각하는지 궁금합니다.

카버 도널드 바셀미의 작품은 좋아합니다. 처음 읽을 때는 별 관심이 없었어요. 너무 이상해서 한동안은 안 읽었어요. 게다가 바셀미는 저보다 바로 한 세대 앞이었고(최소한 저한테는 그렇게 보였고), 당시에는 그런 이유만으로도 좋아하기가 어려웠을 거예요! 그런데 2년쯤 전에 『60가지 이야기Sixty Stories』를 읽었단 말예요. 정말 놀라웠어요. 그의 작품들을 많이 읽을수록, 점점 더 존경하는 마음이 생겼어요. 바셀미는 자신의 작품들로 독립적인 세계를 만들어냈어요. 그는 실험을 위한 실험을 하거나, 기만적이거나, 멍청하거나, 아니면 악의적인 사람이 아니라, 정말로 창의적인 작가예요. 항상 고른 수준의 작품을 내놓는 건 아니지만, 그런데 그런 사람은 없잖아요? 바셀미가 창작 워크숍들에 미친 영향은 의심의 여지없이 엄청납니다(흔히들 말하듯이, 바셀미는 많이 모방되지만 복제되지는 않습니다). 앨런 긴즈버그가 그랬듯이 문을 열어젖히는 역할을 했어요. 그 뒤로 다른 사람들이 쓴 작품들의 홍수가 쏟아져 내렸는데, 어떤 것들은 괜찮지만 대다수는 끔찍해요. 하지만 바셀미나 긴즈버그 이후에 나온 그 많은 나쁜 작품이 좋은 작품들을 책꽂이에서 밀어낼지도 모른다는 걱정을 하진 않아요. 그런 것들은 저절로 사라질 겁니다.

작가가 해야 하는 일은, 그런 게 있다면,
결론이나 대답을 제공하는 게 아니에요.

그레고리 작가님의 작품들이 보여주는 비전통적인 면모 중 하나는 고전적인 방식으로 만들어진 단편소설들의 '형태'—대다수의 소설들이 차용하는 도입/갈등/발전/해소라는 구조—를 차용하지 않는 경향이 있다는 겁니다. 그 대신 작가님의 단편들은 이야기가 움직이지 않거나 모호하고, 또 열린 결말을 취하는 경우가 자주 있습니다. 제가 짐작하기로는 작가님이 설명하신 이런저런 경험들이 익숙한 틀 안에 스스로를 넣는 걸 거부하고 있는 것 같아요.

카버　　제가 자주 다루는 사람들이나 상황들이 매끄러운 결말에 도달하도록 쓰는 건 적절하지도 않고, 어떤 면에서는 불가능한 것 같아요. 그리고 작가들이 작품의 의도와 효과 면에서 자신과 정반대의 성향을 보이는 작가들을 존경하는 건 어쩌면 전형적인 일인 듯하죠. 저 역시 갈등과 해소, 그리고 대단원을 갖춘 고전적인 형태로 전개되는 이야기들을 아주 좋아합니다. 그런데, 제가 그런 작품들을 존중하고, 심지어 약간 질투심을 느끼는 경우마저 있지만, 그런 걸 쓸 수는 없어요. 작가가 해야 하는 일은, 그런 게 있다면, 결론이나 대답을 제공하는 게 아니에요. 만약에 한 작품이 그 안에서 제기되는 문제와 갈등에 대해 그 작품의 방식으로 대답하고 그 대답을 위해 요구되는 것들을 제공해준다면, 그걸로 충분합니다. 그러는 한편, 독자들이 제 글을 다 읽었을 때 어떤 식으로든 속았다는 느낌을 갖지 않도록 하는 게 제가 원하는 겁니다. 작가들이 '정답'을 제시하거나 사태를 분명하게 해결하기는 어렵더라도 독자들이 만족할 수 있을 정도로 충분히 이야기하는 건 중요합니다.

매카프리 작가님 작품들에 또 한 가지 두드러진 특징은 대부분의 작가
       들이 잘 다루지 않는 인물들을 주로 내세운다는 겁니다. 기본
       적으로 자기를 잘 드러내지 않는 인물들, 자신들이 직면하고
       있는 문제를 말로 표현하지 않는 사람들, 자신들에게 벌어지
       고 있는 일을 제대로 실감하지 못하고 있는 것처럼 보이고 있
       는 인물들 말이죠.

카버   저로서는 이게 특별히 '두드러진다'거나 전통적이지 않다고
       생각하지 않습니다. 왜냐하면 완벽하게 편안한 마음으로 이
       사람들의 이야기를 다루거든요. 평생 이런 사람들을 알고 살
       아왔으니까요. 무엇보다, 저 자신이 이 혼란스럽고 넋이 나
       가 있는 사람들 중 하나고, 그런 집안 출신이고, 또 그들은 제
       가 오랫동안 생활비를 벌기 위해 같이 일하던 사람들이거든
       요. 제가 시가 됐든 소설이 됐든 대학에서의 삶이나 선생들
       과 학생들에 관련된 이야기를 쓰는 데 아무런 관심을 가져본
       적이 없는 게 그래서입니다. 그 세계에 관심이 없어요. 저에
       게 지울 수 없는 인상을 남긴 것들은 제가 살면서 보았던 것
       들, 제 주변에서 살고 있던 것들, 제가 스스로 살아낸 것들이
       에요. 이런 게 바로 누군가가 밤낮 아무 때나 와서 문을 두드
       리거나, 전화가 걸려왔을 때, 아니면 월세를 내야 할 때가 다
       가오거나 냉장고가 고장 났는데 어떻게 해야 할지 아무 대책
       없이 막막할 때, 사람들이 진짜로 두려움을 느끼는 삶이에요.
       아나톨 브로야드Anatole Broyard는 제 단편 「보존」에 대해 이런
       식으로 비판을 시도합니다. "냉장고가 고장 났다―그런데 그

들은 왜 수리공을 불러서 그걸 고치지 않는 걸까?" 이런 건 정말 멍청한 소리예요. 수리공을 불러서 냉장고를 고치려면 60달러가 들 거예요. 완전히 망가진 거라면 얼마나 들지 누가 알겠어요? 브로야드는 아마 모르고 있을지도 모르겠는데, 수리비 60달러 때문에 수리공을 부르지 못하는 사람들이 있어요. 보험이 없어서 의사한테 가지 못하고, 치과에 가야 할 때 그럴 형편이 되지 못해서 이가 완전히 망가지는 사람들이 있는 것처럼요. 이런 게 저한테는 비현실적이거나 인위적으로 만들어낸 상황처럼 보이지는 않아요. 그리고 이런 그룹의 사람들에게 관심을 둔다는 점을 두고 보자면, 제가 다른 작가들과 그리 다른 작업을 하고 있는 것 같지도 않아요. 체호프는 100년 전에 바닥으로 가라앉은 사람들에 대해 썼어요. 단편소설 작가들은 늘 그런 작업을 해왔어요. 체호프가 그렇게 바닥에 가라앉고 소외된 사람들을 다루는 작품만 써온 건 아니지만, 상당수의 단편을 제가 언급한 이런 사람들에 대해 썼어요. 의사며 사업가며 교사들에 대한 이야기들도 썼지만, 자기 자신에 대해 이야기할 줄 모르는 사람들에게도 목소리를 주었단 말이죠. 체호프는 그들이 스스로 말할 수 있는 방편을 찾아낸 거예요. 그러니까, 자신에 대해 말할 줄 모르고, 혼란과 두려움에 빠져 있는 사람에 대해 쓴다는 면에서 보자면 제가 그리 대단하게 색다른 작업을 하고 있는 건 아니라는 거죠.

매카프리　　그러한 그룹의 사람들에 대해서 쓸 때 해당하는 형식적인 문제는 없습니까? 이 사람들이 헨리 제임스나, 그와 좀 다르긴 하지만 솔 벨로의 인물들이 하는 것처럼, 응접실에 둘러앉아 자신들의 상황에 대해 끝도 없이 분석을 거듭하고 있을 수는 없는 거잖아요. 이 사람들이 등장하는 장면을 쓰는 데 있어서 기술적인 측면에서 특별히 중요한 사항이 분명히 있을 것 같은데요.

카버   문학적으로 장면을 설정하는 문제만을 말씀하시는 거라면, 그건 전혀 걱정거리도 안 됩니다. 그런 장면을 설정하는 건 쉬워요. 문을 열고 안을 들여다보기만 하면 됩니다. 제가 제일 신경을 쓰는 건 인물들이 적절한 방식으로 말하게 하는 겁니다. 그 사람들이 무슨 말을 하는가만이 아니라, 어떻게 말하는지, 그리고 왜 그렇게 말하는지가 중요합니다. 어조의 문제인 거죠, 부분적으로는. 제 작품에는 잡담이 전혀 없어요. 어떤 대사든 분명한 이유가 있고 작품 전체의 인상에 기여하는 바가 있다고 생각하고 싶습니다.

그레고리 사람들은 보통 작가님 작품의 사실주의 측면을 강조하는데, 저는 작가님 소설에 기본적으로 사실주의적이지 않은 면이 있다고 봅니다. 지면 밖에서 무슨 일인가가 벌어지고 있는 것 같은, 마치 카프카의 소설에 가까울 정도로 꿈꾸는 것 같은 비이성적인 느낌이 있는 거죠.

카버   제 소설이 (전위적인 진영이 아니라는 의미에서) 사실주의적인 전통 속에 들어 있다고 볼 수는 있겠지만 막상 누가 그렇다고 말하면 따분하다는 느낌이 듭니다. 정말 그래요. 사람들이 실제로 말하는 방식에 대해, 그 사람들의 삶에서 실제로 벌어지는 일에 대해 몇 페이지에 걸쳐 쓴 글을 읽을 수 있는 사람은 없어요. 코웃음 치고 말겠죠. 당연한 이야기예요. 제 이야기를 자세히 들여다보면, 사람들이 실제 생활에서 하는 방식 그대로 말하는 사람들을 찾지는 못할 거라고 봅니다. 사람들은 헤밍웨이가 사람들의 대화를 포착하는 좋은 귀를 가지고 있다는 소리를 늘 하고, 헤밍웨이는 실제로 그랬습니다. 하지만 실제 생활에서 헤밍웨이의 소설에서 인물들이 말하는 것처럼 말하는 사람은 아무도 없어요. 최소한 헤밍웨이를 읽기 전까지는 말이죠.

매카프리   에세이 「불」에서 작가님은 플래너리 오코너나 가브리엘 가르시아 마르케스의 경우에는 그들이 소설에 쓴 이야기들의 대부분이 그들이 스무 살이 되기 전에 일어났지만, 작가님의 경우에는 그렇지 않다고 썼습니다. 그 뒤는 이렇게 이어집니다. "지금 소설적인 '재료'라고 생각되는 일들의 대부분은 내가 스무 살이 넘은 뒤 스스로 모습을 드러냈다. 나는 내가 부모가 되기 전의 인생에 대해서는 별로 기억하는 게 없다. 내 생각에 내가 스무 살이 되고 결혼을 하고 아이들이 생기기 전까지는 내 인생에는 별일이 없었다." 아직도 그렇게 생각합니까? 지금 이 질문을 드리는 건, 〈에스콰이어〉에 실린 작가님 부친에 대한 작품을 읽고 나서 어린 시절과 부친과의 관계에 대한 작가님의 묘사가 작가님의 소설 속 세계와 여러 면에서 관련이 있다는 생각을 저희 둘 다 갖게 됐기 때문입니다.

카버 제가 그 글을 쓰고 있을 때는 정말 그렇게 느꼈기 때문에 그렇게 쓴 겁니다. 제가 아버지가 되기 전까지는 진정한 의미의 사건이라고 할 만한 게 일어나지 않은 것 같았거든요. 최소한 소설로 변형시켜 써볼 수 있을 만한(혹은 그렇게 하고 싶을 만한) 종류의 일들은 없는 것 같았던 거죠. 하지만 제가 「불」을 썼을 때 제가 제 삶의 여러 국면을 읽어내는 어떤 관점들을 얻었던 것처럼, 〈에스콰이어〉에 제 아버지에 대한 글을 쓸 즈음에는 그보다 좀 더 다양한 관점들이 생겼던 거예요. 그런데 무슨 말인지 알겠습니다. 아버지에 대한 그 에세이는 저한테 곧바로 다가오는 것 같았고, 정말 빨리 썼는데, 그걸 쓰는 동안 아버지와 관련된 어떤 것들을 아주 가까이에서 건드렸습니다. 하지만 아버지에 대한 그 글은 예외적인 것이라는 느낌을 아직도 받습니다. 지금도 그 시절로 돌아가 제 어린 시절의 '재료'들을 건드려볼 수 있겠지만, 그때의 인생은 비의 장막 건너편에 있는 것처럼만 존재합니다.

그레고리 어린 시절에는 어떤 종류의 아이였나요?

카버 몽상가였어요. 작가가 되고 싶었고, 항상 재미있는 읽을 거리를 찾아다녔어요. 도서관에 가면 스페인 정복자들에 대한 이야기나 역사소설들처럼 제 환상을 부추기는 읽을 거리들이나 배 건조술에 대한 것처럼 눈길을 끄는 것들이면 아무거나 찾아 읽었어요. 그런 방면에서는 아무런 안내가 없었어요. 그저 한 주에 한 번 도서관에 가서 눈으로 훑어보곤 했어요. 대체로, 제 어린 시절은 많은 면에서 평범한 편이었다고 할 수 있을 것 같아요. 우리 집은 가난했고, 아주 오랫동안 차도 없었지만 차가 없는 게 그리 아쉽지도 않았어요. 부모님은 열심히 일을 해서 마침내 가난한 중산층이라 할 수 있는 상태까지 올라섰어요. 하지만 아주 오랫동안 물질적이거나 정신적인 그 어느 것도 충분히 가지지 못했고, 가치라고 할 만한 것도 없었어요. 하지만 제가 열 살이 되었을 때 들에 나가 일해야 할 정도의 수준까지 간 건 또 아니었어요. 제가 원한 건 낚시나 사냥을 가거나 친구들하고 차를 타고 돌아다니는 것 정도였어요. 여자애들을 만나고요. 그런 것들이었죠. 저는 할 수 있는 한 오래 부모님을 쥐어짜면서 살았어요. 그래봐야 많이 쥐어짠 건 아니었지만, 부모님은 이것저것 사주셨어요. 제가 처음 담배를 피우기 시작하고 1~2년 동안은 담배까지 사주셨으니까요. 일을 하던 때가 아니었으니까, 사주지 않으면 제가 나가서 도둑질을 할 거라는 걸 아셨던 거죠. 그런데 저는 글을 쓰고 싶어 했고, 저를 친구들로부터 떼어놓을 수 있는 건 아마도 그게 유일했을 거예요. 제가 다니던 고등학교에 글을 쓰고 싶어 하는 아이가 한 명 더 있었는데, 둘이 책 이야기를 하곤 했어요. 그게 전부였어요. 별다를 게 없는 어린 시절이었죠.

그레고리　　부친이 이야기를 많이 해주셨나요?

카버　　어릴 때 책을 좀 읽어주셨죠. 주로 제인 그레이 걸 읽고 계시다가 읽어달라고 하면 그걸 읽어주시곤 했어요(집에 그 작가 책이 몇 권 있었어요). 하지만 그냥 이야기를 들려주시기도 했어요.

감옥 생활이 작가에게 최선의 조건이 아니라는 걸
믿어둘 필요가 있어요.

매카프리　　술을 많이 마시던 1960년대와 1970년대를 좋지 않았던 시절로 말씀하셨죠. 돌이켜봤을 때 그 시절의 경험에서 얻은 긍정적인 건 아무것도 없나요?

카버　　물론 술을 마신 경험 덕에 알코올의존증과 관련된 이야기들 여러 편을 쓰게 되긴 했죠. 하지만 그 시절을 통과해 그러한 이야기들을 쓸 수 있었던 건 기적이라고 할 수밖에 없어요. 실제로는 그렇게 술을 마신 경험에서 얻은 거라고는 낭비와 고통과 참담함밖에는 없어요. 당시 제 인생에 엮여 있었던 모든 사람에게도 마찬가지였고요. 그 시절에서 무언가 좋은 게 나온다는 건 이를테면 감옥 생활을 10년 하고 나와서 그 경험에 대해서 무언가를 쓰는 것과 다를 바 없어요. 리처드 닉슨이 탄핵을 당할 뻔했을 때 글을 쓰는 일과 감옥 생활에 대해 웃기는 말을 하긴 했지만, 감옥 생활이 작가에게 최선의 조건이 아니라는 걸 믿어둘 필요가 있어요.

매카프리   AA 모임에서 들은 고백적인 이야기들 중 어떤 것도 작가님 소설을 시작하는 지점으로 사용한 적이 없나요?

카버   전혀요. AA에서 많은 이야기를 들었지만, 대부분은 듣는 즉시 잊어버렸어요. 아, 몇 가지는 기억납니다. 하지만 그것들 중 어느 하나도 소설의 소재로 삼으면 좋겠다는 생각이 들었던 적은 없어요. 모임에 가면서 그 이야기들이 내 소설의 소재가 될 수도 있을 거라는 생각을 해본 적도 물론 전혀 없고요. 제 이야기들 중에서 술과 관련이 있는 것들은, AA 모임에서 들었던 웃기고, 황당하고, 슬픈 이야기보다는 제 경험에서 출발한 것이 대부분입니다. 지금으로서는 제 작품들 중에 술과 관련된 이야기들이 충분히 있다는 생각이 들기 때문에, 더 쓰고 싶은 생각은 없습니다. 마음 한구석에 이야기 주제별로 할당량을 정해놓은 건 아니지만, 다른 이야기로 넘어갈 준비가 돼 있습니다.

그레고리   야외 활동이나 자연에 대해 좀 더 많이 쓰는 쪽으로 움직일 준비가 돼 있는 건 아닌지 궁금합니다. 최근작들 중에서는 그런 요소들이 별로 없는 것 같아서요.

카버   제가 글을 쓰기 시작한 건 제 정서 생활에서 상당한 비중을 차지하고 있던 사냥과 낚시에 대해 쓰고 싶어서였습니다. 그리고 초기 시나 소설 들에서는 자연에 관련된 걸 꽤 썼습니다. 『분노의 계절과 다른 단편들』에 그런 게 꽤 많이 들어 있고, 『제발 조용히 좀 해요』에 수록된 것들 중에도 몇 편이 있습니다. 시에도 많이 있고요. 그러다가 자연과의 접촉을 잃게 되었고, 그 결과 최근 단편들 중에서는 야외를 배경으로 하는 게 별로 없게 되었습니다. 하지만 앞으로는 아닐지도 모르겠어요. 최근에 쓴 시늘 중 상당수가 야외를 배경으로 하고 있거든요. 이 시들 속으로 물이 들어왔고, 그리고 달이, 산과 하늘이 들어오고 있어요. 맨해튼에 사는 사람들은 틀림없이 이걸 보고 웃을 거예요! 조수와 나무가 어쩌고, 물고기가 무는지 안 무는지 하는 이야기들, 이런 것들이 아마 제 소설 속으로 돌아오는 길을 스스로 찾아낼 거예요. 요즘은 지난 몇 년 동안은 못 느끼고 있던 방식으로 주변 환경과 직접 접촉하고 있다는 느낌을 받아요. 느닷없이 이런 일이 벌어지면서, 저를 둘러싼 자연이 당시에 제가 쓰고 있던 글들—그땐 시를 쓰고 있었는데—속으로 들어왔어요. 만약 제가 장편소설이나 단편들을 시작하고 있는 상황이었다면, 제가 자연과 이렇게 다시 맺은 관계가 그것들 안으로도 들어왔을 거예요.

살아서 글을 쓰기에 좋은 시절이에요.

그레고리   동시대 작가들 중에 존경하거나 친밀감을 느끼는 이들로는 누가 있나요?

많습니다. 방금 에드나 오브라이언의 단편집 『날뛰는 가슴 A Fanatic Heart』을 끝냈어요. 놀라운 작가입니다. 그리고 토바이어스 울프, 바비 앤 메이슨, 앤 비티, 조이 윌리엄스Joy Williams, 리처드 포드, 엘런 길크리스트Ellen Gilchrist, 윌리엄 키트리지, 앨리스 먼로, 프레더릭 바셀미Frederick Barthelme가 있죠. 배리 해나의 단편들도 좋고요. 또 조이스 캐롤 오츠와 존 업다이크, 그 외에도 많아요. 살아서 글을 쓰기에 좋은 시절이에요.

카버 나라의 리얼리즘

　나는 뉴욕에서 출발해서 시러큐스로 가는 북행 열차의 왼쪽에 앉아 있었다. 치버 나라의 랜치 스타일과 콜로니얼 스타일의 침실 네 개짜리 집들이, 점점 더 많아지고 있는 카버의 추종자들이 카버 나라라고 여기는 초라한 집들과 트레일러 단지들에 천천히 자리를 내어주고 있었다.

　레이먼드 카버는 단 세 권의 단편집을 통해 미국의 하층계급을 뚜렷하게 자신의 영역으로 만들었다. 그들의 삶을 너무나 생생하게 묘사한 나머지 기차가 빠른 속도로 지나가는 동안 철길 옆의 집들에서 어린아이의 울음소리, 진공청소기가 돌아가는 소리, 서로 소리를 지르고 케첩 병을 집어 던지면서 싸우는 소리가 들리는 듯할 정도다.

　기차의 왼쪽 좌석에 앉으라는 충고는 카버의 최근 단편집인 『대성당』에 실린 표제작 「대성당」에서 읽은 것이다. 그 작품에서 사내는 그다지 내키지 않아 하면서 자기 아내의 시각장애인 친구를 집에 들인다.

　화자는 이제 막 도착한 그 시각장애인에게 "기차 여행은 괜찮았나

고든 번Gorden Burn, 〈타임스The Times〉(1985년 4월 17일), 12쪽. 이 글은 지면에 실린 것과 다른 판본이다.

요Did you have a good train ride?"라고 묻는다. "그런데 어느 쪽에 앉으셨나요?"라는 질문에 그 시각장애인은 이렇게 대답한다. "오른쪽이요. 기차를 타본 게 거의 40년 만이에요. 어릴 때 이후로 타본 적이 없어요. 부모님하고 탔었죠. 오래전 일이에요. 그 감각을 거의 잊었어요."

"기차 여행은 괜찮았나요Have a good train ride?"* 더플코트를 입고 거의 굽이 없는 신발을 신은 카버는 예상과 달리 투실투실하고 덩치가 큰 사내였다. 그는 시러큐스역에서 나를 맞이하면서 이렇게 다정하게 물었다. 그러고 나서 도저히 회복 가능해 보이지 않을 정도로 녹이 슨 폴크스바겐 비틀의 운전석에 간신히 몸을 욱여넣으면서 "왼쪽에 앉으셨어요? 그쪽에 앉아야 허드슨강이 잘 보이는데요"라고 말을 이었다. "이리로 이사 오기 전까지는 아주 오랫동안 기차를 타본 적이 없어요. 어린 시절 이후로요."

방향을 잃은 일상의 혼란, 그리고 별다른 의미가 없어 보이는 삶 속에서 의미를 끄집어내는 재능으로 인해 레이먼드 카버는 미국에서 가장 영향력 있고 인기를 끄는 단편소설 작가 중 한 사람으로 자리를 잡았다. 카버는 고도로 축약되고 인정사정없이 잘라내는 문장 스타일을 발전시켰다. 이 스타일의 힘은 그렇게 하고 나서 남은 것들뿐만 아니라 거기에 투입되는 것—'매끄러운(그러나 때로는 깨어지고 불안정한) 표면의 바로 밑에 있는 풍경'—에서 온다.

'더러운 리얼리즘Dirty Realism'이라는 표현은 카버를 비롯해 리처드 포드, 배리 해나, 데니스 존슨, 제인 앤 필립스, 그리고 바비 앤 메이슨

---

*　　번역된 문장은 같지만, 원문의 경우 앞선 질문과 비교했을 때 후자는 시각장애인 손님에 비해 덜 부담스럽게 느끼는 사람이라 격식을 차리지 않은 것처럼 보인다.

같은 동시대 작가들을 영국에서는 처음으로 잡지 〈그랜타Granta〉가 옹호하고 나서면서 그들에게 붙여준 세례명이다. 이들은, 카버의 표현을 빌리자면, "이 삶을 지탱하는 크고 작은 것들 중 가장 원하는 것들을 얻고자 시도했으나 실패한 사람들"이라는 주제를 공유하는 작가들이다.

「다들 어디 있지?」라는 단편에서 가지고 온 아래의 문단은 스타일과 천착하고 있는 아이디어 모두에서 고전적인 카버를 보여준다.

> 그 시절, 내 어머니는 만난 지 얼마 안 된 사내들과 자고 다녔고, 나는 실직 상태였고, 술에 빠져 살았고, 제정신이 아니었다. 내 아이들도 제정신이 아니었고, 아내도 제정신이 아닌 상태에서 AA에서 만난 전직 항공우주 기술자와 '그렇고 그런' 관계였다. 그자도 제정신이 아니었다. 로스라는 자였는데 아이가 다섯인가 여섯 있었다. 그는 첫 번째 아내가 입힌 총상 때문에 다리를 절었다. 그자는 지금은 아내가 없었다. 내 아내를 원하고 있었다. 그 시절에는 우리 모두 무슨 생각을 하면서 살고 있었는지 모르겠다.

이 단순성은 사람을 홀리는 데가 있다. 프랭크 커모드는 이렇게 지적했다. "카버의 소설은 너무나 축약돼 있어서, 읽고 나서 시간이 좀 지나서야 아주 가벼운 스케치처럼 보이는 장면 속에조차 문화 전체와 윤리적 조건 전체가 완벽하게 구현되어 있다는 사실을 깨닫게 된다."

카버는 미국예술문학아카데미에서 매년 3만 5천 달러가량의 기금을 받게 된 최근에 이르러서야 글만 쓸 수 있게 되었다. 그가 시인 테스 갤러거와 함께 교외 지역의 익명성 뒤에 숨어서 사는 시러큐스 외곽의 집에는 '방문 사절'이라고 적힌 팻말이 주기적으로 걸려 있고, 카버는 수시로 갤러거와 함께 지은, 워싱턴주의 서부 해안에 있는 집에 가서 혼자 지낸다. 최근 그곳에 가 있던 65일 동안 100편이 넘는 시가 쏟아져 나왔다. 카버는 아직도 약간 어리벙벙한 상태인 것 같았다. "무슨 일인가가 벌어졌어요. 하루에 시를 두 편, 세 편, 네 편까지 썼어요. 이건 저한테는 완전히 새로운 경험이에요. 마치…… 전기충격을 받은 것 같았어요."

애당초 카버가 단편소설에 집중하게 된 건 남편과 아버지로 사는 생활에 걸맞은 형식이 그것이었기 때문이다. "앉은 자리에서 끝내야 했어요. 퇴근하고 와서 그날 밤, 아니면 최소한 그다음 날 밤까지는 끝내야 했어요." 그렇게 하려면 때때로 차에 나가 앉아 무릎에 노트를 올려놓고 써야 했다. 하지만 카버는 마침내, 그의 생활환경 때문에 여태 시도하기 못했던 꽤 긴 소설(그는 그걸 장편소설이라고 부르는 걸 꺼려 한다)에 착수했다.

카버는 1938년에 태어나 워싱턴주의 작은 타운에서 성장했다. 그의 아버지는 제재소에서 일했고, 어머니는 잡을 수 있는 일은 뭐든지 했다. 카버는 어린 나이에 결혼을 했고, 스무 살이 되었을 때 아이가 둘 있었다. 그는 이렇게 썼다. "그 시절에, 나는 하찮은 일자리를 전전했고 내 아내 역시 마찬가지였다. (…) 나는 제재소에서 일했고, 청소부로도 일했고, 배달꾼을 했고, 정비소에서 일했고, 창고에서도 일했다. (…) 수단과 방법을 가리지 않았고, 다음 달 첫날까지 필요한 월세와 아이들이 학교에 입고 갈 옷을 마련하는 것 다음의 일을 내다보거나 준비할 수 없는 지점에 여러 번 반복해서 도달했다."

카버는, 그의 아버지와 그의 소설에 등장하는 많은 인물이 그랬듯이, 거의 어떤 목적을 가진 사람처럼 술병을 들었다. 그는 알코올의존자

첫 번째 아내 메리앤 버크와 함께 딸 크리스틴을 안고 있는 카버, 1957년 12월경.
(University of Washington Libraries, Special Collections, UW41513)

가 되었다. 1976년에 그의 첫 번째 단편집인 『제발 조용히 좀 해요』가 나오고 나서 15개월이 채 지나기 전에 카버는 병원을 비롯한 기관들을 드나들었고, 결국엔 한때 정신질환이 있는 범죄자들을 수용하는 병원이 었던 재활센터까지 가게 되었다.

카버는 이렇게 말했다. "저는 술 없이는 아무것도 할 수 없게 되었어요. 취하지 않은 상태에서 수업을 진행하는 걸 상상도 할 수 없게 되었죠. 연구실 책상 서랍에 반쯤 채워진 병 하나, 가방에 한 병, 차에 한 병, 비상용으로 집 안에 한 병을 쟁였어요. (…) 저는 빠르게 미끄러져 내리고 있었어요. 작가로서의 제 삶은 점점 흐려지면서 흩어져가고 있었어요. 그런데 어느 날, 언제 그랬냐는 듯이 술을 마시고 싶다는 충동이 사라졌어요. 그건 진정한 축복이었어요."

1977년 6월 2일은 카버가 마지막으로 술을 마신 날이다. 지난 6년 동안 카버는 시러큐스대학교 캠퍼스 주변을 벗어나지 않으면서 주로 집 안에만 머무르는 생활을 이어갔다. 하지만 그의 작품들의 초점은 크게 움직이지 않았다. 그는 여전히 간단한 즉석요리만 담당하는 요리사, 슈퍼마켓 청소부, 방문판매원, 자동차 수리공을 위시한 기타 '주변부' 인물들에 대해 쓰고, 그가 뼛속 깊이 알고 있다고 말하는 과거를 지치지 않고 파헤치고 있다.

그는 이렇게 말했다. "제 삶이 달랐더라면 좋았을 거예요. 저는 제 아내와 아이들을 위해 제가 살아온 것과 다르고, 더 나은 삶을 원했어요. 우린 일종의 소용돌이에 휘말렸고, 거기에서 빠져나올 수가 없었어요."

쪼개져 흐르는 세계

레이먼드 카버의 단편소설들을 영국에 소개한 건 〈그랜타〉의 빌 버포드Bill Burford였다. 그는 카버의 작품에 '더러운 리얼리즘'이라는 이름을 붙여 바비 앤 메이슨, 제인 앤 필립스, 엘리자베스 탤런트Elizabeth Tallent, 리처드 포드, 그리고 토바이어스 울프 등의 작가들과 함께 소개했다.

레이먼드 카버는 에세이, 단편소설, 그리고 전에 발표했던 시들 중 잊히지 않았으면 하는 것들을 모은 선집 『불』과, 전에 런던에서 이미 간행된 적이 있는 『사랑을 말할 때 우리가 이야기하는 것』과 『대성당』, 그리고 영국에서는 간행된 적이 없는 『제발 조용히 좀 해요』를 한데 묶은 피카도르 출판사의 『레이먼드 카버의 단편들The Stories of Raymond Carver』 두 권의 출간을 위해 5월에 영국에 왔다.

카버로서는 이번이 첫 번째 영국 방문이었고, 쉐라톤 벨그라비아 호텔에서 우리가 만났을 때 그는 아직 여독이 덜 풀린 상태였다. 레이먼드 카버는 덩치가 크지만 왠지 모르게 일정한 형체가 없는 것 같고, 매우

데이비드 섹스턴David Sexton, 〈리터러리 리뷰Literary Review〉 85호(1985년 7월), 36~40쪽. 인터뷰는 1985년 봄에 진행되었다.

우물거리는 투로 말을 한다.

섹스턴 『불』에서 작가님 부친의 죽음을 다룬 첫 번째 에세이를 보면
마지막 문장에 "내 어린 시절로부터 들려오는 아름다운 목소
리"가 부친의 이름이자 작가님의 이름인 '레이먼드'를 부른다
는 이야기가 있습니다. 작가님의 부친과 작가님이 글을 쓴다
는 사실 사이에 모종의 연관이 있는 것 같은데요. 부친이 이
야기를 많이 해주셨나요?

책을 읽는 동안 아버지가 자신만의 작은 세계에
들어가 있다는 사실에 깊은 인상을 받았어요.

카버 그러셨죠. 집에 성경책이 있긴 했지만, 우리 가족은 그걸 읽
지는 않았어요. 그것 말고는 집 안에 책이 없었는데, 아버지
가 침대에 누워서 책을 읽는 건 이따금 봤어요. 제 기억으로
는 제인 그레이의 서부극 이야기를 침대에 가지고 가서 읽으
시곤 했어요. 그게 저한테는 사생활이라는 걸 별로 존중하지
않는 집안에서 아버지가 사적인 생활을 누리는 순간처럼 보
였어요. 우린 아주 작은 집에서 살았거든요. 아무튼 저는 아
버지가 이따금 그 책들을 읽는 걸 지켜봤고, 그렇게 책을 읽
는 동안 아버지가 자신만의 작은 세계에 들어가 있다는 사실
에 깊은 인상을 받았어요. 그래서 어떤 때는 침대에 올라앉
아 저한테도 읽어달라고 하기도 했죠. 그렇게 아버지가 읽어
주시는 게 좋았어요. 그리고 아버지는 저에게 이런저런 이야

기도 해줬어요. 당신이 어렸을 때 이야기, 남북전쟁에 참여해서 한동안은 남군으로 싸우다가 남부가 질 것 같으니까 옷을 바꿔 입고 북군에 가담해서는 친구들을 향해 총을 쏘던 증조할아버지 이야기 같은 거요. 또 사냥이나 낚시를 갔던 이야기도 많이 해줬어요. 곰이나 커다란 뱀을 마주친 이야기 같은 거요. 아버지가 직접 겪은 이야기나, 아버지에게 전해 내려온 이야기늘, 그런 이야기들이 두루 저한테 어떤 인상을 남겼지만, 아버지는 책을 그리 많이 읽는 사람이 아니었고, 제 책이 출판되는 걸 볼 때까지 오래 살지도 않았어요.

아버지는 1967년에 돌아가셨어요. 그 뒤에 일어난 일들에 대해 아버지도 수긍해주셨을 거라고 생각하고 싶어요.

섹스턴   제일 처음 쓴 건 어떤 글인가요? 어렸을 때도 글을 썼나요?

카버   어렸을 때도 썼죠. 쓰면서 제가 당시에 읽던 걸 어느 정도 흉내 내려고 시도했어요. 제가 당시에 읽던 건 SF였어요. 그래서 제가 그때 쓰려고 했던 건 사람이 동물이 되고 동물이 사람이 되는, 그런 비슷한, 약간 으스스한 이야기들이었어요. 말했다시피 당시 집에는 책이 없었어요. 뭘 읽으면 좋다고 말해주는 사람도 없었고, 그래서 그냥 내키는 대로 읽었어요. 동네 도서관에 가서는 해적들의 보물에 대한 책들, 남미에서 금을 찾아다니는 사람에 대한 것들, 역사소설 같은 것들을 들춰 보는 거죠. 그냥 손에 닿는 대로요. 닥치는 대로 읽었어요. 수준이 높거나 고상한 것들만 빼고요.

섹스턴 여전히 낚시나 사냥을 배경으로 하는 이야기들을 많이 쓰시
       잖아요. 실제로도 그런 활동을 하나요?

카버   기회가 있으면 하죠. 오랫동안 도시에 살았고, 그동안에는 낚
       시나 사냥을 전혀 못 했어요. 하지만 지난 1년 반 동안 지금
       제가 사는 데서 연어 낚시를 많이 했습니다. 그런데 지금 말
       씀하신 작품들의 대부분—낚시나 사냥에 관련된 시들—은
       연어 낚시를 시작하기 전에 쓴 것들이에요. 그때의 경험들 중
       어떤 것들이 아직도 돌아오는 걸 보면 그런 일들이 제 삶의
       감정적인 부분에 커다란 자국을 남긴 건 분명한 것 같아요.

섹스턴 학교를 졸업한 뒤에 부친이 일하던 제재소에 취직했죠. 그건
       대체로 자동적으로 그렇게 되었나요?

카버   예, 그랬죠. 대학에 가라고 장려하는 분위기는 아니었고, 사
       실상 말리는 분위기였죠. 제가 어떻게 살아야 한다고 말해주
       는 사람이 아무도 없었어요. 이제 돈을 벌러 가야 한다는 걸
       모두들 당연시했고, 그러려면 아버지가 일하는 제재소에 취
       직하는 게 당연하다는 분위기였어요. 그 제재소에 취직했을
       때 제 직무는 거기서 잡부라고 부르는 거였어요. 그 일을 평
       생 하고 싶지는 않다는 걸 깨닫게 되는 데는 그리 오랜 시간
       이 걸리지 않았어요. 일은 고된데 성취감은 별로 없었죠. 그
       냥 해야 하는 일이었어요.

섹스턴 　그러고 나서 여전히 아주 젊은 나이였을 때 결혼을 했고 아이를 가졌죠. 에세이 「불」에서의 놀라운 점 중 하나는 작가님이 "극악무도했던 양육 기간"이라고 표현하면서, 아이들이 "억압적이고 수시로 악의적이었던, 부정적인" 영향을 미쳤다고 묘사하면서 또한 그 영향이 "중압감이 컸고 많은 경우 해로웠"다고 한 겁니다.

카버 　당시에는 그런 게 모두 사실이었어요. 지금 아이들과의 관계가 그때와 많이 다르다고 말할 수 있어서 행복합니다. 하지만 그 당시에는 여러 가지 이유로 무척 힘들었어요. 아내와 저는 돈이 한 푼도 없었어요. 아이를 가졌을 때는 우리 자신도 아직 어른이 아니었어요. 그런데 아이를 키운다는 게 알고 보니까 믿기 어려울 정도로 책임져야 할 일이 많은 거예요. 우선 생계를 책임져야 한다는 의무가 저한테 주어졌는데, 그와 동시에 저는 학교에도 가고 싶었어요. 글을 쓰면서 동시에 월급을 벌어 오려고 애써야 하는 처지였어요. 어려운 상황이었습니다. 우린 이십대였고, 그런 상황에서도 겉으로 보기에는 괜찮아 보였어요. 아마 남보다 더 강했고, 더 이상주의적이었던 것일 수도 있어요. 우린 그 모든 걸 다 해낼 수 있을 거라고 생각했어요. 가난하긴 했지만, 우리가 일을 계속하기만 한다면, 그리고 옳다고 생각하는 길을 간다면 올바른 결말이 찾아올 거라고 생각했어요.
삼십대가 되었을 때, 우린 여전히 가난했고 여전히 옳다고 생각하는 길을 가려고 노력하고 있었지만, 우리가 꿈꾸던 삶은 우리에게 다가오지 않았어요. 오히려 점점 더 희미해지고 있었어요. 그렇게 되면서 삼십대 초반의 어느 시점에선가 제가 술을 너무 많이 마시기 시작했어요. 그리고 그즈음에 아이들은 각각 열네 살, 열세 살이 되면서 각자 자기주장을 하기 시작하고 있었죠. 모든 게 어려워졌어요.

섹스턴   아이들이 미친 억압적인 영향에서 경제적인 문제의 비중이 얼마나 컸나요? 심리적인 영향 또한 있었나요? 『제발 조용히 좀 해요』에 수록된 「아버지」라는 단편—단편소설이라기보다는 하나의 상황이라고 봐야 할 텐데—에서, 한 아이가 "아빠는 누구를 닮았어요?"라고 묻고, 또 아이들은 "아빠는 아무도 닮지 않았어요!"라고 하는가 하면 "그래도 누군가하고는 닮았을걸"이라고 하면서 말다툼을 벌입니다. 아버지는 갑자기 자신이 외톨이인 사실을 직시하게 되죠.

카버   오랜 기간, 저하고 아내 사이에는 돈이 있으면 다 해결될 수 있는 문제만 있다고 생각해왔어요. 꽤 오랫동안 정말 그랬지만, 그러다가 우리가 삼십대에 접어들고 여전히 가난할 때, 우린 그게 단순히 돈 문제만은 아니라는 걸 이해하게 됐어요. 한 10년 동안 끔찍하게 가난했던 기간이 있었어요. 항상, 밤낮으로 일을 했는데도—저는 낮에는 학교에 가고 밤에는 일을 하는 걸 몇 년 동안 했어요—가난했어요. 가난한 노동자들이었던 거죠. 우린 그때도 여전히 우리가 일을 열심히 하고 올바른 방향으로 가기만 하면 된다고 믿고 있었어요……. 이게 바로 어렸을 때 들은 아메리칸드림인 거죠. 열심히 일하면 모든 게 괜찮아질 거라는.

경제적인 게 언제나 문제였어요. 너무나 많은 연극이나 영화, 소설이 가족 내의 문제, 관계의 붕괴를 전제로 해서 만들어지죠. 이런 문제들을 가지고 있으면서 동시에 식탁 위에 음식을 올려놓는 문제로 걱정을 해야 하는 처지라면, 그리고 의료비나 월세를 걱정해야 하는 처지라면…… 모든 게 다 쌓이게 돼요.

모든 게 다 나쁘기만 했다고 들리게 하고 싶지는 않아요. 실제로 그렇지만은 않았거든요. 아내하고 둘이 아주 괜찮은 몇 년을 누리기도 했어요. 간지럽게 들릴 수도 있을 텐데, 우린 가난했지만 행복했어요. 책임져야 할 일들이 많았지만 우린 젊고 튼튼했고, 뭐든지 해낼 수 있을 것 같았어요. 무엇보다 서로를 무척 사랑했고요.

하지만 가장 핵심적인 문제는 경제였습니다. 저희 집안 누구도 6학년 이상 학교를 다녀본 적이 없어요. 그들은 일을 했고, 일밖에는 아는 게 없었습니다. 아내의 가족들 중에는 교육을 받은 사람이 전혀 없고, 무언가를 해보거나 아는 사람도 아무도 없었어요. 그리고 아이들 신발 정도보다 더 값나가는 걸 사본 사람도 없었고요. 돈은 아무도 없었어요. 제 부모님은 평생 생존을 위해 싸웠어요. 양쪽 집안 모두 아주 주변부의 삶을 살았어요. 아버지에 대해 쓴 에세이에서 이것에 관한 이야기를 썼어요. 약간이라도 숨 쉴 틈이 있었다면 좋았겠죠. 저 역시 한두 주라도 생활고의 압박에서 벗어날 수 있으면 좋겠다는 꿈을 꾸곤 했어요. 가능하지 않은 일이었죠.

섹스턴   작가님은 「불」에서, 한자리에 앉아 쓸 수 있는 것만 쓰는 걸
로 스스로를 제한했다고 썼는데요. 그런데 장편소설을 쓰려
면 "어쨌든 당분간은 한 장소에 머물러" 있으면서 세계를 볼
필요가 있다고도 썼고요. 그렇다면 작가님에게 세계가 쪼개
져 있었던 것 역시 단편소설을 쓴 또 하나의 이유가 되나요?

카버   세계는 매우 여러 조각으로 쪼개져 있었고, 제가 사는 세계는
한곳에 머물러 있으려 하지도 않았습니다. 제 가족의 구성원
을 제외하고는 사람들이 바뀌었을 뿐만 아니라, 더 나은 일자
리를 찾겠다는 생각으로 이사를 다닌 것도 나쁜 영향을 미쳤
어요. 한번은 약간의 장학금을 얻고 학교에 다니기 위해서 집
에서 3천 킬로미터 넘게 떨어진 곳으로 옮기기도 했어요. 너
무 많이 옮겨 다녔어요.
저는 글을 쓰고 싶었기 때문에, 쓸 수 있는 때는 썼어요. 소설
을 쓸 시간이 없을 때는 시를 썼어요. 시는 단편소설보다 훨
씬 빨리 쓸 수 있었거든요. 그보다 더 오래 앉아서 일할 수 있
는 시간이 없었어요. 지금은 상황이 그때와 달라서, 당시에
는 가지고 있지 않던 것, 글을 쓸 수 있는 시간이 있어요. 이
제는 소설을 쓸 거냐, 시를 쓸 거냐 하는 게 선택의 문제일 뿐
이에요. 미국에서 가장 최근에 출간됐고, 여기 영국의 콜린스
출판사에서 내년에 출간될 예정인 『물이 다른 물과 합쳐지는
곳』은 시집이에요.

섹스턴   작품 스타일이 바뀌었죠? 문장은 더 길어졌고, 보다 능동적인 표현들이 많이 보입니다. 『사랑을 말할 때 우리가 이야기하는 것』에 수록되었던 걸 수정해서 『불』에 재수록한 세 작품이 특히 눈에 띄는데요.

카버   그렇습니다. 그리고 새로운 선집 『대성당』에 수록된 작품들은 전의 것들과 다릅니다. 특히 지극히 축약된 어법을 사용했던 『사랑을 말할 때 우리가 이야기하는 것』의 수록작들과 많이 다르죠. 그 선집에서는 없어도 되겠다 싶은 것들은 모조리 삭제하고, 들어냈죠. 그 방향으로 가고 싶은 만큼 가봤던 것 같아요. 이러다가는 얼마 지나지 않아 나 자신도 읽고 싶지 않을 이야기들을 쓰게 되겠구나 싶었어요. 그 책에 들어갈 작품들을 끝내고, 출판사에서 그 책을 내기로 결정한 뒤 예닐곱 달은 아무것도 안 썼어요. 그리고 나서 처음 쓴 게 「대성당」이었고, 이 작품은 그 전에 제가 썼던 어떤 것과도 다르다는 걸 알았어요. 그 뒤로 쓴 것들은 어떤 이유에선가 더 풍성하고 훨씬 더 너그럽고 더 긍정적인 것 같아요. 그리고 『대성당』에 수록된 작품들은 다른 책들에 수록된 것들보다 더 짧은 시간 안에 썼어요. 수록작 전체가 1982년 가을에서 1983년 봄 사이에 쓰였습니다. 책이 나온 건 1983년 가을이었고요. 첫 번째 선집인 『제발 조용히 좀 해요』는 15년 정도 걸렸어요.

제 인생에 이런저런 변화들이 있었는데, 이 변화들이 어느 정도 제 작품들에 반영됐다고 생각합니다. 시들이 달라졌어요.

더 나아졌다고 생각하고 싶습니다. 『불』에 수록된 것들보다 이 시들이 좀 더 가깝게 느껴져요. 저는 작가가 똑같은 것에 대해 반복해서 쓰는 건 좋지 않다고 생각하는 편입니다. 하지만 저로서는 그런 걸 의식하면서 그렇게 쓴 건 아니었어요. 사는 동안 어떤 일들이 일어났고, 이것들이 제 작품들에 영향을 미친 것 같아요.

섹스턴 초기작들은 꼭 필요한 부분들만 남긴 채 극단적으로 편집이 되어 있는데, 그게 어떤 식으로든 알코올의 영향을 받아서 그런 게 맞나요? 통제 불가능한 상태에서 일어난 일들을 극단적으로 통제해가면서 썼다는 느낌이 그래서 나오는 게 아닌가 싶습니다.

카버 아닙니다. 그 작품들을 쓸 때에는 전혀 취하지 않은 상태였어요.

저에게는 문장이 완벽하고 전적인 통제력을 행사할 수 있는 구체적인 현장이고 경기장이었던 거죠.

섹스턴 술기운에 썼다는 이야기를 하는 게 아니고요. 다만 이 극도로 차분한 스타일 속에 들어 있는 세계관이 간접적으로나마 알코올의 영향을 받은 것 아닌가 하는 거죠.

카버 그건 부분적으로 사실입니다. 그 생각은 못 해봤네요. 말씀하신 게 어떤 면에서는 맞는 게, 알코올의존증 증세는 다양한 방식으로 나타날 수 있거든요. 그리고 삶이 엉망진창이고 혼란 속에 빠져 있는 상태라면, 어떤 식으로든 그걸 통제하고 싶은 욕구가 생길 수도 있겠죠. 어쩌면 그게 바로 제가 그 단편소설들의 문장을 그토록 정교하고 정확하게 다듬으려고 했던 이유라는 생각이 드네요. 저에게는 문장이 완벽하고 전적인 통제력을 행사할 수 있는 구체적인 현장이고 경기장이었던 거죠. 게다가 저는 제가 하고 싶은 말을 정확하게 해야 한다는 강박증이 있어요.

섹스턴   말하지 않고 남겨두는 것, 말줄임표의 사용 역시 매우 정확합니다.

카버   이건 물론 헤밍웨이로 거슬러 올라가는 이야기죠. 무얼 남겨두는지 아는 한, 남겨두는 건 괜찮다. 헤밍웨이가 남긴 금언 중 하나죠, 아마도. 이렇게 말하긴 좀 그렇지만, 저 역시 제가 무얼 남겨놓고 있는지 알고 있다고 느꼈습니다. 「글쓰기에 대해」라는 에세이에서 이 문제에 대해 조금 이야기를 했죠. 저는 쉽게 지루해하는 편인데, 너무 빙빙 돌리거나 과장된 문장은 지겹죠. 이런 식으로 쓴 소설을 참아주기 어려워요. 그러니까 저는 본론으로 빨리 들어가려 서두르는 편인 것 같아요. 불필요한 움직임들은 다 내버려두고요. 저는 보이지 않는 데에서 작동하는 이야기들을 만들어내는 데 관심이 있었어요. 그런 작품들은 작가가 끼어들지 않아도 잘 굴러가죠.

이런저런 요소들이 움직이게끔 배치만 해두고 이야기가 스스로 생명력을 얻게 한 뒤, 알아서 굴러가게 하는 거죠. 살면서 우리는 때때로 지름길을 택하고, 더 이상 신경 쓸 필요가 없는 사소한 일들은 그런 식으로 대충 처리하잖아요. 저는 제 작품에서는 지름길을 택하고 싶지 않았어요. 그 대신 그 이야기가, 이를테면, 실제로 인생이 그런 것처럼, 스스로 굴러가기를 바란 거죠. 어떤 땐 너무 많이 들어냈던 것 같아요. 내가 이 방향으로 너무 간 건 아닌가 느끼기 시작한 게 그때였어요.

누군가가 저를 '미니멀리스트'라고 불렀는데, 그 사람은 칭찬의 의미로 그렇게 말했지만, 저로서는 그 말이 불편했어요. 위대한 미니멀리스트 화가들, 위대한 작가, 작곡가 들이 있겠지만, 저한테는 그 말이 불편했어요. 아무래도 너무 많이 들어냈다는 느낌이 들었어요. 아무튼 그런저런 이유로 긴장을 좀 푼 것 같아요. 긴장을 풀었다는 건 적당한 표현이 아닌 것 같고, 열어두기 시작했어요.

섹스턴   개작 작업을 하게 된 동기가 그것인가요? 어떤 작품들은 마치 등장인물이 그 작품에 대해 기억을 좀 더 되살리기라도 한 것처럼 이야기가 확대되었더군요.

카버   예. 부분적으로 제가 그 이야기들을 다르게 보기 시작했다는 사실과 관련이 있습니다. 몇몇 작품들을 다시 읽어본 결과, 아직 이야기가 끝나지 않았다는 생각이 들었습니다. 그리 놀라운 일은 아닙니다. 프랭크 오코너는 자기 작품을 다시 고쳐 쓰는 걸로 유명했어요. 출판을 하고 난 뒤에 고쳐 쓴 경우도 여럿 있었습니다. 그의 뛰어난 단편 「국가의 손님들Guests of the Nation」은 출판된 판본이 네 가지 있습니다.

섹스턴   그런 건 시인들에게 더 자주 있는 일 같은데요. 작가님은 「글쓰기에 대해」에서 '전화벨이 울렸을 때 사내는 진공청소기를 돌리고 있었다'라는 문장으로 단편소설(「내 입장이 돼보시오」)을 시작한 일에 대해 언급합니다. 그리고 거기에서 시작해서 시를 쓰듯이 '한 줄, 그리고 그다음, 그리고 그다음……' 하는 식으로 그 단편을 만들어나갔다고 썼죠. 그런데 줄 또는 행이라는 건 대개 시에 대해서 사용하는 단어 아닌가요? 작가님은 「괴로운 장사」와 「춤 좀 추지 그래?」에서처럼, 같은 소재를 가지고 시와 소설을 쓰기도 했죠?

카버   그건 예외적인 경우였습니다. 자주 그러지는 않았던 것 같아요. 제 기억으로는 유일한 경우였어요.

섹스턴   어떤 소재가 시가 될지 소설이 될지, 언제 결정합니까?

카버   지난봄에 이번 새 책에 들어갈 시들을 모두 썼을 때, 제게 온모든 소재는 시가 되고 싶어 하는 것 같았어요. 하지만 그 시들 안에 아주 많은 소설이 묻혀 있는 건 확실해요.

섹스턴 구체적으로 어떻게 글을 쓰는지 물어도 될까요? 헤밍웨이는 소설을 쓸 때에는 타자를 치면서 단어가 들어갈 자리를 비워 두곤 했는데요.

카버 헤밍웨이는 초고를 쓸 때 손 글씨로 썼어요. 저도 초고를 쓰거나 일단 이야기를 끝까지 써 내려가기만 할 때에는 손으로 씁니다. 시든 소설이든 초고를 쓸 때에는 아주 빨리 씁니다. 그냥 종이 위에 풀어놓는 게 목적이에요. 기 드 모파상이 "흰색에 검정을 입혀라"라고 말한 것처럼, 종이 위에 뭐든지 쏟아놓는 거죠. 그러고 나면, 첫 문장을 빼고는 모든 게 수정 대상이 됩니다. 소설이나 시의 첫 문장, 혹은 첫 줄은 그대로 남겨둡니다. 그게 바뀌는 경우는 거의 없어요. 하지만 나머지는 전부 수정 대상입니다. 뼈대를 추려서 다시 세우고 나면, 그제야 결국 괜찮은 결과물이 나올 것 같다는 느낌을 받게 됩니다. 저는 고쳐 쓰고 또 고쳐 쓰는 걸 좋아합니다. 하지만 물론, 시작점이 필요하죠. 그래서 얼른 써두지 않으면 그걸 잃어버릴 거라는 두려움이 항상 있어요. 예전에는 제가 처해 있던 독특한 환경 때문에 서둘러서 써야만 했는데, 그때부터 시작된 버릇이에요. 요즘은 그런 환경에서 살고 있지 않지만, 그래도 여전히 그런 방식으로 일을 합니다. 아주 빨리 써두고 타자기로 정리하는 거죠. 일단 타자를 쳐두고 나면 작업을 시작할 수 있어요. 그때부터 진짜 작업이 시작됩니다.

섹스턴 작품의 마무리가 어렵나요? 다들 그 문제를 이야기하잖아요.

아닌가요? 작가님의 작품들은 일정한 패턴을 따르는 것과 새로운 길을 찾는 것 사이에서 아주 조심스럽게 균형을 잡는 쪽을 택합니다.

카버　어떤 작품들은 마무리가 좀 과했던 것 같아요. 그래서 다시 돌아가서 바로잡아야 했죠. 마무리는 시에서든 소설에서든 첫머리 다음으로 가장 중요하고, 결정적이죠. 제 경우에는 마무리가 나머지 부분에 비해 더 큰 문제를 안겨주거나 일거리를 더 만들어준 적은 없는 것 같지만, 아무튼 딱 적절해야 해요. 시나 소설에서 독자를 정말 감동시키고, 그들에게 의미를 부여해주는 건 그 작품의 마지막 줄이나 마지막 단어인 경우가 종종 있어요. 저는 대개의 경우에는 이야기가 어떻게 끝날지 일찌감치 알고 있어요. 다른 부분보다 어느 정도 앞서서 첫 줄과 마무리가 옵니다.

섹스턴　아직도 창작을 가르치나요?

카버　아뇨. 안 합니다. 미국예술문학아카데미에서 기금을 받았거든요. 세금을 내지 않아도 되는 기금을 5년에 걸쳐 매년 받는데, 만료 시점에 가서 갱신될 수도 있어요. 이 기금을 수령하는 딱 한 가지 조건이 어떤 식으로든 고용되지 않아야 한다는 거예요. 가르치는 거, 호텔을 운영하는 거, 제재소에서 일하는 거, 뭐가 됐든 다 안 돼요. 그래서 기금을 받게 됐다는 소식을 들은 그날 학교를 관뒀어요. 가르치는 건 그래서 더 이상 안 하는데, 전혀 그립지 않아요. 가르칠 땐 잘 가르쳤다고 생각하지만 전혀 아쉽지 않아요. 사실은 가르치는 일을 하는 동안 도대체 어떻게 글을 썼나 싶어요.

섹스턴 글 쓰는 걸 가르칠 수 있다고 생각했나요? 「불」에서는 존 가드너의 말을 인용하면서 작가는 태어나지만 만들어지기도 한다고 쓴 뒤에 괄호 안에 이렇게 덧붙였단 말이죠. "(이 말은 사실인가? 세상에, 난 아직도 모르겠다.)"

카버 작가나 예비 작가들에게, 하지 말아야 할 것 몇 가지를 가르칠 수 있습니다. 작품 안에서 시늉을 내지 않고 솔직해야 할 절대적인 필요성도 가르칠 수 있죠.
바이올린이나 피아노 연주, 그림 그리기를 가르치는 것처럼 글쓰기에서도 어떤 것들은 가르칠 수 있다고 생각해요. 오늘날 가장 뛰어난 바이올리니스트나 피아니스트들 대부분이 대가들 밑에서 배운 사람들이잖아요. 그렇다고 해서, 대가 밑에서 배운 사람들이 모두 위대한 피아니스트나 바이올리니스트, 아니면 위대한 작가가 될 거라는 뜻은 아니에요. 하지만 최소한 그렇게 될 수 있는 길 위에는 올려놔주는 거죠. 미켈란젤로가 어느 날 갑자기 완전히 성장해서 시스티나성당 작업을 한 건 아니었어요. 다른 화가의 조수로 7년 동안 일했단 말이죠. 베토벤도 하이든을 비롯한 다른 작곡가들 밑에서 작곡 공부를 했어요. 이건 오래되고 고귀한 관계예요. 글을 쓸 능력이 없는 누군가를 위대한 작가는 물론 쓸 만한 작가 정도로 만드는 건 가능하지 않은 일이에요. 하지만, 가르치고 전달해줄 수 있는 어떤 것들이 있어요. 그리고 저에게서 배운 학생들 중 몇몇한테 그런 것들을 전해줄 수 있었던 것 같아요. 제가 전달받았던 것과 같은 방식으로요.

그래서 저는 글쓰기나 음악, 사진, 건축, 아니면 다른 어떤 장르도 그걸 가르쳐서 젊은 예술가들을 도와줄 수 있다고 생각합니다. 상처를 받을 수도 있겠지만, 그렇게 상처를 받지 않는다면 그냥 아무것도 모르는 상태로 남기 때문에 또 그게 상처가 될 수도 있습니다. 글쓰기를 가르치고 배우는 건 우리 시대에 일어난 현상이고, 아마도 여태까지 일어난 일들 중 가장 중요한 문학적인 혁명일 수도 있습니다. 예이츠는 에즈라 파운드로부터 많은 걸 배웠고, 파운드는 예이츠뿐만 아니라 어니스트 헤밍웨이도 가르쳤습니다. 기 드 모파상은 플로베르에게서 배웠습니다. 플로베르는 모파상의 소설을 원고 상태에서 읽어보고는 아냐, 아냐, 아냐, 이걸로는 절대 안 될 거요, 라고 말했어요. 마침내 기 드 모파상은 플로베르에게 「비곗덩어리」를 보여줬죠. 플로베르는 그걸 보고 바로 이거요, 해냈군요, 라고 말했습니다. 그러니까, 이런 식의 비공식적인 가르침은 늘 있어왔던 겁니다. 요즘 행해지고 있는 건 그걸 공식화한 거죠.

섹스턴   작가님이 가르친 과목들 중에 문학도 있었나요?

카버   예. 전 시러큐스대학교에서 좀 독특한 경우였어요. 소설 창작을 한 과목 가르치고 문학을 한 과목 가르쳤는데, 그 과목은 제가 마음대로 바꿔서 할 수 있었어요. 한 작가의 장편소설과 단편소설 등의 창작 작업과, 같은 작가의 비평적인 작업을 비교해보는 수업은 상당히 효과가 있는 것 같았어요.

섹스턴 『불』에 수록되어 있는 「푸른 돌」이라는 아름다운 시는 플로베르의 문장 하나를 인용하면서 시작됩니다. 그 문장은 작가님이 '정확한 단어 mot juste'라는 문제에 관한 한 플로베르의 직계라는 사실을 드러냅니다. 플로베르는 언제 읽었나요?

카버 처음 『보바리 부인』을 읽은 건 아주 오래전이었어요. 모두 세 번 읽었는데, 가장 최근에 읽은 건 2년 전에 그 작품을 가르칠 때였어요. 그런데 말씀하신 그 시 자체는 몇 년 전에 어떤 일을 겪고 나서 쓴 겁니다. 1978년인가 1979년에 쓴 거니까, 그렇게 오래전은 아니네요. 오래전에 공쿠르 형제의 일기를 읽었는데, 거기에 플로베르에 대한 이야기가 있었어요. 제 시는 어떤 한 문단—플로베르가 에드몽 드 공쿠르에게 『보바리 부인』을 쓰던 과정에 대해 이야기하면서, 그 소설에 등장하는 어떤 정사 장면을 쓰면서 자기가 책상에서 자위를 했다고 말하는—에 기초한 겁니다. 그 이야기가 제 머릿속에서 지워지지 않고 남아 있었던 거죠.

문학은, 우리가 삶을 할 수 있는 한
충분히 펼치면서 살아오지 못했다는 사실을
깨닫게 해줄 수도 있어요.

섹스턴　　독자들이 자기 삶을 이해하는 데 문학이 얼마나 도움이 된다
　　　　고 생각합니까?

카버　　　저는 어렸을 때 책을 읽으면서 제가 아주 좋지 않은 방식으
　　　　로, 제게 어울리지 않는 삶을 살고 있다는 사실을 알게 됐어
　　　　요. 제 삶을 바꿀 수 있을 거라고 생각했는데, 그러려면 우선
　　　　책을 내려놔야 한다고 생각했어요. 그런데 그게 불가능했어
　　　　요. 그냥 밖에 나가서 다른 사람이 되는 것, 다른 삶을 사는
　　　　건 불가능했던 거죠. 제 생각에 문학은 우리에게 부족한 걸
　　　　자각하게 하고, 우리가 사는 과정에서 우리를 위축시키는 것
　　　　들, 여태 위축시켜온 것들의 정체를 깨닫게 하고, 우리가 어
　　　　떻게 해야 사람다워지는지, 실제보다 더 크고 더 나은 존재가
　　　　될 수 있는지를 깨닫게 해줄 수 있습니다. 그리고 문학은, 우
　　　　리가 삶을 할 수 있는 한 충분히 펼치면서 살아오지 못했다는
　　　　사실을 깨닫게 해줄 수도 있어요. 하지만 문학이 실제로 우리
　　　　의 삶을 바꿔줄 수 있는지는 잘 모르겠어요. 정말 모르겠어
　　　　요. 그렇다고 생각하면 기분은 좋겠죠. 어쩌면 단편소설이 됐
　　　　든 장편소설이 됐든, 그걸 읽고 있는 동안에는 우리의 삶이,
　　　　우리의 정서적인 삶이 바뀔 수 있을지도 몰라요. 만약에 이런
　　　　일이 자주 일어난다면 일종의 삼투 과정이 있게 될지도 모르

고, 그렇게 된다면 앞으로의 삶을 살아가는 데 도움이 될지도 모르죠.

섹스턴   러시아 사람들이 작가님의 작품을 읽고 나면 미국에 대해 어떻게 생각하게 될지 궁금하네요. 작가님의 소설들은 정치적이지는 않죠? 그런 쪽으로는 해석될 여지가 별로 없고, 정확히 어떤 구체적인 시간대를 배경으로 하고 있지도 않고요.

카버   제 작품들은 누가 대통령선거에 나섰는지하고도 별 관계가 없고, 하원에 어떤 법안이 올라가 있는지에도 별 관심이 없어요. 왜냐하면 누가 대통령이든, 하원에서 어떤 법안을 심사하고 있든 별 차이가 없을 거거든요. 다른 나라 독자들이 제 작품들을 읽으면서 정치적으로 어떤 생각을 할지는 모르겠지만, 그 독자들이 관심을 가지고 자기들 삶과 연결시켜서 생각할 수 있는 다른 요소들이 얼마든지 있다고 생각해요.

그런데, 작년 가을에 어떤 신보수주의 쪽의 비평가 하나가 제 소설들이—미국인들과 외국인들 모두에게—미국에 대해 그릇된 인상을 심어줄 가능성이 있다고 공격을 해왔습니다. (제 소설들은 대략 스무 가지 정도의 언어로 번역되었습니다.) 그 사람이 생각하기에는 레이건 행정부 아래에서는 사람들이 행복해야 하고, 고통을 받거나 실업 상태여서는 안 되고, 자신들이 하는 일을 지겨워해서도 안 되기 때문이죠. 그 비평가는 박탈당하고, 불행하고, 인생이 망가진 사람들에 대한 이야기는 쓰면 안 된다고 말하고 있었어요. 그 사람이 원하는 건 '우리 모두 행복한 표정을 지웁시다'였던 것 같아요.

근데 전 모르겠어요. 막심 고리키와 체호프, 그리고 꽤 많은 이탈리아와 프랑스 작가들, 그리고 아일랜드 출신의 단편 작가들을 꽤 읽었는데, 그 작가들이 쓰는 건 대개 박탈당하고 바닥에 가라앉은 사람들에 대한 이야기란 말이죠. 그 작가들은 전문직 종사자들이 직장에서 겪는 위기나 그 인물들이 모는 롤스로이스에 문제가 있어서 걱정하는 이야기 같은 걸 다루진 않는단 말이에요. 저는 어떤 정치적인 입장을 취하려는 의도가 없어요. 그저 소설을 쓸 뿐인데, 제가 알고 있는 것들에 대해 쓸 뿐인 거죠.

우리가 유머에 웃는 건,
웃지 않으면 울 것 같으니까 그런 거란 말이죠.

섹스턴 어떤 서평가는 「다들 어디 있지?」에 대해 이렇게 말했습니다. "나는 이 작품을 읽는 동안 내내 웃었다—하지만 그것은 어색하고, 불편한 웃음이었다." 다 읽고 나서는 독한 술을 두어 잔 마셨어야 했다고 했고요. 작가님의 유머는 고통에 가깝습니다. 안 그런가요?

카버 그게 인생이에요. 아닌가요? 많은 경우에 유머는 양날을 가지고 있습니다. 우리가 유머에 웃는 건, 웃지 않으면—닭살 돋게 하려는 얘기는 아니지만—웃지 않으면 울 것 같으니까 그런 거란 말이죠. 아무튼 제 이야기들에서 누군가 유머를 발견했다니 반갑네요. 『대성당』에 들어 있는 「신경써서」라는 작품은 귀에 귀지가 꽉 찬 사내 이야기인데, 그 사내는 아주 암울하고 절박한 상황에 처해 있어요. 그런데, 그 이야기를 지난달에 처음으로 하버드대학교에서 읽었는데, 다들 박장대소를 하더군요. 어떤 부분들이 그렇게 웃긴 모양이더라고요. 마지막 몇 페이지에서는 웃지 않았지만, 어떤 부분들은 정말 웃겼어요. 〈새터데이 나이트 라이브Saturday Night Live〉 종류의 유머는 아니고, 다크 유머인 거죠.

섹스턴 인물들 사이에 정말 접점이 있는 건 「대성당」이 유일하지 않나요? 그리고 「청바지 다음에」에서는 패커 부부가 서로를 사랑하는 게 분명히 드러나 보이는데, 이런 관계 역시 작가님 작품에서는 드물지 않은가요?

카버 제 인물들 사이에 사랑과 연결이 이루어지는 경우가 많지 않다는 걸 말하는 건가요?

섹스턴 예. 「대성당」에서는 말미에 두 인물이 멀어지는 대신 갑작스럽게 한 방향으로 움직이는 식으로 큰 변화를 만들었죠.

카버 예. 그리고 이쪽이 아주 마음에 듭니다. 그 작품을 썼을 때, 저는 그게 전에 썼던 작품들과 모든 면에서 다르다는 사실을 알았습니다. 그 작품이 『대성당』에 들어갈 작품들 중 제일 먼저 쓴 것이었어요. 저는 이 작품이 이전 작품들 안에서는 드러나지 않고 있던 무언가를 시사한다고 생각해요. 제 생각에는 『대성당』에 수록된 작품들이 다른 어떤 작품들보다도 훨씬 더 풍성하고 흥미로워요. 물론 저한테 그렇다는 말이지만요. 예를 들어 「열」이라는 작품에서는 아내가 떠나고 남편에게 아이들이 남겨져요. 「별것 아닌 것 같지만, 도움이 되는」은 어린아이가 죽고 난 뒤에 사람들이 서로 연결되는 이야기예요.

제 인생이 바뀌었고 그래서 제가 좀 더 낙관적으로 변했다고 말하는 게 적절할 것 같아요. 제 작품들에서 그 사실을 읽어낸 것이었으면 좋겠네요.

하지만, 제가 젊었을 때 저에게 커다란 인상을 남긴 수많은 것으로 계속 되돌아가기도 합니다. 다른 인생이던 시절에 일어난 일들로 돌아가 재료를 찾는 거죠. 지금 제가 사는 환경은 당시와 물론 많이 다르지만, 그 시절의 일들은 제게 아직도 크나큰 존재감을 가지고 있거든요.

저는 좋은 작가들 누구나가 그러듯이,
상상하고, 기억하고, 그것들을 뒤섞습니다.

섹스턴   작가님 작품들은 실제로는 어느 정도나 자전적인가요?

카버   이야기라는 건 물론 허공에서 뚝 떨어지는 게 아니고, 어디엔가에 뿌리를 두고 있죠. 그런 면에서 제가 쓰는 모든 이야기들, 그 이야기들 속에서 다루는 소재들 중 어떤 것들은 실제로 일어난 사건들이거나 어디선가 얻어들은 것들입니다. 그런 면에서 저는 증인이라고 할 수 있죠. 저는 좋은 작가들 누구나가 그러듯이, 상상하고, 기억하고, 그것들을 뒤섞습니다. 전적으로 자전적인 걸 쓸 수는 없어요. 그렇게 했다가는 이 세상에서 가장 따분한 책이 나올 겁니다. 그게 아니라 여기서는 이런 걸 끄집어내고 저기서는 저런 걸 끄집어내어 눈사람을 만들 듯이 언덕 아래로 굴리는 겁니다. 굴러 내려가는 과정에서 다른 모든 것—우리가 들은 이야기, 눈으로 본 것, 직접 겪은 것—이 달라붙게 되죠. 그렇게 이런 토막 저런 조각을 붙여서 어떤 일관성 있는 전체를 만들어내게 됩니다.

섹스턴   작가님의 책 한 권에 수록된 작품들 전체를 한꺼번에 읽어보면 어떤 연속성이 느껴집니다.

카버   제 생각에는 음악에서 작곡가의 고유성이 느껴져야 하는 것처럼, 글에서도 작가의 고유성이 느껴져야 합니다. 모차르트의 음악을 몇 소절 들어보면 그게 누구 곡인지 알기 위해 계속 들어보지 않아도 된단 말이죠. 제가 쓴 소설에서 작가 이름을 보지 않은 채 몇 문장이나 한 문단만 읽고 나서도 그게 제 작품이라는 걸 알 수 있었으면 좋겠어요. 심지어 그 이야기가 런던에 살면서 브뤼셀로 출퇴근을 하는 이야기 같은, 제가 한 번도 써본 적이 없고 앞으로도 쓰지 않을 이야기라도 말이에요.

그러니까 이게 좀 이상한 거죠. 저는 기대치가 아주 낮은 상태에서 시와 소설을 쓰기 시작했기 때문에, 그때와 지금의 마음을 어떻게 연결시켜야 할지 사실 잘 모르겠어요. 카버 소설, 이것에 대해서는 아마 제가 제일 놀라고 있을 거예요. 하지만 아주 기쁘고 행복해요. 예.

레이먼드 카버의 말

레이먼드 카버
고영범 옮김

레이먼드 카버는 어린 시절 아버지가 책을 읽던 모습에서 "아주 사적인 행위"를 보았다고 합니다. 사적인 영역을 전혀 존중하지 않는 분위기의 집안에서 자랐다는 그에게는 이례적인 것이었지요. 그렇게 시작된 '이야기'는 그를 미국 단편소설의 르네상스를 주도한 작가로 만듭니다.

가난했던 유년, 이른 결혼과 아이들을 부양해야 했던 젊은 시절을 겪으면서도 글쓰기에 대한 열정을 놓지 않았던 카버였지만, 그 후로 이어진 알코올의 존증은 그의 세계를 황무지로 바꾸어버렸습니다. 그리고 이 책은 카버가 금주를 결심하고 이룬, 그의 말에 따르면 "두 번째 삶"이라 불리는 바로 그 시기의 인터뷰들을 담고 있지요. 단편소설이 외면받던 시기에 오직 단편만으로 대중의 사랑과 평단의 찬사를 모두 성취한 그에게 많은 질문이 있었고, 카버는 이에 답하면서 스스로와 자신의 작품 세계를 새로이 발견해나갑니다.

"무언가의 증인이 될 수 있다고 느끼는 한" 계속 쓸 것이라 말하는 카버는 모두가 주목하는 삶보다는 이 세계의 소외된 이들을 그렸습니다. 평생 알고 지냈고 또 그 자신도 그들 중 하나인 사람들이지요. 이제부터 이 "혼란스럽고 넋이 나가 있는 사람들"의, 더 낮은 곳으로부터 시작되는 이야기의 문을 열어보시면 어떨지요.

마음산책 드림

삶이 열리기 시작한다

레이먼드 카버는 평범한 일들과 평범한 사람들에 대해 비범한 힘을 가지고 쓴다. 그의 단편소설들은 함축과 축약이라는 원리를 가지고 작동한다. 단어 하나하나, 몸짓 하나하나가 의미를 담고 있다. 카버는 묘사해야 할 세부 사항을 신중하게 선택함으로써 부엌에 놓여 있는 의자처럼 대단할 이유가 없는 사물들에도 우리를 불편하게 하는 힘을 부여한다. 구어체의 미국 영어는 그의 손에서 세계를 바라보는 전체적인 안목이나 윤리적 상태를 단 한 문장으로 요약할 수 있는 간결함을 성취한다.

카버는 세심하게 다시 쓰고 고쳐 쓰는 작업을 통해, 여러 겹으로 구성되어 있는 평범한 삶을 들추고 사람의 마음이 작동하는 최선과 최악의 국면을 드러낸다. 그의 소설들은 파산, 이혼, 별거, 퇴거 조치 등 삶의 모서리까지 밀려나 말과 행동을 통해 스스로를 드러내도록 강요받은 사람들에 관한 이야기들이다. 카버는 일단 이런 이야기들에 손을 대

니컬러스 오코넬, 『들판의 끝에서: 북서부 태평양 연안 지역 작가 20인과의 인터뷰At the Field's End: Interviews with Twenty Pacific Northwest Writers』, 매드로나, 1987, 76~94쪽.

는 순간 그 인물들의 구석구석까지 아주 냉정하게 들여다보지만, 그들을 함부로 재단하지는 않는다. 카버는 타자는 알 수 없는 그 인물만의 고유성을 존중하면서 연민을 가지고 그들에게 접근한다.

그 자신이 미국 하층민의 일원으로 살았던 적이 있기 때문에 카버는 그들에 대한 애정을 가지고 그들을 정확하게 그려낸다. 1938년에 오리건주의 클래츠카니에서 태어난 카버는 성장기의 대부분을 워싱턴주 야키마에서 보냈다. 그는 얼아홉 살의 나이로 메리앤 버크와 결혼했고, 스무 살이 되었을 때에는 두 아이의 아버지가 되어 있었다. 카버는 이 어린 아이들을 키우기 위해 스스로 "하찮은 일자리들"이라고 묘사한 주유소, 튤립 수확, 병원 청소, 화장실 청소 등의 일자리를 전전해야 했다. 여러 해 동안 그런 일자리들을 거치고, 가정 문제를 겪고, 또 알코올로 인한 문제를 겪고 나서 카버의 인생은 나락으로 떨어졌다. 술을 끊고 나서야 그의 삶은 다시 예전의 상태를 회복하기 시작했다. 카버는 점차적으로 자신의 삶을 정상 궤도에 올려놓았고, 고통스러웠던 그 몇 년 동안의 기억을 통해 아직 어려움을 벗어날 길을 찾지 못한 사람들에 대해 더 잘 증언할 수 있게 되었다.

카버는 네 권의 단편집을 펴냈다. 『제발 조용히 좀 해요』 『분노의 계절과 다른 단편들』 『사랑을 말할 때 우리가 이야기하는 것』 『대성당』이 그것들이다. 또한 그는 『불』 『도스토옙스키: 시나리오Dostoevsky: A Screenplay』와 다섯 권의 시집을 냈다. 『클래머스 근처』 『겨울 불면증』 『밤에 연어가 움직인다』 『물이 다른 물과 합쳐지는 곳』, 그리고 『울트라마린』이 그것들이다.

카버는 1963년에 험볼트주립대학교를 졸업했다. 그리고 아이오와대학교 대학원으로 진학했고, 이후 그 대학을 비롯한 국내 여러 대학에서 가르쳤다. 그는 워싱턴주 포트 앤젤레스로 옮기기 전에 뉴욕주의 시러큐스대학교에서 가르치면서 그곳에서 살았다. 카버는 1983년에 밀드레드 앤드 해럴드 스트라우스 생활 기금을 받았으며, 1984년에는 『대성당』으로 전미도서비평가협회상 소설 부문과 퓰리처상 소설 부문 후보에 선정되었다.

이 인터뷰는 카버가 테스 갤러거와 같이 살고 있는 포트 앤젤레스의 집에서 1986년 여름에 진행되었다. 그 집은 환드퓨카 해협이 내려다보이는 조용한 주택가에 자리 잡고 있다. 카버는 키가 크고 웅얼거리듯이 조용히 말하며 수줍음이 많은 사람인데, 말을 정확하게 하는 데에 매우 예민하다.

야외는 건강하쥬 실내에는 늘 일정 정도의 증기
악취가 풍기는 공기가 떠돌고 있습니다.

오코넬   작가님 작품들 대부분이 실내에서 벌어지는 일을 다루는데, 특별한 이유라도 있나요?

카버   잘 모르겠습니다. 그런데 정말 그런 것 같죠? 그건 제가 대부분의 시간을 실내에서 보낸다는 것과도 부분적으로 관계가 있을 것 같고, 무엇보다 제 작품들은 남자와 여자 사이의 이런저런 관계를 다루는데, 여기에서 만들어지는 어떤 순간들이나 사소한 드라마들은 야외보다는 실내에서 더 잘 펼쳐지기 때문인 듯합니다. 야외는 건강하죠. 실내에는 늘 일정 정도의 증기, 악취가 풍기는 공기가 떠돌고 있습니다.

오코넬   작가님 작품의 대부분은 미국에 있는 거의 어떤 타운에서나
         일어날 수 있는 일인가요?

카버   그럼요. 그리고 그래왔고요.

오코넬   구체적인 장소, 도시 같은 것들이 크게 중요하지는 않은가요?

카버   구체적인 기준, 인상적인 지형지물이나 안내 같은 건 제 작품
         들 속에서 꼭 필요하지는 않습니다. 제 작품에서 주로 다루는
         종류의 사건들에도 어떤 변형들은 늘 있지만, 그렇다고 해도
         포트 앤젤레스가 됐든 벨뷰가 됐든, 아니면 휴스턴이나 시카
         고, 오마하, 뉴욕이 됐든, 남자들과 여자들이 하는 짓은 큰 차
         이가 없어요.
         그리고 이게 제 작품과 관련해서 좋은 건지 나쁜 건지 모르겠
         지만, 판단할 방법이 없어요. 저는 너무나 오랫동안 어느 곳에
         도 뿌리를 내리지 못하고 떠돌았는데, 작가로서 중요한 자양
         분을 얻을 만한 기회도 꽤 잃은 셈인 거죠. 제가 지난 1960년
         대를 사는 동안 겪은 일련의 거대한 회오리들 속에서 잃어버
         린 겁니다.

오코넬   작가님의 작품들을 읽으면서 충격을 받은 건, 이런 이야기들
         은 누군가가 실제로 깊이 경험해보지 않으면 쓸 수 없을 것
         같다는 생각이 들었기 때문입니다. 작가님이 살아온 과정 없
         이도 이런 작품들을 쓸 수 있었을까요?

아마도 어려웠을 겁니다. 저는 저를 형성시킨 환경의 결과물임에 틀림없어요. 어떤 사건들은 저에게 아주 깊고 사라지지 않는 인상을 남겼어요. 제가 글을 쓰고 싶다는 강렬한 욕망을 가지고 있었다는 사실을 염두에 뒀을 때, 제가 만약 지금까지 살아온 것과 다른 삶을 살았다면 어떤 글을 썼을지는 사실 아무도 모르는 일 아닐까요? 아무튼 무언가 다른 쓸 거리를 찾았을 건 분명해요.

제가 쓴 단편소설들이나 시들은 자전적인 이야기들은 아니지만, 제가 쓴 글들 모두가 현실 세계에 각자의 출발 지점을 두고 있어요. 이야기들은 허공에서 뚝 떨어지지 않아요. 어디엔가 구체적인 출발 지점이 있어요. 상상력과 현실성, 약간의 자전적인 요소와 풍부한 상상이 결합돼서 나오는 거죠.

하지만 그 이야기들은 그걸 다루는 제 의도에 따라 특정한 방향으로 전환되거나 특정한 방식으로 틀이 잡히게 됩니다. 대개의 작가들이 그렇게 하고, 저 또한 다르지 않습니다. 독자들이 작가로부터 기대하는 건, 작가가 자신이 다루는 주제에 대해 권위를 가지는 것입니다. 독자들은 작가를 신뢰할 수 있다는 느낌을 가지고 싶어 하고, 이를테면 작가의 손에 자기를 내맡기고 함께 떠나고 싶어 합니다.

제가 살았던 그런 삶을 살지 않았더라면, 아마 제가 쓴 그런 특정한 이야기들을 쓰지는 않았을 겁니다. 그래도 그 정도의 재미와 그 정도의 가치를 지닌 이야기를 썼을 거라고 생각하고 싶네요. 하지만 누가 알겠어요?

오코넬 그 질문을 한 이유는 작가님 작품들을 읽으면서, 작가님이 짓 밟히고 있는 이들에 대해 깊은 연민을 가지고 있는 것 같다는 생각이 들었기 때문입니다.

카버 그렇게 보였으면 좋겠네요. 그런 느낌이 전해지면 좋겠어요. 왜냐하면 저는 오래전에 그런 사람들과 같은 처지였거든요. 전 그런 사람들과 함께 성상했고, 그 사람들은 제가 제일 잘 아는 사람들입니다. 그리고 여전히 제 상상 속에서 가장 관심 을 불러일으키는 원천이기도 하고요. 이런저런 방식으로 다 뤄볼 필요가 있다고 판단되지 않는 사람들에 대해서는 별로 써본 적이 없어요. 저는 대학 사회를 들락거리고 살면서 캠퍼 스에서 꽤 많은 시간을 보냈지만, 대학 캠퍼스나 학교에 대 해서는 단 한 작품도 쓴 게 없어요. 전혀요. 그런 생활은 그 냥 저한테 오래 남는 정서적인 인상을 주지 못해요. 저 스스 로 오랫동안 하층민의 삶을 살아왔기 때문에, 그들의 생활이 어떤지, 그렇게 사는 게 어떤 느낌인지 어느 정도 압니다. 저 는 지금도 여전히 그 사람들을 좀 더 가깝게 느껴요. 내 사람 들인 거죠. 내 친척들이고, 내가 같이 자란 사람들이고요. 제 가족의 절반은 아직 그렇게 살고 있어요. 그 사람들은 아직도 다음 달, 아니면 그다음 달을 어떻게 넘겨야 할지 막막해해 요. 믿거나 말거나, 사실이에요.

저는 제가 알고 있는 것들에 대해
증언하고 있을 뿐입니다.

260

오코넬 작가님은 자신이 이 사람들의 대변인이라고 생각하나요?

카버 저는 그저 제가 좀 아는 사실에 대한 증인 역할을 할 뿐입니다. 저는 이 세상에서 벌어지고 있는 대부분의 일에 대해서 아는 바가 없고, 관심도 없어요. 저는 제가 알고 있는 것들에 대해 증언하고 있을 뿐입니다.

오코넬 그 작품들을 꼭 써야겠다는 느낌이 있었나요?

카버 예. 아니면 쓰지 않았겠죠.

오코넬 이런 강박이 글을 쓸 시간이 별로 없던 기간에 작가님 내면에 쌓인 건가요?

카버 제 첫 번째 소설집인 『제발 좀 조용히 해요』에 수록된 작품들의 저작권 날짜를 보시면, 첫 번째 작품은 1963년에 발표되었고, 마지막 작품은 1975년에 발표되었습니다. 그리고 책은 1976년에 출간되었고요. 그러니까, 그 단편소설들이 책으로 묶이기까지 12년 혹은 13년 정도 걸린 겁니다. 저는 그렇게 긴 기간 일관되게 무언가를 도모할 여유를 가지진 못했어요. 『사랑을 말할 때 우리가 이야기하는 것』에 수록된 작품들은 1976년에서 1981년 사이에 쓴 것들이고, 『대성당』에 수록된 것들은 18개월 만에 전부 다 썼어요.

오코넬   그럼 『대성당』에 수록된 작품들은 훨씬 빨리 나온 거군요?

카버   맞습니다. 18개월 만에 다 나왔어요. 첫 책을 묶는 데 12년, 13년 걸린 이유 중 일부는 몇 년 동안 통제 불능 상태에 있었기 때문이고, 또 일부는 생계를 꾸리면서, 아이들을 키우면서 동시에 글도 쓰고 학교도 다녀야 하는 파란만장이 있었기 때문이에요.

오코넬   〈시애틀 리뷰The Seattle Review〉의 편집자로서, 저는 이 잡지에 투고되어 들어오는 수많은 레이먼드 카버식 단편들을 읽게 됩니다. 작가님의 작품 스타일이 얼마나 큰 영향을 미치고 있는지 알고 있나요?

카버   최근에 읽은 선집이 한 권 있는데요. 거기에 제 걸 패러디한, 선의로 한 거지만, 작품이 두 편 있었습니다. 그리고 최근에는 아이오와대학교에서 레이먼드 카버처럼 쓰기 대회가 있었고요. 좋은 뜻으로 한 거긴 한데, 아무튼 진짜 대회였어요. 수많은 젊은 작가가 정도의 차이는 있지만 제가 쓰는 것과 비슷한 방식으로 쓰려 한다는 사실을 알고 있습니다. 하지만 젊은 작가들이란 원래 누군가의 흉내를 내기 마련입니다. 그 친구들이 저처럼 쓰려고 한다고 해서 크게 잘못된 건 아닌 거죠. 그 작품들이 취한 경제성이나 그 안에서 하는 이야기들이 품고자 하는 것들은 젊은 작가들에게 도움이 되는 면도 있어요. 다른 작가 흉내를 내보는 건 나쁘지 않아요. 많은 작가가 도널드 바셀미 흉내를 냈어요. 바셀미는 여러 면에서 놀라운 작가지만, 젊은 작가들에게 늘 최선의 본보기는 아니에요. 바셀미는 잘해내는 걸, 그 사람 수준의 지능과 재능을 갖추지 못한 젊은 작가들은 망쳐버릴 가능성이 커요. 그리고 그 결과는 대개 아주 끔찍하죠.

오코넬   작가님 특유의 스타일을 발전시키는 데 오랜 시간이 걸렸나요?

카버   물론 시간이 꽤 걸렸죠. 1960년대에 시작해서 1970년대까지, 단편들을 쓰고 그걸 다시 고쳐 쓰고 수정하는 작업을 계속했어요. 저는 작품을 내보내는 걸 그다지 서두르지 않았어요. 왜냐하면 하나를 내보내고 나면 다른 걸 써야 하는데, 그 시절에는 작품이 그리 쉽게 나오질 않았어요. 상당히 의식적인 노력을 기울여야 하는 일이었고, 그래서 시간이 꽤 걸렸죠. 「깃털들」이나 「대성당」 같은 걸 금방 쓰기 시작하고 그러지 못했어요.
최근에 쓴 것들이 다른 작품들하고 비슷한 것 같기도 한데, 사실은 달라요. 그리고 그 사실이 반가워요. 왜냐하면 자기 복제를 계속할 수는 없는 거거든요. 예전 작품들이 나쁘다는 이야기를 하려는 게 아니라 최근작들이 예전 것들과 충분히 다르다는 것이고, 그렇게 다르다는 사실이 반갑다는 겁니다.

오코넬   처음 글을 쓰기 시작했을 때, 모방을 통해서 배웠나요?

카버 그렇진 않았어요. 최소한 생각하시는 그런 모방은 아니었어요. 프랭크 오코너가 기 드 모파상 흉내를 냈다거나 단편소설이라는 게 어떻게 작동하는지를 알아보려고 모파상을 연구했다거나, 심지어 베껴 쓰기까지 했다는 이야기는 들어봤어요. 서머싯 몸도 자기 스타일을 개선하고 다른 작가들에게서 배울 수 있는 걸 완전히 흡수하기 위해서 자기가 좋아하는 작가늘의 분장을 베껴 썼다고 하죠.

저는 그런 건 한 번도 해본 적이 없어요. 하지만 저에게 중요했고, 여전히 그런 작가들이 여럿 있어요. 몇 사람만 꼽자면 체호프, 헤밍웨이, 톨스토이, 플로베르 같은 이들이죠. 이 작가들의 장편과 단편 들을 읽었고, 이 작가들 흉내를 내려고 하지는 않았지만, 확실히 좀 더 조심스럽게 쓰긴 했죠. 더 잘 쓰려고 했고요. 이 작가들은 제가 존경하는 종류의 사람들이었거든요. 하지만 특정한 작가를 다른 작가들 위에 놓거나 하진 않았어요. 체호프를 제외하면요. 제 생각에 체호프는 여태까지 있었던 모든 단편소설 작가들 중 최고예요. 이사크 바벨도 또 다른 뛰어난 작가죠. 바벨은 두세 페이지만 가지고도 엄청나게 놀라운 이야기를 만들어낼 수 있었어요.

오코넬 작가님은 글쓰기에 관한 한 언제나 완벽주의자였나요?

카버 제 인생은 엄청나게 허술했어요. 아마도 그래서 어떤 분야에서 완벽을 추구했나 봐요. 기억이 닿는 한 더듬어보자면, 저는 지저분한 원고를 못 참아 했어요. 그 당시에는 복사기도 없었고 절 위해서 타자를 쳐주는 타자수 같은 사람도 없었어요. 제 건 전부 제가 직접 타자를 쳤어요. 잡지에 투고했던 원고가 돌아오고 거기에 제가 단어를 한두 개 고치거나 삭제를 한 경우, 원고에 클립으로 집었던 자국이나 커피 얼룩이 보이거나 하면 그 작품 전체를 다시 타자로 바르게 치곤 했어요. 단지 원고를 적절하게, 제 마음에 드는 상태로 정리하기 위해서, 한 작품을 스무 벌 정도 타자로 치곤 했어요. 그러니 그 질문에 대해서는 그렇다고 답해야겠네요. 생활에서는 아니지만 글쓰기에서는 완벽주의자인 걸로요.

저는 제 작품이 충분히 식어서
그것들을 차갑게 바라볼 수 있게 되는 걸 좋아해요.

오코넬   작품을 쓰다가 반년가량 내버려두고 한 적이 있나요?

카버   그 정도로 오래 내버려둔 적은 한 번도 없지만, 최근에 2~3주 내버려둔 적은 있어요. 그렇게 할 수 있으면 좋죠. 왜냐하면 그동안 이야기가 좀 식고, 작가가 이야기로부터 거리를 좀 가질 수 있게 되면서 감정적인 열기가 그 전보다 좀 약해지거든요. 저는 제 작품이 충분히 식어서 그것들을 차갑게 바라볼 수 있게 되는 걸 좋아해요.

오코넬   작가님에게 재능이 있다는 걸 발견한 첫 번째 사람이 누구였나요?

카버 　　제 생각에는 처음 글을 쓰기 시작하는 작가는 누구나 자기에게 재능이 있다고 느끼는 것 같아요. 아니면 자기가 해야 하는 걸 할 수가 없을 거거든요. 자신을 지탱할 무언가를 가지고 있어야 하는 건데, 그러니까 모든 작가는 자신을 믿어야만 해요. 저는 아주 오랫동안 저 자신에 대해 아무런 의문도 가지지 않은 채 지내다가, 존 가드너를 스승으로 만나면서 의문의 여지없이 삶이 바뀌었어요. 그 사람은 제게 엄청나게 강렬한 인상을 남겼죠.

오코넬 　　가드너의 스타일에서 택한 게 있나요?

카버 　　스타일 면에서는 없어요. 하지만, 제 원고를 그런 식으로 본 사람은 가드너 말고는 전혀 없었어요. 저는 어떤 사람으로부터 다른 사람에게로 무언가가 전수될 수 있다는 사실을 믿는다고 말하고 싶어요. 장인과 도제의 관계는 굉장히 오래된 거예요. 미켈란젤로에게는 스승이 있었고, 베토벤도 마찬가지였어요. 그들도 한때는 도제였고, 누군가가 그들에게 그들이 수련해야 할 기능을 보여주고, 그들을 가르쳤습니다. 누가 바이올린을 배우고 싶다고 하면 이 사람을 가르칠 뛰어난 선생을 연결해주려고 하지 바이올린과 악보가 들어 있는 방에 그 사람을 집어넣고 말지는 않잖아요. 글쓰기에서도 어떤 요소들은 가르치고 배울 수 있습니다.

　　가드너는 훌륭한 선생님이었어요. 학생들에게 무언가를 제시할 능력이 있었어요. 학생이 쓴 단편소설을 보고 "이건 말이 되고 이건 말이 안 돼, 그리고 그 이유는 이거야"라고 말해줄 수 있었습니다.

저는 무척 흥분했어요. 전에는 작가를 만나본 적이 한 번도 없었거든요. 그때 제 나이가 열아홉인가 스물이었는데, 단 한 번도 작가를 본 적이 없었어요. 가드너는 당시만 해도 출판된 작품은 없었지만 작가였어요. 제가 그때까지 만났던 사람들과는 완전히 다른 종류의 사람이었어요. 저에게는 큰 도움을 줬어요. 저는 그때 제 인생에서 아무런 의미도 찾을 수 없는 그런 시점에 있었는데, 그런 저한테 이런저런 것들을 보여줬습니다. 그가 하는 말들은 곧장 제 핏줄로 흘러들었고, 제가 세상을 보는 방식을 바꿨어요.

그는 제가 무언가를 열 단어로 말할 수 있다면, 스무 단어 대신 열 단어로 말하는 게 맞다는 걸 이해하게 해줬어요. 제게 정확하라, 그리고 간결하라고 가르쳤어요. 그런 것들 말고도 많은 걸 가르쳐줬어요. 그에게서 많은 걸 배웠습니다. 제 생활은 여전히 제 몸 하나 움직이기도 어려운 처지였는데, 그때 당장 써먹기 어려운 것들도 많이 배웠어요. 그리고 그때 배운 것들이 사라지지 않고 계속 남아 있어요.

오코넬   교실 밖에서도 가드너를 만났나요?

카버   아뇨, 그런 일은 거의 없었어요. 가드너는 저보다 나이가 그리 많지 않았어요. 제가 열아홉이었고, 가드너는 아마 스물다섯이었을 거예요. 하지만 그는 아주 바빴죠. 그 후로도 15년 넘게 책이 출판되지 않았지만, 쓰려고 하고 있는 작품들이 있었고, 쓰고 있는 것들이 있었어요. 예를 들어서 『시월의 빛 October Light』은 가드너가 이십대 때 썼지만, 6년 전인가에야 출판됐어요. 그래서 그렇게 다작한 것처럼 보이는 거예요. 실제로는 1970년대에 출판된 것들의 상당수가 1960년대에 쓰인 것들이에요.

저는 글쓰기라는 걸 아주아주 심각하게 받아들여야 하는 고귀한 소명이라고 생각했고, 가드너는 저의 그런 생각을 강화하는 데 아주 중요한 역할을 했지만, 학교 밖에서 그와 관계를 맺는 일은 거의 없었어요. 아주 가끔 학생들 파티에 참석하기도 했지만, 그런 경우 말고는 사교적인 일로 만난 적이 전혀 없습니다. 저는 그냥 어린애였고, 그는 어른 친구들과 같이 지내는 어른이었어요.

우리가 다시 만나고 그게 우정으로까지 발전된 건 그가 살아있던 마지막 해의 일이에요. 그 전의 17년 동안 편지를 아마서너 통 정도 주고받았을 텐데, 아주 오랫동안 못 보다가 다시 만난 뒤에야 서로를 알게 된 거죠. 좋은 경험이었어요.

오코넬   가드너가 '윤리적 소설'이라고 말한 것과 작가님의 작품들은 얼마나 연관이 있나요?

카버   아주 오랫동안 그가 윤리적인 소설에 대해 쓴 책을 피해왔어요. 제가 쓰는 게 비윤리적인 소설이라는 사실을 발견하고 싶지 않았거든요. 하지만 가드너가 요구한 건 작가들이 자신들의 작업에 좀 더 진지하게 접근해야 한다는 것이었어요. 자신의 작업이 누구에게 어떤 영향을 미치게 될지 모른다는 것, 누군가가 암으로 아파서 죽어갈 때 당신의 작품이 위로와 도움이 될 수 있다, 그런 얘기죠. 인간의 정신을 의기소침하게 만드는 것들이 워낙 많잖아요.

존 치버가 저한테 똑같은 얘기를 한 적이 한 번 있어요. 소설은 어떤 상황에 빛과 공기를 던져 줘야 하는데, 그게 불쾌한 것이어서는 안 된다는 얘기였어요. 타임스스퀘어에 있는 극장 발코니에서 누군가가 오럴 섹스를 받고 있다면, 그게 사실일 수는 있지만 진실은 아니에요. 그 둘 사이에는 차이가 있어요. 어쩌면 제 최근작들 중 몇몇은 삶을 긍정하는 것으로, 우리 모두를 어떤 거대한 과업 안에서 하나로 연결하려는 것으로 받아들여지겠지만, 글을 쓰는 행위 자체가 윤리적 행위고, 그것만으로도 충분하다고 하는 작가들도 있습니다.

확실한 건, 작품은 무엇보다 먼저 정서적으로 연결되어야 하고, 그 뒤에 지적인 연결이 이어져야 한다는 겁니다.

오코넬   작가님은 에세이 중 한 편에서, 윤리적 소설은 진실되고 정확하게 쓰는 것과 큰 관계가 있다고 말했습니다.

카버   그랬죠. 그리고 같은 에세이에서 저는 에즈라 파운드가 "진술의 근본적인 정확성이야말로 글쓰기가 요구하는 단 하나의 윤리다"라고 한 말도 인용했습니다. 이건 어느 것 못지않게 훌륭한 시작점입니다. 여기에서 출발하면 됩니다. 하지만 "나는 윤리적인 소설을 쓰고 싶다"라는 말은 성립되지 않습니다. 작가는 자신에게 주어진 걸 써야 합니다. 그러다 보면, 운이 좋을 경우, 작가에게서 흘러나오고, 그 작품에서도 흘러나오는 선율이 있게 됩니다. 확실한 건, 작품은 무엇보다 먼저 정서적으로 연결되어야 하고, 그 뒤에 지적인 연결이 이어져야 한다는 겁니다.

체호프의 단편을 읽고 감동을 받았을 때, 그건 모차르트의 음악을 듣고 나서 감동을 받거나, 에디트 피아프의 노래를 듣고 감정적으로 동요된 것과 비슷한 일입니다. 무언가가 언어를, 심지어 100년의 세월을 가로질러 우리에게 다가오고 마음을 움직이게 할 수 있다면, 그것이 우리가 바라는 전부입니다.

오코넬   작품에서 노골적인 주장을 드러내는 걸 피하려 하는 편입니까?

카버   예. 저는 그런 주장을 할 능력 자체가 없습니다. 우선 주장을 한다는 게 뭔지 몰라요. 복숭아를 따는 일꾼들이 복숭아 한 상자 분량을 따도 충분한 임금을 받지 못하니 그런 사실을 보여주는 인물을 하나 집어넣자. 아뇨. 도식적이거나 계획적인 건 안 됩니다.

오코넬   하지만 작가님 작품에는 어떤 의견이 들어 있는 것처럼 보입니다. 독자는 그 작품들을 다 읽고 나서 누가 잘못했구나, 혹은 누가 잘했구나, 하는 생각을 가지게 된단 말이죠.

카버   예, 물론이죠. 제 작품들에서는 많은 사람이 고약하게 행동하
고, 몇몇은 훌륭하게 처신합니다. 하지만 저는 의견을 내놓거
나 어떤 걸 제시하려는 생각이 없어요.

오코넬 그러면 작가님이 하고 싶은 말은 작품 안에 담겨 있는 건가요?

카버   예. 어떤 작품의 의미는 그 작품 자체로부터 나오는 것이지
작품에 덧씌워지는 게 아닙니다. 제가 제 작품에 도취되어 있
는 것처럼 들리는 건 원하지 않지만, 어떤 때는 제 작품을 보
면서 놀라요. 어떤 때는 제가 그걸 쓰고 있을 때 마음속에 가
지고 있었던 것과 다른 방향으로 흘러가거든요.

오코넬 작가님은 정서적인 효과에 좀 더 큰 관심을 가지고 있는 건
가요?

카버   그렇습니다.

오코넬 체호프의 경우에는 작품에 의해 강조된 것에서 의미가 발생
하는 것처럼 보입니다만.

카버   체호프에 의해 강조된 건 아니죠. 물론 체호프는 주어진 상황
에 놓여 있는 사람들에 대한 정보를 독자에게 제공하는 사람

이니까 그가 운전석에 앉아 있는 건 맞습니다. 그렇게 해서 독자들을 자기가 원하는 곳으로 데리고 가는 겁니다.

오코넬　　그 말이 작가님 작품의 경우에도 사실이라고 할 수 있을까요?

카버　　그렇다고 봅니다.

오코넬　　단편소설 쓰기는 어떻게 시작하나요?

카버　　제가 글을 쓸 때는, 그게 시가 됐든 소설이 됐든—진짜로 그렇습니다만—사실상 모든 것이 자기를 소설이고 시라고 주장하고 나섭니다. 누가 한 어떤 말, 제가 본 어떤 것, 주워들은 어떤 것, 어떤 이미지 하나, 혹은 심지어 대사 한 줄도 스스로 하나의 이미지로 전환되고, 그럼 저는 글을 쓰기 시작해야겠다고 느끼게 됩니다.

일단 쓰기 시작하면, 저는 굉장히 빨리 쓰는 편입니다. 물론 그때는 조용한 장소를 찾아갑니다. 전화벨이 울리지 않는 곳이요. 그러고는 그 이야기를 가능한 한 빨리 쓰려고 합니다. 초고를 쓰는 데 이틀 이상 걸린 작품은 두세 편밖에 없었던 것 같아요. 대개는 지금 내가 뭘 쓰려고 하는지 모르더라도 일단 뛰어들고 봅니다. 그러고는 뭐라도 종이 위에 꺼내놓으려고 애를 써보는 거죠.

그리고 나서 충분히 다 쏟아냈다는 느낌이 들 때 타자를 치고 뭘 썼는지 읽어봅니다. 손 글씨로 쓴 걸 읽으면서 타자로 옮기는 동안 깜짝 놀랄 때도 가끔 있습니다. 어떤 때는 그다음에 어떻게 될지 모르기도 해요. 제가 써놓은 걸 보면서 깜짝 놀라게 되는 겁니다. 읽으면서 이런 생각을 하게 되는 거죠. '오, 이거 재미있네. 그래서 어떻게 되는 거지?'

초고들이 무의식이나 환각 상태에서 쓰인다는 말이 아니라, 일상적인 걸 다 떠난 상태에서, 이를테면 이야기가 주도권을 잡고 저를 이끌고 나가는 상태에서 쓰인다는 뜻입니다.

저는 쓰다가 버리는 이야기가 그렇게 많지 않은 편이에요. 말이 안 되거나 진도가 제대로 안 나가는 이야기도 많지 않고요. 실마리를 잘못 잡는 작가들이 많다는 걸 알고 있어요. 제 경우에는 그런 일이 거의 없습니다. 초고를 끝냈는데 별로 흥미를 못 느끼는 이야기들이 좀 있지만, 제가 무슨 이야기를 하려고 했는지, 아니면 어떻게 풀어야 할지 모르겠다 싶은 이야기들은 그렇게 많지 않아요.

그리고, 초고를 타자로 옮기고 나서 몇 번 고쳐 쓰고 나면 그걸 테스에게 보여주고 반응을 본 뒤, 대개는 다시 타자기로 가지고 갑니다. 그 작품은 결국에 가서는 전문 타자수에게로 넘겨지고, 타자수가 타자를 쳐서 보내주면 그때부터 진짜 작업이 시작됩니다. 전체적으로 고쳐 쓰고, 여기저기 손을 보고, 그런 작업들이 이어지는 거죠.

오코넬 그 과정에서 대개 작품을 압축하게 되나요?

카버 과거에는 이 퇴고 과정이 늘 작품을 압축하고 들어내는 과정이었는데, 최근 들어서는 들어내는 것보다 집어넣는 게 더 많습니다. 예전에는 마무리된 어떤 원고의 길이가 열 페이지라면 처음에 손으로 써서 타자를 친 초고의 길이는 그것의 두 배는 됐었죠. 고치면서 다 줄인 거죠. 이제는 시작할 때 스무 페이지였다면 마무리된 원고도 스무 페이지예요. 물론 내용에는 변화가 있겠지만요. 들어내는 만큼 집어넣는 거죠. 여기에서 한 줄 지우고, 다른 곳에 한 줄을 집어넣는 겁니다.

오코넬 왜 요즘은 작품에 무얼 더하는 건가요?

카버 그건 설명하기가 좀 어렵네요. 필요하다고 느끼니까요. 그렇지 않다면 그렇게 하지 않겠죠. 최근에 쓴 것들의 대부분은 덩치가 좀 더 큽니다. 그래서 여기저기에 살을 좀 더 붙이고, 색을 모두 빼는 대신 볼에 색조를 좀 더하는 거죠. 제 마음의 틀이 바뀌는 것하고 나이가 들어가는 것 등등하고 틀림없이 모종의 관계가 있을 거예요. 아무튼 지금은 인물에도 무얼 더 부여하고, 상황 자체에도 무언가를 덧붙이고, 크게 만들고, 이야기가 전하는 게 좀 더 많아지도록, 좀 더 너그러워지도록 하고 있어요.

오코넬 장편소설을 쓰는 쪽으로 움직이고 있는 건가요?

카버 모르겠어요. 요즘 쓰는 것들은 대략 5천 단어 정도 되는 것 같은데, 전에 쓰던 것들보다는 확실히 더 길어요. 하지만 의식적으로 장편소설 쪽으로 움직이고 있는 건 아니에요. 장편소설을 쓰고 싶어지면 당장 내일이라도 계약을 할 수 있겠지만—지금 저는 단편집을 계약한 상태예요—그런데 다시 단편소설을 쓰고 싶어질 때까지 기다렸다가 이 계약을 한 거란 말이죠. 2년 동안 단편을 쓰지 않았어요. 시를 주로 썼고 에세이를 몇 편 썼죠. 제가 소설을 전혀 쓰지 않고 있으니까 제 에이전트는 아마 상당히 당황했을 거예요. 하지만 언젠가는 아마도 장편소설을 쓰게 될 거예요. 안 쓸 수도 있을 거고요. 큰 의미는 없어요. 장편소설을 쓸 수도 있고 안 쓸 수도 있는 거죠. 걱정 안 해요. 장편소설을 써서 돈을 벌거나 명예를 얻거나 다른 무엇을 얻어야만 할 상황은 아니거든요.

오코넬　단편소설들을 합치면 하나의 세계가 만들어지는 것 같습니다. 장편소설 한 편에서 하는 것과 별다르지 않은 일이죠.

카버　저도 그런 이야기를 들었어요. 이런 이야기를 듣는 건 늘 흥미로워요. 좋은 얘긴지 나쁜 얘긴지, 아니면 단순히 관심사에 달린 문제인지는 모르겠지만요. 이번 인생에는 제가 의견을 갖고 있는 것보다 가지고 있지 않은 대상들이 훨씬 더 많아요.

오코넬　최근에 쓴, 상대적으로 긴 작품들에서는 인물들의 좀 더 다양한 면을 보여주려고 하는 건가요?

카버 예. 그리고 인물들이 다른 인물들과 맺는 관계도요.

오코넬 『대성당』에 수록된 작품들에서 그런 면이 두드러지게 보이더군요. 인물들이 좀 더 입체적으로 보였습니다.

카버 맞아요, 그래서 좋습니다. 그것 역시 의식하고 있던 거였어요. 계획의 일부로 만들어낸 선 아니시만요. 세상 속으로 좀 더 돌아가고 싶다는 느낌이 있었어요.

저는 유형이라는 게 있다고 생각하지 않습니다.

오코넬 작가님의 인물들은 어느 정도나 일반적인 유형이라고 할 수 있나요?

카버 저는 유형이라는 게 있다고 생각하지 않습니다. 사실 저는 이야기에 등장하는 인물들에 대해 이야기할 때, 인물들에 대해 이야기하는 걸 피하려는 경향조차 있습니다. 그보다는 이야기 속의 사람들에 대해 이야기하려 합니다. 그 사람들은, 무엇보다, 개인들입니다.

오코넬 그들 중 많은 인물이 마치 작가님이 아는 사람들인 것처럼 선명하게 드러납니다.

카버 그거 좋은 일이네요.

276

오코넬 작가님은 작품 속 인물들에게 어떤 특정한 개성을 부여해주려 노력하나요?

카버 그 사람들을 개인들로 쓰려고 노력하는 건 확실합니다. 만약 제가 그 사람들을 개인으로 쓰지 않았더라면 방금 말씀하신 것 같은 그런 인상을 받지 못했을 겁니다. 만약에 제가 그 사람들을 믿을 수 있게 만드는 데 실패했다면, 방금 하신 그런 말은 떠올리지 못했을 겁니다. 그 사람들은 어떤 유형들이 아니고, 개인들입니다.

대개의 경우 저는 독자들에게 그들이 육체적으로 어떻게 생겼는지 전달하지 않습니다. 저는 그 사내 혹은 그 여자의 헤어스타일이 어떤지, 그 사람들의 피부가 창백한지 아니면 불그스레한지, 팔뚝에 털이 있는지, 뭘 입고 있는지 따위를 묘사하는 데 능하지도 못하고, 별 관심도 없습니다. 하지만 감성적으로는 그들을 정확하게 짚어내고, 그걸 독자들은 알아본다고 생각합니다. 그 남자가 뭘 어떻게 입었고, 그 여자는 양산을 어떻게 들고 어떻게 걸었는지를 몇 페이지에 걸쳐서 써대는 빅토리아시대 소설들의 끝도 없는 인물 묘사에는 한 번도 흥미를 느껴본 적이 없어요.

오코넬 그 사람들이 생각하는 것에 대해 더 큰 관심을 가지고 있는 건가요?

카버 그 사람들이 무슨 생각을 하고 있는가에는 그리 큰 관심이 없어요. 그보다는 그 사람들이 뭘 하고 있는지, 서로에게 어떤 말을 하고 있는지, 어떤 말을 하지 않고 있는지, 하고 있는 행동과 반대되는 어떤 말을 하고 있는지, 왜 어떤 행동을 하면서 그 행동에 대해 별말을 하지 않는지 등등에 더 관심이 있죠. 결국에는, 사람들이 하는 행동이 제일 재미있는 것 같아요. 그 사람들이 왜 그런 행동을 하는지에 대한 설명보나요.

저는 칠레나 이란의 고문 기술자들이 어떤 이유로 그런 짓을 하는지에 대해서는 별 관심이 없어요. 어떤 심리적인 이유로 인해 그자들이 고문 기술자가 되었는지에 대해서는 아무런 관심이 없습니다. 중요한 건 그 사람들이 고문 기술자라는 사실이고 그게 중요하고 끔찍해요.

오코넬   그러니까 그들은 그들의 행동을 통해서…….

카버   자기가 누군지를 보여주는 거죠. 그린 리버의 살인마가 서른다섯 명인가를 죽였는데, 그자가 왜 그랬는지가 중요한가요? 그자가 여자들 서른다섯 명을 죽인 게 과거에 겪었던 어떤 일 때문이라는 식의 설명에 대해서라면 저로서는 거의 아무런 관심이 없습니다. 사람으로 하여금 그런 짓을 하게 만들 만한 일이 뭐가 있을까요? 전 알고 싶지도 않습니다. 중요한 건 사람들이 그런 짓을 한다는 겁니다. 사람들이 대중을 상대로, 혹은 집 안에서 그런 끔찍한 폭력을 자행한다는 겁니다. 한 사내가 자기 아내의 눈에 주먹을 날린 이유를 캐기 위해, 아니면 그 여자가 프라이팬으로 자기 남편을 때린 이유를 알기 위해 이들의 과거 20년을 들여다볼 필요는 없는 겁니다.

오코넬 이야깃거리는 어떻게 찾나요?

카버 이상적으로는 이야기가 저를 선택하는 건데, 이미지가 오고 감성적인 틀이 그 뒤를 따릅니다. 저는 작가들이 거의 모든 영역에서 직접 경험이 불가능하다는 걸 깨닫는 지점에 도달하게 된다고 생각합니다. 관심 부족 탓일 수도 있고, 지식이 부족해서일 수도 있고, 정서적인 개입의 부족도 원인이 될 수 있죠. 저는 젊은 정치가는 물론이고 늙은 정치가, 혹은 변호사, 혹은 대형 금융이나 패션 같은 것에 대해서는 쓸 능력이 전혀 없어요.

이건 이야기가 되고 이건 안 된다를 판별해주는 필터가 항상 작동 중이죠. 아마도 자그마한 무언가가 있을 수도 있어요. 어떤 종류의 공감을 불러일으키고 성장하기 시작하는 아이디어의 배아 같은 거요. 이상적인 건 이야기가 작가에게 오는 거라고 생각해요. 작가가 그물을 던져놓고 무언가 쓸 거리를 찾아다니는 건 좋지 않아요.

저는 어떤 식의 공식이나 프로그램도 따르지 않습니다.
단순히 소설을 쓸 뿐입니다.

오코넬 한 에세이에서 단편소설이 인생을 엿보게 한다는 이야기를 했는데요. 작품 속에서 삶 전체를 말해줄 수 있는 사건들을 고르기 위해 노력하나요?

카버 그럼요. 다시 말하지만, 그렇다고 해서 그게 어떤 계획 속에 들어 있는 건 아니고요. 의식적으로 하는 건 아닙니다. 물론 독자들은 어떤 허구적인 상황으로부터 자유롭게 추론을 이끌어낼 수 있고, 또 그렇게 하지만요. 전 몇몇 평론가들로부터 여러 번 두들겨 맞았습니다. 주로 보수적인 평론가들이었죠. 어떤 이는 작년엔가 〈뉴 크리테리언The New Criterion〉에 제 작품을 비판하는 장문의 에세이를 썼습니다. 제가 그리는 미국이 행복한 곳이 아니다, 제 인물들은 진짜 미국인들이 아니다, 인물들은 좀 더 행복하고 여기에서의 삶에서 좀 더 만족을 찾아야 한다, 제가 어두운 국면을 보여주는 데에만 집중한다, 이런 내용이었어요. 제 작품들을 아주 정치적으로 해석한 거였죠. 이 비평가들은 제가 노동자에 대해 아무것도 모른다고 했습니다. 아마 평생 육체노동을 해본 적이 없을 거라고도 했고요. 놀라운 얘기죠.

그런가 하면 어떤 사람들은, 특히 외국인들인데, 제 작품들이 의심의 여지없이 미국의 자본주의 체제에 대한 고발장이라고 말합니다. 제 작품들이 실업자, 알코올의존자 등등 미국의 자본주의 체제가 실패한 모습을 보여준다는 거죠.

저는 어떤 식의 공식이나 프로그램도 따르지 않습니다. 아무런 목표도 가지고 있지 않고, 실행 중인 계획도 없어요. 단순

280

히 소설을 쓸 뿐입니다.

최근에 누군가가 〈뉴요커〉에 게재된 소설을 저에게 읽어주려는 이상한 시도를 한 적이 있어요. 우편함에는 정말 이상한 편지들이 배달되어 오고요. 제 소설이 어떤 의미를 가지고 있는지 저에게 써서 보내오는 거예요. 제가 어떤 작품에 등장하는 인물에 버드라는 이름을 붙여준 적이 있는데, 그 이름이 버드와이저와 함께하는 좋은 시간*을 줄인 것임에 틀림없다고 말하는 사람도 있었어요. (웃음)

오코넬   포트 앤젤레스가 작가님 작업에 생산적인 장소가 되고 있나요?

카버   그렇습니다. 여긴 일하기에 좋은 곳입니다. 특히 낮이 짧고 아무런 방해도 없는 12월에서 3월에 이르는 겨울 기간이 좋습니다. 할 거라고는 일밖에 없고, 모든 게 다 동떨어져 있어요. 이때가 여기에 있기 딱 좋죠. 고립돼 있고, 일을 할 땐 그런 게 좋죠. 하지만 너무 오래 있으면 고립에서 오는 불안 증세 같은 게 생겨요. 이따금 나가야 됩니다. 테스의 경우는 여기가 원래 집이라서 좀 달라요. 이 지역에서 자랐고, 가족도 여기에 있으니까요.

---

*   '좋은 시간'이란, 많은 미국인이 일상적인 주술처럼 사용하는 말이다. 버드와이저 맥주는 1930년대부터 '좋은 시간'이라는 표현을 광고 카피로 사용해왔다.

오코넬   이 지역으로 옮겨 오면서 글도 바뀌었나요?

카버   음, 이번에 낸 시집에서는 많이 바뀌었습니다. 저는 그 책을
         테스가 시러큐스에 돌아가고 난 뒤 여기에 혼자 있으면서 썼
         어요. 살면서 그런 경험을 한 적이 한 번도 없었습니다. 어떤
         때는 하루에 네 편까지 썼어요. 해가 뜰 때부터 질 때까지 썼
         습니다. 그걸 매일, 6주 동안 했어요. 책 한 권 전체를 6주 만
         에 썼습니다. 여태 살면서 그런 적이 전혀 없었어요. 책을 끝
         내고 나서 시러큐스로 돌아갈 준비가 됐을 때, 한 번도 해본
         적 없는 믿기 어려운 경험을 한 것 같았어요.

         에너지와 활기가 넘치는 시들이 쏟아져 나왔는데, 저를 완전
         히 열어주는 경험이었어요. 꽤 오랫동안 시를 한 편도 쓰지
         않았는데, 이 시들을 쓰는 동안에는 그걸 쓰는 것 말고는 다
         른 아무것도 하고 싶은 게 없었어요. 그러니까, 여기에 있는
         게 물론 도움이 됐죠.

         그게 1984년 1월이었어요. 원래는 소설을 쓰겠다는 뚜렷한
         목표를 가지고 온 거였어요. 그 전해 가을에『대성당』이 나왔
         고, 그 책과 관련된 일들이 여전히 너무 많아서 다시 자리를
         잡고 앉아 글을 쓰는 게 정말 어려웠거든요. 방해 요소가 너
         무 많았어요. 여기에 두어 달 와 있으면서 완전한 정적과 고
         독 속에서 소설 작업을 하겠다는 생각이었죠. 한 주 동안은
         아무것도 안 썼고, 그 뒤로 시를 쓰기 시작했어요. 시러큐스
         에 그대로 머물렀거나 다른 곳에 갔더라도 그 시들을 쓸 수
         있었을지는 상상도 못 하겠어요. 그렇게 보자면 여기가 제 글

쓰기를 바꿨고, 그리고 제 인생도 바꾼 거죠.

소설은 어땠을지 모르겠어요, 어쩌면 바뀌었을 수도 있죠. 저야 잘 모르죠. 아마 샌프란시스코에 머물렀어도 소설은 같았을 수도 있어요. 어쩌면 아닐 수도 있고요.

오코넬   시 쓰기에 끌린 이유가 뭘까요?

카버   말한 것처럼, 시를 안 쓴 지 아주 오래됐어요. 어쩌면 다시는 시를 쓰지 않게 될지도 모르겠다고 느끼기 시작하던 참이었어요. 그래서 시가 전혀 기대하지 않았던 엄청난 선물처럼 느껴졌어요. 그 시들이 얼마만 한 가치를 가지고 있는지는 모르겠지만, 어떤 것들은 꽤 괜찮은 것 같고, 어쨌든 덕분에 제가 다른 무엇보다도 쓰고 싶었던 무언가를 매일 쓸 수 있었어요. 이 시들에는 대부분 서사적인 요소가 들어 있어서, 이야기를 쓰고 싶어 하는 제 본능을 충족해줬어요. 그리고, 시를 쓰고 있는 게 너무 좋았어요. 더할 나위 없었어요. 게다가 그냥 제가 하고 싶어서 한 일인데 무슨 일이든 그보다 더 좋은 이유가 없잖아요.

오코넬   이곳에서의 두 번째 시집도 마찬가지인가요?

카버   예. 첫 번째 시집에 수록되지 않을 시들이 좀 남았고, 쓰고 싶은 시들이 좀 더 있었어요. 그래서 바로 그 순간에 시를 쓰겠다는 생각을 가지고 자리에 앉았죠. 시를 쓰고 또 써서, 얼마

지나지 않아 다른 시집의 모양이 잡히기 시작했어요.

오코넬   단편소설을 쓰는 것에서 거리를 두면서 마음이 편해졌나요?

카버   아뇨. 마음은 그냥 일을 하는 것, 제가 하고 싶었던 걸 한다는 것만으로도 편해졌어요. 단편소설을 쓰고 있었더라도 똑같이 행복했을 거예요. 다시 일을 붙잡으면서 기분이 무척 좋아졌고, 다시 시를 쓰게 돼서 너무 좋았어요. 시들을 쓰고 있는 동안에는 세상에서 그 시들을 쓰는 것보다 더 중요한 일이 없는 것 같았어요. 두 번 다시 소설을 못 쓰게 된다고 해도 괜찮을 것 같고, 아무 상관 없을 것 같았어요.

오코넬   테스와 서로의 작업에 도움을 주나요?

카버   우린 서로의 작품에 대해 둘도 없는 최고의 독자들이에요. 저는 테스의 글을 아주 냉정하게 읽고, 테스도 제 글을 마찬가지의 태도로 읽습니다. 아까도 말했지만, 저는 원고를 네 번 혹은 다섯 번 정도 고쳤을 때 테스한테 보여주고, 대개는 바로 다음 날 타자기 앞에 돌아와 앉습니다. 테스가 여러 번 좋은 제안을 해줬어요. 그는 아주 훌륭한 독자예요.

오코넬   테스가 작가님 작업의 방향을 바꾸었나요?

카버   분명히 그런 것 같아요. 테스의 훌륭한 안목과 격려의 결과로 작품들이 더 풍성해진 면이 있어요. 테스를 만났고, 그의 격려와 제안들, 그리고 제 삶에서 이루고 싶은 것들에 대한 제 느낌 같은 것들 덕에 삶이 열리기 시작했습니다.

오코넬　　지금 더 행복한가요?

카버　　언제보다요?

오코넬　　10년, 20년 전에 비해서요.

카버　　아, 그럼요. 글을 쓰면서 동시에 아이들도 있고, 여러 상황 등 등으로 채워졌던 긴 시간이 있었죠. 쉽지 않았죠. 하지만 그 것도 인생이었어요. 그것도 제 인생이었어요. 어려웠지만, 그 때도 분명히 행복했어요. 그러고 나서는 서로에게 감정적으로 공격을 가하던 아주 암울한 몇 년이 있었고, 결국 결혼 생활이 끝났죠.
지금이 더 나은 건 의문의 여지가 없어요. 하지만 비교를 하는 건 어려운 일이에요. 저는 그냥 제가 두 개의 인생을 살았다고 하는 쪽을 선호합니다. 한 인생은 술을 끊으면서 끝났고, 다른 인생, 새 인생은 제가 술을 끊고 나서 테스를 만나면서 시작됐어요. 이 두 번째 인생은 무척 충만하고, 제게 주는게 무척 많고, 제가 무한히 감사하는 삶입니다.

문학을 말할 때
우리가 이야기하는 것

레이먼드 카버와의 이 인터뷰는 1986년 10월 15일, 버지니아주 블랙스 버그의 버지니아 공과대학교에서 있었던 카버의 낭독회 다음 날 밤에 이루어졌다.

레이먼드 카버는 1938년에 오리건주의 클래츠카니에서 태어났고, 험볼 트주립대학교와 아이오와대학교에서 수학했다. 그 후에 아이오와 작가 워크숍을 비롯해 캘리포니아대학교의 산타크루즈 캠퍼스와 버클리 캠 퍼스, 고더드대학교, 엘파소 텍사스대학교, 시러큐스대학교에서 가르쳤 다. 그는 네 권의 시집을 발표했지만, 『제발 조용히 좀 해요』『분노의 계 절과 다른 단편들』『사랑을 말할 때 우리가 이야기하는 것』『대성당』을 비롯해, 카버 스스로 자신의 대표작이라고 생각하는 단편들을 모은 『내 가 전화를 거는 곳』 등의 단편집으로 가장 잘 알려져 있다. 카버는 이 작품들로 몇 개의 상을 받았다. 그중에는 국가예술발견기금 시 부문, 스 탠퍼드대학교의 윌리스 E. 스테그너 창작 펠로우십, 구겐하임 펠로우

존 올턴, 〈시카고 리뷰Chicago Review〉 36호(1988년 가을), 4~21쪽.

십, 그리고 국가예술기금 소설 부문 등이 포함된다. 카버는 『대성당』으로 풀리처상과 전미도서상 후보에 선정되었다. 올해 8월 초, 레이먼드 카버는 50세의 나이로 사망했다.

올턴   누가 자신의 사적 경험—과거에 그렇게 강조하셨죠—에 기반하는 소설을 써서 전국에서 간행되는 잡지에 발표를 한다는 건, 작가가 자신의 경험을 모든 사람에게 들려주려는 의도를 가지고 있다는 뜻이 될 겁니다. 『제발 조용히 좀 해요』에 수록된 단편들을 쓸 때 이런 모티브가 어느 정도나 작용했나요?

카버   『제발 조용히 좀 해요』에 수록된 작품들을 보면, 저작권 날짜가 1962년인가 1963년부터 1976년에 걸쳐 있습니다. 어쩌다 보니 십몇 년에 걸쳐 쓰게 된 거죠. 다른 책에 수록된 것들은 작품들 사이의 시간적인 간격이 그보다 짧습니다. 저는 할 수 있는 한 좋은 이야기를 쓰려고 노력했을 뿐이고, 물론 어느 정도는 사적인 경험을 끌어다 썼습니다. 하지만 제 경험들이 '모티브'였다고 말하고 싶지는 않습니다. 작업 방식의 하나였다고 하는 쪽이 더 걸맞을 듯합니다.

올턴   작가님이 존경하는 다른 작가들의 작품들을 모델로 삼았나요? 그게 작가님의 표준적인 작업 방식이었나요?

카버   모든 작가가 어느 정도는 그렇게 한다고 생각합니다. 무의식

첫 번째 단편집 『제발 조용히 좀 해요』(1976)의 초판본 페이퍼백 표지.

적으로 자신이 가장 존경하는 작가들—체호프나 톨스토이, 헤밍웨이, 혹은 플래너리 오코너 등등—에 기대서 이야기를 설정하는 거죠. 하지만 제 경우에는 어떤 작품이든 끝마치고 나서 보면 원래의 모델은 아주 멀리 밀쳐져 있습니다. 가물 가물한 과거 속으로 멀리 밀쳐져 있어서, 마무리된 결과물은 처음에 시작했을 때의 것과 전혀 닮아 있지도 않습니다. 이 건 아마도 제가 퇴고를 많이 하는 것과 부분적으로 관련이 있을 겁니다. 그런데, 제가 소설을 쓰기 시작할 때에는 누가 이걸 읽을 건지에 대한 생각이 없었습니다. 그런 대상이 존재한다는 생각 자체가 없었어요. 제가 생각하기에 제 작품이 가닿을 수 있는 기회가 있는 유일한 독자는 제가 당시에 읽던 작은 잡지들을 읽는 사람들뿐이었습니다. 제 작품이 〈에스콰이어〉 〈애틀랜틱〉 〈하퍼스〉 〈뉴요커〉를 읽는 사람들에게 읽히리라는 기대 같은 건 가져본 적이 없어요. 저는 그냥 할 수 있는 한 좋은 소설을 써서 독자들을 지루하지 않게 하려고 노력했을 뿐이에요.

올턴   그러니까, 당시에는 독자를 전혀 의식하지 않은 거군요?

카버   예.

올턴   지금은 어떤가요?

카버   지금이야 물론 의식하죠. 피할 수 없는 일이죠. 하지만 그게 제가 〈뉴요커〉나 〈애틀랜틱〉 같은 특정한 간행물을 염두에 두고 작품을 맞춤 제작한다는 뜻은 아닙니다. 언제나처럼, 저는 그저 할 수 있는 한 가장 좋은 작품을 쓰려고 노력할 뿐입니다. 물론, 예전보다 더 많은 사람, 더 많은 잡지, 더 많은 편집자가 제 작품에 관심을 가지고 있다는 사실을 더 강하게 의식하죠. 그건 모를 수 없는 일이니까요.

올턴   예전에 문학잡지들을 많이 읽었나요?

카버   예, 그랬습니다.

올턴   그럼 젊은 작가들에게 문학잡지들을 읽으라고 권하겠습니까?

카버   물론이죠. 저에게 그 잡지들을 소개해준 건 존 가드너였습니다. 어느 날 수업 시간에 그것들을 한 상자 들고 왔죠. 저는 열아홉인가 스무 살이었고, 작고 촌스러운 주립대학교에 다니고 있었고, 그런 잡지들은 한 번도 본 적이 없었습니다. 가드너는 이 나라에서 가장 뛰어난 소설들의 90퍼센트와 가장 뛰어난 시들의 98퍼센트가 그 잡지들을 통해 발표된다고 말했습니다. 그 잡지들에는 살아 있는 작가들의 단편소설과 시, 그 작품들에 대한 살아 있는 비평가의 비평이 실려 있었습니다. 저한테는 신나는 발견이었습니다.

저는 '미니멀리즘'이라는 용어를
좋아하지 않습니다.

올턴 「불」에서 작가님은 자신의 스타일이 "필요와 편의성의 실용
 적인 결합일 뿐"이라고 썼습니다. 그 말은 작가님의 기억이
 오로지 특정한, 아주 기본적인 세부 사항에 국한된 것일 뿐이
 고, 가정 때문에 글을 쓸 시간이 없었다는 뜻이었죠. 작가님
 은 이것(미니멀리즘)을 강점으로 보고 있나요, 아니면 강요된
 조건으로 보고 그로부터 벗어나려고 노력하는 중인가요?

카버 저는 '미니멀리즘'이라는 용어를 좋아하지 않습니다. 현재 활
 동하고 있는 뛰어난 작가들을 지칭하는 꼬리표로 사용되어
 왔지만, 저는 그 말은 그게 전부라고 생각합니다. 꼬리표.

올턴 작가님 작품 중에는 분명히 미니멀리즘을 벗어난 것들이 있죠.

카버 물론입니다. 아무튼 저는 '미니멀리즘'이라는 용어를 전혀 좋
 아하지 않습니다. 다른 수많은 것처럼, 이 말 또한 지나갈 겁
 니다. 앞으로 몇 년 뒤에는 '미니멀리스트'라는 꼬리표를 달
 았던 작가들에게 다른 표지판이 붙거나 아예 사라질 겁니다.
 그 작가들은 여전히 '미니멀리스트'적인 성격을 띤 작품을 쓰
 고 있겠지만, 그 꼬리표는 떨어져나갈 겁니다.

올턴 저는 "카버는 왜 포크너가 그랬던 것처럼 상세한 묘사를 하지

않는 거죠?"라는 질문을 자주 듣습니다. 다른 말로 하자면, 작가님은 아주 일반적이고 간단한 묘사만을 제공합니다. 이런 질문에 대해서 저는 다른 질문을 던지는 걸로 대답하겠습니다. 그런 일반적인 묘사 덕분에 카버의 작품들이 보편성을 획득하는 것 아닐까요?

카버 그랬으면 좋겠네요. 그런데, 그건 제 의도는 아닙니다. 효과일 뿐이죠. 그렇게 해서 보편성을 좀 더 획득하느냐 아니냐 하는 건 제가 판단할 문제는 아닌 것 같습니다. 만약 제가 그렇게 한다면 그건 주제넘은 짓이 될 것 같고요. 포크너요? 포크너는 포크너입니다. 포크너가 수사적인 문장을 엄청나게 많이 사용하긴 하죠. 그리고 꼭 남부의 작가들이 아니더라도, 소설을 쓰면서 수사적인 문장을 쌓아 올리는 경향이 있는 작가들이 있습니다. 그리고 저는 그런 식으로 작업하는 걸 힘겨워하는 편이고요.

올턴 「글쓰기에 대해」와 「불」이라는 에세이에서 작가님은 작가님의 개인적인 생활 조건 때문에 단편소설과 시라는 짧은 형식에 억지로 적응하게 되었다고 썼습니다. 하지만 그런 생활의 조건이 어떻게 작가님 작품들의 주제나 갈등 같은 면에 영향을 미쳤는지에 대해서는 명쾌하게 설명하지 않습니다. 여기에 대해 이야기해주겠습니까?

카버 물론 많은 작품, 특히 초기작들의 경우에 제 삶에 일어날 법했고 억압적으로 작용할 수 있었던 일들과 어느 정도 결을 같이하는 요소들이 있었죠. 그게 아마 말씀하신 '갈등'에 해당하는 부분이 되겠네요. 그리고 제게 주제란 소재와, 작가가 그 소재를 대하는 방식에 내포되어 있습니다.

가정 내의 갈등은 상당히 빨리
실존적 갈등으로 발전하는 경향이 있죠.

올턴   그 갈등의 대부분을 가정사에 관한 것으로 분류할 수 있을까요?

카버   어떤 사람들은 그것들을 실존적 갈등이라고 불렀는데, 하긴 가정 내의 갈등은 상당히 빨리 실존적 갈등으로 발전하는 경향이 있죠. 그것이 원래 가지고 있는 성격 이상으로 강조하고 싶진 않습니다. 하지만 제가 가정생활의 여러 가지 측면에 대해서 많이 쓴 건 사실이에요.

올턴   그럼 외적갈등과 내적갈등은 동시에 존재하는 건가요?

카버   예, 그런 것 같네요. 그리고 저는 자전적인 내용만을 쓰는 건 아닙니다. 하지만 제 작품들 중 상당수는 자료를 읽거나, 뭘 쓸까 생각하면서 '쥐어짜는' 과정에서 나온 게 아니고, 실제의 삶에서 실제로 일어난 일들에서 비롯된 겁니다. 예를 들어, 주인공이 현관 열쇠 구멍에 열쇠를 넣었다가 그 안에서 열쇠를 부러뜨리는 「심각한 이야기」라는 작품이 있습니다. 우린 현관문 열쇠 구멍 안에 부러진 열쇠가 들어 있는 집에서 산 적이 있어요. 하지만 그 이야기의 나머지 부분은 그때와 다른 시간, 다른 장소에서 벌어진 일들을 한데 엮어 넣은 겁니다.

올턴 그럼 작품을 쓸 때 이상적인 주제나 갈등에 대해서는 그다지 많이 생각하지 않는 편인가요?

카버 예. 어떤 아이디어를 가지고 글을 쓰기 시작한 적은 한 번도 없어요. 늘 무언가를 보죠. 하나의 이미지, 이를테면, 겨자병에 꽂혀 있는 담배, 아니면 그 꽁초나 식탁에 놓여 있는 저녁 식사 같은 것에서 시작합니다. 벽난로 속에 놓아둔 탄산수캔, 그런 것들이요. 그리고 거기에 느낌, 감정이 같이 가죠. 그리고 그 느낌이 저를 어떤 특정한 시간과 공간, 그리고 그 시절의 분위기 속으로 데리고 갑니다. 하지만 중요한 건 이미지와, 그 이미지와 같이 움직이는 감정―이거예요.

올턴 그걸 거리를 두고 다시 보기도 하나요?

카버 예. 작가가 되려면 그런 거리 두기는 필수 조건인 것 같아요. 체호프가 어떤 편지에서 이런 것과 관련이 있을 법한 어떤 이야기를 한 적이 있습니다. "작가의 마음은 늘 평정을 유지해야만 합니다. 그렇지 않으면 공정할 수 없습니다." 또 한 번은 다른 작가에게 마음이 "얼음처럼 차갑게" 되기 전까지는 글쓰기를 시작하지 말라고 말합니다. 그게 바로 거리 두기죠.

올턴 작가님은 자신의 감정으로부터 거리를 두는 능력을 언제 처음 성취했나요? 작가님이 독자들로부터 이끌어내는 감정의 상당 부분은 부정적인 것이고, 이런 경우에는 객관성을 유지하기가 어려운데요.

카버 첫 경험은 아마 시들이었던 것 같네요. 『불』에 수록된 시들 중 몇 편이요. 소설들 중에서는 아마도 「그들은 당신 남편이 아니야」가 초기의 예 아닐까 싶어요.

올턴 그 작품은 다른 것들에 비해서는 좀 더 코믹한 편인데요. 최소한 제가 보기에는 그렇습니다.

카버 예, 그렇죠. 그 무렵에 사람들이 다른 사람들을, 혹은 무언가를 통해 다른 사람들을 바라본다는 생각—이건 이 이야기에 있어서 실질적이면서 동시에 은유적인 틀이 되는데—이 제게 매력적으로 다가오기 시작했습니다. 그리고 이 틀과 비슷한 틀을 그 무렵에 쓴 여러 편의 이야기에 사용했습니다. 예를 들어서 「뚱보」라는 작품에서는 어떤 여자가 다른 여자한테 이야기를 해주는데, 그 여자가 틀을 제공하는 거죠. 그 이야기를 쓰던 무렵의 주변 환경을 기억하고 있습니다. 우선, 당시에 웨이트리스로 일하고 있던 전처가 그 얘기를 해줬어요. 어떤 뚱뚱한 손님의 시중을 들어주었는데, 그 사람이 자기 자신을 '우리'라고 불렀다는 거였어요. 인상적인 이야기였고, 그래서 잊히지 않고 남았죠. 그때는 무얼 쓸 수 있는 시간이 없었기 때문에 몇 년 지난 뒤에 썼어요. 마침내 그 이야기를 쓰려고 앉았을 때, 그 이야기는 웨이트리스의 관점을 취해야 한다고 마음먹었어요.

올턴   그게 바로 사건을 객관화하는 방식이었나요?

카버   예, 그랬죠. 어쩌면 아까 말한 '거리 두기'에 관한 질문으로 돌아가는 이야기겠네요.

올턴   「글쓰기에 대해」에서, 작가님은 어떤 작가의 위대함에 있어서는 어조, 혹은 "사물을 바라보는 독특하고 정확한 방식"이 재능이나 기술보다 더 중요하다고 주장했습니다. 작가님의 초기작들의 어조를 어떻게 묘사하겠습니까?

카버   어조는 객관화해서 말하기 아주 어려운 주제입니다. 하지만 어떤 작가의 어조란 단순히 이야기를 직조해가는 방식이 아니라 그 작가의 고유성이라는 느낌이 듭니다. 제 어조가 아닌 건 말할 수 있습니다. 비아냥거리는 건 절대로 제 어조가 아닙니다. 역설적이지도 않고, 기발하거나 현란하지도 않습니다. 제 어조는 전체적으로 봤을 때 진지하지만, 당연히, 어떤 이야기들의 어떤 부분들은 유머러스하기도 합니다. 제 생각에 어조란 작가가 대충 조합해낼 수 있는 게 아닙니다. 그건 작가가 세상을 보는 방식이고, 진행 중인 작업에 그 관점을 끌어들이는 일입니다. 그리고 어조는 그 작가가 쓰고 있는 거의 모든 문장에 스며들 수밖에 없습니다. 기술에 대해 말하자면, 저는 기술은 교육될 수 있는 거라고 생각합니다. 글을 쓰면서 해야 할 것이나 하지 말아야 할 것들에 대해서는 누구나 배울 수 있습니다. 문장을 더 잘 쓰는 방법을 이해시키는 것도 가능합니다. 하지만 작업에 접근하는 태도로서의 어조는 그런 식으로 다뤄질 수 없다는 게 제 생각입니다. 왜냐하면, 어떤 작가가 자신의 어조가 아니라 다른 누군가의 어조나 철학을 차용하려 든다면 그건 끔찍한 재앙이 될 것이기 때문입니다.

올턴　작가님의 어조에 이름을 붙여야 한다면, 어떤 이름을 붙여주겠습니까?

카버　제 작품들은 상실과 관련된 이야기인 경우가 많습니다. 그 결과 그에 맞는 어조는 단순히 우울하다기보다는 가혹한 쪽입니다. 그러니 '무덤grave'이나 아무튼 좀 어두운 이름이 좋겠네요. 특히 초기작들의 경우에는요. 어젯밤에 제가 낭독한 것(「누가 이 침대를 쓰고 있었든」)에도 어두운 면이 있죠. 제 작품들의 어조는 전반적으로 음울해요grave. 하지만 인생이라는 게 원래 심각한 것 아니겠습니까. 음울하죠, 인생이라는 게. 이따금 유머로 누그러뜨려지지만요.

만약에 제가 어떤 식으로든
제 인물들을 무시하는 생각을 가지고 있었다면
저는 스스로를 작가라고 여기기 어려웠을 겁니다.

올턴　　제가 보기에는 작가님은 인물들에 대해 엄청난 연민을 느끼는 것 같은데요.

카버　　그랬으면 좋겠네요. 어떤 식으로든 그렇게 느끼긴 해요. 여태까지 책들을 써오면서, 만약에 제가 어떤 식으로든 제 인물들을 무시하는 생각을 가지고 있었다면 저는 스스로를 작가라고 여기기 어려웠을 겁니다. 저는 그 이야기들 속의 사람들을 돌봐줘야만 합니다. 이들은 제 사람들이에요. 저는 그 사람들의 기분을 상하게 해서는 안 되고, 그러지 않을 겁니다.

올턴　　재미있네요. 그렇다면 인물들을 만들어낼 때 작가님이 과거에 경험했던 성격들을 그 인물들 안에 불어넣고, 그렇게 함으로써 강력한 연민의 감정을 반응으로 끄집어내게 되는 건가요?

카버　　그게 얼마나 강력한지는 모르겠지만, 아무튼 그게 저한테 무척 필요한 것이긴 합니다. 그러니 강력하다고 할 수도 있겠네요.

올턴　　최근에 E. L. 닥터로는 작가의 일이란 작가가 사는 시대의 권력의 움직임을 기록하는 것이라고 말했습니다. 동의하나요?

카버 그것 참 호사스러운 얘기네요. 전 닥터로를 알고, 그의 작품들을 높이 평가합니다. 그런데 닥터로의 작품들을 모두 읽어 보면, 그가 말하는 것과 그가 하고 있는 게 다른 경우가 종종 있다는 걸 알게 됩니다. 아까 그 말이 닥터로가 소명으로 받아들이고 있는 거라면 나쁠 거야 없죠. 하지만 그의 말에 동의하지 않는 훌륭한 작가를 저는 100명쯤 댈 수 있습니다. 그의 장편 『고생길로 들어선 걸 환영합니다Welcome to Hard Times』는 어떤가요? 그게 작가가 사는 시대의 권력의 움직임과 도대체 무슨 관계가 있죠?

올턴 원형原型적인 관계라고 할 수도 있겠죠. 그 작품은 노스다코타주의 한 타운에 대한 이야기 아닌가요?

카버 옛날 서부의 마을을 배경으로 하는 이야기죠. 노스다코타일 수도 있겠네요.

올턴 그 작품은 한 타운의 심리에 대한 분석이죠. 무자비한 힘의 행사와 그에 대한 사람들의 반응이요. 아무튼, 작가님은 이런 종류의 작업에 대해 관심이 없는 건가요?

카버 저는 닥터로가 일급의 훌륭한 작가라고 생각하고, 그에 대한 깊은 존경심을 가지고 있지만, 그의 말에 대한 제 생각은 이렇습니다. 아주 흥미롭고 이상한 생각이다. 그게 전부입니다. 정말 흥미로운 생각이고, 정말 소설스럽다, 그리고 닥터로에게는 정말 잘된 일이다, 그게 된다니. 그리고 그러면 된 겁니다. 그게 다죠, 자신에게 말이 되게 만드는 것.

올턴 작가님의 작업에 대해서 한 가지 말할 수 있는 건, 인물들이 모두 힘이 없어 보인다는 겁니다. 여기에 대해 예외적인 건 두어 편밖에 꼽을 수가 없을 듯합니다. 그리고 그들의 힘없어 보임과 더불어 그들이 미국 사회의 특정한 계층에서 나왔다는 사실은, 최소한 간접적으로라도, 작가님이 권력의 결핍을 기록하고 있다는 걸 말합니다. 의식적으로 그런 기록 운동을 벌이고 있는 것처럼 보일 지경이에요.

카버 물론 그렇게 보는 것도 타당성이 있죠. 저는 다른 방식으로 생각하지만, 예, 그렇게 볼 수 있죠. 무슨 말인지 알겠고, 또 동의합니다만, 초기 작품들의 상황은 나중에 쓴 작품들 중 상당수 것들의 그것과 달라요. 나중에 쓴 작품들 속 인물들은 그렇게 극빈자거나 덫에 걸려 있거나 환경에 의해 핍박받지 않아요. 그들은 언젠가 원한 적이 있었을 생활을 얻었지만 더이상 그걸 원치 않을 뿐이에요. 그들은 스스로 결정을 내린 사람들이에요.

올턴 「불」에서 작가님은 행운이나 우연 같은 것이 작품에 영향을 미친다는 뉘앙스의 이야기를 하십니다. 예를 들어, 「비타민」

에 등장하는 넬슨 같은 인물에 대해서요. 작품 속에서 작가님의 인물들도 행운에 기대는 모습을 종종 보여줍니다. 그리고 그건 20세기로 넘어오는 시점에 있었던 거대한 자연주의문학 전통의 한 면모였죠. 저는 혹시 작가님이 시어도어 드라이저, 존 더스패서스, 그리고 존 스타인벡 같은 작가들과 철학적인 친연성을 느끼지는 않는지 자주 궁금해하곤 했습니다. 혹시 이런 작가들하고 어조 면에서 유사성이 있다고 느끼나요? 사회적이슈에 대한 고민이라든가 가난한 사람들이 처한 곤경 같은 면에서요?

정말이지 제가 하고자 하는 건 소설을 쓰는 게 전부입니다. 대개는 제가 아는 것에 대해 쓰는 거고요.

카버 　초기의 책들에서는 주로 일하는 가난한 사람들에 대해 썼습니다. 그 사람들의 생활에 대해서는 제가 아주 잘 압니다. 하지만 방금 언급하신 자연주의 작가들의 대부분은, 전 그 작가들을 못 읽겠어요. 그 사람들의 사회주의적인 경향성 때문이 아닙니다. 문장이 너무 안 좋아요. 스타인벡은 좀 다른 경우입니다. 스타인벡의 어떤 작품들은 저에게 아주 중요한 의미가 있어요.

저는 작품에서 사회적인 입장을 밝힌다는, 혹은 밝히지 않는다는 이유로 비난을 받거나 찬양을 받아왔습니다. 이 억압적인 사회 안에서 분투하는 사람들을 그리면서 이 사회—우리가 살고 있는 이 사회—가 타락했고, 악하고, 시스템이 실패했고 등등을 고발하고 있다는 이야기를 들었습니다. 반면에, 이 사회의 긍정적인 측면을 보여주지 않고 우리 사회의 신용도를 저해하는 이미지들을 보여줌으로써 해외에 우리에 대한 나쁜 인상을 심어주고 국가의 국익을 저해한다는 비난도 받아왔습니다. 하지만 어떤 다른 평론가들은 그들이 보기에 제가 취하고 있는 '정치적'으로 각성된 태도와 '입장' 때문에 저를 칭송합니다. 그런데, 정말이지 제가 하고자 하는 건 소설을 쓰는 게 전부입니다. 그리고 대개는 제가 아는 것에 대해 쓰는 거고요.

올턴　　외국에 퍼져 있는 우리의 인상을 두고 그게 작가님 책임이라고 하는 이들에 대해 작가님은 어떻게 생각하나요?

카버　　바보 같은 소리죠! 이 나라의 모든 게 다 훌륭하다고 보는 이 신보수주의 비평가들 때문에 짜증스럽지만, 어떤 사람들이 그들이 쓰는 글이나 그들이 그리는 그림에서 이 나라를 비판하는 걸 멈춘다면 그것도 정말 좋을 것 같아요. 그런데 우파와 관련된 건 전부 다 안 좋아요. 전 우파 정치가들도 마음에 안 들고, 우파 비평가들도 싫어해요. 행정부의 특정 권력자들과 아주 가깝게 지내는 비평가 그룹이 있어요. 예를 들어 에릭 아이크먼Erich Eichman하고 브루스 보어Bruce Bawer는 아주 징글맞은 인물들이에요. 〈뉴 크리테리언〉이 그자들의 본거지죠. 제 작품들 때문에 그자들 기분이 상했나 봐요. 제가 존경하는 여러 작가들 작품에 대해서도 마찬가지 태도예요.

올턴   비평가들이 『제발 조용히 좀 해요』를 무척 좋아했는데요. 거
        기에 대해선 기분이 어떤가요? 알 수 없는 이유로, 혹은 자연
        주의적으로 운이 좋다고 생각하나요?

카버   글쎄요, 알 수 없는 이유로 운이 좋다거나 자연주의적으로 운
        이 좋다고 생각하는 건 분명히 아니지만, 아무튼 일종의 운이
        작용했다는 생각은 듭니다. 누가 알겠어요? 우리가 아직 살
        아서 여기 버지니아주 블랙스버그에서 이런 이야기를 나누고
        있는 것도 한 조각 행운이죠. 만약에 그 책이 출판된 것과, 어
        떤 사람들이 그 책을 좋아했고 그 책에 대해 이야기했다는 사
        실의 결합에 대해 이야기하는 거라면, 그건 운이라기보다는
        우연이라고 하는 게 맞을 듯합니다. 운은 백만 가지 사소한,
        일상적인 일들에서 역할을 해요. 하지만 전 운이라는 걸 사실
        잘 이해 못 하겠어요. 개인적으로 저는 제가 운이 좋은 사람
        이라고 생각해요. 하지만 운이라는 것의 개념, 그 뜻은 저한
        테는 너무나 추상적이고, 어떻게 해야 그것에 대해 합리적으
        로 설명할 수 있을지 모르겠어요.

올턴   그럼 그런 용어에 대해서는 생각조차 하지 않는 건가요? 만
        약에 이 일, 혹은 저 일이 내게 일어났더라면 어땠을까, 이런
        생각을 하지 않는다고요?

카버   그러니까, 만약에 1962년에 누가 나한테 제안했던 직장에 나
        갔더라면 어떻게 됐을까? 그랬다면 지금 아내와 같이 살고

있을까? 지금쯤 어디에 살고 있을까? 내 아이들의 인생은 지금과 달라졌을까? 이런 질문들을 말하는 건가요? 아뇨. 이런 생각은 안 합니다. 과거는 다 지나갔어요. 저는 현재에 살고 있습니다.

올턴   그러니까, 작가님의 인물들은 그렇지 않은데, 작가님은 실존주의적이시군요. 그런 생각을 실세 생활에 어느 정노 적용하면서 사나요?

카버   그런 것 같은데요. 하지만 꼭 세상의 어두운 면을 강조하는 것 같지는 않습니다. 저 스스로 실존주의자라고 자처하지도 않고 제가 실존주의자라고 느끼지도 않아요. 실존주의자라는 느낌이 어떤 건지도 모르겠지만요. 어떻게 설명해야 할지 모르겠네요. 전 작가고 그게 전부예요. 그리고 글을 쓸 때 의식적으로 정치성을 부여하려 하지는 않습니다.

올턴   작가님의 에세이들을 보면 작가님의 사적인 생활과 작품 간의 연결 관계를 기꺼이 시험해보고자 하는 태도가 드러나는데, 상당수의 비평가들이 이건 자신들의 영역이라고 생각합니다. 문학평론가들에 대해서는 어떻게 생각하나요?

카버   제 작품과 관련해서요, 아니면 일반적으로요?

올턴   일반적으로요. 예를 들면 해럴드 블룸에 관해서라든지요.

304

카버　해럴드 블룸은 안 읽어봤어요. 하지만 앨프리드 케이진Alfred Kazin은 읽었죠. 아주 훌륭한 평론가라고 생각해요. 그리고 V. S. 프리칫이라고, 제가 가장 높이 평가하는 평론가 겸 에세이스트가 있죠. 아주 훌륭해요. 존 업다이크도 훌륭한 평론가라고 생각해요. 일급이죠. 하지만 제가 읽어본 바로는 비평에 있어서 V. S. 프리칫보다 뛰어난 사람은 없는 것 같아요.

올턴　많이 읽나요?

카버　더 많이 읽을 수 있으면 좋겠어요. 지금 읽는 것보다 좀 더 읽고 싶어요. 그 모든 위대한 작가들의 걸작들은 누구나 다 읽어야 한다고 생각해요. 읽는 걸 좋아하는데, 그렇지만 쓰고 있을 때에는 책을 안 읽어요.

올턴　우리 시대의 평론가들의 반응에 대해서 별로 생각하지 않는다고 말했습니다만, 지금으로부터 100년 뒤에 어떤 가상의 평론가가 작가님의 작품을 읽을 수도 있다는 생각을 해본 적은 없나요?

카버　몇 주 뒤나 몇 달 뒤처럼 잠시 후의 앞날이라도 내다볼 여유가 있다면 그것만으로도 운이 좋다고 생각해요. 100년 뒤에 그 사람들이 무슨 말을 할지, 하긴 할지, 전혀 상상이 안 돼요. 전혀 감이 안 잡혀요. 그런 식의 생각을 해보는 건, 바보 같은 건 말할 것도 없고, 주제 넘은 짓이 될 거예요.

올턴   그건 그렇고, 해체주의자들에 대해서는 많이 알고 있나요?

카버   약간요. 그 사람들이 제정신이 아니라는 것 정도는 압니다. 아주 이상한 사람들이에요. 문학하고는 별 관계 없는 사람들이잖아요, 안 그래요? 그 사람들은 심지어 문학을 그다지 좋아하지도 않아요. 제 생각엔 그래요. 그 사람들은 문학을 일련의 텍스트와 텍스트로 이루어진 문제로 보고, 작가는 의미 생산자 비슷한 걸로 보는 것 같아요.

올턴   문학적으로는 허무맹랑할 수도 있지만, 그 사람들이 말하는 것들 중 몇 가지는 철학적으로 흥미로운 것 같던데요.

카버   하지만 그런 것들이 문학이나 우리가 지금 이야기해온 것들하고 무슨 관계가 있는지 잘 모르겠네요.

올턴   비평을 비평하는 방법이 될 수 있는 것 같거든요.

카버   그래서요? 제가 생각하기에는 그들의 관심사라는 건 우리가 아는 문학에 대한 안티테제인 것 같은데요. 예, 그들이 재미있는 사람들인 건 맞죠. 그 사람들은 죄다—제가 아는 해체주의 비평가들의 대부분은—다정다감하고, 아주 똑똑하고, 옷을 아주 잘 입고, 다 좋아요. 그런데, 문학에 대해서 말할 때 우리는 심지어 같은 대상에 대해서 이야기하고 있는 것도 아니에요. 그리고 그 사람들은 제가 관심을 가지고 있는 작가들에 대해서는 아무런 관심도 없어요. 게다가 그 사람들은 시를 읽지도 않고, 이해하지도 못하고, 관심도 없어요. 그 사람들이 생각하는 방식은 완전히 비교祕教 집단 같아요. 어떤 때 보면 아주 으스스해요.

올턴   감정을 극도로 배제하죠.

카버   맞아요. 감정을 극도로 배제하죠. 아주, 아주, 극도로요. 그 사람들 중에서 몇몇은 개인적으로 좋아하지만, 문학과 관련해서 보편적이라고 추정할 수 있는 어떤 것도 이 사람들하고는 공유가 안 돼요.

올턴   작가님의 작업에 대해서 비평가로부터 조금이라도 배운 게 있나요?

카버   없어요. 제 작품과 관련해서 읽은 어떤 비평도 제가 글을 쓰는 방식은 물론이고 제가 저 자신에 대해서 생각하는 방식, 제 작품에 대해서 생각하는 방식도 전혀 바꾸지 못했어요.

올턴   새로운 무언가를 이야기해주는 것도 없나요?

카버   없어요. 그리고, 만약에 제 작품을 칭찬하는 비평을 믿기 시작하게 되면 아마 반대쪽 입장의 것들도 믿어야 하게 될 거예요.

올턴 그럼 작가님의 가장 주된 관심사는 작가님 눈에 보이는 방식 그대로 진실을 말하는 건가요?

카버 그렇습니다.

올턴 레너드 마이클스는 『제발 조용히 좀 해요』를 묘사하면서 "이 나라의 보통 사람의 생활에 대한 무시무시한 비전"이라는 표현을 썼습니다. 여기에 대한 작가님의 반응은 무엇인가요?

카버 제 편집자가 책 표지에 들어갈 문구라고 하면서 보내줬는데, 그 문구를 처음 봤을 때 마음에 들었어요. 그 작품들 속에서 무언가를 제대로 해냈다는 느낌이 들었고, 마이클스의 그 말도 마음에 들었어요. 마이클스는 제가 높이 평가하는 작품의 작가입니다.

올턴 마이클스는 '비전'이라는 단어를 썼는데요. 이 나라의 보통 사람들의 생활에 대한 작가님의 비전은 무엇인가요? 작가님은 그 단어를 적절한 용어라고 받아들이나요?

카버 요즘의 제 비전은, 제 생각에는, 전보다 훨씬 더 희망적인 것 같습니다. 하지만 대개의 경우에 소설 속 인물들에게 상황은 여전히 좋지 않습니다. 많은 게 소멸돼요. 아이디어와 이상과 생의 목표와 비전―모두 소멸되죠. 하지만, 어떤 경우, 많은 경우, 사람들 자체는 소멸되지 않아요. 그들은 정신을 바짝 차리고 다시 길을 나서야 합니다.

올턴   작가님은 작가님의 개인 생활이 작품에 직접적인 영향을 미친다는 점을 아무렇지도 않게 인정했는데, 그렇다면 처음 두 권의 선집에 들어간 작품들을 쓰던 기간에는 작가님이 중하류층의 삶을 살고 있었다고 볼 수 있겠군요.

카버   노동계급이자 중하류층, 그렇죠. 그러다가 미국인들의 삶에서 상당수의 인구가 속해 있는 아주 절박한 중하류층이 되었죠. 재정과 윤리 모두에서 자신의 의무와 책임을 다할 수 없는 사람들. 그런 지경으로 아주 오래 살았어요.

올턴   작가님은 그들을 "절박한" 계급이라고 부르나요?

카버   로버트 레드포드의 〈보통 사람들〉이라는 영화(좋은 영화라고 생각합니다)를 보면서 이런 생각을 하던 게 기억납니다. 저 영화에 나오는 사람들이 영화 속에서 저런 문제를 가지고 있는데, 그런데 만약에 저런 중요한 문제들 외에 다음 달 월세를 마련할 방법이 없다는 문제가 있다면 어떻게 될까? 만약에, 저런 모든 문제 외에, 그들의 차가 곧 차압당해 끌려갈 예정이고, 냉장고에는 음식이 하나도 없다면? 저 사람들이 가지고 있는 끔찍한 가족 안의 문제들 위에, 도저히 감당하기 어려운 재정적인 걱정거리도 있다면?

올턴 그러니까, 작가님은 소설을 쓸 때 어떤 계급 전체를 위해서 경험의 원형을 증류하는 작업을 하는 거라고 말해도 괜찮겠습니까?

카버 어쩌면요. 그런데 그건 선생님의 말입니다. 제가 한 게 아니고요.

올턴 그럼 그 계급을 중하류 계급이라고 부르고, 거기에 절박한 계급을 포함시킬 수 있겠네요. 신용카드를 받고는 한도를 넘겨서 쓰는, 그리고 그보다 더 나쁜 상황까지 가는.

카버 제 아버지와 아버지의 친구들, 그들의 가족은 노동계급의 사람들이었습니다. 그 사람들의 꿈은 몹시 억제된 것들이었어요. 다들 오늘 선생님과 제가 어울리는 이들과는 다른 사회적 상황에 처해 있는 사람들이었고, 가지고 있는 문제도 다른 사람들이었죠. 문제와 걱정거리들 모두, 예, 다른 사람들이었어요. 이들은 출근해서 일을 하고 자신들이 가진 것과 가족을 돌보는 일에 대부분의 시간을 쓰는 사람들이었어요.

올턴 작가님은 그들을 노동계급이라고 부르지만, 엄밀히 따지자면—소득 수준으로 따졌을 때—중하류층에 속한다고 봐야 할 겁니다. 그 사람들은 다른 환경에 속해 있어요. 사무직은 아니지만 소득 수준을 놓고 보자면 그 범주(중하류층)에 속하면서 6년에 한 번 새 차를 살 수 있을 정도는 되고, 사무직 종사자들과 같은 종류의 문제들을 가지고 있죠.「이웃 사람들」이나「오리들」을 보면 비슷한 면들이 보여요. 그러니까, 작가님 작품의 주제가 되는 대상을, 제가 묘사한 것처럼, 중하류층이라고 하는 게 타당하지 않을까요?

카버   초기의 책들에서는 분명히 그들이 주제가 되는 대상이죠. 지적하신 것처럼「오리들」의 경우에도요. 하지만「내 입장이 돼 보시오」에서 마이어스와 그의 아내는 그보다는 좀 더 복잡한 상태입니다. 마이어스는 작가예요(그리고, 우연히도, 그 작품이 제가 쓴 것들 중 유일하게 작가를 다룬 것입니다). 그러니까 모든 작품이 다 그 범주에 들어가는 건 아니에요. 하지만 대부분은 그렇다고 볼 수 있죠.

올턴   최근에 어떤 통계를 봤는데, 이 나라 인구의 대략 75퍼센트 정도를 중하류층으로 볼 수 있다더군요. 미국 인구의 75퍼센트의 대변인이 된 기분이 어떻습니까?

카버   대변인들 중 한 사람이죠.

올턴   또 누구를 포함시킬 수 있을까요?

카버　바비 앤 메이슨, 리처드 포드, 특히 그의 단편들이요, 그리고 루이스 어드리크, 앨리스 워커가 있죠. 그 외에도 물론 여러 사람이 더 있고요. 사실은 제가 리스트를 만드는 걸 싫어해요. 그리고 제가 대변인이라는 생각도 전혀 안 들고요. 그런 자리에 있다는 생각만 해도 이상해요.

올턴　중요한 인물이라는 암시가 불편한 건가요? 작가님의 중요성을 부풀리는 것 같아서요?

카버　예. 그런 건 아무튼 불편해요. 저 자신을 대변인이라고 생각해보는 것 자체가 저를 아주 불편하게 만듭니다.

올턴　작가님의 작품들은 중하류층 사람들 인생의 정서적인 지형을 보여주는 것 같은데요, 자기파괴적인 행동에 사로잡힌 인물들이라는 모티프가 반복됩니다. 그중 하나가 먹는 것, 특히 과식인데요. 이건 물론 중하류층에게만 국한된 문제가 아니지만, 작가님이 만들어놓은 중하류층 세계에서는 먹는 게 두드러지게 드러납니다. 자세히 설명해줄 수 있을까요?

카버　그 지점을 포착하다니 재미있네요. 존 치버도 한번은 그런 얘길 했어요. 제 소설 속 인물들은 늘 먹고 있는 것 같다고요. 부분적으로는 맞는 말인 것 같아요. 가난한 사람들, 박탈당한 사람들은 먹을 것을 풍족하게 확보할 수 없어요. 언제나 자기 앞의 접시에 지나치게 많은 음식을 담아놓는데, 먹지는 못하

312

죠. 하지만 저는 뭘 항의하려는 건 아니고, 어떤 걸 지적하려는 것도 아니에요.

올턴   하나의 관찰인가요?

카버   단순히 하나의 관찰인 거죠. 그리고 제가 저 자신에 대해 알고 있는 어떤 것이기도 한 것 같고요. 그 점에 관한 한 여전히 죄책감을 가지고 있습니다.

올턴   작가님한테는 먹는 게 좌절감의 증상이자 불안을 해소하는 방법인 건가요?

카버   아뇨, 저는 전혀 그런 식으로 읽지 않아요. 그 사람들은 그저 자신들의 생활을 유지하는 데 필요한 것들을 충분히 가지고 있지 않고, 아니면 충분히 가질 수가 없는 거예요. 그래서 식탁에 의자를 바짝 붙여놓고 앉아서 먹는 거죠. 그러다가 어떤 때는 접시에 너무 많은 음식을 담는 거고요.

올턴   작가님의 첫 두 단편집에 등장하는 인물들이 처한 곤경을 살펴보면, 그 인물들에게 닥친 주요 문제들은 고립과 신체적이고 정서적인 피로, 그리고 성적인 문제들로 나타납니다. 이런 각각의 문제들이 나타난 원인이 무엇인지, 그리고 이 문제들 간에는 어떤 관계가 있는지 좀 상세하게 설명해줄 수 있나요?

카버   성적인 문제가 무얼 말하는지 잘 모르겠는데요.

올턴   예를 들자면 「좋은 생각」에서의 엿보기 같은 게 있죠. 그리고
        전체적으로 인물들 중 상당수에 대해 불감증이라든가, 섹스
        자체에 대한 무관심이 상당히 강하게 암시됩니다.

카버   만약에 그게 사실이라면, 그선 육체석이고 성서석인 피로에
        서 오는 문제라고 봅니다. 물론 「좋은 생각」의 인물들은 나이
        가 든 부부이긴 해요. 하지만 아무튼 성을 어떻게 다루는가
        하는 문제에 관한 한, 제 작품들에 성적으로 매력적이거나 쉽
        게 동하는 사람들이 많이 나오지 않는다는 걸 보면 드러나지
        만, 저는 상당히 보수적인 편입니다.

올턴   저는 지금 「알래스카에 뭐가 있지?」와 거기에 나오는 부부를
        생각하고 있습니다.

카버   예, 그 이야기에서는 사내의 아내와 사내의 친구 사이에 외도
        가 있죠. 사실입니다.

올턴   이야기의 끝 무렵에 가서 아내는 섹스를 하고 싶어 하지만,
        결말은 침대 반대편을 향해 돌아눕는 겁니다. 그리고 「뚱보」
        에서 루디는 화자가 원하지 않는데도 섹스를 감행합니다.

카버   무슨 얘긴지 알겠어요. 제 작품 속의 사람들, 최소한 그중 많

은 이에게 외로움과 고립, 육체적인 피로 같은 건 실제로 중요한 문제임에 틀림없다고 봐요. 그건 어떤 시기 동안 저도 그랬고, 저와 관련되어 있는 사람들도 그런 것 같았어요. 말씀하신 요소들은 제 소설들 속으로 기어코 자기들이 찾아서 들어와요.

올턴 　같은 선상에서 다른 질문이요. 많은 작품에서 꿈이라는 모티프를 사용하시는데요. 초기작들—이를테면 「학생의 아내」—에서 특히 그랬죠. 그런데, 최근에 〈뉴요커〉에 발표한 「코끼리」와 어젯밤에 낭독한 작품(「누가 이 침대를 쓰고 있었든」)에도 같은 모티프가 들어 있어요. 꿈 장면이 들어 있는 작품들이 여러 편 더 있는데, 무의식 상태의 마음을 얼마나 중요하게 여기는지 궁금합니다. 그리고 그것과 작가님이 기록하는 사실적인 표면이라고 할 수 있는 것과의 관계도요. 작가님은 간접적인 방법으로만 무의식에 접근하고, 그것이 깨어 있을 때의, 일상 세계와 맺는 관계를 보여주는 것 같거든요. 그 문제에 대해 많이 생각하는지도 궁금하고요.

카버 　그 문제에 대해 많이 생각하지는 않습니다. 아마도 많이 생각하지는 않지만 어떤 식으로든 작업에 연관되어 있기는 한, 그런 것들 중 하나인 것 같네요.

올턴 　그런데 무의식과 물질적인 것, 표면 사이에 어떤 관계가 있는 것처럼 보인단 말이죠. 아까 인물들의 육체적인 피로와 고립

315

이 내적이고 심지어 성적인 문제를 만들어낸다는 사실을 인정하신 것과 아주 비슷한 맥락에서요. 그 관계가 꿈 모티프 안에서 개략적으로 설명이 되는 거죠. 사람들은 자신들을 둘러싸고 있는 환경 때문에 괴롭고, 그걸 꿈으로 꾸는 겁니다. 그 문제들이 그들의 꿈속에서 모습을 드러내는 거죠.

카버   예, 물론 그런 요소가 있죠. 그런데 솔직히 말해서, 그 문제에 대해서 생각해본 적이 없어요. 하지만 맞는 말씀 같아요.

올턴   작가님은 무의식에 비중을 크게 두고 있는 것 같아요. 거기에 중요한 게 들어 있다고 생각하는 것 같고요. 그래서 작가님의 소설은 「누가 이 침대를 쓰고 있었든」에 등장하는 부부의 경우처럼, 이를테면 그 껍질을 깨고 나오는 걸 다루는 거고요. 남자와 여자가 그 자리에 꽤 오래 자리 잡고 있었던 내적인 문제들의 껍질을 깨고 나오는 거죠.

카버   맞아요. 그렇게 하니까 다 설명되네요. 우리 이야기가 거기까지 미치는군요. 하지만 그 부부가 진실한 상태에 도달하지는 못했죠. 예, 좋네요. 그 관찰이 마음에 듭니다.

올턴   특히 『제발 조용히 좀 해요』에 수록된 작품들에는, 남자들이 여자들에 비해 우리가 말한 이 이야기들 속의 상태에 유난히 더 크게 영향을 받는 명확한 모티프가 들어 있습니다. 거기에 대해 말을 덧붙여줄 수 있나요? 그건 그냥 우연일 뿐인가요?

카버 　글쎄요, 그 책에는 다른 책들보다 남자들, 아니면 남자의 관점을 가진 인물이 더 많이 나오는 것 같아요. 여자의 1인칭 시점으로 쓰인 것들도 몇 작품 있죠. 예를 들어 「뚱보」와 「좋은 생각」, 이 두 편이 떠오르네요.

올턴 　하지만 「뚱보」의 여자는 남자 인물인 루디보다 좀 더 강한 연민을 가지고 있습니다. 그리고 책의 후반부로 가면 「제리와 몰리와 샘」부터 시작해서, 사내—여기서 인물의 이름은 앨이죠—는 이 책에서 반복해서 나타나는, 실패하는 남성의 원형처럼 보입니다. 의도적으로 성별에 따라 차이를 둔 건가요?

카버 　아뇨. 그런 의도는 없었습니다.

올턴 　하지만 여자들이 더 강해 보입니다.

카버 　어쩌면 그럴 수도 있겠네요. 최소한 여자들은 생존에 더 적절합니다.

올턴 　어젯밤에 에세이(「내 아버지의 인생」)를 낭독하시는 걸 들으면서, 작가님의 어머니 쪽이 기꺼이 견뎌내려는 진짜 힘을 가지고 있었던 것 같다는 생각이 들었습니다. 그 이야기의 모티프가 여기에서 온 건가요?

카버 　어쩌면 그렇겠네요. 따로 생각을 해본 적은 없지만요. 그리고 처음에는 소설에 남성의 시점을 입히면서 이야기에 좀 더 확신을 가지게 되는 것 같은—자신감이 좀 필요했습니다—느낌이 있었어요. 하지만 여자에 대해서도 좀 아는 것 같다는 느낌이 들면서, 여자의 관점을 취하게 되면 좀 더 깊은 연민을 가지고, 이야기에 좀 더 깊이 개입할 수 있을 것 같다는 느낌이 들었습니다. 그래서 여성의 관점에서 이야기를 풀어나가기 시작했죠. 하지만, 예, 많은 작품에서 남자들이 심한 타격을 받는 것 같아요.

올턴 그건 남자들이 책임을 져야 하는 위치에 있는 경우가 좀 더 많아서 그런 걸까요?

카버 그리고 그 책임을 감당하지 못하기 때문이죠. 예, 그럼요.

올턴 인물들이 무언가 이상한—어떤 때는 이국적이거나 아름다운—것과 조우하게 되는데 그 일이 그 인물에게 파괴적인 효과를 가져오는 경우가 작가님 소설들에서 종종 일어납니다. 이런 일은 작가님의 초기 작품에서도 벌어지지만, 제가 지금 생각하고 있는 건 『대성당』에 수록된 「깃털들」입니다. 화자와 그의 아내는 그들이 목격하는 아름다움—집주인 부부와 공작 사이의 서로를 돌봐주는 태도—에 중독이라도 된 것 같습니다. 여기서 작가님이 말하고자 하는 바는 무엇입니까? 중하류층은 미술관에 출입하지 못하게 해야 한다는 건가요?

카버 아뇨. 물론 그런 말은 전혀 아니고요. 이 두 사람, 화자와 그의 아내가 한 부부, 정말로 행복하게 사는 한 부부를 만나잖아요. 그리고 거기에서 영향을 받아서 나중에 자기들이 사는 것하고 방금 목격한, 다른 부부에게 속한 삶을 비교하고 대조해보게 된단 말이죠. 굳이 말하자면, 아름다움으로 둘러싸인 부부죠. 이 작품의 화자는 이렇게 생각하는 겁니다. '우리가 더 가련해.' 그 저녁 식사 자리 이후로 이 부부에게 변화가 일어나기 시작합니다. 여자는 머리를 자르죠. 아이를 낳지만 그 아이는 뭔가 감추는 구석이 있는 아이고, 아무튼 그 이후로 두 사람한테는 모든 게 잘못되어갑니다. 하지만 그 이상도 그 이하도 아니에요. 무슨 이분법을 구사해보려 한 것도 아니었고, 그 두 부부의 삶을 관장하는 규정을 만들려고 한 것도 아니었어요.

올턴 중하류층의 상황—고립, 육체적이고 감정적인 피로, 내적 삶의 고갈—은 아름다움을 누리는 능력을 어떤 식으로든 감소시키고, 또는 아름다움이 사람들에게 미치는 영향의 방향을 바꾸게끔 한다고 말해도 좋을까요?

카버 제 생각에는 선생님이 지금 이야기하는 이 사람들은 미술관에 갈 시간도 없고, 또—어쨌든 대부분은—책을 읽을 시간도 없고, 강의를 들으러 가거나 음악회에 갈 여유도 없어요.

올턴 하지만 소설 속에서는 외부의 영향을 받잖습니까. 버드와 올라의 집에 저녁 초대를 받아서 간 그 부부 말입니다.

카버 예, 그렇죠. 하지만 그 상황은 공작새 때문에 너무나 투명하고 너무나 커 보여요. 그 이상으로 과장할 생각은 없어요.

올턴 하지만 그 관찰은 여전히 유효합니다.

카버 예, 게다가 흥미로운 관찰이고요.

올턴 작가님 작품의 상당수가 인물의 모호한 변화와 더불어 마무리됩니다. 단순히 개인적인 경험에서 끄집어낸 인상을 기록하는 건가요, 아니면 이런 식의 예술적인 가공을 이끄는 어떤 원칙이 있는 건가요?

카버 솔직히 말해서, 저는 이 경우의 원칙이라는 게 뭔지 잘 모르겠습니다. 그리고 이미 말했듯이, 저는 자서전을 쓰는 게 아닙니다. 그냥 어떤 소설은 그렇게 끝나야 할 것 같았던 거예요. 그게 제가 원하는 것, 그 소설이 어떠해야 한다는 제 요구를 미학적으로 만족시키는 방법이었고, 그리고 어쩌면 그게 제가 세상을 보는 방식이었을 수도 있습니다.

올턴 어떤 면에서 보자면 다음 질문은 아름다움이 중하류층에 이상한 방식으로 영향을 미칠 수 있다는 생각을 닮은 것일 수 있겠습니다. 작가님의 인물들은 다른 어떤 것보다도 변화에 의해 더 감질나고 아슬아슬해지는 경향이 있습니다. 이것이 그 인물들의 당혹감을 만들어내는, 광범위하게 형성된 조건인가요? 왜냐하면 그 인물들은 자신의 환경으로부터 벗어나고 싶어 하지만 그럴 가능성은 아주 적단 말이죠.

카버 그렇습니다. 그 생각이 마음에 드네요. 그렇게 말하는 게 적절할 듯합니다.

올턴 그러니까, 변화—삶의 가장 기본적인 조건인—는 감질나고 아슬아슬한 것인가요?

카버 그렇습니다. 저는 거기에 대해 반박할 생각이 전혀 없습니다. 그건 이 세상의 중요한 양상이죠.

올턴 최근에 저는 작가님이 인물을 만들어내는 과정에서 클리셰를 사용한다는 사실을 알게 됐습니다. 그게 단순히 작가님의 관찰의 결과물인지, 아니면 작가님의 생각이 움직이는 방식을 기록한 것인지 궁금합니다.

카버 그럴 만한 이유가 있어서 거기에 있는 거겠죠. 아마도 저해가 되기보다는 제가 쓰려는 용도에 맞기 때문일 거고요. 최소한 그런 경우이길 바랍니다!

올턴 작가님 작품에서는 전환이 저절로 일어나면서 클리셰가 좀 더 심오한 반응을 이끌어내는 경우가 종종 있습니다. 어떤 일이 벌어지고 어떤 인물이 클리셰인 무언가를 말하는데, 그게 보다 심오한 생각으로 이끌고 가는 거죠.

카버　　맞아요. 그렇죠.

올턴　　첫 번째 책에서 가장 두드러져 보이는 건 사람들의 힘없음과 대책 없음이에요. 우리 문화의 거대한 부분, 자신의 인생을 제대로 다룰 줄 모르는 사람들을 보여주죠. 그게 무시무시한 거예요. 하지만 작가님의 최근 작업들을 보면 사람들이 역경으로부터 구원을 쥐어짜내는 방식을 보여주는 데 초점을 맞추고 있는 것 같아요. 예를 들어 「별것 아닌 것 같지만, 도움이 되는」이나 「대성당」 말예요. 가장 최근에 나온 선집 『대성당』은 『제발 조용히 좀 해요』와는 여러 면에서 달라 보입니다. 서사가 훨씬 더 풍성해졌고, 그중에서도 가장 크게 부각되는 건 작가님의 어조가 훨씬 더 낙관적으로 변했다는 겁니다. 저는 「별것 아닌 것 같지만, 도움이 되는」과 그 작품의 원래 판본인 「목욕」을 비교하면서 생각해보고 있는 중입니다. 이 문제를 조금 상세히 설명해주고, 어떻게 해서 이런 변화가 생긴 건지 말해줄 수 있을까요?

카버　　아무래도 제 생활환경과 관련이 있는 것 같습니다. 제가 술을 끊은 것, 좀 더 희망—알코올 이후의 삶이 있었다는 느낌—을 느끼는 것, 테스 갤러거를 만나 같이 살기 시작한 것 같은 여러 가지 상황들이 겹친 거죠. 제 생활의 내적인 조건들에만 변화가 일어난 게 아니라, 외적인 환경에도 변화가 있었습니다. 그 결과 생각이 좀 더 희망적으로, 어떤 이유에선가 긍정적으로 변했습니다. 게다가, 같은 종류의 작품들을 반복해서 쓰고 싶지 않기도 했고요. 그래서 이 작품들을 쓰기 시작했을 때에는 이런 여러 가지 사정이 겹쳐 있었어요. 그리고 이미 아시겠지만, 그 책에 들어간 작품들은 18개월 만에 전부 썼습니다.

올턴　예전에 그런 부정적이고 암울한 작품들을 썼을 때에는 그런 작품들이 스스로를 다치게 한다는 느낌 같은 게 혹시 있었나요? 그 시절로 돌아가 다시 우울하게 곱씹는 걸 해본다면 그것 때문에 지금 가지고 있는 어떤 걸 잃어버리게 될까요?

카버　제가 십대와 이십대 때 빠져서 지냈던 그런 암울하고 우울한 분위기에 다시 빠질 일은 없죠.

올턴　그럼 우울함에 어떤 예술적인 가치를 부여하지는 않나요?

카버　전혀요! 고통에는 약간의 가치를 부여하죠. 약간의 고통은 무언가를 오래 남기는데, 알다시피 전 10년 동안 노상 마셔대는 알코올의존자였어요. 고통은 그때 충분히 겪었습니다. 제가 알코올의존자가 아니었고 제 생활이 혼돈에 빠져 있는 기간이 그토록 길지 않았더라면, 전혀 알지 못했을 것들이 여러 가지 있습니다. 하지만 그 생활은 누구에게도 권하고 싶지 않습니다.

새 작품들이 예전에 썼던 다른 것들과 다르다고 생각하시니 반갑습니다. 달라요. 그런데, 저도 달라졌습니다.

선명함과 단순함의 세계

레이먼드 카버는 안락의자에 깊이 기대앉아 한 손으로는 머리를 괴고, 한쪽 무릎은 편안하게 다른 쪽 다리에 걸쳐놓고 있다.

보푸라기가 잔뜩 인 밤색 스웨터에 하얀 바지를 입고 슬리퍼를 신은 카버는 오래된 신발처럼 편안해 보인다. 이 방은 그가 사는 곳이니 그럴 만도 하다. 이곳에서 카버는 많은 시와 단편소설을 썼다.

현재 미국 소설 문학의 최전선에 서 있는 카버는 지난 몇 년 동안 전적으로 자신의 예술에 스스로를 바칠 수 있었다. 카버는 1983년에 밀드레드 앤드 해럴드 스트라우스 생활 기금을 받았다. 이 기금은 카버가 아무 일도 하지 않고 글만 쓸 수 있도록 5년 동안 매년 3만 5천 달러씩을 지불하는 것이다.

카버는 그렇게 해서 얻은 시간을 정확히 그 용도로 써왔다. 캘리포니아, 아이오와, 뉴욕, 그리고 텍사스를 떠돌아다니며 살던 카버는 포트 앤젤레스가 자신의 작업에 적합한 장소라는 걸 파악하고 여기에 자리를

록샌 롤러, 〈페닌슐라 데일리 뉴스Peninsula Daily News〉(1986년 11월 9일), C 섹션 1쪽. 인터뷰는 1986년 10월에 진행되었으며, 기사화되지 않은 녹취를 풀어 편집, 보충했다.

잡았다.

포트 앤젤레스의 서쪽 구역에 자리 잡은 집의 널찍한 서재에 앉은 그의 뒤에는 커다란 참나무 책상이 놓여 있고, 그 위에는 재떨이 두어 개와 종이들이 흩어져 있다. 책상 앞에는 회전의자가 언제든지 자기 의무를 다할 수 있도록 놓여 있다. 왼쪽으로는 타자기가 별도의 키 큰 받침대 위에 놓여 있다. 책상 바로 위 창문을 통해서는 에디즈곶과 포트 앤젤레스 항구가 내다보인다.

"글을 쓰기에 좋은 방입니다." 그의 성격의 한 단면을 잘 보여주는 겸손하고 소박한 자세로 카버가 말한다.

읽기에도 좋은 방이다. 방의 두 면을 책꽂이가 채우고 있다.

여섯 칸의 선반에 책이 가득 차 있는 나무 책꽂이 두 개가 책상 양쪽에 서 있다. 대부분 단편집과 시집으로 채워져 있는 책꽂이들은 어린 시절부터 지금까지 문학에 대한 사랑을 놓아본 적이 없는 한 사내의 끝없는 열정을 그대로 반영하고 있다.

카버는 야키마에서 성장하는 동안 매주 한 번씩 정기적으로 도서관에 갈 때마다 눈길을 끄는 것이면 무엇이든 집어 들었다. 역사소설, 스페인의 정복자들, 배 건조술에 대한 책들이었다.

그러고 나서 집에 가면 그의 부친이 들려주는 이야기들이 그의 머리를 채웠다.

결국 언제부턴가 그는 직접 이야기를 쓰는 일에 손을 대게 된다. 그리고 결혼 생활을 유지하고, 아이들을 키우고, 생활비를 벌고—나중에는 알코올의존증과 싸우는 와중에도 그 노력을 놓지 않는다.

그의 결혼 생활과 가족은 무너졌다. 9년 전 그가 술을 끊기로 결심하기 전까지는 알코올의존증이 그의 삶을 지배했다.

하지만 인내는 결국 결실을 거두었다. 오늘 그가 자신의 서가를 볼 때, 거기에는 자신이 쓴 여러 권의 책들이 꽂혀 있다. 그것들이 그의 자부심이다.

화요일 오후, 카버의 옆에 놓인 전등에서 나오는 빛이 밖에서 들어오는 회색의 가을 빛을 따뜻하게 만들고 있다. 그의 뒤편에 있는 선반 위에는 최근에 펴낸 『울트라마린』이 열 권가량 놓여 있다. 이 시집은 지난 2년 동안 두 번째로 펴낸 것이다. 카버는 모두 다섯 권의 시집, 세 권의 단편집, 그리고 시와 에세이, 단편소설을 한데 묶은 책을 한 권 냈다.

무엇보다 미국의 가장 뛰어난 단편소설 작가들 중 한 사람으로 꼽히는 카버는 오랫동안 단편소설과 더불어 시도 써왔다. 그는 새로 나온 책에 대해 특히 기뻐하고 있다.

"이것들보다 좋은 시는 써본 적이 없는 것 같아요." 그는 지난 18개월 동안의 작업을 담은 새 책에 대해 말하고 있다. 책이 나오기도 전에 재판을 찍기 위해 출판사에서 원고를 인쇄소에 돌려보냈다는 소식이 이 책의 성공을 말해준다.

카버는 포트 앤젤레스가 자신의 새 작업에 상당한 영감을 제공해주었다고 하면서 이 도시로 공을 돌린다. 그는 1980년 이후로 매년 한 해의 상당 기간을 그의 동반자 테스 갤러거와 함께 포트 앤젤레스에서 지냈다. 갤러거는 전국적으로 알려진 시인으로, 포트 앤젤레스 출신이다. 두 사람은 내년에 런던에서 카버의 시집이 나오는 대로 그리로 떠날 예정이지만, 포트 앤젤레스를 그들의 근거지로 삼을 생각이다.

이제 48세인 카버에게 포트 앤젤레스는 일하기 좋은 곳이다. 그뿐만 아니라, 이곳은 그의 작품에 결정적인 영향을 미쳤다.

그 영향에 대해 묻자, 카버는 담배에 불을 붙이고 잠시 생각에 잠긴

카버의 책상 풍경, 1984.

(© Bob Adelman)

다. 그러더니 그의 강렬한 푸른 눈을 인터뷰이에게 정면으로 맞춘다. 정직과 진실을 탐색하는 눈이다. 그 두 눈에는 늘 질문이 들어 있다.

"글을 쓰는 과정은 신비로운 것이고, 저는 왜 시가 쏟아져 나오기 시작했는지 말할 방법이 정말 없습니다." 스스로도 약간 어리둥절해하는 모습으로 그가 말한다. "하지만 이곳의 풍경과 물과 관계가 있다는 건 알아요.

제가 만약 다른 곳에 실고 있었어도 이 시들을 쓸 수 있었을까, 저는 정말 그렇지 않다고 봅니다. 아마 다른 건 쓸 수 있었겠죠. 그게 뭔진 모르겠지만요. 하지만 같은 양의 시를, 제가 작업했던 만큼의 밀도를 가지고 그렇게 썼을 것 같지는 않습니다."

포트 앤젤레스의 영향이 시 한 편 한 편에서 모두 드러나는 건 아니지만 어디엔가 들어 있다. 「나머지」의 구름 낀 산맥이나 「흰 벌판」에서 설상화를 조이는 모습, 「식기」에서 플라이낚시로 은연어를 낚는 모습, 그리고 「저녁」에서 망으로 은연어를 들어 올리는 모습에.

이 시들에는 사실 카버가 이 지역에 대해 느끼는 가장 큰 매력의 증거로, 낚시에 대한 이야기가 꽤 들어 있다. 덩치가 크지만 태도가 부드럽고 머리가 희끗희끗한 이 사내는 어릴 때부터 사냥과 낚시를 해왔다.

연어 낚시 자체는 최근에야 그에게 왔지만, 그는 지금 거기에 완전히 매료되어 있다. 카버는 약 5미터짜리 보트를 부두에 매어두었다.

"그게 제 글쓰기를 방해하는 유일한 물건이에요." 조용하지만 걸걸한 목소리로 그가 말한다. "연어가 올라올 때가 되면 책상에 앉아 있는 게 힘들어집니다. 아마도 그게 제 문제의 원인이에요. 며칠 동안 미친 듯이 낚시를 하고, 어떤 초대도 다 거절하고, 그리고 나서 또 낚시를 하러 나갑니다."

그는 지역 연어 낚시 대회에도 참가했다. 그의 조황이 가장 좋았던 날은 갤러거의 형제인 모리스 본드와 에디즈곶 외곽 지역에서 약 14.5킬로그램짜리 연어를 잡은 날이었다.

가장 좋지 않았던 날은 어땠을까?

"그놈과 비슷한 크기의 두 마리를 떨어뜨린 날이죠. 어쩌면 그놈보다 더 컸을지도 몰라요." 카버가 미소를 지으며 말한다.

소설과 시를 위해 낚시를 하는 건 그보다 좀 더 예상 가능한 일이다. 거기서도 카버는 일단 낚싯줄을 던지는 걸로 시작한다.

"첫 줄을 가지고 시작해요." 카버는 분명하게, 힘을 주어 말한다.

"대개는 그 첫 줄이 저한테 오죠. 그리고 나머지는 다 수정 대상이에요. 첫 줄은 대개 그대로 남고요.

그 첫 줄이 어디서 오는지는 모르겠어요. 어떤 때는 어떤 이미지나 제 머릿속에 들어 있던 어떤 것, 제 머릿속에서 떠돌아다니던 대사 한 줄에서 만들어져요. 그러고는 그게 종이에 옮겨지는 거죠."

한때는 누가 자신이 글쓰기에 접근하는 방식을 알게 된다는 게 마음이 불편했지만, 카버도 나중에는 다른 많은 작가 역시 이런 '발견' 과정을 거친다는 사실을 알게 되었다.

"이 과정이라는 게 결국은 내가 써놓은 걸 보기 전까지 내가 뭘 말하고 싶은지 내가 어떻게 알 수 있지? 라는 질문에 대답하는 과정이에요." 한 손가락으로 뺨을 긁으며 카버가 설명했다. "제 소설들 대부분이 여러 번의 개작 과정을 거치는 이유가 그래서예요. 제가 만난 작가들 대부분도 다르지 않고요."

그는 '쓸 만한' 작가치고 장편소설을 쓰면서 대여섯 번, 단편소설은 열 번에서 열다섯 번, 시는 스무 번에서 서른 번 다시 고쳐 쓰지 않는 사람이 없다고 말했다.

"그리고 대부분의 작가들은 그런 종류의 작업에 대해 무한대의 인내심을 가지고 있어요."

카버는 지난 몇 주 동안 수많은 외부 행사를 치렀다. 인터뷰를 하다가 한번은 자기 자신에 대해서 말하는 것에 지쳤다고 하기도 했다. 하지만 문학에 대해 이야기할 때에는 그의 눈에 열기가 이는 게 보인다.

그의 말은 즉각적이면서 동시에 머뭇거리는 것처럼 흘러나온다. 때로는 맹렬하게 쏟아져 나오다가, 때로는 멈칫거리면서 나온다. 마치 글을 쓸 때처럼, 아주 조심스럽게 말을 고르는 것처럼 보였다.

카버는 글을 고쳐 쓰는 일을 발레 공연이나 콘서트의 리허설과 비교한다. "공연을 위해 필요한 그 많은 리허설을 생각해보세요. 저는 여러 번의 재집필과 수정 작업을 완성된 공연을 위한 드레스리허설이라고 생각해요."

또한 그는 고쳐 쓰는 과정을 부담스러운 일이라고 보지도 않는다.

"아뇨, 천만에요. 그 작업을 사랑해요. 그 작업을 사랑해요!" 그렇게 말하는 그의 목소리가 떨린다. "수많은 화가가 그런 식으로 작업해요. 무언가를 그리고는 다 지우는 거예요. 그리고 그 위에 다른 무언가를 또 그리죠. 그렇게 해서 다른 무언가가 되는데, 화가들은 거기에 계속 작업을 이어가는 거예요."

『울트라마린』에 수록된 시 「미뉴에트」를 예로 들 수 있겠다. 카버는 그 시를 스물다섯 번 고쳐 썼다고 했다.

세부 사항에 대한 이런 인내심 덕에 카버의 소설과 시는 불필요한 단어를 남기지 않고 완벽하게 조탁된다. 그리고 그 결과 사람들이 실제로 사용하는 언어로 쓰고 싶었던 카버의 희망을 반영한 놀라울 정도로 단순한 스타일이 만들어진다.

저는 선명함과 단순함을
무척 중요하게 여깁니다.

초기에 카버를 가르친 선생들 중에 소설가 존 가드너가 있다. 카버는 그로부터 '일상 언어'를 사용해 작품에서 선명함과 정확함을 전달하라는 걸 배웠다.

"저는 선명함과 단순함을 무척 중요하게 여깁니다. 그리고 이 두 가지는 단세포적인 천진난만함과는 완전히 다릅니다."

카버는 가장 복잡한 어떤 사상도 "가장 단순하고 선명한 언어로 표현될 수 있다고" 믿는다. 교육을 잘 받은 엘리트를 위한 언어와, 보통 사람들과 소통하는 언어를 따로 유지하는 건 자신의 천성에 어긋나는 일이라고 그는 말한다.

"그런 게 쌓이다 보면 계급 체제가 생길 수밖에 없습니다."

그래서 소설 「정자」에서 홀리는 이렇게 말한다.

"내 안에서 무언가가 죽었어. 이렇게 되는 데 오래 걸렸지만, 아무튼 그게 죽었어. 당신이 그걸 죽였어. 당신이 도끼로 그걸 후려친 거나 마찬가지야. 이젠 모든 게 다 먼지가 됐어."

혹은 「나는 아주 사소한 것까지도 볼 수 있었다」에서 샘은 "민달팽이……. 밤에 여기서 둘러보는 데마다 미끼를 놓고 나중에 나와서 거둬들이죠……. 민달팽이, 끔찍한 발명품이에요. 저기 유리병 안에 그놈들을 모아두죠"라고 말한다.

하지만 '딱 맞는 단어'에 대한 강박은 카버가 대학에 들어가기 전부터 시작되었다.

카버는 한숨을 쉬고, 담배 연기를 빨아들인다.

"그건 아마 야키마에서의 어린 시절까지 거슬러 올라가는 문제인 것 같아요. 집에서 아버지가 말하는 어떤 단어들을 들어요. 그리고 그런 단어들이나 표현들을 밖에 나가서 되풀이하면 아이들이 막 웃는 겁니다. 발음이 다 엉터리였거든요. 그래서 단어를 정확하게 쓰고 싶다는 생각이 강해졌어요. 웃음거리가 되고 싶지 않았던 것 같아요.

그래서 내가 하고 싶은 말에 적합한 단어를 찾는 데에 특별히 주의를 기울인 거죠."

작가가 아닌 사람들 대부분은 작가가 되기 위해서는 '엄청난 양의 노력'이 필요하다는 사실을 잘 모르는 것 같다는 말에 카버는 동의를 표한다.

카버의 노력은, 그가 정말로 작가가 되겠다고 결심하고, 그렇다면 뭔가를 쓰기 시작하는 게 좋겠다고 생각한 이십대 초반에 시작되었다.

그의 '특별한 날'은 1962년 즈음, 그가 대학의 학부에 다니고 있을 때 왔다. 그날, 두 개의 서로 다른 잡지사로부터 각각 그의 시와 단편소설을 게재하겠다는 연락이 왔다. 어린아이를 자랑하는 부모처럼, 그와 그의 아내는 차를 몰고 온 동네를 돌아다니면서 친구들에게 그 수락 편지들을 자랑했다.

하지만 그의 진짜 분투는 아직 시작되지도 않았다. 그는 삼십대에 들어서서 술을 마시기 시작했고, "로켓처럼 튀어 나갔"다. 6년 정도 뒤에, 알코올의존증으로 인해 그의 가정생활이 무너져 내렸고, 그의 글쓰기 작업 역시 거의 멈춰 섰다.

"엉망진창이었어요." 카버는 그것이 마치 지금과는 다른 생이었던 것처럼 그 시절을 떠올린다. "가정생활이 황무지가 돼버렸어요. 마지막 무렵에 가서는 완전히 재앙이었어요."

술을 마시던 시절의 마지막 2~3년 동안 카버는 조금밖에 쓰지 못했고, 출판되는 것은 그보다 더 적었다. 그리고 그는 진지한 시도로서의 글쓰기는 그만두는 게 좋겠다는 생각을 하기 시작했다.

"그걸 빛이라고 부른다면, 술을 마시던 시절의 마지막 무렵에 가서는 그 불이 희미하게 꺼져가고 있었어요. 모든 의도와 목표가 모두 깜빡거리면서 꺼져갔어요. 전 그때 끝났습니다……. 술이 저를 때려눕혔고, 저는 거의 아무것도 할 수 없었습니다."

요양원을 들락날락하는 생활을 이어가던 카버는 한 가지 견고한 결심을 내린다. 1977년 6월 2일—그는 노트에 재빨리 적는다—, 술을 끊기로. 오래지 않아 그의 건강이 돌아왔다. 하지만, 글을 쓰겠다는 욕망은 돌아오지 않았다.

"술을 끊었을 때, 건강이 돌아온 게 너무나 기뻐서 다시 글을 쓰게 되든 말든 그건 그리 중요하지 않았어요."

구겐하임 재단의 펠로우십과 갤러거의 격려 덕에 글쓰기에 대한 흥미가 되살아났다. 카버는 구겐하임에서 받은 기금을 단편소설을 쓰는 데 쓰기로 했고, 그걸로 끝이었다.

"저는 단순히, 이제부터 단편소설을 쓰겠어, 라고 말했습니다. 그리고 단편소설을 잇달아서 써내기 시작했습니다."

카버는 그 후로 계속 금주 상태를 유지해오고 있다. 그리고 그 기간 동안 미국 문학계의 눈높이에 있는 선반에 그를 올려놓은 단편소설과 시를 연이어서 써왔다.

그의 삶은 갤러거를 만난 뒤로 극적으로 개선되었고, 그래서 이제

레이먼드 카버와 그의 동반자인 시인이자 단편소설 작가 테스 갤러거.

는 작가가 아닌 이하고 같이 사는 건 상상할 수 없다고 말한다. 그는 "저와 같은, 더 큰 목표와 포부를 공유하지 않는" 사람과의 삶은 상상할 수도 없고, 테스처럼 "제가 사적인 공간과 고독을 필요로 한다는 걸, 제가 그를 이해하듯이" 이해해주는 사람이 필요하다.

시집이 나온 상태에서, 카버는 다시 한번 단편소설 쪽으로 몸을 돌렸다. 하지만 그는 시로 다시 돌아올 계획이다. 필요하다고 느낄 때. 좀 더 긴밀하고 내적인 것들을 다뤄야 할 필요가 있을 때.

"어떤 이유에선가 시가 저한테 좀 더 가깝고, 좀 더 개인적인 것처럼 느껴집니다." 또 다른 담배를 피워 물며 그가 말한다. "소설에서 하는 것보다 시에서 더 자전적으로 쓰는 것도 아닌데 말입니다."

하지만 카버는 단편소설과 시에서 단편소설과 장편소설이 맺는 것보다 더 가까운 관계를 본다. 단편소설과 시에서는 모든 단어가 무언가를 의미하도록 만들어야 할 필요가 있기 때문이다.

작가는 글을 쓰는 행위, 타자기의 소리,
잉크 냄새 같은 것들을 사랑해야만 합니다.

카버는 자신이 가르치던 뉴욕주의 시러큐스대학교를 떠난 지 몇 년 됐지만, 젊은 작가들에게 해줄 충고는 여전히 가지고 있다. 우선, "중요한 것들, 의미 있는 것들에 대해 써야 한다"는 것이다. 그다음으로는 모든 위대한 작가들이 퇴고를 했다는 사실을 배워야만 하고, 그래서 젊은 작가들 스스로도 퇴고를 거듭해야만 한다는 것이다.

"퇴고 작업을 사랑해야만 합니다." 카버가 진지하게 말한다. "작가는 글을 쓰는 행위, 타자기의 소리, 잉크 냄새 같은 것들을 사랑해야만 합니다. 그리고 글쓰기를 다른 사람이 아닌 자기의 세계로 만들어야 합니다."

날이 저물면서 인터뷰도 마무리되어간다.

카버의 집 밖에 어스름이 짙은 색 커튼처럼 드리워진다.

개 두어 마리가 짖는다. 굴뚝들에서 장작 타는 연기가 피어오른다. 올림픽산맥의 윤곽이 산뜻한 가을 공기 속에서 날카로운 모습을 드러낸다.

가까이 있는 공터에 낡은 고물 차가 세워져 있다. 다른 공터에는 해진 고무 타이어가 뒹굴고 있다.

카버 소설 속의 한 장면이라고 해도 될 것 같다.

커튼이 제대로 쳐 있지 않은 밝은 부엌 한 곳에서, 누군가가 맥주를 꺼내고 있다. 저 아래 길거리에서는 제재소 일꾼 하나가 여자친구를 저녁 식사에 데리고 가려 하고 있다. 길 건너에서는 누군가가 친구가 하는 말을 들으면서 담배를 피우고 있다.

저 바깥 어디에선가, 카버의 소설이 발생하고 있다.

*

롤러   술을 끊은 뒤에 어떤 계기로 다시 쓰게 됐나요?

카버   구겐하임 펠로우십과 테스의 격려가 있었고, 저에게 글을 쓰고 싶다는 욕망이 있었습니다. 술을 끊고 나서 처음에는 그런 욕망이 없었습니다. 심지어 제 잠재의식 속에서는 제 가족에게 어떤 일들이 벌어진 게 글을 쓰고 싶어 한 제 욕망 때문이라고 탓하기까지 했던 것 같아요. 저는 제가 글을 쓰기에 이상적인 상황, 이상적인 직업, 그리고 살기에 가장 좋은 곳을 찾아서 가족을 여기저기 끌고 다녔어요. 그래서 우리 가족에게 일어난 이런저런 일을 두고 잠재의식 속에서 글쓰기에 그 책임을 돌리고 있었던 것 같아요. 지금 그런 것처럼, 그래야 하는 상황이 닥치면 글을 쓰지 않고도 얼마든지 살 수 있을 것 같아요. 저는 어떤 의미에서는 증언을 하기 위해 글을 쓰고 있는 것 같아요. 그래서 더 이상 아무것에 대해서도 증언을 하고 있지 않다고 느끼게 되는 지점에 도달하게 될 경우, 글쓰기를 멈춰도 되는 거죠. 그런 일이 벌어지지 않기를 바라죠, 운이 약간이라도 있다면 그런 일은 일어나지 않을 겁니다.

롤러   소설이나 시 한 편이 쓰일 때마다 더 많은 증언이 탄생한다고 생각하나요?

카버   예. 시와 소설 한 편 한 편이 의미가 있고, 자신의 한 부분이 되죠. 평판이나 영광을 더한다는 이야기가 아닙니다. 그 작가의 한 부분, 이 지상에서 살았던 한 시절에 대한 그의 증언의 한 부분이 된다는 겁니다. 나이가 들수록 제가 무언가의 부분이고, 그것에 기여하고 있고, 전달자가 되고 있다는 느낌, 예, 하나의 도구가 되고 있다는 느낌이 점점 더 강해집니다. 종교적인 맥락에서 하는 이야기는 아니고요. 어떤 상태를 현존해 있는 작가나 예술가들뿐만 아니라, 이미 세상을 떠난 작가들과도 공유하고 있다는 느낌을 받게 됩니다. 아마도 에즈라 파운드가 한 말로 기억하는데요. "위대한 시들이 쓰이는 건 중요한 일이다. 그걸 누가 쓰는가 하는 건 중요하지 않다."

과거와 현재의 가장 뛰어난 작품들은 알코올의존자도 아니고 미치광이도 아니었던 사람들이 쓴 겁니다.

롤러 예술가들은 술도 마시고, 마약도 하고, 아니면 미치는 게 필요하다는 생각에 대해서는 어떻게 보나요?

카버 전혀 동의하지 않습니다. 그와 정반대로, 과거와 현재의 가장 뛰어난 작품들은 알코올의존자도 아니고 미치광이도 아니었던 사람들이 쓴 겁니다. 플로베르는 일상생활에서 정상적이고 제정신이어야 작품 안에서 마음대로 날뛰면서 새로운 걸 만들어낼 수 있다고 했어요. 저는 단 한 편의 시나 소설도 무엇인가의 영향 아래에서 써본 적이 없습니다. 술을 마시던 시절에 쓴 게 조금 있지만, 그것들도 술이 깨 있을 때 쓴 거예요.

롤러 오늘날의 단편소설이라는 장르의 건강상태를 어떻게 진단합니까?

카버 정말로 단편소설이 르네상스를 맞이하고 있다고 생각합니다.

일시적인 현상이 아니라고 봐요. 단편소설에 대한 진지한 독자층은 늘 있어왔던 건데, 이제는 꽤 큰 그룹이 형성돼 있어요. 많은 작가가 작심하고 단편소설을 쓰고 있는데, 그 글들이 당연히 책으로 묶이게 되리라는 걸 기대하면서 쓰고 있어요. 10년 전만 해도 말도 안 되는 기대였죠. 이제 막 단편소설을 쓰기 시작한 작가들은 원고들이 쌓여도 선집을 내기가 어려웠어요. 일단 장편소설을 한 권, 두 권, 세 권 출판해야 했죠. 이제는 출판사들이 단편집을 적극적으로 내고 있고, 사람들이 이것들을 읽고 진지하게 평하고 있어요.

롤러   아직 학생들을 가르친다면, 젊은 작가들에게 어떤 조언을 하겠습니까?

카버   무엇보다, 써야 한다고 말하겠습니다. 글쓰기에 대해 말을 하는 것만으로는 안 돼요. 마치 인생이 거기에 달려 있는 것처럼 쓸 수 있어야 하고, 기꺼이 그 길에 들어설 수 있어야 합니다. 저를 가르친 선생님은 이렇게 말했습니다. "앞으로 10년 동안 배곯아가면서 하찮은 직업을 전전하고, 온갖 방식으로 퇴짜를 맞고, 거절당하고, 무시당할 준비가 돼 있나? 그렇게 보낸 10년 뒤에도 여전히 쓰고 있다면, 아마 너희도 작가가 될 수 있을 거다." 학생들에게 이런 이야기를 하진 않겠지만, 무엇보다 글을 써야만 하고, 그리고 정직해야 한다는 이야기는 해줄 것입니다. 의미 있는 것, 중요한 것을 써라, 그리고 만약 운이 좋다면 누군가가 그걸 읽을 것이다.

생과 사의 문제

요즘 레이먼드 카버와 그의 동반자 테스 갤러거는 포트 앤젤레스에 있
는 두 채의 집 사이를 오가며 지내고 있다. 한 채는 제재소 타운에 있
고, 다른 하나는 워싱턴주 올림픽반도의 고지대에 자리 잡은 소박한 리
조트에 위치해 있다. 카버의 집은 깔끔하게 수리한 빅토리안 스타일로,
노동계급이 몰려 사는 타운 서쪽에 있다. 트럭이 다니는 길과 부두, 그
리고 목재 하역장으로부터 멀지 않다. 우리는 1986년 11월에 그 집에서
카버가 가을철 습기를 없애려 장작 난로에 나무를 채워 넣는 가운데 그
의 소설에 대해 이야기했다. 그다음 날에는 포트 앤젤레스 동부에 새로
조성된 단지에 위치한 우아한 컨템퍼러리 스타일의 주택으로 옮겨 갔
다. 갤러거는 주로 그 집에서 머문다. 카버는 환드퓨카 해협이 깊어져가
는 지점을 등지고 앉아서 그의 최근 시들에 대해 이야기했다. 그는 그

윌리엄 L. 스털, 〈블룸즈버리 리뷰The Bloomsbury Review〉(1988년 1/2월), 14~17쪽. 다음
의 책에 재수록. 『말 속에서 살기: 1981~1988년 〈블룸즈버리 리뷰〉 인터뷰Living in Words:
Interviews from The Bloomsbury Review 1981-1988』, 그레고리 맥너미 편집, 브라이튼부시, 1988,
143~156쪽. 보완된 부분은 출판된 인터뷰의 출처인 녹취록을 받아 적어 편집한 것이다.
인터뷰는 1986년 11월 11일과 12일에 진행되었다.

시들의 상당수를 그 집 아래층의 유리 벽으로 된 서재에서 썼다.

레이먼드 카버는 다섯 권의 단편집, 두 권의 소책자, 세 권의 시집을 발표한 작가다. 카버는 갤러거와 함께 『도스토옙스키: 시나리오』를 썼고, 1986년에는 연간 『미국 베스트 단편소설』의 객원 편집자를 맡았다. 1983년에 미국예술문학아카데미는 카버를 밀드레드 앤드 해럴드 스트라우스 생활 기금의 첫 번째 수혜자 중 한 사람으로 선정했다. 보다 최근에 얻은 영예로는 『대성당』이 퓰리처상 후보로 선정된 것과 잡지 〈포에트리〉로부터 1985년에 레빈슨상을 받은 걸 꼽을 수 있다. 카버는 현재 에코 프레스의 '에센셜 포에츠Essential Poets' 시리즈에 들어갈 조지 고든 바이런 편을 편집하고 있다. 그는 1987년 겨울을 세 번째 시집과 단편소설 작업을 하면서 뉴욕주 시러큐스에서 보냈다. (레이먼드 카버는 그 시집이 출간될 무렵인 1988년 8월 2일에 사망했다.)

스털   스트라우스 생활 기금을 이제 4년째 받고 있습니다. 도움이 되었나요?

카버   그 기금 덕에 제 생활이 극적으로, 그리고 이전으로 돌아갈 수 없을 정도로 바뀌었습니다. 덕분에 저는 글만 쓰면서 살 수 있게 됐습니다. 물론 제가 기금을 받은 건 소설 덕분이었지만, 그 기금을 받고 나서 제일 먼저 한 건 시집을 두 권 쓴 것이었습니다. 하지만 이제 다시 소설을 쓰고 있습니다. 1984년 1월에 소설을 쓰겠다는 계획과 함께 이리로 왔습니다. 1983년 10월에 『대성당』이 나오고 나서 시러큐스에서의 생활이 무척 번잡스러워졌는데, 그 상황이 이듬해까지 그대로 이어졌습니다. 그게 늘 즐겁지 않은 것만은 아니었지만, 그로 인해 제 일상의 리듬이 깨졌고 다시 일로 돌아가기가 어려웠어요. 게다가 선반이 텅 비었고요. 『불』과 『대성당』이 나오고 난 뒤에 새 작품을 들고 있는 게 없었어요. 새로 쓰고 있는 것도 없었고, 모든 상황이 제가 새 작품을 쓰지 못하도록 음모라도 꾸미고 있는 것 같았어요. 전화벨은 쉬지 않고 울렸고요. 일을 하려고 노력을 하긴 했지만, 시러큐스에서는 더 이상 어떻게 해볼 도리가 없었어요. 한동안은 아파트를 하나 얻어서 일을 해볼까 하기도 했어요. 그때 테스가 이리로 와서 일해보는 게 어떻겠느냐고 제안했죠. 집이 비어 있었거든요. 그래서 소설을 써보자는 생각을 가지고 이리로 온 거였어요. 하지만 아무것도 안 하고 그냥 조용히 한 주 동안 가만히 앉아만 있었어요. 읽는 건 좀 했네요. 그렇게 엿새째 되는 날 시를 한 편 썼어요. 이유는 정말 모르겠어요. 잡지를 한 권 집어 들고 시를 몇 편 읽었는데, 그것보다는 잘 쓸 수 있을 것 같았어요. 그게 시를 쓰는 최선의 동기가 될 수 있는지는 모르겠지만, 아무튼 시를 쓰기 시작하도록 촉발해주는 계기는 됐어요. 그다음 닐 한 편을 또 썼고, 그다음 날에는 두어 편을 더 썼어요. 2주 동안 스무 편인가를 썼고, 그 후로도 계속 써나갔어요. 그걸 두고 저만큼 놀란 사람도 없었을 거예요. 지난 2년 동안은 시를 전혀 쓰지 않았거든요. 그런데 이 집에서는 매일 시를 써서 그날의 저를 비워냈고, 그래서 밤이 되면 아무것도 남지 않았어요. 그릇이 비워진 거죠. 그 상태로 잠자리에 드는 건데, 다음 날 아침이 되면 그 안에 무언가가 들어 있었어요. 그런 식으로 한 50편인가 60편인가를 썼는데 아직도 뭐가 나오고 있는 거예요. 그래서 그 무렵 언젠가, 아이쿠, 이러다간 시집 한 권 분량을 다 쓰겠네, 싶은 생각이 들더군요. 놀랍게도 65일 동안 시를 썼어요. 이 집을 떠나던 날 쓴 것 한 편을 포함해서요. 아침에 시 한 편을 쓰고 이른 오후에 시러큐스로 돌아가는 비행기를 탔어요. 그리고 그게 『물이 다른 물과 합쳐지는 곳』이 됐습니다. 1984년 9월에 다시 시를 쓰기 시작했어요. 그리고 이듬해 2월인가 3월까지 계속 시를 썼는데, 이 시들이 핵심적으로 『울트라마린』에 들어갔습니다. 지난겨울부터 다시 소설 쓰는 일로 돌아갔는데, 지금에 와서 보면 이 시들은 커다란 선물 같아요. 어떻게 그 시들이 나왔는지는 정말 설명하기 어려워요.

스틸   사람들이 바글거리는 문예창작과 대학원에서 두드러지려면 재능 외에 다른 게 필요하다고 어디선가 말씀하신 적이 있는 데요. 그 '다른' 게 무언가요?

카버   그건 시를 넘어서는 어떤 것입니다. 그게 정확히 무엇인지는 모르겠지만, 그게 작동하고 있을 때에는 다른 것과 혼동되지 않는 어떤 것이고 그게 그 자리에서 작동하고 있는 중이라고 항상 스스로를 선언하는 그런 것입니다. 릴케는 "시란 경험이다"라고 말한 것으로 알려져 있습니다. 부분적으로는 바로 그 겁니다. 어떤 경우에도 사람들은 기교와 지성 따위로 묵직하게 장식을 얹은 채 무언가를 '발언'하려 애쓰는 과장된 가짜와 진짜를 구별할 수 있습니다. 저는 그냥 잘 만들어졌을 뿐인 시를 읽는 데 질렸어요.

스털 　지금 말한 경지를 성취한 우리 시대 시인에는 누가 있을까요?

카버 　필립 러빈Philip Levine의 작업을 높이 평가합니다. 로버트 해스Robert Hass의 시들을 좋아하고요. 해스는 의미 있는 것들을 아주 아름답고, 직설적인 방식으로 이야기합니다. 골웨이 키넬도 그런 시인이죠. 그리고 또 헤이든 캐러스Hayden Carruth, 필립 부스Philip Booth, 윌리엄 하이인William Heyen, 메리 올리버, 도널드 저스티스, 루이스 심프슨Louis Simpson, 테스를 일단 꼽을 수 있겠습니다. 더 많지만요.

스털 　작가님은 많은 경우에 하나의 사건으로 보이는 것을 시와 산문에서 모두 다루면서 두 가지 방향에서 접근했습니다. 작가의 경험에 한계가 있는 건가요?

카버 　제 경우에는 작품의 소재가 부족한 것 같지는 않습니다. 하지만 어떤 경우, 저는 지금 「괴로운 장사」라는 시와 단편소설 「춤 좀 추지 그래?」를 생각하고 있습니다만, 마당 세일의 이미지가 저한테는 너무나 강렬했기에, 처음에는 시로, 그다음에는 소설로 다뤘습니다. 시 「안개와 말이 있던 늦은 밤」과 소설 「블랙버드 파이」의 경우에도 마찬가지였고요. 두 경우 모두 시를 먼저 쓰고 그다음에 소설을 썼는데, 같은 주제를 더 확장시켜야 할 필요를 느껴서 그렇게 했던 것 같습니다.

스털   이야기 전개의 한 요소인 서사가 작가님에게는 두 장르를 연결하는 역할을 하는 건가요?

카버   예. 그리고 제가 추상예술보다 재현예술에 더 흥미를 느끼는 것처럼, 현실 세계와의 아무런 접점도 없이 모든 관계에서 자유로운 시보다는 스토리라인이나 서사가 있는 시에 더 관심을 가지게 됩니다.

스털   데니스 슈미츠Dennis Schmitz*는 1960년대 말에 작가님을 가르친 이들 중 한 사람이었습니다. 슈미츠는 최근에 작가님의 시들이 정원 담벼락을 기어가는 달팽이를 보거나 문이 잠겨서 집에 못 들어가는 것과 같은 일상생활을 비유적으로 활용하는 가능성을 보여주고 있다고 평했습니다.

카버   저는 그런 종류의 시에 관심을 가지고 있고, 슈미츠가 그런 평을 해줘서 기쁩니다. 슈미츠는 저와 무척 다른 시를 쓰지만, 아주 오랫동안―그리고 지금도 여전히―제게 영감을 주고 있습니다.

*   카버가 아이오와대학교 대학원을 중퇴하고 새크라멘토에 살던 시절 새크라멘토주립대학교 영문학과에서 시를 가르쳤다. 당시 슈미츠의 수업은 학교를 넘어서 새크라멘토 지역 문학 활동의 중심 역할을 하고 있었고, 이미 문학잡지들에 작품을 발표하고 있던 카버와 슈미츠는 자연스럽게 가까워졌다. 본문의 내용과는 달리 카버는 슈미츠의 학생이었다기보다는 가까운 친구 사이였다.

저는 정서가 무엇보다 중요하다고 생각합니다.

스털   작가님의 신작들은 드러내놓고 내밀한 관계를 찬양하는
      데, 그중 어떤 시들은 생활과 예술 사이의 벽이 아주 얇습니
      다. 지나치게 감상적으로 흐르거나 난처해질 위험성은 없을
      까요?

카버   제대로 생각을 하는 독자나 작가라면 누구나 감상벽을 피합
      니다. 하지만 정서가 있는 것과 감상벽에는 차이가 있습니다.
      저는 정서가 무엇보다 중요하다고 생각합니다. 저는 일상에
      서 사적이고 육체적, 정서적으로 내밀한 관계에 관심을 가지
      고 있는데, 그렇다면 문학에서 이런 관계를 다루지 않아야 할
      이유가 뭐겠습니까? 「이발」이나 「선물」에서 드러나는 밀착
      의 경험은 어떤가요? 그런 경험들이 시가 되어서는 안 되는
      이유가 뭐가 있나요? 이런 사소한 경험들은 우리의 일상생활
      을 버텨내는 중요한 구조물들이고, 저는 이런 것들을 시로 전
      환하는 데 아무런 문제를 못 느낍니다. 그리고 그런 경험들은
      무엇보다 우리가 독자로서, 작가로서, 인간으로서 다 함께 공
      유하는 어떤 것입니다.

스털   그렇다면, 이런 평범한 소재를 아이러니하게 다루려는 경향
      은 없는 건가요?

카버   저는 그런 이야기들을 아이러니하게 대하거나 어떤 식으로

든 폄하하는 건 상상도 할 수 없습니다. 저는 실제의 삶과 그 것에 대해 글로 쓰인 삶 사이에 인위적인 것이든 아니면 다른 어떤 것이든, 어떤 장벽도 있어서는 안 된다고 생각합니다. 이런 것들에 대해 쓰는 건 아주 자연스러운 일이에요. 의미 있는 것들은 종종 내밀한 것들입니다. 저는 누가 머리를 깎아 주는 일이나 슬리퍼나 재떨이나 옥수수죽 같은 것들에 대해 글을 쓴다는 생각을 두고 부끄러워하는 사람들이 부끄럽습니다.

스털 　하지만 아주 오랫동안, 그리고 심지어 어느 정도는 아직도, 머리를 깎는다든가 우편물을 가지고 온다든가 하는 것과 같은 일상의 단면들은 시의 존엄성에 미치지 못하는 주제라고 생각해온 사람들이 있습니다.

카버 　하지만 그런 생각 때문에 지금 우리가 어디에 와 있는지를 보세요. 우리 시의 상당 부분은 박물관에서나 볼 수 있는 것과 같은 것들이 되었습니다. 그 주변을 돌아다니면서 공손한 태도로 들여다보다가 멀찌감치 떨어져서 토론을 하는 대상이된 거죠. 교사들과 학생들 손으로 넘겨졌어요. 그리고, 무슨 말인지 이해하실지 모르겠지만, 제가 보기에는 모든 예술형식 중에서 시가 대외 홍보 면에서는 최악이에요. 시는 주변에서 가혹한 판결을 선호하는 판사들이 가장 많이 달려드는 장르입니다. 수많은 사람이 시를 읽지도 않으면서 시도 때도 없이 선고를 내립니다. 이 사람들은 시의 기준이 창밖으로 내

던져졌고, 야만인들이 성문 밖에 도달해 있고, 신성한 것들이 모두 파괴되었다고 느낍니다. 그런데 저는 이런, 소위 성스러운 불꽃의 수호자들에게는 전혀 동조할 수 없습니다.

스털　작가님은 시가 어려울 필요가 있다는 모더니스트의 생각에 동의하지 않는 거죠?

카버　물론 안 합니다. 오히려 그 반대예요. 제 친구 리처드 포드가 최근에 조이스 캐롤 오츠에게서 들은 말을 전해줬습니다. 캐롤 오츠는 포드에게 이렇게 말했습니다. "레이의 시들이 어떤 구역에서 반발에 부딪히고 있는데, 그건 그가 사람들이 이해할 수 있는 시를 쓰기 때문입니다." 저는 그 말을 칭찬으로 받아들입니다. 저는 모호하거나 수사로 이루어진 것들에 대해 참을성이 별로 없어요. 삶이나 문학 모두에서요.

스털　3년 전 〈뉴욕 타임스〉에 셔우드 앤더슨의 『서한문 선집Selected Letters』에 대한 서평을 쓰면서, 앤더슨이 "벗이여, 명성이란 좋지 않은 것입니다. 내게서 가져가줘요"라고 한 말을 인용하셨습니다. 작가님이 받고 있는 이 모든 주목에 대해 어떻게 생각합니까?

카버　불쾌하지는 않아요. 아직 그것에 대해 심드렁해지지는 않았어요. 다른 사람이 된 것 같지는 않고요. 제게 좋은 영향을 미치기도 합니다. 좀 더 많이 쓰고 싶다는 생각을 하게끔 박차를 가하는 역할을 하는 거죠. 말하자면, 그게 편안하든 불편하든, 그 영예 위에 안주하고 싶지는 않다는 겁니다. 아직 하나도 이룬 게 없는 것 같아요. 존 가드너가 세상을 떠나기 한 해인가 전에 이렇게 말했어요. "밭에서 뒤를 돌아보면 짚단이 많이 쌓여 있지만, 앞에는 아직 전부 다 베어야 할 것들이야." 저도 같은 느낌이에요.

스털   에세이 「불」에서 작가님은 글쓰기에 큰 영향을 끼친 인물로 존 가드너와 고든 리시를 꼽았습니다. 가드너는 치코주립대학교 시절 선생이었고, 그의 사후에 나온 책 『장편소설가 되기』에 쓴 서문에서 작가님은 그에게서 배운 것들에 대해 썼습니다. 리시는 〈에스콰이어〉와 나중에는 <u>크노프</u> 출판사에서 한때 작가님의 편집자였고요. 리시에게서는 뭘 배웠나요?

카버   존 가드너가 그랬던 것과 비슷하게, 리시 역시 어떤 특정한 작품들에 대해 훌륭한 충고와 조언을 해줬습니다. 리시는 적절한 단어 사용에 상당히 까다로운 사람이에요. 그렇게 보자면 저는 작가가 가질 수 있는 최고의 선생을 둘이나 가졌던 셈이죠. 리시는 다른 면들에서는 존 가드너와 완전히 이질적인 사람이지만, 작품을 보는 눈에 관한 한 가드너와 마찬가지로 아주 훌륭한 안목을 가지고 있습니다. 가드너는 열다섯 단어로 말할 수 있는 것에 스물다섯 단어를 사용하지 말라고 했어요. 고든도 마찬가지였어요. 다만, 고든은 같은 걸 열다섯 단어 대신 다섯 단어로 말할 수 있다면 다섯 단어를 써야 한다고 믿는다는 면에서 달랐죠. 고든이 제게 큰 도움이 됐던 것 중 하나는 제가 바깥의 넓은 세상에 아는 사람이 아무도 없는 상태에서 캘리포니아주의 서니베일과 쿠퍼티노에 살면서 누군가의 믿음을 필요로 하고 있을 때 저를 작가로서 믿어줬다는 거예요. 고든은 제 작품을 위해서 싸워줬어요. 콘퍼런스에서 지속적으로 제 작품을 낭독했고, 기회가 있을 때는 다른 데 이미 수록됐던 제 작품을 다시 실어주기까지 했어요. 저로서는 큰 은혜를 입은 거죠.

스텔   말을 낭비하지 말라고 가르친 건 가드너와 리시인지 몰라도, 작가님은 전에 잡지에 실렸던 작품들을 『사랑을 말할 때 우리가 이야기하는 것』에 넣기 위해 수정 작업을 하는 과정에서 언어의 경제학을 극단까지 밀고 나갔습니다. 그 작품들을 뼈가 아니라 골수가 드러날 때까지 도려냈다고 했어요. 나중에 『불』을 통해 그 작품들의 다른 판본들을 발표할 때, 작가님은 그렇게 삭제했던 것들의 상당 부분을 다시 되돌려놓았습니다. 애당초 그렇게 과격한 수술을 가했던 이유가 뭡니까?

카버   생략의 이론과 관련이 있었던 거죠. 들어낼 수 있는 게 있으면 들어내라, 그러다 보면 작품은 더 강해질 것이다. 들어내고, 들어내고, 좀 더 들어내라. 아마 당시에 제가 읽고 있던 것들과도 연관이 있을 거예요. 어쩌면 아닐지도 모르지만요. 들어낼 수 있는 데까지 들어냈는데, 아마 너무 들어낸 건지도 모르겠어요. 그러다가 제 안에서 거기에 대한 반발이 생겼던 거겠죠. 여섯 달 정도는 아무것도 안 썼어요. 그리고 나서 상당히 압축된 기간 동안 「대성당」을 비롯해 같은 책에 들어간 다른 작품들을 썼습니다. 그때 제가 그렇게 얘기했어요. 그 전에 제가 가고 있던 방향, 그 전에 쓴 작품들이 향하고 있던 방향으로 조금 더 나아갔더라면, 저는 아마도 저 자신도 읽고 싶지 않을 작품들을 쓰게 됐을지도 모르겠다고요.

스텔   스트라우스 기금이 작가님에게 글을 쓸 시간을 벌어줬는데, 하지만 최근에 쓴 많은 시를 보면 그 시간이 작가님에게는 정말 짧았던 것처럼 보입니다.

카버   지난 2~3년 동안 그 사실을 점점 더 강하게 느끼고 있는 중입니다. 하지만 그 기금 덕분에 제 생활에 일어난 변화들은 모두 좋은 것이었어요. 우선, 제 생활이 훨씬 더 흥미로운 것이 됐어요. 지금 제가 누리고 있는 생활은, 이 사실을 늘 의식하고 있는 건 아니지만, 제가 젊은 시절에 꿈을 꾸면서도 도저히 가능하지 않을 거라고 생각하던 바로 그 생활이에요. 이제 그런 생활을 누리고 있는데, 좋네요. 아주 좋아요. 하지만 여기에는 커다란 책임이 따른다는 사실 또한 알고 있어요.

쓰지 않는 건 상상할 수도 없어요.

스텔   무엇에 대한 책임이죠?

카버 작업에 대한 책임이죠. 저는 특별한 기회를 얻었고, 해야 할 일이 너무나 많이 있어요. 글을 쓰지 않고 며칠을 흘려보내고 나면 그 시간이 다른 의미에서 아무리 좋은 것이었다 하더라도, 옳지 않은 것처럼 느껴져요. 미국예술문학아카데미에 책임감을 느끼거나, 다른 사람 혹은 다른 기관에 신세를 지고 있다는 느낌은 없어요. 작가로서 끊임없이 써야 하는 게 필수 조건이라고 느낄 뿐인 거죠. 제가 끊임없이 써야 한다는 겁니다. 쓰지 않는 건 상상할 수도 없어요. 하고 싶은 말이 하나도 없다고 느끼게 될 때에는 예외겠지만요. 그렇게 되면 물론 그만 쓰게 되겠죠. 하지만 제가 쓸 수 있고 무언가의 증인이 될 수 있다고 느끼는 한, 계속할 생각입니다.

스털 전통적으로 작가들은 혼자서 작업을 하는데, 작가님은 거의 10여 년 동안 테스 갤러거와 협력하면서 같이 살고, 일해왔습니다. 그게 어떻게 가능했나요?

카버 저한테는 무척 좋았고, 그건 테스도 마찬가지였다고 제가 감히 말할 수 있을 것 같아요. 지난 1978년에 우리가 처음 같이 지내기 시작했을 때 테스는 글을 쓰고 있었고, 저는 쓰지 않고 있었어요. 저는 그때 제 인생을 회복하는 과정에 있었어요. 건강을 회복하고 있었고, 술도 더 이상 마시지 않았지만, 글은 쓰지 않고 있었어요. 1976년에 책을 두 권 낸 뒤, 새로 쓰고 있는 책이 없었어요. 술을 끊고 난 뒤로도 한참 동안은 새로운 작품을 내놓은 게 없었어요. 그 당시에는 두 번 다시 글을 못 써도 괜찮을 것 같았어요. 제 상태가 다시 멀쩡해지는 것만으로도 너무나 감사했거든요. 상당한 기간 동안 저는 뇌사상태나 마찬가지였어요. 그러다가 갑자기 새로운 생활이 시작되었고, 새로운 기회가 생긴 거예요. 그리고 이 새로운 인생에서는 제가 글을 쓰느냐 마느냐 하는 건 그다지 중요하지 않았어요. 하지만 테스는 쓰고 있었고, 그게 저에게 좋은 본보기가 됐어요. 인내심을 가지고, 무언가가 온다면 어떤 게 올지, 그냥 기다렸어요.

스텔 최근에 작가님의 작품을 포함하는 신사실주의 소설이 좌파 진영으로부터 비판을 받았습니다. 어떤 비평가들은 1960년대 후반과 1970년대 초반의 문학적 실험주의로 돌아가야 한다고 주장했습니다. 어떻게 생각합니까?

카버 이상한 게, 상당수의 우익, 신보수주의 비평가들은 제가 미국인의 생활을 너무 어둡게 그리고 있다고 비판하고 있거든요. 미국에 웃는 얼굴을 그려 넣지 않는다는 거죠. 그게 그 사람들이 제게 휘두르는 막대기예요. 1960년대와 1970년대의 실험적인 소설에 대해 이야기하자면, 저는 그 작품들 중 상당수를 받아들이지 못했어요. 저는 그 시대의 문학적인 실험이 실패했다고 생각합니다. 실험적인 작가들은 자신들을 표현할 다른 방법들을 시도해봤지만, 가장 근본적이고 핵심적인 면에서 의사소통에 실패했어요. 그 사람들은 그들의 독자들로부터 점점 더 멀어졌습니다. 하지만 어쩌면 그게 바로 그들이 원한 건지도 모르겠어요. 아무튼, 지금으로부터 50년 뒤에 그 시기를 뒤돌아보는 사람들은 그때를 이 나라의 문학사에서 좀 이상한 시기이자 일종의 단절기로 여길 거라고 봐요.

스털　　사실주의의 경로에 있었던 단절기인가요?

카버　　저는 그런 용어를 빌려서 생각하시는 않으시만, 지금 그렇게 물어보시니 그렇다고 답하겠습니다. 저처럼 사실주의의 전통에서 있는 작가 입장에서는 소설에 대한 소설이나 소설을 쓰는 경험에 대한 소설 같은 건 그것 자체로 성립할 수 있다고 보이지 않고, 오래 남아 있을 수 있는 것처럼 보이지도 않아요. 우리가 의미 있는 것, 토바이어스 울프의 선집 제목을 차용하자면, '생과 사의 문제들'*에 대해 쓰지 않는다면, 도대체 이 일을 왜 하는 겁니까? 저는 제가 사실주의 작가라고 생각하면서 살지는 않습니다. 저는 단순히 제가 작가라고 생각할 뿐입니다. 하지만, 제가 위급하다고 볼 수 있는 상황에 처한 인간 존재들에 대해 쓰려 하는 건 맞습니다.

스털　　작가님의 작품들이 그렇게 독특하게 작가님의 것인 이유는 뭘까요?

---

*　　토바이어스 울프가 편집한 단편집 『생과 사의 문제들: 새로운 미국 단편들Matters of Life and Death: New American Stories』(1983)을 말한다. 앤 비티, 레이먼드 카버, 스탠리 엘킨, 리처드 포드, 존 가드너, 리처드 예이츠 등의 작품이 수록되었다.

카버　　물론, 어조가 일관되게 작동하기 때문일 겁니다. 제프리 울프 Geoffrey Wolff*는 제 첫 번째 단편집에 대한 서평에서, 이름을 확인하지 않더라도 제 작품은 골라낼 수 있을 것 같다고 말했습니다. 저는 그 말을 칭찬으로 받아들였습니다. 어떤 작품에서 저자의 지문을 찾을 수 있으면, 그게 다른 사람 누구도 아닌 그 사람의 것이라는 사실을 알 수 있는 거죠.

스털　　그 지문은 어디에 있는 건가요? 주제인가요? 아니면 스타일?

카버　　둘 다죠. 주제와 스타일, 이 두 가지는 떼어내기 어렵습니다. 존 업다이크는 단편소설을 쓰는 일에 대해 생각해보면, 쓰는 일 중에서 아주 제한된 영역과 제한된 경험만이 자신에게 열려 있다고 말한 적이 있습니다. 어떤 영역들, 그리고 다양한 삶들은 완전히 닫혀 있는 거죠. 그러니 작품이 작가를 선택하는 겁니다. 이건 제게도 마찬가지인 듯합니다. 시인이자 단편소설 작가로서 말한다면, 제 소설들과 시들이 저를 선택했습니다. 제가 소재를 찾아서 돌아다닐 필요가 없었어요. 이것들이 저한테 옵니다. 저는 그걸 쓰라는 부름을 받은 거고요.

작가는 그보다 더 할 수도 있습니다.
더 낮은 곳에 시선을 둘 수도 있다는 거죠.

---

*　　미국의 작가. 아버지에 대한 회고록 『사기의 대가The Duke of Deception』로 1980년 퓰리처상 최종 후보에 올랐으며, 1994년 미국예술문학아카데미로부터 문학상을 받았다. 또한 동생이자 작가인 토바이어스 울프와 카버는 가까운 친구 사이가 되었다.

스털 작가님은 노동자계급의 생활의 어두운 부분에 초점을 맞추는 사회적 사실주의자라는 평을 듣는 경우가 종종 있습니다. 하지만 그들이 지치기는 하더라도, 완전히 패배하는 경우는 드뭅니다. 그래서 작가님의 일관된 주제는 인간의 인내력이라는 이야기를 하기도 하죠. 동의합니까?

카버 거기에 사로잡혀 있죠, 네. 그런데 작가는 그보다 더 힐 수도 있습니다. 더 낮은 곳에 시선을 둘 수도 있다는 거죠. 우리가 아끼는 것들의 대부분은 너무나 서둘러서 지나가거나 아예 사라져버려서, 우리에게 그것들을 잘 이해할 여유가 있는 경우가 극히 드뭅니다. 그러니 아닌 게 아니라 얼마나 잘 인내하고 오래 버티느냐의 문제가 되겠네요.

스털 작가님의 작품들, 특히 『사랑을 말할 때 우리가 이야기하는 것』에 수록된 작품들은 이제 몇몇 비평가들이 '미니멀리스트 소설'이라고 명명한 것과 연결되어 있습니다. 1985년에 〈미시시피 리뷰〉에서는 그 주제를 다루는 특별판을 제작하면서, 작가님의 에세이 「글쓰기에 대해」를 게재했죠. 그런데 몇 년 전에 작가님은 '미니멀리스트'라는 꼬리표를 떼어내려고 시도했습니다. 그 꼬리표는 왜 떨어지지 않을까요?

카버 이 주제를 가지고 특집호를 발행하는 잡지들이 많으면 많을수록 꼬리표도 그만큼 오래 붙어 다닐 겁니다. 그 이름이 서서히 사라지고, 사실은 작가들이 늘 속해 있는 것도 아닌 집단으로서가 아니라 그냥 작가들로서 이야기되는 걸 볼 수 있으면 좋겠어요. 그건 일종의 표식인 건데, 그게 붙여진 사람들한테는 그 표식이 아무런 매력이 없어요. 솔직히 말하자면, 전 관심을 완전히 끊었습니다. 한동안은 성가셨지만, 지금은 아네요. 저는 미니멀리스트로 분류되어온 작가들 중 많은 분을 무척 존경하는데, 그 작가들은 각각 다 달라요. 모든 작가가 서로 다른 종류의 즐거움을 줍니다.

저는 독자들과 이런 식의 공모를
꾸미고 싶지 않아요.

스털   어떤 비평가들은 이 작가들이 다른 포스트모더니스트들로부터 구분되는 공통점이 하나 있다면, 그건 아이러니를 좋아하지 않는다는 사실이라고 믿습니다. 맞다고 생각하나요?

카버   그건 아마도 그들이 소위 '미니멀리스트'라고 부르는 이 세련되고 교양 있는 작가들이 그들의 세련되고 교양 있는 독자들과의 사이에 아무런 비밀도 가지고 있지 않다는 의미에서 아이러니스트라고 부를 수 없다고 보는 거라고 생각합니다. 그런 점에서는 그들한테 동의할 수 있어요. 저는 아이러니라는 건 작가와 독자가, 자신들이 작품의 등장인물들보다 더 많이 알고 있기로 한 약속, 혹은 계약이라고 봅니다. 인물들은 무대에 올려지고 나서는 잘 드러나지 않는 멍청한 실수나 각성에 의해 다시 끌어내려집니다. 저는 독자들과 이런 식의 공모를 꾸미고 싶지 않아요. 저는 제 등장인물들을 깎아내리거나, 그들을 놀리려고 치켜세우거나, 교활하게 그들을 가지고 놀지 않습니다. 저는 제 글을 읽을 어느 잠재적인 독자보다는 제 인물들, 제 이야기에 등장하는 사람들에게 훨씬 더 큰 관심을 가지고 있습니다. 아이러니가 누군가를 희생시켜서 얻어지는 것인 한, 인물을 다치게 하는 것인 한, 저는 그걸 편하게 받아들이기 어렵습니다. 제 이야기 안에는 아이러니가 없는 것 같고, 미니멀리스트라는 이야기를 듣는 작가들에게서도 별로 못 본 것 같습니다. 저는 아이러니를 쓰지 않으려고 의식적으로 노력합니다. 그걸 사용하게 된다면 스스로를 부끄러워하게 될 것입니다.

작가는 같은 환경에 들어 있는 같은 인물들을
반복해 이용하면서 자기 복제를 이어가는 걸 원치 않습니다.

스틸　　『사랑을 말할 때 우리가 이야기하는 것』에서 독자가 가장 기대하게 되는 건 인내심인 듯합니다. 하지만 『대성당』에서는 좀 달라지기 시작합니다. 그 책에 등장하는 인물들 중 몇몇은 돈을 버는 건 아니더라도, 정신적으로 번영하는 것처럼 보입니다.

카버　　예. 작가로서, 그리고 깊은 흥미를 가진 구경꾼으로서, 이런 변화가 일어나는 걸 보는 게 즐겁습니다. 작가는 같은 환경에 들어 있는 같은 인물들을 반복해 이용하면서 자기 복제를 이어가는 걸 원치 않습니다. 바람직하지 않은 일이고, 진도를 나가는 게 건강합니다. 저는 물론 어떤 의식적인 계획을 가지고 제 작업을 진행시키는 건 아닙니다. 하지만 책 한 권을 끝낼 때마다 명확한 경계선이 생기는 것 같습니다. 책 한 권을 묶을 분량의 원고를 끝내고 나면 한동안 소설을 쓰지 않는 기간이 늘 있어왔습니다. 『사랑을 말할 때 우리가 이야기하는 것』을 끝내고 나서는 꽤 오랫동안 소설을 쓰지 않았습니다. 여섯 달 정도였던 것 같아요. 그러고 나서 처음 쓴 게 「대성당」입니다. 『대성당』 선집이 나오고 나서도 마찬가지였습니다. 거의 2년 동안 소설을 한 편도 쓰지 않았습니다. 사실이에요. 시를 썼습니다. 『대성당』 이후에 제가 처음 쓰고 발표한 소설은 〈뉴요커〉에 실린 「상자들」이었습니다. 그러고 나서 대여섯 편이 잇달아 나왔습니다. 그리고 이 새 작품들은 과거의 것들과 성격과 접근 방향 면에서 다르다고 생각합니다. 예, 목소리에 어떤 변화가 있습니다. 다시 한번 국외자이자 구경꾼으로서 말하자면, 작업에 이런 변화가 일어나는 걸 목격하는 게 반갑습니다.

스털   새 작품들 사이에는 어떤 공통분모가 있나요?

카버   글쎄요. 일단 한 가지를 꼽자면 모두 1인칭으로 서술되었다는 겁니다. 전혀 계획했던 건 아니에요. 그런 목소리가 제게 들렸고, 저는 그냥 그걸 따라간 겁니다.

스털 각각의 작품이 다 새로운 출발이라면, 한 작가의 발전이라는 게 축적에 기반하는 것일 수 있나요?

카버 제 생각에는 자신이 기존의 것과 다른 소설과 시를 썼다는 걸 안다는 사실에서 축적이 이루어지는 것 같습니다. 작품이 축적되기 시작하는 거죠. 거기에서 작가는 계속해나갈 수 있는 동력을 얻습니다. 세가 선에 쓴 삭품들이 없었더라면 저는 지금 제가 쓰고 있는 것들을 쓸 수 없었을 겁니다. 하지만 이제 와서 제가 과거로 돌아가 또 다른 「정자」나 또 다른 「내가 전화를 거는 곳」을 쓸 수 있는 방법은 없죠. 다른 작품들에 대해서도 마찬가지고요.

스털 작가님은 처음으로 NEA* 펠로우십을 받은 1970년에서 1971년에 걸친 기간 동안 『제발 조용히 좀 해요』에 들어간 작품들의 대부분을 썼습니다. 그렇게 집중해서 일한 한 해 동안 글쓰기에 대해 무얼 배웠습니까?

카버 단순하게 정리하자면, 전 제가 글을 쓸 수 있다는 사실을 발견했습니다. 저는 1960년대 초반 이후로 상당히 오랜 기간 되면 되고 안 되면 어쩔 수 없고, 하는 식으로 일해왔습니다. 하지만 만약에 제가 매일 책상에 앉아 일을 할 수 있다면, 진지하게 그리고 안정적으로 소설을 써낼 수 있다는 사실을 발견

---

*   National Endowment for the Arts, 국립예술기금.

한 겁니다. 그건 아마도 저한테는 가장 큰 발견이었던 것 같습니다. 어떻게 해서 그게 가능해졌는지는 모르겠지만, 저에게 중요한 의미를 지니고 있었고 제가 쓰고 싶어 했던, 그리고 마침내 쓸 수 있게 된 것들을, 슬픔이나 수치심, 혼란 같은 느낌 없이, 어쩌면 좀 더 깊은 차원에서 건드려볼 수 있게 된 것입니다. 작업을 하는 과정에서 어떤 것들과 마주쳤고, 그것들과 정면으로 맞대결할 수 있게 되기도 했습니다. 주제의 문제라고 해두죠. 그리고 그 기간에 저는 그 주제들에 대해 글을 쓰는 방법을 발견했고, 그 방법을 붙들고 늘어졌습니다. 그 기간에 제 글쓰기에, 글을 쓰는 행위 자체에, 어떤 일이 벌어졌습니다. 그것은 지하로 숨어들었다가 다시 모습을 드러냈고, 새로운 빛에 몸을 씻었습니다. 저는 정확한 형상이 드러날 때까지, 그러고 나서는 그 형상 자체를 쪼아대기 시작했습니다. 그게 그 기간에 일어난 일입니다.

스틸　다음 순서는 뭔가요?

카버　새 단편집에 대한 계약이 돼 있고, 저는 요즘 소설을 쓰는 분위기에 들어가 있습니다. 한시라도 빨리 제 책상으로 돌아가 앉고 싶어요. 쓰고 싶은 이야기가 많아요. 여기 가만히 앉아 있기에는 너무 흥분돼 있는 상태입니다.

스틸　작가님의 시와 소설은 서사와 이미지 모두에서 상당히 겹치는 면이 있습니다. 작가님이 생각하기에, 그것들 말고 작가님의 소설과 시를 이어주는 게 또 있나요?

카버   한 가지를 꼽자면, 경제성과 통일성입니다. 일반적으로 장편소설에서는 이따금 드러나는 건데, 단편소설이나 시에는 주제와 관련 없는 이야기나, 느슨하거나 형체가 불분명한 것들이 전혀 없어요. 제가 쓰는 단편소설이나 시 역시 마찬가집니다. 한 단어에서 나음 난어로, 한 행이나 문장에서 다음 행이나 문장으로 지어 올라가는 거죠. 독특한 정신의 문제도 있어요. 단편소설이나 시에서는 한 순간을 포착하고 그걸 붙들어요. 장편소설은 몇 주, 몇 달, 혹은 몇 년, 끔찍한 일이지만 몇 세대에 걸친 세부 사항들을 이어 붙여서 만듭니다. 단편소설은, 시에서와 마찬가지로, 그보다 훨씬 작은 시간 단위에서 일어나는 일을 다룹니다. 이야기가 바깥에 마음대로 돌아다니게 두지 말고 어서 울타리 안으로 몰아넣고, 지금 당장 말하게 하는 겁니다.

스털   작가님의 꽤 여러 작품들이 한 개 이상의 판본으로 나와 있습니다. 「다들 어디 있지?」와 「미스터 커피와 수리공 양반」 같은 경우를 생각하고 있는 겁니다. 작가님은 이 둘을 한 작품으로 봅니까, 아니면 두 작품으로 봅니까?

카버   두 작품이죠. 그리고 「너무나 많은 물이 집 가까이에」의 경우에는 판본이 네 가지가 있습니다. 〈스펙트럼Spectrum〉에 수록된 것과 그 뒤에 푸시카트상 선집에 실린 것, 『사랑을 말할 때 우리가 이야기하는 것』에 수록된 것과 『불』에 수록된 판본은 모두 다릅니다. 그것들은 모두 다른 작품들이고, 각기 다르게 평가되어야 합니다. 한때 모든 작품을 다시 쓰던 시기가 있었습니다. 하지만 지난 몇 년 동안은 그런 작업을 하지 않았습니다. 게을러진 건지, 아니면 좀 더 자신감이 생긴 건지, 아니면 일단 출판이 되고 나면 관심이 덜 가는 건지, 그도 아니면 단순히 얼른 새로운 작업에 들어가고 싶은 건지는 잘 모르겠습니다. 아무튼 지난 몇 년 동안은 고쳐 쓰는 작업을 전혀 하지 않았습니다. 말했듯이 요즘은 한 작품을 일단락 짓고 나면, 그 작품에 대해서는 관심을 잃어버리는 것 같습니다. 그 작품을 다시 읽는 게 고통스럽거나 한 건 아니지만, 그저 그렇게 하고 싶은 생각이 없어지는 거죠. 그리고, 이런 건 여태 생각해보지 못한 건데, 어쩌면 그 시절에는 앞을 멀리 내다보는 걸 두려워했던 걸지도 모르겠습니다. 이 모퉁이를 돌면 뭐가 나올지 모르고 살았으니까요. 텅 빈 광장이 나올지, 아니면 멋진 중정이 나올지, 그도 아니면 그냥 닫힌 문이 나올지.

스털   과거에 작가님의 작품은 주로 아버지와 아들, 남편과 아내에 초점을 맞췄습니다. 새 작품들 중에서 「상자들」과 「코끼리」는 가족 내의 다른 관계인 어머니와 아들, 형과 동생에 초점을 맞추고 있습니다. 이건 어떻게 생각하는 게 좋을까요?

카버   저는 지금 이 순간에는 다음에 어떤 종류의 이야기가 저에게

다가올지 모릅니다. 정말 그래요. 하지만 제가 무엇이 끝나는 지점에 서 있다는 느낌이 들진 않아요. 그건 좋은 느낌이죠. 이건 무언가 다른 것이 저를 향해 열렸다는 것이고, 저에게 주어졌다는 뜻이죠.

그 소설은 자전적인 게 아닙니다만,
그 안에 흐르는 감정은 한 줄 한 줄 모두 진실입니다.

스텔 '친밀'이라는 제목의 소설이 지난 8월에 〈에스콰이어〉에 게재되었습니다. 이 작품에 등장하는 인물들은 작가님의 자전적인 에세이들에서 본 사람들과 무척 닮았습니다. 이 소설은 허구인가요?

카버 예, 허구죠. 제가 아는 어떤 사람들 사이에서도 그런 식의 만남은 없었습니다. 그 소설은 자전적인 게 아닙니다만, 그 안에 흐르는 감정은 한 줄 한 줄 모두 진실입니다.

스텔 「친밀」은 설명이 거의 없이 주로 대화로만 구성되어 있습니다. 다른 최근작 「블랙버드 파이」에서는 화자가 온갖 종류의 배경 설명과 주변적인 이야기를 늘어놓습니다. 작가님의 서술 방식에 변화가 있는 건가요?

카버 저는 그 두 작품을 2~3주 정도 간격을 두고 잇달아 썼는데, 그 기간이 저에게는 발견의 시간이었습니다. 한창 고조되어 있을 때였어요. 이런 시기가 이어져서 무척 기쁘고, 쓰고 싶은 이야기들이 많이 있습니다. 사실은, 지난 여섯 달에서 여덟 달 사이에 쓴 것들은, 이상하게도, 제가 원래 쓰려고 했던 것들이 아니었다는 느낌이 있어요. 다른 이야기들, 앞으로 쓰려고 하는 것들은 좀 더 어려운 것들이에요. 하지만 두고 봐야죠. 저는 이제 막 단편소설로 제가 할 수 있는 것들, '나의' 단편소설로 하고 싶은 것들을 발견하기 시작했다는 느낌이 듭니다. 지금 막 무언가를 발견해가고 있다는 느낌인 건데, 아주 흥분됩니다.

스털 『물이 다른 물과 합쳐지는 곳』과 『울트라마린』 두 시집에 들어갈 시들을 별도의 두 시기에 쓰셨습니다. 하지만 그 두 시기 사이의 간격은 무척 짧았는데요. 별도의 책으로 묶여 나왔다는 사실 외에, 두 책을 구분하는 기준은 무언가요?

카버 『울트라마린』은 불과 2주 전에 출간되고 해서, 다른 책보다 저한테 더 가깝게 느껴집니다. 이 책이 좀 더 강한 것 같아요. 하지만, 지난주에 시카고에서 열린 시의 날 행사에서 낭송할 준비를 하기 위해 『물이 다른 물과 합쳐지는 곳』을 다시 들여다봤는데, 많은 시가 아주 재미있었습니다. 그 시들을 꽤 오랫동안 들여다보지 않았거든요. 그 책을 다시 엮는다면 포함시키지 않을 것 같은 시들도 몇 편 있었지만, 최소한 열두 편에서 열다섯 편 정도는 아주 좋았습니다. 지금도 그렇게 생각하고요. 『울트라마린』은 어떤 면에선가 조금 더 사려 깊고,

조금 더 조심스럽다는 느낌입니다. 그리고『물이 다른 물과 합쳐지는 곳』에 수록된 시들 중 상당수는 오랫동안 시를 쓰지 않다가, 또한 제가 오랫동안 저 자신을 들여다보지 못했다는 느낌을 가진 끝에 나온 것들입니다. 그리고 나서 두 달하고 두 주 만에 다 쏟아져 나왔죠. 새 책은 그보다 오랜 시간이 걸려서, 여섯 달 내지 여덟 달 동안 썼습니다. 그러니 거기에도 차이가 있는 셈이죠. 저는 두 권 다 마음에 듭니다만,『울트라마린』에 수록된 시들이 좀 더 풍요로운 듯합니다. 이 시들은 다른 사람들과의 관계를 주로 다루는데,『물이 다른 물과 합쳐지는 곳』의 수록작들은 이따금 그걸 놓치기도 합니다.

스털 　『물이 다른 물과 합쳐지는 곳』에 수록된 많은 작품—「에너지」「웨나스 능선」「익사한 사내의 낚싯대」 등—이 어떤 가족의 이야기, 어쩌면 가족 신화를 들려주고 있습니다. 이 시들의 화자는 가족에 내려오는 저주를 풀고 있는 건가요?

카버 　이 질문에 대답하는 건 조금 불편하군요. 까딱하면 또 다른 신화를 만드는 것처럼 비칠 것 같아서요. 그저 그 시절에는 그런 끔찍하고 무시무시한 일들이 일어나곤 했다는 정도로만 이야기해두죠. 아마 그런 일들을 증언하는 걸 넘어서서 적극적으로 파헤치고, 가능하다면 결론에 도달하고 싶은 생각마저 있었던 것 같습니다. 「끔찍한 일」에서 저는 "우리는 집이 무너지는 걸, / 땅이 갈아엎어지는 걸 지켜봐야 했다, 그리고

나서 / 우리는 네 방향으로 흩어졌다"라고 씁니다. 제 생각에
이 구절에는 성경처럼 들리는 어떤 면모가 있습니다. 이 시는
화자에게는 이미 그 의미를 상실한 끔찍한 사건들을 단순하
게 나열해놓으려는 게 아닙니다. 이 시집 전체는, 그 나름의
방식으로, 어쩌면 인생에 대한 이야기입니다. 마지막 시 「테
스에게」는 연애편지이자 긍정의 시입니다.

저는 과일과 멋진 장식에 대해서만 이야기하는 시에는
별 관심이 없습니다.

스털   하지만 심지어 「테스에게」에서도 화자가 눈을 뜨고 "행복한
상태로" 돌아가기 전 1~2분 동안, 화자는 누운 채 자신이 죽
어 있는 걸 상상합니다. 그 모든 사랑, 삶, 내밀함에 대한 긍
정에도 불구하고, 작가님의 새 시들은 예전의 시에서는 볼 수
없었던 죽음에 대한 강박을 보여줍니다.

카버   사십대 중반이 되면 죽음이라는 게 이십대 중반이나 삼십대
때와는 다르게 무게감을 가지게 되죠. 그리고 결국, 시라는
건 삶과 죽음의 문제고요. 기본적으로, 저는 과일과 멋진 장
식에 대해서만 이야기하는 시에는 별 관심이 없습니다. 저는
좀 더 큰 주제들, 삶과 죽음의 문제라든가, 이 세계에서 어떻
게 살아가야 할 것인가, 이 모든 문제들에 어떻게 맞설 것인
가, 하는 질문들을 이야기하는 시에 관심을 가지고 있습니다.
시간은 얼마 남지 않았고, 물은 차오르고 있어요.

스털　『울트라마린』은 벌써 재판을 찍었습니다. 시가 전보다 더 많은 독자를 얻고 있는 건가요?

카버　시는 이미 오래전에 독자들을 잃었습니다. 비극적인 일이죠. 이 상황이 앞으로 바뀔 수 있을지는 모르겠습니다. 좀 더 넓은 독자층이 형성되면 좋겠지만, 현실적으로 시가 장편소설이나 단편소설 선집이 가지고 있는 만큼의 독자를 확보하는 일은 벌어지지 않을 겁니다. 시가 지금보다 더 많은 독자에게 다가갈 수 있다면 훨씬 바람직한 상황이 될 것이라는 정도로만 얘기해두죠.

스털　'소설의 집'* 비유에 어떤 진실이 있다면, 많은 독자가 시와 연결시키는 방은 서재인 것 같습니다. 시가 다른 문도 열 수 있을까요?

카버　부엌으로 통하는 문, 거실로 통하는 문, 옷방으로 통하는 문을 열 수 있죠. 심지어 화장실도요! 만약 잠겨 있더라도, 열지 않을 이유가 뭐가 있나요? 체사레 파베세는 이탈리아의 일상생활에 대한 시를 썼어요. 파베세는 교육을 받은 문학적인 계급의 이탈리아어가 아닌 이탈리아어를 썼고, 제가 듣기로는 문학적인 이탈리아어에서 거의 다루지 않았던 주제들에 대해

---

*　헨리 제임스는 『여인의 초상』 서문에서 "소설의 집에는 한 개가 아니라 백만 개의 창문이 있다"고 말했다. 소설에는 실로 다양한 접근이 가능하다는 이야기다.

썼습니다. 몇 년 전에 그의 시를 읽었습니다. 제가 생활에 대해 쓴 첫 번째 시인은 아니라고 봅니다. 천만에요. 그렇지 않아요.

스텔   작가님 시의 독자들은 어떤 사람들일 거라고 생각하나요?

카버   제 생각에 모든 작가는 자기 자신을 즐겁게 하기 위해서 쓴다고 봅니다. 자기를 즐겁게 하고 나면 다른 사람들, 좋은 독자들도 즐겁게 할 기회가 생길 수 있을 거고요. 저는 제 소설의 독자에 대해 생각하는 것 이상으로 제 시의 독자들을 따로 그려보지는 않습니다. 다만, 존 치버가 자신은 지적인 성인 남녀를 대상으로 쓴다고 했는데, 그 정도가 아닐까 생각합니다. 제 시들은 단순히 자기표현의 문제는 아닙니다. 작가는 소통을 원하고, 소통이란 작가와 독자 사이의 왕복 차선이에요. 어떤 작가가 시를 쓰든 소설을 쓰든, 그 작가는 자기 마음에 있는 어떤 것, 자신에게 고민거리가 되고 가까이 있는 어떤 것에 대해 씁니다. 다만 적당한 형식, 자기가 느끼고 있는 걸 독자들과 소통하겠다는 희망을 가지고 이것들에 대해 이야기할 수 있는 적당한 방식을 찾아낼 필요가 있는 거죠.

스텔   작가님의 신작 시들 중 어떤 것들은, 예를 들어 「정원」도 그러한데, 몇 개의 연을 가진 구조로 되어 있습니다. 다른 시들은 그보다 긴 것들도 하나의 기다란 운문형 문단으로 밀고 나가는데 말이죠. 작가님 시의 형태를 결정하는 요소에는 어떤 것들이 있나요?

카버   제 시의 대부분은 서사를 가지고 있고, 완벽하게 균형 잡힌 연들의 형태를 취할 이유가 없습니다. 각 시가 취하고 있는 형식은 그 시에 걸맞은 것 중 가장 자연스러워 보이는 것입니다. 만약에 이 시들을 모두 다시 쓴다 하더라도, 똑같은 형식을 취하게 될 거라고 확신합니다. 그렇다 하더라도 독자들이 지루해지지는 않을 정도로 눈과 귀 모두에 충분히 다양하게 느껴질 거라고 생각하고요. 그냥 보기에도 다 똑같지는 않아요. 저는 연의 수, 연을 구성하는 행의 수, 음절 수, 이런 것들에는 별 관심이 없습니다. 시들이 활기 있고, 지면으로 보기에도 활기가 있고 적절해 보이는 게 더 중요합니다.

스틸   한 가지 반복되는 형식이 있다면 크리스토퍼 스마트Christopher Smart의 「어린 양을 기뻐하라Jubilate Agno」와 긴즈버그의 「울부짖음」에서처럼 목록의 유형을 만들면서 첫 부분을 반복하는 겁니다.

카버   그런 식으로 쓴 시들이 몇 편 있죠. 「차」나 「두려움」 같은 시는 목록으로서의 시라는 전통 속에 들어 있어요. 이 시들은 열린 결말을 취합니다. 마지막에 마무리가 있긴 하지만, 어떤 면에서는 아직 끝나지 않았습니다. 이 두 편의 시 모두 그 뒤에 더 적어 넣을 수 있어요. 오늘 퓨즈가 나가서 정비소에 차를 가지고 가야 하는 사태를 증언할 수 있는 거죠. 그리고 제가 두려워하는 것들은 아직 다루기 시작하지도 않았습니다!

스털   시집 한 권이 완성되었다는 건 어떻게 압니까?

카버   두 권 모두 끝이 났다는 느낌이 왔어요.「테스에게」로『물이 다른 물과 합쳐지는 곳』이 끝났다는 걸 알았죠. 그 제목은 책 첫머리의 헌사로도 올라갔죠. 책이 한 권, 그냥 시를 모은 선집이 아니라, 일관성을 갖춘 책이 되었다는 느낌을 받았어요. 책마다 시작과 중간, 그리고 끝이 있죠.『울트라마린』을 마무리 짓는「선물」은 그 책의 다른 어느 곳에도 들어갈 수 없습니다. 독자가 거기까지, 그 마지막 시까지 도달하면, 자기가 어딘가 다른 곳에 가 있었고, 무언가를 했고, 그 책에 들어간 인생의 어느 정도를 경험했다는 것을 느끼게 될 거라는 생각이 들었어요.

글쓰기란 무언가를 발견하는 행위예요

그는 좀 이상한 미국인이다. 그는 담배를 피운다. 그는 동성애자가 아니다. 1950년대의 배우 누군가를 연상시키지만, 그게 누군지 정확하지는 않다. 그는 거의 돌아오지 못할 지경에 이르기까지 오랜 세월을, 자신처럼 그 우울한 알코올 재활센터를 드나들던 많은 가련한 영혼의 술친구로 지낸 뒤에 이제는 탄산수를, 대개는 토닉워터를 마신다. 말하자면, 그는 너무 빨리 잊힌 (비트제너레이션의 일원도 아니고 미니멀리스트도 아닌) 찰스 부코스키의 역할과 장악력을 아직까지 알아주는 소수 중의 한 사람이다. "『불』에서, 심지어 그에게 시를 한 편 헌정하기까지 했어요. '너넨 사랑이 뭔지 몰라'라는 제목이죠. 그가 우리 집에서 지낸 어느 날 저녁 이야기인데, 많은 구절이 부코스키가 한 말 그대로예요……. 부코스키는 정말 이상한 사람이죠. 거의 아무것도 동의하기 어려운 사람이에요. 전 그때 이십대 초반이었는데, 그의 시를 좋아한다고 말했어요. 그랬더니 내가 끔찍한 취향을 가졌다고 하더군요."

프란체스코 두란테, 〈일 마티노Il Mattino〉(1987년 4월 30일), 13쪽. 수재나 피터스 코이Susanna Peters Coy에 의해 번역되었다.

레이먼드 카버—내가 지금 대화를 나누고 있는—는 아마도 오늘날의 미국 작가들 중에서 가장 '신화적'인 인물일 것이다. 그는 이제 막 청소년기를 벗어난 소설가 군단을 배출하고 있는 문학 르네상스의 공인받은 거장이다. 카버는 10년 전까지만 해도 멈출 수 없이 쇠락해가는 것처럼 보이던 장르의 핵심인 '단편소설'을 드물게 높은 수준에서 이해하면서 정제해낸, 혹시 스타일 정비공의 놀라운 작업이 아닌가 의심하게 하는 연금술사인데, 정작 그는 단 한 가지 기준을 무조건적으로 지키라고 요구한다. "일상적인 것들에 대해 쓸 것, 그리고 엘리트 그룹이 아니라 대중에게 말할 것.""나는 몇 페이지에 걸쳐 이야기를 한다. 왜냐하면 단어들이 내가 가진 전부이기 때문이다. 그러니 그 단어들이 적절한 것인 편이 나을 것이다.""싸구려 속임수는 안 된다. 나는 내 세계에 대해 말하고, 오직 그것만 한다. 그리고 그것은 한 작가를 다른 작가들로부터 구분하는, 그의 스타일 이상을 의미하는, 그만의 세계다." 단순한 실 한 가닥에서, 정금의 규칙이 나온다. "단순함은 진실의 인장이다. 고대 로마인이 한 얘기로 알고 있다. 아마도 세네카?"

생활, 사람, 사물, 개인적인 경험, 설령 전적으로 자서전이 아니더라도. 카버라는 사내는 이런 것들을 무진장으로 가지고 있다. 우선, 카버는 50년의 생애 동안, 2년 전에 스스로 벤츠를 사기 전까지는 리무진을 한 번도 타본 적이 없다. 할리우드 스타일의 수영장도, 파티오가 있는 저택도, 상류층의 사교 파티도 몰랐다. 물론 약간의 비행은 있었지만 가난한 사람들의 비행이었다. 코카인 대신 맥주와 위스키였다.

제재소 노동자와 웨이트리스 사이에서 태어난 그는 유년기와 소년기를 워싱턴주 야키마에서 보냈다. 요컨대, 이 지구의 한쪽 끝에서. 고등학교를 졸업한 뒤에는 그 또한 제재소에 일자리를 잡았고, 열아홉 살이 되었을 때는 열여섯 살짜리 여자친구를 임신시켰고, 결혼했다. 이 어린 부부는 자신들이 할 수 있는 최선을 다했다. 이들은 공부를 계속했고, 졸업했다. 레이는 아이오와 창작 워크숍에서 장학금을 받기까지 했다. 하지만 그동안 아이는 둘이 되었고, 레이가 도서관에서 일하고 받는 돈(그의 아내는 웨이트리스로 일했다)은 충분치 않았다. 그리고 캘리포니아 주의 병원에서 3년에 걸친 야간 청소부 생활이 이어졌다. 그는 집에 돌아온 아침 시간에 글을 썼다. (그동안 그의 아내는 도서 방문판매원 일을 위해 집을 나섰다.) 카버가 알코올의존증의 지옥으로 굴러떨어졌을 때 그의 나이는 스물아홉이었다. 그는 경찰에 체포되었고, 알코올의존증을 벗어나기 위해 여러 번에 걸쳐 병원 신세를 졌지만, 모두 성공적이지 못했다. 그의 결혼 생활은 망가지고 있었다. 카버는 1977년이 되어서야 이 상황에서 벗어났다. 그의 첫 번째 책, 단편집 『제발 조용히 좀 해요』가 출간되어 성공을 거두고 1년 뒤였다.

이 작품들—카버가 수시로 술에 취해 나타났던 미팅에서 그의 문학 에이전시가 빼앗았던—을 어떻게 썼는지는 아무도 모를 것이다. 포장지에, 부엌에서, 차고에서 타자를 친 이 작품들이 그에게 부를 가져다주진 못했지만, 견실한 평판은 가져다주었다. 축성은 1981년에 『사랑을 말할 때 우리가 이야기하는 것』과 1983년에 『대성당』을 통해 받게 될 것이었다. 이 두 작품집의 이탈리아어판 중 첫 번째 것이 가르잔티(*Di cosa parliamo quando parliamo d'amore*)에서 나왔고, 두 번째 책은 세라 앤드 리바(*Cattedrale*, 이 책은 몬다도리에서 1984년에 이미 간행했지만, 제대로 팔리지 않았다)에서 얼마 전에 나왔다.

카버는 그의 작품들에 나오는 지저분하고, 촌스럽고, 기묘하게 골칫거리인 인물들과는 대조적으로 보인다. 오늘의 그는 수줍음을 타는 아주 부드러운 태도의 사내다. 그는 아주 부드럽게 말을 하는데, 그의 웅얼거리는 듯한 말을 알아들으려면 매우 집중해서 귀를 기울여야 한다. 그는 많은 것을―그는 "모든 것"이라고 했다―그가 전처와 헤어진 뒤 1979년부터 함께 살아온, 시인이자 소설가 테스 갤러거에게 빚지고 있다고 했다. 테스는 아일랜드 사람의 대담함을 갖춘 단단하고, 명랑하고, 활기가 넘치는 여인이다. 카버는 그와 더불어 포트 앤젤레스와 시러큐스 두 곳에서 한 해를 나눠 보낸다. 포트 앤젤레스는 미국 북서쪽 꼭대기의 태평양 연안 도시로, 카버는 여기서 연어 낚시를 다닌다. 뉴욕주에 있는 시러큐스는 카버의 말에 따르자면 그가 별로 좋아하지 않고, 또 일을 할 수도 없는 곳이다.

오늘 레이와 테스는 사피엔차대학교에서 영문과 학생들로 가득 찬 청중에게 강의를 할 예정이다. 우리는 이탈리아의 첫 번째 왕이 아름다운 여인에게 주려고 했던, 비아 노멘타나에 있는 빌라 미라피오리에 있다. 오늘 행사를 주관하는 아고스티노 롬바르도Agostino Lombardo*가 나이를 모르는 페르난다 피바노Fernanda Pivano**와 사교적인 인사를 주고받고 있다(피바노는 가르잔티 번역본에 후기를 썼다). 젊은 학자이자 시인인 리카르도 두란티Riccardo Duranti 또한 발언한다. 그가 번역한 테스의 시집은 〈아르세날레Arsanele〉를 발행하는 출판사 라비린토에서 이번 가을에 나올 예정이다.

레이는 헤어지는 순간에 이루어지는 한 부부의 다툼을 묘사하는 서

---

* 이탈리아의 작가이자 문학비평가, 영문학자.

** 이탈리아의 작가이자 번역가. 헤밍웨이, 피츠제럴드부터 찰스 부코스키, 제이 매키너니에 이르기까지 여러 세대에 걸친 작가들의 작품을 번역하고 그들에 대한 책을 썼다.

늘한 두 페이지짜리 소설,「대중 역학」을 읽는다. 사내는 가방을 싸고 있고 아기를 원한다. 여자는 아기를 사내에게 내주고 싶어 하지 않는다. 사내는 한쪽에서, 여자는 반대편에서 아기를 잡아당긴다. 이야기는, 아주 선명하게, 이렇게 마무리된다. "이런 식으로 그 문제는 결정되었다." 진부한 상황의 얇은 한 단면 속에서도 긴박한 대사들로 흥분을 고조시키는 특성을 지닌 이 장면을 두고 거칠고 개략적이라고 한다면 그건 멍청한 소리가 될 것이나. 읽는 세 믿는 것이나.

글쓰기란 무언가를 발견하는 행위예요.

카버는 이렇게 말한다. "단순해지는 건 어려운 일입니다. 제 소설의 언어는 사람들이 일상적으로 사용하는 것 그대로지만, 동시에 분명하게 전달될 수 있도록 다듬어야 하는 문장이기도 합니다. 이건 상호 모순되는 조건은 아닙니다. 저는 한 작품을 열다섯 번은 고쳐 씁니다. 그때마다 작품은 바뀝니다. 하지만 자동으로 되는 건 전혀 없습니다. 그보다는, 이건 하나의 과정입니다. 글쓰기란 무언가를 발견하는 행위예요. 글 쓰는 작업에 몰두하고 있는 동안, 저는 가장 생산적인 해결책을 찾아내야만 합니다."

누군가가 질문을 던진다. 소설가가 시를 쓰려면 또 하나의 자신을 만들어내야 하나요?

"저한테 그 두 가지는 연관된 장르입니다. 저는 소설을 시처럼 인색하게 쓰고, 시는 소설을 쓰듯이 씁니다. 요즘은 시만 쓰고 있는데, 제가 보는 모든 것들이 시의 소재가 됩니다."

작가님은 문예창작 프로그램이, 작가님의 학생이었던 제이 매키너니를 포함해서, 요즘의 젊은 미국 작가들에게 어떤 역할을 한다고 생각합니까?

"제 생각에는 무엇을 하지 말아야 할지에 대해서는 대부분 가르칠 수 있다고 봅니다."

작가님은 어떤 작업 습관을 가지고 있나요?

"저는 쓰고 또 고쳐 쓰는데, 처음에는 손으로, 다음에는 타자기로 씁니다. 그러고 나면 제 이웃이 그 작품을 워드프로세서로 작업하고, 제가 수정하면 그가 수정본을 만들어줍니다. 어쨌든 중요한 건, 모파상이 말했듯이, 흰 바탕에 검은 걸 집어넣는 겁니다."

작가님 작업에 헤밍웨이가 어떤 영향을 미쳤나요?

"저를 그의 후계자로 여기는 것에 대해서는 칭찬으로 받아들이지만, 그의 영향을 그리 크게 느끼지는 않습니다. 그건 그렇고, 저는 낚시 소설은 쓰지 않습니다."

여기에서 약간의 정리가 필요하다. 이야기를 주고받는 과정에서 카버는 여러 이름들을 나열한다. 체호프와 플로베르, 그리고 톨스토이가 거론되고, 심지어 알베르토 모라비아, 디노 부차티, 루이지 피란델로, 조반니 베르가 같은 이탈리아인들—이들은 모두 단편소설 작가들이다—도 이따금 거론된다. "조반니 보카치오가 이 장르를 발명한 것 외에도, 여러분은 이 지역에 위대한 전통을 가지고 있습니다." 그리고 플래너리 오코너, 아이작 바셰비스 싱어, 존 업다이크, 도널드 바셀미, 존 치버 등등. 카버는 포크너와 샐린저를 전혀 언급하지 않지만, 그가 의도적으로 그들을 피하고 있다고 할 수는 없다. 반면에 그는 1970년대의 포스트모더니스트들에 대해서는 언급을 아끼지 않는다. ("그토록 어마어마한 야심이 있었는데 너무나 작은 성공을 거뒀어요. 창피한 노릇이죠.") 그건 이해할 만한 것이, 이들은 카버와 그의 세계의 대척점에 있기 때문이다. 카버는 존 바스와 그의 괴이한, 자기 위안을 위한 이론적인 발명에 대해서는 특히 비꼬는 태도를 보인다. 그 이론에 의하면 문학적 실험주의는 자유주의적인 영혼과 나란히 움직인다. 그 이론에 의하면 미니멀리스트이며 "자본주의사회에서 글을 쓰는 행위에는 이미 어떤 윤리성이 들어 있다"고 주장하는 이의 동료인 카버는 레이건주의자인 셈이다.

선조들과 후손들. 당신은 카버가 아직 나이 서른도 안 된 자신의 모방자들인 브렛 이스턴 엘리스의 부류와 리비트의 부류, 매키너니의 부류들의 뒤를 이어 마침내 이탈리아에서조차(이탈리아어는 카버가 번역된 스물다섯 번째 언어) 베스트셀러가 되고자 위험을 감수하는 걸 보고 싶은가? 『대성당』의 첫 이탈리아어판이 차가운 침묵으로 받아들여졌던 사실은 그대로 남아 있다. 600부가 판매되었다…….

"거기에 대해서는 저는 아무런 의견도 없습니다. 물론 괴로운 일이긴 하죠." 카버가 내게 대답한다. "1984년에는 아직 제 시간이 오지 않았던 거죠. 그리고 누군가의 '아버지'가 된다는 건 불편한 일입니다. 거기에 대해서는 제가 좀 압니다. 두 아이를 데리고 실업자 놈팡이와 함께 살고 있는 딸이 하나 있거든요. 그건 그렇고, 저는 베스트셀러가 된다는 게 영 불편합니다. 학교의 교장 역할을 맡는 것 같은 건데, 관심 없어요. 어쩌면 제가 단편소설의 부활에 약간의 기여를 했을지도 모르겠습니다. 심지어 상업적인 면에서도요. 하지만 그게 다예요. 저는 미니멀리스트라는 꼬리표가 붙여진 것도 마음에 안 듭니다. 그 대신 뉴웨이브라고 합시다. 그게 좀 더 포괄적이에요……."

대략 작가님이 시작한 시점에 토킹 헤즈도 음반을 내기 시작했습니다.* 그리고 결국엔 〈트루 스토리스True Stories〉를 내놓았죠. 이 앨범에 들어 있는 곡들에는 작가님의 몇몇 작품들처럼, 사물의 이름 같은 아주 단순한 제목이 붙어 있습니다. 그 앨범과 작가님의 작업 사이에 어떤 연관이 있습니까?

"저도 물론 음악을 듣습니다만, 글을 쓸 때는 듣지 않습니다. 들을 때는 토킹 헤즈도 듣고 브루스 스프링스틴과 모차르트, 그리고 찰리 파커와 그 놀라운 생존자, 톰 웨이츠도 듣습니다. 웨이츠는 자기파괴에서 살아남았고, 스스로가 그 일의 증인입니다. 우리가 가지고 있는 공통점이라면 사람들, 모든 사람을 상대로 해서 말한다는 것입니다."

작가님은 영화에도 관심이 있는 것 같습니다.

"1982년에 마이클 치미노가 도스토옙스키의 생애에 관한 시나리오의 틀을 잡는 걸 도와달라고 했습니다. 저는 테스를 참여시켜서 시나리오를 완전히 다시 썼습니다. 지금은 책으로 나왔습니다. 영화로 만들어지기를 바랍니다. 그건 그렇고, 『대성당』에 수록된 「깃털들」이 영화로 만들어졌고, 다른 여러 작품들도 영화화를 고려하고 있는 중입니다."

그리고 많은 사람이 고대하고 있는 작가님의 첫 장편소설은요?

"장편소설이요? 어쩌면 내년에 쓸지도 모르겠지만, 아직은 모르겠습니다. 누가 알겠어요? 11월에 제 시집 『울트라마린』이 출간됐습니다. 1988년 2월에는 다른 단편집이 나올 예정입니다. '내가 전화를 거는 곳'이라는 제목을 잠정적으로 붙여뒀습니다."

---

* 　　토킹 헤즈는 카버가 첫 소설집을 낸 것(1976)과 비슷한 시기에 첫 음반을 냈지만(1977), 이 밴드가 결성된 것이 1975년인 반면, 카버가 처음 소설로 주목을 받은 건 1967년에 발표한 단편 「제발 조용히 좀 해요」가 그해의 『미국 베스트 단편소설』에 수록되었을 때부터다.

낭비하는 글쓰기

카버 제가 이 시들(『등대 안에서In a Marine Light』)을 쓰게 되기 전, 저는 거의 2년 동안 아무것도 쓰지 않고 있었습니다. 소설은 쓰고 있었지만 다시 시를 쓸 수 있게 될 줄은 몰랐습니다. 시를 쓰는 일은 제 인생에서 완전히 지나간 것처럼 느끼고 있었습니다. 그 사실이 슬펐지만, 그렇다고 해서 의식적으로 뭘 어떻게 할 수 있는 건 없어 보였습니다. 그러다가 소설을 쓰겠다는 생각으로 뉴욕주의 시러큐스를 떠나 워싱턴주로 갔습니다. 워싱턴에 있는 집에서 한 주 정도는 아무것도 쓰지 않고 가만 앉아만 있다가, 어느 날 밤 시를 한 편 썼습니다. 다음 날 아침에 일어나서 또 한 편을 썼고, 그날 하루가 저물기 전에 제 손에는 세 편의 시가 들려 있었습니다. 그리고 저는, 아마도 65일 동안, 계속 이런 식으로 썼습니다. 그렇게 해서 한 권의 책─제대로 된 한 권의 책을 얻었습니다. 대략 120편

캐시어 보디, 〈런던 리뷰 오브 북스London Review of Books〉 16호(1988년 9월 15일), 16쪽. 인터뷰는 1987년 6월 10일에 진행되었다.

을 썼는데, 그건 책 한 권을 만들고 남는 분량이었습니다. 그러고 나서 쓰는 걸 멈추고 테스와 함께 남미 여행을 떠났습니다. 석 달쯤 뒤 집에 돌아와, 다시 한번 시를 쓰기 시작했습니다. 책을 만들 나머지 분량을 썼습니다. 대략 열여덟 달 동안—놀라운 시간이었습니다—250편에서 300편가량의 시를 썼습니다. 살면서 이런 시간은 처음이었습니다. 이 시들을 쓰고 있는 동안 전 완벽하게 행복했습니다. 그때 죽었더라도 행복하게 죽었을 겁니다. 그러고서 어떤 이유에선가 다시 소설을 쓰는 일로 돌아갔고, 지금은 새 책 한 권을 묶기에 충분한 분량의 단편들이 쌓였습니다. 하지만 최근 들어 다시 시를 쓰기 시작했습니다! 지금 이 순간도 제 인생에서 무척 좋은 시기입니다. 소설을 쓰고 있고, 또 시를 쓰고 있습니다. 다시 소설을 쓰기 시작했을 때, 이 책 안에 들어 있는 모든 시가 다 엄청난 선물처럼 보였습니다. 이것들이 모두 어디에서 왔는지는 지금의 제게는 미스터리입니다. 하지만 전 원래 시인으로 시작했습니다. 처음 활자화된 것도 시였습니다. 그러니 제 묘비에 '시인이자 단편소설 작가—그리고 이따금 에세이스트'라고, 이 순서대로 새겨주면 무척 기쁠 것 같습니다.

저는 단편소설과 시 사이에 단편소설과 장편소설의 관계보다
더 강한 연관성이 있다고 생각합니다.

보디　　그런데 어떤 면에서 작가님의 시와 소설은 무척 비슷합니다. 작가님의 소설은 많은 면에서 시 같고, 작가님의 시는 대개의

경우 이야기를 담고 있습니다.

카버   그렇습니다. 서사적인 시, 내용과 주제가 되는 사건이 있는
      시가 가장 제 흥미를 끄는 시입니다. 그리고 제 시들 중 어떤
      것들은 무척 소설적입니다. 저는 단편소설과 시 사이에 단편
      소설과 장편소설의 관계보다 더 강한 연관성이 있다고 생각
      합니다. 경제성과 정확성, 의미를 담고 있는 세부 사항들, 그
      리고 그와 더불어서 세계의 표면 바로 밑에서 무슨 일인가가
      벌어지고 있다는 미스터리한 느낌 같은 걸 공유하는 거죠.

보디   작가님이 읽고 싶어 하는 소설에는 대개의 경우 자전적인 요
      소들이 들어 있다고 말씀하셨습니다. 그리고 작가님의 시들
      은 소설보다 더 자전적인 것 같습니다.

카버   그렇습니다. 하지만 전적으로 자전적인 건 아닙니다. 약간 그
      런 경우들이 있죠. 하지만 자전적이라 하더라도 관계없습니
      다. 최근에 토마스 만이 살던 집을 다녀왔습니다. 취리히에
      있는 이 집은 지금은 작은 박물관이 되어 있습니다. 제 생각
      에 토마스 만보다 더 자전적인 소설가는 이 세상에 없는 것
      같습니다. 『부덴브로크 가의 사람들』은 자기 집안의 몇 세대
      를 그린 장편소설입니다. 물론 이 작품은 그 이상이지만, 엄
      연히 가족의 역사를 극화한 것이고, 모든 이야기를 문학화함
      으로써 그들을 되살려낸 작품입니다. 분명히 작가들—적어도
      제가 가장 존경하는 작가들—은 자신들의 삶을 어느 정도 재

료로 활용합니다. 시는 제가 소설에서 할 수 없는 일을 할 수 있게 해줍니다. 시에서는 소설에서보다 스스로를 덜 통제하면서 좀 더 내밀한 모습을 보여주고, 그래서 좀 더 취약한 상태가 되는 듯합니다. 소설에서는 아마도 제가 좀 더 떨어져 있고, 좀 더 거리를 두고 있는 것 같은데 말이죠. 어떤 이유에선가 저한테는 시가 좀 더 가까운 것 같아요. 시는 제 속의 가장 깊은 곳 어디에선가 나옵니다. 소설은 늘 그런 건 아니에요. 이 시들을 쓰고 있는 동안, 살면서 전에는 한 번도 가져보지 못했던 시간을 누리고 있는 것 같았어요. 상상이 가실지 모르겠지만, 어떤 날은 하루에 두세 편씩 쓰기도 했습니다. 밤에 침대에 누우면, 제 안에 시가 또 남아 있는지 알 수가 없었어요. 탈진했거든요. 그랬다가 아침에 일어나면 텅 비어 있는 것 같으면서도 동시에 새로 활기가 돌면서 책상에 가서 다시 시를 쓰기 시작하는 겁니다. 정말 놀라운 경험이었어요. "지금 절 데려가세요"라고 한 게 바로 그 뜻이었어요. 그 자리에서 죽어도 행복할 것 같았거든요.

보디   작가님이 '주제'라는 단어를 싫어하고, 작가님의 '강박'에 대해 이야기하는 걸 선호한다는 이야기를 읽었는데요.

카버   그건 아마 학생 때까지 거슬러 올라가는 것 같습니다. 저는 '주제'나 '상징'처럼 무겁게 들리는 말들을 피했어요. 주제나 의미 같은 건 작품 자체에서 저절로 드러나는 것이고, 작품의 내용과 전개 방식으로부터 의미를 분리하는 건 결국엔 불가능하다고 생각합니다. 이게 좋은 건지 나쁜 건지 모르겠지만, 저는 어떤 기획을 가지고 작업에 들어가거나 특정한 주제에 맞는 이야기를 찾아 나서기보다는 본능에 의존하는 작가예요. 제가 가지고 있고, 또 거기에 목소리를 부여해주고 싶은 어떤 강박이 있어요. 남자와 여자 사이의 관계, 우리는 왜 우리가 가장 중요하게 생각하는 것들을 그렇게 자주 잃어버리게 되는 건지, 우리가 우리 내면에 가지고 있는 자산을 얼마나 잘못 관리하고 있는지, 하는 것들이죠. 그리고, 사람들이 바닥까지 내려갔을 때 스스로를 끌어 올리기 위해 무얼 할 수 있는지 같은, 생존에 관한 것에도 관심이 있어요. 제 최근 단편들을 보셨더라면 좋았을 텐데요. 왜냐하면 그 작품들은 많은 면에서—그걸 어떻게 정밀하게 설명할 수 있는지는 모르겠지만—제가 예전에 썼던 것들과 다릅니다. 각각의 책에 수록된 작품들은 다른 책, 그 전에 나온 책에 수록된 것들과 꽤 많이 다릅니다. 예를 들어 『대성당』에 수록된 작품들은—대부분, 어쨌거나—첫 책에 수록된 작품들과는 크게 다릅니다. 이 작품들은 좀 더 풍성하고, 좀 더 너그럽습니다. 그중에 체호프와 그의 마지막 날들에 대한 새 작품이 있습니다. 5년 전만 해도 이런 작품 비슷한 것도 쓰지 않았을 것이고, 쓸 수도 없었을 겁니다.

보디   비평가들은 작가님의 소설들—특히 첫 두 권—이 무척 암울하다고 합니다. 저는 그렇게 느끼지 않았습니다만.

카버　　　반갑네요.

보디　　　항상 뭔가가 있는 것 같았어요.

카버　　　약간의 유머도 있죠.

보디　　　그 점에서는 『사랑을 말할 때 우리가 이야기하는 것』과 『대
　　　　　성당』 사이에 그다지 큰 간극이 있는 것 같지 않습니다. 하지
　　　　　만 『대성당』이 좀 더 분명하게 희망적인 것 같긴 하고요.

카버　　　제 생각에도 그렇습니다. 『대성당』에 수록된 작품들, 그중 대
　　　　　부분은—어쨌든 몇몇 작품은—그 전의 선집에 들어 있는 작
　　　　　품들에 비해 마침내 더 긍정적이고, 더 희망적이죠. 하지만
　　　　　모든 작품이 다 암울하지는 않다는 점을 지적해주시니 반갑
　　　　　습니다.

보디　　　저를 더 우울하게 하는 건 작품이 아니라 서평 쪽이었습니다.

카버　　　예. 하지만 그들도 이제는 약간 다른 접근 방식을 택하기 시
　　　　　작하고 있는 듯합니다. 작가들은 그들이 다루는 대상 때문에
　　　　　비난받아서는 안 됩니다. 그렇지 않나요? 사뮈엘 베케트는
　　　　　어느 작가보다도 어두운 사람입니다. 그의 작품들은 제게 심
　　　　　한 폐소공포증을 불러일으킵니다. 그리고 제 외투 주머니에
　　　　　는 책 한 권—필립 라킨의 시집—이 있는데, 라킨이야말로 어

둡습니다. 그렇지 않나요? 하지만 그는 정말 우아하고 능란하게 씁니다.

보디　　주제 면에서 비평가들이 이야기하기 좋아하는 것 또 한 가지는 소통의 실패입니다. 저는 작가님의 인물들이 언어로는 잘 소통하지 않지만, 대개는 다른 방식으로 잘 소통한다고 보는 쪽입니다.

카버　　제 생각에도 그렇습니다. 사람들이 자기가 하고 싶은 말을 하는 게 쉽지 않은 경우가 종종 있어요. 다른 사람들과 밀접한 관계를 형성하는 기술이 부족한 사람들도 있고, 단순히 자기 자신을 보호해야 한다는 필요를 느껴서 그렇게 될 수도 있습니다. 하지만 소통할 수 있는 다른 방법들이 있어요. 때로는 사람들이 서로 다른 목적을 가지고 있거나 별다른 목적 없이 이야기하고 있는 것 같아도, 일들은 벌어지고 또 이뤄집니다. 그런 내용들이 작품 안에서 이야기되고요.

보디　　저는 각각의 선집들에서 다른 형식으로 보여진 작품들에 관심이 갑니다. 그것들은 한 작품의 다른 판본인가요, 아니면 다른 작품인가요?

카버　　저한테는 모두 다른 작품들입니다. 어떤 작품이 출판된 뒤에 그걸 다시 고쳐 쓴 작가가 저만 있는 건 분명 아닙니다. 프랭크 오코너 역시 작품이 출판되고 난 뒤에도 끊임없이 고쳤다는 이야기를 어디선가 읽은 적이 있습니다. 오코너는 그의 훌륭한 단편 「국가의 손님들」을 가지고 세 가지 판본을 내놓았습니다. 저에게는 그게 어떤 이야기를 하나 임신했는데, 하나만 낳고 끝내지 않은 걸로 보입니다. 「별것 아닌 것 같지만, 도움이 되는」과 「목욕」은 정말 다른 두 편의 작품입니다.

보디 　「목욕」으로는 만족하지 못했나요?

카버 　잡지에 발표됐을 때 상을 하나 받았지만 이를테면 마이너리그 격이었죠. 전 지금도 그 작품이 그리 마음에 들지 않아요. 단편집을 낼 계획인데, 거기에서는 「목욕」을 뺄 겁니다. 「별것 아닌 것 같지만, 도움이 되는」은 물론 포함시킬 거고요. 하지만 이제는 그런 식의 재집필 작업은 하지 않습니다. 최근에 쓴 작품들에 자신감이 더 있어서 그런 것 같기도 하고, 예전 작품들을 고치는 것보다 다른 할 일이 더 많다는 생각도 들고, 그리고 이제는 과거를 잘 돌아보지 않게 된 것 같아요. 쓰고 있는 동안에는 퇴고 과정을 많이 거치지만, 일단 발표되고 나면 더 이상 큰 관심이 없어요. 앞을 바라보고 싶어요. 그게 건강한 것 같아요.

보디 　작가님의 시 「헤밍웨이와 W. C. 윌리엄스를 위한 시」를 정말 좋아합니다. 헤밍웨이가 작가님 소설의 모델이고, 윌리엄스는 시의 모델이라는 이야기에 동의합니까?

카버   두 사람 다 제가 젊고 영향을 잘 받던 시절에 저한테 영향을 미쳤습니다. 헤밍웨이와 윌리엄스의 작품들 중 많은 것에 대해 큰 존경심을 가지고 있었고, 지금도 여전히 그렇습니다.

보디   윌리엄스의 단편소설에 대해서도 그렇습니까?

카버   예, 특히 「힘의 행사The Use of Force」와 그 이후의 작품들이 그렇습니다. 하지만 저는 그의 단편소설은 그 짧은 「힘의 행사」 말고는, 나머지 소설들과 시의 거의 대부분 역시 나중에, 그가 제게 어떤 영향을 미칠 수 있었던 시기가 한참 지난 다음에야 읽었습니다. 사실은, 제가 그의 시를 읽은 이십대 초반에는 윌리엄스가 산문도 썼다는 사실은 거의 모른 채 시인으로만 알고 있었습니다. 제가 다닌 대학에서는 윌리엄스를 가르치지도 않았어요. 그의 시를 만나게 된 건 제가 1920년대에 파리에서 활동하던 작가들에 관해서 읽었기 때문입니다. 그리고 비슷한 시기에 제가 캘리포니아에서 다니던 학교에서 작은 잡지를 하나 시작했는데, 그게 윌리엄스가 아직 생존해 있던 1958년인가 1959년 무렵이었어요. 그때 그에게 시를 청탁하는 편지를 쓰면서 제가 그의 시에 대해 가지고 있는 존경심에 대해 적어서 보냈습니다. 그리고 그는 그 편지에 대한 답장을 보내면서 시도 한 편 보내주었습니다. 저에게는 너무나, 너무나 짜릿한 경험이었죠. 그 시 「소문The Gossips」은 그의 사후에 발간된 『브뤼겔의 그림들』에 수록되었더군요. 시가 적힌 종이의 하단에 그의 서명이 적혀 있었습니다. 진짜 보물이었죠. 하지만 그 후로 몇 번의 난리법석을 거치는 동안 당연히 잃어버렸죠. 아무튼 그는 친절하게도 저한테 시를 한 편 보내줬어요. 저의 영웅이었습니다.

보디   저는 윌리엄스가 시를 낭송하는 테이프를 들었습니다. 목소리가 좋더군요. 중간중간 웃음을 터뜨리기도 하고요.

카버   놀라운 사람이었어요. 환자를 보는 사이사이에 시를 쓰기도 했다더군요.

보디   처방전에 썼다죠. 작가님은 작가님이 작품을 통해 여러 가지 의견을 개진하고 있다는 사실을 의식하고 있나요?

카버   어떤 종류의 의견 말인가요?

보디   작가님의 인물들에 대한 작가님의 태도라든가 그 인물들이 사는 방식, 그들이 사는 사회에 대한 것들 같은 것이요.

카버   노동계급 사람들과 레이건 시대 미국의 어두운 면에 대해 자주 씁니다. 그렇게 보면 제 소설들이 비판이나 고발장으로 읽힐 수도 있겠군요. 하지만 그런 건 외부에서 그렇게 읽곤 하는 거죠. 제가 의식적으로 그렇게 하는 건 아닙니다. 그리고 저는, 이미 말했지만, 어떤 계획이나 기획을 가지고 소설을 쓰는 게 아니고요.

보디   찰스 뉴먼Charles Newman은 「포스트모던 오라The Post-Modern Aura」라는 에세이에서, 소설에서의 '신사실주의'는 인플레이션에 대한 고전적인 보수적 대응—생산 능력의 저활용, 재고의 감소와 언어적 실업—이라고 말했습니다. 이 에세이는 『사랑을 말할 때 우리가 이야기하는 것』이 출간된 직후에 나왔는데, 뉴먼은 그 책에 수록된 작품들을 '신사실주의'의 한 예로 언급합니다. 제 생각에 뉴먼이 말하고자 하는 건, 사람들은 가진 게 별로 없을 때 모든 영역에서—경제는 물론 문학에서도—절약을 하려 든다는 것인 듯합니다.

카버   그 책의 작품들을 쓸 때, 저는 돈이 하나도 없었습니다. 교회당에 사는 쥐만큼이나 가난했어요. 다음 달 월세를 어떻게 낼지 막막했습니다. 지나치게 장식적인 문장이긴 하지만, 그 사람 말이 맞을지도 몰라요. 하나의 이론인 거죠. 그 사람 말이 맞을 수도 있어요. 누가 알겠어요? 근데 누가 신경이나 쓰겠어요? 중요한 건 소설을 쓰는 거예요.

보디   스트라우스 기금이 끝나고 나면 다시 가르치는 일로 돌아갈 생각인가요?

카버   돌아간다 해도 정규직은 아닐 겁니다. 여기저기서 세미나를 하는 정도가 되겠죠. 하지만 그 모든 걸 하지 않아도 되면 좋겠어요. 그건 제가 가르칠 수 없어서도 아니고, 가르치는 일이 시간 낭비라고 생각해서도 아니고, 다만 그럴 시간에 하고 싶은 다른 일들이 많기 때문이에요. 하지만, 가르치는 걸 싫어하는 작가들도 있지만, 저는 그렇진 않았어요. 저는 그보다 나쁜 직업들, 끔찍한 일자리들을 너무나 많이 겪어봤기 때문에, 가르치는 일자리가 생겼을 때 이게 웬 행운이냐 싶었어요. 빗속이나 뜨거운 햇볕 아래서 일하지 않아도 되고, 손을 쓰지 않아도 되고 말이죠. 게다가 제가 가졌던 다른 어떤 종류의 일자리들보다 제 작업에 쓸 시간도 많이 남았고요.

보디   장편소설을 쓰고 싶다는 생각은 안 듭니까?

카버   예. 하지만 내년쯤에는 그럴 시간이 날지도 모르겠어요. 그때 다시 물어봐주세요. 장편소설을 쓸 수도 있고 그러지 않을 수도 있어요. 그리고 쓰지 않는다면, 그것도 나쁘지 않아요. 장편소설을 꼭 써야 한다는 생각은 안 들어요.

저는 언제나 낭비했어요.

보디   앤 타일러는 작가님의 단편소설들이 좋은 이유는 장편을 쓰기 위해서 제일 좋은 이야깃거리들을 따로 쟁이지 않기 때문이라고 말했는데요.

카버   타일러는 제가 '낭비벽이 있는 사람'이라고 했죠. 좋은 말이에요. 저는 작가는 자기가 지금 하고 있는 일이 시가 됐든 소설이 됐든, 거기에 아낌없이 스스로를 소비해야 한다고 생각해요. 왜냐하면 작가는 스스로를 마르지 않는 우물로 여겨야 하거든요. 글이 나온 곳에서 앞으로도 계속 나올 것으로 생각해야 한다는 거죠. 어떤 이유에서든 작가가 스스로를 억제하기 시작하면 그건 아주 나쁜 일이 될 수 있어요. 저는 언제나 낭비했어요.

보디   시나리오를 썼단 이야기를 들었는데요.

카버   예. 두 편을 썼습니다. 테스 갤러거와 같이 썼어요. 그중 한 편—도스토옙스키에 대한 이야기였습니다—은 출판됐습니다. 일부분이 미국에서 출판됐죠. 아주 긴 시나리오예요. 그리고 또 다른 시나리오를 썼습니다. 아마도 모든 작가가 할리우드와 연결돼서 그런 종류의 일을 한 번은 하고 싶다는 생각을 하는 것 같습니다. 저도 그런 때가 있었고, 그래서 했고, 이제는 그쪽 일에 관심이 없습니다. 하지만 누가 알겠어요. 앞으로 5년 안에 다시 관심이 생길지도 모르죠. 고용돼서 하는 일이었는데, 마음에 들지 않았어요. 저는 보스가 있는 게 싫어요. 제 시에서 한 구절을 인용하자면 이렇습니다 "내 목표는 늘 / 일하지 않고 사는 것이었다." 신문 기사를 한 꼭지 쓰는 것보다는 시를 한 편 쓰는 걸 훨씬 더 선호합니다.

보디   도스토옙스키에 대한 그 시나리오는 영화화되었나요?

카버   아뇨.

보디   작가님 소설 중에 영화화된 게 있나요?

카버   「깃털들」이 얼마 전에 영화화됐죠. 잘 만들었어요. 그리고 할
        리우드의 몇몇 사람들이 「별것 아닌 것 같지만, 도움이 되는」
        을 영화로 만들었어요. 그 사람들도 잘 만든 것 같아요.

보디   몇 주 전에 존 치버의 「헤엄치는 사람The Swimmer」을 영화로
        만든 걸 봤습니다.

카버   그 영화 훌륭하지 않나요? 나오자마자 보고 존 치버에게 그
        영화에 대해 이야기했어요. 우린 아이오와에서 같이 가르쳤
        거든요. 치버는 자기는 돈만 챙기고는 영화를 보러 가지도 않
        았다고 했습니다. 전 그 영화가 마음에 들었고, 치버한테도
        그렇게 말했어요. 그 마지막, 소설하고 영화 모두에 나오는
        마지막 장면은—정말 특별해요.

미국 문학과 레이먼드 카버

레이먼드 카버는 저음으로 말한다. 그 목소리는 처음에는 그의 소설 속 화자의 목소리와 잘 어울리지 않는 것 같다가, 점점 더 그의 과묵하고 무시무시할 정도로 사실적인 인물들 중 한 사람의 것이 되어간다. 카버는 귀 기울여 듣는 사람이다. 그는 상대의 말을 끊지 않으려 조심하면서 다른 생각을 꺼내놓기 시작한다. 그는 공손한 사람이다. 그가 무언가에 강박적으로 매달리게 된다면, 그건 아마 좋은 사람이 되어야 한다는 것일지도 모른다. 그의 태도에는 후회와 감사의 느낌이 배어 있다. 그는 두 번째 기회를 부여받은 사람처럼 말한다. 그는 자기가 운이 좋다고 생각한다. 그는 별것 아닌 것들에 감탄하고, 자신에게 필요한 몇 가지들은 다른 사람들과 적절하게 소통하는 일, 다른 사람들이 말하고 행동하는 것에 감동하는 일, 모든 것을 조심스럽게, 그리고 예민하게 '증언하는 일' 다음으로 밀어둔다. 그는 자신의 오믈렛이 식는 것에 개의

데이비드 애플필드, 〈프랭크: 인터내셔널 저널 오브 컨템퍼러리 라이팅 앤드 아트Frank: An International Journal of Contemporary Writing & Art〉 8/9호(1987~1988년 겨울), 6~15쪽. 인터뷰는 1987년 여름에 진행되었다.

치 않고 천천히 대답하면서, 인터뷰어가 하고 싶은 질문을 충분히 했고 원하는 답을 얻었는지를 확인한다. 그의 말은 따라가기 어렵지 않다. 그가 사용하는 문장은 직설적이고, 그의 철학은 대부분의 경우 외부로부터의 증명이 필요하지 않다. 그리고, 자신의 삶과 작품에 대해 느리고 소심하고, 거의 부끄러워하면서 이야기하는 태도에는 누군가가 자신의 의견을 듣고 싶어 한다는 사실에 대한 놀라움 또한 살짝 배어 있다. 그리고 그는 그 사실을 영광스러워한다.

카버는 이론화하지 않는다. 분석을 하는 경우도 거의 없다. 담백하게 비판할 뿐이고, 스스로를 찬양하는 일은 전혀 없다. 이 사람이 정말 그 놀라울 정도로 산뜻하고 건조한 대사, 주의 깊게 줄여놓은 묘사, 그리고 잔인할 정도로 도발적이면서 동시에 표면으로 드러나지 않는 마무리를 가진 스타일의 산문을 쓴 사람인지, 지난 10여 년에 걸쳐 미국의 소설 작법에 그토록 깊은 영향을 미친 우리 시대 미국의 보석들을 만들어낸 그 지성인지, 의아해질 정도다. 그렇다, 우리는 이 두 개의 이미지를 모으고 분석해서 그가 한 작업과 그 뒤에 숨어 있는 목소리를 일치시키는 일부터 시작해야 한다. 한 가지는 분명하다. 레이먼드 카버는 내숭을 떠는 사람이 아니다. 이건 에고의 게임이 아니다. 이 사람의 성격에는 과대 포장이라는 게 없다. 카버는 계산 없이, 생각나는 대로 말하는 사람이다. 그에게는 가식이라는 게 거의 없고, 그는 전혀 젠체하지 않는다. 그의 복장도 자신의 말투와 마찬가지로, 조용하고 편안하다. 그는 모닝커피와 담배를 좋아하고, 거기에 의지한다. 나는 그가 자신의 기교에 대해 좀 더 설명을 해보도록, 좀 더 드러내보도록 압력을 가한다. 그의 목소리가 거의 속삭임 수준으로 작아지면서 "저는 그저 제가 할 수 있는 최선을 다할 뿐입니다"라는 말이 새어 나온다. 그렇게 점점 낮아지는 목소리는 마이크도 잡아내지 못할 것 같아 걱정이 된다. 그는 차분하다. 점잖다. 동시에 넓적한 손을 가진 거구의 사내다. 그와 함께 아무 말도 하지 않으면서 들판을 가로질러 가는 그림을 쉽게 상상할 수 있다. 그는 자신의 스타일이 가지고 있는 의미에 대해서 말하지 않으려 하고, 자신의 기능에 들어 있는 자의식에 대해서는 심지어 암시조차 하지 않으려 할 것이다. 하지만 열심히 일한다는 건 인정한다. 믿을 수밖에 없는 말이다. 그는 자신의 소설들이 '진짜 생활'을 포착하고 있으며, 그의 소설 스타일은 현실성을 진실되고 솔직하게 형상화하려 한다는 면에서 명백하게 사실주의 전통에 들어 있다고 강조한다. 그게 전부다.

그가 암시하는바, 스타일이란 타고나는 것이고, 자연스러운 것이며, 귀에 들리는 것들에 의해 날카로워지고 연마된다. 카버는 「이웃 사람들」에서 빌 밀러에게 이웃의 속옷을 입어보게 한다. 왜냐하면 사람들이 실제로 그런 짓을 하기 때문이다. 정직성은 카버를 밀고 나가는 힘이고, 그의 소통의 비밀이다. 그리고 아마도 그 모든 기이한 진부함, 가정생활, 일상적인 괴팍함을 안고 있는 실제 생활을 솔직하게 포착하겠다는 바로 이 고집이 단순해 보이는 그의 모습과 잘 다듬어져 있고 독특한 스타일을 갖춘 작품 사이에서 드러나는 모순을 초래한다. 카버의 사실성은 편안하게 받아들이기에는 실제 세계에 너무 가깝다. 우리가 스타일이나 기교라고 부르는 것을 그는 "다만 정직해지는 것"이라고 표현한다. 그가 보여주는 세부 사항들은 상징이나 문화적 아이콘, 거대한 은유처럼 세계를 되비추지만, 레이먼드 카버에게 있어서 그것들은 다만 잘 관찰된 대상이고 생활에서 볼 수 있는 제스처들일 뿐이다.

작가들은 집단으로 묶이기보다는,
각자 개인으로서 무얼 쓰고 어떻게 쓰는지 평가되어야 합니다.

애플필드 　미국 문학계에서 서로 대립하고 있는 두 운동, 메타소설과 극
사실주의hyper-realism에 관한 질문에 로버트 쿠버Robert Coover*
가 내놓은 대답(《프랭크: 인터내셔널 저널 오브 컨템퍼러리 라이팅
앤드 아트》 6/7호)에 의견을 덧붙여주실 수 있을까요? 쿠버는
작가님의 작품들을 높이 평가하지만, 동시에 작가님을 '미니
멀리스트'이자 모두들 점점 더 서로를 닮아가고 있는, 급증하
고 있는 문예창작과 출신 작가들의 대부라고 불렀습니다.

카버 　'대부'라고 불리는 건 좀 어색합니다. 미니멀리스트 작가라고
불리는 것도 좋아하지 않고요. '미니멀리즘'이라는 명칭도 좋
아하지 않습니다. 쓸모없는 소립니다. 사실 제 소설에 '미니
멀리스트'라는 호칭을 붙인 건 프랑스의 비평가였습니다. 〈파
르티잔 리뷰Partisan Review〉에서 『사랑을 말할 때 우리가 이야
기하는 것』에 대한 서평을 쓰면서 그렇게 불렀죠. 그는 칭찬
하려는 의도로 그렇게 썼지만, 일부 비평가들과 서평가들이
몇몇 작가들을 두들겨 패는 데 그 말을 사용했습니다. 그런
꼬리표는 일찍 사라질수록 좋다고 생각합니다. 작가들은 집
단으로 묶이기보다는, 각자 개인으로서 무얼 쓰고 어떻게 쓰

---

*　패뷸레이션(우화적 소설화)과 메타소설의 이론을 적용한 소설을 썼고, 또한 전자문학을 주장
하면서 브라운대학교에 디지털문학 대학원 과정을 창설한 이론가이기도 하다.

는지 평가되어야 합니다. 존 바스가 최근에 〈뉴욕 타임스 북 리뷰〉에 게재한 에세이가 이 문제에 대해 쓴 최고의 글 중 하나라고 생각합니다. 바스는 만약 누군가에게 꼬리표를 붙이고 싶다면, 사뮈엘 베케트도 미니멀리스트 작가고, 에밀리 디킨슨 역시 미니멀리스트 작가라고 해야 한다고 썼습니다. 그렇게 보자면, 아마도 저를 포함해서, 말을 아끼는 글을 이따금씩 쓰는 삭가들이 꽤 있습니다. 맞습니다, 소위 메타소설가 혹은 포스트모더니스트와, 알아볼 수 있는 사람들을 만들어내고 그들을 실제 생활 같은 환경 안에 놓아두면서 다시 '이야기'를 쓰기 시작한 작가들 그룹이 나눠져 있는 게 사실입니다. 어떤 이들은 후자를 극사실주의, 혹은 슈퍼사실주의 super-realism라고 부릅니다. 그러라고 하세요. 크게 보자면, 사람들—물론, 작가들이 아니라 독자들—은 진짜 관심사에서 너무 멀리 가버린 소설에 피로를 느끼고 있습니다. 시인들 또한 자기 자신들만을 위한 시를 쓰기 시작했고, 독자를 잃었습니다. 그와 아주 비슷한 일이 소설에도 일어났습니다. 예, 사실주의로의 회귀 현상도 있어왔고요. 1960년대에 대표적인 작가로 꼽히던 이들의 작품들은 그리 오래 남지 않을 겁니다. 제 생각에는 패뷸리즘과 메타소설로부터 아주 실질적이고 결정적인 회귀의 흐름이 일어나고 있다고 생각합니다. 문학은 의미 있는 것들, 작가의 가슴 가까이에 있는 것들, 우리를 감동시키는 것들로 돌아오고 있습니다.

좋은 소설은 진짜라는 느낌,
진실된 느낌을 줘야 한다고 생각합니다.

애플필드 그것들은 어떤 것들인가요?

카버 우선 생존을 꼽을 수 있겠죠. 좋은 소설은 진짜라는 느낌, 진실된 느낌을 줘야 한다고 생각합니다. 그 어떤 것도 조작될 수 없습니다. 우리는 이 삶을 어떻게 살아나가나요? 우리 각자는 어떻게 행동해야 하나요? 우리는 어떻게 처신해야 하나요? 제 소설의 이야기들은 커다란 정치적, 혹은 사회적 흐름에 주목하는 무대에 맞서서 각 개인의 차원에서 진행됩니다. 이런 이야기들은 사적인 것에서 시작해야 합니다. 체호프는 이야기에는 '그'와 '그녀'라는 두 개의 극점이 있다고 이야기한 적이 있습니다. 이야기의 북극과 남극이죠. 저는 이 이야기를 좋아하는데, 왜냐하면 제 작품들 대부분에도 '그'와 '그녀'가 있기 때문입니다. 어떤 때는 세상이 '그'와 '그녀'에게 우호적으로 돌아가고, 어떤 때는 그렇지 않습니다. 하지만 제 인물들, 제 사람들은 어떤 경우에도 살아남는 사람들입니다. 그들은 처음에 볼 때에는 짓밟히고 두들겨 맞은 사람들로 여겨지겠지만, 사실은 꼭 그렇지만은 않습니다. 제가 원하는 건 '진짜'라는 느낌, 그리고 무언가의 '성패가 달려' 있거나 '위기에 처한' 느낌입니다. 그게 바로, 시가 됐든 소설이 됐든, 상당수의 우리 시대 작품들을 참아주기 어려운 이유입니다. 작가들이 그저 어슬렁거리고 있는 느낌이거든요. 그리고 이런 건 오래 남지 않을 겁니다. 오래 남을 작품은, 그게 체호프의 것이든 톨스토이나 플로베르의 것이든, 진실한 것들입니다. 그리고 그런 작품들은 지금으로부터 100년 뒤에도, 그것들이 처음 출판되었을 때와 마찬가지로 진실하게 남을 겁니다. 어떤 작품이 나오던 시기에 가치 있었고, 그 작품이 그 시기를 정확하게 포착했다면, 그 작품은 어떤 시대에도 가치 있게 남을 가능성이 있습니다.

애플필드 그럼, 사람들은 그들의 사회적이고 정치적인 환경이 바뀔 때조차 그 핵심은 변하지 않는다는 건가요?

카버 예. 변하지 않습니다. 세부적인 면에서야 물론 변하겠죠. 우리는 오늘날 마차 대신 자동차를 탑니다. 하지만 여전히 체호프의 단편소설이나 톨스토이, 혹은 플로베르의 장편소설을 읽고 감동을 받을 수 있습니다.

애플필드 하지만 물론 작가님은 19세기의 일반적인 사실주의 분위기로 작품을 쓰시 않습니다. 작가님의 작품들은 독자들에게 동시대 미국인들의 생활과 관계의 중요한 측면들을 드러내고 그에 대해 이야기하는 데 최적화된 스타일―주의 깊게 모아놓은 세부 사항들, 축약된 대화, 장황한 묘사의 의도적인 생략, 그리고 절제된 결말부―을 가지고 있습니다.

카버 이 말에 동의하면 너무 자화자찬이 될 것 같네요. 제가 말하기에는 너무 크고 일반적인 이야기인 것 같습니다. 제가 모든 사람에 대해 이야기하는 건 무리가 있습니다. 그런데, 사람들은 소통에 문제를 겪는 경우가 자주 있습니다. 그래서 모든 소설에는 언제나 미스터리가 있습니다. 이야기의 표면 아래에서 다른 어떤 일이 일어나고 있는 거죠. 제가 쓰는 사람들은 마주 보고 있으면서도 소통에 어려움을 겪는 경우가 자주 있습니다. 하지만 그래도 그 이야기 안에서 무언가가 말해지고, 무언가가 마무리되죠. 의미들이 약간 비뚤어지는 경우가 종종 있지만, 그래도 무언가가 진행됩니다. 그런 면에서 보자면 어떤 대사도 낭비되지 않고, 다른 어떤 요소도 낭비되지 않는 듯합니다.

애플필드   그럼 작가님의 작품 스타일이 가지는 사회적 함의에 대해서는 더 이상 이야기할 게 없는 건가요?

카버   없습니다.

애플필드   작가님의 소설들을 읽으면서 놀라운 건, 특히 『사랑을 말할 때 우리가 이야기하는 것』의 경우에, 침묵의 순간들에 부여되는 중요성입니다. 아주 많은 것이 행간에서, 말이 없는 가운데 일어납니다.

카버   만약 그렇다면 정말 좋네요. 그런 침묵 속에 어떤 것들이 남아 있는지 제가 이야기할 수 있을지 모르겠습니다. 그렇게 하는 게 적절한지도 모르겠고요. 하지만 그건 의식했던 것입니다. 제 생각에 사람들은 대개 이런 식(두 손가락을 마주 보게 해서 다가가게 하다가 만나게 한다)이 아니라, 이런 식(두 손가락을 마주 보게 해서 다가가게 하다가 엇갈리게 한다)으로 대화합니다. 헤밍웨이는 대화의 대가라고 불렸죠. 하지만 저는 누구도 헤밍웨이식으로 대화를 나누지 않는다고 생각합니다. 그건 그저 헤밍웨이의 스타일의 한 부분인 거죠.

애플필드   어떤 문학 편집자들은 그들에게 들어오는 단편소설 원고의 절반 정도가 작가님의 스타일을 흉내 낸 것들이라고 말합니다. 작가님이 오늘날 미국의 소설 창작에 미치는 영향력이 어느 정도나 된다고 생각합니까? 작가님의 작품들이 그렇게 널리 읽히고 받아들여지는 것에 대해 어떤 책임감 같은 걸 느끼나요?

카버   이런 이야기를 하는 건 좀 어색하네요. 하지만, 이 말이 자만으로 들리지 않았으면 좋겠는데, 젊은 작가들이 저보다 더 좋지 않은 모델을 따르는 것도 가능하다고 생각합니다. 저는 소설을 쓸 때 선명하고 정확하게 쓰려고 노력하고, 의미를 지니는 것들에 대해 쓰려고 노력합니다. 많은 젊은 작가가 이 이야기에 매력을 느끼리라 생각합니다. 제 작품들은 여러 대학에서 교재로 사용됩니다. 사실이에요. 문예창작과 교수들과 문학 교수들이 사용하는 독서 목록에도 올라가 있죠. 그런 면에서 보자면 제 소설이 영향력이 있는 것으로 생각할 수도 있겠네요. 하지만 젊은 작가가 자신이 좋아하는 작가의 작품들을 읽고 거기에서 배울 수 있다고 생각하는 건 늘 있어왔던 일입니다. 제 소설들은 표면적으로 드러나는 모습은 단순합니다. 하지만, 이건 모방의 문제만은 아니라고 생각합니다. 제가 늘 말하는 거지만, 제 소설에는 일반적으로 패뷸리즘이나 메타소설이라고 불리는 것들로부터 결정적으로 등을 돌리는 요소가 들어 있습니다. 아마도 앞으로 5년 뒤면 다들 누군가처럼 쓰고 있을 겁니다. 제가 대학원에 다닐 때는 다들 도널드 바셀미처럼 쓰려고 애썼습니다. 아마도 편집자들한테 오는 단편소설들의 40퍼센트는 바셀미 흉내를 낸 것들이었을 거예요. 저는 이제는 그의 작품들을 아주 좋아합니다. 바셀미는 아주 뛰어나게 독창적이고, 자기만의 세계 전체를 만들어냈어요. 어떤 작가든 그렇게 할 수 있다면 저는 기꺼이 존경의 뜻을 표할 겁니다. 책임감이라는 문제에 관한 건, 저는 그런 것에 대해서는 생각하지 않습니다. 제 소설은 책을 낼 때마다 바뀝니다. 사람들이 『사랑을 말할 때 우리가 이야기하는 것』을 좋아한다는 편지를 보내오는데, 저는 더 이상 그 책에 관심이 없습니다. 그 편지들은 지금의 저하고 별 관계가 없는 것에 대해 외계로부터 보내오는 통신처럼 느껴집니다. 아마 저처럼 쓰는 작가들 중 어떤 작가들—물론 그들을 비난할 생각은 전혀 없습니다. 오히려, 넓은 의미에서는 기쁠 따름입니다—은 그런 식으로 과거의 자기 작품과 결별하지는 않는 것 같아요. 저는 제가 누구에게 영향을 미치고 있는지, 아니면 제가 어떤 식의 인상을 만들어내고 있는지 따위에 대해 생각하지 않고, 그저 제가 쓸 수 있는 최상의 작품을 쓰려고 노력할 따름입니다. 하지만 제 작품이 바뀌고 있다는 사실은 무척 예민하게 의식하고 있습니다.

애플필드   어떤 식으로 진화하고 있는 건가요? 그리고 그 변화의 뿌리에는 무엇이 있다고 생각하나요?

카버   저도 확실히는 모르겠지만, 이건 말할 수 있을 듯합니다. 책한 권으로 묶을 수 있는 작품들의 작업이 끝나고 다 모아서 출판사에 보낸 뒤에는 한동안, 보통 몇 달은 아무것도 쓰지 않는 경향이 있습니다. 에세이나 시는 좀 쓰죠. 다음에 뭘 할지 차분히 살펴보는 심사숙고의 기간인지는 모르겠지만, 아무튼 그저 조용히, 소설을 전혀 쓰지 않고 지내는 기간이 있어요. 이를테면 『사랑을 말할 때 우리가 이야기하는 것』을 쓰고 나서 약 여섯 달 정도, 소설을 단 한 편도 쓰지 않았어요. 그러고 나서 쓴 첫 작품이 「대성당」이었는데, 그게 저한테는 또 다른 출발이라는 느낌이 들었어요. 그 책에 수록된 작품들은 모두 아주 빨리 왔고, 어떤 식으로든 다들 닮았어요. 그 전 작품들처럼 앙상하지 않다는 면에서 달랐다는 겁니다. 이 작품들은 더 풍요롭고, 더 너그러웠어요. 『대성당』을 내놓고 나서는 2년 동안 소설을 단 한 편도 쓰지 않았어요. 대신 두 권 분량의 시를 썼습니다. 시와 에세이 몇 편이요. 소설을 쓰겠다는 욕망이 없었어요. 약 18개월 전까지는 소설을 전혀 시작도 하지 않았어요. 그러다가 이제 소설을 쓰는 시기로 접어들고 있다는 사실을 깨닫게 됐고, 단편집을 계약했습니다. 하지만 그 순간이 오기 전까지는 계약을 하지 않고 있었어요. 왜냐하면, 부분적으로는, 다시 소설을 쓰게 될지 저 자신도 몰랐거든요! 어쨌거나 이 모든 건 선물이고 축복이에요. 주어진 거니까 언제고 다시 빼앗길 수도 있는 거라고 생각해요. 책을 한 권 끝내고 나면, 제가 아는 한 그게 제 마지막 책이 될 수 있어요. 일단 소설을 쓰기 시작하고 나서는 작품들이 무척 빨리 나왔어요. 이제는 가정 안에서 남편과 아내의 이야기를 다룰 뿐 아니라, 좀 더 확장해서 아들과 어머니, 아니면 아버지와 자식들 같은 다른 가족구성원들의 관계도 다룹니다. 이 작품들은 6월에 〈뉴요커〉에 소개된 체호프 이야기만 빼고는 모두 1인칭으로 썼어요. 그리고 이 이야기들은 모두 전보다 더 길고, 더 상세하고, 좀 더 긍정적이라고 믿어요. 그리고 관계 자체는 좀 더 복잡해졌는데도 불구하고 제가 이걸 다루는 방식은 좀 더 단순화되었고 직설적으로 바뀌었어요.

소설은 허공에서 뚝 떨어지는 게 아닙니다.

애플필드   작가님이 포착하는 그 목소리들—그건 어디서 듣는 건가요? 그건 어디에서 오는 거죠? 작가님의 상상인가요? 아니면 작가님의 과거? 공공장소인가요?

카버   제가 쓴 소설 모두는, 아마 한두 편만 제외하고는, 현실 세계에서 실마리를 찾은 것들입니다. 제가 가장 좋아하는 소설들은 예외 없이 현실 세계에 뿌리를 둔 문장들을 가지고 있습니다. 소설은 허공에서 뚝 떨어지는 게 아닙니다. 최소한 제가 흥미를 느끼는 종류의 소설은요. 저는 쓰는 경험에 대한 소설이나 소설을 쓰는 것에 대한 소설을 쓰는 작업을 돌아보는 따위의 소설을 읽는 건 좋아하지 않습니다. 그런 것들에 대해서는 인내심이 거의 없습니다. 이 지상에 머물 시간은 그리 많지 않고, 저는 그런 일에 시간 낭비를 하고 싶지 않습니다. 대개 소설이나 시의 첫 줄은 그대로 남고, 나머지는 모두 수정 대상입니다……. 한번은 비행기에서 제 옆자리에 앉은 사내를 본 적이 있습니다. 비행기가 착륙을 준비할 무렵에 그 사내가 손가락에서 결혼반지를 뺐습니다. 그리고 이 사소한 행동이 제 머릿속에 박혔습니다.『제발 조용히 좀 해요』에 수록된「뚱보」라는 작품은 뚱뚱한 사내의 시중을 들어주는 웨이트리스에 대한 이야기인데, 오래전에 제 첫 아내가 웨이트리스로 일할 때 해준 이야기였어요. 어느 날 밤 집에 돌아와서는 이런 얘기를 해주는 겁니다. "오늘 밤에 어떤 이상한 인물의 시중을 들었는데, 이 사람이 자기를 복수로 칭하는 거야. 자기를 '우리'라고 하더라고. '우리는 빵과 버터가 좀 더 있으면 좋겠어요.' '우리는 물이 좀 있으면 좋겠어요.' '우린 소고기 투르느도로 할게요.' 하는 식으로." 그리고 전 어떤 사람이 자기를 그런 식으로 말하다니 정말 이상하구나, 하고 생각했죠. 하지만 몇 년 동안은 그 이야기를 가지고 아무것도 안 했어요. 그러다가 그 이야기를 쓸 때가 됐을 때, 그걸 누구 이야기로 쓸 거냐, 어떻게 말하는 게 가장 좋을 것이냐, 하는 질문이 생겼죠. 그때 그 이야기를 여성, 웨이트리스의 관점에서 내놓자는 의식적인 결정을 내렸죠. 그리고 그 웨이트리스가 자신의 여성 친구에게 그 이야기를 해주는 방식의 틀을 짰어요. 그 여자 스스로도 그 이야기가 말이 안 된다고 생각했고, 자기가 경험한 다양한 감정을 다 이해하지도 못했지만, 아무튼 그래도 친구한테 이야기하죠. 또 언젠가 텍사스주 엘파소에서 심장 전문의와 대화를 나눈 적이 있었는데, 그 경험은 『사랑을 말할 때 우리가 이야기하는 것』에 들어간 아이디어로 진화했습니다. 그 작품에서 주인공은 제가 마시곤 했던 것처럼 술을 많이 마십니다. 다른 작품 하나에서는 한 인물이 문 열쇠 구멍에 열쇠를 꽂았다가 열쇠를 부러뜨립니다. 이건 제게 한번 일어난 적이 있는 일입니다. 제가 쓴 모든 소설 중에 제가 목격한 일이거나, 제가 직접 살았거나, 아니면 어쩌다 들은 것으로부터 온 게 아닌 작품은 단 한 편도 없습니다.

애플필드   작가님을 유명하게 만든 건 단편소설이지만, 작가님에게는 시도 늘 몹시 중요했던 것 같습니다.

카버   시는 제 가슴에 아주 가까운 어떤 것입니다. 시에서는 소설에서 할 수 없는 어떤 것들을 할 수 있어요. 시에서는 제가 좀더 취약한 위치에 있다는 생각이 듭니다. 그건 사실이에요. 그리고 시에서는 소설을 쓸 때는 스스로에게 허용하지 않는 어떤 것들을 합니다. 이 시들을 쓰던 시기는 정말로 제 인생에서 가장 예외적인 시간이었습니다. 그때라면 행복하게 죽을 수도 있었어요. 그 시들이 잘 받아들여져서 한없이 기쁩니다. 그 시들을 쓸 때, 정말이지 엄청나게 즐거웠습니다.

애플필드 시는 상당히 사적인 장르입니다. 작가님은 자신의 과거와 가족, 장소에 대한 감정을 모두 드러냈습니다. 작가님의 성장환경은 어땠나요? 그리고 역사에 있어서는 어떤 전통과 감정을 유지하나요?

카버 저는 워싱턴주의 동부에서 성장했습니다. 가족 중에서 6학년 이상 학교를 다닌 사람이 없었어요. 부모님은 간신히 읽고 쓰는 정도였습니다. 제 아버지는 육체노동자였어요. 어머니는 가정주부였고요. 달리 무슨 할 말이 있을까요? 제 성장환경은 문화적으로 빈민 상태였습니다. 요약하자면 그렇다는 겁니다. 제 부모님과 친척들은 아칸소에서 서부 해안지대로 옮겨 왔습니다. 하지만 제가 성장할 때는 어떤 전통도 없었습니다. 저녁 식사를 할 때 촛불을 켠다든가 하는 것도 전혀 없었어요. 저는 손으로 일하는 블루칼라 노동자로 시작했습니다. 제 어린 시절은 성장한 뒤의 정서에 아주 큰 인상을 남겼습니다. 15년 동안 띄엄띄엄 대학에서 가르쳤는데, 대학과 관련된 글은 전혀 쓴 게 없는 것 같아요. 저는 역사책 읽는 걸 좋아하고 꽤 많이 읽는데, 아마도 제 역사가 별로 없어서 그런 것 같아요. 다른 것들도 읽었는데, 볼테르 전기를 지금 막 끝냈습니다.

애플필드   작가님은 작품 속 인물, 주제, 그리고 사용하는 언어 등의 측면에서 특히 미국적인 작가입니다. 작가님이 작가님 자신의 것인 미국 문화나 사회와 어떻게 관계 맺고 있는지 묻고 싶습니다. 미국의 정서가 점점 더 보수화되고, 고립되고, 인종 중심주의가 되면서 우측으로 계속해서 미끄러지고 있다는 게 일반적인 평가인 것 같은데요. 이런 경향에 대해 한 시민으로서, 그리고 작가로서 어떻게 반응합니까?

카버   지금 제가 목격하는 것 모두가 마음에 들지 않습니다. 끔찍한 상황이에요. 주변을 돌아볼 때마다 사회 보조 프로그램이, 예술 프로그램이 사라지는 게 눈에 들어옵니다. 이렇게 뒤처진 부분들을 민간 부문에서 맡아줘야 한다, 이게 저희가 듣고 있는 얘깁니다. 그리고 이렇게 해서 생긴 틈 사이로 누구도 떨어지지 않을 거라는 이야기도 듣고요! 하지만 사람들이 그 틈으로 떨어지고 있어요. 물론 이 상황이 마음에 안 듭니다. 어떤 우익 비평가들은 제 작품을 좋아하지 않습니다. 특히 힐턴 크레이머Hilton Kramer의 〈뉴 크리테리언〉과 연계되어 있는 사람들이요. 그 사람들은 제가 미국에 웃는 얼굴을 그려주길 바라고 있어요. 그들은 제가 쓰는 소설들이 바깥세상에 나갔을 때 미국의 제일 좋은 모습을 보여주지 않고 있다고 비난하고, 제가 보여주는 것처럼 박탈당한 사람들이 정말 있다면, 그건 그 사람들이 그럴 만해서 그렇다고 말합니다. 그리고 이런 이야기들을, 아마도 특히 외국인들을 포함해서, 대중의 눈 앞에 내어놓고 있는 저는 비-미국적인 작가라고 계속 암시하고 있고요.

애플필드   그러니까, 작가님이 보통 사람들의 삶, 특히 현재의 경제적
구조에 의해, '레이거노믹스Reaganomics'와 그에 연관된 것들에
의해 권리를 박탈당한 사람들의 삶에 초점을 맞추는 것에 심
각한 반대가 있는 거로군요.

카버   정확히 그거죠.

애플필드   작가님의 인물들을 자세히 들여다보면 그 사람들은 개인적으
로—성적으로, 정서적으로, 사회적으로—어려운 상황에 직면
하고 있을 뿐 아니라, 어떤 고전적인 심리적 경향을 반영하고
있는 것처럼 보이기도 하는데요. 작가님은 정신의학에 어떤
식으로든 특별한 관심을 가지고 있나요? 예를 들어, 작가님
이 선택한 사람들을 이해하는 데 프로이트나 융이 도움이 됐
나요?

카버   심리학이나 정신의학에 대해서는 별로 할 말이 없는 것 같아
요. 있었으면 좋겠지만요! 방금 언급하신 대가들 중 누구도
읽은 적이 없어요. 고만고만한 사람들도요. 다음 생애에는 그
럴 만한 시간이 있으려나 모르겠네요. 모든 것을 위한 시간이
요. 하지만 지금 제가 살고 있는, 저를 당황하게 만들고 있는
이번 생은 이따금 제 팔다리를 꽁꽁 묶어놓는단 말이죠. 제가
하고 싶은 것들, 쓰고 싶은 것들은 말할 것도 없고 이것저것

을 읽는다든가 하는 것들을 시작할 시간조차 없으니까요. 확신하건대, 제가 먼저 죽을 거예요. 이것저것을 할 충분한 시간이 없어요.

애플필드 아까 작가님에게 분명히 영향을 미친 사람으로 헤밍웨이를 꼽았습니다. 여기에 누구를 더하겠습니까? 누굴 읽나요?

카버 우선 체호프가 있죠. 체호프에 대한 오마주, 헌정 작품으로 쓴 게 최근에 나왔습니다. 체호프의 마지막 날들과 죽음에 관련된 이야기입니다. 제가 여태 쓴 어떤 것과도 다른 작품이에요. 체호프의 작품들은 언제든 즐거운 마음으로 들춰 볼 수 있어요. 헤밍웨이의 초기 단편들도 그렇죠. 문장을 마치는 방식들이 아주 흥미진진해요. 그 사람들은 제 핏속에 흐르고 있어요. 톨스토이도 물론이고요. 『안나 카레니나』는 물론 좋지만, 그것 말고도 특히 단편들을 사랑해요. 경장편들도 좋고요. 프랭크 오코너, 그리고 이사크 바벨. 바벨의 단편소설들도 저에게는 무척 중요합니다. 그리고 리처드 포드와 토바이어스 울프 같은 작가들의 단편들. 포드는 이번 가을에 다이너마이트 같은 선집이 '록 스프링스Rock Springs'라는 이름으로 나옵니다. 강력하게 추천합니다. 안드레 더뷰스Andre Dubus도 있죠. 그의 경장편들 중 상당수가 딱 제 마음에 듭니다. 상당히 많은 훌륭한 작가가 현재 활동 중입니다. 너무 많아서 이름을 다 대기도 어려워요.

애플필드   이야기를 맺으면서, 1980년대 미국 소설의 현황을 어떻게 정리하겠습니까?

카버   전체적으로는 상당히 건강하고 생산적인 시기에 들어서 있습니다. 많은 작가가 세부적인 사항들에 집중해왔고, 지금도 그렇습니다. 많은 작가가 구체적인 무언가를 포착하고 그걸 붙들고 있다고 생각해요. 강풍이 불어오고 있습니다. 여러 가지면에서 많은 것이 쉽지 않고 또 불안한 상황이라서 중심이 흔들리고 있는 이때 세부적인 것과 구체성에 집중하고 확실하게 못 박아두는 것이 중요하다고 생각합니다. 지금은 미국 문학에 거대한 변화가 일어나고 있는 시기입니다. 거기에 대해서는 의문의 여지가 없어요. 현재 이루어지고 있는 작업들, 특히 단편소설에서 무엇이 나올지는 잘 모르겠습니다. 하지만 요즘 출판되고 있는 젊은 세대 작가들의 소설을 보면 우리는 지금 양적으로나 질적으로나 전례 없이 건강한 시점에 도달해 있습니다. 이런 식으로 가다 보면 정리가 되겠죠. 그리고 그건 좋은 일입니다. 누구나 자신이 쓸 수 있는 최선의 작품을 쓰고, 자신에게 오는 기회를 잡는 겁니다.

증언하는 사람

지난 10년 동안 출판사들이 소설에 대해 커다란 관심을 가져온 사실에 대해 설왕설래도 많았고, 글도 많이 나왔다. 특히 단편소설에 대해 그런 경향이 강해서, 어떤 관찰자들은 현재 시기를 미국 '단편소설의 르네상스'라고 부르고 있고, 반면에 어떤 이들은 독자들은 언제나 수준 높은 소설에 관심을 가져왔고, 오늘날 출판사들이 그런 작품들을 마케팅하는 일에 더 공격적으로 나서고 있어서 좀 더 눈에 잘 띄고 있는 것이라고 말한다. 어떤 경우가 됐든, 오늘날 서점의 선반에는 소설이 충분히 진열돼 있고, 과거 어느 때보다 더 잘 팔리고 있는 게 사실이다.

이 상황에 대해 진지하게 연구하려는 이는 우선 이렇게 될 수 있도록 길을 닦은 작가들—배리 해나, 리처드 포드, 메리 로비슨, 앤 비티, 존 치버, 안드레 더뷰스, 토바이어스 울프, 그리고 물론, 레이먼드 카버 같은 이들—의 작품을 들여다봐야 할 것이다. 이들과 다른 작가들의 안정된 지속성이 없다면, 오늘날의 소설이 지금처럼 관심과 진지한 비평적

마이클 슈마허, 『믿어야 할 이유들: 미국 소설의 새로운 목소리들Reasons to Believe: New Voices in American Fiction』, 세인트 마틴스, 1988, 1~27쪽. 인터뷰는 1987년 여름에 진행되었다.

주목을 받기는 어려울 것이다.

거의 20년에 걸쳐서, 레이먼드 카버는 문학계에서 아는 사람은 많지 않지만 가장 뛰어난 작가들 중 한 사람이었다. 대개는 문학잡지들과 작은 출판사를 통해 발표되었던 그의 단편소설과 시는 대중의 관심을 끌어본 적이 없지만, 훌륭한 작품을 찾아다니는 소수의 추종자들이 남다른 열정을 가지고 찾아 읽는 것들이었다. 이 추종자들이 전국적인 규모가 되는 데에는 시간이 꽤 길렀지만, 그의 작품들은 이런저런 상을 받았고, 여러 앤솔러지와 '베스트' 선집에 거의 항상 고려 대상이 되었다. 카버는 단편소설에 대한 관심의 최전선에 서 있었지만, 출판계에서든 대학가에서든 그의 문학적 존재감이 시선을 끈 적은 거의 없었다.

오늘날, 레이먼드 카버는 '돈이 되는' 작가면서 동시에 상당한 영예를 갖춘 작가다. 규모가 크고 높은 원고료를 지불하는 잡지들이 그의 작품을 간청하고, 학생들과 작가, 인터뷰어들은 그의 시간과 의견을 간청한다. 그는 현대 단편소설계에서 최고의 작가들 중 한 사람—아니면 그냥 최고—으로 여겨진다. 그에게는 강의, 수업, 그리고 작가 콘퍼런스 참석 요청이 끊이지 않는다. 그의 서류들과 원고들은 수집가들과 대학 도서관들 사이에서 점점 가치가 올라가고 있다.

이 난리법석과 그로 인한 끊임없는 방해로부터 탈출하기 위해, 지난 10여 년 동안 카버의 동반자이자 비평가 및 뮤즈였던 시인이자 단편소설 작가인 테스 갤러거와 카버는 뉴욕주를 떠나 워싱턴주 포트 앤젤레스로 옮겨 갔다. 하지만 심지어 그곳에서도 두 사람은 사람들의 관심을 피하고 진짜 일에 집중하기 위해 전화기의 선을 뽑아놓거나 문 앞에 '방문 사절'이라고 손으로 쓴 팻말을 내걸어야 했다.

카버는 자신의 과거와 현재가 두 개의 서로 다른 삶이라는 사실을 인정한다. 또한 자신의 성공은 과거에 대한 자신의 초점과 인식을 더 날카롭게 벼렸을 뿐이라는 사실을 인정한다. 그는 자신이 살아 있는 것 자체가 행운이라고 말하면서, 자신의 소설과 시는 자신의 과거와, 불행하게도, 너무 많은 사람의 현재에 대한 '증언'이라고 덧붙인다.

사실, 그의 삶에 대한 이야기는 그의 소설 중 한 편처럼 들린다. 카버는 매주 나오는 주급에 기대어 근근이 살아가는 제재소 노동자이자 떠돌아다니고 술 마시는 걸 좋아한 아버지에게서 1938년, 오리건주의 클래츠카니에서 태어났다. 그의 어머니는 웨이트리스나 계산원으로 일하면서 가계의 부족한 수입을 메웠다. 예술과 문학은 카버 집안의 저녁 식탁에 오르는 화제 중에서 가장 멀리에 있는 것들이었다.

그래도 주니어(당시 카버는 이렇게 불렸다)는 작가가 되고 싶었는데, 쉽지는 않았다. 카버는 고등학교 시절의 여자친구와 결혼을 했고, 스무 살이 되기 전에 두 아이의 아빠가 되었다. 자신의 아버지처럼 제재소에 일자리를 잡았지만, 카버와 당시의 아내는 블루칼라의 지루한 인생을 벗어나겠다는 꿈을 공유했다.

가족과 함께 캘리포니아주로 옮겨 와 치코주립대학교에 들어가면서부터 카버의 작가로서의 경력이 시작되었다. 그곳에서 카버는 소설가이자 에세이스트, 그리고 교사였던 존 가드너가 지도하는 문예창작 수업을 들었다. 가드너는 카버에게 결정적인 영향을 미쳤다. 그때부터 카버는 아이들을 키우기 위해 하찮은 일자리들을 전전함과 동시에 가능할 때마다 짬을 내어 썼다. 많은 작품을 발표했지만—그중 상당수는 비평적으로 높은 평가를 받았다—금전적인 대가는 전혀 없거나 아주 적었다.

"내 아내와 나, 우리에게는 원대한 꿈이 있었다." 몇 년 뒤 카버는 그 시절을 돌아보면서 이렇게 썼다. "우리는 우리의 고개를 숙이고, 아주 열심히 일을 할 수 있다고, 그리고 우리가 하려고 마음먹은 모든 걸 하자고 생각했다. 그러나 그건 우리의 착각이었다."

두 사람의 결혼은 파탄 났고 카버는 술을 마셨다. 1976년에 나온 그의 첫 번째 단편집 『제발 조용히 좀 해요』도 그가 미끄러져 내리는 걸 돌이킬 수는 없었다. 그의 첫 번째 생애가 끝을 향해 가고 있을 무렵, 카버는, 자신의 소설 속 인물들 중 하나처럼, 삶의 방향을 바꿀 수 있는 힘이 전혀 없었다. 〈파리 리뷰〉의 모너 심프슨과 한 인터뷰에서 이 시기에 대해 이야기하면서, 카버는 인정사정없는 정직성으로 이 시기를 평가했다. "누구도 파산을 하겠다거나 알코올의존자가 되겠다거나, 사기꾼, 도둑놈, 아니면 거짓말쟁이가 되겠다는 생각으로 인생을 시작하진 않잖아요."

카버의 생존은 인간과 창조적인 영혼들의 회복력을 보여주는 증거다. 그의 두 번째 단편집 『사랑을 말할 때 우리가 이야기하는 것』은 솜씨 좋게 뼈까지 살을 발라낸 작품들의 모음집으로, 그의 인생이 도달한 고통과 절망의 앤솔러지며, 일종의 카타르시스였다. 이 작품들의 핵심에는 카버가 그려낸 현대판 시시포스가 있었다—산꼭대기 가까운 곳에서, 어깨를 밀댄 채, 꼭대기까지 밀고 올라살 수 없어서, 그러나 자존심 때문에 혹은 고집 때문에 바닥까지 도로 굴러 내려가게 놔둘 수는 없어서, 체력과 인내력에 대한 끝이 없어 보이는 시험에 얼어붙은 채 앉아 있는 노동하는 시체들. 그 책은 첫 번째 선집과 마찬가지로 과할 정도로 후한 평가를 받았고, 카버는 헤밍웨이 이래 단편소설계의 가장 강력한 작가 중 한 사람이라는 인식을 얻었다.

카버의 두 번째 삶은 그로부터 2년 뒤 『대성당』이 출간되고 그가 미국

예술문학아카데미의 명망 있는 상인 밀드레드 앤드 해럴드 스트라우스 생활 기금의 수혜자가 되면서 궤도에 올라섰다. 전자는 카버에게 더 큰 비평적 찬사―전미도서비평가협회상 후보―를 안겨줬고, 후자는 모든 시간을 글 쓰는 일에 바칠 수 있는 기회를 제공해주었다. 이렇게 새로 얻은 자유를 가지고 카버는 시러큐스대학교의 문예창작과 교수직을 떠났고, 창작의 방향을 시로 돌려 1985년에 시집 『물이 다른 물이 합쳐지는 곳』을, 이듬해에는 『울트라마린』을 출간했다. 카버는, 소설에서와 마찬가지로, 신중하게 선택한 도구인 단어 하나하나를 이용해 긴장을 거의 한계점까지 잡아 늘리면서 역동적이고 압축된 시를 만들어냈다.

1988년에 카버는 『내가 전화를 거는 곳』을 펴냈다. 지난 몇 년 동안 장편소설에 대한 이야기가 오갔지만, 카버는 장편소설을 쓰는 걸―쓰기는 한다면―서두를 생각은 전혀 없다. 카버는 시나리오를 한 편―마이클 치미노 감독을 위해―썼고, 한 편을 더 쓸 생각이 있다는 생각을 내비친다. 그는 객원 편집자로 연간 앤솔러지 『1986년 미국 베스트 단편소설』을 만들었고, 톰 젠크스와 함께 1953년에서 1986년 사이에 발표된 미국의 단편소설 중 그들이 최고라고 생각하는 것들을 고른 야심 찬 선집 『미국 단편소설 걸작선 American Short Story Masterpieces』을 편집했다. 또한 카버는 시 쓰는 작업을 계속하고 있다.

사람들이 끊임없이 그의 시간을 요구하는데도 카버는 따뜻하고 협조적인 태도를 유지하고, 그의 작업과 문학적인 명성을 둘러싼 온갖 야단법석에 그다지 영향을 받지 않는 것처럼 보인다. 그는 그가 열정적으로 관심을 가지는 주제를 놓고 이야기할 때조차 부드러운 목소리를 잃지 않는다. 그는 자신의 현재 상태를 평가하면서 겸손하면서도 자신감 있는 태도를 보여준다. "전 제가 살아남을 거라고 생각합니다―살아남을 뿐만 아니라, 더 잘될 겁니다. 다시 말하지만, 여태까지도 쉽지는 않았어요. 물론 다른 작가들도 그만큼 힘들었거나 더 힘들었겠죠. 하지만 이건 제 인생이고 제 경험입니다."

카버는 그의 시에 대해서 지나가는 질문 몇 가지 말고는 제대로 된 질문을 받아본 적이 거의 없다. 그의 간결하고 정확한 스타일이 그럭저럭 인정받을 만한 시적 기교의 수준을 훌쩍 넘어서 있다고 생각하는 나로서는 납득하기 어려운 상황이다. 나는 그의 소설에 대한 좀 더 나은 이해와 대화로 번지길 바라면서 시 영역에서 질문을 시작했다. 그렇게 한 것이 다행이라는 생각이 들었다.

슈마허 작가님은 단편집보다 더 많은 시집을 냈습니다. 시인으로서의 작가님의 경력은 어떻게 진화해왔나요?

카버 처음 글을 써서 투고하기 시작했을 때, 저는 단편소설과 시에 똑같은 양의 시간을 썼습니다. 그러다가, 1960년대 초반의 어느 하루, 시와 단편소설이 동시에 수락되었습니다. 같은 날 각기 다른 두 잡지사에서 온 수락 편지 두 통이 우편물 상자 안에 들어 있었어요. 정말 특별한 날이었습니다. 저는 당시 제 생활 여건이 허락하는 한도 안에서 되면 되는 거고 안되면 어쩔 수 없다는 태도로 시와 단편소설을 동시에 쓰고 있었어요. 그러다가 결국에는, 둘 중 어디에 내 에너지와 힘을 쏟을 것인지 결정을 내려야 할 것 같다고, 의식적으로든 아니든, 마음을 먹었습니다. 그러고는 단편소설 쪽으로 기울었죠.

슈마허　　하지만 계속해서 시를 썼습니다.

카버　　　예. 오랫동안 저는 이따금 시인이었습니다. 하지만 저로서는 전혀 시인이 아닌 것보다는 그쪽이 더 나았습니다. 할 수 있을 때마다, 무언가 쓸 여유가 생겼는데 소설을 쓰지는 않을 때마다 시를 썼습니다. 그렇게 해서 쓴 초기의 시집들은 작은 출판사들에서 나왔는데, 이제는 모두 절판됐습니다. 그 시들 중에서 제일 괜찮은 것들은 선집 『불』에 재수록했습니다. 그 책은 지금도 나오고 있습니다. 초기 시집들에 수록된 것들 중 50편 정도를 살리고 싶었는데, 그 시들이 『불』에 들어간 겁니다.

슈마허　　지난 2~3년 동안은 '이따금 시인' 이상이었습니다. 이 기간 동안 작가님이 쏟아낸 시는 엄청난 양이었습니다. 어떻게 그렇게 된 거죠?

카버　　　『대성당』이 나오고 거기에 따른 소란한 상황이 이어진 뒤에, 마음의 평정도, 글을 쓸 장소도 찾기 어려운 것 같았습니다. 시러큐스에 살고 있을 때였어요. 테스는 강의를 나갔고, 집에서는 노상 전화벨이 울리거나 사람들이 불쑥불쑥 찾아오고, 아무튼 뭐든 끊이질 않았어요. 거기에 테스가 학교에서 해결해야 할 일들이 있었고, 사교 활동도 어느 정도 해야 했죠. 그런데 일할 시간은 별로 없었어요. 그래서 조용히 일할 장소를 찾아서 포트 앤젤레스로 왔습니다. 자그마한 집에, 소설을 쓰겠다는 생각으로 왔어요. 이미 2년 동안 시를 한 편도 쓰지 않은 상태였고, 그래서 어쩌면 다시는 시를 쓰지 않을지도 모르겠다는 생각을 하고 있었어요. 그런데 여기에 오고 나서 아무것도 하지 않고 가만히 앉아서 엿새를 지내다가, 잡지를 한 권 집어 들고 시를 몇 편 읽었는데 별로 마음에 들지 않았어요. 그래서 생각했죠. 내가 이거보단 잘하겠다. (웃음) 시를 쓰기 시작하는 동기로는 별로 좋은 게 아닐지 모르지만, 동기야 뭐가 됐든, 그날 밤에 시를 한 편 썼고 다음 날 아침에 일어나서 또 한 편을 썼어요. 그러고는 이런 식으로, 어떤 날은 하루에 두 편, 심지어 세 편씩 쓰면서 65일 동안 계속 썼습니다. 사는 동안 이런 것 비슷했던 시기도 없었어요. 그렇게 65일을 지내고 난 뒤에는, 아, 그냥 지금 죽어도 괜찮겠다, 싶은 생각이 들었습니다. 불이 붙은 것 같았어요.

그렇게 쓴 시들 중 많은 게 『물이 다른 물과 합쳐지는 곳』에 들어갔고, 그 뒤로 몇 달은 아무것도 쓰지 않았습니다. 낭독회와 강의가 있어서 브라질과 아르헨티나에 다녀왔습니다. 그동안 그 시집의 출판이 결정되었죠. 남미에서 돌아온 뒤, 다시 시를 쓰기 시작했습니다. 그리고, 이것 역시 시를 쓰는 동기로 옳은 건지 아닌지 모르겠지만, 이렇게 생각했습니다. 시집이 나왔는데 실컷 두들겨 맞으면 어쩌지. (웃음) 다시는 시를 쓰지 말고 소설이나 열심히 쓰라는 소리를 들으면? 이유가 뭐가 됐든 저는 다시 시를 쓰기 시작했고, 『물이 다른 물과 합쳐지는 곳』이 출판될 즈음에는 서랍 속에 새 책 한 권 분량이 들어 있었습니다. 그 시기, 그 시집들에 들어간 시들을 써대던 시기를 돌아보면, 정말 아무 설명을 할 수가 없어요. 정말이에요! 이제 와서 보니 그 시들 모두가 엄청난 선물 같아요—그 시기 전체가 선물 같아요. 지금은 다시 소설을 쓰는 일로 돌아갔고, 그런 시기는 없었던 것 같아요. 하지만 물론 있었고, 그런 시기가 있었다는 게 기쁘고, 너무 과장하고 싶지는 않지만—정말이지 멋진 시간이었어요. 물이 들어온 시간이었죠. 지난가을에 『울트라마린』이 나온 뒤로도 시를 몇 편 썼지만, 지금은 주로 소설에 집중하고 있어요. 지금 쓰고 있는 소설 선집을 끝내고 다시 시로 돌아갈 수 있으면 좋겠어요. 시를 쓰고 있는 동안에는 이 세상에서 달리 중요한 게 아무것도 없는 것 같거든요. 제가 죽은 다음에 묘비에 단순히 '시인'이라고 새겨주면 행복할 것 같아요. 괄호 안에 '그리고 단편소설 작가'라고 써 넣고요. (웃음) 그리고 저 아래 어디에 '그리고 이따금 앤솔러지 편집자'라고도요.

슈마허   그리고 '교사'.

카버   그리고 '교사', 예. (웃음) 교사가 바닥에 가면 되겠네요.

슈마허   제이 매키너니에게 작가님으로부터 배운 경험에 대해 물어보니까, 작가님이 존 가드너에게서 배운 일에 대해 말한 것과 비슷한 이야기를 하더군요. 가르치는 일을 좋아했습니까?

카버   예, 좋아했습니다. 제 선생 경력은 여러 면에서 독특한 것이었습니다. 우선, 저는 감히 꿈속에서도, 제가 선생이 되는 걸 상상해본 적이 없거든요. 저는 한 반에서—어떤 과목에서 든—언제나 제일 수줍은 아이였습니다. 수업 시간에 단 한마디도 해본 적이 없어요. 그러니 수업을 이끌고 간다든가, 무슨 말을 하거나 학생들을 도와준다는 건 제 마음속에서 제일 먼 구석에 있는 일이었습니다. 저처럼 6학년 이상을 다닌 사람이 아무도 없는 집안 출신인 아이한테는 능력을 갖춘 선생으로서 대학 근처를 왔다 갔다 한다는 아이디어 자체가 제 자신감을 키우는 데 중요한 요소였습니다. 가장 중요한 건 여름방학이 있었다는 것하고, 또한 그 일을 하는 동안에는 웬만큼 괜찮은 보수를 받았다는 거죠. 살면서 온갖 종류의 일을 해봤는데, 제가 했던 그 어떤 일에서도 그만큼의 보수를 받지 못했고 동시에 글을 쓸 수 있는 그만한 자유를 얻지 못했습니다. 아시겠지만 자신도 가르치는 일을 하면서 학교와 가르치는 일을 하는 작가들 욕을 하는 작가들이 많습니다. 하지만 저는 그런 상황에 처한 적이 전혀 없었어요. 가르치는 일을 할 수 있어서 즐거웠습니다.

가르치는 일을 시작했을 때, 꽤 잘 기르쳤다고 생각합니다. 제가 가지고 있던 롤 모델은, 물론, 존 가드녀였죠. 하지만 험볼트주립대학교에 리처드 C. 데이라는 또 다른 소설가 선생님이 있었고, 새크라멘토에는 데니스 슈미츠라는 시인 선생님이 있었어요. 저는 그 사람들이 가르치던 것처럼 창작 워크숍을 하려고 했습니다. 학생들에게 충분히 개인적으로 관심을 기울이고, 제 능력을 다해서 도와줬어요. 제이 매키너니가

들었던 문학 수업에서는, 그건 아마 제 준비가 부실했다고 할 수 있는 수업인데, 그래서 대화가 끊기지 않도록 늘 제이를 끌어들이곤 했어요. (웃음) "그래서, 제이, 이 책에 대해 어떻게 생각하지?" 그러면 제이가 입을 열고 10분씩 떠들곤 했죠. (웃음)

슈마허 작가 지망생들이 대학의 문예창작과나 창작 워크숍에 들어가는 게 좋은 생각이라고 보나요?

카버 예, 그렇습니다. 물론 누구나에게 다 좋은 건 아니겠지만, 작가가 됐든 음악가가 됐든 아무런 도움도 받지 않고 만개하는 건 생각하기 어렵습니다. 모파상은 그의 단편들을 전부 읽고 비평하고 조언을 해준 플로베르의 도움을 받았습니다. 베토벤은 하이든으로부터 배웠습니다. 미켈란젤로는 오랜 기간 다른 예술가의 도제로 있었고요. 릴케도 어린 시절에 자신의 시를 누군가에게 보여줬어요. 파스테르나크도 마찬가지였습니다. 선생님이 떠올릴 수 있는 작가들 누구나 다 마찬가지였습니다. 지휘자든 작곡가든, 아니면 미세 생물학자나 수학자도—다들 자기보다 나이가 많은 그 분야 전문가로부터 일을 배웠습니다. 장인과 도제 관계라는 아이디어는 아주 오래되고 성공적인 것입니다. 물론 이렇게 한다고 위대한—아니면 심지어 그냥 괜찮은—작가를 길러낼 수 있다는 보장이 있는 건 아닙니다만, 그렇다고 해서 그 작가의 기회를 망가뜨리지도 않을 거라고 생각합니다. 창작 워크숍이라는 개념에 무슨 일이 일어나고 있는가—우린 시들어가고 있는 건가?—를 두고 많은 논란과 토론과 분석이 있는데, 저는 모든 것이 차차 정리될 거라고 생각합니다. 젊은 작가에게 해가 되는 상황으로 가지는 않을 거라고 생각해요.

슈마허   최소한, 격려는 중요하죠.

카버   예, 정확히 그렇죠. 솔직히 말해서, 그때 존 가드너를 만나지 않았더라면 제가 어떻게 됐을지 모르겠어요. 한 작가가 자기가 혼자가 아니라는 사실을 알고 자기가 좋아하는 것들에 대해 똑같이 열정을 가지고 있는 다른 젊은 작가들이 있다는 걸 알면, 그게 위로가 될 수 있습니다. 일단 바깥세상에 나가면 자기 혼자고, 누구도 마음을 써주지 않습니다. 제 생각에는 창작 워크숍이라는 건 공동의 시도고, 엄청나게 중요한 시도입니다. 학생들이나 선생들이 이걸 잘못 이용할 수도 있겠지만, 훌륭한 선생들과 학생들에게는 좋은 제도예요.

슈마허   작가님은 학생들에게 많이 읽는 걸 장려하나요? 작가가 되는 데 있어서 읽는 건 얼마나 중요한가요?

카버   저는 작가들—특히 젊은 작가들—은 손이 닿는 책은 전부 읽고 싶어 해야 한다고 생각합니다. 그렇게 보자면, 이런 걸 알고 있는 누군가로부터 어떤 작품을 읽어야 할지, 누구를 읽어야 할지 지도를 받는 것이 도움이 될 수 있을 겁니다. 하지만 젊은 작가는 이 과정의 어느 선상에선가, 마침내 작가가 될 것인지 독자가 될 것인지를 결정해야 합니다. 저는 잘 쓰고, 똑똑하고, 젊은 예비 작가들을 몇 알고 지냈습니다. 그 친구들은 모든 걸 읽기 전에는 글쓰기를 시작할 수 없다고 느꼈는데, 물론, 모든 걸 다 읽을 수는 없습니다. 모든 걸작을 다 읽을 수도 없고, 사람들 입에 오르내리는 작가들을 모두 읽을 수도 없습니다. 그럴 만한 시간이 있는 사람은 없어요. 저 역시 제 몸이 둘이었으면 좋겠다고 생각합니다. 하나는 읽고 하나는 쓸 수 있게 말입니다. 저도 읽는 걸 좋아하거든요. 저는 아마 다른 많은 사람보다 더 많이 읽었을 텐데, 일단 작품을 시작하면 원하는 만큼 읽지 못합니다. 읽더라도 아주 조금밖에 못 읽습니다. 쓰기에만 매달리고, 그게 전부입니다. 쓰고 있지 않을 때는 아무거나 읽는 편입니다—역사책, 시집, 장편소설, 단편소설, 전기, 아무거나요.

슈마허   학생들에게 어떤 책을 권하나요?

카버   한 권을 꼽는다면 플로베르의 서한집입니다. 모든 작가가 이 편지들을 읽어야 합니다. 그리고 체호프의 편지들과 체호프의 전기요. 제가 몇 년 전에 읽은 로렌스 더럴과 헨리 밀러 사이의 서한집도 권하겠습니다. 놀라운 책입니다! 그리고 작가들은 다른 작가들의 작품도 읽어야 합니다. 일단 어떻게 썼는지, 그리고 다른 사람들은 어떻게 쓰는지 알아야 하니까요. 동업자 의식도 있죠. 우리가 다 같이 이 일을 하고 있다는 느낌이요. 그리고 제 경험으로는, 특히 시인은 시집 말고도 자연사, 전기류를 읽는 게 도움이 됩니다.

슈마허 　작가님은 미국식 숙어 표현을 많이 쓰고, 사소한 디테일*에 주목합니다. 그런 면에서 윌리엄 카를로스 윌리엄스와 윌리엄 블레이크를 연상시키는데요. 두 사람의 영향을 받았나요?

카버 　윌리엄 카를로스 윌리엄스야 물론이죠. 윌리엄 블레이크를 접한 건 시를 쓰기 시작하고 나서 한참 뒤의 일입니다. 하지만 윌리엄스는 너무나 당연히 영향을 받았죠. 윌리엄스는 열아홉, 스무 살 무렵에 손 닿는 대로 전부 읽었습니다. 사실은 제가 치코주립대학교에 다닐 때, 작은 잡지를 시작했습니다. 3호까지 냈는데, 〈셀렉션〉이라는 이름이었습니다. 그 잡지에 윌리엄스의 미발표 시를 실었어요. 그에게 팬레터를 쓰면서, 제가 작은 잡지를 시작하는데 시를 한 편 주십사 부탁했더니 (물론 필자용 헌정본 말고는 다른 아무것도 약속할 수 없었습니다) 훌륭한 시를 한 편 보내줬습니다. 시를 적은 종이의 아래에 서명까지 해서요. 제 인생에서 가장 신나는 사건 중 히니였는데, 그때가 그분이 돌아가시기 얼마 전이었어요. 「소문」이라는 시였는데, 사후에 나온 『브뤼겔의 그림들』에 수록되었더군요.

---

*　　원문은 'minute particulars'로, 일반적으로는 '사소한 디테일'이라고 옮길 수 있지만, 윌리엄 블레이크는 『예루살렘: 거인 앨비언의 발산 Jerusalem: The Emanation of the Giant Albion』에서 이 표현을 개념화해 '소리와 의미를 구성하는 의미소' 정도의 뜻으로 반복, 강조해서 썼다.

슈마허   윌리엄스의 단편소설들은요? 단편소설에서도 그의 작품과
작가님 작품 사이에 상당한 유사성이 있는데요.

카버   그의 단편소설들을 무척 좋아합니다. 하지만 그의 주제나 방
법론이 제 소설에 얼마나 들어왔는지는 확실히 말하기 어렵
습니다. 들어왔을 수도 있어요. 그때는 거의 모든 것에 영향
을 받았던 것 같아요. 저는 열아홉인가 스무 살이었고, 존 가
드너가 제 선생님이었어요. 가드너는 그때 아직 아무것도 발
표하기 전이었지만, 모든 걸 알고 있는 것 같았어요. 가드너
가 저를 작가들에게로 인도해줬는데—제가 읽어야 할 작가
들, 읽어야 할 책들 등—그러니까, 의식적으로든 아니든 윌리
엄스의 시들이 저한테 영향을 미쳤고, 어쩌면 소설도 그랬을
겁니다. 사실 제가 「아버지」라는 짧은 소설을 쓴 게 윌리엄스
를 읽고 나서 얼마 지나지 않았을 때였습니다. 하지만, 윌리
엄스는 제 시에 좀 더 직접적인 영향을 미쳤습니다. 제 소설
에 영향을 미친 건 헤밍웨이의 초기 단편들일 것 같아요. 저
는 아직도, 2~3년에 한 번씩, 헤밍웨이의 단편집을 붙들고 그
의 문장의 리듬—그가 무엇에 대해 쓰는가뿐만 아니라, 그가
쓰는 방법—을 보면서 흥분하곤 합니다. 이제 2~3년 동안 보
지 않았는데, 슬슬 헤밍웨이에게 돌아가 다시 읽어야 할 때가
됐다는 느낌이 오고 있습니다.

슈마허   작가님이 시를 몰아서 쓰는 그런 시기에 도달하게 되면, 그때
작가님의 마음은 카메라처럼 작동하나요? 무언가를 볼 때면

스냅숏을 찍듯이 보고, 그 순간 모든 게 마음에 남고, 눈앞에 있는 것들의 중요성을 바로 알아볼 수 있는 식으로 말이죠.

카버　그런 것 같아요, 예. 제 많은 시가 일종의 시각적인 이미지로 시작합니다. 말씀하셨듯이, 스냅숏처럼요. 이런 스냅숏이 자주 찍힙니다. 대부분의 작가들은 이런 순간에 민감하게 반응하도록 훈련되어 있지만, 저를 포함해 어떤 사람들은 원하는 만큼 그렇게 늘 깨어 있지 못합니다. 그래도 이런 순간이 오면—바로 그 순간에, 혹은 그 후에 너무 오래 지나지 않아—단어 몇 개나 문장 한 줄이 그 이미지에 따라붙고, 그게 그 이미지를 다시 데리고 오기도 합니다. 그 한 줄의 문장이 시의 첫 행이 되는 경우도 종종 있습니다. 제가 쓰는 어떤 문장도 불가침의 영역이 아니지만—저는 단편소설이나 시에서 문자 그대로 모든 단어를 바꿔버리는 경우가 종종 있습니다—처음에 그 시나 소설을 쓰게끔 만든 첫 줄은 바뀌지 않고 마지막까지 그대로 남아 있는 경우가 대부분입니다. 나머지는 전부 다 수정 대상입니다. 하지만 첫 줄은 대개 그대로 남습니다. 아무튼 그 사진 아이디어는 마음에 듭니다. 왜냐하면 그렇게 잠깐 스쳐 지나간 이미지가 머릿속에 그대로 남거든요.

슈마허　그렇게 첫 줄이 머릿속에 들어왔을 때, 작가님은 그게 시나 소설에 쓰이게 될지 그 순간 바로 아십니까?

카버　저는 그 한 줄을 시나 소설에 쓰겠다고 의식적으로 결정을 내리지는 않습니다. 제가 시를 쓸 때 그 한 줄은 변하지 않고, 불가피하게, 한 편의 시가 될 것입니다. 소설을 쓸 때 그 한 줄은 소설의 한 부분이 될 것입니다. 어떤 작가들은 시와 소설을 동시에 쓰면서 그 둘 사이를 쉽게 오가던데, 저는 그렇게는 할 수 없는 것 같습니다. 저는 소설을 쓸 때에는 소설을 쓰는 시기에 있는 거고, 시를 쓸 때에는 제가 건드리는 모든 건 시로 변합니다. 그래서 그 첫 줄이 제가 시를 쓰고 있는 시기에 오면, 시가 되게 됩니다.

슈마허   작가님 시에 나오는 어떤 구절들은 거의 그대로 소설에도 나옵니다.

카버   압니다. 적어도 시와 소설 서너 편에 그런 교차가 있었죠. 『불』에 실렸던 시 「괴로운 장사」는 사람들이 가진 모든 걸 보도에 내놓고 팔고 있는 걸 다른 사람이 지켜보는 이야기인데, 제 소설 「춤 좀 추지 그래?」에도 같은 이야기가 나옵니다. 비슷한 경우가 몇 가지 더 있죠. 「어머니」라는 시에 썼던 몇 구절이 「상자들」이라는 소설에도 나옵니다. 이 모든 경우의 공통점은, 우선 시에서 먼저 쓰였다는 겁니다. 시에 쓰인 그 구절들이 아마 제 감정 상태에 큰 흔적을 남긴 것 같아요. 그래서 그게 아직 종료된 상황이 아니라는 느낌이 들었고, 그 구절들로 돌아가 좀 더 크고 풍성한 방식으로 다뤄보자고 느낀 것 같아요.

슈마허 시 「어머니」는 그것 자체로도 충분했는데, 그 사건—어머니
가 크리스마스에 전화로 눈이 그치지 않으면 자살해버리겠
노라고 말하고, 그 동네를 다시 보게 된다면 그건 관 속에 누
워서일 거라고 말하는 것—은 「상자들」의 한 부분으로도 흥
미로웠습니다. 그 작품의 초반에 조성된 긴장을 더 고조시키
는 것 같았습니다. 이게 의식적인 설정인지 아닌지는 모르겠
지만, 「어머니」에서는 화자가 정신과 상담의를 만나는 걸 생
각하고, 「상자들」에서는 화자가 어머니에게 정신과 상담의를
만나게 하는 걸 생각합니다.

카버 예. 작동 방식이 약간 다르죠. 제 소설과 시의 대부분은 실제
생활, 현실에 시작점을 두고 있지만, 제가 자서전을 쓰는 건
아닙니다. 모든 건—모든 것 하나하나가—소설이나 시 안에
서는 변형의 대상이 됩니다. 그 작품에 걸맞아 보이는 게 있
으면 그게 제가 갈 방향입니다. 소설들과 시들에서 몇 구절
은, 그것들의 창세기로 현실 세계에 뿌리를 두고 있지만, 말
했다시피 저는 어떤 식으로든 자서전은 쓰지 않습니다.

슈마허 그래도, 작가님은 시를 쓸 때에는 뼈에 좀 더 가까이 있는 것
같고, 좀 더 자전적으로 보입니다.

카버 제 생각에도 그렇습니다. 시는 제가 소설을 쓸 때에는 잘 하
지 않는 방식으로 이야기에 좀 더 밀착되거나 더 열려 있거나
더 취약해지게—어떤 때는 심지어 비현실적으로—만듭니다.

432

소설을 쓸 때에는 좀 더 스스로를 대상화하고, 좀 더 거리를 둡니다. 시에서는 중심에, 핵심에 더 가까이 다가간다는 느낌이 듭니다.

슈마허   시를 쓸 때, 그 시가 어떤 형식을 취하게 되는지는 대개 내용에 의해 결정되나요? 그 시를 어떤 식으로 쓰게 될지 저절로 알게 되나요?

카버   어떤 경우에는 그 작품을 매력 있게 만들기 위해—보기에도 '적절'하고, 가능하다면 그렇게 들릴 수도 있도록 만들기 위해—무척 노력합니다. 시가 마무리된 뒤에도 손을 봅니다. 하지만 다른 경우에는 오로지 내용이 그 시를 이끌고 나가면서 지면에서 어떻게 보이게 될지를 결정합니다.

슈마허   작가님의 소설가로서의 작업으로 돌아가죠. 매년 점점 더 많은 단편집들이 출판되면서, 단편소설에 대한 관심이 최근 들어 다시 돌아오고 있는 듯 합니다. 이 현상을 어떻게 설명하십니까?

카버   제 생각엔 이게 우리 시대에서 가장 두드러진 문학적 현상인 듯합니다. 단편소설이나 단편소설 작가에게 이런 시기는 전에도 없었던 것 같습니다. 오늘날 단편소설을 쓰고 있는 많은 작가가 아예 장편소설을 쓸 생각조차 하지 않고 있어요. 아시겠지만, 몇몇 단편소설 작가들은 장편소설에 주어지는 것하고 똑같은 수준의 선금을 요구할 수 있게 됐어요. 언제나 핵심은 몇 부나 팔리느냐는 건데, 요즘은 단편집이 유례없이 잘 팔립니다. 그게 가장 주목할 만한 현상이죠. 전에는 상업 출판사들이 단편소설 출판은 대체로 소형 출판사나 대학 출판사들에서나 하는 일로 치부하던 시절이 있었는데, 이제는 상황이 완전히 바뀌었습니다. 이제는 단편소설 작가들이 출판사들의 작가 목록에서 중요한 위치를 차지하고 있습니다. 그들의 책은 출판계에서 신중하게 평가되고, 중요한 대상으로 대접받습니다.

슈마허   작가님이, 당연히, 이런 흐름을 만들어낸 요인 중 하나로 언급되곤 하는데요.

카버   제가 무슨 이야기를 하든 젠체하는 게 될 것 같아 여기에 대해서 말하는 건 좀 거북합니다. 제가 소설을 쓰기 시작하던 무렵을 전후해서 시작한 좋은 작가들이 여럿 있습니다. 저를 포함해서 많은 사람이 거둔 성공 모두가 이 흐름이 형성되는 데 도움이 됐습니다. 그리고 저에게 있었던 좋은 일들은 다른 단편소설 작가들에게도 좋은 일이 됐습니다. 하지만, 1978년에 출간된 존 치버의 단편집 또한 이 흐름에 상당한 도움이 됐다는 사실을 잊지 말기를 바랍니다. 제 생각에는 많은 젊은 작가가 이런 일련의 일들을 보면서 용기를 얻었다고 생각합니다. 장편소설을 쓸 걱정을 하지 않고 단편만 써도 괜찮다는 걸 알게 된 거죠. 많은 단편소설 작가가 면허증을 얻은 셈입니다. 현재 활동 중인 단편소설 작가들이 많고, 저도 그들 중 하나라고 생각합니다.

슈마허   단편소설 작가들 중에서 누구를 좋아합니까?

카버   오, 토바이어스 울프를 좋아합니다. 뛰어난 작가죠. 조이 윌리엄스도 있고요. 리처드 포드도요. 찰스 백스터는 좋은 선집을 두 권 냈죠. 앤 비티의 단편들을 좋아합니다. 캐나다 작가 앨리스 먼로는 위대한 단편 작가들 중 하나예요. 제인 앤 필립스, 안드레 더뷰스, 마크 헬프린은 일급 단편 작가죠. 배리 해나, 존 업다이크의 단편들하고 바비 앤 메이슨의 단편들도 좋아합니다. 조이스 캐롤 오츠도요. 이 사람들은 다 생존해 있는 작가들이고, 체호프나 톨스토이, 헤밍웨이, 프랭크 오코너, 플래너리 오코너 같은 작고한 작가들도 있죠. 이사크 바벨. 그밖에도 수도 없이 많아요.

슈마허   단편소설이라는 장르에 대한 이런 관심 위에, 심지어 문학적 엘리트주의자들 쪽에서도 생존을 다룬 이야기에 대한 관심이 커지고 있는 게 보입니다. 그런 관심은 작가님이나 리처드 포드, 배리 해나, 찰스 부코스키, 토바이어스 울프 같은 작가들은 물론이고 브루스 스프링스틴, 존 멜런캠프, 그리고 톰 웨이츠 등의 음악에서도 보입니다. 그 이유가 뭐라고 생각합니까?

카버 　글쎄요. 부분적으로는 물론 이 사람들이 자신들이 경험한 것들을 증언하고 있다는 사실과 관계가 있습니다. 이들은 그것에 대해 말을 할 수 있습니다. 갔다가 돌아온 사람들, 말하자면 살아 돌아와 그 일에 대해 말하는 사람들에 대한 매혹 같은 게 있습니다. "그게 어떤 건지 내가 말해줄게. 이건 내 노래야, 이건 내 시야, 혹은 내 단편소설이야. 네가 원하는 방식으로 해석해봐." 이 작가들과 뮤지션들이 전하는 것에는 아주 단단한 정직성이 들어 있어요. 대중이 일상적으로 접하고 스쳐 지나가는 것 이상의 무언가가 있고, 그래서 주의를 기울이게 되는 거죠.

슈마허 　〈에스콰이어〉에 게재한 작가님 부친에 대한 에세이 「내 아버지의 인생」에서, 부친께 작가가 되고 싶다고 말한 일을 쓰셨어요. 부친께서는 "네가 아는 것들에 대해 써라"라는 조언을 주셨다고 했죠. 이건 글쓰기를 가르치는 수많은 선생들이 늘 해온 이야깁니다. 작가님이 육체노동자 집안에서 성장한 배경이 주제와 접근법이라는 면에서 작가님의 글쓰기에 어떻게 도움을 줬는지 설명해줄 수 있겠습니까?

카버 　제가 주제와 쓸거리, 잘 아는 사람들과 사건들을 가지고 있었던 건 분명한 사실입니다. 글로 옮길 만한 이야깃거리를 찾아 두리번거릴 이유가 전혀 없었죠. 게다가, 육체노동자의 삶에서는 에두르지 않는 것, 직설적인 태도를 더 가치 있는 것으로 여긴다고 생각해요. 그런 삶에는 헨리 제임스식의 간접성이 들어설 여지나, 그런 걸 참아줄 인내심 같은 게 없어요.

모든 사람의 일상생활 속에 문학이 될 수 있는
의미 있는 순간들이 들어 있어요.

슈마허   저는 정말 많은 문예창작과 수업이나 워크숍에 참석해봤는데, 작가님과 같은 성장배경을 가진 사람들이 쓰기는 대학교수의 생활에 대한 이야기 같은 걸 쓰고 있었습니다. 그래서 이 이야기를 꺼낸 것입니다.

카버   예, 압니다. 그 친구들도 자기가 아는 것에 대해서 써야 해요. 그 친구들은 대학 캠퍼스나 교수-학생 상황에 대한 것 말고도 아는 게 많아요. 물론 대학이니 교수니 하는 것들도 당연히 주제가 되고, 그걸로 예술을 할 수 있는 사람들도 있죠. 하지만 작가는, 젊든 나이가 들었든, 꾸며내는 이야기는 하면 안 돼요. 작가는 권위를 가지고 써야 하고, 자신이 잘 알고 있는 어떤 것이나 자신을 감동시키는 것—감동시켜야 마땅한 게 아니라, 실제로 감동시키는 것—에 대해 쓸 때 잘 쓸 수 있어요. 모든 사람의 일상생활 속에 문학이 될 수 있는 의미 있는 순간들이 들어 있어요. 그런 것들에 대해 예민한 상태를 유지해야 하고, 주의를 기울여야 해요. 그것들이 우리가 써야 할 대상이에요.

슈마허   『울트라마린』에 「그림을 그리기 위해 필요한 것들」이라는,

저에게는 잊히지 않는 시가 있습니다. 르누아르의 편지에서 가져온 목록을 시로 만든 건데, 그러나 이게 글쓰기라는 맥락에서 사용되면, 좋은 시나 좋은 단편소설을 쓰기 위한 재료가 어떤 것들인지에 대한 작가님의 조언처럼 들립니다. 특히 마지막 세 줄이요. 이렇게 돼 있죠. "작업 중인 캔버스 외의 모든 것에 대한 무관심. / 기관차처럼 일할 수 있는 능력. / 강철의 의지." 이 세 가지 요소는 젊은 작가들에게는 위대한 교훈입니다.

카버   초기에는 글을 쓰려고 할 때, 지금 하는 것처럼 외부 세계를 꺼버릴 수가 없었어요. 소설이나 시를 쓸 때에—혹은, 그림을 그리거나 음악을 연주하거나 작곡을 할 때에—가장 중요한 건 이겁니다. 지금 하고 있는 일 외의 모든 것에 대해 무관심해질 것. 말하자면, '캔버스' 외의 모든 것에 대해서요. 이걸 소설과 시에 대한 상황으로 번역하면, 종이와 타자기 외의 모든 것에 대해 무관심해지라는 게 되겠죠. 강철의 의지로, 기관차처럼 일하는 능력에 대해 말하자면—맹세하건대, 이게 꼭 필요한 겁니다. 무엇이든 씨본 사람은 이 모든 깃이 필요조건, 요구 사항이라는 사실을 압니다. 물론, 정곡을 찌르는 저 세 행은 르누아르의 편지에 들어 있던 겁니다. 그러니 저건 '찾아낸' 시인 셈이죠. 젊은 작가는 저 세 행에서 말하고 있는 조언대로 하기가 어려울 수 있습니다. 하지만 제 생각에 저건 필요 사항입니다. 이를테면, 차에 중요한 문제가 있어서 수리를 맡겨야 하는데 뮤즈가 찾아왔다고 합시다. 작가는 바깥 세계의 일을 어떻게 해서든 모두 꺼버리고, 모든 걸 다 잊어버리고 타자기 앞으로 가서 앉아야 합니다. 그 시를 언급해줘서 반갑습니다. 저에게 글쓰기 철학이라는 게 있다면, 저 세 행이 바로 그겁니다. 저것들도 제 묘비에 새겨도 됩니다. (웃음)

슈마허 『1986년 미국 베스트 단편소설』에 쓰신 서문에서 기법에 대해 이야기하면서, 작가님은 다음의 다섯 가지를 나열했습니다. 선택, 갈등, 드라마, 결과, 그리고 서사. 작가님은 우선 이 요소들을 머릿속에 정리하고 나서 글을 쓰기 시작하나요?

카버 아뇨. 쓰기 시작하면 글은 자연스러운 길을 갑니다. 대개의 경우에는 시나 소설을 시작하면서도, 도착하기 전까지는 그게 어디로 갈지 잘 모릅니다. 쓰고 있는 동안에는 모릅니다. 플래너리 오코너는 「단편소설 쓰기」라는 에세이에서 이렇게 말합니다. 소설을 시작할 때에는 마지막에 도달하기 전까지 그 이야기가 어디로 가고 있는지 알았던 적이 한 번도 없다고요. 그리고 헤밍웨이가 쓴 「마에스트로에게 하는 독백 Monologue to the Maestro」이라는 짧은 에세이를 읽었는데, 거기에서 누가 그에게 비슷한 질문을 합니다. 소설을 어디로 끌고 가는지 미리 알고 있느냐는 거죠. 헤밍웨이는 미리 알았던 적이 한 번도 없고, 일단 쓰고 나면 상황이 발전하면서 이야기가 풀려나갔다고 대답합니다. 저는 소설을 쓸 때 어떤 종류의 계획도 작동시키지 않습니다. 드라마가 이야기 속으로 들어

오고, 결과들과 선택들이 스스로 모습을 드러냅니다. 언급하신 그 서문에서는 제가 아마도 그것들을 분리해보려 한 것 같은데, 그것들은 모두 연결되어 있습니다. 사실은 분리되어 있는 게 아니에요.

슈마허   아까 말씀하신 첫 줄, 이야기를 여는 한 줄이 있는 거죠.

카버   예, 그 한 줄을 들고 있고 모든 것은 그 한 줄에서 사방으로 퍼져나가는 것 같습니다.

슈마허   작가님 소설을 읽다 보면, 아주아주 중요한 어떤 일이 그 소설이 시작되는 시점 바로 전에 일어났다는—아니면, 그 소설이 끝난 뒤에 일어날 거라는—인상을 받을 때가 자주 있습니다. 작가님의 소설은, 헤밍웨이가 그랬듯이, 빙산의 일각을 다룹니다. 그게 제대로 작동할 때에는 정말 훌륭하지만, 많은 초보 작가는 그 영역에서 문제를 겪습니다. 그들은 독자들이 돌아가는 상황—소설 안에서는 전혀 언급되지 않은 어떤 사건들—을 알 거라고 짐작합니다. 작동하는 경우와 그렇지 않은 경우가 날카롭게 나뉘는데, 왜 그런가요? 이런 건 학생들에게 어떻게 가르치나요?

카버   필요한 정보를 독자에게 감춰서는 안 됩니다. 그리고 독자들이 이 인물들과 얼굴을 맞대고 있다고 상상하세요—그들의 눈 색깔, 기타 등등을 모두 묘사하지 않아도 된다는 겁니다. 이야기에 관한 한 독자들이 이런저런 지식을 가지고 있을 거라는 사실을 미리 상정해야 하고, 정보가 비어 있는 부분의 어느 정도는 독자들이 스스로 채워 넣을 거라고 생각해야 합니다. 하지만 그렇다고 해서 독자들이 작품 속 인물들에 대해 애정을 가지는 데 필요한 충분한 정보가 없이 떠돌아다니게 둬서는 안 됩니다. 상황을 모호하게 놔둬서는 안 된다는 겁니다. 이런 면에서 저는 1960년대의 몇몇 포스트모더니스트 작가들에게 불만이 있습니다. 작품을 읽어도, 모종의 문제나 어려움이 있다는 건 알겠지만, 그게 어떤 문제인지 도저히 알 수가 없는 겁니다. 등장인물들은 죄다 약간 맛이 갔고, 소설은 외형, 형식, 모든 면에서 현실과 괴리가 있고요. 제가 흥미를 느끼는 소설과 시는 우리가 어떻게 사는지, 우리 자신을 어떻게 관리하는지, 우리 행동의 결과에 대해 어떻게 대처하는지, 하는 문제들과 연관을 맺고 있습니다. 제가 쓰는 소설의 대부분은 극적인 갈등의 끄트머리에서 상당히 가까운 지점에서 시작합니다. 그 전에 진행된 사항에 대해서는 세세하게 관심을 기울이지 않아요. 사건이 마무리되는 지점에 상당히 가까이 가서야 시작하는 거죠.

슈마허 위기의 지점에서 이야기가 시작되는 거군요.

카버 예, 그런 셈이죠. 그 외의 부분에 대해 이야기할 만한 인내심이 없는 것 같아요. 그런데 말씀하신 그 날카롭게 나뉜다는 것 말입니다만, 독자들에게 충분한 정보를 주는 것과, 그러나 너무 많은 정보를 주는 건 피해야 한다는 것 사이에는 아주 선명한 구분이 있습니다. 독자를 지루하게 만드는 건 원치 않는 거죠. 저 자신이 지루해지는 것도 그렇고요.

슈마허   커트 보니것은 단편소설 작가들에게 작품을 그냥 죽 써 내려가고, 다 쓴 뒤에 앞의 몇 페이지를 내다 버리라고 썼습니다.

카버   일리가 있는 말이에요. D. H. 로렌스도 비슷한 이야기를 했어요. 소설을 다 쓰고 나면 줄기에 달라붙은 가지들을 흔들고, 다시 한번 가지치기를 하라고 했습니다.

슈마허   수정 작업에 관해서인데요. 작가님의 초창기 작품 중 몇 편은 처음에 작은 잡지에 실렸던 것이 최종적으로 선집으로 출판되는 과정에서 극단적으로 바뀌었습니다. 몇몇 경우에는 마무리가 달라졌고, 심지어 제목도 바뀌었습니다. 『불』의 후기에서 이런 수정 과정에 대해 설명하면서, 작가님은 이렇게 썼습니다. "내가 이런 수정 작업을 하는 이유는 아마도 그 작업을 통해 소설이란 게 무엇인지, 그 핵심으로 서서히 접근해 들어가기 때문일지도 모른다. 내가 그 핵심을 찾을 수 있을지 그 노력을 이어가고 있다. 소설이란 한 위치에 고정되어 있는 것이라기보다는, 하나의 과정이다." 이 생각을 좀 더 설명해줄 수 있겠습니까?

카버   한때 모든 것을 손보던 시기가 있었는데, 그 수정의 범위라는 게 상당히 넓은 경우가 많았습니다. 글쎄요. 모퉁이 저쪽에 뭐가 있는지 보고 싶었던 것 같고, 만약 그 모퉁이 너머에 무언가 있는 걸 보면, 손에 든 그걸 가지고 노는 게 더 재미있어지고 그랬던 것 같아요. 그때는 소설이라는 게 어떤 정해진 장소에 있는 게 아닌 것 같았고, 그래서 어디로 가야 하는 건지는 모르겠지만 아무튼 그리로 가지고 가고 싶었어요. 아마도 지금은 제가 쓰는 소설들에 대해 좀 더 안정감을 느끼고 있고, 아니면 좀 더 만족하거나 더 자신감이 있는 것 같아요. 뭐가 됐든, 무슨 일인가가 벌어졌어요. 요즘은 소설을 쓸 때, 대개의 경우에는 완성하고 난 뒤에 그 작품에 대해 관심을 잃어요. 실제보다 과장하고 싶지는 않지만, 요즘은 할 일이 너무 많은데 시간은 얼마 없는 것 같아요. 그래서 작품 수정에 예전처럼 그렇게 예민하지 않은 듯해요. 이제는 작품을 쓰고 있는 동안 모든 수정과 개작을 마무리합니다. 일단 출판이 되고 나면, 전에 하던 것처럼 다시 원고를 들여다보는 일은 없습니다.

슈마허 어쩌면 그게 작가님이 작가로서 성숙한 결과겠지요.

카버 아마도요. 예전에는 지금과 같은 자신감이 없었어요. 그때는 내가 뭘 하고 있는지에 대해 그리 잘 몰랐고, 만족하질 못했어요. 지금은 이유가 뭔지는 모르겠지만 좀 더 확신이 있고, 내가 가는 길을 좀 더 선명하게 볼 수 있습니다. 제가 보기에 지금은 제대로 기능하는 것들이 6년 전, 10년 전에는 그러지 못했어요. 이런 게 작가로서 성장하고 있는 건지, 아니면 말씀하신 것처럼 성숙한 건지는 잘 모르겠지만, 아무튼 지금이 더 마음에 듭니다.

슈마허   수정이나 개작을 할 때, 무얼 추구하는 겁니까? 주로 어떤 것들을 바꾸는 거죠?

카버   제가 원하는 건 소설을 모든 차원에서 흥미롭게 만드는 건데, 거기에는 신빙성 있는 인물들과 상황을 만들어내는 것, 사용된 언어가 완벽하게 선명해질 때까지 다듬되 그 언어가 여전히 복잡한 관념과 섬세하고 세련된 뉘앙스를 운반하는 것 같은 게 포함됩니다.

슈마허   작가님이 1인칭으로 쓴 소설들 가운데 상당수가 여성의 관점을 택하고 있습니다. 그 작품들을 쓸 때 여성의 관점 덕에 그 소설이 가하는 충격—말하자면, 그들의 '올바름'—이 더 강해진다고 느꼈나요? 이렇게 쓰는 게 어렵진 않았나요?

카버   처음 여성의 관점에서 소설을 쓰려고 시도했을 때는 불안했어요. 저에게는 정말 도전이었습니다. 막상 쓰기 시작했을 때는 마구 달려 나가는 것 같았어요. 신났습니다. 전 두 성의 어느 관점에서든 권위를 가지고 쓸 수 있기를 원합니다. 이제는 이야기의 아이디어가 제게 올 때, 아예 관점과 함께 오는 걸 거의 피할 수 없는 것 같아요. 하지만 그런 선택이 이미 내려져 있는 이유는 우선 그 소재의 성격 때문이고, 또한 제가 그 소재에 접근하는 방식 때문에 그렇게 되는 것 같아요. 저는 그저 준비를 갖추고, 실행할 뿐이에요. 그리고 그렇게 하는 걸 좋아합니다.

슈마허 관점은 소설에서 무척 중요합니다. 다 쓰고 나서 관점을 1인 칭에서 3인칭으로 바꾼 작가들 이야기도 들었고요.

카버 제 친구 리처드 포드는 장편소설 한 편의 관점을 바꿨어요. 그 작품을 2년 걸려서 썼는데 맞지 않는 것 같아서 그때부터 또 1년 걸려서 관점 전체를 바꿨어요. 헌신이죠. 자기가 하는 일에 진심으로 진지한 거고요. 딱 맞게 만들고 싶은 건데, 그렇게 할 수 있는 기회가 몇 번 안 되거든요. 한 사람이 무덤까지 가지고 갈 수 있는 책이 몇 권이나 될지 모르겠지만, 제대로 만들고 싶은 거죠. 그러지 않으면 뭐 하러 하나요?

슈마허 꾸준히 일을 하는 시기에 작업하는 날의 전형적인 흐름이 어떻게 되나요?

카버 저는 일찍 일어납니다. 여섯 시와 여섯 시 반 사이에요. 커피를 마시고 시리얼 같은 걸 한 그릇 먹죠. 언제나 여덟 시면 책상 앞에 앉습니다. 잘 풀리는 날이면 최소한 열한 시에서 열두 시까지 책상에 앉아 있다가 늦은 점심을 먹으러 일어납니다. 진도가 잘 나가는 날은 무언가를 하면서 책상에 하루 종일 앉아 있습니다. 일하는 걸 좋아하고 글 쓰는 걸 좋아하기 때문입니다. 일을 하고 있을 때는 전화기를 자동응답기로 돌려놓고 2층의 전화기는 선을 뽑아둡니다. 그렇게 하면 아래층에서 벨이 울리더라도 들리지 않으니까요. 누가 메시지를 남긴 게 있는지 저녁에 확인해보면 됩니다. 저는 TV를 별로 안 봅니다. 뉴스 정도를 보죠. 그리고 꽤 일찍 잠자리에 듭니다. 내게는 아주 소용한 생활입니다.

슈마허   앉은 자리에서 소설 한 편을 처음부터 끝까지 쓰는 쪽을 선호하나요?

카버   예. 방해를 받아서 이야기를 잃어버릴까 봐, 아니면 애당초 그 소설을 쓰고 싶게 만들었던 무언가를 잃는 게 두렵거든요. 초고를 쓰는 데 이틀 이상 걸린 작품은 없었던 것 같아요. 대개는 하루 만에 씁니다. 그러고 나서는 타자를 치고 다시 수정 작업을 하고 하면서 시간을 많이 쓰는데, 이야기가 눈앞에서 사라지기 전에 일단 붙들어놓는 건 좋은 것 같아요. 다음 날 보면 좋아 보이지 않을 수도 있어요. 그렇지만 뭐가 됐든 일단 신뢰하고, 거기에서 무언가가 나올 거라고 기대하고 가정하면서, 머릿속에서 사라지기 전에 서둘러서 얼른 초안을 적어둬야 합니다. 당연히 개작이 됐든 수정이 됐든 그 대상이 되죠. 이때부터는 속도를 늦추고 천천히 생각을 해볼 수 있는 겁니다.

슈마허   어디선가 읽은 기억이 있는데, 옛날에는 몰래 빠져나가 차 안
        에서 쓰곤 했다고요.

카버   사실이에요. 작업 장소로 추천하지는 않겠습니다만, (웃음) 제
        인생의 그 시기에는 필요한 일이었습니다. 그때 쓴 것들 중에
        살아남은 게 있는지는 모르겠지만, 최소한 무언가 작업을 하
        긴 했습니다. 무언가를 하려고 애쓰고 있었는데, 갈 데가 없
        었어요. 전 젊었고, 집 안에는 방이 없었어요. 차에 가고 싶어
        서 간 건 아니었어요—시골길로 조용히 차를 몰고 나가 강변
        에 주차하고 영감을 기다리는 그런 게 아니었으니까요. 그게
        아니고, 그냥 나가서 주차장에 세워둔 차에 들어가 앉는 겁니
        다. 오로지 제 아이들과 집 안의 혼란과 난리법석을 피해 달
        아나기 위한 거였죠. 그러니까, 차 안이 제 사무실이었어요.
        (웃음)

슈마허   글을 쓰면서 사는 게 얼마나 힘든 인생인지 학생들에게 경고
        하곤 합니까?

카버   아, 이따금 조금씩 합니다. 하지만 실제로 얼마나 힘든지를
        이야기할 수는 없습니다. 젊은 소설가나 시인들에게, 당신들
        이 조금이라도 괜찮은 작가가 되려면 글쓰기에 최고 수준의
        진지함을 유지해야 할 뿐만 아니라, 남은 생을 전부 바쳐야
        할 거라는 이야기를 솔직하게 할 수는 없죠. 앞으로 어떤 일
        을 틀림없이 겪게 될지 미리 이야기해줄 수는 없는 겁니다.

대충 두루뭉술하게 얘기해줄 수는 있겠지만, 자신들이 살아나가야 할 일입니다. 스스로 살아남아야 합니다. 가장 뛰어난 학생들에게는 많이 이야기하지 않아도 됩니다. 그 친구들이 영리하다면 어떨지 대충 눈치를 채고, 쉽지 않으리라는 것도 곧 알게 됩니다. 별로 영리하지도 않고 스스로에게 엄격하지도 않다면, 그런 친구들은 졸업한 뒤에 글쓰기에 그리 오래 매달리지 않을 겁니다.

어떤 작품을 출판하는 것에 대해 이야기한다고 해서
그 작품의 가치가 축소된다고는 생각하지 않아요.
오히려 그 반대예요.

슈마허   저는 출판에 목마른 것과 창작에 목마른 것 사이에 어떤 관계가 있는지 늘 궁금했습니다. 그 관계가 어떤가요? 출판에 목마른 게 좋은 동기가 되나요?

카버   그렇다고 봅니다. 제가 가르치던 시절에도 학생들이 잡지에 투고하는 이야기들이 전혀 없으면 교실이 너무 온실 같고, 고상한 환경이라는 느낌이 늘 들었어요. 그래서 기회가 되면 실물을 볼 수 있도록 가제본이나 작업 중인 교정쇄를 가지고 가서 보여주곤 했어요. 학생들은 아이디어에서 원고까지, 수락 편지에서 교정쇄와 가제본까지, 출판의 실제 과정에 대해서 하나도 아는 게 없거든요. 그래서 그런 것들을 보여주고, 학생들이 쓰고 있는 단편소설의 잠재적인 시장에 대해서 이야기도 하고 그랬죠. 어떤 작품을 출판하는 것에 대해 이야기한다고 해서 그 작품의 가치가 축소된다고는 생각하지 않아요. 오히려 그 반대예요. 문학적 창조가 있고, 문학적 사업이 있는 거죠. 예술과 상업은 때때로 같이 움직여요. 제 작품이 처음으로 수락되었을 때, 그 사실로 인해 제 삶이 인증을 받았어요. 그 일이 없었다면 못 받았겠죠. 그 사실이 저에게는 무척 중요했어요. 처음 시를 발표하고 나서 아마 1달러를 받았던 것 같아요. 하지만 그것 때문에 제 열정이 사그라들진 않았어요. 아뇨. 그 1달러짜리 수표를 받고 얼마나 신났는지 몰라요.

슈마허   하지만 예술과 예산 사이에 균형을 맞춰야만 하는 형편의 진지한 예술가들이 많이 있습니다. 제대로 된 강력한 작품을 쓰고 싶지만, 동시에 가족들도 먹여 살려야 하니까요. 시계와 싸우는 것 같을 때가 자주 있어요. 무언가를 제때 끄집어내지 않으면 다음 달 월세를 못 내니까요. 그런 일을 경험해봤나요?

카버   제 상황은 그와 비슷하면서 또 달랐어요. 시를 써서 절대 부자가 될 수 없다는 건 알고 있었어요. 시 한 편에 1달러나 5달러를 받거나, 아니면 아예 증정본만 받고 끝내는 경우가 많았으니까요. 그러다가 오랫동안 단편소설을 썼는데, 그나마 원고료가 있는 경우라면 25달러나 50달러였어요. 그러니까, 진실을 말하자면, 저는 그런 딜레마에 부딪힌 적이 전혀 없었던 거죠. 문제 자체는 비슷했어요. 아이들이 절 산 채로 잡아먹으려 들고 있었고, 매달 나가는 비용을 벌어야만 했고, 매달 나가야 하는 것들 중 어떤 것들은 못 냈고—하지만 제가 소설과 시를 쓴다는 것 자체는 경제적으로는 아무런 대단한 재정적인 차이를 만들지 못했어요. 〈에스콰이어〉에 처음으로 단편소설을 발표했을 때 600달러를 받았어요. 하지만 그건 제가 소설을 쓰기 시작하고 나서 한참 뒤의 일이었어요. 그러니까, 소설을 써서 부자가 될 수 없다는 것도 이미 잘 알고 있었죠. 소설을 아주 빨리 쓸 수 있어서 소설을 더 많이 쓸 수 있는 시간을 확보할 수 있었더라면 아마 그렇게 했을 거예요. 하지만 실제로는 늘상 가르치거나 일을 하거나 아이들을 돌보거나 기타 등등의 일을 해야 했죠. 그러니, 저는 그저 제가 할 수 있는 일에 최선을 다했던 거죠.

슈마허   작가님이 처음에 작가가 되고자 했을 때에는 집 안에서 뒹굴던 〈트루True〉나 〈아고시Argosy〉 같은 종류의 잡지에 발표하는 게 희망 사항이었죠. 그 잡지들은 나름대로 이름도 있고 자기들만의 생태계를 가지고 있어서 원고료도 주었지만 위대한 문학이 탄생하는 잡지 공동체에서는 거의 알려지지 않은 잡지들이었어요. 그보다 더 진지한 잡지 시장을 겨냥하게 된 이유는 뭔가요?

카버   존 가드너를 만나기 전까지는 진지한 문학이라는 개념이 아예 없었어요. 단순히 작가가 되고 싶다는 생각만 가지고 있었을 뿐이고, 제 가족 중에는, 당연히, 책을 읽는 사람이 아무도 없었기 때문에 어떤 식으로든 안내를 해줄 사람이 없었어요. 저는 그냥 그때그때 내키는 대로 읽었어요. 그게 역사소설일 수도 있었고, 아니면 〈트루〉에 실린 기사일 수도 있었고요. 가드너를 만나기 전까지 저한테는 각각의 글이라는 게 가치 면에서 큰 차이가 없었어요. 이게 가드너와의 만남과 관련해서 가장 중요한 것들 중 하나예요. 가드너는 이따금 이렇게 말하곤 했어요. "제가 이 자리에 있는 건 여러분에게 어떻게 쓰는지 가르치기 위해서뿐만 아니라, 누구를 읽을지 이야기해주기 위해서기도 합니다." 그게 저에게는 엄청나게 중요했습니다. 덕분에 조지프 콘래드와 이자크 디네센을 읽기 시작했고, 그와 더불어서 다른 수많은 중요한 작가들도 읽었습니다. 제 인생에서 처음으로, 지도를 좀 받은 거죠. 가드너는 작은 잡지들도 소개해줬고, 그래서 그 잡지들에 게재된 소설하고 시에도 관심을 가지게 됐습니다. 그리고 그게 제 목표가 됐습니다. 잘 써서, 그런 잡지에 내가 쓴 걸 발표하는 것. 다른 잡지들을 무시하는 것처럼 보이고 싶지는 않습니다. 〈아고시〉나 〈트루〉 같은 잡지들을 얕잡아 보는 게 아니라, 다만 그 무렵에는 모든 걸 읽고 쓸 여유가 없었을 뿐입니다.

슈마허　작가님의 큰 돌파가 이루어진 계기 중 하나가 오랜 친구이자 작가님의 편집자인 고든 리시와 만난 일이었죠? 계기가 뭐였나요?

저희 두 사람 관계는 1960년대 중반까지 거슬러 올라갑니다. 리시는 제가 일하던 교과서 출판사의 길 맞은편에 있는 교과서 출판사에 다니고 있었어요. 팰로앨토였죠. 그렇게 해서 만나게 된 거예요. 그러고 나서 리시는 〈에스콰이어〉의 소설 부문 편집자로 갔어요. 그 후에 리시로부터 소식이 왔는데, 다른 사람 이름이 적힌 편지지에 쓴 편지였어요. 〈에스콰이어〉에서 왔는데, 전임 편집자의 이름에 줄을 그어서 지웠더군요. 그 편지에 이렇게 쓰여 있었어요. "위에 이름이 적힌 훌륭한 신사로부터 소설 편집자 책상을 물려받았소. 뭐든 가지고 있는 것들을 보내시오." 그 무렵에 저는 아직 같은 출판사에서 일하고 있었고, 집에 가지고 있던 단편소설들을 모두—네 편인가 다섯 편이었습니다—모아서 보냈는데, 세상에, 몽땅 다 반송돼 왔습니다. (웃음) 이런 메시지와 함께요. "다시 보내줘요. 이것들은 좋지 않아요." 그 사태를 어떻게 받아들여야 할지 모르겠더군요. 가까운 친구가 〈에스콰이어〉의 소설 부문 편집자가 됐는데 여전히 내 소설이 들어갈 자리가 없는 거예요. 그렇다면 도대체 저한테 기회가 있긴 있는 걸까요? 문제가 진짜 심각한 거죠. (웃음) 어쨌거나, 바짝 긴장해서 책상에 붙어 앉아 소설을 더 쓰기 시작했고, 결국엔 한 편을 받아줬어요. 「이웃 사람들」이라는 작품이었는데, 그게 제 인생에 전환점이 됐습니다. 그러고 나서 한 편을 더 받아줬고, 그렇게 이어졌죠. 그러고 나서 리시는 〈에스콰이어〉를 떠나서 크노프 출판사의 편집자로 갔어요. 거기에서 저에게 단편소설집 계약을 해줬습니다. 그러니 아주 오래된 사이인 거죠.

리시는 언제나 제 소설의 가장 큰 옹호자였고, 심지어 제가 글을 쓰지 않고 그 대신 캘리포니아에서 술 마시는 일에 헌신하고 있을 때조차 변함없이 제 작품을 지지해줬습니다. 고든은 제 소설을 라디오에서도 읽고 작가 회의를 비롯해 여기저기서 읽었습니다. 제가 필요로 할 때 고든보다 더 제 작품을 지지해준 사람은 없었던 것 같습니다. 그는 저를 격려해줬다는 면에서 가드너와 같은 역할을 했습니다. 그리고 쉰 단어 대신 스무 단어로 말할 수 있는 거면 스무 단어로 하라고 말했다는 면에서 가드너와 같았습니다. 그가 해주는 말을 들을 필요가 있던 시절에 고든은 제게 무척 중요했습니다. 그는 아직도 젊은 작가들의 작품을 지지해주는 역할을 하고 있습니다.

슈마허   예전보다 더 폭넓은 작가-편집자 관계가 요즘 출판계의 유행인 듯합니다. 느꼈나요?

카버   예. 사실 엊그제 밤에 테스와 이 현상에 대해 이야기를 나눴어요. 로버트 고틀립이 크노프를 떠나 〈뉴요커〉 편집자로 간 이야기를 하면서요. 그 얘기를 하는 동안, 어쩌면 지금이 문학사에서 처음으로 편집자들이 대중적인 유명 인사가 되는, 어떤 의미에서는 그들이 같이 작업한 작가들의 상당수보다 더 큰 존재감을 지닌 유명 인사, 혹은 공인이 되는 첫 번째 시대구나, 하고 깨달았어요. 고틀립이 〈뉴요커〉로 옮긴 게 〈뉴욕 타임스〉의 1면 기사가 되고, 전국의 신문과 잡지에 뉴스로 나오는 겁니다. 뛰어난 편집자인 게리 피스케천의 경우도 마찬가집니다. 〈에스콰이어〉에서 그에 대한 기사를 썼고, 다른 잡지들에도 그의 동정動靜이 실렸습니다. 편집자가 한 출판사에서 다른 출판사로 옮길 때 같이 움직이는 작가들을 몇 명 압니다. 자신의 편집자들과 밀접한 관계를 유지하면서, 편집자들이 움직일 때 같이 움직이는 겁니다. 제가 처음으로 들은 편집자의 이름은 맥스웰 퍼킨스였는데, 이 양반은 토머스 울프, 헤밍웨이를 비롯해 수많은 작가와 그런 관계에 있습니다. 요즘은 편집자들이 작가의 인생에서 전보다 더 큰 역할을 하는데, 이게 좋은 건지 나쁜 건지는 저로서는 잘 모르겠습니다. 여기에서 어떤 결론을 이끌어내야 할지는 모르겠지만, 편집자들이 그들 자신의 능력에 힘입어 대중적인 유명 인사가 된 건 이미 기정사실이고, 제 생각에는 이건 상당히 주목할 만한 일입니다.

슈마허　작가님이 작가로서 살아남은 일은 고투 중인 많은 작가에게 영감의 원천이 되어왔습니다. 작가님은 눈앞에 닥친 수많은 장애물을 통과해서 앞으로 나아갈 수 있었을 뿐만 아니라 그 경험들을 보편적인 이야기로 번역해낼 수 있었습니다. 현재 시점에서, 이 모든 것에 대해 어떤 느낌이 듭니까?

카버　제가 하나의 도구인 것처럼 느껴져요……. 늘 생존이 문제였는데, 만약 다른 일을 할 수 있었다면…… 모르겠어요, 아마 다른 일을 했을지도 모르죠. 하지만 전 글을 써야만 했어요.

그러다 그 불꽃이 꺼졌죠. 제가 술을 마시던 시기의 마지막 무렵에 가서는 그 불이 그냥 꺼져버렸어요. 하지만, 예, 전 살아남았죠. 사실은 제가 술을 완전히 끊고 나서 한 1년 정도, 아무것도 쓰지 않고, 쓰는 일이 더 이상 저에게 중요하지도 않다고 느끼던 기간이 있었어요. 당시 저에게는 건강을 회복하고 죽어버린 머리를 되살려놓는 게 너무나 중요해서, 글을 쓰느냐 마느냐 하는 건 별 의미가 없었어요. 제 인생에서 두 번째 기회가 주어진 것 같았어요. 하지만 1년 정도는 아무것도 쓰지 않았죠. 그러고 나서 상황이 좀 안정되고 제가 건강을 되찾았을 때, 엘파소에서 한 해 동안 가르쳤어요. 그리고 그때 갑자기 다시 쓰기 시작했어요. 그건 그냥 엄청난 선물이었어요. 그리고 그 이후에 있었던 모든 일이 모두 엄청난 선물이었어요. 매일매일이 보너스예요. 지금은 매일매일이 케이크 위에 놓인 크림이에요.

*

레이먼드 카버는 1988년 8월 2일에 사망했다.

이 인터뷰는 카버가 폐암에 걸렸다는 사실을 알게 되기 얼마 전에 있었다. 그의 어조에서 분명하게 드러나듯이, 카버는 즐겁고 희망에 차 있었고, 자신의 최고의 작품들은 이제부터 나오게 될 거라는 자신감을 가지고 있었다. 묘비에 새겨질 말들에 대해 농담을 하긴 했지만, 그의 말이나 신체에서 마지막이 다가오고 있다는 사실은 전혀 느낄 수 없었다. 혹은 전혀 느낄 수 없었을 것이었다. 병이 깊어지고 왼쪽 폐를 들어내고 난 뒤에도 카버는 여전히 낙관적이었다.『내가 전화를 거는 곳』이 출간되기 얼마 전에 마지막으로 통화를 했을 때에도, 카버는 사람을 한없이 가라앉히는 방사선치료나 점점 나빠지는 건강에 대해 한마디의 불평도 없었다. 그 대신 그는 새 책을 내다봤고, 시 쓰는 일로 돌아갈 것을 이야기했다.

마지막 몇 달 동안, 카버는 테스 갤러거와 결혼했고, 미국예술문학아카데미의 회원이 되었고, 시집『폭포로 가는 새로운 길』을 마무리했다. 세상을 떠나기 불과 몇 시간 전이었다. 테스 갤러거는 〈뉴욕 타임스〉와의 인터뷰에서 카버가 안톤 체호프의 단편소설들을 얼마나 즐겼는지 이야기했다.

레이먼드 카버는 자기만의 개인적이고 예술적인 신조를 지닌 사내였다. 그 신조의 상당 부분이 이 인터뷰에 드러나 있고, 또한 카버를 염두에 두고 선택한 이 책의 제목에도 들어 있다. 카버의 인생의 나머지 시간에 있었던 일들을 담기 위해 인터뷰나 소개를 바꾸기보다는 그대로 두고, 원래 발표되었던 것을 조금만 늘리기로 했다.

레이가 좋아한 방식으로.

무척 마음에 드는 변화

레이먼드 카버는 노동자계급의 생활에 대해 조심스럽고 절제된 언어로 쓴, 대개는 암울해 보이는 단편소설들로 초기부터 전국적인 이목을 끌었고, 25년에 걸쳐 글을 써오면서 비난과 찬사를 번갈아가며 받아왔다. 이런 작품들의 상당수는 『제발 조용히 좀 해요』와 『사랑을 말할 때 우리가 이야기하는 것』의 두 권으로 출간되었다. 하지만 최근 들어서 카버의 소설은 그의 마지막 선집 『대성당』에 수록된 작품들처럼, 동시대의 불안을 유심히 바라보는 냉철한 눈에 희미한 희망의 빛을 더하면서 새롭게 방향을 바꾸었다. 1982년 이후로, 카버는 또한 그의 첫사랑인 시로 돌아갔다. 그는 시집 『물이 다른 물과 합쳐지는 곳』과 『울트라마린』을 각각 1985년과 1986년에 냈고, 두 권 모두 호평을 받았다.

이번 달에 애틀랜틱 먼슬리 프레스에서 『내가 전화를 거는 곳』이 나오면서, 카버가 자신의 첫 세 선집에서 "가장 오래갈" 것이라고 희망한 작품들이 하나의 표지 아래 묶였다. 또한 아직 책으로 묶인 적이 없

퍼넬러피 모펫Penelope Moffet, 〈퍼블리셔스 위클리〉(1988년 5월 27일), 42, 44쪽. 인터뷰의 저작권은 PWxyz LLC에 있다.

는 일곱 편의 신작들이 책의 후반부를 담당하고 있다. 이 책은 기존 작품의 '모음'보다는 '선택'에 방점을 찍고 있다. 이렇게 해서 "내가 좋아하지 않고, 그래서 두 번 다시는 쓰지 않을 종류의 몇몇 작품들"을 덜어냈다고 카버는 설명한다. 〈퍼블리셔스 위클리〉가 워싱턴주 포트 앤젤레스에 있는 그의 집 거실을 방문했을 때, 이 작가는 약간 예민해져 있긴 했지만 동시에 아주 편안해 보였다. 천천히, 그리고 조심스럽게 움직이는 거구의 사내 카버는 색이 약간 들어 있는 안경 너머의 두 눈이 진지하고 약간 낯을 가리는 것처럼 보이지만, 무척이나 친절한 사람이다. 지난 10월에 암수술을 받으면서 한쪽 폐의 3분의 2를 들어낸 여파로 숨을 쉬는 게 약간 힘겨워 보이긴 하지만, 그는 선명하게 말하고, 말을 머뭇거리는 경우가 거의 없다. 이따금 그는 질문에 대해 생각하는 동안 두 손을 입 앞에서 모아 잡곤 한다. 특히 질문이 새로운 종양을 치료하기 위해 받고 있는 치료가 그의 생활과 글쓰기에 미치는 영향을 가리킬 때 그러한데, 그렇다고 해서 질문을 피하지는 않는다. 한 주의 절반을 시애틀에 가서 방사선치료를 받으며 보내는 게 그의 생활에 크게 방해가 된다는 건 카버도 인정한다. "지금은 모든 게 다 붕 떠 있어요. 이런 공백기에는 일에 집중하기가 어려워요." 그러나 카버는 이어서 말한다. "이 엉망진창인 시기가 지나가고 나면 다시 맑은 정신으로 아침들을 맞이하게 될 것이고, 하던 일들로 돌아갈 수 있을 겁니다."

애틀랜틱 먼슬리 출판사에서 보낸 『내가 전화를 거는 곳』의 첫 양장본이 곧 도착할 거라고 했는데 아직 오지 않고 있다. 카버의 실망이 크다. 오후 늦게 출판사의 편집자 게리 피스케천이 책에 대한 작가의 감상을 듣기 위해 전화를 걸어 왔을 때, 카버는 친근하지만 분명한 어조로 자신의 현재 느낌을 전달했다. "이 사람하고는 오래 알고 지낸 사이예요." 카버가 피스케천에 대해 이렇게 말한다. 피스케천은 1970년대 중반 이후로 쭉 카버의 팬이었다고 자신을 묘사하면서, 페이퍼백을 내는 계열사 빈티지 북스를 위해 『사랑을 말할 때 우리가 이야기하는 것』과 『대성당』, 그리고 에세이들과 시에 더해 예전에 카프라 프레스 출판사에서 처음 냈던 단편소설들을 엮은 선집 『불』의 출판을 관장했던 것이 랜덤하우스 출판사에서 편집진의 꼭대기 자리까지 "먹이사슬을 거슬러 올라가는" 과정에 중요한 역할을 했다고 말했다. 랜덤 하우스는 최근에 카버의 두 시집의 양장본도 냈다. 피스케천이 1986년에 애틀랜틱 먼슬리 출판사로 옮길 때, 카버도 그를 따라서 움직였다.

카버는 지금으로부터 50년 전, 오리건주의 클래츠카니에서 태어나 그곳에서 멀지 않은 워싱턴주 야키마에서 성장했다. 그의 아버지는 알코올의존증 상태인 제재소 노동자였고, 그의 어머니는 웨이트리스와 계산원으로 일했다. 카버가 결혼해서 두 아이를 낳고, 일련의 저임금 일자리를 돌아다닌 건 모두 스무 살 이전의 일이었다.

카버는 열일곱 혹은 열여덟 살 때부터 시와 소설을 쓰기 시작했고, "이십대 이른 초반에 글쓰기에 진지해졌"다고 말하긴 했지만, 아직 작가가 되겠다고 의식적으로 결정을 내린 건 아니었다. 그 결정은 이를테면 어느 정도 저절로 내려졌다. 그는 이렇게 말한다. "저는 읽기를 좋아했고, 그냥 나만의 이야기를 만들어내고 싶었어요." 카버는 결국 캘리포니아주의 치코주립대학교로 가서 소설가이자 에세이스트, 교사였던, 지금은 작고한 존 가드너로부터 소설을 배웠다. 그는 스테그너 펠로우십을 받아 스탠퍼드대학교에서 소설을 공부했고, 나중에는 아이오와대학교의 작가 워크숍 프로그램에 1년 동안 참여했다.

아이오와 체류는 가난 때문에 짧아졌다. 하지만 카버는 곧 작은 잡지들과 〈에스콰이어〉처럼 규모가 큰 잡지 모두에 시와 소설을 발표하기 시작했다. 그는 전국 각지의 대학을 다니면서 문예창작을 가르치기 시작했고, 마침내 시러큐스대학교에서 문학과 문예창작 담당 교수가 되었다.

"단편소설을 써서 생계를 꾸릴 수 있을 거라고 생각한 적은 단 한 번도 없었어요." 카버는 말한다. "지금의 이 세상에서 단편소설을 써서 얼마나 오래 버틸 수 있겠어요? 제 눈은 희망으로 반짝인 적이 한 번도 없었고, 크게 한탕을 꿈꿔본 적도 없어요." 그래서 자신이 유명해졌을 때 카버는 매우 놀랐다. 그는 말한다. "명성은 늘 놀라워요. 겸손을 가장하는 게 아니에요. 상황이 이렇게 돼서 정말 기쁘고 행복해요. 하지만 언제나 깜짝 놀라곤 해요."

1983년에 크게 놀랄 일이 있었다. 미국예술문학아카데미에서 밀드레드 앤드 해럴드 스트라우스 생활 기금 수상자로 선정되어 매년 3만 5천 달러씩, 5년 동안 받게 되었다. 이 기금을 받게 되면서, 카버는 시러큐스대학교의 교수직을 사직하고 현재의 배우자이자 동료 작가인 테스 갤러거가 깊이 뿌리를 내리고 있는 포트 앤젤레스로 옮겨 갔다. 기금을 받고 있는 동안 카버는 많은 시를 썼고, 약간의 에세이, 그리고 몇 편의 단편소설을 썼다. 그는 『1986년 미국 베스트 단편소설』을 편집했고, 톰 젠크스와 함께 『미국 단편소설 걸작선』을 공동 편집했다.

최근 들어 스트라우스 기금이 만료되고, 시러큐스대학교에서 복직 제의가 왔다. 하지만 카버는 "운이 조금만 좋으면, 다시 가르치지 않아도 될 것 같아요"라고 말한다. "제 책들이 꽤 여러 나라 언어로 번역이 돼서 일본, 네덜란드, 영국, 그리고 다른 나라들에서 들어오는 수입이 있어요. 그리고 앞으로 쓸 책에서 나올 수입도 있습니다. 최근에는 애틀랜틱 먼슬리 출판사와 세 권짜리 계약을 했어요. 한 권은 시집, 한 권은 단편집, 그리고 세 번째 책은 장편소설 아니면 회고록이 될 겁니다. 아마 회고록을 쓰게 될 것 같아요. 모두 말한다, 이런 거요." 카버가 낮게 웃으며 말한다.

"전에는 이런 식의 약속을 한 적이 없어요. 단편소설이나 장편소설 책을 계약하자는 제안을 몇 번 받았지만, 단편을 쓰고 있지 않거나 장편을 쓸 계획이 없을 때는 계약을 하지도, 돈을 받지도 않았거든요. 이제는 좀 더 정리 정돈을 하고, 앞으로 갈 길을 선명하게 보고 싶어요. (계약을 했기 때문에) 글을 계속 쓸 거라는 걸 알아요. 그래서 기분이 좋고, 어떤 안정감이 생깁니다. 앞으로 몇 년 동안 뭘 하고 있을지 이미 알고 있으니까요."

카버는 새 시집에 들어갈 새로운 시를 이미 꽤 써놨다고 말한다. 그리고 이렇게 덧붙인다. "이제 소설을 쓰고 싶어서 부글거리는 게 느껴집니다. 하지만 일단 시들을 끝낼 거예요. 시는 저한테는 엄청난 축복 같고, 미스터리예요. 그것들이 어디에서 오는지 모르겠어요. 시를 쓰고 있는 동안에는 제가 두 번 다시 단편소설을 쓰게 될 거라는 확신이 없어요. 시와 너무나 밀착되어 있어서 소설을 쓸 수 있을 것 같지가 않은 거죠." 지난 7년 동안 그의 에이전트로 일한 ICM의 어맨다 어번Amanda Urban에 대해서는, "별말이 없어요. 하지만 제가 소설을 쓰는 걸 훨씬 더 선호하죠. 하지만 제가 시를 쓰면서 행복해한다는 걸 그도 알아요"라고 말한다. 그리고 이렇게 덧붙인다. "어번은 최고죠. 두루 존경을 받는 사람이고, 정직하고 담백한 사람입니다. 개인적으로도 좋아합니다."

카버의 시들은 자신의 아버지에 대한 기억이나 낚시와 사냥 여행, 그리고 갤러거를 비롯해 두 아이, 다른 사람들과의 관계 같은, 자신의 삶에서 실제로 겪었던 일들에서 끌어오는 경우가 종종 있다. 그는 "저는 소설보다 시 속에서 훨씬 더 취약한 위치에 처하게 됩니다. 소설보다 시 속에서 훨씬 더 사적으로 밀착돼요"라고 말한다. 시를 쓰는 걸 좋아하긴 하지만, 어느 한 장르를 선택해야만 한다면 어떻겠느냐는 질문에 대해서는 이렇게 말한다. "쉽지 않겠지만, 아마도 소설 쪽으로 가게 되지 않을까 싶습니다. 아무래도 소설을 포기할 수 있을 것 같진 않아요."

카버의 소설늘 역시 그의 생활에서 비롯되지만, 실제의 사건이나 사람들이 이야기에 불을 댕기더라도 나머지는 시에 비하면 훨씬 더 많은 부분이 상상의 결과물이다. 예를 들자면 그의 최근작 중 하나인 「상자들」에서, 사내는 자신의 필요와 현실감각을 잃어가고 있는 어머니의 필요, 그리고 자신의 새 애인의 필요를 두고 균형을 잡으려 애쓴다. 그 어머니 인물에 대해 카버는 이렇게 말한다. "그 인물은 진짜 제 어머니는 아니에요. 다만, 제 어머니와 공유하는 어떤 성격이 있긴 하죠. 저는 자서전을 쓰지는 않지만, 제가 참조하는 어떤 지점이 있죠. 소설에서 나와서 현실로 뻗치는 진짜 밧줄이 있고요."

카버의 초기작의 상당수가 그의 가난했던 어린 시절과 형편이 어려웠던 이른 성인 시절, 그리고 첫 번째 결혼에서 끌어온 것인데, "이제는 그런 경우가 거의 없"다고 카버는 말한다. "지금 쓰고 있는 소설들은 대개 현재 벌어지는 일들을 다룹니다. 제 소설들은 변하고 있습니다. 엄청난 변화를 겪었는데, 저에게는 무척 마음에 드는 변화입니다." 신작 중의 하나인 「심부름」은 카버의 문학적인 우상 중 한 사람인 체호프의 죽음을 둘러싸고 벌어지는 사건을 상상으로 재창조해낸 것이다.

잘 알려진 시인이자 소설가, 에세이스트인 갤러거와의 10여 년에 걸친 관계 또한 소설의 변화에 일정한 영향을 미쳤다고 카버는 말한다.

그가 시로 돌아가고 에세이를 쓰기 시작한 것도 갤러거의 예에서 도움을 얻은 면이 있다. 두 사람의 관계는 카버를 좀 더 행복하게 만들어줬다. "건강하고, 좋은 관계예요. 작가가 아닌 사람하고 같이 사는 건 상상하기 어려워요." 그가 말한다. "같은 걸 목표로 삼고, 같은 지점을 예상하고, 사적인 공간과 고독에 대한 각자의 필요를 잘 이해하죠." 카버와 갤러거는 서로의 작품을 모두 읽고 비평해준다. 카버에 의하면 갤러거는 "매우 엄격한" 비평가다. "인정사정없습니다. 그런데 그게 최고의 방법이죠." 갤러거는 카버의 집에서 몇 분 떨어진 곳에 집이 있다. 그래서 일을 할 때에는 떨어졌다가 다시 만나 함께 지낸다.

카버가 처음에 포트 앤젤레스(갤러거가 태어난 곳)에 자리를 잡은 것은 갤러거가 그곳에서 가장 행복해했기 때문이지만, 그 또한 이곳을 좋아하게 됐다. 하지만, 포트 앤젤레스는 사회의 주류로부터 벗어나 있는 곳이다. 카버는 덧붙인다. "제가 하는 일이 글쓰기가 아니었더라면 여기에서 살 수 없었을 겁니다. 저는 산 좋고 물 좋고 아름답다고 해서 그곳에 살아야 한다고 집착하는 사람이 아닙니다. 제가 글을 쓰지 않았더라면 번개같이 빠져나왔을 거예요." 한 해에 여러 번 카버는 포트 앤젤레스를 떠나 뉴욕에 가서 시간을 보내고, 해외로 여행을 다닌다.

작가 말고 다른 이름으로 불리는 건
상상도 하기 어려워요.

과거에는 자주 '미니멀리스트'로 불렸던 카버는 그 호칭을 좋아해본 적이 없다. "그 호칭이 사라지고 있는 것 같아요. 이제 그렇지 않은 작품들이 많아져서 더 이상 같은 망치로 두들겨 맞지 않게 된 것 같아요. 저는 우익 비평가들로부터는 '미국을 나쁘게 말한다, 외국인들이 미국에 대해 잘못된 인상을 갖게 된다'라고 두들겨 맞았어요. 하지만 「상자들」 같은 소설에 대해서는 어떻게 말하겠어요? 그 소설은 (주인공이) 어머니를 광기에 잃어버리는 이야기지, 정치성은 전혀 없는 이야기예요. 아니면 「심부름」 같은 이야기는요. 체호프는 소설 안에서 문제를 해결하지 않아도 된다고 했어요. 그저 문제를 정확히 드러내기만 하면 된다는 기죠."

만약에 어떤 꼬리표라도 그에게 붙여야겠다면, 그건 작가라는 거였으면 좋겠다고 카버는 말한다. "작가 말고 다른 이름으로 불리는 건 상상도 하기 어려워요. 시인은 예외고요. 단편소설 작가, 시인, 이따금 에세이스트."

어둠이 그의 책들을 장악한다,
그의 삶이 아니라

　　레이먼드 카버는 꿰뚫어 보는 듯한 푸른 눈을 가진 거구의, 곰 같은 사내지만, 제일 먼저 포착되는 건 그가 얼마나 친절해 보이는가 하는 것이다. 리틀리그의 코치나 작은 동네 소아과의사로 고르고 싶은 사람이다. 그의 웃음은 전염성이 강하고, 그가 보여주는 호기심에는 그 대상에 대한 연민이 있고, 그가 하는 말은 사려 깊고 솔직담백하다. 그는 자기 작품과 그 뒤에 놓여 있는 자신의 삶에 대해서 너무나 별것 아닌 것처럼 이야기하기 때문에 사람들은 그가 지난 10여 년 동안 받아온 높은 비평적인 평가를 간과하기 쉽다. 미국의 당대 단편 작가들 중에서 가장 선두에 있다는 평가를 받는 카버는 단편소설이라는 밀도 높고 쉽게 만족시키기 어려운 형식 안에서 그가 만들어내는 어둡고, 수시로 불길한 복잡성으로 주목받아왔다. 그가 만들어낸 세계는 전화벨 소리나 포치에서 들리는 발자국 소리 같은 것들이 좋은 신호보다는 나쁜 조짐일 가능성이 압도적으로 큰 곳이다.

　　그 세계는 완전히 상상으로만 만들어낸 곳은 아니다. 이제 쉰이 된

게일 콜드웰Gail Caldwell, 〈보스턴 글로브The Boston Globe〉(1988년 6월 1일), 25, 27쪽.

카버는 운명의 거친 면에 대해 겪어본 사람만의 지식이 있는 사람이다. 카버는 나이 스물이 되었을 때 이미 결혼을 해서 두 아이의 아버지인 상태였다. 밤에는 이런저런 육체노동을 하고 낮에는 창작 수업에 들어가면서 소설과 시를 투고하는 생활을 몇 년 동안 한 뒤에야 받아 마땅한 인정을 받았다. 술이 그의 목숨을 위협하는 시점이 되고 나서야 그는 AA의 도움을 받아 11년 만에 술을 끊었고, 이제는 회복 중인 알코올의존자*의 삶을 살고 있다. 그는 지난가을에 폐암으로 진단되어 수술을 받았다. 골초였던 카버는 "하루 60개비에서 0개비로 즉각적인 금연"에 들어갔다. 그는 7주에 걸린 방사선치료를 막 끝냈다. 치료는 시인 테스 갤러거와 함께 살고 있는 포트 앤젤레스에서 가까운 시애틀에서 받았다. 의사들은 그의 치료 뒤 예후가 좋다고 한다. 카버는 쉽게 피곤해지지만, 금세 무너질 것처럼 허약하다기보다는 일시적으로 약해 보이는 쪽에 가깝다. 삼나무가 햇볕 아래 자리를 잡으려 싸우는 것 같다. "다 괜찮아요. 그 사실에 감사합니다." 카버는 말한다.

그의 삶—그가 작품의 상당수를 뽑아낸 고통스럽던 시간들—이 지난 몇 년에 걸쳐 빛을 향해 방향을 바꾸면서 괜찮아진 건 분명한 사실이다. 카버는 그에게 매년 3만 5천 달러씩 5년 동안 지급되는 스트라우스 기금을 1983년부터 수령하면서 시러큐스대학교의 영문과 교수직을 사직했다. 올해 2월에 카버는 미국예술문학아카데미 회원이 되었다. 그는 동부로 여행을 떠나, 아카데미 회원 가입 행사를 치르고 하트퍼드대학교에서 명예문학박사 학위를 받았다. 애틀랜틱 먼슬리 출판사에서는 지

---

*   알코올의존증은 술을 마시는 순간 다시 시작되는 것이기 때문에 완치라는 개념이 없다. 그래서 술을 끊은 지 수십 년이 됐어도 한번 알코올의존증이 있었던 사람은 '회복 중인 알코올의존자'라고 할 수 있다.

난 30여 년에 걸친 카버의 작품들 중 대표작들을 조명하는 소설집 『내가 전화를 거는 곳』을 얼마 전에 내놓았다.

깃털로 건드리는 것 같은 손길

카버가 그리는 인물들의 대부분은 익명의 인물들이 모여 있는 곳에서 끄집어낸 보통 사람들이다. 그들은 막다른 골목에 다다른 삶에 맞서 시시포스적인 투쟁을 벌이고, 더 고약한 경우에는 그 싸움이 끝나기 전에 포기하고 만다. 그들은 희생자라기보다는 무고한 방관자들이자, 최소한의 필요도 제공하지 않는 너무나 잔인하고 너무나 무작위적인 이 세계의 주변부 인물들에 가깝다. 이런 암울함은 이미 일어난 문제는 물론이고 다음 굽이에서 일어날 사고까지 전해주는 속삭임의 긴장감 넘치는 섬세한 어조를 통해 수면 위로 올라온다. 카버의 소설에 담겨 있는 진실의 놀라운 점은, 그것이 아직 일어나지 않은 일에 들어 있다는 점이다. 그리고 카버는 깃털로 건드리는 것처럼 부드럽기 짝이 없는 손길로 이런 공포감을 불러일으켜서, 그의 작품 속 인물들은 이미 알고 있는 문제를 강조할 뿐이다.

"이걸 기억하셔야 합니다. 저는 시인입니다." 카버는 그가 지극히 절제된 자세로 단편소설을 대하는 것에 대해 이렇게 말한다. "저는 아마 제가 시를 쓰는 것과 비슷한 방식으로 소설을 쓰는 것 같습니다. 제 생각에는 그 둘 다 시작과 중간과 마지막이 있는 서사 형식이에요. 저는 어디론가 향해서 가는, 어떤 종류든 움직임을 가지고 있는 소설을 좋아해요.

저는 소설을 쓰기 전에 시를 먼저 시작했습니다. 투고를 하고 나서 어느 날 두 통의 편지를 동시에 받았어요. 각각 애리조나, 유타에 있는 잡지사에서 온 거였는데, 하나는 시를 수락한다는 거였고, 다른 하나는 단편소설을 수락한다는 거였어요. 특별한 날이었습니다! 그런 날은 이제껏 제 인생에 없었어요." 그가 웃는다. "정말 기뻤어요. 그렇게 낚인 겁니다.

제가 이야기로 가까이 접근하고 있다는 걸 느껴야 하는 경우가 종종 있습니다. 소설을 쓰고 싶다는 어떤 충동을 가지고 이야기를 시작하지만, 그게 어디로 가고 있는지는 모릅니다. 대개는 써나가는 과정에서 뭘 말하고 싶은지를 찾아내게 됩니다. 그리고 늘 필요한 분량보다 더 많이 씁니다. 언제나 넘치게 많이 쓴 다음에, 되돌아가서 잘라내는 겁니다. 특히 초기에 그랬어요. 10페이지짜리 소설이 처음에는 30페이지짜리로 모습을 보이는 거죠. 이걸 한 스무 번은 고쳐 씁니다. 이제는 그러지는 않습니다. 『내가 전화를 거는 곳』에 들어간 신작들은 그렇게 많이 고쳐 쓰지 않았어요. 그리고 이젠 옛날 방식을 다시 돌아볼 생각이 별로 없습니다."

제 글쓰기라는 건 눈을 감은 채 날아다니는 거예요.
본능에 의지해서 나는 거죠!

카버의 소설에는 깊은 깨달음이 됐든 부드럽게 돌아보는 것이 됐든, 수정같이 깨끗하고 분명한 대단원이 있다. 그것은 길 건넛집 포치의 전등이 꺼지는 것처럼 특별할 게 없는 일일 수도 있고, "꿈이란, 결국 우리가 거기에서 깨어나야 하는 어떤 상태잖아요"라는 카버의 말처럼, 묵직한 걸로 치는 듯한 각성일 수도 있다. "그런 순간은 발견되어야 하는 거예요. 상상되어야 하는 것이고요.

　모르겠어요─어떤 계획이나 개요 같은 걸 미리 준비해두고 소설을 쓰는 것도 좋은 것 같긴 해요. 그런데 대개의 경우에 제 글쓰기라는 건 눈을 감은 채 날아다니는 거예요─본능에 의지해서 나는 거죠!" 카버는 그 이미지를 떠올리며 웃더니 머리를 흔든다. "비밀을 다 누설하겠네요."

　카버의 초기 두 선집 『제발 조용히 좀 해요』와 『사랑을 말할 때 우리가 이야기하는 것』이 절망적인 세계관을 제시했다면, 1983년에 내놓은 『대성당』은 그 시선에 가능성, 심지어 은혜로움까지 포함되는 방향으로 확장되었다. 『내가 전화를 거는 곳』에 수록된 작품들을 연대순으로 읽어나가다 보면, 최근작들은 상대적으로 덜 험한 지형을 다루긴 하지만 그 작품들이 포착하고 있는 세계는, 설령 받아들인다 하더라도, 여전히 조심스럽게 받아들여야 할 세계다.

　카버는 이렇게 말한다. "제 소설들은 이제 좀 더 동반 가능한 게 된 것 같아요. 그 표현이 적당한지는 모르겠지만요. 전보다 좀 더 긍정적인 것 같고요. 모든 걸 하룻밤 사이에 바꿀 수야 없죠. 소설의 싹은 실제로 있었던 어떤 일에서 돋아납니다. 그건 제 모든 작품이 다 마찬가지예요."

바뀌는 시선

　하지만 작가가 어떤 관점을 하나의 소설적인 장치로 미화하는 반면, 비평가들은 시선의 어두움을 카버의 작업에 접근하는 방편으로 포착하는 경우가 잦다. 그의 삶이 엄청난 변화를 겪고 있는 중이라는 사실을 염두에 두면서, 이 세계가 그가 과거에 그려온 것처럼 여전히 그렇게 암울한 곳으로 여겨지느냐고 물었다.

"아뇨, 아뇨," 그는 이렇게 말한다. "물론 예전에는 지금보다 훨씬 완고하고 일관되게 세상은 암울한 곳이라는 입장을 견지했죠. 꼭 제 환경이 바뀌었기 때문에 그런 건 아니에요. 바뀌긴 바뀌었지만요. 세상은 여선히 괴로운 곳이고, 어딘가에서는 암울한 장면이 펼쳐지고 있죠. 하지만 저는 전보다 좀 더 긍정적이고, 좀 더 낙관적인 느낌을 받고 있습니다. 이런 느낌의 어떤 면은 소설에 영향을 미치고, 어떤 면은 그렇지 않고, 그렇죠.

어쨌거나, 제 소설은 전부 다 약간 어두운 편이에요. 그렇지 않나요? 하지만 그 안에 유머도 꽤 자주 있죠. 제 생각에 「코끼리」는 웃긴 이야기예요. 한번은 크게 낭독을 한 적이 있는데, 사람들이 하도 웃어서 계속 읽어나가기가 어려울 정도였어요."

「코끼리」는 웃긴 이야기다. 주인공이 자신의 낙오자 가족들을 돌보느라 지친 상태이긴 하지만, 카버의 소설치고는 그렇다. 주인공은 한밤중에 잠에서 깨어나 이런 기억을 떠올린다. "두 번째 꿈에서, 누군가가 내게 위스키를 권했고, 나는 그걸 마셨다. 그 위스키를 마신다는 행위가 나를 두렵게 했다. 그건 내게 일어날 수 있는 가장 끔찍한 일이었다. 그건 가장 밑바닥이었다. 그것과 비교하면 모든 게 다 소풍이었다. 나는 마음을 가라앉히려 애쓰면서 그 자리에 그대로 좀 더 누워 있었다. 그러고 나서 자리에서 일어났다."

어린 시절

레이먼드 카버는 1938년에 오리건주 클래츠카니에서 태어나 워싱턴주 야키마에서 성장했다. 그는 열아홉 살에 결혼했고, 캘리포니아주 패러다이스로 옮겨 가 존 가드너의 밑에서 소설 창작을 공부했다. 카버는 가드너의 책 『장편소설가 되기』에 서문을 쓰면서 그에게 경의를 표했다. 지금 카버는 이렇게 말한다. "가드너에게서 정말로 많이 배웠습니다. 저는 스펀지 같았어요. 어느 바닷가에 밀려와 정신을 못 차리고 있는 스펀지였죠. 아는 게 하나도 없었는데, 그래도 제가 아는 게 없다는 건 알고 있었어요.

가드너는 제가 읽어야 할 작가들, 대개는 제가 이름도 들어본 적이 없는 작가들을 알려줬어요. 그리고 이걸 보통 사람들이 하는 일처럼 여기게끔 해서 아무튼 할 만한 일처럼 보이게 만들었어요. 가드너가 얼마나 중요한 역할을 했는지 말로 다하기 어렵습니다.

거의 제 기분에 달린 경우도 있었어요. 그냥 내키는 대로 제가 좋아하는 작가들, 아니면 좋아하지 않는 작가들을 읽는 거였죠. 그때는 시간도 지금보다 빨리 갔던 것 같아요. 단편을 두세 작품 읽고 다른 작가에게로 넘어가곤 했어요. 교육의 시간이었죠—그게 그 당시에 제가 하던 일이에요. 스스로를 교육시키는 일.

그러다가 선생님으로서의 가드너를 잃어버렸죠. 그가 있던 치코를 떠나서 캘리포니아주 유레카로 옮겨 갔거든요. 거기에서 또 다른 인생이 시작됐어요. 밤에는 제재소에서 일하고 낮에 학교를 다녔어요. 아내는 낮에는 전화회사에서 일하고 밤에는 애들을 돌봤죠. 그리고 제 점심 도시락도 싸줬고요. 전 글 쓰는 법을 배우려고 노력했어요. 그러니까, 나

혼자서 그 일을 해낸다는 느낌 같은 게 있었죠. 존 가드너 같은 사람이 더 이상 없었으니까요."

카버가 배우면서 숭배하게 된 작가 중에는 헤밍웨이와 체호프가 있다. 그는 『내가 전화를 거는 곳』에 수록된 마지막 작품을 통해 체호프에게 경의를 표한다. 그리고 카버는 헤밍웨이의 초기 단편들을 2~3년에 한 번은 다시 읽는다고 말한다. "문장들의 리듬감이 흥미로워요. 단어들이 지면에 떨어지는 방식 말이에요."

단어들이 지면 위에 뜻밖의 발견처럼, 혹은 바람에 의해 떨어져 내리는 것 같은 모습. 이건 전형적인 카버의 이미지다. 카버는 그가 술을 마시던 시절 동안 허물어져 내리는 것 같았던 자신의 글에 대해서도 똑같이 겸손한 태도를 보인다. "아무것도 쓰지 않고 있었어요. 글을 쓸 능력이 아예 없었어요." 그가 말한다. "한 사나흘 정도 술이 깨어 있게 되면 한 편씩 썼지만, 그건 아무것도 안 됐어요……. 좀 더 잘 쓴다든가, 다르게 쓴다든가, 술이 깬 뒤에 다시 시작한다든가 하는 건 상상도 안 되는 일이었어요. 그 정도로 멀리 내다보는 생각은 못 했어요."

카버는 사이사이 말을 멈춰가면서 평정을 유지하는 가운데 그 시절에 대한 이야기를 이어간다. 그는 술을 끊은 것에 대해 이렇게 말한다. "저한테 있던 일들 중 가장 엄청난 일이에요.

지금 저는 이 문제들, 이런저런 건강 문제들을 가지고 있죠. 제가 술을 마시던 그 시절에는, 전 시한부 질병을 앓고 있었어요. 술을 마시는 걸 멈출 수가 없었어요. 그 문제에 관한 한 선택의 여지가 없었죠. 그냥 그대로 가는 거였어요.

가정 문제도 엉망진창이었고, 건강 문제는 그보다 더했어요—지금 이건, 어찌 보면, 그때에 비하면 소풍이에요. 그때보다 상황이 훨씬 나아요. 그 당시에는 그보다 더 나쁠 수가 없었어요."

카버는 그 시절을—"아는 것에 대해 쓰라"는 건 그가 늘 하는 말이다—자신의 작품에 녹여 넣었다. 우리 시대의 소설 중 알코올의존자의 세계를 그렇게 밀착해서 그려낸 작품은 없다. 카버의 술꾼들은 전화벨이 그 거슬리는 소리로 줄기차게 울어대거나 술이 더 필요한 경우 말고는 술 냄새 풍기는 실내에서만 머무른다. 하지만 그의 소설이 정말로 머무는 곳은, 위스키로 병들어 있든 아니든, 마음의 영토 안이다. 카버의 영토에는 우리에게 익숙한 표식들이 곳곳에 자리 잡고 있고, 그 경계선은 그곳에 살고 있는 이들의 삶을 규정하는 외적인 조건들만큼이나, 아무런 개연성 없이 수시로 튀어나오는 잔인함, 그들을 괴롭히는 사라지지 않는 목소리 같은 것들에 의해 엄격하게 정의된다.

제가 가장 관심을 가지고 있는 건
정서적인 풍경이라고 볼 수 있을 것 같아요.

"사람들은 제 소설들이 북서부의 어떤 구체적인 지역에 자리 잡고 있다고들 하는데," 카버는 말한다. "하지만 저는 구체적인 지역을 생각하지 않습니다. 대부분은 어디에서도 일어날 수 있는 이야기들이에요. 그러니까, 제가 가장 관심을 가지고 있는 건 정서적인 풍경이라고 볼 수 있을 것 같아요. 『사랑을 말할 때 우리가 이야기하는 것』에 등장하는 네 사람은 앨버커키나 엘파소에서 식탁에 둘러앉아 있을 수 있지만, 그곳이 위치토나 시러큐스일 수도 있어요. 터스컬루사일 수도 있고요!" 카버가 미소를 짓는다. "어쨌든, 제 소설들 대부분은 실내에서 벌어지는 이야기니까요."

카버는 다른 작가들을 칭찬하는 일에는 재빠르고 너그럽고, 자신의 상황에 대해서는 그것들이 살면서 늘 마주치는 장애물들인 것처럼 말한다. 존 가드너(1982년에 사망했다)를 기억하면서는 이렇게 말한다. "가드너는 늘 믿음을 가지고 있었어요. 포기할 줄 모르는 사람이었죠." 나는 카버에 대해서도 같은 말을 할 수 있을 거라고 말한다. 그는 잘 모르겠다는 몸짓을 하고는 미소 짓는다. "대개는 그랬죠. 그러려고 노력했어요.

전 행복합니다." 카버는 말한다. "그렇게 느껴요. 그렇게 생각해요. 저는 가장 운이 좋은 사람들 중 하나라고."

끝내야 하는 책이 한 권 있어요.
전 운이 좋은 사람입니다

기침과 한숨과 함께한 인터뷰. 우리는 며칠 전에 세상을 떠난, 미국의 소설가 레이먼드 카버를 만나려고 지난 몇 달 동안 노력해왔다. 그때마다 그는 이렇게 사과했다. "할 수가 없습니다. 건강이 안 좋아요. 시애틀에 방사선치료를 받으러 가야 합니다." 카버는 폐암 때문에 방사선치료를 받고 있었다.

카버는 귀찮다는 표는 절대로 내지 않았고, 오히려 우리를 배려하는 듯했다. "하고 싶습니다. 저는 이탈리아와 네덜란드, 영국에서 오는 로열티로 생활하고 있어요. 비평가들도 훌륭하고요. (기침)" 이 농담 반 진담 반의 말은 그를 두고 "가난하고 절박하고 절망적인 이들을 다루는 소설로 미국에 대한 나쁜 인상을 심어준다"고 비난하는 그의 까탈스러운 동포를 향한 것이었다.

"하지만 이게 제가 사는 세계예요." 카버는 기침을 하고 한숨을 쉬었다. 그가 지구의 반대편, 시인이자 동반자인 테스 갤러거와 함께 살고

잔니 리오타Gianni Riotta, 〈코리에레 델라 세라Corriere della sera〉(1988년 8월 7일), 12쪽. 인터뷰는 1988년 봄에 진행되었으며, 수재나 피터스 코이에 의해 번역되었다.

있는 워싱턴주 포트 앤젤레스에서 하기로 한 인터뷰 약속을 다시 한번 미룰 수밖에 없는 사정을 설명하면서 한 이야기였다. "저는 가난한 노동자계급에 속한 사람이에요. 어린아이로서 그들 중 하나였고, 어른이 돼서도 그들 중 하나였습니다." 시간을 벌기 위해서, 나는 리비트와 매키너니가 맨해튼의 불빛 주변을 돌아다니는 동안 중부 미국의 어둠에 대해 말하는 작가에게 붙여진 '미니멀리스트'라는 명칭에 대해 그가 어떻게 느끼는지 알고 싶다고 설명했다. 그가 으르렁거렸다. "저는 그걸 넘어섰습니다. 미니멀리즘을 넘어섰습니다. 제 소설에는 그 이상의 것들이 있어요. 더 있다고요. 그렇게 생각하지 않으세요? 그냥 꼬리표일 뿐입니다."

그리고 그 개념이 그에게는, '들어내기'의 예술가인 이 사내에게는 거의 폐 수술 수준으로("무시무시해요!") 부담스러웠던 모양이다. "제 소설에서 한 군데만 들어내면 소설도 사라집니다." 카버는 그렇게 말하고는 좋아했다.

그가 걸러서 내보낸 몇 개의 단어들로부터는, 사람으로서나 지면에서나, 위대한 샐린저의 시선을 끌 만한 씁쓸함은 전혀 나오지 않았다. "아뇨, 저는 그냥 저 자신이 좋아요. 예, 방사선치료는 힘들죠. 하지만 괜찮아질 거예요. 저에게는 믿음이 있습니다. 저는 차분해요. 제가 은총을 받고 있다고 생각해요." 카버는 검은 시인, 삶의 어두운 면을 드러내는 사람으로 묘사되어왔다. 그는 아내와 두 아이를 부양하기 위해 능력과 관계없는 일을 하고, 떠돌아다니면서 밤에는 시와 소설을 쓰던 시절에는 실제로 그랬다고 설명했다. (그리고 인터뷰를 하게 되면 여기에 대해 상세하게 이야기하겠노라고 약속했다.)

그 뒤로 다른 계절이 왔다. 테스와 함께 살면서 재충전을 하기 위해

도시의 리듬이 필요해지면 뉴욕 여행을 다녀오고, 테스가 집의 반대쪽에 앉아 큰 창문으로 산을 바라보며 일을 하는 동안 자신은 큰 창문으로 바다를 내다보고 앉아 있는.

마지막에 가서는 이렇게 물어보는 게 좋을 것 같았다. "기분이 어떠세요?"

"좋아요. 지금은 무얼 쓰기 어렵지만, 곧 좋아질 거라고 봐요. 끝내야 할 책이 한 권 있어요. 회고록(믿어져요?)을 써야 되고, 출판해야 할 시들도 있어요. 전 운이 좋은 사람입니다." 죽음에 대해서도 자신의 문학만큼이나 담백한 태도를 유지하면서 카버는 기침을 멈췄는데, 예의를 갖춰가면서 인터뷰를 연기延期하고 있는 동안 그는 모든 것을 다 이야기한 듯했다.

국내에 소개되어 있는 레이먼드 카버의 작품들을 살펴보니, 단편집으로 『제발 조용히 좀 해요』『사랑을 말할 때 우리가 이야기하는 것』『대성당』『풋내기들』『누가 이 침대를 쓰고 있었든』이 있고, 소설과 산문이 함께 들어 있는 『내가 필요하면 전화해』, 카버 자신이 보존할 가치가 없다고 평가한 초기 시들을 제외한 시 200여 편을 모은 선집 『우리 모두』에 이르기까지, 사실상 전작이 다 번역되어 있다. 독자들의 반응도 좋은 편이다. 한국의 출판 시장에서 가장 반응이 없는 분야가 미국의 현대문학이라고 들은 적이 있는데, 그게 사실이라면 카버는 지극히 예외적인 경우가 아닌가 싶다.

레이먼드 카버가 예외적인 존재였던 건 미국의 출판 시장에서도 마찬가지였다. 미국에서 단편소설은 장편소설 중심인 소설 출판의 부속물 같은 형태였다. 일명 '작은 잡지'로 불리는 문학 전문지가 수백 종 있고 거기에는 늘 단편소설이 실렸지만, 그 작품들이 단행본의 형태로 시장에 나와 일반 독자에게 이름을 알리는 경우는 극히 드물었고, 단편집이 성공하는 건 늘 장편소설로 먼저 이름을 알린 이들의 몫이었다. 출판계와 독자들이 함께 만들어낸, 작가들을 포함해서 모두가 암묵적으로 인정하던 일종의 견고한 벽이었는데, 거기에 의미 있는 균열을 낸 게 바로 카버였다.

이 인터뷰집에는 카버가 그 일을 해낼 수 있었던 동력을 이해해보려고 다양한 방면에서 접근한 여러 사람들의 질문과 카버의 대답이 수록되어 있다. 이 과정은 결국 카버의 자기 이해 과정이 될 수밖에 없는데, 이를 읽어나가면서 카버에게 매력을 느끼게 되는 건 좀체 과장이나 몸 부풀리기가 없는 그의 태도 때문이다. 미국 문학사에 일대 파장을 불러일으킨 그의 창작 방법론을 묻는 다양한 질문들에 대해 그가 내놓는 한결같은 대답은, 자신이 잘 아는 대상에 대해 진실되게 쓰는 것, 이게 전부다.

문학사에 큰 족적을 남긴 작가들을 말할 때 흔히 '위대한' 작가라는 말을 많이 쓴다. 한 사람의 자연인으로서 남길 수 있는 것보다 더 크고 넓고 깊은 족적을 남겼을 때 그 사람을 위대하다고 평가하는 것 같은데, 카버가 미국의 단편 문학 작가들에게 끼친 영향이나 업계에 남긴 업적을 생각해보면 그 역시 위대한 작가라고 말할 수 있겠다. 그런데, 개인적인 느낌인지는 모르겠지만, 나는 레이먼드 카버에 관한 한 '위대한'보다는 '안타까운', '애틋한' 작가라는 말이 먼저 떠오른다. 아마도 그가 남긴 업적들보다 그가 살아남으려 애쓴 과정이 더 눈에 밟히기 때문일 것이다. 여기에는 그의 빈한했던 성장과정, 가족을 먹여 살리는 동시에 학업과 글쓰기를 병행하느라 고생했던 젊은 시절, 알코올의존증으로 인한 바닥 없는 추락 같은 것들이 포함될 텐데, 그 위에 이 인터뷰집에서 두

드러지게 보이는 점 또 하나는 그가 매우 긴 기간 동안 거짓말을 해야만 했다는 것이다. 그 거짓말은 두 번째 단편집『사랑을 말할 때 우리가 이야기하는 것』과 관련된다. 카버는 이 단편집으로 인해 비평적으로, 또 상업적으로 성공을 거두고 명성을 얻었지만, 이는 편집자 고든 리시가 거의 개작 수준의 편집을 가한 것이었다. 그리고 불과 2년 만에 카버는 새로운 선집『대성당』을 펴낸다. 고든 리시의 개입을 배제한 이 선집에 수록된 작품들은 카버의 입장에서는 원래 자신의 스타일을 좀 더 확장시킨 것이었지만, 외부의 시선으로 보자면『사랑을 말할 때 우리가 이야기하는 것』의 미니멀리즘으로부터 엄청난 스타일의 변화를 보여준 것이었다. 많은 인터뷰어가 당연히 이 문제를 짚었는데,『사랑을 말할 때 우리가 이야기하는 것』에 대한 고든 리시의 개입을 드러낼 수 없었던 카버로서는 이 문제에 대해 모호한 설명으로 일관할 수밖에 없었다. 우리는 이 거짓말을 용서할 수 있을까? 그 전에, 개작 수준의 편집을 받아들인 행위를 작가적 양심을 팔아먹은 행위로 봐야 하는 건 아닐까?

이 문제를 이해하기 위해서는 카버가 자신의 알코올의존증에 대한 이야기를 떠올릴 필요가 있다. 그는 여러 번의 인터뷰에서, 금주 초기에는 글을 쓰는 건 염두에 두지도 않았고, 술을 끊고 건강을 되찾으려는 노력만이 중요했다고 반복해서 강조했다. 카버는 그렇게 1년을 보낸 뒤에야 다시 작품을 발표하기 시작했고, 그걸 바탕으로 시러큐스대학교에 자리를 잡으면서 다시 작가로서의 삶을 회복하기 시작했다. 카버가『사랑을 말할 때 우리가 이야기하는 것』을 둘러싸고 며칠을 버티다가 고든 리시에게 결국 굴복한 것은 아마 자신이 다시 쓰기 시작했고, 그 작품들이 훌륭한 것이라는 데서 오는 자신감이 있었고, 그 작품들을 써나가기 위해서는 다시 알코올의존증에 빠지지 않는 것이 가장 중요한 문제였기에 스스로를 보호하기 위해 택한 굴욕이었을 것이다. 이런 사정을 생각하면서 접하는 이 인터뷰들, 그의 거짓말은 그래서, 성공한 작가가 자신의 부끄러운 과거를 은폐하려는 시도가 아니라, 여전히 살아남으려는 가슴 아픈 분투의 과정으로 읽힌다. 나는 이 일련의 어려운 과정 전체를 소중한 인간 경험으로 받아들인다.

카버는 더 이상 그렇게 분투하지 않아도 되는 지점, 모든 것이 그의 작품들 안에서 해명되고 또 해명의 수준을 넘어서는 시기에 도달했을 때 병을 얻었고 세상을 떠났다.

역자 개인적으로는 2012년에 캐롤 스클레니카의 전기 『레이먼드 카버: 어느 작가의 생』을 번역한 것에서 시작된 카버와의 인연이 기행 전기를 쓰고 시집을 번역하는 일을 거쳐 이제 이 책으로 끝나게 되었다. 살아오면서 어느 한 사람을 이렇게 오래 성의 있게 들여다본 적이 또 있었나 싶다. 가족에게 그랬더라면 인생이 조금 더 성공적이었을 텐데. 긴 동행이었다.

2024년 5월
고영범

1938 5월 25일, 오리건주의 클래츠카니에서 엘라 비어트리스 케이시와 워나 제재소의 톱날 관리인 클레비 레이먼드 카버 사이에서 '레이먼드 클레비 카버 주니어'라는 이름으로 태어난다.

1941 워싱턴주 야키마로 이주한다.

1943 8월 5일, 유일한 형제인 제임스 프랭클랜 카버가 태어난다.

1956 6월에 야키마고등학교를 졸업한다. 어머니와 함께 아버지가 일하고 있는 제재소가 위치한 캘리포니아주 체스터로 가서 그곳에 일자리를 얻는다. 11월에 혼자 야키마로 돌아온다.

1957 6월 7일, 열여섯 살인 메리앤 버크와 결혼하고, 약국의 배달부로 일하기 시작한다. 12월 2일에 딸 크리스틴 라레이가 태어난다.

1958 8월에 아내와 딸, 그리고 처가 식구들과 함께 캘리포니아주 패러다이스로 옮겨 인근에 있는 치코주립대학교(현 캘리포니아주립대학교 치코 캠퍼스)에 파트타임 학생으로 입학한다. 10월 17일에 아들 밴스 린지가 태어난다. 10월 31일에 서한문 「지성은 어디에 있는가?Where Is Intellect?」가 교내 잡지

〈와일드캣Wildcat〉에 수록된다.

1959	6월에 캘리포니아주 치코로 이사한다. 가을 학기에 존 가드너가 가르치는 문예창작 수업을 듣는다.

1960   봄 학기 동안 교내 문학잡지 〈셀렉션〉을 창간하고 창간호의 편집을 맡는다. 6월에 캘리포니아주 유레카로 옮겨 가서 조지아-퍼시픽 제재소에 일자리를 잡는다. 가을부터는 아카타 인근에 있는 험볼트주립대학교(현 캘리포니아주립대학교 험볼트 캠퍼스)에서 리처드 C. 데이가 가르치는 수업들을 듣기 시작한다.

1961   처음으로 활자화된 단편소설 「분노의 계절」이 〈셀렉션〉 2호 (1960~1961년 겨울)에 게재된다. 두 번째 단편 「아버지」가 교내 문학잡지 〈토욘Toyon〉의 봄 호에 게재된다. 6월에 캘리포니아주 아카타로 이사한다.

1962   첫 희곡 〈카네이션Carnations〉이 5월 11일에 교내에서 상연된다. 활자화된 첫 시 「놋쇠반지」가 〈타깃〉 9월 호에 게재된다.

1963   2월에 험볼트주립대학교에서 학사학위를 받는다. 아이오와

대학교의 작가 워크숍 대학원 과정에 들어가면서 500달러의 지원금을 받는다. 캘리포니아대학교 버클리 캠퍼스의 도서관에서 일하면서 여름을 보내고, 이후 가족을 데리고 아이오와주의 아이오와시티로 이사한다. 좀 더 손을 본 뒤 〈디센버〉의 가을 호에 다시 발표한 「분노의 계절」이 『1964년 미국 베스트 단편소설』에서 선정한 '1963년에 미국과 캐나다의 잡지에 수록된 뛰어난 단편소설들'의 목록에 든다.

1964~66   1964년 6월에 캘리포니아로 돌아와 새크라멘토에 정착한다. 머시 병원의 청소부로 취직한다. 1966년 가을에 새크라멘토 주립대학교(현 캘리포니아주립대학교 새크라멘토 캠퍼스)에서 데니스 슈미츠가 진행하는 시 워크숍에 참여한다.

1967   봄에 파산을 신청한다. 아버지가 6월 17일 사망한다. 7월 31일에 사이언스 리서치 어소시에이츠SRA에서 교과서 편집자 자리를 얻는다. 8월에 캘리포니아주 팰로앨토로 이사하고, 나중에 자신의 편집자가 되는 고든 리시를 만나게 된다. 마사 폴리가 『1967년 미국 베스트 단편소설』에 단편 「제발 조용히 좀 해요」를 포함시킨다.

1968   봄에 첫 번째 책이자 시집 『클래머스 근처』가 새크라멘토주

립대학교의 영문학 클럽에서 출간된다. 메리앤 카버가 텔아 비브대학교에서 1년짜리 장학금을 받고, 카버는 SRA를 한 해 동안 휴직한다. 가족과 함께 6월에 이스라엘로 이주하지 만 10월에 캘리포니아로 돌아온다.

1969   2월에 SRA에 광고 책임자로 다시 고용되고, 캘리포니아주 새 너제이로 이사한다.

1970   국가예술발견기금 시 부문 수상자로 선정된다. 6월에 캘리포 니아주 서니베일로 이사한다. 단편 「60에이커」가 『1970년 베 스트 문학잡지 수록작The Best Little Magazine Fiction, 1970』에 선정되고, 정식으로 출판되는 첫 책이자 시집 『겨울 불면증』 이 카약 프레스에서 나온다. 9월 25일에 SRA를 사직한다. 퇴 직금과 실업급여로 1년 남짓 창작에 몰두할 수 있게 된다.

1971   〈에스콰이어〉에서 소설 담당 편집자로 일하던 고든 리시가 6월 호에 단편 「이웃 사람들」을 게재한다. 캘리포니아대학교 산타크루즈 캠퍼스에 1971~1972년 문예창작 초청 강사로 임 명되고, 캘리포니아주 벤 로몬드로 이사한다. 단편 「뚱보」가 〈하퍼스 바자Harper's Bazaar〉 9월 호에 게재된다.

1972 스탠퍼드대학교에서 주관하는 1972~1973년 윌리스 E. 스테 그너 펠로우십에 선정되고, 동시에 캘리포니아대학교 버클리 캠퍼스의 소설 창작 초청 강사로 임명된다. 7월에 캘리포니아주 쿠퍼티노에 집을 산다.

1973 아이오와대학교의 1973~1974년 문예창작 프로그램에 초청 강사로 선정되어 혼자 아이오와시티로 떠난다. 단편 「이건 어때?」가 『수상작 1973: O. 헨리 상Prize Stories 1973 : The O. Henry Awards』에 수록된다.

1974 캘리포니아대학교 샌타바버라 캠퍼스에 1974~1975년 초청 강사이자 그 학교의 문학잡지인 〈스펙트럼〉의 고문 편집자로 임명된다. 같은 해 12월에 알코올의존증과 가정 문제로 인해 사직하고, 곧이어 두 번째 파산을 신청한다. 단편 「내 입장이 돼보시오」가 8월에 카프라 프레스에서 소책자로 출간되고, 『1974년 우수 단편집Prize Stories 1974』에 포함된다. 캘리포니아주의 쿠퍼티노로 돌아와 그 후로 2년 동안 가족과 함께 머무는데, 그 기간에는 거의 쓰지 않는다.

1976 2월에 카프라 프레스에서 세 번째 시집 『밤에 연어가 움직인다』가 출간된다. 단편집 『제발 조용히 좀 해요』가 맥그로-힐

에서 출간된다. 단편 「너무나 많은 물이 집 가까이에」가 첫 번째 푸시카트 수상작 선집에 포함된다. 10월에서 1977년 1월 사이에, 네 번에 걸쳐 중증의 알코올의존증 치료를 받기 위해 입원한다. 10월에 쿠퍼티노의 집이 팔리고, 아내와 별거를 시작한다.

1977 『제발 조용히 좀 해요』가 전미도서상 후보에 오른다. 혼자 캘리포니아주 매킨리빌로 이사하고, 6월 2일부터 금주에 들어간다. 아내와 재결합한 뒤 매킨리빌에서 남은 기간을 보낸다. 11월에 『분노의 계절과 다른 단편들』이 카프라 프레스에서 출간된다. 같은 달, 텍사스주 댈러스에서 개최된 작가 회의에서 시인 테스 갤러거를 만난다.

1978 3월부터 6월에 이르기까지 아이오와시티에서 아내와 다시 재결합을 시도하지만 7월에 결별한다. 1978~1979년 동안 우수 작가 상주 초대 프로그램에 선정되어 엘파소 텍사스대학교로 떠난다. 8월에 테스 갤러거와 재회하고, 가까워진다.

1979 1월 1일, 테스 갤러거와 엘파소에서 같이 살기 시작한다. 미완성 장편소설의 한 부분인 「'어거스틴 노트북'으로부터From The Augustine Notebooks」가 〈아이오와 리뷰The Iowa Review〉

여름 호에 게재된다. 뉴욕주의 시러큐스에 있는 시러큐스대학교 영문과 교수로 임명된다.

1980 소설 부문 국가예술기금을 받는다. 5월에서 8월끼지 갤러거와 함께 포트 앤젤레스에 작은 집을 빌려서 산다. 가을에 시러큐스로 이사한다. 시러큐스에 공동명의로 주택을 구입한다.

1981 갤러거와 함께 9월부터 5월까지는 시러큐스에서 가르치고, 포트 앤젤레스에서 여름을 보내는 생활을 반복한다. 에세이 「한 이야기꾼의 글쓰기 이야기」(이후 「글쓰기에 대해」로 제목을 바꿈)가 〈뉴욕 타임스 북 리뷰〉 2월 15일 자에 게재된다. 고든 리시가 편집한 두 번째 단편집 『사랑을 말할 때 우리가 이야기하는 것』이 4월 20일에 크노프에서 출간된다. 「셰프의 집」이 11월 30일 자 지면에 소개되면서 처음으로 〈뉴요커〉에 모습을 드러내고, 이후로도 〈뉴요커〉에 자주 작품을 발표한다. 「사랑을 말할 때 우리가 이야기하는 것」이 『푸시카트 수상작, Ⅵ The Pushcart Prize, Ⅵ』에 수록된다.

1982 『1982년 미국 베스트 단편소설』에 객원 편집자로 참여한 존 가드너가 「대성당」을 포함시킨다. (가드너는 9월 14일에 오토바

이 사고로 사망한다.) 10월 18일, 아내와 법적으로 이혼한다. 에세이 「불」이 〈안타에우스〉 가을 호에 실린다. 영화감독 마이클 치미노가 카버와 갤러거에게 도스토옙스키의 생애에 기반한 시나리오의 수정 작업을 맡긴다.

1983 4월 14일, 카프라 프레스에서 『불』이 출간된다. 「목욕」을 확장하고 다시 쓴 「별것 아닌 것 같지만, 도움이 되는」이 『수상작 1983: O. 헨리 상』에서 1등 상을 차지한다. (이 작품은 『푸시카트 수상작, Ⅷ The Pushcart Prize, Ⅷ』에도 수록된다.) 5월 18일, 미국예술문학아카데미로부터 밀드레드 앤드 해럴드 스트라우스 생활 기금의 첫 번째 수혜자로 선정된다. 이 상을 받기 위해 시러큐스대학교의 교수직에서 물러난다. 〈조지아 리뷰The Georgia Review〉 여름 호에 쓴 에세이 「존 가드너: 작가이자 스승John Gardner: Writer and Teacher」이 가드너 사후에 출간된 그의 책 『장편소설가 되기』에 서문으로 실린다. 9월 15일, 세 번째 단편집 『대성당』이 크노프에서 출간된다. 12월 12일, 『대성당』이 전미도서비평가협회상 후보에 오른다. 『1983년 미국 베스트 단편소설』의 객원 편집자 앤 타일러가 「내가 전화를 거는 곳」을 포함시킨다.

1984 포트 앤젤레스에 갤러거가 새로 지은 '스카이 하우스'로 1월

에 혼자 옮겨 간다. 에세이 「내 아버지의 인생」이 〈에스콰이어〉 가을 호에 실리고, 단편 「신경써서」가 『푸시카트 수상작, IX The Pushcart Prize, IX』에 수록된다. 『대성당』이 퓰리처상 후보에 오른다.

1985   1월에 포트 앤젤레스의 노동자 거주 지역에 집을 산다. 갤러거와 함께 1월에서 8월까지는 포트 앤젤레스에 있는 두 채의 집을 오가며 지내고, 9월에는 시러큐스로 돌아온다. 5월 1일, 랜덤하우스 출판사에서 시집 『물이 다른 물과 합쳐지는 곳』이 출간된다. 갤러거와 함께 쓴 『도스토옙스키: 시나리오』가 카프라 프레스에서 출간된다. 〈포에트리〉에서 주관하는 레빈슨상을 수상한다.

1986   『1986년 미국 베스트 단편소설』의 객원 편집자로 일한다. 갤러거와 함께 시카고에서 열린 현대시협회 주관의 시의 날 축하 행사에 주빈으로 참석한 11월 7일, 랜덤하우스에서 시집 『울트라마린』이 출간된다.

1987   4월 3일, 톰 젠크스와 편집한 『미국 단편소설 걸작선』이 델라코르트에서 출간된다. 마지막으로 발표한 단편 「심부름」이 〈뉴요커〉 6월 1일 자에 실린다. 6월 1일, 런던의 콜린스 하빌

출판사에서 카버의 최근 시들을 모은 『등대 안에서』가 출간된다. 9월에 폐에서의 출혈을 경험하고, 10월 1일에는 시러큐스의 의사들이 암이 번진 왼쪽 폐를 3분의 2 정도 절제한다. 11월 11일, 뉴욕공공도서관에서 '문학의 사자들Literary Lions'로 호명된다. 『1987년 미국 베스트 단편소설』의 객원 편집자 앤 비티가 「상자들」을 포함시킨다.

1988　　포트 앤젤레스에 또 다른 집을 산다. 「심부름」이 『1988년 우수 단편집Prize Stories 1988』에서 1등 상을 차지하고, 마크 헬프린이 그 작품을 『1988년 미국 베스트 단편소설』에 포함시킨다. 3월에 암이, 이번에는 뇌에서 재발한다. 4월에서 5월에 걸쳐 시애틀에서 7주에 걸친 방사선치료를 받는다. 5월에 신작과 기존의 작품들 중에서 고른 선집 『내가 전화를 거는 곳』이 애틀랜틱 먼슬리 프레스에서 출간된다. 5월 4일, 브랜다이스대학교에서 소설 분야의 '예술 창작상'을 받는다. 5월 15일, 하트퍼드대학교에서 명예문학박사 학위를 받는다. 5월 18일, 미국예술문학아카데미 회원으로 선정된다. 6월 초 양쪽 폐 모두에서 암이 재발한다. 6월 17일, 갤러거와 네바다 주의 리노에서 결혼식을 올린다. 두 사람은 카버의 마지막 시집 작업을 함께하고, 7월에 알래스카로 낚시 여행을 떠난다. 시애틀에 있는 버지니아 메이슨 병원에 잠시 입원한 뒤

8월 2일, 포트 앤젤레스의 자택에서 50세의 나이로 생을 마
감한다.

1989   6월 15일, 애틀랜틱 먼슬리 프레스에서 마지막 시집 『폭포로
가는 새로운 길』이 출간된다.